VERS BABYLONE
COL DE KHATMIA
EL ARISH
FORT D'ISMAÏLIA
AVARIS
BUBASTIS
NIL
ABNUB
MEMPHIS
E
N
S
O

MER ROUGE
BIR OUM MASARA
SAFAGA
GEBEL NAGARA
TEMPLE D'ISIS
GALLALA
ASSOUAN
THEBES
VALLÉE DES ROIS
DABBA
ASSIOUT
TEMPLE D'HATHOR
LES FILS DU NIL

LES FILS DU NIL

Wilbur Smith

LES FILS DU NIL

FRANCE LOISIRS

Titre original : *Warlock*
Traduction de Thierry Piélat

Édition du Club France Loisirs,
avec l'autorisation des Éditions Presses de la Cité

France Loisirs
123, boulevard de Grenelle, Paris
www.franceloisirs.com

ISBN 2-7441-6264-7

A mon nouvel amour, MOKHINISO, esprits de Ghengis Khan et d'Omar Khayyam réincarnés en une lune aussi lumineuse qu'une perle parfaite.

Tel un reptile, une file de chars de guerre serpentait dans le fond de la vallée. Le regard de l'adolescent, cramponné au pare-boue du char de tête, se portait vers les falaises, dont les flancs abrupts, percés par les entrées des tombes des anciens, évoquaient des nids d'abeilles. Les ouvertures sombres lui rendaient son regard comme les yeux implacables d'une légion de djinns. Prince Nefer Memnon frissonna et, se détournant, fit furtivement de la main gauche le signe pour conjurer le mal.

Il jeta un coup d'œil par-dessus son épaule : dans le char suivant, Taita le regardait à travers la poussière. Le vieillard et son véhicule en étaient recouverts d'une couche fine et claire, les particules de mica scintillaient sous l'unique rayon de soleil qui pénétrait dans les profondeurs de la gorge et le vieux mage rayonnait comme l'incarnation d'un dieu. Nefer baissa la tête, honteux d'avoir été surpris dans son accès de terreur superstitieuse. Aucun prince royal de la maison de Tamose ne montrait jamais une telle faiblesse, surtout parvenu comme lui au seuil de l'âge d'homme. Mais Taita, son précepteur depuis sa prime enfance, plus proche de lui que ses parents ou ses sœurs, le connaissait comme nul autre. Le mage resta impassible, mais, malgré la distance, le regard vénérable semblait le transpercer. Il voyait tout, comprenait tout.

Nefer se redressa de toute sa hauteur au côté de son

père, qui secoua les rênes et aiguillonna les chevaux d'un claquement de fouet. La vallée s'ouvrit brusquement sur l'imposant amphithéâtre où se dressaient les ruines austères de la cité de Gallala. Nefer était transporté à l'idée de découvrir ce célèbre champ de bataille. Dans sa jeunesse, Taita y avait combattu, lorsque le demi-dieu Tanus Harrab avait anéanti les forces des ténèbres qui menaçaient l'Egypte. Cela s'était passé plus de soixante ans auparavant, mais Taita lui avait raconté la bataille dans ses moindres détails et son récit était si vivant que Nefer avait l'impression d'avoir été là en ce jour décisif.

Tamose, le père de Nefer, dieu et pharaon, dirigea le char vers la porte en ruine et tira les rênes. Derrière eux, cent chars exécutèrent la même manœuvre et leurs conducteurs en descendirent pour abreuver les bêtes. Pharaon parla et le mouvement de sa mâchoire fit tomber la poussière qui recouvrait ses joues.

— Excellence ! lança Pharaon au Grand Lion d'Egypte, Seigneur Naja, son « grand général » et bien-aimé compagnon. Nous devons repartir avant que le soleil touche le sommet des collines. Je souhaite traverser de nuit les dunes sur le chemin d'El Gabar.

La poussière de mica scintillait sur la couronne de guerre bleue de Tamose et lui avait irrité les yeux.

— C'est là que je te laisserai poursuivre ta route avec Taita, dit-il en baissant les yeux vers Nefer.

Tout en sachant que c'était vain, Nefer s'apprêta à protester. L'escadron marchait sur l'ennemi. Le plan de bataille de Pharaon Tamose consistait à opérer un mouvement tournant à travers les Grandes Dunes puis à se frayer un chemin entre les lacs aux eaux rendues amères par le natron pour prendre l'ennemi à revers et ouvrir une brèche en son centre. Les légions égyptiennes massées sur la rive du Nil avant Abnub pourraient s'y engouffrer. Tamose joindrait ainsi les deux armées et, avant que l'ennemi ait eu le temps de se ressaisir, dépasserait Tell el-Daba et s'emparerait de la citadelle d'Avaris.

C'était un plan audacieux et ingénieux. S'il réussissait, il mettrait d'un seul coup un terme à la guerre contre les Hyksos, qui faisait rage depuis deux générations. On avait enseigné à Nefer que la guerre et la gloire étaient les raisons mêmes de son existence sur terre. Mais, jusqu'à maintenant, alors qu'il avait atteint quatorze ans, elles s'étaient dérobées à lui. Il aspirait de toute son âme à chevaucher vers la victoire et à gagner l'immortalité au côté de son père.

Pharaon prit les devants avant qu'il ait pu s'indigner.

— Quel est le premier devoir d'un guerrier ? lui demanda-t-il.

— L'obéissance, majesté, répondit Nefer à contrecœur, les yeux baissés.

— Ne l'oublie jamais.

Pharaon hocha la tête et se détourna. Nefer se sentait rejeté. Ses yeux le piquaient et sa lèvre supérieure tremblait, mais le regard de Taita affermit sa volonté. Il cligna des yeux pour chasser ses larmes et but une gorgée à l'outre suspendue au char avant de se tourner vers le vieux mage en rejetant crânement en arrière ses épaisses boucles brunes couvertes de poussière.

— Montre-moi le monument, Taita, ordonna-t-il.

L'adolescent et le vieillard se frayèrent un chemin à travers la multitude de chars, d'hommes et de chevaux qui encombraient la rue étroite de la ville en ruine. Torse nu, une vingtaine de soldats étaient descendus dans les anciens puits avec des seaux pour faire la chaîne et remonter l'eau amère et rare. Les puits avaient jadis été assez abondants pour subvenir aux besoins en eau de cette ville riche et populeuse, située sur la route des caravanes entre le Nil et la mer Rouge. Mais, quelques siècles plus tôt, un tremblement de terre avait brisé le soubassement rocheux de la nappe phréatique et bloqué le flux souterrain. La cité de Gallala était morte de soif. Il restait maintenant tout juste assez d'eau pour abreuver deux cents chevaux et remplir les outres.

Au-delà des temples et des palais habités seulement par les lézards et les scorpions, jusqu'à la place centrale déserte, Taita emmena Nefer à travers les ruelles. Au milieu se dressait le monument à la gloire de Seigneur Tanus et de sa victoire sur les armées qui avaient failli anéantir la nation la plus puissante et la plus riche du monde. C'était une étrange pyramide de crânes humains cimentés ensemble et enchâssés dans des dalles de roche rouge. Sous le regard vide de mille crânes, l'adolescent lut à haute voix l'inscription gravée sur le portique de pierre :

— « Nos têtes coupées portent témoignage de la bataille au cours de laquelle nous sommes morts sous le glaive de Seigneur Tanus Harrab. Puissent les hauts faits de ce puissant seigneur montrer aux générations à venir la gloire des dieux et le pouvoir des hommes justes. Ainsi en fut-il décrété dans la quatorzième année du règne du dieu pharaon Mamose. »

Assis sur ses talons à l'ombre du monument, Taita regarda le prince en faire le tour et s'arrêter pour l'examiner sous tous les angles. Malgré son air distant, on lisait de l'affection dans ses yeux. L'amour qu'il éprouvait pour l'adolescent lui avait été inspiré par deux personnes. La première était Lostris, reine d'Egypte. Taita était eunuque, mais il avait été châtré après la puberté et avait aimé une femme. Du fait de sa mutilation, l'amour qu'il avait ressenti pour Reine Lostris, la grand-mère de

Nefer, était resté pur. C'était un amour si absolu que même à présent, vingt ans après la mort de Lostris, il restait au centre de son existence.

L'autre personne qui avait éveillé son affection pour Nefer était Tanus, Seigneur Harrab, à la gloire duquel ce monument avait été érigé. Il avait été plus cher qu'un frère au cœur de Taita. Lostris et Tanus avaient tous deux disparu, mais leurs sangs étaient mêlés dans les veines de cet enfant. Car leur union illicite avait eu pour fruit celui qui était devenu le pharaon Tamose, à la tête de cet escadron de chars, le père de Prince Nefer.

— Taita, montre-moi où vous avez capturé le chef des voleurs, demanda Nefer de sa voix éraillée d'adolescent. C'était ici ?

Il courut vers le mur écroulé au sud de la place.

— Raconte-moi encore l'histoire.

— Non, c'était là, de ce côté-ci, lui répondit Taita, qui se leva, se dirigea vers l'est sur ses longues jambes maigres et regarda le sommet éboulé du mur. Le voleur s'appelait Shufti ; il était borgne et aussi laid que le dieu Seth. Il a tenté de s'enfuir en grimpant sur ce mur.

Taita se baissa pour ramasser un morceau de brique dans les décombres et le lança par-dessus le mur.

— Je lui ai fendu le crâne comme ça, d'un seul coup, et il est tombé.

Nefer connaissait d'expérience la force du vieillard et son endurance légendaire, mais il fut néanmoins étonné par la puissance de ce jet. Il est aussi vieux que les montagnes, plus vieux que ma grand-mère, car il l'a élevée comme il m'a élevé, s'émerveilla Nefer. On dit qu'il a assisté à deux cents crues du Nil et construit les pyramides de ses mains.

— Est-ce que tu lui as coupé la tête pour la placer

avec les autres, Taita ? demanda-t-il en montrant le sinistre monument.

— Tu connais bien l'histoire, je te l'ai contée cent fois, répondit Taita en affectant une répugnance modeste à chanter ses exploits.

— Raconte-la-moi encore, ordonna Nefer.

Taita s'assit sur un bloc de pierre tandis que le jeune prince s'installait à ses pieds, tout ouïe et joyeux à la perspective d'entendre à nouveau le récit, jusqu'au moment où les cornes de bélier sonnèrent le rappel, l'écho renvoyé à l'infini par les falaises noires.

— Pharaon nous appelle, dit Taita en se levant pour ressortir de la ville morte.

Une grande agitation régnait hors les murs, l'escadron se préparait à reprendre la route pour entrer au pays des dunes. Les outres étaient remplies et les soldats vérifiaient et resserraient les harnais des attelages avant de remonter sur les chars.

Par-dessus les têtes des membres de son état-major, Pharaon Tamose regarda son fils et Taita franchir les portes. Il appela ce dernier et l'entraîna à l'écart. Seigneur Naja s'apprêta à les rejoindre, mais Taita murmura quelques mots à l'oreille de Pharaon, qui se retourna et renvoya sèchement son compagnon. Mortifié, celui-ci lança au mage un regard acéré.

— Tu as offensé Naja. Je ne serai peut-être pas toujours à ton côté pour te protéger, avertit Pharaon.

— Nous ne devons faire confiance à personne tant que nous n'aurons pas écrasé la tête du serpent lové autour des colonnes de ton palais, objecta Taita. Tant que tu ne seras pas revenu de cette campagne dans le Nord, nous devons être les seuls à savoir où j'emmène le prince.

— Mais Naja, tout de même ! fit Pharaon en riant.

Naja était pour lui comme un frère ; ils avaient parcouru ensemble la Route Rouge.

— Même Naja.

Taita n'en dit pas davantage. Ses soupçons se confirmaient, mais il n'avait pas encore réuni toutes les preuves nécessaires pour convaincre Pharaon.

— Le prince sait-il pourquoi tu le conduis au désert ? demanda Tamose.

— Il sait seulement que nous allons poursuivre son initiation aux mystères et capturer son oiseau-dieu.

— Très bien, Taita, dit Pharaon en hochant la tête. Tu as toujours été secret mais loyal. Il n'y a rien à ajouter car tout est dit. Va, maintenant. Puisse Horus étendre ses ailes sur toi et Nefer.

— Surveille tes arrières, majesté, car en ces temps troublés les ennemis se trouvent aussi bien devant que derrière toi.

Pharaon prit le bras du mage et le serra. Il était maigre mais dur comme une branche sèche d'acacia. Puis il retourna vers Nefer, qui attendait près du char royal avec l'air contrit d'un jeune chien renvoyé à sa niche.

— Divine majesté, il y en a de plus jeunes que moi dans l'escadron, argua le prince pour tenter une dernière fois de convaincre son père de l'emmener avec lui.

Il disait vrai. Meren, le petit-fils de l'illustre général Kratas, avait trois jours de moins que lui et se trouvait sur l'un des chars de l'arrière-garde comme porteur de lance au côté de son père.

— Quand me permettras-tu d'aller au combat avec toi, père ?

— Peut-être quand tu auras parcouru la Route Rouge. Alors, je ne te contredirai même plus.

C'était une vaine promesse, tous deux le savaient. Parcourir la Route Rouge était une épreuve épuisante et risquée de maîtrise des chevaux et des armes que peu de guerriers osaient tenter. Une épreuve terrible à laquelle succombaient des hommes dans la fleur de l'âge et parfaitement entraînés. Nefer était loin d'en être là.

L'expression de Pharaon se radoucit et il empoigna le bras de son fils, seule marque d'affection qu'il s'autorisait devant ses troupes.

— Pour l'heure, je t'ordonne d'aller avec Taita dans le désert pour capturer ton oiseau-dieu et faire ainsi la preuve de ton sang royal et de ton droit à porter un jour la double couronne d'Egypte.

Côte à côte près des murs effondrés de Gallala, Nefer et le vieillard regardèrent la colonne passer devant eux à vive allure. Pharaon la conduisait, torse nu, les rênes enroulées autour de ses poignets, penché en arrière pour résister à la traction des chevaux, son pagne de lin battant autour de ses jambes musclées. Sa couronne de guerre bleue le faisait paraître plus grand et pareil à un dieu.

Venait ensuite Seigneur Naja, la mine hautaine et fière, son grand arc recourbé à l'épaule, presque aussi grand, presque aussi beau que Pharaon. C'était l'un des meilleurs guerriers de toute l'Egypte et son nom, celui du cobra sacré de la couronne royale, lui avait été donné à titre honorifique par Pharaon Tamose le jour où ils avaient passé avec succès l'épreuve de la Route Rouge.

Naja ne daigna pas regarder dans la direction de Nefer. Le char de Pharaon s'était engouffré dans la gorge sombre avant que le dernier du convoi ne soit passé devant le prince. Meren, son ami et compagnon d'aventures, lui rit au nez et fit un geste obscène.

— Je te rapporterai la tête d'Apepi comme jouet ! lui cria-t-il, moqueur, pour se faire entendre par-dessus le gémissement et le fracas des roues.

Mortifié, Nefer le regarda s'éloigner rapidement.

Apepi était le roi des Hyksos, et Nefer n'avait pas besoin de jouet ; il était maintenant un homme, même si son père refusait de l'admettre.

Ils restèrent silencieux longtemps après que le char de Meren eut disparu et que la poussière fut retombée. Puis Taita tourna les talons et se dirigea vers les chevaux entravés. Il serra la sous-ventrière autour de la poitrine de sa monture, remonta sa jupe et monta sur le cheval avec autant d'agilité qu'un jeune homme. A califourchon, il semblait ne faire qu'un avec l'animal. Nefer se rappela que, selon la légende, il avait été le premier Egyptien à maîtriser l'art équestre. Il portait toujours le titre de Maître de Dix Mille Chars, que lui avaient successivement accordé deux pharaons en même temps que l'Or du Mérite.

C'était l'un des rares hommes à oser monter ainsi. La plupart des Egyptiens abhorraient cette pratique, la jugeant non seulement dangereuse, mais aussi indécente et indigne. Nefer n'avait pas de tels scrupules et, quand il sauta sur Victorieux, son poulain favori, son humeur chagrine se dissipa. Une fois arrivés sur la crête au-dessus de la ville en ruine, il avait retrouvé son exubérance habituelle. Il lança un dernier regard mélancolique vers le nuage de poussière soulevé par l'escadron à l'horizon septentrional, puis se détourna d'un air décidé.

— Où allons-nous, Taita ? demanda-t-il. Tu m'as promis de me le dire dès que nous serions en route.

Taita se montrait toujours réservé et secret, mais rarement au point où il l'avait été à propos de la destination de leur voyage.

— Nous allons à Gebel Nagara, dit-il finalement.

Nefer répéta à voix basse ce nom qu'il n'avait jamais entendu. Sa consonance romantique et évocatrice lui procura un léger frisson et, impatient, il regarda devant lui l'immense désert. Une infinité d'âpres collines déchiquetées s'étendait jusqu'à l'horizon bleuté, nimbé d'une brume de chaleur. Les couleurs des roches nues étonnaient l'œil : bleu-gris tel le nuage d'orage, jaune comme le plumage des tisserins ou rouge sang. Le roc brillait, semblable à du cristal, tremblotant dans la chaleur.

Taita porta sur ces lieux inhospitaliers un regard empreint de nostalgie. Il avait l'impression de revenir au pays. C'était là qu'il s'était retiré comme un animal blessé après la mort de Lostris, sa reine bien-aimée. Puis, à mesure que les années passaient, emportant avec elles un peu de son chagrin, il avait de nouveau été attiré par les mystères et la voie du grand dieu Horus. A son arrivée dans cette contrée sauvage, il était médecin et chirurgien, maître des sciences connues. Seul dans le désert, il avait trouvé la clef des portes de l'esprit, au-delà desquelles les hommes s'aventurent rarement. Lorsqu'il avait franchi ces portes, il était homme ; en ressortant, il était devenu un familier du dieu Horus, initié à d'obscurs et étranges mystères que peu d'individus avaient seulement imaginés.

Taita n'était retourné dans le monde des hommes qu'une fois que la reine Lostris lui était apparue en rêve alors qu'il dormait dans sa caverne d'ermite de Gebel Nagara. Elle était redevenue une jeune fille nubile de quinze ans, une rose du désert dans sa première fleuraison, aux pétales couverts de rosée. Même dans son sommeil, l'amour avait dilaté son cœur jusqu'à le faire éclater.

« Cher Taita, avait murmuré Lostris en l'éveillant au contact de sa main sur sa joue, tu as été l'un des deux hommes que j'ai aimés. Tanus m'a rejointe mais, avant que tu fasses de même, une autre tâche t'incombe. Tu ne m'as jamais déçue et je sais que tu ne le feras pas maintenant, n'est-ce pas, Taita ?

— Je suis à tes ordres, maîtresse, avait-il répondu d'une voix qui résonnait curieusement à ses oreilles.

— Cette nuit, un enfant est né à Thèbes, ma ville aux cent portes. C'est le fils de mon fils. Il s'appellera Nefer, qui signifie « pur et parfait de corps et d'esprit ». Mon désir est qu'il porte mon sang et celui de Tanus sur le trône de Haute-Egypte. Mais de grands périls entourent déjà le nouveau-né. Il ne peut réussir sans ton aide. Toi seul peux le protéger et le guider. C'est dans ce but que tu as passé ces années dans la solitude du désert et que tu y as acquis toutes ces connaissances. Rends-toi auprès de Nefer. Pars maintenant, hâte-toi et reste avec lui jusqu'à l'accomplissement de ta tâche. Puis reviens auprès de moi, cher Taita. Je t'attendrai et ta virilité te sera rendue. La prochaine fois que tu seras à mon côté, ta main dans la mienne, tu auras retrouvé ton intégrité physique. Ne me déçois pas, Taita.

— Jamais ! s'était écrié Taita dans son rêve. Je ne t'ai jamais déçue quand tu vivais. Je ne le ferai pas maintenant que tu es morte.

— Je le sais. »

Lostris lui avait adressé un sourire doux et obsédant et son image s'était estompée dans la nuit du désert. Il s'était réveillé, le visage baigné de larmes, et avait rassemblé ses maigres possessions. Il s'était arrêté un instant à l'entrée de la grotte, le temps de s'orienter d'après les étoiles, et avait instinctivement cherché celle de la déesse. La septième nuit après la mort de la reine, celle au cours de laquelle s'était achevé le long rituel de l'embaumement, l'étoile était soudain apparue dans le firmament, une grande étoile rouge qui brillait là où il n'y en avait aucune auparavant. Taita l'avait repérée et lui avait rendu hommage. Puis il s'était éloigné à grands pas dans le désert occidental, vers le Nil et Thèbes, la belle ville aux cent portes.

Quatorze ans plus tard, il aspirait à retrouver ces lieux silencieux, seul endroit où ses pouvoirs pouvaient s'exercer pleinement et lui permettre d'accomplir la mission dont Lostris l'avait chargé. Là seulement il serait à même de transmettre au prince une partie de ses pouvoirs. Il savait que les forces obscures contre lesquelles elle l'avait mis en garde se rassemblaient autour d'eux.

— Viens ! dit-il à l'adolescent. Allons chercher ton oiseau-dieu.

La troisième nuit après avoir quitté Gallala, quand la constellation des Anes Sauvages arriva à son zénith dans le ciel septentrional, Pharaon arrêta l'escadron pour abreuver les chevaux et prendre un rapide repas composé de viande séchée au soleil, de dattes et de galettes froides de dourah. Puis il ordonna le départ. Il n'y eut pas de sonneries de corne car ils se trouvaient maintenant sur un territoire souvent parcouru par les chars hyksos.

La colonne repartit au trot. Le paysage changea de manière spectaculaire. Ils étaient enfin sortis des mauvaises terres et se retrouvaient sur les contreforts au-dessus du fleuve. Ils distinguaient au loin en contrebas la bande de végétation dense, sombre au clair de lune, qui marquait le cours de la grande Mère Nil. Ils avaient achevé le grand mouvement tournant autour d'Abnub qui leur avait permis de prendre à revers le gros de l'armée hyksos campé au bord du fleuve. Leurs effectifs étaient réduits pour affronter un ennemi tel qu'Apepi, mais ils se composaient des meilleurs auriges des armées de Tamose, et donc du monde. De plus, ils bénéficiaient de l'effet de surprise.

Lorsque Pharaon avait proposé cette stratégie et annoncé son intention de conduire l'expédition en personne, son conseil de guerre s'y était opposé avec toute la véhémence possible face à la parole d'un dieu. Même le vieux Kratas, naguère le guerrier le plus téméraire de toutes les armées d'Egypte, avait arraché son épaisse barbe blanche et s'était exclamé : « Par le prépuce déchiré et suppurant de Seth, je n'ai pas changé tes langes pour t'envoyer droit dans les bras d'Apepi ! » Il était peut-être le seul à oser parler de cette façon à un roi-dieu. « Envoie un autre accomplir cette mission subalterne. Conduis la colonne principale si ça t'amuse, mais ne va pas au désert te faire dévorer par les goules et les djinns. Tu es l'Egypte. Si Apepi s'empare de toi, il nous tient tous. »

Seul Naja l'avait soutenu, fidèle comme toujours. Et voilà qu'ils avaient réussi la traversée du désert et se trouvaient sur l'arrière de l'ennemi. Le lendemain à l'aube, ils allaient effectuer la charge désespérée qui devait ouvrir dans l'armée d'Apepi une brèche à travers laquelle cinq autres escadrons de Pharaon s'engouffreraient pour opérer la jonction avec eux. Tamose sentait déjà sur sa langue le goût de miel de la victoire. Avant la prochaine pleine lune, il dînerait dans le palais d'Apepi à Avaris.

Les royaumes de Haute et Basse-Egypte étaient séparés depuis près de deux siècles. Pendant tout ce temps, le royaume septentrional avait été gouverné par un usurpateur égyptien ou par un envahisseur étranger.

Il appartenait à Tamose de chasser les Hyksos et de réunir les deux pays, ainsi le voulait son destin. Alors seulement, le port du pschent, la double couronne, serait justifié et approuvé par tous les dieux antiques.

L'air nocturne lui fouettait le visage, assez frais pour lui engourdir les joues, et son porteur de lance se blottissait derrière le pare-boue pour se protéger. Seuls le craquement des pierres sous les roues du char, les lances qui cognaient doucement dans leurs socs et, de temps à autre, le cri d'avertissement – « Attention ! Trou ! » – transmis à mi-voix le long de la colonne rompaient le silence.

Le large oued de Gebel Wadoun s'ouvrit soudain devant eux et Pharaon Tamose serra la bride à son attelage. C'était par cette voie qu'ils allaient descendre vers la plaine alluviale du fleuve. Pharaon lança les rênes à son porteur de lance et sauta à terre. Il étira ses membres ankylosés et, sans se retourner, entendit le char de Naja arriver derrière lui. Un ordre donné à voix basse, le crissement des roues qui s'arrêtaient, puis le léger bruit de pas de Naja venant à son côté.

— A partir de maintenant, nous risquons davantage d'être découverts. Regarde là, dit Naja en pointant son bras musclé par-dessus l'épaule du pharaon.

On distinguait un point lumineux, la douce lueur jaune d'une lampe à huile, à l'endroit où l'oued débouchait dans la plaine.

— Voilà le village d'El Wadoun. C'est là que nos espions nous attendent pour nous conduire à travers les détachements hyksos. Je vais aller en avant pour m'assurer que la voie est sûre. Veux-tu attendre ici, majesté, je reviendrai vite.

— Je vais avec toi.

— N'en fais rien. Il se peut que nous ayons été trahis,

Mem, argua-t-il en appelant le roi par son nom d'enfant. Tu es l'Egypte même. Ta vie est trop précieuse pour être ainsi risquée.

Pharaon se tourna vers le cher visage, fin et beau. Le sourire de Naja découvrait ses dents blanches, qui luisaient au clair de lune. En un geste de confiance et d'affection, Tamose lui toucha l'épaule.

— Va vite et reviens aussi vite, agréa-t-il.

Naja porta la main à son cœur et repartit en courant vers son char. Il salua de nouveau en passant devant le roi, et Tamose sourit en lui rendant son salut, puis il le regarda descendre la berge de l'oued. Quand il arriva sur le sable dur et plat du lit asséché, Naja fouetta les chevaux, qui filèrent vers le village d'El Wadoun. Le char laissa derrière lui l'empreinte de ses roues creusée dans le sable argenté, deux sillons d'ombre noire, avant de disparaître derrière le premier méandre. Pharaon retourna vers ses hommes. Il parla à mi-voix aux soldats en les appelant par leur nom, rit avec eux et leur prodigua des encouragements. Il n'était pas étonnant qu'ils l'aient aimé et suivi le cœur léger où qu'il les conduisît.

Seigneur Naja roulait prudemment le long de la berge méridionale de l'oued, les yeux fixés sur la crête des collines. Quand il reconnut la tour de pierre battue par les vents qui se détachait, légèrement inclinée, sur le ciel, il poussa un grognement de satisfaction. Il arriva bientôt à l'endroit où un vague sentier montait en lacet la pente escarpée jusqu'au pied de l'antique tour de guet.

Il lança un ordre bref à son porteur de lance, sauta de la plate-forme et passa son arc de cavalier en bandoulière. Puis il détacha le brasero en terre cuite suspendu au côté du char et s'engagea sur le sentier. Celui-ci était si bien camouflé qu'il se serait égaré une dizaine de fois avant d'atteindre le sommet s'il ne s'était souvenu de tous ses détours.

Il arriva enfin sur le rempart de la tour. Construite plusieurs siècles plus tôt, elle tombait en ruine. Il ne s'approcha pas du bord car il donnait sur un véritable précipice. Il trouva le fagot de bois mort dans la niche du mur où il l'avait laissé et le tira à l'extérieur. Il en fit rapidement une petite pyramide et souffla sur les braises de charbon de bois du brasero. Quand elles rougeoyèrent, il jeta dessus une poignée d'herbes sèches. Elles s'enflammèrent et il alluma le petit feu de signal. Il ne chercha pas à se cacher et resta au contraire debout de façon qu'une sentinelle en contrebas puisse le voir dans la lueur du foyer au sommet de la tour. Le feu mourut quand tout le bois fut consumé et Naja s'assit dans l'obscurité pour attendre.

Peu après, il entendit une pierre dégringoler sur le sentier rocailleux et il siffla. Quand son signal lui fut renvoyé, il se leva. Il fit jouer la lame de bronze recourbée de son glaive dans son fourreau et encocha une flèche sur la corde de son arc, prêt à tirer. Quelques instants plus tard, une voix rauque l'appela en hyksos. Il répondit dans la même langue et les pas d'au moins deux hommes résonnèrent sur la rampe de pierre.

Nul, pas même Pharaon, ne savait que la mère de Naja était une Hyksos. Pendant leurs décennies d'occupation, les envahisseurs avaient adopté beaucoup de mœurs égyptiennes. Manquant de femmes, ils avaient pris pour épouses des Egyptiennes et, au fil des générations, les lignées s'étaient confondues.

Un homme de haute taille arriva sur le rempart. Un

bassinet de bronze enserrait sa tête, et des rubans multicolores étaient attachés à sa barbe. Les Hyksos affectionnaient les couleurs vives.

— Que Seueth t'accorde sa bénédiction, cousin, grommela-t-il en lui ouvrant ses bras.

Naja l'étreignit.

— Puisse-t-il te sourire à toi aussi, cousin Trok. Nous n'avons guère de temps, l'avertit Naja en montrant les doigts de rose de l'aube qui caressaient déjà le ciel à l'orient.

— Tu as raison, cousin.

Le général hyksos rompit leur étreinte et se tourna pour prendre un paquet enveloppé de lin des mains de son lieutenant. Il le tendit à Naja, qui le défit en ranimant le feu du brasero d'un coup de pied. A la lueur des flammes, il examina le carquois qu'il contenait. Sculpté dans un bois dur et léger et recouvert de cuir magnifiquement travaillé et cousu, celui-ci était digne d'un officier de haut rang. Naja ôta le couvercle et en tira une flèche. Il l'examina brièvement à son tour en faisant tourner la hampe entre ses doigts pour s'assurer qu'elle était bien équilibrée et symétrique.

On ne pouvait manquer de reconnaître les flèches hyksos. Les plumes de l'empennage étaient teintes aux couleurs vives du régiment de l'archer et la hampe portait son sceau personnel. Lorsque le coup n'était pas fatal, si un chirurgien tentait d'extraire la flèche, la pointe en silex garnie de barbelures et liée à la hampe se détachait et restait profondément enfouie dans la plaie, entraînant une infection et une mort lente et atroce. Beaucoup plus dur que le bronze, le silex ne s'incurvait ni ne s'aplatissait quand il heurtait l'os.

Naja rangea la flèche dans le carquois et remit le couvercle en place. Il ne voulait pas courir le risque de remporter à son char des projectiles aussi reconnaissables.

Si son valet d'écurie ou son porteur de lance les avait découverts, leur présence eût été difficile à expliquer.

— Il nous reste beaucoup de choses à examiner, dit Naja avant de s'asseoir sur ses talons en invitant Trok à faire de même.

Ils discutèrent à voix basse, puis Naja se releva.

— Assez ! Nous savons maintenant tous deux ce que nous avons à faire. Le moment d'agir est enfin venu, déclara-t-il.

— Puissent les dieux sourire à notre entreprise.

Les deux hommes s'étreignirent à nouveau, puis Naja partit sans un mot de plus, descendit du rempart en courant avec légèreté et reprit le sentier vers le bas de la colline.

A mi-chemin, il trouva un endroit où cacher le carquois, une niche dans la roche fendue par les racines d'un épineux. Il posa sur le carquois une pierre qui avait à peu près la taille et la forme d'une tête de mort. Les branches supérieures tordues formaient une croix reconnaissable sur le fond du ciel nocturne. Il retrouverait l'endroit sans difficulté.

Puis il rejoignit son attelage dans le lit de l'oued.

En voyant revenir le char, Pharaon Tamose sut, à la façon impétueuse dont Naja le conduisait, que quelque chose de fâcheux se préparait. Il ordonna à voix basse à ses auriges de se tenir prêts à toute éventualité.

Le char de Naja remonta avec fracas la berge et Naja sauta à terre en arrivant à sa hauteur.

— Qu'est-ce qui ne va pas ? s'enquit Tamose.

— Une bénédiction des dieux, répondit Naja la voix tremblante. Ils nous ont livré Apepi sans défense.

— Comment est-ce possible ?

— Mes espions m'ont conduit au campement du roi

ennemi, tout près d'ici. Il a dressé ses tentes juste derrière la première ligne de collines, là-bas, dit Naja en indiquant la direction avec son glaive.

— Tu es sûr que c'est Apepi ? demanda Tamose, incapable de maîtriser son excitation.

— Je l'ai vu distinctement à la lueur de son feu de camp. Jusque dans ses moindres traits. Son grand nez busqué et sa barbe grisonnante. Avec sa stature, il est impossible de ne pas le reconnaître. Ceux qui l'entourent paraissent tout petits à côté de lui, et il porte la couronne à tête de vautour.

— Combien d'hommes a-t-il avec lui ?

— Avec sa présomption habituelle, il n'a qu'une garde de moins de cinquante hommes. Je les ai comptés, et la moitié d'entre eux dorment, leurs lances rangées en faisceau. Il ne se doute de rien et ses feux de bivouac sont allumés. Attaquons par surprise et il sera entre nos mains.

— Conduis-moi à lui, ordonna Pharaon en sautant sur la plate-forme de son char.

Naja les emmena. Les sables de l'oued étouffaient le bruit des roues et c'est dans un silence fantomatique que l'escadron contourna le dernier méandre. Naja leva le poing pour ordonner la halte. Pharaon vint se ranger à son côté.

— Où est le camp ? demanda-t-il en se penchant vers lui.

— Derrière la colline. Mes espions le surveillent de là-haut, expliqua Naja en indiquant le sentier qui montait vers la tour de guet. Il y a une oasis cachée de l'autre côté. Un puits d'eau douce et des palmiers dattiers. Les tentes sont dressées entre les arbres.

— Allons reconnaître le terrain avec une petite

patrouille. Ensuite nous déciderons de notre plan d'attaque.

Naja avait anticipé cet ordre et il choisit cinq soldats, tous liés à lui par serment. C'étaient ses créatures, de corps et de cœur.

— Enveloppez vos fourreaux, ordonna-t-il. Ne faites aucun bruit.

Puis, son arc recourbé dans la main gauche, il prit le sentier, et Pharaon lui emboîta le pas. Ils montèrent rapidement, jusqu'au moment où Naja vit les branches croisées de l'épineux se détacher sur le ciel de l'aube. Il s'arrêta brusquement, leva la main droite pour réclamer le silence et tendit l'oreille.

— Qu'y a-t-il ? chuchota Pharaon derrière lui.

— J'ai cru entendre parler hyksos sur la crête, répondit Naja. Attends ici, majesté, le temps que je m'assure qu'il n'y a pas de danger.

Pharaon et les cinq soldats s'accroupirent près du sentier pendant que Naja poursuivait son chemin sans bruit. Il contourna un gros rocher, et sa silhouette disparut à leur vue. Les minutes passaient lentement et Pharaon commençait à s'impatienter. L'aube arrivait vite. Le roi hyksos n'allait pas tarder à lever le camp et à reprendre la route, leur échappant. Il entendit un sifflement léger, qui imitait à la perfection l'appel du hibou au lever du jour, et il se leva d'un bond.

Pharaon soupesa son légendaire glaive bleu.

— La voie est libre, murmura-t-il. Suivez-moi.

Ils reprirent leur ascension, et Pharaon arriva au grand rocher qui bloquait le passage. Il en fit le tour avant de s'arrêter brusquement. Seigneur Naja lui faisait face à vingt pas. Ils étaient seuls, cachés à la vue des autres par le rocher. Naja avait bandé son arc et visait la poitrine nue de Pharaon. Avant même de pouvoir faire un geste, celui-ci comprit ce qui lui arrivait. C'était cette trahison que, dans sa clairvoyance, Taita avait flairée.

Il y avait déjà assez de jour pour lui permettre de distinguer dans le moindre détail cet ennemi qu'il avait aimé comme un ami. La corde de l'arc tendue contre les lèvres de Naja les tordait en un rictus affreux et ses yeux couleur de miel doré fixaient sur lui un regard aussi féroce que celui d'un léopard en chasse. L'empennage de la flèche était cramoisi, jaune et vert, et la pointe de silex aiguisée comme un rasoir, à la manière hyksos, conçue pour transpercer le casque ou la cuirasse de bronze d'un ennemi.

« Puisses-tu vivre éternellement ! » Naja articula les mots en silence comme une malédiction et lâcha la flèche. Elle semblait voler lentement en vibrant et vrombissant comme un bourdon. L'empennage la fit tourner sur elle-même et, en couvrant les vingt pas, elle accomplit une révolution complète. Tous les sens de Pharaon étaient aiguisés par l'extrême danger dans lequel il se trouvait, mais ses mouvements étaient lents comme dans un cauchemar, trop lents pour éviter le projectile. La flèche le frappa au cœur, avec le bruit d'une grosse pierre tombant dans la boue épaisse du Nil, et la moitié de la hampe disparut dans sa poitrine. Il pivota sur lui-même sous la violence du choc et fut projeté contre le rocher rouge. Il s'agrippa un instant à sa surface rugueuse. La pointe de silex l'avait transpercé et les barbelures couvertes de sang dépassaient des muscles noués sur le côté droit de sa colonne vertébrale.

Il lâcha le glaive bleu et un cri s'échappa de sa poitrine, étouffé par le sang de ses poumons. Il tomba à genoux, les jambes tordues, les ongles éraflant la roche rouge.

Naja s'élança en criant :

— C'est une embuscade ! Attention !

Il passa son bras autour de la poitrine de Pharaon et, tout en soutenant le roi agonisant, hurla de nouveau :

— A moi, les gardes !

Deux robustes soldats apparurent instantanément au détour du rocher. Ils virent au premier coup d'œil que Pharaon avait été touché par une flèche à l'empennage de couleurs vives.

— Les Hyksos ! s'écria l'un tandis qu'ils arrachaient Tamose des bras de Naja pour le mettre à l'abri du rocher.

— Portez-le à son char pendant que je tiens l'ennemi à distance, ordonna Naja.

Il se retourna, tira une autre flèche de son carquois et la décocha vers la crête déserte en beuglant une sommation, à laquelle il répondit lui-même en hyksos d'une voix étouffée.

Il ramassa prestement le glaive bleu de Tamose et redescendit le sentier en bondissant pour rattraper la petite troupe d'auriges qui emportaient le roi vers les chars.

— C'était un piège, leur dit-il d'un ton pressant. Le sommet de la colline grouille d'ennemis. Nous devons emmener Pharaon en sûreté.

Mais, à la façon dont sa tête roulait sur son épaule, il voyait que le roi était perdu et un sentiment de triomphe envahit sa poitrine. La couronne de guerre bleue glissa du front de Pharaon et rebondit sur le sentier. Naja la ramassa au passage en résistant à la tentation de s'en coiffer.

Patience. Le moment n'est pas encore venu, se dit-il, mais l'Egypte m'appartient déjà, avec ses deux couronnes, sa pompe et sa puissance. Me voilà devenu l'Egypte, me voilà élevé au rang de divinité.

Serrant la couronne sous son bras, il cria :

— Dépêchez-vous, l'ennemi est sur nos talons ! Le roi ne doit pas tomber entre leurs mains.

En contrebas, dans l'oued, les soldats avaient entendu les cris, et le médecin du régiment les attendait près du char de Pharaon. Il avait été formé par Taita et, bien qu'il ne possédât pas les pouvoirs magiques du mage, c'était un praticien habile, capable d'étancher le sang d'une blessure aussi terrible que celle de Pharaon. Mais Seigneur Naja ne voulait pas courir le risque de voir sa victime rappelée de l'au-delà. Il écarta le médecin avec brusquerie.

— L'ennemi nous suit de près. Ce n'est pas le moment d'exercer tes talents de charlatan. Nous devons le ramener en sûreté derrière nos lignes avant d'être rattrapés.

Il prit tendrement le roi des bras des hommes qui le portaient et le déposa sur la plate-forme de son propre char. Il cassa la hampe de la flèche qui dépassait de la poitrine du souverain et la leva afin que tous puissent la voir.

— Cette flèche sanglante a abattu notre pharaon. Notre dieu et notre roi. Puisse Seth damner le porc d'Hyksos qui l'a tirée et puisse-t-il le faire brûler dans les flammes pendant mille ans.

Ses hommes poussèrent un grognement d'approbation belliqueux. Naja enveloppa soigneusement la hampe dans du lin et la déposa sur le coffre contre le côté du char. Il la remettrait au conseil pour étayer son rapport sur la mort de Pharaon.

— Que quelqu'un vienne le tenir, ordonna-t-il. Qu'on le traite avec ménagement.

Pendant que le porteur de lance du roi s'avançait,

Naja déboucla le ceinturon de Pharaon, rengaina le glaive bleu et le rangea dans le coffre avec ses armes.

Le porteur de lance sauta sur la plate-forme et plaça la tête de Pharaon sur son giron. Du sang bouillonnait à la commissure des lèvres de Tamose. Le char fit demi-tour avant de repartir à toute vitesse le long de l'oued, suivi par le reste de l'escadron. Bien que soutenu par les bras puissants du porteur de lance, le corps flasque de Pharaon était terriblement secoué.

Tourné dans le sens de la marche afin que personne ne voie son visage, Naja laissa échapper un rire léger, couvert par le grincement du châssis et le fracas des roues sur les pierres qu'il ne cherchait pas à éviter. Ils sortirent de l'oued et poursuivirent leur course éperdue vers les dunes et les lacs de natron.

C'était le milieu de la matinée et le soleil blanc aveuglant se trouvait au milieu de son ascension quand Naja permit à la colonne de s'arrêter et au médecin de venir examiner le roi. Il n'était pas nécessaire de posséder de grandes connaissances médicales pour constater que l'ombre de Pharaon avait depuis longtemps quitté son corps et entamé son voyage dans l'au-delà.

— Pharaon est mort, annonça le médecin à voix basse en se relevant, les mains couvertes de sang royal jusqu'aux poignets.

Une lamentation terrible s'éleva en tête de la colonne et la parcourut sur toute sa longueur. Naja les laissa exprimer leur affliction puis envoya chercher ses officiers.

— La nation n'a plus de chef, leur dit-il. L'Egypte est en grand péril. Dix des chars les plus rapides doivent transporter en toute hâte le corps de Pharaon à Thèbes. Je les conduirai car le conseil voudra peut-être que j'assume les fonctions de régent du prince Nefer.

Il venait de planter les premières graines et il vit à leur expression qu'elles avaient pris racine immédiatement.

— Le médecin doit entourer le cadavre royal de bandelettes avant que je le porte au temple funéraire. Mais, en attendant, nous devons retrouver Prince Nefer. Il doit être informé de la mort de son père et de la succession de celui-ci. C'est l'affaire d'Etat la plus urgente, mon premier devoir de régent.

Il s'était arrogé ce titre en douceur, et nul n'avait protesté ni même sourcillé. Il déroula un rouleau de papyrus, une carte de la région de Thèbes à Memphis, l'étala sur la plate-forme de son char et l'étudia.

— Séparez vos troupes et ratissez le pays. Il faut retrouver le prince. Pharaon l'a probablement envoyé dans le désert avec l'eunuque pour accomplir les rites de passage. Nous concentrerons donc nos recherches ici, de Gallala, où nous l'avons quitté, vers le sud et l'est.

Avec l'œil exercé d'un chef militaire, Naja définit la zone de recherche et ordonna aux auriges de se déployer à travers le pays pour ramener le prince.

L'escadron retourna à Gallala, mené par Seigneur Naja. Suivait le char qui transportait le corps partiellement embaumé de Pharaon. Le médecin avait étendu le cadavre sur la rive du lac Waïfra et pratiqué l'incision traditionnelle au côté gauche, par où il avait retiré les viscères et les organes internes. L'estomac et les intestins avaient été lavés dans les eaux visqueuses du lac. Puis les organes avaient été enveloppés de cristaux de natron évaporé ramassés sur la grève et conservés dans des amphores. Une fois le corps rempli de natron, il l'avait enveloppé de bandelettes trempées dans de l'eau saturée de ce sel âpre. En arrivant à Thèbes, le corps allait être transporté au temple funéraire et confié aux prêtres et aux embaumeurs pour les préparatifs rituels de sept jours avant l'inhumation. Chaque minute passée sur la route pesait à Naja, car il tenait absolument à atteindre Thèbes avant que la nouvelle de la mort du roi y soit parvenue. Il prit néanmoins un temps précieux aux portes de la cité en ruine pour donner ses instructions aux capitaines qui allaient se mettre à la recherche du prince.

— Sillonnez toutes les routes de l'Est. L'eunuque est un vieux renard et il aura certainement effacé ses traces, mais vous devez le retrouver, ordonna-t-il. Il y a des villages aux oasis de Satam et de Lakara. Interrogez les habitants. S'il le faut, utilisez le fouet et le fer rouge pour vous assurer qu'ils ne vous cachent rien. Fouillez le désert dans les moindres recoins. Trouvez le prince et l'eunuque. Ne me décevez pas, sinon il vous en coûtera.

Lorsque les officiers eurent fini de remplir leurs outres et furent enfin prêts à emmener leurs divisions dans le désert, il leur donna un dernier ordre. Ils surent à sa voix et à son regard féroce qu'y désobéir signifierait la mort.

— Lorsque vous aurez trouvé Prince Nefer, amenez-le-moi. Ne le confiez surtout pas à d'autres mains que les miennes.

Les divisions comptaient dans leurs rangs des éclaireurs nubiens, des esclaves noirs originaires des contrées sauvages du Sud, habiles dans l'art de traquer hommes et bêtes. Ils trottaient devant les chars qui se déployaient à travers le désert et Seigneur Naja passa encore quelques minutes à les regarder s'éloigner. Un sentiment de malaise teintait son exultation. Il n'ignorait pas que le vieil eunuque était un initié, qu'il possédait d'étranges et merveilleux pouvoirs. Si un homme peut se mettre en travers de mon chemin, c'est bien lui, se dit-il. J'aimerais pouvoir partir moi-même à la recherche de l'eunuque et du gamin au lieu d'envoyer des subalternes affronter les ruses du mage. Mais mon destin m'appelle à Thèbes et je n'ose différer.

Il courut à son char et prit les rênes.

— En avant ! ordonna-t-il en levant le poing. A Thèbes !

Ils menèrent les chevaux si durement que lorsqu'ils dévalèrent le versant des collines orientales, vers la large plaine alluviale, l'écume séchée avait laissé des traînées blanches sur leurs flancs qui se soulevaient comme des soufflets de forge et ils avaient les yeux rouges et fous.

Naja avait soustrait une légion entière de gardes Ptah à l'armée campée devant Abnub. Il avait expliqué à Pharaon qu'ils constituaient une réserve stratégique à envoyer dans la brèche pour empêcher une percée des Hyksos au cas où l'offensive échouerait. La garde Ptah lui était en fait acquise, ses chefs liés à lui par serment. Suivant ses ordres secrets, ils s'étaient retirés d'Abnub et l'attendaient maintenant à l'oasis de Boss, à deux lieues de Thèbes.

Les sentinelles virent la poussière soulevée par les chars et se mirent au garde-à-vous. Le colonel Asmor et ses officiers avaient revêtu leur armure pour accueillir Seigneur Naja. La légion en armes était alignée derrière eux.

— Seigneur Asmor ! salua Naja du haut de son char. J'ai une terrible nouvelle à porter au conseil de Thèbes. Pharaon a été tué par une flèche hyksos.

— Seigneur Naja, j'attends tes ordres.

— L'Egypte est maintenant un enfant sans père.

Naja arrêta son char devant les guerriers emplumés et étincelants. Il éleva la voix pour qu'elle porte distinctement jusqu'aux derniers rangs.

— Prince Nefer est encore un enfant et n'est pas prêt à assumer le gouvernement. L'Egypte a besoin d'un régent pour la diriger, sinon les Hyksos profiteront de notre désarroi.

Il marqua une pause et lança un regard significatif au colonel Asmor. Celui-ci leva légèrement le menton pour le remercier de la confiance que Naja lui accordait. Il lui avait promis des récompenses plus grandes qu'il n'en avait jamais imaginé.

— Si Pharaon succombe au combat, beugla-t-il, l'armée est en droit de nommer par acclamation un régent sur le terrain !

Il se tut, le poing fermé sur le cœur, sa lance dans l'autre main. Puis Asmor s'avança d'un pas, fit face aux rangs de gardes en armes et retira son casque en un geste théâtral, découvrant son visage sombre et dur. Une cicatrice pâle laissée par un coup de glaive tordait son nez d'un côté et une perruque en crin de cheval tressé couvrait son crâne rasé. Il pointa son glaive vers le ciel et, d'une voix habituée à se faire entendre par-dessus le vacarme de la bataille, cria :

— Seigneur Naja ! Salut au régent d'Egypte ! Salut au seigneur Naja !

Il y eut un long silence stupéfait, puis, comme une troupe de lions, la légion rugit :

— Salut au seigneur Naja, régent d'Egypte !

Les acclamations durèrent jusqu'à ce que Naja lève le poing pour réclamer le silence.

— Vous me faites un grand honneur ! déclara-t-il solennellement. J'accepte la charge que vous me confiez.

— *Bak-her !* crièrent-ils en tapant sur leurs boucliers avec leurs glaives et leurs lances.

Les collines renvoyèrent l'écho comme un tonnerre lointain. Dans le vacarme, Naja appela Asmor.

— Place des sentinelles sur toutes les routes, lui ordonna-t-il. Que personne ne parte d'ici avant moi. Pas un mot de tout cela ne doit atteindre Thèbes avant que j'y arrive.

Le trajet depuis Gallala avait duré trois jours, trois jours de dure chevauchée. Les chevaux étaient fourbus et Naja lui-même, épuisé. Il ne s'accorda pourtant qu'une heure de repos avant de se laver, se raser et changer de vêtements. Puis, les cheveux huilés et peignés, il monta sur le char de cérémonie qu'Asmor avait préparé et amené devant l'entrée de sa tente. La feuille d'or qui décorait le pare-boue étincelait au soleil.

Naja portait un pagne de lin blanc, et un pectoral d'or orné de pierres semi-précieuses couvrait sa poitrine nue. Le légendaire glaive bleu dans son fourreau d'or, qu'il avait pris sur le corps de Pharaon, pendait sur sa hanche. La lame avait été battue dans un métal merveilleux, plus dur et tranchant que le meilleur bronze. Il n'avait pas son pareil en Egypte. Il avait appartenu à Tanus, le seigneur Harrab, qui l'avait légué à Pharaon.

L'élément le plus important de tout cet attirail n'était cependant pas le plus voyant. Sur son bras droit au-dessus du coude, un bandeau d'or tout simple maintenait en place le sceau bleu à tête de faucon. Comme le glaive, Naja l'avait récupéré sur le cadavre de Tamose. En tant que régent d'Egypte, il était maintenant en droit d'arborer ce symbole de la puissance impériale.

Sa garde se rassembla autour de lui, et toute la légion forma les rangs derrière eux. Suivi de cinq mille hommes, le nouveau régent d'Egypte commença sa marche vers Thèbes.

Asmor lui portait sa lance. Il était jeune pour commander une légion entière mais il avait fait ses preuves au combat contre les Hyksos et c'était un proche compagnon de Naja. Lui aussi avait du sang hyksos dans les veines. Naguère, le commandement d'une légion représentait le comble de son ambition, mais maintenant qu'il avait gravi les contreforts, se dressaient devant lui les sommets glorieux des plus hautes fonctions, du pouvoir sans entrave et – osait-il seulement y penser ? – de l'élévation aux rangs supérieurs de la noblesse. Il n'y avait rien qu'il ne ferait pas, aucune action assez imprudente ou basse qu'il n'entreprendrait volontiers pour hâter l'ascension de son protecteur sur le trône d'Egypte.

— Que reste-t-il sur notre chemin, mon vieux camarade ? lui demanda Seigneur Naja, qui semblait avoir lu dans ses pensées tant la question était de circonstance.

— Les Fleurs Jaunes ont écarté de notre route tous les princes de la maison de Tamose, sauf un, répondit Asmor en pointant sa lance vers les lointaines collines de l'Ouest, au-delà des eaux boueuses du Nil. Ils reposent là, dans les tombes de la Vallée des Rois.

Trois ans plus tôt, l'épidémie des Fleurs Jaunes avait balayé les deux royaumes. La maladie était ainsi nommée en raison des terribles lésions jaunes qui couvraient le visage et le corps de ses victimes avant qu'elles ne succombent aux fièvres varioliques. Elle avait prélevé son tribut dans toutes les couches de la société, sans distinction de rang ou de position, frappant aussi bien les Egyptiens que les Hyksos, les hommes et les femmes que les enfants, le paysan comme le prince. Elle les avait fauchés comme des champs de millet.

Huit princesses et six princes de la maison de Tamose étaient morts. De tous les enfants de Pharaon, seuls deux filles et Prince Nefer Memnon avaient survécu. Les dieux semblaient avoir entrepris délibérément de déblayer le chemin du trône d'Egypte à l'intention de Seigneur Naja.

D'aucuns eussent souhaité que Nefer et ses sœurs périssent eux aussi, mais le vieux mage Taita avait recouru à sa magie pour les sauver. Les trois enfants portaient toujours les petites cicatrices en haut du bras, là où il avait incisé pour introduire dans leur sang ses charmes contre les Fleurs Jaunes.

Naja fronça les sourcils. Même en ce moment de triomphe, ses pensées revenaient sans cesse aux étranges pouvoirs du mage. Nul ne pouvait nier qu'il avait trouvé le secret de la vie éternelle. Il avait déjà vécu si longtemps que personne ne connaissait son âge ; certains affirmaient qu'il avait cent ans, d'autres, deux cents. Il n'en continuait pas moins de marcher, courir et conduire un char comme un homme dans la fleur de l'âge. Personne n'était meilleur que lui dans la controverse, aucun ne possédait un tel savoir. Il avait certes la faveur des dieux, qui lui avaient livré le secret de l'immortalité.

Lorsqu'il serait pharaon, il ne lui manquerait plus que cela. Pourrait-il arracher ce secret à Taita le magicien ? Il fallait d'abord le capturer et le ramener en même temps que Prince Nefer, mais en aucun cas lui faire de mal. Il était bien trop précieux. En lui ramenant Prince Nefer et l'eunuque Taita, les chars que Naja avait envoyés dans le désert allaient lui apporter le trône grâce au premier et la vie éternelle grâce au second.

Asmor interrompit le cours de ses pensées :

— Nous autres de la fidèle garde Ptah sommes les seules troupes au sud d'Abnub. Le reste de l'armée est déployé face aux Hyksos, au nord. Thèbes n'est défendue que par une poignée de gamins, d'infirmes et de vieillards. Il n'y a rien en travers de ton chemin, régent.

La crainte de voir l'entrée de la ville interdite à la légion en armes se révéla sans fondement. Les portes principales s'ouvrirent dès que les sentinelles reconnurent l'étendard bleu, et les habitants de la cité sortirent en courant à leur rencontre. Ils portaient des feuilles de palmier et des guirlandes de nénuphars, car une rumeur avait parcouru la ville, selon laquelle Seigneur Naja amenait la nouvelle d'une grande victoire sur Apepi, roi des Hyksos.

Mais les cris de bienvenue et les rires firent bientôt place aux hululements sauvages du deuil quand ils virent le cadavre du roi emmailloté dans ses bandelettes sur le deuxième char et entendirent les auriges en tête du convoi annoncer : « Pharaon est mort ! Il a été tué par les Hyksos. Puisse-t-il vivre éternellement. »

La foule en pleurs, encombrant les rues, suivit le char qui transportait le cadavre royal au temple funéraire, et dans la confusion personne ne parut remarquer que les divisions des hommes d'Asmor remplaçaient les gardes aux portes de la ville et que des sentinelles étaient postées à chaque coin de rue et sur chaque place.

Le char portant Tamose avait attiré la foule à sa suite. Le reste de la ville, d'ordinaire grouillante, était désert, et Naja mena son attelage au galop à travers les étroites rues tortueuses en direction du palais bâti au bord du fleuve. Il savait que les membres du conseil se réuniraient dès qu'ils apprendraient la terrible nouvelle. Après avoir laissé leurs chars à l'entrée des jardins, Asmor et cinquante hommes formèrent la garde de Naja. Ils entrèrent en rangs serrés dans la cour intérieure et dépassèrent les bassins remplis d'hyacinthes et de poissons du fleuve, qui scintillaient comme des joyaux dans l'eau limpide.

L'arrivée de la troupe en armes prit le conseil au

dépourvu. Les portes de la salle n'étaient pas gardées et seuls quatre membres étaient déjà présents. Naja s'arrêta sur le seuil et parcourut rapidement la pièce du regard. Menset et Talla étaient âgés et le temps de leur redoutable puissance, révolu. Cinka avait toujours été faible et irrésolu. Il y avait dans la salle un seul homme avec lequel il lui fallait compter.

Kratas était plus vieux que tous les autres, mais à la façon dont l'est un volcan. Venu manifestement tout droit de son lit, il n'avait pas pris le temps de mettre de l'ordre dans ses robes. On le disait encore capable d'honorer ses deux jeunes épouses et ses cinq concubines, ce dont Naja ne doutait pas car les histoires qu'on racontait sur ses exploits guerriers et amoureux étaient légion. Les taches humides encore fraîches sur son pagne en lin et le parfum suave de la volupté féminine qui flottait autour de lui étaient perceptibles de là où se trouvait Naja. Les cicatrices sur ses bras et sa poitrine témoignaient des cent batailles qu'il avait soutenues et gagnées au fil des ans. Le vieillard ne daignait plus porter les multiples chaînes de l'Or de la Bravoure et de l'Or du Mérite auxquelles il avait droit – un bœuf eût ployé sous une telle masse de métal précieux.

— Nobles seigneurs ! Je vous apporte une triste nouvelle, lança Naja aux membres du conseil en entrant à grandes enjambées dans la salle.

Menset et Talla se recroquevillèrent sur leur siège, le fixant comme deux lapins qui regardent approcher le cobra.

— Pharaon est mort. Il a été abattu par une flèche hyksos alors qu'il prenait d'assaut le bastion ennemi au-dessus d'El Wadoun.

Les membres du conseil le regardèrent bouche bée, à l'exception de Kratas. Il fut le premier à se remettre du choc. Sa colère égalait son affliction. Il se leva pesamment et jeta un regard furibond à Naja et à sa garde, tel un vieux taureau se vautrant dans une mare boueuse surpris par une troupe de jeunes lions.

— Par quelle impudence oses-tu porter au bras le sceau à tête de faucon ? Naja, fils de Timlat et d'une catin hyksos, tu n'es pas digne de ramper dans la poussière aux pieds de celui à qui tu as subtilisé ce talisman. Le glaive suspendu à ta taille a été manié par des mains infiniment plus nobles que les tiennes.

Le crâne chauve de Kratas était devenu cramoisi et ses traits taillés à coups de serpe tremblaient d'indignation. Naja resta interloqué. Comment le vieux monstre savait-il que sa mère avait du sang hyksos ? C'était un secret. Cet homme lui rappelait avec vigueur qu'il était le seul, en dehors de Taita, à posséder la force et le pouvoir de l'empêcher de mettre la main sur le pschent. Malgré lui, il recula d'un pas.

— Je suis le régent de Prince Nefer et j'ai le droit de porter le sceau bleu à tête de faucon...

— Non ! tonna Kratas. Tu ne l'as pas. Seuls les hommes nobles et grands ont le droit de le porter. Pharaon Tamose l'avait, ainsi que Tanus, Seigneur Harrab, et une lignée de puissants rois avant eux. Toi, espèce de rustre sournois, tu ne l'as pas.

— J'ai été acclamé par mes légions en campagne. Je suis le régent de Prince Nefer.

— Tu n'es pas un guerrier, lança Kratas en se dirigeant vers lui d'un pas décidé. Tu as été battu à plate couture à Lastra et à Siva par ces chacals d'Hyksos, tes cousins. Tu n'es ni un homme d'Etat ni un sage. Tu n'as bénéficié d'un peu d'avancement que grâce à un écart de jugement de Pharaon. Je l'ai mis en garde cent fois.

— Arrière, vieil imbécile ! Je remplace Pharaon. Si tu me touches, tu portes outrage à la couronne et à la dignité de l'Egypte.

— Je vais te dépouiller du sceau et du glaive, clama Kratas sans s'arrêter. Et ensuite peut-être m'accorderai-je le plaisir de te fouetter les fesses.

Placé à la droite de Naja, Asmor chuchota à son maître :

— Le crime de lèse-majesté est puni de mort.

Naja comprit immédiatement qu'il devait saisir l'occasion. Il leva le menton et regarda l'imposant vieillard dans les yeux.

— Tu n'es qu'un vieux gâteux, dit-il sur un ton de défi. Ton temps est révolu, Kratas. Et tu oses lever la main sur le régent d'Egypte !

Comme il s'y était attendu, l'insulte fut plus que n'en pouvait supporter Kratas. Le vieil homme poussa un rugissement et se rua sur lui. Etonnamment rapide pour son âge et sa corpulence, il souleva Naja de terre et tenta de retirer le sceau de son bras.

— Tu n'es pas digne...

— Frappe ! Et fort, ordonna Naja à voix basse sans se retourner à Asmor qui se tenait à un pas derrière son épaule, son glaive recourbé dans la main droite.

Asmor se déplaça de côté pour atteindre le flanc de Kratas, découvert au-dessus de la ceinture de son pagne, et le frapper à hauteur des reins. Donné par ses mains expertes, le coup fut sûr et puissant. La lame de bronze pénétra sans bruit dans la chair jusqu'à la garde, aussi aisément qu'une aiguille dans une étoffe de soie, puis Asmor imprima au glaive un mouvement de rotation afin d'élargir la blessure.

Kratas se raidit, les yeux écarquillés, et laissa Naja retomber sur ses pieds. Asmor retira la lame, qui opposa une résistance en adhérant à la chair avec un bruit de succion. Un sang rouge sombre maculait le bronze luisant et ruisselait lentement sur le pagne de lin blanc de Kratas. Asmor frappa de nouveau, plus haut cette fois-ci, en inclinant la lame pour remonter sous les côtes. Kratas fronça les sourcils et secoua sa grosse tête léonine, comme importuné par des enfantillages. Il tourna les talons et se dirigea vers la porte de la salle. Asmor courut après lui et le frappa encore dans le dos, mais Kratas continuait d'avancer.

— Seigneur, aide-moi à tuer ce chien ! lança Asmor, haletant.

Naja tira le glaive bleu de son fourreau, se précipita vers eux et frappa à son tour, sa lame pénétrant plus profondément que le bronze. Kratas sortit dans la cour en chancelant. Son sang palpitait et jaillissait d'une dizaine de blessures.

— Au meurtre ! Epargnez Kratas ! criaient derrière lui les autres membres du conseil.

— C'est un traître ! cria Asmor tout aussi fort. Il a osé poser les mains sur le régent d'Egypte !

Il frappa une nouvelle fois. Kratas tituba contre le muret qui entourait le bassin et tenta de reprendre l'équilibre. Mais ses mains couvertes de sang glissèrent sur le marbre poli. Il bascula par-dessus le rebord et disparut sous la surface dans une grande gerbe d'écume.

Ses deux meurtriers s'appuyèrent un moment sur le muret pour reprendre leur souffle. Sous eux, le sang du vieux colosse teintait de rose l'eau du bassin. Sa tête chauve émergea soudain et il aspira l'air bruyamment.

— Au nom de tous les dieux, ce vieux fou ne mourra donc jamais ! s'exclama Asmor avec étonnement et dépit.

Naja sauta dans le bassin et, de l'eau jusqu'à la taille,

s'approcha du grand corps qui se débattait. Il posa le pied sur le cou de Kratas pour lui enfoncer la tête sous la surface. Celui-ci luttait et tentait de se relever mais Naja pesait sur lui de tout son poids et le maintenait sous l'eau.

— J'ai l'impression de chevaucher un hippopotame, fit Naja, haletant, en riant.

Asmor et les soldats attroupés au bord du bassin se joignirent à lui, hurlant de rire et raillant Kratas :

— Bois un dernier coup, vieil ivrogne !

— Tu vas aller auprès de Seth propre comme un bébé. Même le dieu ne te reconnaîtra pas.

Le vieil homme se débattait de plus en plus faiblement, puis une dernière exhalaison s'échappa dans un grand bouillonnement et il ne bougea plus. Naja sortit du bassin. Le corps de Kratas remonta lentement à la surface et se mit à flotter, le visage dans l'eau.

— Allez le repêcher ! ordonna Naja. Qu'on ne l'embaume pas, mais qu'on le taille en pièces et qu'on l'enterre avec les bandits, les violeurs et les traîtres dans la vallée du Chacal. Pas d'inscription sur sa tombe.

Il enlevait ainsi à Kratas toute chance de gagner le paradis et le condamnait à errer éternellement dans l'obscurité.

Ruisselant jusqu'à la taille, Naja rentra à grands pas dans la salle. Entre-temps, les autres membres du conseil étaient arrivés. Ils avaient été témoins du sort réservé à Kratas et, pâles et bouleversés, se serraient les uns contre les autres sur leurs bancs. Frappés d'horreur, ils fixaient Naja, debout devant eux, le glaive bleu sanglant à la main.

— Nobles seigneurs, la mort a toujours été le châtiment des traîtres. Y en a-t-il parmi vous qui mettent en question la justice de cette exécution ?

Il les regarda tour à tour et ils baissèrent les yeux : les gardes Ptah se tenaient épaule contre épaule tout autour de la salle et, Kratas mort, il n'y avait plus personne pour s'opposer à eux.

— Seigneur Menset, reprit Naja en s'adressant au président du conseil, approuves-tu l'exécution du traître Kratas ?

Pendant de longues secondes, Menset parut sur le point de le défier, puis il soupira et regarda ses mains posées sur ses genoux.

— Le châtiment est juste, murmura-t-il. Le conseil approuve les actions de Seigneur Naja.

— Le conseil ratifie-t-il aussi ma nomination à la régence d'Egypte ? demanda Naja.

Il parlait doucement mais sa voix portait distinctement dans le lourd silence de la salle. Menset leva les yeux et se tourna vers ses collègues, mais aucun ne croisa son regard.

— Le président et tous les conseillers de cette assemblée agréent le nouveau régent d'Egypte, répondit Menset en regardant en face Naja.

Une telle expression de mépris déformait ses traits d'ordinaire joviaux qu'il allait être retrouvé mort dans son lit avant la pleine lune. Pour l'heure, Naja se borna à hocher la tête.

— J'accepte la charge et la lourde responsabilité que vous me confiez, dit-il en rengainant son glaive avant de monter les marches de l'estrade vers le trône. Pour ma première déclaration officielle devant ce conseil en tant que régent, je souhaite vous décrire la mort courageuse du divin pharaon Tamose.

Il marqua une pause significative, puis pendant une heure donna sa version détaillée de la campagne fatale et de l'assaut lancé sur les hauteurs d'El Wadoun.

— Ainsi est mort l'un des plus vaillants rois d'Egypte. Les derniers mots qu'il m'a dits lorsque je le portais en bas de la colline ont été ceux-ci : « Veille sur mon dernier fils survivant. Protège Nefer jusqu'à ce qu'il ait l'âge de porter la double couronne. Prends aussi mes deux filles sous ton aile et fais en sorte que rien ni personne ne leur nuise. »

Seigneur Naja ne tenta pas de cacher son chagrin et il lui fallut un moment pour se ressaisir avant de poursuivre d'une voix ferme :

— Je ne décevrai pas le dieu qui fut mon ami et mon pharaon. J'ai déjà envoyé mes chars dans le désert pour rechercher Prince Nefer et le ramener à Thèbes. Dès son retour, je le placerai sur le trône et déposerai le fléau et le sceptre entre ses mains.

Pour la première fois, un murmure d'approbation parcourut l'assemblée.

— Envoyez chercher les princesses, ordonna Naja. Qu'on les amène ici immédiatement.

Elles franchirent les portes en hésitant. Heseret, l'aînée, conduisait sa petite sœur Merykara par la main. Celle-ci venait de jouer avec ses amies. Elle était encore toute rouge et en nage. Comme il lui restait plusieurs années avant la puberté, elle avait de longues jambes de pouliche et la poitrine plate d'un garçon. Sa longue chevelure noire retenue sur le côté tombait sur son épaule gauche et son pagne d'étoffe était si court qu'on voyait la moitié de ses petites fesses rondes. Elle regarda avec un sourire timide cette impressionnante assemblée d'hommes importants et serra plus fort la main de sa sœur aînée.

Heseret avait eu sa première lune rouge et elle portait une jupe en lin ainsi que la perruque des femmes nubiles. Même les plus vieux la regardaient avec concupiscence car elle avait hérité de la célèbre beauté de sa grand-mère, Reine Lostris. Sa peau était blanche comme le lait. Elle avait les membres glabres et fuselés, les seins pareils à deux lunes célestes. Son expression était sereine mais les commissures de ses lèvres se relevaient en un sourire malicieux et des lueurs pétillantes éclairaient ses immenses yeux verts.

— Venez, mes enfants, lança Naja.

Alors seulement elles reconnurent l'ami intime de leur père. Elles lui sourirent et vinrent à lui avec confiance. Il se leva du trône et en descendit les marches pour les accueillir, avec une expression et une voix tragiques.

— Vous devez vous montrer courageuses et vous souvenir que vous êtes des princesses de la maison royale, car j'ai pour vous une triste nouvelle. Le pharaon, votre père, est mort.

Pendant quelques instants, elles ne parurent pas comprendre, puis Heseret émit le gémissement aigu du deuil, immédiatement imitée par Merykara. Naja passa ses bras autour d'elles et les mena au pied du trône, où elles se laissèrent tomber à genoux et s'étreignirent mutuellement en pleurant à chaudes larmes.

— Le chagrin des princesses est évident, dit Naja à l'assemblée. La confiance que Pharaon m'a accordée est tout aussi évidente. De même que j'ai pris Prince Nefer Memnon sous ma garde, je prends les deux princesses, Heseret et Merykara, sous mon aile.

— Il a désormais tout le sang royal entre ses mains. Où qu'il se trouve dans le désert, et si sain et fort soit-il, Prince Nefer est déjà sur la pente fatale, chuchota Talla à son voisin. Le nouveau régent d'Egypte a montré clairement de quelle manière il entendait gouverner.

Nefer était assis à l'ombre de la falaise qui dominait Gebel Nagara. Il n'avait pas bougé depuis que le soleil était apparu au-dessus des montagnes. Au début, l'immobilité lui avait donné des fourmis, mais Taita l'observait et il avait donc soumis son corps récalcitrant à sa volonté. Maintenant, il se trouvait enfin dans un état de conscience éveillée, tous ses sens à l'écoute du monde extérieur.

Il sentait l'eau sourdre de sa source cachée dans la fente de la falaise. Elle montait goutte à goutte, ruisselait dans la petite vasque creusée dans le roc, puis débordait dans la suivante, tapissée d'algues vertes glissantes. De là, elle s'écoulait pour disparaître définitivement dans les sables rougeâtres au fond de la vallée. Ce filet d'eau suffisait cependant à entretenir une vie abondante : papillons et scarabées, serpents et lézards, la gracieuse petite gazelle qui dansait comme un tourbillon de poussière safran dans l'air chaud tremblotant de la plaine, les pigeons tachetés à collerette de plumes couleur de vin qui nichaient sur les corniches hautes, tous venaient s'y abreuver. C'est en raison de la présence de ces précieux points d'eau que Taita l'avait conduit ici pour attendre son oiseau-dieu.

Ils avaient commencé à fabriquer le filet le jour de leur arrivée à Gebel Nagara. Taita avait acheté la soie à un marchand de Thèbes. L'écheveau de fil avait coûté le prix d'un bel étalon, car il avait fallu un voyage de plusieurs années pour le rapporter d'un pays situé loin à l'est de l'Indus. Taita avait montré à Nefer comment tisser le filet. Il était plus résistant que d'épais torons de lin ou des lanières de cuir, mais presque invisible à l'œil.

Une fois le filet terminé, Taita avait insisté pour que Nefer attrape lui-même les proies qui serviraient d'appâts. « C'est ton oiseau-dieu. Tu dois le prendre toi-même, avait-il expliqué. Ton titre n'en sera que plus certain aux yeux du grand dieu Horus. »

Dans la canicule, Nefer et Taita avaient donc cherché le moyen de gagner le haut de la falaise. A la tombée de la nuit, Taita s'était assis près d'un petit feu au pied de l'à-pic et il avait psalmodié ses incantations à voix basse, jetant de temps à autre une poignée d'herbes médicinales dans les flammes. Lorsque le croissant de lune avait éclairé l'obscurité à minuit, Nefer avait entrepris la périlleuse ascension jusqu'à la corniche où perchaient les pigeons. Il s'était emparé de deux de ces gros oiseaux encore désorientés par les ténèbres et le sort que leur avait jeté Taita. Il les avait placés dans la sacoche de selle qu'il portait en bandoulière et était redescendu.

Sur les directives de Taita, Nefer avait plumé une aile de chaque oiseau pour les empêcher de voler. Puis ils avaient choisi un endroit assez dégagé près du pied de la falaise et de la source pour que les pigeons soient visibles du ciel. Ils les avaient ensuite attachés par une patte avec un crin de cheval à un bout de bois fiché en terre. Puis ils avaient déployé le filet arachnéen au-dessus d'eux en le fixant à des tiges d'herbe à éléphant séchée, qui casseraient et s'effondreraient sous le poids de l'oiseau-dieu.

« Tends le filet délicatement, lui avait expliqué Taita, ni trop serré ni trop lâche. L'oiseau doit se prendre le bec et les serres dedans de telle sorte qu'il ne puisse se blesser en se débattant avant que nous le libérions. »

Quand les préparatifs furent achevés à la satisfaction de Taita commença la longue attente. Vite habitués à leur captivité, les pigeons becquetaient avec avidité les grains de millet éparpillés à leur intention par Nefer.

Puis ils se chauffaient au soleil et s'époussetaient avec contentement sous le filet de soie. Les jours brûlés de soleil se succédaient et ils attendaient toujours.

Dans la fraîcheur du soir, ils rentraient les pigeons, roulaient le filet puis se mettaient en quête de nourriture. Taita grimpait en haut de la falaise et s'asseyait en tailleur au bord, surplombant la longue vallée. Nefer attendait au-dessous en embuscade, jamais à la même place afin que le gibier soit toujours surpris quand il venait s'abreuver à la source. De là-haut, Taita jetait un sort qui ne manquait pas d'attirer une délicate gazelle à portée de flèche de l'endroit où Nefer se tenait prêt, l'arc bandé. Chaque soir, ils faisaient griller des tranches de gazelle sur le feu à l'entrée de la caverne.

Cette grotte était celle dans laquelle Taita avait vécu en ermite pendant des années après la mort de Reine Lostris. C'est là qu'il donnait toute la mesure de ses pouvoirs. Bien que Nefer fût novice et n'eût pas une compréhension profonde des pouvoirs mystiques du vieillard, il ne doutait pas de leur réalité car il en avait quotidiennement la démonstration.

Après leur arrivée à Gebel Nagara, plusieurs jours furent nécessaires à Nefer pour comprendre qu'ils n'étaient pas venus là uniquement afin de chercher son oiseau-dieu : cette retraite prolongeait la formation et l'instruction que Taita lui avait toujours dispensées, aussi loin que remontait la jeune mémoire de Nefer. Même les longues heures d'attente auprès des proies étaient une leçon en soi. Taita lui enseignait à maîtriser son corps, à explorer de nouveaux territoires de son esprit, à regarder au-dedans de lui-même, à écouter le silence et à entendre des murmures auxquels d'autres étaient sourds.

Une fois habitué au silence, Nefer fut davantage prêt

à recevoir la sagesse et l'enseignement plus profonds que Taita devait lui transmettre. Ils restaient assis tous les deux dans la nuit du désert, sous la lente ronde des constellations, à la fois éternelles et éphémères comme les vents et les courants océaniques, et Taita lui décrivait des merveilles qui semblaient inexplicables et ne pouvaient être comprises que par une ouverture et un élargissement de l'esprit. Il se rendait compte qu'il se trouvait seulement à la périphérie ombreuse de ce savoir mystique mais sentait croître en lui une soif immense d'en connaître davantage.

Un matin, quand Nefer sortit de la caverne dans la lumière grise qui précède l'aube, il vit un petit groupe de silhouettes sombres et silencieuses assises dans le désert près de la source de Gebel Nagara. Il alla en informer Taita, qui hocha la tête.

— Ils ont attendu toute la nuit, dit-il.

Il jeta un manteau de laine sur ses épaules et sortit.

Lorsqu'ils reconnurent la silhouette émaciée de Taita dans le demi-jour, ils se répandirent en supplications. C'étaient des membres de tribus nomades accompagnés d'enfants en proie aux Fleurs Jaunes, brûlants de fièvre et couverts des terribles plaies provoquées par la maladie.

Ils dressèrent leurs tentes au-delà de la source, et Taita leur dispensa des soins. Aucun des enfants ne mourut et, après une dizaine de jours, les nomades laissèrent à l'entrée de la caverne du millet, du sel et des peaux tannées en guise de présents, puis disparurent dans le désert. D'autres vinrent ensuite, qui souffraient de maladies et de blessures infligées par des hommes et des bêtes. Taita n'en renvoya aucun et s'occupa de tous. Nefer l'assistait et apprit beaucoup en regardant et en écoutant.

Même s'il fallait soigner les Bédouins, chercher de la nourriture et instruire Nefer, ils n'en installaient pas moins les proies sous le filet de soie et attendaient près d'elles chaque matin.

Peut-être les pigeons étaient-ils sous l'influence apaisante de Taita, car ils étaient devenus aussi dociles et tranquilles que des poules. Ils se laissaient prendre sans le moindre signe de crainte et émettaient de doux roucoulements quand on les attachait. Ils s'immobilisaient alors et gonflaient leur plumage.

Le matin du vingtième jour, Nefer prit sa faction au-dessus des proies. Comme toujours, sans regarder directement Taita, il avait une profonde conscience de sa présence. Le vieillard avait les yeux fermés et, à l'instar des pigeons, semblait somnoler au soleil. Sa peau était sillonnée d'innombrables petites rides et mouchetée de taches sombres laissées par l'âge. Elle paraissait fragile au point de pouvoir se déchirer aussi aisément que le papyrus le plus fin. Il avait le visage glabre, sans la moindre trace de barbe ni de sourcils ; seuls des cils fins, transparents comme du verre, soulignaient ses yeux. Nefer avait entendu son père affirmer que le fait d'avoir été châtré avait réduit son système pileux et empêché le temps de marquer ses traits, mais il était persuadé que sa longévité et la persistance de sa force vitale tenaient à des raisons ésotériques. Par contraste, Taita avait une chevelure aussi épaisse et vigoureuse que celle d'une jeune femme, mais couleur d'argent bruni. Il en était très fier ; il la brossait et la laissait tomber dans son dos en une lourde natte. En dépit de son âge et de sa sagesse, le vieux mage n'était pas exempt de vanité.

Cette petite faiblesse ne faisait qu'augmenter l'amour que Nefer ressentait pour lui au point d'en éprouver une douleur dans la poitrine. Il aurait aimé trouver le moyen de le lui exprimer, mais il n'ignorait pas que Taita comprenait déjà, car il savait tout.

Il tendit subrepticement la main pour toucher le bras du vieillard pendant son sommeil, mais celui-ci ouvrit soudain les yeux, parfaitement éveillé. Il ne s'était pas assoupi, mais avait usé de tous ses pouvoirs pour attirer l'oiseau-dieu vers les proies. Nefer savait que ses pensées et son geste avaient en quelque manière entravé les efforts de Taita, car il sentait sa désapprobation aussi distinctement que s'il avait parlé.

Marri, il se ressaisit et maîtrisa ses émotions et ses pensées ainsi que le lui avait appris son maître. C'était comme franchir un passage secret pour entrer dans le lieu du pouvoir. Le temps passait rapidement, sans être compté. Le soleil monta au zénith et parut y rester longtemps. Nefer fut soudain envahi par un merveilleux sentiment de prescience. Tout se passait presque comme si lui aussi était suspendu au-dessus du monde et voyait tout ce qui s'y produisait. Il se voyait assis au côté de Taita près de la source de Gebel Nagara, il voyait le désert qui s'étendait autour d'eux, le fleuve qui contenait le désert telle une barrière infranchissable et marquait les frontières de l'Egypte. Il voyait les villes et les royaumes, les pays divisés sous la double couronne, les puissantes armées déployées, les machinations des hommes malfaisants, les efforts et les sacrifices des bons et des justes. Il avait une conscience si intense de son destin qu'il en perdait presque courage.

Il savait aussi que son oiseau-dieu viendrait ce jour-là, car il était enfin prêt à l'accueillir.

« L'oiseau est là ! »

Les paroles étaient si distinctes qu'il crut une seconde que Taita les avait prononcées, mais il se rendit compte que ses lèvres n'avaient pas bougé. Le mage avait introduit cette pensée dans son esprit d'une façon mystérieuse que Nefer ne serait jamais à même de pénétrer ni d'expliquer. Il ne doutait pas de la vérité de ces paroles ; elle lui fut confirmée l'instant d'après par les battements d'aile désespérés des pigeons qui sentaient la menace dans les airs au-dessus d'eux.

Nefer ne fit aucun geste montrant qu'il avait entendu et compris. Il ne tourna pas la tête ni ne leva les yeux vers le ciel. Il n'osait regarder en l'air de crainte d'alerter l'oiseau et de provoquer l'ire de Taita. Mais il avait conscience par toutes les fibres de son être de ce qui était en train de se produire.

Le faucon royal était une créature si rare que peu d'hommes en avaient vu en liberté. Depuis mille ans, les chasseurs des pharaons avaient recherché ces oiseaux, leur avaient tendu des pièges afin de les prendre dans leurs filets et, pour remplir les volières royales, étaient allés jusqu'à voler les petits dans le nid avant qu'ils aient toutes leurs plumes. La possession de ces oiseaux était la preuve que le règne du pharaon sur l'Egypte avait reçu l'approbation divine d'Horus.

Le faucon était l'alter ego du dieu : des statues et des peintures montraient celui-ci avec le faucon sur la tête. Le pharaon étant lui-même un dieu, il pouvait capturer, posséder et chasser l'oiseau. Tout autre homme qui s'y serait risqué eût encouru la peine de mort.

L'oiseau était venu. C'était le sien. Taita semblait l'avoir fait apparaître dans les cieux comme par magie. Nefer en avait le cœur serré tant il était ému, mais il n'osait toujours pas lever la tête.

Puis il entendit le faucon. Son cri, pareil à une lamentation affaiblie par la distance, se perdait presque dans l'immensité du ciel et du désert, mais il le fit frissonner jusqu'au tréfonds de lui-même, comme si le dieu lui avait parlé. Quelques instants plus tard, à la verticale au-dessus de lui, le faucon poussa d'autres cris, plus aigus et sauvages.

Maintenant fous de terreur, les pigeons sautaient en tirant sur leurs liens, battant des ailes si violemment qu'ils en perdaient des plumes et soulevaient autour d'eux un nuage de poussière.

Tout là-haut, le faucon entama son attaque plongeante, tandis que le vent sifflait, de plus en plus aigu, sur ses ailes. Nefer pouvait maintenant lever la tête sans risque, car le faucon concentrait toute son attention sur sa proie.

Il regarda en l'air : les ailes repliées en arrière, le cou tendu, l'oiseau tombait comme une pierre dans le ciel d'un bleu intense. C'était un spectacle d'une beauté divine. Le faucon dégageait une telle impression de puissance que Nefer en resta bouche bée. Il avait vu d'autres faucons de cette espèce dans les volières de son père, mais jamais encore ainsi, dans toute leur grâce et leur majesté. La taille de l'oiseau augmentait à une vitesse prodigieuse et les couleurs de son plumage gagnaient en intensité à mesure qu'il approchait du sol.

Son bec recourbé était d'un jaune splendide, sa pointe effilée et noire comme de l'obsidienne. Ses yeux étincelaient de l'or le plus ardent, avec des marques pareilles à des larmes dans les coins intérieurs. Il avait la gorge d'un blanc crémeux, moucheté comme de l'hermine, les ailes brun-roux et noir, et sa beauté était si exquise dans les moindres détails que Nefer ne doutait point qu'il fût une incarnation du dieu. Son désir de le posséder atteignait une intensité qu'il n'avait jamais imaginée.

Il fortifia son âme en attendant l'impact, le moment où le faucon toucherait le filet de soie et se prendrait au piège de ses amples plis. Il sentait que, à son côté, Taita faisait de même. Ils allaient se précipiter ensemble sur lui.

Puis il se produisit quelque chose qu'il n'aurait pas cru possible. La vitesse du faucon était telle que rien ne paraissait pouvoir l'arrêter, si ce n'est l'impact sur le corps d'un pigeon. Mais, contre toute probabilité, il déploya ses ailes dans un bruit strident. L'espace d'un instant, elles semblèrent sur le point d'être arrachées. Le faucon avait changé de direction et, mettant à profit son élan pour infléchir son vol, il remonta en trombe et ne fut plus bientôt qu'un point noir dans le ciel. Son cri résonna encore une fois dans les airs, plaintif et lointain, puis il disparut complètement.

— Il a refusé ! murmura Nefer. Pourquoi, Taita ? Pourquoi ?

— Les voies des dieux sont impénétrables.

Malgré son immobilité prolongée, le mage se leva en un mouvement souple digne d'un athlète.

— Ne va-t-il pas revenir ? Il était à moi. Je l'ai senti au fond de mon cœur. C'était mon oiseau. Il faut qu'il revienne.

— Il appartient à la divinité et non à l'ordre naturel des choses, dit Taita à mi-voix.

— Mais pourquoi a-t-il refusé ? Il doit bien y avoir une raison, insista Nefer.

Taita ne répondit pas tout de suite et alla libérer les pigeons. Après tout ce temps, les plumes de leurs ailes avaient repoussé, mais, une fois leurs pattes détachées du crin de cheval, ils ne tentèrent pas de s'échapper. L'un se percha en voltigeant sur son épaule. Taita le prit délicatement à deux mains et le lança en l'air. Alors seulement il s'envola vers son perchoir, la corniche en haut de la falaise.

Il le regarda partir et retourna à l'entrée de la caverne. Nefer le suivit à pas lents, déçu. Dans la pénombre de la grotte, Taita s'assit sur le rebord de pierre sous la paroi du fond et se pencha pour préparer le feu jusqu'à ce que les branches et le crottin de cheval s'enflamment. Envahi par un pressentiment, Nefer s'assit lourdement en face de lui, à sa place habituelle.

Ils conservèrent le silence pendant un bon moment, Nefer se contenant, bien que la perte du faucon fût pour lui un tourment aussi violent que s'il avait plongé sa main dans les flammes. Il savait que Taita ne reprendrait la parole que lorsqu'il serait prêt à l'entendre. Le mage soupira enfin et dit à mi-voix, presque tristement :

— Je dois faire appel au Labyrinthe d'Amon-Rê.

Nefer était stupéfait. Il ne s'était pas attendu à cela. Au cours de toutes les années qu'ils avaient passées ensemble, il ne l'avait vu recourir que deux fois au Labyrinthe. Il savait que la transe dans laquelle entrait le vieillard pour pratiquer cette divination était comme une petite mort qui l'épuisait. Il n'entreprenait ce redoutable voyage dans le monde surnaturel que lorsque aucune autre voie ne s'offrait à lui.

Nefer resta silencieux et regarda Taita effectuer les préparatifs rituels avec une crainte révérencielle. Il commença par écraser des herbes médicinales dans un mortier d'albâtre avec un pilon avant d'en placer une mesure dans un pot d'argile. Puis il versa sur elles de l'eau bouillante avec la bouilloire en cuivre. La vapeur qui s'en échappa était si âcre que Nefer se mit à larmoyer.

Pendant que la mixture refroidissait, Taita alla chercher le sac en cuir qui contenait le Labyrinthe dans sa cachette au fond de la grotte. Assis devant le feu, il fit glisser les disques dans sa main et les caressa doucement en commençant à psalmodier l'incantation à Amon-Rê.

Le Labyrinthe consistait en dix disques d'ivoire, gravés par Taita lui-même. Dix était le nombre mystique de la puissance suprême. Chaque disque, œuvre d'art miniature, représentait l'un des dix symboles du pouvoir. Les petits bruits secs que faisaient les disques entre ses doigts accompagnaient son chant. Entre deux versets de l'invocation, il soufflait sur les disques pour leur communiquer sa force vitale. Lorsqu'ils avaient capté la chaleur de son corps, il les passait à Nefer.

— Souffle dessus, lui dit-il.

Tandis que Nefer s'exécutait, Taita commença à se balancer au rythme des vers magiques qu'il récitait. Son regard devint vitreux à mesure qu'il se retirait dans les replis secrets de son esprit. Il était déjà en transe quand Nefer rangea le Labyrinthe en deux piles devant lui.

Nefer vérifia alors la température de la préparation en y trempant le doigt comme Taita le lui avait demandé. Lorsqu'elle eut assez refroidi pour ne pas brûler la bouche, il s'agenouilla devant le vieux mage et lui présenta le pot d'argile avec les deux mains.

Taita but jusqu'à la dernière goutte et, à la lueur du feu, son visage devint blanc comme la craie de la carrière d'Assouan. Il continua de psalmodier pendant un moment, mais sa voix ne fut bientôt plus qu'un murmure puis se tut. Seul rompait le silence son souffle devenu rauque sous l'effet de la drogue et de la transe. Il s'affaissa sur le sol de la grotte, couché en boule comme un chat devant le feu.

Nefer le couvrit avec son châle et resta à son côté jusqu'à ce qu'il se mette à grogner, pris de mouvements convulsifs, le visage ruisselant de sueur, les yeux blancs.

Nefer ne pouvait plus rien pour lui. Il lui était impossible de rejoindre le mage dans les lieux obscurs où il s'était transporté et il ne supportait plus la vue des souffrances terribles que lui infligeait le Labyrinthe. Il se leva sans bruit, alla chercher son arc et son carquois au fond de la caverne et se baissa pour jeter un coup d'œil par l'entrée. Le soleil, nimbé d'une brume de poussière, était jaune et bas sur les collines. Il escalada les dunes à l'occident et, quand il en atteignit le sommet, il regarda par-delà les vallées, si déçu d'avoir perdu l'oiseau-dieu, si inquiet pour Taita dans les affres de la divination, si alarmé à l'idée de ce que celui-ci allait découvrir dans sa transe qu'un besoin irrépressible de courir s'empara de lui. Il bondit sur la pente de la dune, les joues inondées de larmes de terreur, le sable s'éboulant sous ses pieds. Il courut à en perdre haleine, ruisselant de sueur, et quand il s'arrêta le soleil touchait l'horizon. Il revint alors vers Gebel Nagara et parcourut le dernier quart de lieue dans l'obscurité.

Taita était toujours recroquevillé sous le châle près du feu, mais il dormait maintenant plus paisiblement. Nefer s'étendit à son côté et sombra dans un sommeil agité, peuplé de cauchemars.

Quand il s'éveilla, l'aube pointait à l'entrée de la caverne. Assis près du feu, Taita, l'air encore pâle et malade, faisait griller des côtelettes de gazelle. Il en piqua une avec la pointe de son poignard de bronze et la tendit à Nefer. L'adolescent avait une faim de loup. Il se dressa sur son séant et se mit à ronger l'os. Lorsqu'il eut dévoré la troisième côtelette, il parla pour la première fois :

— Qu'as-tu vu, Taita ? s'enquit-il. Pourquoi l'oiseau-dieu a-t-il refusé les proies ?

— Ce n'était pas clair, répondit le mage.

Nefer devina que le présage était mauvais et que Taita le lui cachait. Ils mangèrent en silence, mais Nefer sentait à peine le goût de la nourriture.

— Nous avons rendu la liberté aux pigeons. Comment allons-nous faire demain pour installer le filet ? demanda-t-il enfin.

— L'oiseau-dieu ne reviendra pas à Gebel Nagara, dit simplement Taita.

— Je ne succéderai donc jamais à mon père sur le trône d'Egypte ?

Sa voix trahissait une profonde angoisse, et Taita répondit avec ménagement :

— Il nous faudra prendre l'oiseau au nid.

— Nous ne savons pas où trouver l'oiseau-dieu, objecta Nefer qui s'était arrêté de manger et fixait sur Taita un regard suppliant.

— Je sais où est le nid, répondit le vieux mage en hochant la tête. Les Arcanes me l'ont révélé. Mais tu dois manger pour garder des forces. Nous partirons demain aux premières lueurs du jour. Un long voyage nous attend.

— Y aura-t-il des oisillons dans le nid ?

— Oui. Les faucons ont eu des petits. Ils sont presque capables de voler. Tu trouveras ton oiseau.

Ou bien le dieu nous révélera d'autres mystères, ajouta-t-il mentalement.

Dans l'obscurité qui précède l'aube, ils chargèrent les outres et les sacoches sur les chevaux, puis montèrent à cru derrière elles. Taita chevauchait en tête. Il longeait la falaise et empruntait la route la plus facile par les collines. Quand le soleil émergea au-dessus de l'horizon, ils avaient laissé Gebel Nagara loin en contrebas. Nefer regarda devant eux et sursauta : la silhouette indistincte de la montagne, bleue sur le bleu du ciel, était là, encore si distante qu'elle semblait sans substance et éthérée, une masse de brume et d'air plus que de terre et de roche. Nefer eut une impression de déjà-vu et pendant un temps il fut incapable de se l'expliquer. Puis elle revint en force.

— La montagne, dit-il en la montrant du doigt. C'est là que nous allons, n'est-ce pas, Taita ?

Son ton était si assuré que le mage le regarda.

— Comment le sais-tu ?

— Je l'ai vue en rêve la nuit dernière, répondit Nefer.

Taita se détourna afin que l'adolescent ne pût voir l'expression de son visage. Les yeux de son esprit s'ouvrent enfin comme une fleur du désert à l'aube, se dit-il. Il apprend à voir à travers le voile sombre qui nous cache le futur. Il éprouva un profond sentiment d'accomplissement. Loués soient les cent noms d'Horus, tout cela n'a pas été vain.

— C'est là que nous allons, je le sais, répéta Nefer avec certitude.

— Oui, confirma enfin Taita. Nous allons à Bir Oum Masara.

Avant les heures de canicule, il conduisit son protégé à une profonde ravine au fond de laquelle se dressait un bosquet d'acacias broussailleux, dont les racines puisaient l'eau à quelque source souterraine. Quand ils eurent déchargé et abreuvé les bêtes, Nefer explora le bosquet et ne tarda pas à découvrir les empreintes d'autres chevaux. Tout excité, il en avertit Taita et lui montra les traces de roues laissées par une petite division de chars, une dizaine semblait-il, les cendres d'un feu de camp et la terre tassée à l'endroit où les hommes avaient dormi, leurs montures attachées aux troncs des acacias voisins.

— Des Hyksos ? hasarda-t-il.

Sa voix était inquiète car le crottin, encore très frais, ne datait que de quelques jours apparemment.

— Non, ce sont les nôtres.

Taita avait reconnu les empreintes des chars. C'était lui qui, en effet, avait conçu les premiers modèles de ces roues à rayons bien des décennies plus tôt. Il se baissa soudain pour ramasser un petit ornement de bronze en forme de rosace qui, détaché d'un pare-boue, était à moitié enfoui dans la terre meuble.

— C'est une de nos divisions de cavalerie légère, probablement un régiment Ptah, sous les ordres de Seigneur Naja.

— Que font-ils ici, si loin des lignes de front ? demanda Nefer, intrigué.

Taita haussa les épaules et se détourna pour cacher son inquiétude. Il écourta leur repos et ils poursuivirent leur chemin alors que le soleil était encore haut. Le contour de Bir Oum Masara se précisait et la montagne semblait occuper la moitié du ciel devant eux. Peu à peu, ils parvenaient à distinguer des gorges, des escarpements et des falaises. Quand ils arrivèrent sur la crête de la première ligne de contreforts, Taita serra la bride à son cheval et regarda en arrière. Un mouvement au loin attira son attention et il se protégea les yeux pour mieux voir. A plusieurs lieues en contrebas, un long nuage de poussière s'élevait dans le désert. Il l'observa un moment : le nuage s'éloignait vers l'est, vers la mer Rouge. Il pouvait avoir été soulevé aussi bien par un troupeau d'oryx que par une colonne de chars de guerre. Il n'en dit rien à Nefer, qui était si absorbé par la quête de l'oiseau-dieu qu'il ne pouvait détacher ses yeux de la silhouette de la montagne. Taita battit des talons contre les flancs de sa monture et vint se porter au côté de l'adolescent.

Cette nuit-là, alors qu'ils campaient à mi-hauteur de Bir Oum Masara, il dit à voix basse :

— Nous n'allumerons pas de feu ce soir.

— Il fait si froid ! protesta Nefer.

— Si nous faisions du feu à cet endroit, il se verrait à dix lieues d'ici.

— Il y a des ennemis dans les parages ? fit Nefer en changeant d'expression et en regardant au loin avec inquiétude. Des brigands ? Des Bédouins ?

— Il y a toujours des ennemis, répondit Taita. Mieux vaut avoir froid qu'être mort.

Le vent glacial réveilla Nefer peu après minuit. Son poulain, Victorieux, tapait du pied et hennissait. Il écarta sa couverture en peau de mouton et se leva pour aller le calmer. Taita était déjà éveillé, assis un peu à l'écart.

— Regarde ! dit-il en montrant une faible lueur qui vacillait dans la plaine. Un feu de camp.

— C'est peut-être l'une de nos divisions. Celle qui a laissé les traces que nous avons vues hier.

— Peut-être. Mais il se peut aussi que ce ne soient pas des nôtres.

— J'ai assez dormi, dit Nefer après avoir réfléchi longtemps. De toute façon, il fait trop froid. Nous ferions bien de repartir. Mieux vaut que l'aube ne nous surprenne pas sur cet épaulement.

Ils chargèrent les chevaux et, au clair de lune, trouvèrent un vague sentier de chèvres qui les mena autour du contrefort est de Bir Oum Masara, si bien que lorsque le jour commença à se lever ils étaient déjà hors de vue du lointain campement.

Le char d'Amon-Rê, le dieu soleil, émergea brusquement à l'orient et répandit une lumière dorée sur la montagne. Les gorges ombreuses semblaient encore plus sombres par contraste et, loin en contrebas, le désert était immense et grandiose.

Nefer leva la tête et poussa un cri de joie.

— Regarde ! Oh, regarde ! s'exclama-t-il en désignant le pic rocheux.

Taita suivit son doigt et vit deux points noirs décrire de grands cercles dans le ciel. L'un accrocha la lumière du soleil et s'embrasa un instant comme une étoile filante.

— Des faucons royaux, fit remarquer Taita en souriant. Un couple.

Ils déchargèrent les chevaux et trouvèrent un bon poste d'observation, duquel ils voyaient bien les évolutions des oiseaux. Même à cette distance, ils étaient majestueux et beaux au-delà de toute expression. L'un des deux, le mâle, plus petit, changea soudain de cap et remonta contre le vent, ses battements d'ailes nonchalants soudain frénétiques.

— Il a vu une proie ! s'écria Nefer avec l'excitation et la joie d'un vrai fauconnier. Regarde-le.

Son plongeon fut si fulgurant que, s'il en avait détaché les yeux un instant, il eût manqué le moment où il allait tuer la proie. Le tiercelet tombait du ciel comme un javelot. Un pigeon solitaire voletait sans méfiance au pied de la falaise. Il s'aperçut du danger et tenta d'éviter le faucon. Il obliqua si brusquement pour se mettre à couvert contre la paroi rocheuse qu'il bascula sur le dos en un vol frénétique, le ventre un instant exposé. Le tiercelet le mit en charpie avec ses serres et le gros pigeon parut se dissoudre en une fumée rouge-brun et bleu. Le vent matinal emporta les plumes en un long nuage et le faucon plongea dans la gorge, les serres plantées dans le ventre de sa proie. Tous deux heurtèrent l'éboulis non loin de Nefer. La falaise renvoya l'écho du bruit sourd de leur chute le long de la gorge.

Tout excité, Nefer sautait de joie, et même Taita, qui avait toujours aimé les oiseaux de proie, exprima son plaisir.

— *Bak-her !* s'écria-t-il pendant que le faucon parachevait le rituel de la mise à mort en déployant ses magnifiques ailes sur le cadavre du pigeon pour proclamer que la proie était sienne.

La femelle vint le rejoindre en une succession de gracieuses spirales et atterrit près de lui sur le roc. Il replia ses ailes pour lui permettre de partager la proie. Ils la déchiraient avec leurs becs aiguisés comme des rasoirs et s'arrêtaient entre deux coups pour lever la tête et foudroyer Nefer de leurs féroces yeux jaunes en avalant des morceaux de chair et d'os sanglants en même temps que les plumes. Pleinement conscients de la présence des humains, ils la toléraient tant que ceux-ci gardaient leurs distances.

Bientôt, il ne resta plus du pigeon qu'une tache rouge sur la roche et quelques plumes au vent. Le ventre plein, le couple prit son essor et s'éleva à tire-d'aile le long de l'à-pic rocheux.

— Suivons-les ! Ne les perdons pas de vue ! cria Taita avant de remonter son pagne pour détaler à travers l'éboulis.

Plus agile et plus rapide, Nefer ne lâcha pas des yeux les deux faucons qui longeaient l'épaulement comme des flèches. Sous le pic, la montagne se divisait en deux aiguilles de roche sombre, terrifiantes même vues d'en bas. Les faucons montèrent vers la cime de ce monument naturel et Nefer comprit où ils se dirigeaient. A mi-hauteur du pic occidental, sous un surplomb, une fissure en forme de V s'ouvrait dans la paroi rocheuse, remplie d'un matelas de branchettes et de brindilles séchées.

— Le nid ! s'écria Nefer. Le nid est là !

La tête renversée en arrière, ils regardèrent les faucons se poser l'un après l'autre au bord du nid et faire effort pour régurgiter la chair du pigeon. Le vent apporta un autre son, affaibli par la distance, le long de la falaise : le chœur de cris revendicateurs des jeunes faucons réclamant leur pitance. A cette distance, Taita et Nefer ne voyaient pas les petits, et ce dernier sautait pour tenter de les apercevoir.

— Si nous escaladons le pic ouest, dit-il en pointant le doigt, nous devrions avoir une vue plongeante sur le nid.

— Aide-moi d'abord à entraver les chevaux, ordonna Taita.

Ils les laissèrent paître les touffes d'herbe clairsemées nourries par la rosée que déposait la lointaine mer Rouge.

L'ascension de l'aiguille prit le reste de la matinée. Bien que Taita ait repéré la voie la plus facile par la face opposée, il arrivait qu'en voyant le précipice sous ses pieds Nefer prenne une profonde inspiration et détourne le regard. Ils parvinrent enfin à une étroite corniche juste sous le sommet. Ils restèrent là accroupis un moment pour se remettre et contemplèrent le paysage grandiose, avec le désert à perte de vue et la mer au loin. Ils avaient l'impression que la création tout entière se déployait sous eux. Le vent qui gémissait alentour faisait voleter le pagne de Nefer et lui ébouriffait les cheveux.

— Où est le nid ? demanda-t-il, obnubilé par la

recherche de son oiseau-dieu malgré la précarité de leur position.

— Viens !

Taita se leva et commença à se déplacer de côté sur la corniche, le bout de ses sandales dans le vide. Ils contournèrent l'arête et peu à peu l'aiguille est leur apparut à une centaine de coudées seulement, mais séparée d'eux par un tel abîme que Nefer en eut le vertige.

Ils avaient une vue légèrement plongeante sur le nid. La femelle, perchée sur le bord, en cachait l'intérieur. Elle les regardait implacablement contourner l'épaulement, les plumes de son dos hérissées, menaçantes comme la crinière d'un lion furieux. Elle poussa un cri sauvage et s'élança dans le vide où elle resta suspendue presque immobile à les observer attentivement. Elle était si près qu'ils distinguaient chaque plume de ses ailes.

En s'envolant, elle avait découvert l'intérieur de la fissure rocheuse. Deux jeunes faucons étaient blottis dans la vasque de branchettes et de brindilles tapissée de plumes et de laine de chèvre. Presque aussi gros que leur mère, ils avaient déjà tout leur plumage. Sous le regard admiratif de Nefer, l'un des deux se dressa et battit des ailes vigoureusement.

— Comme il est beau, murmura Nefer. Je n'ai jamais rien vu de plus beau.

— Il s'exerce pour son premier vol, expliqua Taita à voix basse. Regarde comme il est puissant déjà. Dans quelques jours, il sera parti.

— Je vais aller là-haut aujourd'hui même, annonça Nefer en s'apprêtant à repartir en arrière le long de la corniche.

Mais Taita l'arrêta en posant la main sur son épaule.

— Ce n'est pas chose à entreprendre à la légère. Nous

devons prendre le temps de nous préparer soigneuse ment. Viens, assieds-toi près de moi.

Nefer appuyé contre son épaule, Taita lui montra la configuration de la roche en face d'eux.

— Sous le nid, le roc est aussi lisse que du verre. Sur cinquante coudées, il n'y a pas la moindre aspérité, aucune saillie sur laquelle poser le pied.

Nefer détacha son regard du jeune faucon et examina la paroi rocheuse au-dessous. Son estomac se soulevait mais il s'obligea à l'ignorer. Taita avait raison : même un hyrax, ce petit animal au pied sûr pareil à un lapin qui élisait domicile sur les hauteurs, n'aurait pas trouvé de prise sur cette paroi verticale.

— Comment puis-je accéder au nid, Taita ? Je veux ces petits. Je les veux à tout prix.

— Regarde au-dessus du nid. Tu vois, la fissure se prolonge vers le haut jusqu'au sommet de la falaise.

Nefer acquiesça, incapable de dire un mot en voyant la voie périlleuse que lui indiquait Taita.

— Nous trouverons bien le moyen d'atteindre la cime. Nous prendrons avec nous les cordes des chevaux. De là-haut, je te ferai descendre le long de la fissure. En coinçant tes pieds nus et tes poings de côté dans l'ouverture, tu parviendras à t'agripper et je te retiendrai avec la corde.

Nefer n'arrivait toujours pas à parler. La suggestion de Taita l'avait rendu nauséeux. Il lui semblait impossible de sortir vivant d'une telle entreprise. Taita comprit ce qu'il éprouvait et n'insista pas.

— Je crois... commença Nefer, hésitant.

Mais il n'acheva pas sa phrase et regarda les deux jeunes faucons dans le nid. Il savait que son destin l'appelait là. L'un des deux était son oiseau-dieu et s'en emparer était pour lui le seul moyen d'obtenir la couronne de ses pères. Renoncer maintenant revenait à nier tout ce pour quoi les dieux l'avaient choisi. Il devait y aller.

A son côté, Taita sentit le moment où il accepta la mission qui lui était impartie et devint ainsi un homme. Il s'en réjouit, car là était aussi son destin.

— Je vais tenter l'aventure, dit simplement Nefer en se levant. Descendons nous préparer.

Le lendemain matin, ils quittèrent leur campement de fortune et entamèrent l'ascension alors qu'il faisait encore nuit. Taita arrivait à suivre le sentier que même Nefer, avec ses jeunes yeux, ne parvenait pas à distinguer. Chacun portait un lourd rouleau de corde de lin et de crin qui servait à attacher les chevaux. Ils s'étaient également munis d'une petite outre d'eau ; il allait faire chaud sur le pic quand le soleil serait haut.

Lorsqu'ils arrivèrent au pied de l'aiguille est, le jour s'était levé et ils distinguaient la paroi au-dessus d'eux. Taita passa une heure à repérer la voie à suivre.

— Au nom du grand Horus, le tout-puissant, allons-y, annonça-t-il enfin en faisant le signe de l'œil blessé du dieu avant de conduire Nefer à l'endroit qu'il avait choisi comme point de départ de leur ascension. Je vais ouvrir le chemin, poursuivit-il en attachant une extrémité de la corde autour de sa taille. Laisse-la filer au fur et à mesure que j'avance. Observe ce que je fais et, quand je te le dirai, attache-toi et suis-moi. Si tu glisses, je te retiendrai.

Au début, Nefer grimpa avec prudence, l'air tendu,

agrippé à chaque anfractuosité, les articulations blanchies par l'effort, en suivant la voie empruntée par Taita. Celui-ci l'encourageait et l'adolescent prenait de l'assurance.

— Ce n'était pas difficile, dit-il en arrivant au côté de son mentor et en lui souriant.

— Ça va le devenir, lui assura Taita d'un ton pince-sans-rire avant de reprendre l'escalade.

Derrière lui, Nefer grimpait maintenant comme un singe en jacassant joyeusement. Ils arrivèrent sous une cheminée creusée dans la paroi, qui se rétrécissait vers le haut en une étroite fissure.

— C'est par un passage comme celui-là que tu vas devoir redescendre vers le nid quand nous serons arrivés au sommet. Regarde bien comment je coince mes mains et mes pieds dans la fissure.

Taita s'engagea dans la cheminée et monta lentement mais sans s'arrêter. Lorsque la cheminée se rétrécit, il poursuivit son ascension régulièrement comme s'il grimpait à une échelle. Son pagne battait contre ses vieilles jambes maigres et, sous le lin, Nefer apercevait la cicatrice laissée par la castration. Il l'avait déjà vue et cette terrible mutilation ne l'impressionnait plus.

Lorsque Taita lui cria de le suivre, cette fois-ci Nefer grimpa avec légèreté, trouvant naturellement son rythme.

Comment en aurait-il été autrement ? Le sang de guerriers et d'athlètes ne coulait-il pas dans ses veines ? Taita essaya de dominer sa fierté. Un sourire éclaira son visage et ses yeux étincelèrent comme s'il avait retrouvé sa jeunesse. J'ai été son précepteur... il est normal qu'il excelle.

Le soleil n'était encore qu'à la moitié de son ascension quand ils se retrouvèrent enfin au sommet de l'aiguille.

— Nous allons nous reposer un peu, dit le mage en décrochant l'outre de son épaule avant de s'asseoir.

— Je ne suis pas fatigué, Taita.

— Reposons-nous quand même.

Taita lui tendit l'outre et le regarda avaler une dizaine de gorgées puis reprendre son souffle.

— La descente vers le nid va être plus difficile. Tu n'auras personne pour te montrer le chemin et, à l'endroit où la roche est en surplomb, tu ne verras plus où tu poses les pieds.

— Ça ira, Taita.

— Si les dieux le permettent, admit le mage.

Il tourna la tête comme pour admirer le paysage et pria en silence. Etends tes ailes sur lui, puissant Horus, car c'est lui que tu as choisi. Chéris-le, Lostris, ma maîtresse devenue déesse, car il est le fruit de tes entrailles et le sang de ton sang. Détourne la main de lui, ignoble Seth, et ne le touche pas, car tu ne peux l'emporter contre le gré de ceux qui protègent cet enfant. Il soupira en se demandant s'il était sage de défier le dieu des ténèbres et du chaos, puis tempéra son avertissement par une promesse : Ignore-le et je sacrifierai un bœuf dans ton temple d'Abydos la prochaine fois que je passerai par là.

— Allons-y, dit-il en se levant.

Il conduisit Nefer vers l'autre bord du sommet et jeta un coup d'œil en contrebas sur le camp et les chevaux qui paissaient, réduits par la distance à la taille de souriceaux. La femelle faucon décrivait des cercles au-dessus de la gorge. Il crut discerner quelque chose d'inhabituel dans son comportement, impression confirmée quand elle poussa un cri étrange et triste, comme il n'avait jamais entendu un faucon royal en émettre. Il n'y avait pas trace de son compagnon, bien qu'il eût scruté le ciel pour tenter de le repérer.

Puis il tourna son regard de l'autre côté de l'abîme vers le pic principal et la corniche sur laquelle ils étaient montés la veille. Cela lui permit de se repérer, car le renflement de la roche sous lui cachait le nid à sa vue. Il se déplaça lentement le long du bord jusqu'à trouver le début d'une fissure en laquelle il reconnut celle qui descendait en s'élargissant jusqu'à l'endroit où les faucons avaient construit leur nid.

Il ramassa un caillou et le laissa tomber dans le vide. Il heurta la paroi et disparut. Le mage espérait ainsi effrayer le tiercelet et le pousser à sortir du nid pour en préciser la position, mais en vain. Seule la femelle continuait de décrire des cercles sans but dans les airs en poussant des cris bizarres.

Taita appela Nefer à son côté et lui attacha la corde autour de la taille. Il testa la solidité du nœud, puis, pouce par pouce, tira la corde entre ses doigts afin de s'assurer qu'elle ne s'effilochait pas.

— Tu as bien pris la sacoche pour porter l'oiselet ? demanda-t-il avant de vérifier que le nœud que Nefer avait fait pour l'attacher à son épaule ne le gênerait pas dans ses mouvements.

— Cesse de te tracasser, Taita. Mon père dit que tu te comportes parfois comme une vieille femme.

— Ton père devrait me témoigner plus de respect. Je lui fouettais les fesses lorsqu'il se mettait à piailler quand il était petit, comme j'ai fouetté les tiennes.

Taita renifla et vérifia encore le nœud de la corde autour de la taille de l'adolescent pour retarder le moment fatal. Mais Nefer se dirigea vers le bord et se tint tout droit au-dessus du précipice sans l'ombre d'une hésitation.

— Tu es prêt ? s'enquit-il en jetant un coup d'œil par-dessus son épaule.

Son sourire découvrait ses dents blanches, et une étincelle dans ses yeux vert sombre raviva chez Taita le souvenir de Reine Lostris. Avec un pincement au cœur, le vieux mage pensa qu'il était encore plus beau que Tamose au même âge.

— Nous n'allons pas lanterner là toute la journée, ajouta-t-il en employant une des expressions favorites de son père et en imitant son ton aristocratique.

Taita s'assit, cala ses talons dans la fissure et se pencha en arrière pour se préparer à retenir la corde. Il fit un signe de tête à Nefer et vit son sourire suffisant s'évanouir quand il commença à se laisser glisser dans le vide. Il laissa filer la corde au fur et à mesure que l'adolescent descendait.

Nefer atteignit le renflement de la paroi et, suspendu des deux mains, chercha à tâtons une prise où poser le pied. Il trouva la fissure avec l'orteil et y enfonça son pied nu, puis se laissa glisser. Il regarda une dernière fois Taita, essaya de sourire mais ne réussit à esquisser qu'une pâle grimace, puis passa sous le surplomb. Avant d'avoir pu trouver un autre point d'appui, il sentit son pied glisser dans la fissure et commença à pivoter au bout de la corde. S'il lâchait sa prise, il tournerait sur lui-même et se balancerait dans le vide sans pouvoir rien faire, doutant que Taita ait la force de le remonter.

Il se raccrocha désespérément à la fissure et reprit son équilibre. Il tendit l'autre main et s'agrippa à la prise suivante. Il avait franchi le surplomb mais il haletait et son cœur battait à se rompre.

— Ça va ? demanda Taita là-haut.

Nefer répondit oui d'une voix rauque, puis regarda entre ses genoux : la fissure s'élargissait en une véritable crevasse, au fond de laquelle se trouvait le nid. Ses bras se fatiguaient et commençaient à trembler. Il tendit sa jambe droite et trouva un autre point d'appui.

Taita ne s'était pas trompé : la descente se révéla plus difficile que l'ascension. En abaissant sa main droite, il constata qu'il s'était écorché les jointures et avait laissé une traînée de sang sur la roche. En descendant petit à petit, il atteignit l'endroit où la fissure s'ouvrait en une cheminée. Il lui fallut de nouveau chercher une prise à tâtons.

Lorsqu'ils en avaient parlé la veille, assis sur la corniche de l'autre côté du gouffre, ce point d'inflexion semblait ne pas présenter de difficultés particulières, mais à présent, alors que ses pieds se balançaient dans le vide, l'abîme lui donnait l'impression de l'aspirer comme une bouche monstrueuse. Il gémit et s'agrippa de plus belle des deux mains, collé à la paroi rocheuse. La peur l'avait envahi et les rafales de vent chaud qui le fouettaient avaient balayé ce qui lui restait de courage, menaçant de lui faire lâcher prise. Il regarda en bas, et des larmes se mêlèrent à la sueur sur ses joues. Le vide l'appelait, le tirait avec les griffes de la terreur en lui tordant les boyaux.

— Continue ! Tu dois continuer.

La voix de Taita lui parvint, affaiblie mais pressante.

Nefer fit un effort suprême pour se ressaisir. Ses orteils trouvèrent à tâtons une saillie apparemment assez large pour lui donner une prise. Il se laissa descendre. Son pied glissa brusquement, ses bras étaient trop fatigués pour retenir son poids plus longtemps, et il tomba en poussant un cri.

Il ne tomba que de deux brassées. La corde lui entailla cruellement la chair et le serra sous les côtes, chassant l'air de ses poumons. Il s'arrêta net et resta suspendu dans le vide, retenu uniquement par la corde et le vieillard.

— Nefer, tu m'entends ? demanda Taita, la voix enrouée par l'effort.

L'adolescent poussait des petits cris.

— Essaie de trouver une prise. Tu ne peux pas rester là.

La voix du mage le calma. Il cligna des yeux pour chasser ses larmes et vit que le rocher n'était qu'à une longueur de bras de son visage.

— Accroche-toi ! l'aiguillonna Taita.

Nefer vit qu'il était suspendu face à la cavité. Celle-ci était assez profonde pour qu'il pût y tenir, son rebord incliné assez large pour qu'il y restât debout. Encore fallait-il l'atteindre. Il tendit une main tremblante et réussit à toucher la paroi avec le bout de ses doigts. Il commença à se balancer pour s'en approcher davantage.

Après s'être évertué en vain pendant ce qui lui parut une éternité, il parvint enfin à se propulser dans l'ouverture et à poser les pieds sur le rebord. Accroupi, il se cala à l'intérieur, haletant.

Au-dessus, Taita sentit la corde mollir, soulagée du poids de l'adolescent, et lui lança des encouragements :

— *Bak-her*, Nefer, *Bak-her !* Où es-tu ?

— Dans la cavité, au-dessus du nid.

— Qu'est-ce que tu vois ? demanda Taita, qui voulait lui occuper l'esprit pour qu'il ne pense pas au vide sous ses pieds.

Nefer essuya la sueur dans ses yeux avec le dos de la main et regarda en contrebas.

— Le bord du nid.

— A quelle distance ?

— Tout près.

— Tu peux l'atteindre ?

— Je vais essayer.

Le dos arc-bouté contre le haut de la niche rocheuse, Nefer descendit avec précaution le long du plan incliné. Au-dessous de lui, il apercevait les brindilles séchées qui dépassaient du nid. Il descendit encore et le nid lui apparut peu à peu.

— Je vois le tiercelet, s'égosilla-t-il, tout excité. Il est encore au nid.

— Qu'est-ce qu'il fait ? cria Taita à son tour.

— Il est recroquevillé sur lui-même. Il paraît dormir. Je ne vois que son dos.

Posé sur le côté le plus haut du nid, le faucon était immobile. Mais comment peut-il dormir et ne pas s'être rendu compte de l'agitation qui règne au-dessus de lui ? se demandait Nefer. Sa peur était oubliée, maintenant que son oiseau-dieu était si près, presque à portée de main.

Il se mouvait plus rapidement, avec davantage d'assurance à mesure que le sol de la cavité se redressait et qu'il avait assez de hauteur pour se tenir debout.

— Je vois sa tête ! lança-t-il.

Le tiercelet avait déployé ses ailes comme pour couvrir une proie. Il est beau, pensa Nefer. Je suis presque assez près de lui pour le toucher et il n'a pas l'air d'avoir peur du tout.

Il se rendit compte soudain qu'il pouvait saisir l'oiseau endormi. Il rassembla son courage, coinça son épaule dans la fente, bien campé sur ses pieds, et se pencha lentement vers le tiercelet, puis arrêta son geste, la main tendue au-dessus de lui.

Des gouttelettes de sang perlaient sur les plumes brunroux de son dos. Brillantes comme des rubis, elles scintillaient au soleil. Le cœur lui manqua : il comprit que l'oiseau était mort. Une immense tristesse l'envahit, comme si on lui avait enlevé à jamais un être cher. Ce n'était pas seulement la mort du faucon qui l'affectait. L'oiseau royal symbolisait un dieu et un roi. La carcasse du tiercelet semblait s'être muée en cadavre humain, celui du pharaon, le sien. Un sanglot l'étouffa et il retira précipitamment la main.

Juste à temps. Il y eut comme un grincement sec, un sifflement d'air explosif. Quelque chose d'énorme, d'un noir brillant, passa comme la foudre à l'endroit où se trouvait sa main un instant plus tôt et heurta avec fracas le matelas de brindilles séchées avec une telle force que tout le nid trembla.

Nefer se recula aussi loin que le permettait l'espace réduit de la cavité et regarda la créature monstrueuse qui avait fendu l'air en ondulant devant son visage. Sa vue paraissait aiguisée et magnifiée, le temps se mouvait avec la lenteur des cauchemars. Il vit les oiselets morts dans le creux du nid sous le cadavre du tiercelet, les anneaux d'un gigantesque cobra noir enroulés autour d'eux. La tête du serpent était dressée, son capuchon, orné d'un vigoureux dessin noir et blanc, déployé.

Il dardait sa langue noire visqueuse entre ses fines lèvres relevées en un rictus, et ses yeux d'un noir insondable, au centre desquels la lumière se reflétait en une étoile, fixaient sur Nefer un regard hypnotique.

Nefer voulut lancer un cri d'alarme à Taita, mais aucun son ne sortit de sa gorge. Il ne pouvait détacher son regard de celui du serpent. La tête du cobra se balançait doucement, ses lourds anneaux qui emplissaient le nid palpitaient et se resserraient. Ses écailles luisantes comme des joyaux crissaient contre les brindilles du nid. Ses anneaux, aussi épais que le bras de Nefer, tournaient lentement sur eux-mêmes.

Le cobra rejeta la tête en arrière, la gueule ouverte,

découvrant la muqueuse pâle de sa gorge. Il y avait de minuscules perles de venin incolore à la pointe de ses crochets, aiguilles presque transparentes dressées entre les replis d'une membrane souple.

Soudain, le cobra projeta comme l'éclair sa tête hideuse pour frapper Nefer au visage.

Celui-ci cria, se jeta de côté, perdit l'équilibre et bascula en arrière.

Bien qu'il se tînt prêt à le retenir, Taita fut presque arraché du haut de la falaise par la secousse. La corde de crin de cheval enroulée autour de sa main lui brûla les chairs en glissant entre ses doigts, mais il tint bon. Il entendit l'adolescent pousser des cris incohérents en contrebas et le sentit se balancer au bout de la corde.

Son mouvement de pendule l'écarta de la falaise puis le ramena droit vers le nid. Après s'être rapidement repris à la suite de son attaque avortée, le cobra était de nouveau dressé. Il fixait Nefer du regard en tournant la tête pour le suivre des yeux et laissait échapper un sifflement aigu.

Nefer cria une nouvelle fois en donnant des coups de pied furieux en direction du serpent. Taita perçut la terreur dans sa voix et s'arc-bouta en arrière sur la corde, ses vieux muscles sur le point de se déchirer.

Le cobra visa d'instinct les yeux au moment où Nefer arrivait à sa portée, mais au même instant la traction de Taita sur la corde écarta brusquement son protégé. Les mâchoires du serpent passèrent à une épaisseur de doigt de son oreille, puis, tel un coup de fouet, le lourd corps lui flagella l'épaule. Nefer cria à nouveau, persuadé d'avoir reçu une morsure fatale.

Alors qu'il se balançait une nouvelle fois au-dessus du vide, il jeta un coup d'œil à son épaule, à l'endroit où le cobra avait planté ses crochets, et vit le venin répandu sur l'épais rabat de sa sacoche de cuir. Soulagé, il décrocha brusquement la sacoche et, alors qu'il oscillait vers le serpent menaçant, il la tint devant lui comme un bouclier.

A l'instant où il arrivait à sa portée, le cobra frappa une nouvelle fois, mais Nefer reçut le coup sur les plis épais de la sacoche. Les crochets du serpent s'enfoncèrent dans le cuir. En repartant en arrière, Nefer le tira avec lui hors du nid, masse d'écailles et d'anneaux qui se contorsionnaient. L'animal heurta ses jambes, la lourde queue le fouetta en sifflant de manière effrayante et des nuages de gouttelettes de venin projetées hors de la gueule dégoulinèrent sur la sacoche. Il était si lourd que Nefer fut violemment secoué.

Presque sans y penser, il jeta la sacoche au loin, les crochets du cobra toujours plantés dans le cuir. La sacoche et le serpent tombèrent ensemble dans le vide. Le corps sinueux de l'animal continuait d'onduler, de se lover et de fouetter l'air furieusement. Les sifflements aigus se perdirent dans les profondeurs de l'abîme. Il sembla tomber sans fin, puis heurta enfin le roc tout en bas. Le choc ne le tua pas ni ne l'assomma. Il roula dans l'éboulis en donnant des coups de queue et rebondit sur les rochers comme une énorme balle noire jusqu'à ce que Nefer le perde de vue.

A travers les brumes de la terreur qui lui enveloppaient encore l'esprit, il entendit la voix de Taita, cassée par l'effort et l'inquiétude :

— Tu m'entends ? Réponds-moi.

— Je suis là, Taita, fit Nefer d'une voix faible et tremblante.

— Je vais te remonter.

Nefer fut tiré vers le haut, lentement, coudée après coudée. Malgré son état de choc, il s'émerveillait de la force du vieillard. Quand la paroi fut de nouveau à sa portée, il put soulager la corde d'une partie de son poids et monta plus vite. Il franchit enfin le surplomb en s'agrippant à la roche et vit avec soulagement Taita qui le regardait du haut de la falaise, ses traits de vieux sphinx creusés par la violence de l'effort.

Dans une dernière traction, Nefer se hissa péniblement sur le rebord et tomba dans les bras du vieillard. Il y resta, haletant, sanglotant, incapable de parler. Taita l'étreignait, tremblant lui aussi d'émotion et d'épuisement. Lentement, ils s'apaisèrent et reprirent haleine. Taita tint l'outre à Nefer, qui but avidement, s'étouffa et recommença à boire, puis regarda en face le vieux mage d'un air si pitoyable que Taita le serra plus fort.

— C'était horrible.

Les paroles de Nefer étaient à peine intelligibles.

— Il était dans le nid. Il a tué les faucons... tous. Oh, Taita, c'était affreux.

— Qu'est-ce que c'était ? demanda doucement Taita.

— Il a tué mon oiseau-dieu et le tiercelet.

— Calme-toi, mon petit. Tiens, bois encore un peu.

Nefer s'étouffa de nouveau et fut pris d'une quinte de toux.

— Il a essayé de me tuer moi aussi, finit-il par dire d'une voix rauque. Il était énorme et tout noir.

— Mais enfin, qu'est-ce que c'était ? Dis-le-moi.

— Un cobra, un énorme cobra noir. Il m'attendait dans le nid. Il avait tué les oiselets et le tiercelet, et m'a attaqué dès qu'il m'a vu. Je n'aurais jamais imaginé qu'un cobra puisse être aussi gros.

— Il t'a mordu ? voulut savoir Taita, follement inquiet, en relevant Nefer pour s'assurer qu'il était indemne.

— Non, Taita. Je me suis servi de la sacoche comme d'un bouclier. Il ne m'a pas touché.

Malgré ses protestations, Taita lui retira son pagne et l'examina des pieds à la tête pour déceler une éventuelle morsure. En dehors des jointures des doigts d'une main et des deux genoux égratignés, son jeune corps n'était marqué que par le cartouche à l'intérieur de la cuisse. Taita avait tatoué lui-même le motif, chef-d'œuvre miniature qui conforterait à jamais les prétentions de Nefer à la double couronne d'Egypte.

— Grâce soit rendue au grand dieu qui t'a protégé, murmura Taita, le visage grave et marqué par la tristesse. Par l'apparition de ce cobra, Horus t'a envoyé le présage d'événements et dangers terribles. Ce n'était pas un vrai serpent.

— Si, Taita. Je l'ai vu de près. Il était énorme, mais c'était un vrai serpent.

— Comment alors est-il parvenu jusqu'au nid ? Un serpent ne vole pas et il n'y a pas d'autre moyen d'escalader la falaise.

— Il a tué mon oiseau-dieu, murmura Nefer, atterré, en le regardant fixement.

— Et le tiercelet royal, autre incarnation du pharaon, renchérit Taita, affligé. Des mystères nous sont là révélés. J'ai vu leurs ombres au cours de ma vision, mais les voilà confirmés par ce qui t'est arrivé aujourd'hui. Cela dépasse l'ordre naturel.

— Explique-moi, Taita, insista Nefer.

Le mage lui tendit son pagne.

— Nous devons d'abord redescendre de la montagne et fuir les grands dangers qui nous menacent avant que je puisse méditer sur ces présages.

Il s'interrompit et regarda le ciel, comme plongé dans ses pensées, puis baissa les yeux et fixa Nefer.

— Habille-toi, ajouta-t-il simplement.

Dès que Nefer fut prêt, Taita le précéda de l'autre côté du sommet et ils s'engagèrent dans la descente. Ils arrivèrent vite en bas car la voie était déjà ouverte et la hâte de Taita était contagieuse. Les chevaux se trouvaient là où ils les avaient laissés mais, avant qu'ils ne montent, Nefer dit :

— L'endroit où le cobra est tombé est tout proche.

Il désigna le haut de l'éboulis sous la falaise sur laquelle ils voyaient encore le nid de faucon.

— Cherchons son cadavre. Si nous le trouvons, peut-être pourras-tu détruire ses pouvoirs par quelque sortilège.

— Cela nous ferait perdre un temps précieux. Et il n'y a pas de cadavre, dit Taita en sautant sur le dos de la jument. Monte, Nefer. Le cobra est retourné dans les régions de ténèbres d'où il est venu.

Pris d'une crainte superstitieuse, Nefer frissonna, puis grimpa sur son poulain. Il savait bien qu'il était inutile de parler à Taita quand il se trouvait dans de telles dispositions d'esprit, mais il poussa néanmoins sa monture au côté de la sienne et lui fit remarquer respectueusement :

— Taita, ce n'est pas le chemin de Gebel Nagara.

— Nous ne retournons pas là-bas.

— Pour quelle raison ?

— Les Bédouins savent que nous campions près de la source. Ils le diront à ceux qui nous recherchent.

— Quelqu'un nous recherche ? demanda Nefer, étonné.

Taita tourna la tête vers lui et le regarda avec une expression qui le réduisit au silence.

— Je t'expliquerai quand nous serons sortis de ces montagnes maudites.

Le vieux mage évita la crête des collines, où ils risquaient d'être aperçus plus facilement, et zigzagua à travers gorges et vallées. Il se dirigeait vers l'est et la mer, s'éloignant ainsi de l'Egypte et du Nil.

Le soleil se couchait déjà quand il tira la bride de sa jument et déclara :

— La principale route des caravanes se trouve derrière la prochaine ligne de collines. Nous devons la traverser, mais il se peut que des ennemis nous y guettent.

Ils laissèrent les chevaux attachés dans un oued caché, avec quelques poignées de millet broyé, puis montèrent avec précaution jusqu'à la crête des collines et trouvèrent un bon point d'observation derrière un talus de schiste pourpre duquel ils voyaient la piste caravanière en contrebas.

— Nous allons attendre la nuit ici, expliqua Taita, puis nous traverserons.

— Je ne comprends pas pourquoi tu fais tout cela, Taita. Pourquoi allons-nous vers l'est ? Pour quelle raison ne retournons-nous pas à Thèbes chercher protection auprès de Pharaon, mon père ?

Taita soupira doucement et ferma les yeux. Comment le lui dire ? Je ne peux lui cacher la vérité plus longtemps. Et pourtant, c'est encore un enfant et je me dois de le protéger.

Nefer parut lire dans ses pensées, car il posa la main sur le bras du mage et dit doucement :

— J'ai prouvé aujourd'hui sur la montagne que j'étais un homme. Traite-moi comme tel.

Taita hocha la tête.

— Tu l'as en effet prouvé.

Avant de poursuivre, il balaya une nouvelle fois du regard la route au-dessous d'eux et baissa brusquement la tête.

— Quelqu'un arrive ! Attention !

Nefer s'aplatit derrière le talus et ils regardèrent le nuage de poussière approcher rapidement depuis l'ouest au-dessus de la route caravanière. La vallée était alors plongée dans l'obscurité sous le ciel crépusculaire.

— Ils vont vite. Ce ne sont pas des marchands. Ils ont des chars de guerre, dit Nefer. Oui, je les vois maintenant.

Grâce à ses jeunes yeux, il avait distingué la forme du char de tête emmené par son attelage et l'aurige sur la haute plate-forme.

— Ce ne sont pas des Hyksos, poursuivit-il alors que les formes se précisaient. Ils sont des nôtres. Un escadron de dix chars. Oui ! Regarde le pennon sur le premier.

On voyait en effet, au-dessus du nuage de poussière l'oriflamme, flotter haut sur sa perche flexible en bambou.

— C'est une cohorte de gardes Ptah ! Nous ne risquons rien, Taita !

Nefer se leva d'un bond et fit de grands signes.

— Eh, les Bleus ! Par ici. Je suis Prince Nefer ! cria-t-il.

Taita tendit sa main osseuse et le tira brutalement au sol.

— Couche-toi, petit insensé. Ce sont les serviteurs du cobra

Il jeta un coup d'œil rapide par-dessus le talus. L'aurige de tête avait apparemment aperçu Nefer, car il avait poussé son attelage au petit galop et arrivait à toute vitesse dans leur direction.

— Viens ! dit-il à Nefer. Dépêche-toi ! Il ne faut pas qu'ils nous attrapent.

Il entraîna l'adolescent en bas du talus et ils commencèrent à redescendre la colline. Après avoir rechigné au début, Nefer se hâtait maintenant comme Taita. Il se mit à courir pour de bon, mais ne parvint pas à rattraper son vieux mentor. Celui-ci volait littéralement sur ses longues jambes maigres, sa chevelure grise au vent. Il arriva aux chevaux le premier et sauta sur le dos de sa jument d'un mouvement fluide.

— Je ne comprends pas pourquoi tu fuis devant nos gens, dit Nefer, haletant. Qu'est-ce qui se passe, Taita ?

— Monte ! Ce n'est pas le moment de discuter. Nous devons nous éloigner d'ici.

Alors qu'ils sortaient de l'oued au galop, Nefer lança un regard de regret par-dessus son épaule. Le char de tête était apparu sur la crête et l'aurige poussa un cri, mais sa voix fut étouffée par la distance et le grondement des roues.

Ils avaient franchi un peu plus tôt une zone de roche volcanique déchiquetée à travers laquelle aucun char ne pouvait passer. Ils se dirigeaient maintenant dans sa direction, leurs chevaux épaule contre épaule.

— Si nous parvenons jusqu'aux rochers, nous pourrons les semer dans l'obscurité. La nuit ne va pas tarder à tomber, dit Taita en levant les yeux vers les derniers feux du soleil, qui avait déjà disparu derrière les collines.

— Un cavalier est toujours capable de tenir un char à distance, déclara Nefer avec une assurance qu'il ne ressentait pas vraiment.

C'était pourtant vrai. Ils distançaient les chars de guerre qui rebondissaient sur le sol irrégulier.

Avant que Taita et Nefer aient atteint la zone rocheuse, les chariots avaient pris sur eux un tel retard qu'ils les distinguaient à peine dans leur nuage de poussière et l'obscurité grandissante. En arrivant à la frange de rochers, ils durent ramener leurs montures au trot, mais le terrain était si traître et la lumière si mauvaise qu'il leur fallut bientôt aller au pas. Dans les dernières lueurs du jour, Taita lança un coup d'œil en arrière et vit la silhouette sombre du char de tête s'arrêter en lisière de la zone de rocaille. Malgré la distance, il reconnut la voix de l'aurige qui criait :

— Prince Nefer, pourquoi fuis-tu ? Tu n'as rien à craindre. Nous sommes de la garde Ptah, venus t'escorter jusqu'à Thèbes.

Nefer eut envie de faire demi-tour.

— C'est Hilto, un homme de bien. Je connais sa voix. Il m'a appelé par mon nom.

Hilto était un fameux guerrier, qui portait l'Or de la Bravoure, mais Taita ordonna à Nefer de continuer et ajouta :

— Ne te laisse pas leurrer. Ne fais confiance à personne.

Nefer obéit docilement et poursuivit son chemin à travers les rochers déchiquetés. Les appels derrière eux se firent de plus en plus lointains et se turent bientôt dans le grand silence du désert. Avant qu'ils aient pu aller beaucoup plus loin, l'obscurité les obligea à descendre de leurs montures et à poursuivre à pied à travers les passages difficiles où le sentier sinueux se rétrécissait et où les piliers aigus de roche noire eussent risqué de blesser les chevaux ou de briser les roues de tout char qui aurait tenté de les suivre. Ils s'arrêtèrent enfin pour laisser leurs montures s'abreuver et se reposer. Ils s'assirent côte à côte et Taita coupa en tranches un pain de millet qu'ils mangèrent en devisant à voix basse.

— Parle-moi de ta vision, Taita. Qu'as-tu vu réellement quand tu as fait appel au Labyrinthe d'Amon-Rê ?

— Je te l'ai dit. C'était vague.

— Je sais que ce n'est pas vrai, fit Nefer avec un geste de dénégation. Tu as dit cela pour me ménager.

La froidure de la nuit et la crainte superstitieuse dans laquelle il vivait depuis sa confrontation avec le mal près du nid de faucon le firent frissonner.

— Tu as eu un terrible présage, je le sais bien. C'est pourquoi nous fuyons, maintenant. Il faut tout me dire. Je dois comprendre ce qui nous arrive.

— Oui, tu as raison. Il est temps que tu saches, reconnut enfin Taita en serrant Nefer contre lui sous son châle.

L'adolescent fut surpris par la chaleur que dégageait la maigre carcasse du vieux mage, qui rassembla ses pensées avant de parler.

— J'ai eu la vision d'un grand arbre qui poussait sur les berges de la Mère Nil. C'était un arbre gigantesque aux fleurs bleues comme des jacinthes. La double couronne des royaumes de Haute et Basse-Egypte était suspendue au-dessus de lui. Les populations du pays, hommes, femmes, enfants et vieillards, marchands, paysans et scribes, prêtres et guerriers, se trouvaient rassemblées sous son ombre. L'arbre les protégeait, ils prospéraient et étaient satisfaits.

— C'était une vision favorable.

Nefer en déchiffra le symbolisme ainsi que Taita le lui avait appris.

— L'arbre est sans doute le pharaon, mon père. La couleur de la maison de Tamose est le bleu et mon père porte le pschent.

— C'est ainsi que je l'ai compris.

— Qu'as-tu vu ensuite, Taita ?

— J'ai vu un serpent dans les eaux boueuses du fleuve. Un grand serpent qui nageait vers l'arbre.

— Un cobra ? hasarda Nefer d'une petite voix craintive.

— Oui, un énorme cobra. Il sortit des eaux du Nil et monta à l'arbre en s'enroulant autour du tronc et des branches jusqu'à se confondre avec lui en le soutenant et lui donnant de la force.

— Cela, je ne le comprends pas.

— Le cobra s'est alors dressé au-dessus des branches les plus hautes et il a frappé, enfonçant ses crochets dans le tronc.

— Doux Horus, murmura Nefer en frissonnant. Crois-tu que c'était le cobra qui a tenté de me frapper ?

Mais, sans attendre la réponse, Nefer se hâta d'ajouter :

— Qu'as-tu vu ensuite, Taita ?

— J'ai vu l'arbre s'étioler et tomber. J'ai vu le cobra toujours dressé, triomphant, la double couronne posée sur son front malfaisant. L'arbre mort donnait de nouvelles pousses mais le serpent les frappait au fur et à mesure qu'elles apparaissaient et, empoisonnées, elles ne tardaient pas à mourir elles aussi.

Nefer ne dit rien. Bien que la signification semblât évidente, il était incapable d'exprimer son interprétation de la vision.

— Toutes les nouvelles pousses ont-elles été détruites ? finit-il par demander.

— L'une croissait sous la surface de la terre. Quand elle fut assez vigoureuse, elle émergea du sol et entra en conflit avec le cobra. Celui-ci l'attaqua de toutes ses forces, mais elle survécut et eut une vie propre.

— Comment s'est terminé le conflit, Taita ? Qui a triomphé ? Lequel des deux a fini par porter la double couronne ?

— Je n'ai pas vu la fin du conflit. Elle m'était cachée par la fumée et la poussière du combat.

Nefer resta silencieux si longtemps que Taita le crut endormi, puis l'adolescent se mit à trembler et il se rendit compte qu'il pleurait. Quand il parla enfin, ce fut avec une fermeté et une conviction terribles.

— Le pharaon, mon père, est mort. L'arbre empoisonné était Pharaon. Tel était le message de ta vision. Le même nous a été transmis au nid des faucons. Le tiercelet mort était Pharaon. Mon père a été tué par le cobra.

Taita ne répondit pas. Il ne pouvait que serrer Nefer plus fort contre lui et essayer de lui procurer force et réconfort.

— Et je suis la nouvelle pousse de l'arbre, continua Nefer. Tu l'as vu. Tu sais que le cobra m'attend pour me tuer comme il a tué mon père. C'est pour cela que tu ne veux pas laisser les soldats me ramener à Thèbes. Tu sais que le cobra m'y attend.

— C'est cela, Nefer. Nous ne pourrons rentrer à Thèbes tant que tu ne seras pas assez fort pour te défendre. Nous devons fuir l'Egypte. Il y a des pays et de puissants rois à l'est. J'ai l'intention d'aller là-bas pour chercher un allié qui nous aide à abattre le cobra.

— Mais qui est le cobra ? As-tu vu son visage au cours de ta vision ?

— Nous savons qu'il est proche du trône de ton père. Car dans ma vision il était enlacé avec l'arbre et le soutenait.

Il s'interrompit, puis, sa décision prise, poursuivit :

— Le nom du cobra est Naja.

Nefer le fixa du regard.

— Naja ! murmura-t-il. Naja ! Je comprends maintenant pourquoi nous ne pouvons retourner à Thèbes.

Il marqua une pause avant d'ajouter :

— Si nous errons dans les pays de l'Orient, nous y serons des parias, des mendiants.

— La vision a montré que tu vas devenir fort. Nous devons placer notre confiance dans le Labyrinthe d'Amon-Rê.

Malgré le chagrin causé par la mort de son père, Nefer finit par s'endormir. Taita le réveilla dans l'obscurité qui précède l'aube. Ils chevauchèrent vers l'est jusqu'à laisser le terrain difficile derrière eux, et Nefer crut sentir l'odeur du sel portée par le vent matinal. Taita sembla lire dans ses pensées.

— Au port de Seged, nous trouverons un bateau pour nous emmener au pays des Hourites. Sargon, le roi de Babylone et d'Assyrie, ces deux puissants royaumes entre le Tigre et l'Euphrate, est le satrape de ton père. Il est allié avec lui par traité contre les Hyksos et tous nos ennemis mutuels. Je pense qu'il respectera ce traité, car c'est un homme d'honneur. Espérons qu'il nous accueillera et soutiendra ta prétention au trône d'Egypte unie.

Devant eux, le soleil se levait dans un grand embrasement et, quand ils arrivèrent en haut de l'éminence suivante, la mer flamboyait au loin comme un bouclier de bronze sorti de la forge. Taita estima la distance.

— Nous atteindrons la côte avant le coucher du soleil.

Puis, plissant les yeux, il se retourna pour regarder par-dessus la croupe de sa monture. Il se raidit en voyant non pas une mais quatre colonnes de poussière s'élever sur la plaine.

— Encore Hilto ! s'exclama-t-il. J'aurais dû me douter que ce vieux coquin n'abandonnerait pas la poursuite aussi facilement.

Il sauta sur le dos de sa jument et s'y tint bien droit pour avoir une meilleure vue, un vieux truc de cavalier.

— Il a dû contourner la région rocheuse pendant la nuit. Il a déployé ses chars en une longue ligne pour balayer le pays et retrouver nos traces. Il n'a pas besoin d'un nécromancien pour savoir que nous nous dirigeons vers la mer.

Il lança un regard circulaire afin d'essayer de trouver un endroit où se mettre à couvert. Bien que la plaine qu'ils traversaient semblât dépourvue de tout relief, il distingua un repli de terrain suffisant pour leur procurer une cachette s'ils y parvenaient à temps.

— Mets pied à terre ! ordonna-t-il à Nefer. Nous devons rester aussi bas que possible et ne pas soulever de poussière pour éviter d'être repérés.

Il s'en voulut de ne pas avoir couvert leurs traces plus soigneusement pendant la nuit. Maintenant, tandis qu'ils obliquaient et menaient les chevaux vers le repli de terrain, il prit garde d'éviter les zones de terre et de rester sur la roche où ils ne laissaient aucune empreinte.

Nefer jeta en arrière un regard inquiet. La colonne de poussière la plus proche se trouvait à moins d'une lieue et se rapprochait rapidement. Les autres étaient déployées en un vaste demi-cercle.

— Il n'y a aucun endroit où se cacher ici et il est trop tard pour courir, maintenant. Ils nous ont déjà encerclés.

Taita se laissa glisser de sa jument, lui parla doucement et se baissa pour lui caresser les jambes de devant. La jument battit le sol de ses sabots et s'ébroua, mais, comme il insistait, elle se coucha à contrecœur sur le côté en continuant de s'ébrouer faiblement en signe de protestation. Il retira son pagne et s'en servit pour lui bander les yeux afin qu'elle ne tente pas de se relever.

Puis il se hâta de faire la même chose avec le poulain de Nefer.

Quand les deux chevaux furent couchés, il dit vivement à son protégé :

— Allonge-toi près de la tête de Victorieux et maintiens-le couché s'il tente de se remettre debout.

Nefer rit pour la première fois depuis qu'il avait appris la mort de son père. La façon de faire de Taita avec les bêtes ne manquait jamais de l'enchanter.

— Comment as-tu réussi à les faire se coucher, Taita ?

— Si tu leur parles de façon qu'ils comprennent, ils font tout ce que tu leur demandes. Allonge-toi près de lui et fais-le tenir tranquille.

Couchés derrière les chevaux, ils regardaient les colonnes de poussière traverser rapidement la plaine autour d'eux.

— Ils ne réussiront pas à repérer nos empreintes sur la roche, n'est-ce pas, Taita ?

Celui-ci poussa un grognement. Il surveillait le mouvement du char le plus proche. Dans l'air tremblant de chaleur, il semblait immatériel, ondulant et distordu comme un objet vu dans la mer. Il se déplaçait lentement, allant d'un côté et de l'autre à la recherche de leur piste. Soudain, il avança tout droit avec davantage de détermination. L'aurige avait de toute évidence repéré leurs traces et les suivait.

Le char continuait d'avancer au point qu'ils distinguaient maintenant plus nettement les hommes sur la plate-forme. Ils se penchaient par-dessus le pare-boue pour examiner le sol au passage.

— Par le souffle puant de Seth, ils sont accompagnés d'un éclaireur nubien, murmura soudain Taita d'un air malheureux.

La coiffe en plumes de héron faisait paraître l'immense Noir encore plus grand. A cinq cents coudées de leur cachette, le Nubien sauta en marche du char et se mit à courir devant l'attelage.

— Les voilà à l'endroit où nous avons obliqué, chuchota Taita. Horus, cache nos empreintes à ce grand sauvage.

On disait que les éclaireurs nubiens étaient capables de suivre à la trace une hirondelle en vol. Le Nubien arrêta le char d'un geste de main péremptoire. Il avait perdu leur piste. Courbé en deux, il tournait en rond sur la roche nue. A cette distance, il avait l'air d'un serpentaire à la recherche de reptiles et de rongeurs.

— Tu ne peux pas pratiquer un sortilège pour nous cacher à leur vue ? murmura Nefer, inquiet.

Taita l'avait fait maintes fois quand ils chassaient la gazelle dans la plaine et la plupart du temps il avait réussi à attirer les délicats petits animaux à portée de flèche sans qu'ils aient conscience de leur présence. Taita ne répondit pas mais, en jetant un coup d'œil vers lui, Nefer vit qu'il avait déjà à la main son talisman le plus puissant, une étoile à cinq branches, le Périapte de Lostris, d'un travail superbe. Le jeune garçon savait qu'il contenait une mèche de cheveux de Lostris coupée par Taita sur le corps de la reine étendu sur la table d'embaumement avant sa déification. Taita le porta à ses lèvres en récitant la litanie de la Dissimulation aux yeux des ennemis.

Là-bas sur la plaine, le Nubien se redressa, l'air résolu, et regarda droit dans leur direction.

— Il a trouvé l'endroit où notre piste bifurque, dit Nefer.

Ils regardèrent le char suivre le Nubien, qui se remettait en route vers eux sur le sol rocheux.

— Je connais bien ce démon, déclara Taita à voix basse. Il s'appelle Bay. C'est un chaman de la tribu des Ousbaks.

Avec une vive inquiétude, Nefer voyait le char et le coureur s'approcher inexorablement. L'aurige se tenait debout sur la haute plate-forme et, de cette position, il pouvait certainement les apercevoir, mais rien n'indiquait qu'il les ait déjà repérés.

Ils approchaient toujours et Nefer reconnut Hilto en la personne de l'aurige, distinguant même la balafre blanche sur sa joue droite. L'espace d'un instant, il parut le fixer de ses yeux de vautour, puis son regard se détourna.

— Ne bouge pas, fit Taita d'une voix aussi légère que la brise sur la plaine.

Bay, le Nubien, était maintenant si près que Nefer voyait toutes les amulettes du collier qui pendait sur sa large poitrine nue. Il s'arrêta brusquement et son visage scarifié se renfrogna. Il tournait la tête lentement, comme un chien de chasse humant l'odeur du gibier.

— Ne bouge surtout pas ! murmura Taita. Il sent notre présence.

Bay avança lentement de quelques pas, puis s'arrêta de nouveau en levant la main. Le char stoppa derrière lui. Les chevaux étaient agités. Hilto toucha le pare-boue avec la hampe de sa lance. Le petit raclement fut amplifié par le silence.

Bay fixait maintenant le visage de Nefer, qui essaya de soutenir sans ciller le sombre regard implacable, mais l'effort le fit larmoyer. Bay leva la main et empoigna l'une des amulettes de son collier. Nefer se rendit compte que c'était une côte flottante de lion mangeur d'hommes. Taita en avait une dans sa panoplie de talismans et de charmes.

Bay se mit à psalmodier de sa mélodieuse voix de basse d'Africain. Puis il tapa du pied sur le sol dénudé et cracha dans la direction de Nefer.

— Il est en train de percer le voile, dit Taita.

Bay eut soudain un large sourire et montra leur direction, l'amulette dans son poing fermé. Derrière lui, Hilto poussa un cri de stupéfaction et regarda bouche bée Taita et Nefer brusquement révélés à sa vue, couchés en terrain découvert à une centaine de coudées seulement.

— Prince Nefer ! Voilà trente jours que nous te cherchons. Grâce au grand Horus et à Osiris, nous t'avons enfin trouvé.

Nefer soupira et se releva. Hilto approcha son char, sauta de la plate-forme et posa un genou à terre devant lui. Il ôta son casque de bronze et s'écria d'une voix haut perchée faite pour lancer des ordres durant la bataille :

— Pharaon Tamose est mort ! Salut à toi, Pharaon Nefer Seti. Puisses-tu vivre à jamais.

Seti était le nom divin de Nefer, l'un des cinq noms de pouvoir qui lui avaient été donnés à sa naissance, bien avant que son accession au trône ait été assurée. Nul n'avait le droit d'en user avant qu'il soit devenu pharaon.

— Pharaon ! Puissant taureau ! Nous sommes venus te porter dans la sainte ville de Thèbes afin que tu puisses être élevé en ta représentation divine d'Horus d'Or.

— Et si je décide de ne pas aller avec toi, colonel Hilto ? demanda Nefer.

Hilto eut l'air affligé.

— Avec amour et fidélité, pharaon, le régent d'Egypte a ordonné de la manière la plus stricte de te ramener à Thèbes. Je dois obéir à cet ordre, même au risque de te déplaire.

Nefer regarda Taita de côté et lui demanda, la bouche en coin :

— Que dois-je faire ?

— Nous devons les suivre.

Le retour vers Thèbes commença, sous une escorte de cinquante chars conduite par Hilto. Suivant les ordres formels, la première destination était l'oasis de Boss. Des cavaliers rapides avaient été envoyés à Thèbes, et Seigneur Naja, le régent d'Egypte, s'était rendu à l'oasis pour y rencontrer le jeune pharaon Nefer Seti.

Le cinquième jour, l'escadron de chars couverts de poussière et endommagés par des mois de désert entra au trot dans l'oasis. A l'ombre des palmiers, un régiment de gardes Ptah au grand complet s'était mis en ordre de parade pour les accueillir. Les soldats avaient rengainé leurs armes et portaient des feuilles de palmier qu'ils agitaient en psalmodiant l'hymne au monarque.

Seti, puissant taureau,
Bien-aimé de la vérité.
Celui aux deux dames, Nekhbet et Wadjet.
Féroce serpent, grand par la force.
Horus d'Or, qui fait vivre les cœurs.
Celui du roseau et de l'abeille.
Seti, fils de Rê, dieu du soleil, qui vit pour l'éternité.

Les vêtements en loques, son épaisse chevelure couverte de poussière, Nefer se tenait entre Hilto et Taita sur la plate-forme du char de tête. Le soleil avait donné à son visage et à ses bras la teinte des amandes mûres. Hilto conduisit le char le long de l'allée formée par les soldats tandis que Nefer souriait timidement à ceux qu'il reconnaissait, qui l'acclamaient spontanément. Ils avaient aimé son père et l'aimaient à son tour.

Au milieu de l'oasis, des tentes multicolores avaient

été dressées près du puits. Devant la tente royale, entouré d'une foule de courtisans, de nobles et de prêtres, Seigneur Naja attendait de recevoir le roi. Il respirait la puissance, régent magnifique et resplendissant d'or et de pierres précieuses, parfumé d'onguent et d'herbes odoriférantes.

Il était entouré d'Heseret et Merykara, les princesses de la maison royale de Tamose, le visage fardé de blanc nacré, les yeux agrandis et assombris par le khôl. Les mamelons de leurs seins nus, fardés de rouge, évoquaient des cerises mûres. Les perruques en crin de cheval étaient trop grandes pour leurs jolies têtes, et leurs jupes, lourdes de perles et de fils d'or, leur donnaient l'air de poupées sculptées.

Quand Hilto arrêta le char devant lui, Seigneur Naja s'avança et prit l'adolescent dans ses bras pour le déposer à terre. Nefer n'avait pas eu la possibilité de se laver depuis son départ de Gebel Nagara et il sentait le bouc.

— Ton régent te salue, Pharaon. Je suis ton valet de pied et ton fidèle compagnon. Puisses-tu vivre mille ans, entonna-t-il afin que tous ceux qui se trouvaient aux premiers rangs entendent ses paroles.

Seigneur Naja prit Nefer par la main et le conduisit vers la tribune du conseil, sculptée dans de précieux bois noirs provenant de l'intérieur du continent africain et incrustée d'ivoire et de nacre. Il l'y plaça puis s'agenouilla et baisa les pieds égratignés et sales de Nefer sans le moindre signe de répugnance. Les ongles de ses orteils étaient déchiquetés et noirs de crasse.

Il se remit debout et releva Nefer, lui retira son pagne déchiré afin de découvrir le tatouage pharaonique de sa cuisse. Il le fit tourner lentement pour que tous les membres de l'assistance le voient distinctement.

— Salut, Pharaon Seti, dieu et fils des dieux. Regardez tous ce signe. Nations de la Terre, regardez cette marque et tremblez devant le pouvoir du roi. Inclinez-vous devant la puissance de Pharaon.

Un grand cri s'éleva de la foule des soldats et des courtisans rassemblée autour de la tribune.

— Salut, Pharaon ! Puisse-t-il vivre à jamais dans sa puissance et sa majesté.

Naja fit avancer les princesses et elles s'agenouillèrent devant leur frère pour lui prêter allégeance, ce qu'elles firent d'une voix inaudible. Puis, n'y tenant plus, Merykara, la cadette, sauta sur la tribune dans une grande agitation de jupes ornées de pierreries et se précipita dans les bras de son frère.

— Nefer, s'écria-t-elle, tu m'as tant manqué ! Je te croyais mort.

Nefer lui rendit gauchement son étreinte, puis elle s'écarta en chuchotant avec un petit rire :

— Qu'est-ce que tu sens mauvais !

Seigneur Naja fit signe à l'une des gouvernantes royales d'emmener la fillette, puis, un par un, les grands seigneurs d'Egypte, membres du conseil en tête, s'avancèrent pour prêter le serment de fidélité. Il y eut un moment de gêne quand Pharaon balaya l'assemblée du regard et demanda d'une voix claire et pénétrante :

— Où est mon bon oncle Kratas ? De tous mes sujets, si l'un devrait être ici pour m'accueillir, c'est bien lui.

Talla marmonna une explication pour le rassurer :

— Seigneur Kratas a été dans l'impossibilité de venir. Des précisions seront données ultérieurement à Sa Majesté.

Le vieux et faible Talla, devenu la créature de Naja, présidait maintenant le conseil.

La cérémonie s'acheva quand Seigneur Naja frappa dans ses mains.

— Pharaon a effectué un long voyage. Il doit se reposer avant de conduire la procession à l'intérieur de la ville.

Il prit fermement Nefer par la main et le conduisit dans la tente royale, dont les galeries et les salons auraient pu recevoir un régiment entier de gardes. Le maître de la garde-robe, les parfumeurs et coiffeurs, le gardien des joyaux royaux, les valets, manucures et masseurs ainsi que les servantes préposées au bain l'y attendaient.

Taita était bien décidé à rester au côté de Nefer pour le protéger. Il tenta de se glisser discrètement parmi eux, mais sa silhouette dégingandée et sa chevelure argentée le signalaient aux regards. De plus, sa réputation était telle qu'il lui eût été impossible de passer inaperçu où que ce fût dans le royaume. Presque tout de suite, un huissier d'armes lui fit face.

— Salut à toi, Seigneur Taita. Puissent les dieux te sourire toujours.

Bien que Pharaon Tamose l'eût élevé à la noblesse le jour où il avait scellé son acte d'affranchissement, cela faisait toujours un drôle d'effet à Taita quand on l'appelait par son titre.

— Le régent d'Egypte t'envoie chercher.

Il regarda le mage de la tête aux pieds, ses vêtements sales, ses vieilles sandales couvertes de poussière.

— Il serait bienséant de ne pas te présenter devant lui en pareil état. Seigneur Naja déteste les mauvaises odeurs et la saleté.

La tente de Seigneur Naja était plus grande et plus luxueusement aménagée que celle de Pharaon. Il était assis sur un trône d'ébène et d'ivoire orné de représentations des principaux dieux d'Egypte en or et en argent, métal encore plus rare et précieux. Des tapis de laine, aux superbes couleurs, notamment le vert vif qui symbolisait les champs verdoyants des rives du Nil, couvraient le sol sablonneux. Depuis son élévation au titre de régent, Naja avait adopté le vert comme couleur de sa maison.

Il croyait que d'agréables arômes incitaient les dieux à s'approcher et faisait brûler de l'encens dans des amschirs d'argile suspendus par des chaînes aux piquets de faîtage de la tente. Sur la table basse devant le trône, des vases de verre étaient emplis de parfum. Le régent avait retiré sa perruque et un esclave tenait un cône de cire d'abeille parfumée sur son crâne rasé. En fondant sur ses joues et son cou, la cire l'apaisait.

L'intérieur de la tente fleurait bon comme un jardin. On avait même engagé les courtisans, les ambassadeurs et les solliciteurs assis face au trône à prendre un bain et à se parfumer le corps avant d'entrer en présence du régent. Taita avait suivi le conseil de l'huissier d'armes. Ses cheveux lavés et peignés tombaient en cascade sur ses épaules et son linge avait été lavé et repassé de frais. A l'entrée de la tente, il s'agenouilla pour rendre hommage au trône. Il y eut un murmure de commentaires et de spéculations quand il se releva. Les ambassadeurs étrangers le regardaient avec curiosité et il entendait chuchoter son nom. Même les guerriers et les prêtres hochaient la tête et se penchaient vers leur voisin pour dire :

— C'est le mage.

— Le saint Taita, l'initié au Labyrinthe.

— Taita, l'Œil Blessé d'Horus.

De l'autre côté de la tente, Seigneur Naja leva les yeux du papyrus qu'il examinait et lui sourit. Il était très bel homme, les traits sculpturaux, les lèvres sensuelles. Il avait le nez droit et fin, et ses yeux étaient couleur d'agate dorée, vifs et intelligents. Il n'avait pas une once de graisse sur sa poitrine nue, et ses bras minces étaient couverts de muscles durs.

Taita parcourut rapidement du regard les rangs des hommes les plus proches du trône. Dans la courte période écoulée depuis la mort de Pharaon Tamose, il y avait eu une redistribution du pouvoir et des faveurs parmi les courtisans et les nobles. Beaucoup de visages familiers manquaient à l'appel et bien d'autres avaient été tirés de l'obscurité par le bon plaisir du régent. Le moindre n'était pas Asmor, officier des gardes Ptah.

— Avance, Seigneur Taita.

Naja avait une voix basse, agréable. Taita se dirigea vers le trône, et les rangs de courtisans s'ouvrirent pour le laisser passer. Le régent lui sourit.

— Sache que tu jouis de toute ma faveur. Tu t'es acquitté avec brio de la charge que Pharaon Tamose t'a confiée. Tu as donné à Prince Nefer Memnon une éducation inappréciable.

Taita était surpris par la chaleur de cet accueil, mais il ne le montra pas.

— Maintenant que le prince est devenu Pharaon Seti, il va avoir un besoin plus grand encore de tes conseils.

— Puisse-t-il vivre à jamais, répondit Taita.

L'assemblée lui fit écho :

— Puisse-t-il vivre à jamais.

— Prends place ici, dit Seigneur Naja en lui faisant signe de s'asseoir au pied du trône. Moi-même, je vais avoir besoin de ton expérience et de ta sagesse pour mettre de l'ordre dans les affaires de Pharaon.

— Le régent me fait plus d'honneur que je n'en mérite, déclara aimablement Taita.

La prudence veut que l'on ne trahisse jamais son animosité face à un ennemi caché. Il prit la place qu'on lui offrait mais refusa le coussin de soie et s'assit à même l'épais tapis, le dos bien droit.

Le régent continua d'expédier les affaires. Ils étaient en train de répartir les biens de Kratas, déclaré traître. Tout ce qui lui appartenait était confisqué au profit de la Couronne.

— « Toutes les terres et tous les bâtiments du traître Kratas sur la rive orientale du fleuve entre Dendera et Abnub reviennent au temple d'Hâpy et aux prêtres des mystères », lut Naja sur le papyrus.

Tout en écoutant, Taita regrettait son vieil ami, mais il ne laissa aucune trace de chagrin apparaître sur son visage. Au cours du long voyage de retour du désert, Hilto lui avait raconté comment Kratas était mort, puis il avait ajouté : « Tous, même les nobles et les hommes de bien, filent doux en présence du nouveau régent d'Egypte. Menset, qui présidait le conseil d'Etat, est mort. Il a péri dans son sommeil, mais d'aucuns disent qu'on l'y a un peu aidé. Cinka a été exécuté pour trahison, alors même qu'il n'avait plus assez d'esprit pour tromper sa vieille épouse. Ses biens ont été confisqués par la régence. Cinquante autres ont accompagné le bon Kratas dans l'autre monde. Et les membres du conseil sont tous des créatures de Naja. »

Kratas était pour Taita le dernier lien avec l'époque

heureuse où Tanus, Lostris et lui étaient jeunes. Taita avait pour lui une grande affection.

— « Toutes les réserves de millet conservées au nom du traître Kratas dans les greniers d'Athribis, lut Naja, reviennent au régent d'Egypte. »

Cela représentait la cargaison de cinquante grosses felouques, calcula Taita, car Kratas avait habilement investi dans le commerce du millet. Seigneur Naja s'était grassement rémunéré pour l'assassinat de Kratas.

— « Ces réserves seront utilisées pour le bien commun. »

Taita se demanda qui définirait le bien commun. Les prêtres et les scribes étaient très occupés à enregistrer le partage de la fortune de Kratas sur leurs papyrus, qui seraient conservés dans les archives du temple. Taita observait et écoutait tout en gardant sa colère et son chagrin scellés au fond de son cœur.

— Je voudrais maintenant passer à une autre question d'importance, déclara Naja lorsque tous les héritiers de Kratas se retrouvèrent frustrés de leur héritage et lui-même plus riche de trois lakhs d'or. Il s'agit du bien-être et de l'avenir des princesses royales, Heseret et Merykara. J'ai consulté les membres du conseil d'Etat à ce sujet. Tous ont convenu que, pour leur bien, il serait bon que je les prenne pour épouses. En tant que telles, elles seront sous mon entière protection. La déesse Isis est leur protectrice. J'ai donc ordonné à ses prêtresses de consulter les augures et elles ont établi que ces mariages plaisent à la déesse. La cérémonie aura donc lieu au temple d'Isis de Louxor le jour de la prochaine pleine lune après l'enterrement de Pharaon Tamose et le couronnement de son héritier, Prince Nefer Seti.

Taita resta de marbre, mais tout autour de lui cette déclaration suscita des murmures et un certain émoi. Les conséquences politiques de ce double mariage étaient immenses. Tous ceux qui étaient présents n'ignoraient pas que Seigneur Naja voulait entrer par mariage dans la maison royale de Tamose et se placer ainsi au deuxième rang dans l'ordre d'accession au trône.

Taita en fut glacé jusqu'aux os, comme s'il avait entendu crier la sentence de mort de Pharaon Nefer Seti du haut de la Tour Blanche au centre de Thèbes. Il ne restait plus que douze jours sur les soixante-dix requis pour l'embaumement du pharaon défunt. Immédiatement après l'inhumation de Tamose dans son hypogée de la Vallée des Rois, sur la rive occidentale du Nil, devaient avoir lieu le couronnement de son successeur et les noces de ses filles survivantes.

Ensuite, le cobra frapperait de nouveau, Taita en avait la certitude. Une agitation générale dans l'assemblée le tira de ses réflexions. Le régent venait de déclarer la clôture de la réception royale et se retirait de l'autre côté de la tenture derrière le trône. Taita se leva avec les autres pour s'en aller.

Le maître de camp Asmor s'avança avec un salut courtois pour l'en empêcher.

— Seigneur Naja, régent d'Egypte, te demande de rester et t'invite à une audience particulière.

Asmor commandait maintenant la garde du régent, avec le rang de Meilleur des Dix Mille. Il était devenu en peu de temps un homme puissant et influent. Il n'y avait aucune raison ni aucune possibilité de refuser la convocation.

— Je suis le serviteur de Pharaon et de son régent. Puissent-ils tous deux vivre mille ans, dit Taita.

Asmor le conduisit à l'arrière de la tente et écarta la tenture pour le laisser passer. Taita se retrouva dans la palmeraie, et Asmor le précéda vers une tente plus petite dressée à l'écart. Une douzaine de gardes étaient postés autour du pavillon, car personne n'était autorisé à approcher de ce lieu de conseil secret sans avoir été appelé par le régent. Sur un ordre d'Asmor, les gardes s'écartèrent et il introduisit Taita dans la tente ombragée.

Naja leva les yeux du cratère de bronze dans lequel il se lavait les mains.

— Sois le bienvenu, mage, dit-il avec un sourire chaleureux en indiquant la pile de coussins sur le sol recouvert de tapis.

Pendant que Taita s'asseyait, sur un signe de Naja Asmor alla prendre la garde à l'entrée, son glaive recourbé tiré. Ils n'étaient que tous les trois à l'intérieur de la tente et leur conversation ne serait pas surprise.

Naja s'était débarrassé de tous ses joyaux et des insignes de sa charge. Il vint prendre place sur un coussin face à Taita, et se montra affable et amical.

— Je t'en prie, sers-toi, dit-il en montrant les coupes d'or pleines de friandises et de sorbets disposées entre eux sur un plateau.

Instinctivement, Taita était enclin à refuser, mais c'eût été trahir son opposition implacable et son hostilité envers le régent.

Pour l'heure, Seigneur Naja ne pouvait savoir que Taita était au fait de ses intentions à l'égard du nouveau pharaon ainsi que de ses crimes et de ses ambitions. Il inclina la tête en signe de remerciement et choisit la coupe de sorbet la plus éloignée de lui. Il attendit que Naja en ait pris une autre. Le régent la leva et but sans hésitation.

Taita porta la coupe à ses lèvres et aspira une petite gorgée, qu'il garda sur la langue. D'aucuns s'enorgueillissaient de posséder des poisons sans saveur et indétectables, mais Taita avait étudié tous les éléments corrosifs, et même les fruits acidulés ne pouvaient lui masquer leur goût. La boisson était inoffensive et il l'avala avec plaisir.

— Merci de ta confiance, dit gravement Naja.

Taita savait qu'il ne faisait pas simplement référence au fait qu'il ait accepté le rafraîchissement.

— Je suis le serviteur du roi et donc de son régent.

— Ta présence est inestimable pour la Couronne, reprit Naja. Tu as fidèlement servi trois pharaons et tous les trois se sont fiés à tes conseils sans les mettre en question.

— Tu me surestimes, seigneur régent. Je ne suis qu'un vieil homme faible.

Naja sourit.

— Vieux ? Tu l'es certes. J'ai entendu dire que tu avais plus de deux cents ans.

Taita inclina la tête, sans confirmer ni infirmer.

— Mais faible, non ! Tu es aussi solide qu'une montagne. Chacun sait que ta sagesse est sans limites et que tu connais même le secret de l'immortalité.

Taita chercha ce qu'il y avait derrière cette flatterie grossière et impudente. Naja s'était tu et l'observait, dans l'expectative. Qu'espérait-il entendre ? Taita le regarda dans les yeux et s'efforça de lire dans ses pensées. Elles étaient aussi évanescentes et fugaces que des silhouettes de chauves-souris sur le ciel du crépuscule.

Taita en saisit une et comprit soudain ce que Naja attendait de lui. Cela lui donnait de l'ascendant sur le régent et la voie à suivre s'ouvrit devant lui comme les portes d'une ville aux mains de l'ennemi.

— Depuis mille ans, tous les rois et les savants cherchent le secret de la vie éternelle, dit-il à voix basse.

— Peut-être quelqu'un l'a-t-il trouvé, fit Naja en se

penchant en avant avec ardeur, les coudes sur les genoux.

— Tes questions sont trop profondes pour le vieillard que je suis, excellence. Deux cents ans ne sont pas l'immortalité, répondit Taita.

Il écarta les mains humblement et baissa les yeux, laissant Naja comprendre ce qu'il voulait dans sa timide dénégation. La double couronne d'Egypte et la vie éternelle, pensa-t-il en souriant dans son for intérieur. Le régent aspire à peu de chose.

— Nous parlerons de ces sujets profonds une autre fois, dit Naja en se redressant, une lueur de triomphe dans les yeux. Mais je voudrais maintenant te demander autre chose. Ce sera l'occasion de confirmer que la bonne opinion que j'ai de toi est pleinement justifiée. Tu auras droit à toute ma gratitude.

Il se tortille comme une anguille, pensa Taita. Et dire que je l'ai pris naguère pour un balourd ! Il a réussi à cacher ses intentions à tout le monde.

— Si c'est en mon pouvoir, je ne refuserai rien au régent de Pharaon, se borna-t-il à répondre.

— Tu es expert dans la connaissance du Labyrinthe d'Amon-Rê, dit Naja avec une fermeté qui ne souffrait pas d'objection.

Taita entrevit une fois encore les profondeurs obscures de l'ambition de cet homme. Non seulement il veut la couronne et la vie éternelle, mais aussi que l'avenir lui soit révélé ! s'étonna-t-il.

— Seigneur Naja, j'ai passé ma vie à étudier les mystères et il est possible que j'aie un peu appris, répondit-il modestement.

— Ta très longue vie, corrigea Naja. Et tu as appris beaucoup.

Taita inclina la tête sans mot dire. Pourquoi me suis-je imaginé qu'il avait l'intention de me tuer ? Il me protégera à tout prix, car il croit que je détiens la clef de son immortalité.

— Taita, bien-aimé des rois et des dieux, je voudrais que tu consultes pour moi le Labyrinthe d'Amon-Rê.

— Excellence, je n'ai jamais consulté le Labyrinthe pour qui que ce soit d'autre qu'une reine, un pharaon ou un homme appelé à s'asseoir sur le trône d'Egypte.

— Il se trouve qu'une telle personne te le demande maintenant, rétorqua Seigneur Naja sur un ton plein de sous-entendus.

Le Grand Horus me le livre. Je le tiens, pensa Taita avant de répondre :

— Je me plie aux désirs du régent de Pharaon.

— Vas-tu consulter le Labyrinthe aujourd'hui même ? Je suis impatient de connaître les désirs des dieux, dit Naja dont la cupidité et l'excitation animaient le beau visage.

— Nul ne peut pénétrer le Labyrinthe à la légère, objecta Taita. Il y a de grands dangers, non seulement pour moi mais aussi pour celui qui demande la divination. Il me faut du temps pour préparer le voyage dans l'avenir.

— Combien de temps ? demanda Naja, déçu.

Taita se prit le front en une apparence de profonde réflexion. Laissons-le renifler la proie un moment, il n'en sera que plus empressé à avaler l'hameçon.

— Le premier jour de la fête du Taureau Apis, répondit-il finalement.

Le lendemain matin, quand Pharaon Seti sortit de la grande tente, il n'avait plus rien à voir avec le gamin malodorant et sale qui était arrivé à l'oasis de Boss.

Avec une fureur et une ardeur toutes royales qui avaient consterné son entourage, il avait résisté aux tentatives des barbiers qui voulaient lui raser la tête. Sa chevelure brune avait été lavée et peignée au point de briller de lueurs rousses comme le soleil matinal. Il était coiffé de l'uræus, le bandeau d'or où étaient représentés Nekhbet, la déesse vautour, et Naja, le cobra, aux yeux en verre coloré de rouge et de bleu, enlacés sur son front. La barbe postiche de la royauté était fixée à son menton. Son habile maquillage rehaussait sa beauté. La foule qui l'attendait devant la tente se prosterna avec un murmure admiratif et révérenciel. Ses faux ongles étaient en or et il portait aux pieds des sandales d'or. Il avait sur la poitrine l'un des plus précieux joyaux de la couronne d'Egypte : le médaillon de Tamose, une effigie ornée de pierreries du dieu Horus le Faucon. Sa démarche était majestueuse pour un souverain aussi jeune. Il portait le fléau et le sceptre croisés sur la poitrine. Il regarda solennellement droit devant lui jusqu'au moment où il entr'aperçut Taita au premier rang de la foule : il roula des yeux en direction du vieillard, puis eut une moue espiègle de résignation.

Dans un nuage de parfum, Seigneur Naja le suivait à un pas, splendide sous ses bijoux, impressionnant d'autorité. Le glaive bleu était suspendu à sa hanche, le sceau du faucon passé à son bras droit.

Venaient ensuite les princesses, les plumes dorées de

la déesse Isis sur la tête, des anneaux d'or aux doigts et aux orteils. Elles ne portaient pas comme la veille les lourdes robes incrustées de bijoux, mais de longues *calasiris* moulantes, d'un lin si fin et transparent que le soleil passait au travers comme dans la brume du matin. Alors que Merykara avait les membres graciles et la poitrine encore plate, la silhouette d'Heseret révélait des courbes voluptueuses, et l'étoffe diaphane laissait voir les bouts rosés de ses seins et le triangle de sa toison pubienne.

Pharaon monta sur le char processionnel et prit place sur le trône. Seigneur Naja se tenait debout à sa droite et les princesses assises à ses pieds.

Les collèges de prêtres des cinquante temples de Thèbes formèrent les rangs devant le char, jouant de la lyre, du sistre, de la trompe et du tambour, chantant des louanges et psalmodiant des supplications aux dieux.

Puis la garde d'Asmor prit sa place dans la procession, suivie par l'escadron de chars de Hilto, astiqués de frais et ornés de pennons et de fleurs. La crinière des chevaux était tressée de rubans et leur robe étrillée au point de reluire comme du métal précieux. On avait décoré de bouquets de lis et d'eichhornias la grosse bosse des bœufs de l'attelage royal, tous d'un blanc immaculé, et recouvert de feuille d'or leurs larges cornes et leurs sabots.

Les auriges étaient des esclaves nubiens entièrement nus. On leur avait épilé le corps, ce qui faisait ressortir la taille de leurs parties génitales. Oints d'huiles précieuses de la tête aux pieds, ils luisaient au soleil, noirs comme l'œil de Seth, en un magnifique contraste avec la peau blanche des bœufs. On aiguillonna l'attelage, et les bœufs avancèrent d'un pas lourd. Mille guerriers de la garde Ptah formèrent les rangs derrière eux et entonnèrent d'une seule voix l'hymne de louange. Le peuple de

Thèbes avait ouvert les portes principales de la ville en signe de bienvenue et s'était aligné en haut des murailles. Sur près d'une demi-lieue, les Thébains avaient tapissé la route poussiéreuse de feuilles de palmier, de paille et de fleurs.

Les murs, tours et maisons de la ville étaient en adobe. La pierre était réservée à la construction des tombes et des temples. Il ne pleuvait guère dans la vallée du Nil, si bien que les bâtiments ne se détérioraient jamais. Ils avaient été reblanchis à la chaux et tendus de bannières bleu ciel, la couleur de la maison de Tamose. La procession franchit les portes. La foule dansait, chantait, pleurait de joie, emplissant les rues étroites, de sorte que le char royal avançait au rythme d'une tortue. A chaque temple rencontré en chemin, le char s'arrêtait et Pharaon en descendait avec une dignité solennelle pour sacrifier au dieu qui y demeurait.

C'est en fin d'après-midi qu'ils arrivèrent au bassin où la galère royale attendait de transporter la cour de Pharaon au palais de Memnon sur la rive occidentale. Quand ils furent montés à bord, deux cents rameurs sur les bancs de nage tirèrent sur les avirons, qui s'élevaient et s'abaissaient au rythme du tambour, ruisselants et luisants comme les ailes d'une gigantesque aigrette.

Entourés par une flotte de galères, de felouques et d'autres petits navires, ils effectuèrent la traversée dans les derniers feux du couchant. Lorsqu'ils débarquèrent sur la rive opposée, Pharaon n'en avait pas encore fini avec ses obligations. Un autre char royal le conduisit à travers la foule au temple funéraire de son père, Pharaon Tamose.

La nuit était tombée quand ils remontèrent la chaussée d'accès, illuminée des deux côtés par des feux de joie, et la population avait bu force bière et vin fournis par le Trésor royal. Le vacarme était assourdissant lorsque Pharaon mit pied à terre devant le temple de Tamose et gravit les marches entre deux rangs de statues de granit à l'effigie de son père et d'Horus, son dieu tutélaire, représenté sous ses cent formes : Horus, enfant d'Harpocrate, avec la mèche latérale et un doigt sur la bouche, tétant le sein d'Isis ou accroupi sur une fleur de lotus, à tête de faucon ou encore sous l'apparence d'un soleil ailé. Le roi et le dieu semblaient ne plus faire qu'un.

Seigneur Naja et les prêtres conduisirent le jeune pharaon par les hautes portes dans la salle du Chagrin, le lieu saint où la momie de Tamose reposait sur sa dalle d'embaumement en diorite noire. Sur un tombeau séparé contre le mur latéral, gardé par une statue noire d'Anubis, le dieu des nécropoles, avaient été placés les canopes d'albâtre qui contenaient le cœur, les poumons et les viscères du roi.

Dans un deuxième tombeau adossé au mur opposé, le sarcophage recouvert d'or attendait de recevoir le cadavre royal. Un portrait en or du pharaon en ornait le couvercle, si vivant que Nefer, le cœur chaviré, en eut les larmes aux yeux. Il cilla pour les chasser et suivit les prêtres jusqu'à l'endroit où le corps de son père était étendu, au milieu de la salle.

Seigneur Naja prit sa place face à Nefer, de l'autre côté de la plaque de diorite, alors que le grand prêtre se tenait près de la tête du roi défunt. Quand tout fut prêt pour la cérémonie de l'Ouverture de la Bouche, deux prêtres écartèrent le drap de lin qui recouvrait le cadavre, et Nefer eut un mouvement de recul en voyant son père.

Au cours des semaines qui avaient suivi sa mort, pendant que Taita et Nefer se trouvaient dans le désert, les embaumeurs avaient accompli leur ouvrage. Ils avaient commencé par enfoncer une cuillère d'argent à long manche dans une narine afin de vider la matière cérébrale sans endommager la tête. Ils avaient retiré les globes oculaires, appelés à se putréfier rapidement, puis rempli les orbites et la cavité du crâne de sels de natron et d'herbes aromatiques. Ensuite, ils avaient trempé le cadavre, à l'exception de la tête, dans un bain à forte concentration saline et l'y avaient laissé trente jours en changeant quotidiennement l'âpre liquide alcalin. Les graisses étaient ainsi éliminées et la peau pelait complètement. Seuls les cheveux et la peau de la tête n'étaient pas touchés.

Lorsque le cadavre avait été finalement sorti du bain de sels de natron, on l'avait déposé sur la dalle de diorite et essuyé avec des huiles et des teintures d'herbes. La cavité stomacale avait été remplie de tampons de lin imbibés de résines et de cires, la plaie à la poitrine provoquée par la flèche, recousue et recouverte d'amulettes d'or et de pierres précieuses. Les embaumeurs avaient retiré du corps de Pharaon le morceau de hampe barbelée de la flèche qui l'avait tué. Une fois qu'il eut été examiné par le conseil d'Etat, on avait enfermé le projectile dans un coffret doré, destiné à accompagner le roi dans la tombe, puissante amulette contre les maux qui eussent risqué de l'accabler au cours de ses pérégrinations dans l'autre monde.

Enfin, pendant les quarante jours restants de l'embaumement, on avait laissé le cadavre royal sécher complètement dans le vent chaud du désert qui entrait par les portes ouvertes.

Une fois desséché comme du bois à brûler, il avait alors été entouré de bandelettes de lin. Celles-ci étaient disposées suivant un canevas complexe pendant que le chœur des prêtres psalmodiait des incantations aux dieux. On avait auparavant placé des talismans et des amulettes particulièrement précieux à même le corps et chaque couche de bandelette était enduite de résines, qui en séchant devenaient dures et luisantes comme du métal. Seule la tête n'était pas recouverte et, pendant la semaine qui précédait l'Ouverture de la Bouche, quatre des plus habiles maquilleurs parmi les embaumeurs avaient restitué au visage du roi la beauté qui était la sienne de son vivant à l'aide de cires et de cosmétiques.

Les yeux avaient été remplacés par des copies parfaites en cristal de roche et obsidienne. Le blanc était translucide, l'iris et la pupille de la couleur exacte de ceux du roi. Les globes de verre semblaient dotés de vie et d'intelligence, si bien que Nefer les regardait maintenant avec une admiration mêlée de crainte, s'attendant à voir les paupières cligner et les pupilles de son père s'agrandir en le reconnaissant. Les lèvres, maquillées de rouge, paraissaient sur le point de sourire et sa peau fardée avait l'air chaude et soyeuse, comme si le sang l'irriguait encore. On lui avait lavé et frisé les cheveux en cannelures à la manière traditionnelle.

Seigneur Naja, le grand prêtre et le chœur commencèrent à psalmodier l'incantation destinée à empêcher une deuxième mort, mais Nefer était incapable de détacher les yeux du visage de son père

Il est le reflet et non le miroir,
Il est la musique et non la lyre,
Il est la pierre et non le ciseau,
Il vivra à jamais.

Le grand prêtre vint au côté de Nefer et plaça la cuillère d'or dans sa main. Le jeune pharaon avait été préparé au rituel, mais c'est d'un geste tremblant qu'il posa la cuillère sur les lèvres de son père et récita :

— « J'ouvre tes lèvres afin que tu aies le pouvoir de parler à nouveau. »

Il toucha ensuite le nez de son père avec la cuillère.

— « J'ouvre tes narines afin que tu puisses respirer encore. »

Il toucha ensuite ses deux yeux magnifiques.

— « J'ouvre tes yeux afin que tu puisses voir à nouveau ce monde et celui à venir dans toute leur gloire. »

Le rituel accompli, l'assistance attendit que les embaumeurs enveloppent la tête et l'enduisent de résines aromatiques. Puis ils posèrent le masque d'or sur son visage, qui rayonna une nouvelle fois d'une vie splendide. Contrairement à la coutume et à l'usage, Pharaon Tamose n'avait qu'un seul masque mortuaire et un seul sarcophage doré. Son père était allé dans la tombe sous sept masques et sept sarcophages emboîtés les uns dans les autres, chacun plus grand et plus décoré que le précédent.

Nefer passa le reste de la nuit près du sarcophage à prier et à brûler de l'encens afin d'inciter les dieux à accueillir son père parmi eux et à l'asseoir au panthéon. A l'aube, il sortit avec les prêtres sur la terrasse du temple où attendait le premier fauconnier de son père, un faucon royal sur son poing ganté.

— Nefertem ! murmura Nefer.

C'était le nom de l'oiseau magnifique, Fleur de Lotus. Il le prit et le tint sur son poing levé, afin que le peuple rassemblé sur la terrasse pût le voir distinctement. Accroché à une chaîne dorée, le faucon portait autour de sa patte droite une petite plaque d'or sur laquelle était gravé le cartouche royal de son père.

— Voici l'oiseau-dieu de Pharaon Tamose Mamose. Il est l'esprit de mon père.

Il s'interrompit pour se maîtriser car il était au bord des larmes, avant de poursuivre :

— Je rends la liberté à l'oiseau-dieu de mon père.

Il ôta le capuchon de cuir de la tête du faucon. Le soleil de l'aube fit cligner les yeux perçants de l'oiseau, qui gonfla ses plumes. Nefer dénoua le lien de sa patte et le faucon déploya ses ailes.

— Vole, divin esprit ! s'écria Nefer. Vole haut pour moi et pour mon père !

Il lança en l'air l'oiseau, qui s'éleva sur la brise matinale. Il tournoya deux fois puis, avec un cri perçant, s'éloigna à tire-d'aile vers l'autre rive du Nil.

— L'oiseau-dieu vole vers l'ouest ! cria le grand prêtre.

Tous les membres de l'assistance savaient que c'était de fort mauvais augure.

Nefer était tellement épuisé physiquement et nerveusement qu'il oscillait sur ses pieds en suivant l'oiseau du regard. Taita le soutint pour l'empêcher de tomber et l'emmena.

Arrivés dans la chambre de Nefer au palais de Memnon, Taita prépara une potion contre la tristesse, et la lui tendit. Nefer en but une longue gorgée, puis baissa la coupe et demanda :

— Pourquoi mon père n'a-t-il qu'un petit cercueil ? Tu m'as dit que mon grand-père a été mis au tombeau dans sept lourds sarcophages d'or et que vingt grands bœufs ont été nécessaires pour tirer le char funéraire.

— Ton grand-père a eu les funérailles les plus somptueuses de toute l'histoire de notre pays et il amené avec lui dans l'au-delà une grande quantité de richesses, reconnut Taita. Mais il a fallu trente lakhs d'or pur pour fabriquer ces sept cercueils et la nation a failli en être ruinée.

Nefer regarda pensivement au fond de la coupe et but les dernières gouttes de liquide.

— Mon père méritait de telles funérailles, car c'était un souverain puissant.

— Ton grand-père pensait beaucoup à la vie future, expliqua patiemment Taita. Ton père, lui, pensait surtout à l'Egypte et au bien-être de son peuple.

Nefer médita un moment ces paroles, puis soupira, s'allongea sur son matelas et ferma les yeux.

— Je suis fier de mon père, dit-il simplement.

Taita posa la main sur son front en signe de bénédiction et murmura :

— Et je sais qu'un jour il aura des raisons d'être fier de toi.

Le vol de mauvais augure du faucon Nefertem n'était pas nécessaire pour apprendre à Taita que s'ouvrait la période la plus terrible et la plus décisive de la longue histoire de l'Egypte. Quand il quitta la chambre de Nefer pour se rendre dans le désert, les étoiles donnaient l'impression de s'être immobilisées dans leur course et tous les dieux antiques de s'être retirés, les abandonnant à leur sort à l'heure la plus périlleuse.

Grand Horus, nous avons besoin de tes conseils. Tu tiens ce *Ta-meri*, cette terre précieuse, dans tes mains. Ne la laisse pas échapper entre tes doigts et se briser comme du cristal. Ne nous tourne pas le dos maintenant que nous sommes dans l'angoisse. Aide-moi, puissant faucon. Instruis-moi. Signifie-moi clairement tes désirs afin que je puisse suivre ta volonté.

Tout en priant, il gravit les collines à la périphérie de l'immense désert. Le tintement de son long bâton contre le roc alarma un chacal, qui détala sur le versant éclairé par la lune. Lorsqu'il eut la certitude de ne pas être observé, il obliqua parallèlement au fleuve et accéléra le pas. Horus, tu sais que nous sommes sur le fil de l'épée entre la guerre et la défaite. Pharaon Tamose a été tué et il n'y a pas de guerrier pour nous conduire. Au nord du pays, Apepi et ses Hyksos sont devenus puissants au point d'être quasi invincibles. Ils se rassemblent pour lancer contre nous une offensive que nous sommes incapables de soutenir. La double couronne des deux royaumes est rongée par le ver de la trahison et ne peut survivre à la nouvelle tyrannie. Ouvre-moi les yeux, puissant dieu, et montre-moi le chemin, pour que je sois à même de triompher des hordes d'envahisseurs hyksos venues du nord et du poison qui détruit notre sang.

Pendant le reste de la journée, Taita marcha à travers des collines arides et des lieux silencieux, priant et cherchant la voie à suivre. En fin d'après-midi, il revint vers le Nil et arriva enfin à destination. Il aurait pu y venir en felouque, mais son passage ne serait pas passé inaperçu et il avait en outre besoin de se retrouver seul dans le désert.

Dans la profonde obscurité, alors que la plupart des gens dormaient, il s'approcha du temple de Bes au bord du fleuve. Une torche vacillante brûlait dans sa niche audessus de la porte. Elle éclairait la sculpture de la divinité, qui gardait l'entrée – le nain difforme, dieu lascif de l'ivresse et de la jovialité, à la langue pendante, qui gratifia au passage Taita d'un sourire d'ivrogne.

L'un des acolytes du temple accueillit le mage. Il le conduisit à une cellule de pierre dans les profondeurs de l'édifice, où une jarre pleine de lait de chèvre était posée sur une table près d'un plateau de pain de dourah et de rayons de miel. Ils savaient que le mage avait un faible pour le miel de fleur de mimosa.

— Trois hommes attendent déjà ton arrivée, seigneur, lui annonça le jeune prêtre.

— Amène-moi d'abord Bastet, ordonna Taita.

Bastet était le premier scribe du nomarque de Memphis et l'un des plus précieux informateurs de Taita. Il n'était pas riche et avait pourtant à sa charge deux jolies épouses, qui lui coûtaient fort cher, et une ribambelle d'enfants. Taita avait sauvé ces derniers quand les Fleurs Jaunes dévastaient le pays. Sans pour autant jouir d'une grande influence, il était très proche du pouvoir et mettait efficacement à contribution ses oreilles et sa mémoire phénoménale. Il avait beaucoup à dire à Taita sur ce qui s'était passé dans le nome depuis l'accession au pouvoir du nouveau régent et reçut son dû avec gratitude.

— Ta bénédiction eût amplement suffi, puissant mage.

Vint ensuite Obos, le grand prêtre du grand temple d'Horus à Thèbes. Il était redevable de sa nomination à Taita, qui avait intercédé en sa faveur auprès de Pharaon Tamose. La plupart des nobles allaient au temple d'Horus pour pratiquer le culte et effectuer des sacrifices, et tous se confiaient au grand prêtre. Le troisième homme à renseigner Taita était Nolro, le secrétaire de l'armée du Nord. Lui aussi était eunuque et un lien unissait ceux qui avaient subi cette mutilation.

Dès l'époque de sa jeunesse, lorsque Taita avait pour la première fois joué le rôle d'éminence grise, il avait bien compris la nécessité absolue de disposer d'un réseau d'informateurs irréprochable pour fonder convenablement ses décisions. Tout le reste de la nuit et la plus grande partie du lendemain, il écouta ces hommes et les soumit à un interrogatoire serré. Quand il fut prêt à repartir pour le palais de Memnon, il était informé de tous les principaux événements récents, des courants sous-jacents importants et des turbulences politiques qui avaient occupé la période durant laquelle il était parti dans le désert, à Gebel Nagara.

Dans la soirée, il se remit en route vers le palais en passant par la voie directe, le long de la berge du fleuve. Les paysans qui rentraient des champs le reconnaissaient, lui faisaient des signes pour lui souhaiter bonne chance et longue vie, et lui criaient : « Prie Horus pour nous, mage », car ils savaient qu'il était un homme d'Horus. Beaucoup le pressaient d'accepter des petits cadeaux, et un laboureur l'invita à partager son repas de galettes de millet, de sauterelles grillées et de lait de chèvre encore tiède.

Quand la nuit tomba, Taita remercia l'amical laboureur, prit congé et le laissa assis près de son feu. Il poursuivit sa route en se hâtant dans l'obscurité, soucieux de ne pas manquer la cérémonie du lever royal. L'aube pointa avant qu'il arrive au palais et il eut à peine le temps de se laver et de se changer avant de se rendre précipitamment à la chambre de Nefer. A la porte, deux gardes lui barrèrent le passage de leurs lances croisées.

Taita était étonné. Cela n'était encore jamais arrivé. Il était le précepteur royal, nommé treize ans plus tôt par Pharaon Tamose. Il lança un regard furieux au sergent de la garde, qui baissa les yeux mais resta ferme dans son refus.

— Ce n'est pas pour t'offenser, puissant mage. C'est

sur l'ordre exprès du commandant de la garde du corps, le colonel Asmor, et du chambellan du palais. Personne n'est autorisé à entrer sans l'approbation du régent.

Le sergent était inflexible et Taita traversa donc la terrasse jusqu'à l'endroit où Naja prenait son petit déjeuner au milieu d'un cercle réduit de favoris et de flagorneurs.

— Seigneur Naja, tu n'es pas sans savoir que j'ai été nommé précepteur et mentor de Pharaon par son père. Je suis habilité à me rendre auprès de lui à toute heure du jour et de la nuit.

— C'était il y a bien longtemps, bon mage, répondit Naja doucereusement en mettant dans sa bouche un grain de raisin pelé que lui offrait l'esclave debout derrière son tabouret. Cela se justifiait alors, mais Pharaon Seti n'est plus un enfant. Il n'a plus besoin de nounou.

L'insulte était proférée avec désinvolture mais cela ne la rendait pas moins blessante.

— Je suis son régent. Dans l'avenir, c'est auprès de moi qu'il prendra conseil.

— Je respecte ton droit et ton devoir envers le roi, mais m'empêcher d'être à son côté est à la fois inutile et cruel... commença à protester Taita.

Naja lui imposa silence d'un geste hautain.

— La sécurité du roi passe avant tout, dit-il en se levant pour signifier que le repas et l'entrevue étaient terminés.

Ses gardes l'entourèrent, si bien que Taita dut reculer. L'entourage de Naja se mit en route le long du patio en direction de la salle du conseil. Il ne le suivit pas immédiatement mais s'assit sur le muret d'un bassin pour réfléchir à cette situation nouvelle.

Naja isolait Nefer. Celui-ci était prisonnier dans son propre palais et finirait par se retrouver seul, entouré d'ennemis. Taita chercha le moyen de l'aider. Il envisagea une nouvelle fois de fuir l'Egypte, de faire disparaître Nefer pour l'emmener à travers le désert sous la protection d'une puissance étrangère jusqu'à ce qu'il ait l'âge et la force suffisants pour revenir revendiquer son droit de naissance. Il était certain, cependant, que Naja avait fermé non seulement l'accès des appartements royaux mais aussi toutes les routes permettant de quitter Thèbes et l'Egypte.

Il n'y avait apparemment aucune solution aisée et, après une heure de profondes réflexions, Taita se leva. Les gardes postés à l'entrée de la salle du conseil s'écartèrent pour le laisser passer. Il parcourut l'allée et vint s'installer à sa place habituelle au premier rang.

Nefer était assis sur l'estrade à côté de son régent. Il portait le *hedjet*, la couronne légère de Haute-Egypte, et avait l'air pâle et les traits tirés. Taita craignit qu'il ne fût déjà sous l'emprise de quelque poison lent, mais ne perçut aucune aura de mort autour de lui. Il se concentra pour diriger vers lui un courant de force et de courage, mais Nefer lui adressa un regard froid et accusateur pour avoir manqué la cérémonie du lever.

Taita tourna son attention vers les affaires du conseil. Celui-ci examinait les récents rapports en provenance du front septentrional, où le roi Apepi avait repris Abnub après un siège de trois ans. La malheureuse ville avait changé de mains huit fois depuis la première invasion hyksos sous le règne de Pharaon Mamose, le père de Tamose.

Si Pharaon Tamose n'avait pas été frappé par une flèche hyksos, sa stratégie hardie aurait pu empêcher ce tragique retournement de situation. Au lieu de devoir se préparer à soutenir la prochaine offensive des Hyksos sur

Thèbes, les armées d'Egypte seraient peut-être en train de se diriger vers Avaris, la capitale ennemie.

Taita constata que d'âpres divergences divisaient le conseil face à la crise. On cherchait les responsables de cette récente défaite alors que la mort de Pharaon en était manifestement la cause principale. Elle avait laissé l'armée sans chef et Apepi en avait immédiatement profité.

A les entendre ainsi palabrer, Taita eut le sentiment, plus vif que jamais, que cette guerre était un abcès suppurant dans le corps même de l'Egypte. Exaspéré, il se leva et sortit discrètement de la salle du conseil. Il n'avait plus rien à faire là car les membres continuaient de se chamailler sur la question de savoir à qui confier le commandement de l'armée du Nord pour remplacer le pharaon Tamose défunt. Maintenant qu'il a disparu, aucun de nos chefs de guerre ne vaut Apepi – ni Asmor, ni Teron, ni Naja lui-même, songea-t-il en s'éloignant à grands pas. Le pays et nos armées sont saignés à blanc par soixante ans de guerre. Nous avons besoin de temps pour reprendre nos forces et permettre à un grand chef militaire de sortir du rang. Il songeait à Nefer, mais des années allaient être nécessaires avant qu'il puisse jouer le rôle que le destin avait conçu pour lui, ainsi que l'examen du Labyrinthe d'Amon-Rê le lui avait montré.

Il faut gagner du temps et assurer sa sécurité jusqu'à ce qu'il soit prêt, se dit-il.

Il se rendit ensuite dans la partie du palais réservée aux femmes. En tant qu'eunuque, il pouvait en franchir les portes, interdites aux hommes. Les princesses avaient appris trois jours plus tôt qu'on allait les marier et il aurait déjà dû leur rendre visite. Elles devaient être troublées et angoissées, et avoir grand besoin de conseils et de réconfort.

Merykara, qu'une prêtresse d'Isis instruisait dans l'art de l'écriture au pinceau sur l'ostracon, fut la première à le voir quand il entra dans la cour. Elle se leva d'un bond et courut à lui sur ses longues jambes, sa mèche latérale flottant sur son épaule. Elle l'enlaça par la taille et l'étreignit de toutes ses forces.

— Oh, Taita, où étais-tu ? Je ne cesse de te chercher depuis des jours.

Quand elle leva le visage vers lui, il vit à ses yeux rouges et cernés qu'elle avait pleuré. Elle recommençait maintenant, secouée de sanglots. Taita la prit dans ses bras pour la calmer.

— Qu'y a-t-il, mon petit singe ? Pourquoi es-tu si malheureuse ?

— Seigneur Naja va m'emmener dans un endroit secret et me faire des choses terribles. Il va enfoncer en moi quelque chose d'énorme et long. Je vais avoir mal et ça va me faire saigner.

— Qui t'a dit cela ? demanda Taita, maîtrisant sa colère avec peine.

— Magara et Saak, sanglota Merykara. Oh, Taita, tu ne peux pas l'empêcher de me faire ça ? Je t'en prie, je t'en prie.

Taita aurait dû se douter que les deux jeunes esclaves nubiennes étaient à l'origine de cet affolement. D'habitude, elles lui racontaient des histoires de croquemitaines et de goules, mais elles avaient à présent autre chose pour tourmenter la fillette confiée à leur charge. Taita se promit de châtier ces deux petites mâtines et tenta d'apaiser les craintes de la princesse. Il lui fallait tout son tact et toute sa gentillesse, car Merykara était terrorisée.

Il alla s'asseoir dans un coin tranquille du jardin. Elle

grimpa sur ses genoux et pressa sa joue contre sa poitrine.

Ses craintes étaient naturellement sans fondement. Même après le mariage, il était contraire à la nature, à la loi et à la coutume que Naja entraîne Merykara dans le lit nuptial avant qu'elle ait eu sa première lune rouge, c'est-à-dire avant plusieurs années. Il réussit enfin à la calmer et l'emmena aux écuries royales pour admirer et caresser le poulain né le matin même.

Quand la fillette eut retrouvé son sourire et sa loquacité, Taita la ramena au gynécée et accomplit un petit miracle pour l'amuser. Il trempa le doigt dans une cruche d'eau du Nil pour la changer en un délicieux sorbet, qu'ils burent ensemble. Puis il jeta en l'air un caillou qui se transforma en canari et s'envola pour se poser sur les branches hautes d'un figuier. L'oiseau se mit ensuite à sautiller et à faire des trilles, à la grande joie de l'enfant.

Il la quitta alors pour aller trouver Magara et Saak, les deux jeunes esclaves, qu'il réprimanda si vertement qu'elles ne tardèrent pas à pleurer, serrées l'une contre l'autre. Sachant que Magara était toujours l'instigatrice des mauvaises plaisanteries de ce genre, il tira un scorpion vivant de son oreille et le tint à quelques pouces de son visage, ce qui provoqua chez elle un tel accès de terreur qu'elle laissa échapper de petits jets d'urine.

Satisfait, il se rendit alors auprès d'Heseret. Comme il s'y attendait, elle était au bord du fleuve avec sa lyre. Elle leva les yeux vers lui avec un petit sourire triste tout en continuant de gratter les cordes de l'instrument. Il s'assit près d'elle dans l'herbe, sous les branches du saule. L'air qu'elle jouait était le préféré de sa grand-mère et c'était Taita qui le lui avait appris. Elle commença à en chanter les paroles.

Mon cœur palpite comme une caille blessée
quand je vois son visage bien-aimé.
Et mes joues fleurissent comme le ciel de l'aube
au soleil de son sourire.

Elle avait une voix douce et juste, et les larmes montèrent aux yeux de Taita. Il avait l'impression d'entendre Lostris. Il entonna le refrain avec elle. Sa voix, claire et ferme, ne chevrotait pas. Là-bas sur le fleuve, les rameurs d'une galère se reposèrent sur leurs avirons pour écouter avec ravissement tandis que le courant entraînait le navire.

A la fin de la chanson, Heseret posa sa lyre et se tourna vers lui.

— Je suis si contente que tu sois venu, cher Taita, dit-elle.

— Je regrette de t'avoir fait attendre, lune de mes nuits.

Le sobriquet la fit sourire, car elle avait toujours eu une nature romantique.

— Que puis-je pour toi ?

— Tu dois aller trouver Seigneur Naja et lui présenter mes sincères excuses, mais je ne puis l'épouser.

Elle était exactement comme sa grand-mère au même âge. Lostris l'avait elle aussi chargé d'une mission impossible, avec la même assurance et la même confiance en sa capacité à l'accomplir. Heseret tourna vers lui ses immenses yeux verts.

— J'ai déjà promis à Meren de devenir sa femme.

Meren était le petit-fils de Kratas et le joyeux compagnon de Nefer. Taita l'avait déjà vu faire les yeux doux à Heseret, mais il n'avait jamais soupçonné qu'elle partageait ses sentiments. Il se demanda un instant jusqu'où ils étaient allés dans la satisfaction de leur passion.

— Heseret, je t'ai déjà cent fois expliqué que tu n'es pas comme les autres jeunes filles. Tu es une princesse royale. Ton mariage ne peut être décidé sur un caprice de jeunesse. Il entraîne de graves conséquences politiques.

— Tu ne comprends pas, Taita, dit doucement Heseret avec la calme obstination qu'il redoutait. J'aime Meren. Je l'aime depuis que je suis petite. C'est lui que je veux épouser, et non pas Seigneur Naja.

— Je ne puis annuler les décisions du régent d'Egypte, tenta-t-il de lui expliquer.

Mais elle secoua la tête et lui sourit.

— Tu es si avisé, Taita. Tu trouveras les arguments qu'il faut, comme toujours.

Et Taita eut l'impression que son cœur se brisait.

— Seigneur Taita, je refuse d'aborder la question de tes entrées chez Pharaon et de mon mariage imminent avec les princesses royales. Ma décision est prise dans un cas comme dans l'autre.

Pour bien montrer que la discussion sur ces sujets était close, Naja tourna de nouveau son attention vers le rouleau de papyrus étalé devant lui sur la table. Assez de temps s'écoula pour qu'un vol d'oies prenne son essor sur le marécage de la rive orientale du Nil, traverse les larges eaux grises du fleuve dans de lourds battements d'ailes et passe au-dessus du jardin où ils se trouvaient. Taita se leva finalement pour s'en aller. Comme il saluait le régent et commençait à s'éloigner à reculons, Naja leva les yeux vers lui.

— Je ne t'ai pas donné la permission de partir.

— Je croyais que tu n'avais plus besoin de moi, seigneur.

— Bien au contraire, rétorqua Naja en lançant à Taita un regard furieux et en lui faisant signe de se rasseoir. Tu mets à rude épreuve ma bonne humeur et ma bienveillance à ton égard. Je sais fort bien que tu consultais volontiers le Labyrinthe d'Amon-Rê chaque fois que Pharaon Tamose te le demandait. Pourquoi fais-tu traîner les choses avec moi ? En tant que régent de ce pays, je ne souffrirai plus aucun retard. Je te demande de faire cela non pas pour mon profit, mais pour la survie même de notre nation dans cette guerre contre les barbares du Nord. J'ai besoin de recevoir les conseils du panthéon des dieux et tu es le seul à pouvoir les obtenir.

Naja se leva si brusquement qu'il renversa la table, projetant les rouleaux de papyrus, les pinceaux et l'encre sur les dalles de terre cuite.

— Je t'ordonne, avec toute l'autorité que me confère le sceau à tête de faucon, cria-t-il en touchant l'amulette sur son bras droit, je t'ordonne de consulter pour moi le Labyrinthe d'Amon-Rê !

Taita inclina la tête en un geste théâtral de résignation, car depuis des semaines il s'était préparé à cet ultimatum et n'avait temporisé que pour prolonger autant que possible le délai de grâce durant lequel Nefer serait relativement prémuni contre les menées du régent. Il restait persuadé que Naja n'entreprendrait rien de fatal contre Nefer tant qu'il n'aurait pas reçu l'approbation du Labyrinthe.

— La pleine lune est la période la plus propice à sa consultation, déclara-t-il. J'ai déjà effectué les préparatifs nécessaires.

Naja se laissa retomber sur son tabouret.

— Tu le consulteras ici même, dans mes appartements, ordonna-t-il.

— Non, Seigneur Naja, ce ne serait pas favorable,

objecta Taita, sachant que pour conserver son ascendant sur Naja il devait le prendre à contre-pied. Plus nous serons proches des dieux, plus les prédictions seront exactes. J'ai d'ores et déjà pris des dispositions avec les prêtres du temple d'Osiris à Bousiris. C'est là que je consulterai le Labyrinthe, à minuit, le jour de la pleine lune. Je dirigerai l'accomplissement du mystère dans le sanctuaire du temple, là où est gardée l'épine dorsale, le pilier-*djed*, du dieu, démembré par son frère Seth. La sainte relique ajoutera à la force de nos délibérations.

La voix de Taita était lourde de significations cachées.

— Nous ne serons que toi et moi dans le sanctuaire. Aucun autre mortel ne doit surprendre ce que les dieux ont à nous dire. L'un des régiments d'Asmor gardera les abords du sanctuaire, ajouta-t-il.

Naja était un disciple d'Osiris, et son expression s'était faite solennelle. Le lieu et l'heure choisis ne manquaient pas de l'impressionner, Taita ne l'ignorait pas.

— Qu'il en soit fait ainsi, convint le régent.

Le voyage jusqu'à Bousiris prit deux jours sur le vaisseau royal, suivi par le régiment d'Asmor monté sur quatre galères de guerre. Ils débarquèrent sur la plage de sable doré sous les murs du temple, où les prêtres accueillirent le régent avec des psaumes et des offrandes de gomme arabique et de myrrhe, la prédilection de celui-ci pour les substances odoriférantes étant déjà connue dans tout le pays.

On les conduisit aux logements préparés à leur intention. Pendant que Naja prenait un bain, se parfumait et se restaurait de fruits et de sorbets, Taita se rendit au sanctuaire en compagnie du grand prêtre et accomplit un sacrifice au dieu Osiris. Ensuite, à l'instigation du mage, le grand prêtre se retira et le laissa seul effectuer les préparatifs pour le soir. Seigneur Naja n'avait jamais assisté à la consultation du Labyrinthe – rares étaient ceux à l'avoir fait. Taita allait monter pour lui une impressionnante mise en scène, mais il n'avait nullement l'intention de se soumettre à l'épreuve épuisante et extrêmement pénible du rituel authentique.

Après le coucher du soleil, le grand prêtre offrit un banquet au régent. En son honneur, il fit servir le fameux vin des vignobles qui entouraient le temple. C'est à Bousiris que le dieu Horus avait introduit la vigne en Egypte. Quand le capiteux breuvage eut adouci le régent et le reste de la compagnie, les prêtres donnèrent une série de spectacles lyriques qui racontaient la vie du grand dieu. Dans chacun d'eux, Osiris était représenté sous différentes couleurs de peau : blanc comme les bandelettes d'une momie, noir comme le royaume des morts, rouge comme la divinité du châtiment. Il tenait toujours la houlette et le fléau, les insignes du souverain, et ses pieds étaient maintenus ensemble comme ceux d'un cadavre. Dans la scène finale, son visage était peint en vert pour symboliser son aspect végétal. Comme la dourah, qui signifiait vie et nourriture, Osiris fut mis en terre, qui signifiait la mort. Dans les ténèbres du monde inférieur, il germait comme le grain de millet, puis émergeait dans le cycle glorieux de la vie éternelle.

Pendant que les tableaux étaient représentés, le grand prêtre récitait les noms de la divinité : « Œil de la Nuit », « Etre Eternellement Bon », « Fils de Geb » et « Wennefer, Parfait en Majesté ».

Puis, dans la fumée d'encens des amschirs, au battement des gongs et des tambours, les prêtres psalmodièrent le poème épique du combat entre le bien et le mal.

La légende racontait comment Seth, jaloux de son frère vertueux, avait enfermé Osiris dans un coffre qu'il avait jeté dans le Nil pour le noyer. Lorsque les eaux du fleuve rejetèrent son cadavre sur la berge, Seth le tailla en pièces et fit disparaître les morceaux. A Bousiris, il cacha le pilier-*djed*, la colonne vertébrale. Isis, leur sœur, se mit à la recherche de toutes les parties du corps, les retrouva et les rassembla. Puis elle copula avec Osiris. Pendant cette union charnelle, le mouvement de ses ailes insuffla de nouveau la vie dans le corps de son frère défunt.

Bien avant minuit, le régent d'Egypte avait bu un pot entier de vin et se trouvait dans un état de grande nervosité et d'impressionnabilité, sa superstition religieuse exacerbée par les prêtres. Lorsque le rayon argenté de la pleine lune passa par l'ouverture alignée avec précision dans le toit du temple et se déplaça sur les dalles de la nef vers les portes closes du sanctuaire, le grand prêtre donna le signal et tous les autres prêtres se levèrent et sortirent en procession, laissant seuls Seigneur Naja et Taita.

Quand la psalmodie des prêtres se fut tue au loin, laissant place à un lourd silence, Taita prit le régent par la main et le mena à travers la nef éclairée par la lune vers l'entrée du sanctuaire. A leur approche, les grandes portes couvertes de bronze s'ouvrirent brusquement toutes seules. Seigneur Naja sursauta et sa main se mit à trembler dans celle de Taita. Peut-être avait-il envie de rebrousser chemin, mais le mage l'entraîna à l'intérieur.

Le sanctuaire était éclairé par quatre braseros, un à chaque coin de la petite salle dallée. Un tabouret bas se trouvait au milieu. Taita y conduisit Naja et lui fit signe de s'asseoir. Pendant qu'il obtempérait, les portes se refermèrent derrière eux et Naja jeta autour de lui un regard effrayé. Il se serait relevé si Taita n'avait pas posé la main sur son épaule pour l'en empêcher.

— Quoi que tu voies et entendes, ne bouge pas. Ne parle pas. Si tu tiens à ta vie, ne fais rien, ne dis rien, lui ordonna le mage.

Taita le laissa là et, d'une démarche majestueuse, s'approcha de la statue du dieu. Il leva les mains, tenant soudain un calice d'or par le pied. Il le dressa haut et pria Osiris d'en bénir le contenu, puis il le porta à Naja et le pressa de boire. Le breuvage, visqueux comme du miel, avait un goût d'amandes broyées, de pétales de rose et de champignons. Taita frappa dans ses mains et le calice disparut comme par enchantement.

Il tendit les bras et effectua une passe mystique devant le visage de Naja. L'instant d'après, le Labyrinthe d'Amon-Rê emplissait ses mains en coupe. Naja reconnut les disques d'ivoire évoqués dans les descriptions fantaisistes du rituel qu'il avait entendues. Taita l'invita à les couvrir de ses mains pendant qu'il récitait une invocation à Amon-Rê et à la foule des dieux du panthéon.

— Splendeur de la lumière et du feu, furieux dans ta majesté divine, approche et prête l'oreille à nos suppliques.

Naja se tortillait sur son tabouret au fur et à mesure que le Labyrinthe devenait chaud au toucher, et c'est avec soulagement, transpirant à grosses gouttes, qu'il le rendit à Taita. Il regarda le vieillard le porter à travers le sanctuaire et le déposer au pied de la gigantesque statue d'Osiris. Le mage s'agenouilla et se pencha au-dessus de lui. Pendant un moment, il n'y eut dans la salle d'autre son que le sifflement des flammes, d'autre mouvement que celui des ombres projetées par la lumière chatoyante des braseros qui dansait sur les murs de pierre.

Puis, brusquement, un hurlement terrible, désincarné,

résonna à travers le sanctuaire. Comme si les organes vitaux du dieu lui étaient de nouveau arrachés par son cruel frère. Naja gémit doucement et se couvrit la tête de son châle.

Le silence retomba jusqu'à ce que les flammes des braseros se mettent soudain à monter vers le plafond, teintées de vert et de violet, de pourpre et de bleu vif. De grands nuages de fumée s'en échappaient en tourbillonnant et emplissaient la salle. Naja s'étouffa et toussa. Il avait l'impression de suffoquer, ses sens vacillaient. Il sentait son souffle se répercuter dans sa tête.

Taita se tourna lentement face à lui et Naja frissonna d'horreur. Le visage du mage irradiait une lumière verte, comme celle du dieu ressuscité. De l'écume verte s'échappait de sa bouche ouverte et coulait sur sa poitrine, ses yeux n'étaient plus que des globes aveugles qui lançaient des éclairs argentés dans la lueur des braseros. Sans bouger les pieds, il glissa vers Naja et de sa bouche écumante jaillirent les voix d'une horde sauvage de démons et de djinns, un chœur épouvantable de hurlements et de gémissements, de sifflements et de grognements, de haut-le-cœur et de rires déments.

Seigneur Naja essaya de se lever, mais les bruits et la fumée semblaient emplir son crâne et les ténèbres l'envahirent. Ses jambes se dérobèrent sous lui, il glissa du tabouret et sombra dans le coma.

Lorsque le régent d'Egypte reprit conscience, le soleil haut miroitait sur les eaux du fleuve. Il était étendu sur un matelas recouvert de soie à l'arrière de la nef royale sous le taud jaune.

Il promena autour de lui un regard trouble et vit les

voiles des galères de l'escorte qui, blanches comme des ailes d'aigrette, se détachaient sur le vert luxuriant des berges. Le soleil l'éblouissait et il referma les yeux. Il ressentait une soif dévorante, sa gorge était si sèche qu'il avait l'impression d'avoir avalé une poignée de gravier, et un battement résonnait dans son crâne comme si tous les démons apparus au cours de sa vision s'y trouvaient pris au piège. Il gémit, frissonna et vomit abondamment dans le seau que lui tendait un esclave.

Taita vint à son côté, lui releva le menton et lui donna une gorgée fraîche d'une concoction miraculeuse qui ne tarda pas à apaiser ses maux de tête et libéra les gaz nauséabonds qui lui ballonnaient le ventre. Quand il se fut suffisamment remis pour parler, Naja murmura :

— Dis-moi tout, Taita. Je ne me souviens de rien. Qu'a révélé le Labyrinthe ?

Avant de répondre, Taita envoya tout l'équipage et les esclaves hors de portée de voix, puis il s'agenouilla près du matelas. Naja posa une main tremblante sur son bras et murmura derechef d'un ton pitoyable :

— Je ne me souviens plus de rien après...

Il hésita, assailli de nouveau par les terreurs de la nuit précédente, et frissonna.

— Nous sommes presque arrivés à Sebennytos, Sire, lui dit Taita. Nous serons de retour à Thèbes avant la tombée de la nuit.

— Que s'est-il passé, Taita ? Qu'est-ce que le Labyrinthe a révélé ? insista Naja en secouant le bras du mage.

— De grands prodiges, Sire, répondit Taita, la voix tremblante d'émotion.

— Des prodiges ? répéta Naja, l'intérêt piqué, en faisant effort pour se dresser sur son séant. Pourquoi m'appelles-tu « Sire » ? Je ne suis pas Pharaon.

— Cela fait partie des révélations.

— Dis-moi ! Dis-moi tout !

— Ne te rappelles-tu pas que le toit du temple s'est ouvert comme les pétales du lotus ? Ne te souviens-tu pas de la grande chaussée descendue jusqu'à nous du ciel nocturne ?

Naja secoua la tête, puis acquiesça d'un air incertain.

— Oui, je crois. Cette chaussée était une échelle d'or ?

— Tu te souviens donc, le félicita Taita.

— Nous avons gravi l'échelle d'or, poursuivit Naja en le regardant pour obtenir confirmation.

— Nous avons été emportés en haut sur le dos de deux lions ailés, précisa Taita.

— Oui, je me souviens des lions, mais ensuite tout est flou.

— Ces mystères engourdissent l'esprit et affaiblissent les yeux qui ne sont pas habitués à eux. Même moi, qui ai atteint le septième et ultime degré de l'initiation, j'ai été frappé de stupeur par ce que nous avons subi, expliqua complaisamment Taita. Mais ne désespère pas, car les dieux m'ont enjoint de tout t'expliquer.

— Parle, bon mage, et n'épargne aucun détail.

— Sur le dos des lions ailés, nous avons survolé les océans obscurs et les sommets des montagnes blanches, tous les royaumes de la terre et des cieux déployés sous nos pieds.

Naja hocha la tête avidement.

— Continue.

— Nous sommes arrivés enfin à la citadelle où demeurent les dieux. Ses fondations s'enfoncent dans les profondeurs des régions inférieures et ses piliers supportent le ciel et les astres. Amon-Rê chevauchait au-dessus de nous dans toute sa splendeur, et tous les autres dieux du panthéon se tenaient sur des trônes d'argent et d'or, de feu, de cristal et de saphir.

Naja le regarda en clignant des yeux pour éclaircir sa vision.

— Oui, maintenant que tu le dis, je m'en souviens. Des trônes de saphir et de diamant, renchérit Naja, consumé par un besoin désespéré de croire. Puis le dieu a parlé ? hasarda-t-il. Il m'a parlé, n'est-ce pas ?

— Oui. D'une voix forte comme la chute d'une montagne, le grand Osiris nous a parlé : « Bien-aimé Naja, tu m'as toujours été fidèle dans ta dévotion. Tu en seras récompensé. »

— Que voulait-il dire ? L'a-t-il exprimé clairement, Taita ?

Le mage hocha la tête solennellement.

— Oui, Sire.

— Voilà que tu uses encore de ce titre. Dis-moi pourquoi.

— A tes ordres, majesté. Je te rapporterai chacune de ses paroles. Le grand Osiris s'est levé dans toute sa terrible gloire et t'a pris sur le dos du lion ailé pour te placer à son côté sur le trône de feu et d'or. Il a touché ta bouche et ton cœur et s'est adressé à toi en te donnant le titre de Divin Frère.

— Il m'a appelé Divin Frère ? Que voulait-il dire par là ?

Taita réprima son irritation. Naja s'était toujours montré habile, intelligent et perspicace. D'ordinaire, il comprenait vite sans qu'il fût nécessaire d'entrer dans des explications détaillées. Les effets de l'essence des champignons magiques que Taita lui avait administrée la veille au soir et des drogues diffusées par la fumée des braseros ne s'étaient pas encore dissipés. Des jours allaient peut-être lui être nécessaires pour se remettre à penser clairement. Il va me falloir forcer la note, estima le mage avant de poursuivre :

— Ces paroles m'avaient moi aussi rendu perplexe. Leur sens ne m'apparaissait pas nettement, mais le grand dieu s'est remis à parler : « Je t'accueille au panthéon céleste, Divin Frère. »

Le visage de Naja s'éclaira et prit une expression de fierté et de triomphe.

— Ne m'a-t-il pas déifié, Taita ? Cela ne peut avoir d'autre signification.

— Si un doute demeurait, il a été immédiatement dissipé, car Osiris a pris la double couronne de la Haute et de la Basse-Egypte, l'a placée sur ta tête et a parlé de nouveau : « Salut, Divin Frère ! Salut, ô toi qui seras Pharaon ! »

Naja se taisait et regardait Taita avec des yeux brillants. Taita poursuivit après un long silence :

— La couronne ceignant ton front, ta sainteté était manifeste. Je me suis agenouillé devant toi et t'ai adoré avec les autres dieux.

Naja ne cherchait pas à cacher son émotion. Il était transporté, aussi vulnérable que pendant l'orgasme. Taita saisit l'occasion :

— Osiris a ensuite repris la parole : « Dans ces choses merveilleuses, ton guide sera le mage Taita, car il connaît tous les mystères et maîtrise le Labyrinthe. Suis fidèlement ses instructions, et toutes les récompenses que je t'ai promises seront tiennes. »

Taita observa la réaction de Naja. Il se demanda si l'artifice n'était pas un peu gros, mais le régent semblait accepter la contrainte sans rechigner.

— Quoi d'autre, Taita ? Qu'avait encore à me dire le grand Osiris ?

— A toi, rien de plus, sire, mais ensuite il s'est adressé

à moi. Ses paroles m'ont touché au tréfonds de l'âme. Les voici, marquées en caractères de feu sur mon cœur : « Taita, maître du Labyrinthe, tu n'auras désormais de vénération, de fidélité et de devoir qu'envers mon royal et divin frère Naja. Tu seras son serviteur, et ton seul souci sera de l'aider à accomplir sa destinée. Tu n'auras de cesse tant que la double couronne de Haute et Basse-Egypte ne sera pas placée sur sa tête. »

— « De vénération et de fidélité qu'envers mon royal et divin frère », répéta Naja à voix basse.

Il semblait ne plus ressentir les effets secondaires de l'épreuve subie. Ses forces lui revenaient et ses yeux jaunes brillaient de ruse.

— Et as-tu accepté la charge que t'a confiée le grand Osiris, mage ? Parle franc : m'appartiens-tu maintenant ou bien renierais-tu la parole du père suprême ?

— Comment pourrais-je renier le dieu suprême ? demanda simplement Taita.

Il baissa la tête et se prosterna, le front contre le pont. Il prit le pied droit nu de Naja des deux mains et le posa sur sa tête.

— J'accepte la charge à moi confiée par les dieux. Je suis ton serviteur, divine majesté. De cœur et d'âme, je t'appartiens.

— Et tes autres devoirs ? Et le serment d'allégeance que tu as prêté à Pharaon Nefer Seti à sa naissance et, plus récemment, à son couronnement ?

— Majesté, le grand Osiris m'a délié de tous mes engagements antérieurs. Nul autre serment ne compte plus pour moi que celui que je te fais maintenant.

Naja le releva et le regarda dans les yeux, y cherchant quelque trace de tromperie ou de ruse. Taita lui rendit sereinement son regard. Il sentait les doutes, les espoirs et les soupçons du régent s'agiter en foule comme, dans un panier, les rats donnés en pâture aux faucons royaux. Le désir est père de l'acte, pensa Taita. Nous allons le laisser croire, car il n'aspire qu'à cela.

Il vit les doutes se dissiper dans les yeux jaunes, et Naja l'étreignit.

— Je te crois. Quand je porterai la double couronne, tu recevras des récompenses comme tu n'en as jamais attendu ni espéré.

Les jours suivants, Naja garda Taita à son côté, et le vieux mage mit à profit sa nouvelle position de confiance pour influer sur certaines des intentions non déclarées du régent. A la demande pressante de Naja, il consulta une nouvelle fois les augures. Il sacrifia un mouton et en examina les entrailles, il libéra un faucon des volières royales et suivit la trajectoire de son vol. Il en conclut que le dieu ne sanctionnerait le mariage de Naja avec les princesses qu'après le début de la crue du Nil, sans quoi celle-ci ne se produirait pas, désastre dont Naja ne pouvait courir le risque. La vie même de l'Egypte dépendait de la crue du grand fleuve. Grâce à cette prophétie, Taita avait éloigné le danger qui menaçait Nefer et le supplice des deux princesses.

Naja protesta et discuta mais, depuis la terrible nuit à Bousiris, il lui apparaissait quasi impossible de s'opposer aux prédictions de Taita. Les nouvelles de mauvais augure venues du front septentrional le rendaient plus maniable. Sur l'ordre de Naja et contre le conseil de Taita, les Egyptiens avaient lancé une contre-attaque désespérée pour tenter de reprendre Abnub. Ils avaient échoué, perdant trois cents chars et presque un régiment de fantassins dans la terrible bataille qui avait eu lieu autour de la ville. Apepi semblait prêt à porter un coup fatal aux cohortes égyptiennes démoralisées et affaiblies, et à prendre Thèbes d'assaut. Le moment était mal choisi pour des noces, Naja lui-même en convenait, et la sécurité de Nefer était assurée pour un certain temps encore.

Un flot constant de réfugiés quittait Thèbes par la route ou par le fleuve en direction du sud. Le volume du commerce caravanier en provenance de l'est avait chuté de façon alarmante, les marchands attendant de voir le résultat de l'offensive hyksos imminente. On manquait de tout et les prix s'envolaient.

— La seule manière de parer à une défaite écrasante est de négocier une trêve avec Apepi, conseilla Taita.

Il s'apprêtait à ajouter qu'une trêve ne serait en aucun cas une reddition, qu'ils mettraient simplement à profit ce répit pour renforcer leurs positions, mais Naja ne lui en laissa pas le temps.

— Je le crois aussi, mage, admit-il avec ardeur. J'ai souvent essayé de convaincre mon bien-aimé compagnon, Pharaon Tamose, de la sagesse d'une telle attitude, mais il ne m'écoutait pas.

— Il nous faut gagner du temps, expliqua Taita.

— Tu as évidemment raison, fit le régent, exalté par cet appui inattendu.

Il avait tenté en vain de persuader tour à tour les membres du conseil d'accepter une paix avec les Hyksos, mais aucun, pas même Cinka, ne l'avait soutenu. Même le fidèle Asmor avait risqué d'encourir sa colère en jurant de se laisser tomber sur son glaive plutôt que de se rendre à Apepi. Constater que l'honneur fleurissait en ce lieu improbable et qu'il y avait des limites à ce que même un régent pouvait imposer au conseil lui donnait à réfléchir.

La paix avec les Hyksos était la pierre angulaire de la vision de Naja, celle des deux royaumes réunis sous la houlette d'un unique souverain. Seul un pharaon mi-égyptien mi-hyksos pouvait espérer en faire une réalité, et il savait sans l'ombre d'un doute que c'était ce que les dieux lui avaient promis à travers le Labyrinthe.

Il poursuivit avec ferveur :

— J'aurais dû savoir, Taita, que tu étais de ceux qui ne se laissent pas aveugler par les préjugés. Tous les autres crient « Pas de reddition ! » et « La mort plutôt que le déshonneur ».

Il secoua la tête avant de poursuivre :

— Toi et moi voyons que ce que nous ne pourrions réussir par la force des armes, nous pouvons l'obtenir de manière plus douce. Après soixante ans dans la vallée du Nil, les Hyksos deviennent plus égyptiens qu'asiatiques. Ils ont été séduits par nos dieux, notre philosophie et nos femmes. Leur sang sauvage a été adouci par le nôtre. Leurs mœurs barbares ont été tempérées par nos nobles manières.

La réaction du régent à sa timide suggestion était si forte que Taita en resta tout interdit. Il y avait là bien plus qu'il ne l'avait soupçonné. Pour gagner du temps, y réfléchir et tenter de se faire une idée des véritables intentions de Naja, il murmura :

— Voilà des paroles sages. Comment pouvons-nous espérer parvenir à cette trêve, seigneur régent ?

Naja avait hâte de l'expliquer :

— Je sais que nombreux sont ceux parmi les Hyksos qui partagent ces sentiments. Il ne leur en faudrait pas beaucoup pour se rallier à nous. Nous serons alors à même d'apporter la paix et l'unité aux deux royaumes.

...it à s'écarter. Taita se souvint alors ... avait naguère entendu exprimer mais ...ejeté.

... ces Hyksos sympathisants ? demanda-t-il. ... placés ? Proches d'Apepi ?

...ont en effet des nobles. L'un siège au conseil ...e d'Apepi.

...a sembla sur le point de s'étendre sur le sujet, mais ... un effort évident pour s'en empêcher.

Cela suffisait cependant à Taita. La vague rumeur qui courait sur des liens de parenté hyksos dans le passé de Naja devait avoir quelque fondement et, dans ce cas, tout était clair. Une fois de plus, il fut stupéfié par l'étendue des ambitions du régent.

— Serait-il possible de rencontrer ces nobles afin de leur parler ? demanda prudemment Taita.

— Oui. Nous le pouvons en quelques jours.

Pour Taita, les implications de cette réponse étaient énormes. Le régent d'Egypte avait des alliés secrets dans les rangs de l'ennemi héréditaire. Que cachait-il d'autre ? Jusqu'où, dans sa cupidité, était-il allé ? Un frisson courut le long de sa colonne vertébrale.

Il avait devant lui le fidèle ami de Pharaon, qui se trouvait à son côté lorsqu'il avait été abattu, l'unique témoin de sa mort. Cet individu à l'ambition sans limites et aux intentions cruelles reconnaissait être l'intime et le confident de nobles hyksos, et c'était par une flèche hyksos qu'avait été tué Pharaon. Quelle était l'ampleur du complot ?

Taita ne laissa rien paraître de ses soupçons sur son visage mais hocha la tête pensivement. Naja se hâta de poursuivre :

— Je suis certain que nous pouvons aboutir à un accord avec les Hyksos et j'envisage une corégence entre

Apepi et moi-même, avec un conseil d'Etat mixte. falloir que tu uses de ton influence pour persuader conseillers de le ratifier. Pourquoi ne consulterais-tu de nouveau le Labyrinthe afin de faire connaître les so haits des dieux ?

Naja lui suggérait de pratiquer une divination frauduleuse. Se doutait-il qu'il l'avait fait à Bousiris ? Taita ne le pensait pas, mais il devait immédiatement rejeter cette idée. Il prit un air grave.

— En ce qui concerne le Labyrinthe, évoquer en vain la parole et le nom d'Amon-Rê ou dénaturer son oracle serait encourir un terrible châtiment.

Naja se rétracta rapidement :

— Je ne suggère nullement une telle impiété, mais les dieux m'ont déjà accordé leur accord par le truchement du Labyrinthe.

— Nous devons déterminer si ce traité est envisageable, grommela Taita. Il se peut qu'Apepi estime sa position militaire inattaquable et refuse de nous rencontrer. Malgré toutes nos tentatives de l'approcher pour conclure la paix, il pourrait décider de poursuivre la guerre jusqu'au bout.

— Je ne le pense pas. Je te donnerai les noms de nos alliés dans l'autre camp. Tu dois aller vers eux secrètement, Taita. Tu es célèbre et respecté, même parmi les Hyksos, et je te confierai un talisman qui prouvera que tu viens de ma part. Tu es le meilleur émissaire possible pour défendre notre cause. Ils t'écouteront.

Taita resta un long moment plongé dans ses pensées. Il essaya de voir s'il ne pouvait pas tirer parti de la situation afin d'obtenir quelque nouvel avantage pour Nefer et les princesses, mais n'en trouva aucun à ce stade. Quoi qu'il arrivât, Nefer se trouverait toujours en danger de mort.

Pour assurer sa survie, une seule voie restait à Taita : le faire sortir d'Egypte tant que Naja serait au pouvoir. En avait-il maintenant la possibilité ? Naja lui offrait un sauf-conduit à travers les lignes ennemies. Pouvait-il en profiter pour emmener Nefer avec lui ? Il se rendit tout de suite compte que c'était inconcevable. Ses contacts avec le jeune pharaon étaient toujours sévèrement limités par Naja. Il ne lui était jamais permis d'être seul avec lui ni même de siéger à son côté aux sessions du conseil ou d'échanger avec lui les messages les plus anodins. Ces dernières semaines, il n'avait pu l'approcher qu'une seule fois, lorsque Nefer avait souffert d'une douloureuse infection de la gorge. Il avait alors été autorisé à entrer dans la chambre royale pour le soigner, mais Naja et Asmor s'y trouvaient aussi, observant tout ce qui se passait, écoutant leurs moindres paroles. A cause de sa maladie, Nefer n'avait pu s'exprimer qu'à mi-voix, mais ses yeux ne se détachaient pas du visage de Taita et il lui agrippa la main quand vint le moment de se séparer. Cela s'était passé près de dix jours plus tôt.

Taita apprit que Naja avait choisi des précepteurs pour le remplacer et Asmor avait donné des instructions pour que les Gardes Bleus continuent d'exercer Nefer dans l'art de monter à cheval, de conduire un char de guerre, et de manier le glaive et l'arc. Aucun de ses anciens amis n'avait le droit de lui rendre visite. Même son vieux camarade Meren avait reçu l'ordre de quitter les appartements de Pharaon.

S'il tentait d'emmener Nefer, non seulement il perdrait la confiance de Naja, mais il mettrait le jeune garçon en grand péril. Il pouvait seulement profiter de son incursion en territoire hyksos pour conclure des arrangements plus sûrs en vue d'assurer la sécurité de Pharaon.

— Il est de mon devoir, un devoir à moi confié par

les dieux, de t'aider en tout point. Je vais entreprendre cette mission, dit Taita. Quel est pour moi le moyen le plus sûr de franchir les lignes hyksos ? Tu affirmes que je suis bien connu d'eux et serai reconnu.

Naja avait prévu cette question.

— Tu dois emprunter la vieille route des chars à travers les dunes jusqu'à l'oued de Gebel Wadoun. Mes amis de l'autre camp la surveillent en permanence.

Taita hocha la tête.

— C'est sur cette route que Pharaon Tamose a trouvé la mort. Je n'ai jamais dépassé Gallala, je vais donc avoir besoin d'un guide pour me montrer le chemin au-delà.

— Je t'enverrai mon propre porteur de lance et un escadron de Gardes Bleus pour t'escorter, promit Naja. Mais la route est longue et difficile. Tu dois partir séance tenante. Chaque jour, chaque heure compte.

Depuis la ville en ruine de Gallala, Taita n'avait arrêté son char que quatre fois. Ils avaient mis une demi-journée de moins que Naja et Tamose pour effectuer le même trajet et au prix d'un moindre effort pour les bêtes.

Les soldats à bord des neuf chars qui le suivaient éprouvaient le plus grand respect pour la réputation du mage. Ils savaient qu'il était le père du corps des auriges, car il avait été le premier Egyptien à construire un char et à y atteler des chevaux. Sa chevauchée de Thèbes à Elephantine pour annoncer la nouvelle de la victoire de Pharaon Tamose sur les Hyksos était entrée dans la légende. Maintenant qu'ils suivaient son char à travers les dunes, ils voyaient bien que la légende n'était pas sans fondement. L'endurance du vieillard était stupéfiante et sa concentration ne se relâchait jamais. Tandis que, heure après heure, il amenait les chevaux à donner le meilleur d'eux-mêmes, ses mains, douces mais fermes sur les rênes, ne se fatiguaient jamais. Tous les hommes de la cohorte étaient impressionnés, celui monté à son côté dans la caisse du char pas moins que les autres.

Gil, le porteur de lance de Naja, avait le visage rude, cuit par le soleil, et une charpente légère, ce qui représentait un avantage pour un aurige. Il possédait cependant une musculature sèche et nerveuse, et une humeur enjouée. Il avait fallu qu'il soit parmi les meilleurs pour être choisi et monter sur le char de tête.

Après la grosse chaleur, alors que la lune croissait, ils avaient roulé dans la fraîcheur de la nuit. Ils faisaient maintenant halte à l'aube pour se reposer. Quand il eut abreuvé les chevaux, Gil vint auprès de Taita, assis sur un rocher qui dominait l'oued de Gebel Wadoun, et lui tendit une cruche en céramique. Sans le moindre signe de répugnance, Taita avala une longue gorgée de l'eau amère qu'ils avaient transportée depuis Gallala. C'était la première fois qu'il buvait depuis leur dernière halte, à minuit.

Ce vieux sorcier est aussi dur qu'un Bédouin, pensa Gil avec admiration en s'asseyant à une distance respectueuse pour attendre un ordre éventuel de Taita.

— A quel endroit a été tué Pharaon ? demanda finalement celui-ci.

Gil se protégea les yeux du soleil levant et indiqua l'endroit où le lit asséché du cours d'eau débouchait dans la plaine.

— Là-bas, seigneur. Près de cette chaîne de collines, au loin.

Taita avait interrogé une première fois le porteur de

lance avant le conseil et celui-ci avait donné des précisions sur les circonstances de la mort de Pharaon. Le conseil avait convoqué toute personne susceptible de détenir quelque information sur le décès afin d'apporter son témoignage à l'enquête. Taita se souvenait que celui de Gil avait été cohérent et crédible. Il ne s'était pas laissé impressionner par les pompes du conseil et ses illustres membres, et avait parlé en honnête soldat qu'il était. Lorsqu'on la lui avait montrée, il avait reconnu la flèche qui avait tué Pharaon Tamose. La hampe avait été cassée en deux par Seigneur Naja pour alléger la douleur provoquée par la blessure.

Cela avait été leur première rencontre. Une ou deux fois, ils avaient échangé quelques mots depuis leur départ de Thèbes, mais ils n'avaient pas eu jusque-là l'occasion de converser plus longuement.

— Y a-t-il ici d'autres hommes qui se trouvaient avec toi ce jour-là ? demanda Taita.

— Seulement Samos, mais il attendait dans l'oued auprès des chars quand nous avons été attaqués.

— Je veux que tu me montres le lieu exact et que tu me conduises à l'endroit où a eu lieu la bataille.

— Ce n'était pas une bataille, mais une simple escarmouche, répondit Gil avec un haussement d'épaules. Il n'y a pas grand-chose à voir. C'est un endroit désertique. Mais il en sera fait comme l'ordonne le grand mage.

La petite troupe remonta sur les chars et descendit à la queue leu leu la berge escarpée de l'oued. Il n'y avait pas plu depuis un siècle, et même le vent du désert n'avait pas effacé les traces des chars de Pharaon. Quand ils arrivèrent dans le lit de l'oued, Taita continua de les suivre, les roues de son char dans les ornières laissées par les leurs.

Ils étaient sur leurs gardes, redoutant une embuscade

hyksos, et surveillaient les deux côtés de l'oued mais, si la roche dénudée tremblait dans l'air surchauffé, il n'y avait pas trace de l'ennemi.

— Voilà la tour de guet, annonça Gil en montrant la silhouette ramassée et penchée qui se découpait sur le ciel bleu pâle immaculé.

Ils franchirent un autre méandre de l'oued et, même à deux cents pas, Taita distingua la zone de traces embrouillées où les chars de Pharaon s'étaient arrêtés et avaient décrit des cercles, où un grand nombre d'hommes avaient mis pied à terre dans le sable meuble du fond de l'oued. Taita fit signe à sa petite troupe de ralentir et ils continuèrent d'avancer au pas.

— C'est ici que Pharaon est descendu de son char pour aller reconnaître le camp d'Apepi avec Seigneur Naja, dit Gil en montrant l'endroit par-dessus le pare-boue.

Taita arrêta son char et fit signe aux autres de faire de même.

— Attendez-moi là, ordonna-t-il au sergent du char suivant avant de se tourner vers Gil. Viens avec moi. Montre-moi le lieu du combat.

Gil ouvrit la voie sur le sentier. Au début, il marcha lentement, par déférence pour le vieillard, mais il ne tarda pas à se rendre compte que Taita le suivait avec aisance et il accéléra le pas. La pente augmentait et le sol devenait de plus en plus irrégulier. Quand, à mi-hauteur de la colline, ils arrivèrent aux gros rochers éboulés qui bloquaient presque le chemin, même Gil avait peine à respirer.

— Je ne suis pas allé plus loin, expliqua-t-il.

— Où Pharaon est-il tombé ? demanda Taita en jetant un regard circulaire au flanc de la colline, escarpé mais dégagé. Où étaient cachés les soldats hyksos ? D'où est arrivée la flèche mortelle ?

— Je ne puis te le dire, seigneur, répondit Gil en secouant la tête. Seigneur Naja nous avait ordonné d'attendre ici pendant qu'il avançait au-delà des rochers.

— Où était Pharaon ? A-t-il continué d'avancer avec Naja ?

— Non, pas tout de suite. Le roi a attendu avec nous. Seigneur Naja avait entendu un bruit provenant de plus haut. Il est parti en éclaireur et a disparu à notre vue.

— Je ne comprends pas. A quel moment avez-vous été attaqués ?

— Nous attendions ici. Pharaon s'impatientait. Au bout d'un moment, Seigneur Naja a sifflé de l'autre côté des rochers. Pharaon s'est levé d'un bond. « Allons-y », nous a-t-il dit avant de reprendre l'ascension du sentier.

— Etais-tu près de lui ?

— Non, je me trouvais à l'arrière de la file.

— As-tu vu ce qui s'est passé ensuite ?

— Pharaon a disparu derrière les rochers. Puis il y a eu des cris et un bruit de lutte. J'ai entendu des voix hyksos, des flèches et des javelines frapper le roc. Je me suis précipité, mais le sentier était encombré par nos hommes qui tentaient de contourner les rochers pour se joindre au combat.

Gil montra le sentier qui se rétrécissait et serpentait autour du plus gros rocher.

— Je ne suis pas allé plus loin. Puis Seigneur Naja a crié que Pharaon avait été abattu. Devant moi, les hommes tournaient en rond et soudain ils ont tiré le roi jusqu'à l'endroit où j'étais. Je crois qu'il était déjà mort.

— A quelle distance se trouvaient les Hyksos ? Combien étaient-ils ? Etaient-ce des auriges ou des fantassins ? As-tu reconnu leurs régiments ? demanda Taita.

Tous les Hyksos portaient des insignes distinctifs, que les soldats égyptiens en étaient arrivés à bien connaître.

— Ils étaient tout près, répondit Gil, et très nombreux. Au moins un escadron.

— De quel régiment ? insista Taita. As-tu distingué leurs plumes ?

Pour la première fois, Gil parut indécis et un peu honteux.

— En fait, je n'ai pas vu l'ennemi, seigneur. Ils se trouvaient là-haut, derrière les rochers.

— Comment sais-tu alors qu'ils étaient nombreux ? fit Taita en fronçant les sourcils.

— Seigneur Naja criait...

Gil s'interrompit et baissa les yeux.

— En dehors de Naja, d'autres ont-ils vu l'ennemi ?

— Je n'en sais rien, honorable mage. Vois-tu, Seigneur Naja nous a ordonné de redescendre le sentier vers les chars. Le roi était mortellement blessé, probablement déjà mort. Nous avions tous perdu courage.

— Tu as bien dû en parler par la suite avec tes compagnons. L'un d'eux a-t-il dit qu'il avait été aux prises avec un ennemi ? Qu'il avait touché l'un des Hyksos avec une flèche ou sa javeline ?

Gil secoua la tête d'un air dubitatif.

— Je ne m'en souviens pas. Non, je ne crois pas.

— Y a-t-il eu d'autres blessés à part le roi ?

— Aucun.

— Pourquoi n'as-tu pas dit cela devant le conseil ? Pourquoi ne leur as-tu pas déclaré que tu n'avais vu aucun ennemi ? demanda Taita en colère.

— Seigneur Naja nous a dit de nous contenter de répondre aux questions et de ne pas faire perdre de temps au conseil avec de futiles vantardises et de longs récits sur notre participation au combat.

Gil voûta les épaules, visiblement embarrassé.

— Aucun de nous ne voulait admettre, je suppose, que nous avions fui sans combattre.

— Tu n'as pas de honte à avoir, Gil. Tu as exécuté les ordres, lui dit Taita sur un ton plus aimable. Monte sur ces rochers et sois vigilant. Nous sommes loin à l'intérieur du territoire hyksos. Je ne serai pas long.

Taita s'avança lentement et fit le tour du rocher qui bloquait le passage. Il s'arrêta et examina le terrain devant lui. De là où il était, c'est tout juste s'il distinguait le sommet de la tour de guet en ruine. Le sentier grimpait en une succession de lacets, puis disparaissait en haut d'une pente assez dégagée où l'on ne voyait que quelques rochers et épineux brûlés par le soleil, sur laquelle les Hyksos auraient difficilement pu tendre une embuscade. Il se souvint alors que cela s'était passé de nuit. Mais quelque chose le dérangeait. Taita éprouvait un vague sentiment de malaise, comme s'il avait été observé par une puissance maléfique.

Ce sentiment devint si fort qu'il resta immobile en plein soleil et ferma les yeux. Il ouvrit son esprit et son âme pour mieux capter les influences subtiles. D'un seul coup, la sensation devint encore plus forte : il y avait là des choses terribles, et le foyer du mal se trouvait quelque part non loin devant lui. Il ouvrit les yeux et se dirigea lentement vers l'avant. Il n'y avait rien à voir, si ce n'est la roche et les épineux brûlés par le soleil, mais il pouvait à présent sentir le mal dans l'air chaud, une odeur vague et fétide pareille au souffle d'un charognard.

Il s'arrêta et renifla comme un chien de chasse : immédiatement il perçut l'odeur de poussière, saine, de l'air sec. Cela prouvait que la puanteur insaisissable échappait aux lois de la nature. Il captait l'écho affaibli d'un mal perpétré en ce lieu mais, quand il essayait de le localiser, celui-ci disparaissait. Il fit un pas en avant, puis un autre, et une fois de plus l'odeur nauséabonde flotta autour de lui. Encore un pas et la puanteur s'accompagna d'un sentiment de profond chagrin, comme s'il avait perdu quelque chose d'une valeur inestimable, d'irremplaçable.

Il dut se forcer à effectuer le pas suivant vers le haut du sentier rocailleux et, à cet instant, il reçut un choc d'une force telle que l'air fut chassé de ses poumons. Il poussa un cri de douleur atroce et tomba à genoux, étreignant sa poitrine, incapable de respirer. C'était une douleur extrême, celle de la mort, et il lutta avec elle comme avec un serpent lové autour de lui. Il réussit à se jeter vers le bas du chemin et immédiatement la douleur s'évanouit.

Gil l'avait entendu crier et il gravit le sentier jusqu'à lui en quelques bonds. Il saisit Taita et l'aida à se relever.

— Qu'y a-t-il ? Qu'as-tu, seigneur ?

Taita le repoussa.

— Va-t'en ! Laisse-moi ! Tu es en danger ici. C'est un phénomène du monde des dieux et des démons, pas de celui des hommes. Va-t'en ! Attends-moi en bas de la colline.

Gil hésita, mais il vit le regard du mage et recula comme devant un fantôme.

— Va-t'en, répéta Taita d'une voix que Gil souhaita ne plus jamais entendre.

Le porteur de lance prit ses jambes à son cou. Longtemps après son départ, Taita lutta pour reprendre la maîtrise de son corps et de son esprit afin de s'opposer aux forces déployées contre lui. Il tira le Périapte de Lostris du petit sac suspendu à sa ceinture et, le tenant dans sa main droite, s'avança de nouveau.

Exactement au même point du sentier, la douleur l'envahit une nouvelle fois, encore plus cruelle, comme si sa poitrine était percée par une flèche à pointe de silex, et il eut du mal à réprimer un cri. Il chancela en arrière et la douleur disparut ainsi qu'elle l'avait déjà fait.

Haletant, il regarda le sol rocailleux. Au premier coup d'œil, rien ne semblait distinguer cette partie du sentier de celles qu'il avait déjà parcourues. Puis sur la terre apparut une petite ombre éthérée, qui se transforma en une flaque miroitante rouge sombre. Il se laissa tomber lentement à genoux.

— Le sang d'un roi et d'un dieu, murmura-t-il. Ici même est mort Pharaon Tamose.

Il rassembla ses forces et, d'une voix basse mais ferme, prononça l'invocation à Horus, si puissante que seul un initié du septième degré osait la réciter. A la septième répétition, il entendit un bruissement d'ailes invisibles, qui agitaient l'air alentour.

— Le dieu est ici, murmura-t-il.

Il se mit à prier pour son pharaon et ami, suppliant Horus d'alléger sa souffrance.

— Laisse-le s'échapper de ce lieu terrible, implora-t-il. Il a fallu qu'il soit assassiné pour que son âme reste ici prise au piège.

Tout en priant, il fit les signes destinés à conjurer le mal. Devant ses yeux, la mare de sang commença à rétrécir, comme si la terre sèche l'absorbait. Quand la dernière goutte disparut, il y eut un petit bruit, pareil à un cri d'enfant endormi, et le chagrin cessa de peser sur ses épaules de son terrible poids. En se relevant, il éprouva une intense sensation de libération. Il s'avança vers l'endroit précis où se trouvait la mare de sang et marcha dessus : il ne ressentit aucune douleur, et son sentiment de bien-être demeura intact.

— Va en paix, mon ami et mon roi, et puisses-tu vivre pour l'éternité, dit-il en faisant le signe de la longue vie et du bonheur.

Il tourna les talons et s'apprêtait à repartir vers le bas de la colline où l'attendaient les chars, quand il s'arrêta net. Il leva la tête et huma de nouveau l'air. Il y avait encore une légère trace de puanteur. Il remonta prudemment la pente, dépassa l'endroit où était mort Pharaon et poursuivit son chemin. A chaque pas, la mauvaise odeur devenait plus forte, au point de le prendre à la gorge et de lui soulever le cœur. Cette fois encore, il comprit qu'il s'agissait de quelque chose d'extérieur à l'ordre naturel. Il continua de monter et, après vingt pas, l'odeur commença à s'estomper. Il rebroussa chemin. Immédiatement, l'odeur redevint plus violente. Il chercha l'endroit où elle était la plus forte puis s'écarta du sentier et la trouva presque suffocante.

Il était sous les branches tordues d'un épineux dressé au bord du sentier. Levant les yeux, il remarqua alors la forme étrange des branches, comme si elles avaient été façonnées par une main humaine en une croix qui se détachait sur le bleu du ciel. Il regarda par terre et une pierre de la taille et de la forme d'une tête de cheval attira son attention. Elle avait été récemment déplacée puis remise dans sa position d'origine. Taita la souleva et constata qu'elle recouvrait une cavité. Il l'écarta et jeta un coup d'œil dans le trou. Il y avait quelque chose à l'intérieur. Il tendit la main avec précaution, redoutant la présence d'un serpent ou d'un scorpion.

Il en sortit un objet magnifiquement ouvragé. Il l'observa un moment avant de se rendre compte qu'il s'agissait d'un carquois. Son origine ne faisait aucun doute, car le motif était de style hyksos et c'était Seueth, le dieu-crocodile de la guerre vénéré par les guerriers hyksos, qui était représenté, incisé dans le cuir.

Taita retira le bouchon : le carquois contenait cinq flèches à empennage vert et rouge. Il en tira une et, le cœur battant, la reconnut. Il n'y avait pas d'erreur. Il avait minutieusement examiné celle, brisée et couverte de sang, que Naja avait produite devant le conseil. Celle-ci était identique à la flèche qui avait tué Pharaon.

La tenant au soleil, il regarda de près le sceau gravé dans la hampe peinte. C'était une tête de léopard stylisée, qui tenait la lettre héraldique T entre ses mâchoires. Il avait vu la même sur la flèche fatale. Taita la tourna et la retourna dans ses mains comme pour essayer d'en tirer une information. Il la porta à ses narines, la renifla et ne sentit que l'odeur du bois, de la peinture et des plumes. L'odeur fétide qui l'avait guidé jusqu'à la cachette avait disparu.

Pourquoi l'assassin de Pharaon avait-il caché le carquois ? Après le combat, les Hyksos étaient restés maîtres du terrain. Ils avaient eu tout le temps de récupérer leurs armes. Le carquois était un bel objet de valeur. Sauf s'il y était contraint, aucun guerrier ne l'eût abandonné.

Il fouilla le flanc de la colline durant une heure, mais ne trouva rien d'autre ni ne détecta la maléfique odeur de putréfaction. Quand il redescendit vers les chars au fond de l'oued, il portait le carquois caché sous son pagne.

Ils restèrent cachés dans l'oued jusqu'à la tombée de la nuit. Puis, après avoir réenduit les moyeux des roues avec de la graisse de mouton pour les empêcher de grincer, couvert les sabots des chevaux avec des chaussons de cuir, et soigneusement enveloppé toutes les armes et pièces d'équipement, guidés par Gil, ils continuèrent leur route vers l'intérieur du territoire hyksos.

Le porteur de lance connaissait bien la région et, tout en s'abstenant de faire des commentaires, Taita se demanda combien de fois il avait parcouru ce chemin avec son maître et quels autres rendez-vous ils avaient eus avec l'ennemi.

Ils se trouvaient maintenant sur la plaine alluviale du Nil. Par deux fois ils s'étaient écartés de la route et avaient attendu que des groupes d'hommes armés, anonymes dans l'obscurité, dépassent leur cachette. Après minuit, ils arrivèrent au temple abandonné de quelque dieu oublié, qui avait été creusé dans le flanc d'une petite colline argileuse. La caverne était assez vaste pour abriter l'escadron entier, véhicules, hommes et bêtes. Il apparut tout de suite qu'elle avait déjà été utilisée à cette fin. Des lampes et une amphore d'huile étaient dissimulées derrière l'autel en ruine, et des bottes de fourrage entassées dans le sanctuaire.

Dès qu'ils eurent libéré les chevaux de leurs harnais et les eurent nourris, les soldats mangèrent puis s'étendirent sur de la paille séchée et ne tardèrent pas à ronfler. Pendant ce temps-là, Gil troqua son uniforme d'aurige contre des vêtements de paysan.

— Je ne peux pas prendre de cheval, expliqua-t-il à Taita. Cela attirerait trop l'attention. A pied, il va me falloir une demi-journée pour atteindre le camp de Bubastis. N'attends pas mon retour avant demain soir.

Sur ces paroles, il se glissa hors de la caverne et disparut dans la nuit.

L'honnête Gil n'est pas le simple soldat carré qu'il semble être, pensa Taita en s'installant pour attendre que les alliés de Naja répondent au message que Gil leur portait.

Dès le lever du jour, il posta une sentinelle en haut de la colline, où débouchait le puits d'aération du temple souterrain. Juste avant midi, un petit sifflement qui leur parvint par le puits les avertit d'un danger et Taita monta rejoindre la sentinelle. De l'est, une caravane d'ânes lourdement chargés se dirigeait droit vers l'entrée du temple, et il devina que c'étaient ces marchands qui se servaient de la caverne comme d'un caravansérail de fortune et avaient emmagasiné le fourrage dans le sanctuaire. Il redescendit à la hâte de la colline en restant hors de vue de la caravane. Il disposa des pierres de quartz blanc au milieu de la route tout en récitant trois vers du Livre assyrien de la Montagne maléfique, puis se retira pour attendre l'arrivée de la caravane.

L'âne de tête avait une cinquantaine de coudées d'avance sur les autres. L'animal connaissait le temple et les délices qu'il renfermait, car il n'avait pas besoin des encouragements de son ânier pour aller au trot. En arrivant au petit tas de quartz, l'âne broncha si violemment que son chargement glissa et resta suspendu sous son ventre. Il se mit à la fois à lancer des ruades et à s'éloigner au galop à travers la plaine, ses sabots volant en tous sens. Ses braiments rauques eurent un effet contagieux sur les autres bêtes de la caravane, qui ne tardèrent pas à se cabrer et à regimber, à décocher des coups de pied à leurs conducteurs et à tourner en rond, comme si elles avaient été attaquées par un essaim d'abeilles.

Il fallut aux conducteurs la moitié de l'après-midi pour rattraper et rassembler les fuyards, apaiser les bêtes terrifiées et se remettre en route vers le temple. Le conducteur de tête, corpulent et vêtu d'une riche djellaba, marchait maintenant à l'avant-garde, tirant avec une longe son âne récalcitrant. Il aperçut les pierres rangées sur la route et s'arrêta. La colonne se bouscula derrière lui et les autres âniers s'avancèrent. Avec force gestes, ils tinrent un conseil improvisé au beau milieu de la piste. Leurs voix portaient jusqu'à Taita, caché parmi les oliviers à flanc de colline.

Le chef laissa enfin les autres et continua seul. Au début, il marcha d'un pas décidé, mais il ne tarda pas à ralentir, puis, mal à l'aise, il examina à distance le motif dessiné par les morceaux de quartz. Il cracha ensuite en direction des pierres et se recula précipitamment, comme s'il s'attendait qu'elles répondent à l'injure. D'un signe, il conjura le mauvais œil, tourna les talons et partit promptement rejoindre ses compagnons en criant et en les enjoignant du geste à rebrousser chemin. Les autres n'avaient guère besoin d'être persuadés. La caravane tout entière battit bientôt en retraite le long de la route par laquelle elle était venue. Taita redescendit de la colline et éparpilla les cailloux, dissipant ainsi l'effet qu'ils exerçaient et rouvrant la voie aux autres visiteurs qu'il attendait.

Ils arrivèrent à l'heure du bref crépuscule estival. Vingt hommes armés qui chevauchaient à bride abattue, conduits par Gil monté sur un coursier d'emprunt. Ils dépassèrent en trombe les pierres dispersées et mirent pied à terre devant l'entrée du temple dans un cliquetis d'armes. Le chef était un homme de haute taille, large d'épaules, le front proéminent, le nez crochu et charnu. Ses épaisses moustaches noires tombaient sur sa poitrine et des rubans de couleur étaient tressés dans sa barbe.

— Tu es le mage, hein ? demanda-t-il avec un fort accent.

Taita ne jugea pas opportun de leur laisser savoir qu'il parlait couramment la langue des Hyksos et il répondit donc en égyptien avec modestie, sans revendiquer ni nier la possession de pouvoirs magiques.

— Je m'appelle Taita et suis serviteur du grand Horus, dont j'appelle sur vous la bénédiction. Je vois que tu es un homme puissant, mais j'ignore ton nom.

— Mon nom est Trok, chef suprême du clan du Léopard et commandant de l'armée du roi Apepi pour le Nord. Tu as pour moi un gage de ta bonne foi, mage ?

Taita ouvrit la main droite, montrant un tesson de porcelaine bleue, la partie supérieure d'une statuette votive du dieu Seueth. Trok l'examina brièvement, puis tira du petit sac suspendu à son ceinturon un autre fragment de porcelaine, qu'il adapta au premier. Les bords cassés s'emboîtaient parfaitement et il parut satisfait.

— Viens avec moi, mage, dit-il.

Trok sortit à grands pas dans la nuit tombante, Taita à son côté. Ils gravirent la colline en silence et s'accroupirent face à face au clair de lune. Trok garda le fourreau de son lourd glaive recourbé entre ses genoux, la main sur la poignée. Par habitude plus que par méfiance, pensa Taita, mais le chef de guerre était néanmoins un homme avec lequel il fallait compter.

— Tu m'apportes des nouvelles du Sud, dit Trok sur un ton affirmatif.

— Tu as entendu parler de la mort de Pharaon Tamose, seigneur ?

— Nous avons appris le décès du prétendant thébain de la bouche de prisonniers capturés quand nous avons pris la ville d'Abnub, répondit Trok, attentif à ne pas reconnaître, par un mot ou une intonation, l'autorité du pharaon égyptien.

Pour les Hyksos, Apepi était le seul souverain des deux royaumes d'Egypte

— Nous avons également entendu dire qu'un enfant prétend maintenant au trône de Haute-Egypte.

— Pharaon Nefer Seti n'a que quatorze ans, confirma Taita, tout aussi soucieux d'insister sur le titre de pharaon en parlant de lui. Il n'atteindra sa majorité que dans plusieurs années. Jusque-là, Seigneur Naja remplit les fonctions de régent.

Trok se pencha en avant, son intérêt soudain éveillé. Taita sourit intérieurement. Les services de renseignement hyksos étaient bien médiocres s'ils ne connaissaient pas au moins cela des affaires de Haute-Egypte. Il se souvint alors de la campagne que, juste avant la mort du roi, Pharaon Tamose et lui avaient menée contre les espions et les informateurs hyksos à Thèbes. Ils en avaient débusqué et arrêté plus de cinquante. Après les avoir interrogés sous la torture, ils les avaient tous exécutés. Taita éprouva un sentiment de fierté en entendant confirmer qu'ils avaient interrompu le courant d'informations en direction de l'ennemi.

— Tu viens donc à nous en vertu de l'autorité du régent du Sud. Quel message nous apportes-tu de la part de Naja ? demanda Trok avec un étrange air de triomphe.

— Seigneur Naja veut que je transmette sa proposition à Apepi en personne, biaisa Taita, évitant d'en dire plus que nécessaire à Trok.

Celui-ci en prit ombrage.

— Naja est mon cousin, déclara-t-il froidement. Il serait heureux que j'entende chaque parole qu'il envoie.

Taita se maîtrisait si bien qu'il ne manifesta aucune surprise, bien que ce fût une grave indiscrétion de la part de Trok. Ses soupçons sur les origines du régent se confirmaient, mais c'est d'une voix mesurée qu'il répondit :

— Oui, mon seigneur, je le sais. Cependant, ce que je dois communiquer à Apepi est d'une telle importance...

— Tu me sous-estimes, mage. Le régent m'accorde toute sa confiance, répliqua Trok, exaspéré. Je n'ignore pas que tu es venu proposer une trêve à Apepi et négocier avec lui une paix durable.

— Je ne puis t'en dire davantage, mon seigneur.

Ce Trok est peut-être un guerrier, mais il n'est pas un conspirateur, pensa Taita, qui poursuivit sans rien changer à sa voix et à ses manières :

— Je ne peux porter mon message qu'au Prince Pasteur, dit-il, utilisant le titre donné à Apepi en Haute-Egypte. Peux-tu me conduire à lui ?

— Comme tu voudras, mage. Garde ta bouche scellée si tu le désires, bien qu'il n'y ait aucune raison à cela, fit Trok en se levant, furieux. Le roi Apepi se trouve à Bubastis. Partons sur-le-champ.

Dans un silence contraint, ils retournèrent au temple souterrain, où Taita appela Gil et le sergent de la garde.

— Vous avez dûment accompli votre mission, leur dit-il. Il vous faut maintenant retourner à Thèbes aussi secrètement que vous êtes venus.

— Tu ne rentres pas avec nous ? demanda Gil, inquiet, qui se sentait responsable du vieux mage.

— Non. Je reste ici. Lorsque tu effectueras ton rapport au régent, dis-lui que je suis parti rencontrer Apepi.

A la faible lumière des lampes à huile, les chevaux furent attelés et bientôt prêts à partir. Gil rapporta du char les sacoches de selle de Taita et les lui tendit, puis le salua avec respect.

— Ça a été un grand honneur de faire la route avec toi, seigneur. Lorsque j'étais enfant, mon père me contait souvent tes aventures. Il servait dans ton régiment à Assiout. Il était capitaine de l'aile gauche.

— Comment s'appelait-il ? demanda Taita.

— Lasro, seigneur.

— Oui, fit Taita en hochant la tête. Je me souviens bien de lui. Il a perdu l'œil gauche au combat.

Gil le regarda avec stupéfaction.

— C'était il y a quarante ans et tu t'en souviens encore.

— Trente-sept ans, corrigea Taita. Bonne route, jeune Gil. J'ai vu ton avenir la nuit dernière. Tu auras une longue vie et tu acquerras une grande réputation.

Le porteur de lance prit les rênes et s'éloigna dans la nuit, muet de plaisir et de fierté.

La petite troupe de Trok était déjà montée et prête au départ. On avait donné à Taita le cheval sur lequel Gil était revenu au temple. Taita lança les sacoches par-dessus le garrot et sauta derrière elles. Les Hyksos n'hésitaient pas à monter à califourchon comme les Egyptiens. Ils sortirent à grand bruit de la caverne et obliquèrent vers l'ouest, dans la direction opposée à celle prise par la colonne de chars.

Taita chevauchait au milieu de la cohorte d'Hyksos armés jusqu'aux dents. Trok était en tête et il n'avait pas invité Taita à monter à son côté. Il se montrait distant et hautain depuis que le mage avait refusé de lui communiquer le message de Naja. Cela n'affectait pas Taita, car il avait amplement matière à réflexion. La révélation des origines de Naja, en particulier, ouvrait des perspectives fascinantes.

Ils chevauchaient à travers la nuit vers l'ouest, le fleuve et le camp ennemi de Bubastis. Malgré l'obscurité, il y avait de plus en plus de mouvement sur la route : de longues files de chars et de chariots, tous lourdement chargés de provisions pour l'armée, allaient dans la même direction qu'eux. Un nombre égal de chars vides retournaient vers Avaris et Memphis.

A l'approche du fleuve, Taita vit les feux de camp des troupes hyksos autour de Bubastis, champ de lumières vacillantes qui s'étendait sur plusieurs lieues vers l'amont et l'aval le long de la berge, énorme rassemblement d'hommes et de bêtes invisibles dans l'obscurité.

Rien ne ressemble à l'odeur dégagée par un camp militaire. Elle devenait plus forte au fur et à mesure qu'ils approchaient, au point de devenir suffocante. C'était un mélange d'effluves les plus divers, ceux des chevaux, du fumier, de la fumée des feux de crottin, du cuir et du grain moisi. Au-dessus flottaient l'odeur des hommes qui ne se lavaient pas et de leurs blessures suppurantes, de la nourriture en train de cuire et de la bière fermentée, des ordures, de la crasse, celle, d'ammoniac, des latrines et des tas d'excréments, et, plus encore, la puanteur des cadavres non enterrés.

Sous ce mélange de pestilences, Taita décela une autre odeur écœurante. Il crut la reconnaître quand il vit l'un des malades chanceler devant sa monture, l'obligeant à s'arrêter brusquement, et les taches rosées sur son visage pâle lui apportèrent une certitude. Il savait maintenant pourquoi Apepi n'avait jusque-là pas exploité sa victoire d'Abnub, pourquoi il n'avait pas encore envoyé ses chars vers le sud et Thèbes, où la confusion régnait dans l'armée égyptienne à sa merci. Taita amena son cheval à côté de celui de Trok et lui demanda à voix basse :

— Quand la peste a-t-elle frappé vos troupes, seigneur ?

L'Hyksos serra la bride si durement que sa monture se mit à tourner en rond.

— Qui t'a dit cela, mage ? Ce mal maudit est-il l'effet

de l'un de tes mauvais sorts ? Est-ce toi qui as déclenché cette épidémie ?

Il éperonna furieusement sa monture, sans attendre une dénégation. Taita le suivit à bonne distance, mais observa attentivement tout ce qui se passait autour de lui.

Le jour se levait et le soleil perçait avec peine la lourde nappe de brume et de fumée qui recouvrait la contrée et masquait le ciel de l'aube. Elle donnait à la scène un aspect étrange, surnaturel, comme une vision des enfers. Elle transformait hommes et bêtes en figures sombres et démoniaques, et, sous les sabots des chevaux, la boue laissée par la crue récente était noire et gluante.

Ils dépassèrent le premier char funèbre. Autour de Taita, les hommes se couvraient la bouche et le nez pour échapper à la puanteur et aux humeurs malignes qui flottaient autour des cadavres nus et boursouflés entassés à l'arrière du char. Trok éperonna son cheval pour le doubler rapidement, mais devant eux de nombreux autres bloquaient le passage.

Puis ils passèrent le long d'un champ de crémation, sur lequel d'autres chars encore déchargeaient leur macabre fardeau. Le bois était une marchandise rare dans ce pays et les flammes n'étaient pas assez vives pour consumer les tas de cadavres. Elles crépitaient et dansaient, attisées par la graisse suintant de la chair en décomposition, et dégageaient des nuages de fumée noire, qui tapissait la bouche et la gorge de ceux qui la respiraient.

Combien parmi ces hommes sont victimes de la peste ? se demanda Taita. Et combien sont tombés en combattant contre notre armée ?

La peste était pareille à un spectre sinistre qui suivait toute armée. Celle d'Apepi était cantonnée depuis des années à Bubastis dans des camps qui grouillaient de rats, de vautours et de marabouts charognards. Les hommes entassés les uns contre les autres baignaient dans leur crasse, couverts de puces et de poux, consommaient des aliments avariés et buvaient l'eau des canaux d'irrigation dans lesquels étaient rejetés les effluents des tas d'ordures et des tombes. C'étaient les conditions idéales pour l'éclosion de la peste.

A mesure qu'ils approchaient de Bubastis, les camps devenaient plus nombreux, tentes, huttes et taudis agglutinés jusqu'aux murs et aux fossés qui entouraient la ville de garnison. Les mieux lotis parmi les victimes de la maladie étaient couchés sous des toits éventrés en feuilles de palmier, maigre protection contre le chaud soleil matinal. D'autres étaient étendus dans la boue piétinée, en proie à la soif. Les morts étaient mêlés aux agonisants, les blessés au combat couchés côte à côte avec ceux que ravageait la dysenterie.

Malgré sa vocation de guérisseur, Taita ne faisait rien pour leur porter secours. Leur multitude les condamnait. Comment un homme seul aurait-il pu en soigner un si grand nombre ? Qui plus est, ils étaient les ennemis de l'Egypte et, pour le mage, il paraissait évident que la peste était une punition des dieux. Guérir un Hyksos signifiait qu'il y en aurait un de plus à marcher sur Thèbes, pour incendier et piller sa ville bien-aimée.

Ils entrèrent dans la forteresse. Les conditions n'étaient guère meilleures à l'intérieur des murs. Les victimes de la peste gisaient là où la maladie les avait terrassées ; les rats et les chiens errants rongeaient leurs cadavres et s'attaquaient même à ceux qui étaient encore vivants mais trop faibles pour se défendre.

Le quartier général d'Apepi était le principal édifice de Bubastis, un vaste et massif palais en torchis au milieu de la ville. Des garçons d'écurie se chargèrent de leurs montures à la porte de la cité et l'un prit les sacoches de selle de Taita. Trok conduisit le mage à travers les cours et les salles sombres aux volets clos où l'encens et le bois de santal brûlaient dans des braseros pour masquer la pestilence qui montait de la ville et enveloppait les camps. Mais les flammes vacillantes rendaient l'air surchauffé irrespirable. Même dans le quartier général, les gémissements des pestiférés résonnaient lugubrement à travers les pièces, et des silhouettes étaient pelotonnées dans les coins sombres.

Dans les profondeurs du bâtiment, des sentinelles les arrêtèrent à une porte de bronze munie de barreaux, mais, dès qu'elles reconnurent l'allure massive de Trok, elles s'écartèrent pour les laisser entrer dans les appartements d'Apepi. De magnifiques tapis couvraient les murs, et les meubles étaient en bois précieux, ivoire et nacre, la plupart fruits de razzias dans les palais et les temples d'Egypte.

Trok introduisit Taita dans une antichambre, petite mais luxueusement meublée, et l'y laissa. Des esclaves lui apportèrent une cruche de sorbet et un plateau de dattes et de grenades mûres. Il but à petites gorgées mais, frugal comme toujours, ne mangea que quelques fruits.

L'attente fut longue. Le rayon de soleil qui filtrait par l'unique fenêtre haute mesurait le passage du temps en se déplaçant lentement sur le mur opposé. Allongé sur un tapis, se servant de ses sacoches de selle comme d'un oreiller, il somnola sans jamais glisser dans un sommeil profond et se réveillait instantanément au moindre bruit. De temps à autre, il entendait au loin des lamentations de femmes et la plainte funèbre des pleureuses quelque part derrière les murs massifs.

Un bruit de pas s'approcha enfin dans le couloir, et les tentures de l'entrée s'écartèrent brusquement. Un personnage fortement charpenté se tenait dans l'embrasure de la porte. Il ne portait qu'un pagne de lin pourpre retenu par une chaîne d'or. Une toison bouclée et grisonnante, aussi rude que des poils d'ours, couvrait sa poitrine. Il avait aux pieds de lourdes sandales, et des jambières d'épais cuir lustré protégeaient ses tibias. Des cicatrices, certaines blanches et lisses, fermées depuis longtemps, d'autres, plus récentes, violettes et enflammées, couvraient ses bras et ses jambes, massifs comme des colonnes de temple. On ne voyait pas les rubans et les tresses habituels dans sa barbe et son épaisse chevelure, elles aussi grisonnantes. Dans le plus grand désordre, elles n'étaient ni huilées ni peignées. Le regard de ses yeux sombres était farouche et fou, et, sous son grand nez crochu, ses lèvres épaisses semblaient tordues par la douleur.

— Tu es Taita, le médecin, dit-il d'une voix puissante, sans accent.

Né à Avaris, il avait adopté en grande partie la culture et le mode de vie des Egyptiens. Taita le connaissait bien : pour lui, c'était l'envahisseur, le barbare sanguinaire, l'ennemi mortel de son pays et de son pharaon. Il lui fallut recourir à tout son sang-froid pour conserver une expression neutre et une voix calme quand il répondit :

— Je suis Taita.

— J'ai entendu parler de ton savoir-faire. J'ai besoin de lui. Viens avec moi.

Taita balança ses sacoches de selle sur son épaule et le suivit dans la galerie couverte. Seigneur Trok attendait là avec une escorte d'hommes en armes. Ils formèrent les rangs autour de Taita, qui emboîta le pas au roi hyksos dans les profondeurs du palais. Les pleurs devenaient plus forts, puis Apepi écarta les lourdes tentures qui fermaient une autre embrasure de porte et prit Taita par le bras pour le pousser à l'intérieur.

Un important groupe de prêtres du temple d'Isis à Avaris dominait la pièce bondée. La lèvre de Taita se retroussa en une expression de mépris quand il les reconnut à leur coiffe à plumes d'aigrette. Ils psalmodiaient et secouaient des sistres au-dessus du brasero installé dans un coin, dans lequel rougeoyaient des cautères. La querelle de Taita avec ces charlatans remontait à deux générations.

Outre ces guérisseurs, vingt autres personnes, courtisans et officiers, scribes et autres fonctionnaires, étaient rassemblées autour du lit du malade au centre de la pièce, l'air solennelles et funèbres. La plupart des femmes étaient agenouillées par terre, pleurant et gémissant. Une seule tentait de soigner le jeune garçon étendu sur la couche. Elle ne paraissait guère plus âgée que son patient, probablement treize ou quatorze ans, et elle le lavait à l'eau chaude parfumée avec une éponge trempée dans une coupe en cuivre.

Elle étonna Taita par son allure extraordinaire, l'intelligence et la détermination de son visage. Manifestement inquiète pour le malade, elle avait une expression aimante, des mains prestes et habiles.

Taita tourna son attention vers le jeune garçon. Il avait lui aussi le corps bien formé, mais dévasté par la maladie. Sa peau était couverte de boursouflures, stigmates de la peste, et de sueur. Il avait sur la poitrine des plaies à vif et enflammées, là où les prêtres d'Isis l'avaient saigné et cautérisé. Taita vit aussitôt qu'il était au stade final de la maladie. Son épaisse chevelure sombre trempée de sueur lui tombait sur les yeux, enfoncés dans de profonds cernes violets. Ils étaient grands ouverts et brillants, mais ne voyaient pas.

— Voici Khyan, mon plus jeune fils, dit Apepi en s'approchant du chevet et en baissant vers l'enfant un regard impuissant. La peste va l'emporter à moins que tu ne le sauves, mage.

Khyan gémit et se tourna sur le côté, recroquevillé de douleur, les genoux contre sa poitrine lacérée. Dans un gargouillement, des selles liquides et du sang jaillirent de ses fesses amaigries sur le drap souillé. La jeune fille qui le soignait le nettoya immédiatement avec un linge, puis essuya le drap sans le moindre signe de dégoût. Dans le coin, les guérisseurs psalmodièrent de plus belle et le grand prêtre s'approcha du lit après avoir pris une paire de cautères incandescents.

Taita s'avança pour lui barrer le passage de son long bâton.

— Sors d'ici ! dit-il doucement. Toi et tes bouchers avez déjà fait assez de dégâts.

— Je dois brûler la fièvre pour la chasser, protesta le prêtre.

— Dehors ! répéta fermement Taita. Sortez, tous !

— Je te connais bien, Taita. Tu es un blasphémateur, un familier des démons et des esprits malins, répliqua le prêtre en brandissant l'instrument de bronze rougeoyant. Je ne crains pas ta magie. Tu n'as ici aucune autorité. C'est moi qui suis chargé de veiller sur le prince.

Taita se recula et laissa tomber son bâton aux pieds du prêtre, qui poussa un hurlement aigu et fit un bond en arrière en voyant la baguette commencer à se tortiller, siffler et onduler vers lui sur les dalles. Soudain un cobra se dressa, sa langue fourchue dardée, ses yeux noirs brillants.

L'assistance se rua instantanément vers la porte avec force cris. Pris de panique, courtisans et prêtres, soldats et serviteurs jouaient des coudes à qui serait le premier dehors. Dans sa hâte à s'échapper, le grand prêtre heurta le brasero, puis se mit à beugler en sautillant pieds nus sur les braises éparpillées.

En quelques secondes, la chambre fut déserte. Il ne restait plus qu'Apepi, qui n'avait pas bougé, et l'adolescente au chevet du malade. Taita se baissa pour prendre le serpent par la queue. Immédiatement, il redevint entre ses mains un morceau de bois droit et rigide, qu'il pointa vers la jeune fille.

— Qui es-tu ? demanda-t-il.

— Je m'appelle Mintaka. C'est mon frère.

Elle avait posé une main protectrice sur les cheveux trempés de sueur du jeune garçon et levait le menton d'un air de défi.

— Tu peux faire tes pires tours, mage, mais je ne le quitterai pas.

Ses lèvres tremblaient et ses yeux sombres étaient terrifiés. Elle était de toute évidence impressionnée par sa réputation et par le bâton-serpent que Taita pointait vers elle.

— Je n'ai pas peur de toi, ajouta-t-elle en faisant le tour du lit pour venir s'interposer entre eux.

— Très bien, dit vivement Taita, tu ne m'en seras que plus utile. Quand a-t-il bu pour la dernière fois ?

Il fallut un moment à la jeune fille pour se reprendre.

— Ce matin, répondit-elle.

— Ces charlatans ne voient donc pas qu'il meurt de soif autant que de son mal ? La transpiration a chassé la plus grande partie de l'eau de son corps, grommela Taita en ramassant la cruche de cuivre au chevet du lit pour en renifler le contenu. Elle est polluée par le poison des prêtres et les humeurs pestilentielles, fit-il en jetant le récipient contre le mur. Va chercher une autre cruche à la cuisine. Assure-toi qu'elle est propre et remplis-la au puits. Pas dans le fleuve. Dépêche-toi, jeune fille.

Elle partit à toutes jambes et Taita ouvrit sa sacoche.

Mintaka revint très vite avec une cruche débordant d'eau claire. Taita prépara une potion à base de plantes médicinales et la mit à chauffer sur le brasero.

— Aide-moi à le faire boire, ordonna-t-il à la jeune fille quand le breuvage eut infusé.

Il lui montra comment tenir la tête de son frère et lui masser la gorge pendant qu'il versait lentement la potion dans sa bouche. Khyan ne tarda pas à avaler sans difficulté.

— Que puis-je faire pour t'aider ? demanda le roi.

— Rien, seigneur, tu n'as rien à faire ici. Tu t'y entends mieux à détruire qu'à guérir, répondit Taita sans lever les yeux de son patient.

Après un long silence, on entendit le bruit de pas que faisait Apepi en quittant la chambre avec ses sandales cloutées de bronze.

Bientôt Mintaka n'éprouva plus la terreur que lui avait inspirée le mage et se révéla être une aide diligente et de bonne volonté. Elle semblait capable d'anticiper les désirs de Taita. Elle força son frère à boire pendant que Taita concoctait sur le brasero une autre tasse de remède avec des ingrédients tirés de sa sacoche. A eux deux, ils réussirent à la faire avaler à Khyan sans en perdre une goutte. Elle l'aida à étaler un onguent sur les brûlures qui couvraient la poitrine de son frère. Puis ils enveloppèrent Khyan dans des draps de lin qu'ils trempèrent d'eau du puits pour rafraîchir son corps brûlant de fièvre.

Quand elle vint s'asseoir à côté de lui pour se reposer un moment, Taita lui prit la main et tourna sa paume vers le haut. Il examina les grosseurs rouges à l'intérieur de son poignet, mais Mintaka retira sa main.

— Ce ne sont pas des bubons, dit-elle en rougissant, embarrassée. Seulement des morsures de puces. Elles grouillent dans le palais.

— La peste suit les puces, rétorqua Taita. Enlève ta tunique.

Elle se leva sans hésiter et laissa tomber le vêtement sur ses chevilles. Son corps nu, bien que mince, était athlétique et fort, ses seins encore en bouton, les mamelons pointés effrontément, comme deux framboises en train de mûrir. Un triangle de duvet soyeux était niché entre ses longues jambes fuselées.

Une puce sauta de son ventre pâle. Taita la saisit au vol et l'écrasa entre ses ongles. L'insecte avait laissé une succession de taches roses autour de son nombril bien dessiné.

— Tourne-toi, ordonna Taita.

La jeune fille obéit. Un autre de ces insectes répugnants courait le long de son dos vers la fente de ses fesses rondes et dures. Taita le prit entre les doigts et écrasa sa carapace noire et brillante, qui forma une petite tache de sang.

— Tu seras ma prochaine patiente si tu ne te débarrasses pas de tes hôtes, lui dit-il avant de l'envoyer chercher une cuvette d'eau aux cuisines.

Il fit bouillir sur le brasero des fleurs séchées de pyréthrum et la lava de la tête aux pieds avec la décoction. Il attrapa encore quatre ou cinq puces qui tentaient d'échapper à la douche piquante en sautant de sa peau trempée.

Mintaka s'assit ensuite à côté de lui tout en se séchant, et ils bavardèrent sans la moindre gêne tout en retirant les dernières puces et leurs œufs des coutures et des plis de son vêtement. Ils devenaient amis.

Avant la tombée de la nuit, les intestins de Khyan se vidèrent une fois encore, mais moins abondamment, et il n'y avait plus de sang dans ses selles. Taita les renifla : l'odeur nauséabonde des humeurs pestilentielles s'estompait. Il administra une distillation plus concentrée de plantes médicinales et ils obligèrent le jeune garçon à boire une autre cruche d'eau du puits. Le lendemain matin, la fièvre était tombée et Khyan se reposait plus calmement. Il urina enfin, bien que l'urine fût jaune sombre et âcre. Une heure plus tard, il eut une autre miction. L'urine était plus claire, l'odeur moins mauvaise.

— Regarde, seigneur ! s'exclama Mintaka en caressant la joue de son frère. Les taches rouges disparaissent et sa peau est plus fraîche.

— Ton contact guérit comme celui d'une nymphe du paradis, lui dit Taita. Mais n'oublie pas la cruche. Elle est vide.

Elle se précipita aux cuisines et revint presque aussitôt avec une cruche débordante. Tout en faisant boire son frère, elle lui chanta une berceuse hyksos, et Taita fut charmé par la douceur et la limpidité de sa voix :

Ecoute le vent dans l'herbe, petit chéri,
Dors, dors, dors.
Entends le bruit de la rivière, mon petit bébé,
Rêve, rêve, rêve.

Taita observa son visage. A la manière hyksos, il était

un peu trop large, avec des pommettes trop saillantes. Elle avait une grande bouche, des lèvres charnues, un nez fort. Aucun de ces traits n'était parfait en soi, mais chacun était équilibré par les autres. Elle avait un long cou gracieux. Ses yeux en amande étaient vraiment magnifiques sous ses sourcils noirs incurvés, son expression vive et intelligente. Elle avait un genre de beauté particulier, mais indéniable.

— Regarde ! dit-elle en cessant de chanter. Il est réveillé.

Khyan avait ouvert les yeux et la regardait.

— Tu es revenu parmi nous, vilain petit animal, fit-elle en riant, découvrant ses dents parfaitement blanches et alignées. Nous étions si inquiets. Tu ne dois plus jamais recommencer.

Elle l'étreignit pour cacher les larmes de joie et de soulagement qui perlaient soudain dans ses yeux.

Derrière les deux jeunes gens, Taita aperçut alors la silhouette massive d'Apepi dans l'embrasure de la porte. Il ne savait pas depuis combien de temps il était là. Sans sourire, Apepi hocha la tête et s'éclipsa.

Dans la soirée, Khyan était capable de s'asseoir sans trop se faire aider par sa sœur et de boire l'écuelle de soupe qu'elle lui tenait. Deux jours plus tard, l'éruption avait disparu.

Apepi venait le voir trois ou quatre fois par jour. Khyan était encore trop faible pour se lever mais, dès que son père apparaissait, il portait la main à son cœur et à ses lèvres en un geste de respect.

Le cinquième jour, il se leva de sa couche en chancelant et essaya de se prosterner devant le roi, mais Apepi l'en empêcha et le repoussa contre les coussins. Bien que ses sentiments pour l'enfant fussent évidents, il n'avait pas grand-chose à lui dire et s'en alla presque tout de suite. Il s'arrêta cependant sur le seuil et, se retournant vers Taita, il lui ordonna de le suivre d'une brève inclinaison de la tête.

Ils étaient seuls au sommet de la plus haute tour du palais. Ils avaient gravi deux cents marches pour y arriver, et, de là-haut, ils avaient vue, à quatre lieues en amont, sur la citadelle d'Abnub prise aux Egyptiens. Thèbes se trouvait à moins de quarante lieues au-delà.

Apepi avait ordonné aux sentinelles de redescendre et de les laisser seuls dans ce nid d'aigle où leur conversation ne risquait pas d'être espionnée ou surprise. Il avait le regard perdu sur le grand fleuve aux eaux grises vers le sud. Il portait son attirail de guerrier, ses jambières et son pectoral de cuir dur, le ceinturon de son glaive clouté de rosettes d'or, et des rubans cramoisis assortis à son tablier cérémoniel étaient tressés dans sa barbe. De manière incongrue, il était coiffé de la couronne d'or ornée de l'uræus et du vautour sur son épaisse chevelure bouclée grisonnante. Le fait que cet envahisseur et spoliateur se considère comme le pharaon de toute l'Egypte et porte les insignes sacrés mettait Taita en fureur, mais il conservait pourtant une expression sereine. Il tenta de lire dans les pensées d'Apepi. Elles paraissaient si confuses, si impénétrables et tortueuses que même lui ne put les déchiffrer. Il percevait cependant la force intérieure qui faisait d'Apepi un adversaire redoutable.

— De tout ce que l'on dit de toi, au moins une chose est vraie, mage, déclara Apepi, rompant le long silence. Tu es un médecin de grand talent.

Taita ne répondit pas.

— Peux-tu exercer tes pouvoirs magiques pour guérir

mon armée de la peste comme tu l'as fait avec mon fils ? Je te paierai un lakh d'or... autant que dix chevaux robustes en peuvent porter.

Taita eut un sourire désolé.

— Seigneur, si j'étais capable d'exercer de tels pouvoirs, je pourrais aussi bien faire sortir une centaine de lakhs du néant sans avoir à soigner tes brutes.

Apepi tourna la tête et lui rendit son sourire, un sourire sans aucune gaieté, aucune bienveillance.

— Quel âge as-tu, mage ? Trok affirme que tu as plus de deux cents ans. Est-ce vrai ?

Taita fit comme s'il n'avait pas entendu et Apepi poursuivit :

— Quel est ton prix, mage ? Si ce n'est de l'or, que puis-je t'offrir ?

La question était de pure forme et, sans attendre la réponse, il se dirigea en tapant du pied vers le parapet nord de la tour et resta là, les poings sur les hanches. Il balaya du regard les campements de son armée et les aires de crémation au-delà. Les feux brûlaient toujours et la fumée dérivait au-dessus des eaux vertes du fleuve vers le désert.

— Tu as remporté une victoire, seigneur, dit doucement Taita, mais tu fais bien de contempler les bûchers funéraires de tes morts. Pharaon aura renforcé et regroupé ses troupes avant que la peste s'épuise et que tes hommes soient de nouveau prêts à se battre.

Apepi se secoua comme un lion chassant des mouches importunes.

— Ton obstination me contrarie, mage, dit-il.

— Non, seigneur, ce n'est pas moi, mais la vérité et la logique qui te contrarient.

— Nefer Seti est un enfant. Je l'ai vaincu une fois et je recommencerai

— Ce qui est essentiel pour toi, c'est que son armée n'a pas été frappée par la peste. Tes espions t'ont sans doute appris que Pharaon a cinq légions supplémentaires à Assouan et encore deux autres à Assiout. Elles descendent déjà le fleuve, portées par le courant. Elles seront ici avant la nouvelle lune.

Apepi grommela doucement mais ne répondit pas. Taita poursuivit implacablement :

— Soixante ans de guerre ont saigné à blanc les deux royaumes. Vas-tu transmettre à tes fils le legs de Salitis, ton père, ces soixante années d'effusion de sang ? Est-ce là l'héritage que tu veux laisser à tes fils ?

— Ne me pousse pas à bout, vieillard, rétorqua Apepi, furieux. N'insulte pas mon père, le divin Salitis.

Après un silence assez long pour exprimer sa désapprobation, Apepi reprit la parole :

— Combien de temps te faut-il pour organiser des pourparlers avec ce soi-disant régent d'Egypte, ce Naja ?

— Si tu me donnes un sauf-conduit pour franchir tes lignes et une galère rapide, je peux être à Thèbes dans trois jours. Le retour avec le courant sera encore plus rapide.

— Je vais envoyer Trok avec toi pour veiller à ce que tu arrives sans encombre. Dis à Naja que je le rencontrerai au temple d'Hathor de Perra, au-delà d'Abnub, sur la rive gauche. Tu connais l'endroit ?

— Très bien, seigneur.

— Nous pourrons nous y entretenir, mais dis-lui de ne pas attendre de moi trop de concessions. Je suis le vainqueur et lui, le vaincu. Tu peux disposer.

Taita ne bougea pas.

— Tu peux t'en aller, mage, répéta Apepi, lui donnant congé une seconde fois.

— Pharaon Nefer Seti est presque du même âge que

ta fille, Mintaka, dit Taita. Peut-être l'emmèneras-tu avec toi à Perra.

— Dans quel but ? fit Apepi en le regardant d'un air soupçonneux.

— Une alliance entre ta dynastie et celle des pharaons tamosiens pourrait sceller une paix durable dans les deux royaumes.

Apepi caressa les rubans de sa barbe pour dissimuler un sourire.

— Par Seueth, tu intrigues aussi habilement que tu concoctes tes potions, mage. Disparais maintenant avant que je ne sorte de mes gonds.

Le temple d'Hathor avait été creusé dans la roche à flanc de colline plusieurs siècles plus tôt, sous le règne de Pharaon Schertawy, mais tous ses successeurs y avaient fait des ajouts. Les prêtresses formaient une communauté riche et influente, qui avait trouvé le moyen de survivre durant les longues guerres civiles entre les royaumes et même de prospérer en ces temps difficiles.

Vêtues de leurs longues tuniques jaunes, elles étaient rassemblées dans la cour du temple entre les deux énormes statues de la déesse. L'une représentait Hathor en vache pie à cornes d'or, l'autre sous sa forme humaine, la grande et belle femme coiffée de la couronne à cornes et du disque solaire d'or.

Les prêtresses psalmodiaient et agitaient le sistre tandis que la suite de Pharaon Nefer Seti entrait dans le propylée par l'aile orientale et celle du roi Apepi par la colonnade occidentale. L'ordre de préséance à la conférence avait fait l'objet d'un débat si ardent que les négociations avaient failli être rompues avant d'avoir commencé. Le premier arrivé aurait été auréolé du prestige propre au titulaire du pouvoir alors que le second serait apparu comme un suppliant quémandant la paix. Aucun des deux camps n'était disposé à renoncer à l'avantage.

C'est Taita qui avait proposé l'expédient d'une arrivée simultanée. Il avait aussi résolu avec doigté la question épineuse des insignes portés par les protagonistes. Tous deux s'abstiendraient du pschent, la double couronne. Apepi serait coiffé de la couronne *deshret* rouge de Basse-Egypte, Nefer Seti de la couronne *hedjet* blanche de Haute-Egypte.

L'entourage des deux souverains emplissait la cour spacieuse, leurs rangs face à face, la mine sévère. Seuls quelques pas les séparaient, mais l'amertume et la haine suscitées par soixante années de combat élevaient entre eux une puissante barrière.

Le silence hostile fut brisé par le roulement de fanfare des cornes de bélier et le tonnerre des gongs de bronze. A ce signal, les familles royales devaient sortir des ailes opposées du temple.

Seigneur Naja et Pharaon Nefer Seti arrivèrent d'un pas solennel et prirent place sur les trônes à haut dossier, pendant que les deux princesses, Heseret et Merykara, les suivaient humblement et venaient s'asseoir au pied du trône de Naja, car elles lui étaient fiancées. Les deux jeunes filles avaient été si abondamment maquillées que leurs visages étaient aussi dénués d'expression que celui de la statue d'Hathor à l'ombre de laquelle elles se trouvaient.

Simultanément, la famille royale hyksos sortit de l'aile opposée. Apepi les conduisait, guerrier impressionnant, revêtu de son armure. Il lança un regard furieux au jeune pharaon. Huit de ses fils le suivaient ; seul manquait Khyan, le plus jeune, qui ne s'était pas encore suffisamment rétabli de la peste pour effectuer le trajet vers l'amont. Comme leur père, ils portaient armes et armure, se pavanaient et posaient avec bravade.

Une redoutable coterie de brutes sanguinaires, pensa Taita en les examinant depuis sa place, près du trône de Nefer.

Apepi n'avait amené avec lui qu'une seule de ses nombreuses filles. Comme une rose du désert au milieu d'un bouquet de cactus, le contraste avec ses frères rendait la beauté de Mintaka encore plus éclatante. Elle repéra la haute silhouette maigre et la chevelure blanche de Taita dans la foule de l'autre côté et son visage s'éclaira d'un sourire si radieux qu'il sembla un instant que le soleil avait percé les vélums tendus au-dessus du propylée. Aucun Egyptien n'avait encore posé les yeux sur elle et un murmure parcourut leurs rangs. Ils n'étaient pas préparés à cette apparition. Le mythe voulait que toutes les femmes hyksos soient aussi lourdement bâties et deux fois plus laides que leurs compagnons.

Pharaon Nefer Seti se pencha légèrement en avant et, en dépit de la solennité des circonstances, tira sur le lobe de son oreille sous la couronne blanche en forme de bouteille. Taita avait tenté de le débarrasser de ce tic. Cela le reprenait lorsqu'il éprouvait de l'intérêt ou était distrait. Il n'avait pas vu Nefer depuis plus de deux mois – Naja les avait maintenus séparés depuis son retour du quartier général d'Apepi à Bubastis –, mais il était si proche spirituellement de l'adolescent qu'il pouvait encore lire dans ses pensées. Il sentait fermenter chez Nefer une allégresse et une excitation aussi intenses que s'il avait repéré une gazelle passant à portée de flèche, avait été sur le point de monter un poulain sauvage ou regardait son faucon attaquer un héron en piqué.

Taita ne l'avait jamais vu réagir ainsi en présence d'une jeune fille. Il avait toujours considéré toutes les représentantes du sexe opposé, y compris ses sœurs, avec un dédain royal. Cela faisait moins d'un an, cependant, qu'il était entré dans les eaux agitées de la puberté et il avait passé la plus grande partie de cette année reclus avec Taita dans le désert, à Gebel Nagara, où rien ni personne n'avait pu attirer son attention comme le faisait maintenant Mintaka.

Taita éprouva une fierté légitime en voyant ce qu'il avait accompli avec si peu d'efforts. Si Nefer avait éprouvé de l'aversion pour la jeune Hyksos, cela eût contrecarré tous ses plans et accru le danger qu'ils couraient. S'ils se mariaient, Nefer devenait le gendre d'Apepi et se trouvait sous sa protection. Naja lui-même devrait alors réfléchir à deux fois avant de faire du tort à un personnage aussi important. Mintaka pouvait à son insu mettre Nefer à l'abri des manœuvres et des ambitions du régent. Telle était du moins l'intention de Taita quand il avait décidé de favoriser cette union.

Pendant les quelques jours durant lesquels ils avaient soigné Khyan, Taita et Mintaka avaient noué une solide amitié. Le vieux mage hocha imperceptiblement la tête et lui rendit son sourire. Puis le regard de Mintaka se porta vers les nobles Egyptiennes qui se trouvaient en face d'elle. Elle avait beaucoup entendu parler d'elles, mais c'était la première fois qu'elle les voyait. Elle remarqua rapidement Heseret. Avec un sûr instinct féminin, elle vit en la princesse une jeune femme aussi séduisante qu'elle et peut-être une future rivale. Heseret eut exactement la même réaction et elles échangèrent un regard bref, mais hautain et hostile. Puis Mintaka leva les yeux vers la figure impressionnante de Seigneur Naja et le regarda, fascinée.

Il était splendide, très différent de son père et de ses frères. Il resplendissait d'or et de pierres précieuses, son linge était éblouissant de pureté. Son parfum, tel celui d'un champ de fleurs sauvages, effleurait ses narines malgré la distance. Le maquillage avait transformé son visage en un véritable masque, sa peau était presque lumineuse, ses yeux soulignés et rehaussés de khôl. Sa beauté était cependant celle d'un serpent ou d'un insecte venimeux. Elle frissonna et tourna son regard vers le personnage assis sur le trône près du régent.

Pharaon Nefer Seti la regardait avec une telle insistance qu'elle retint son souffle. La première chose qui la frappa fut le vert intense de ses yeux et elle voulut détourner les siens mais n'y parvint pas et se mit à rougir.

Le pharaon avait un aspect si digne et divin sous sa couronne blanche et sa fausse barbiche qu'elle en était toute troublée. Il lui adressa soudain un chaleureux sourire de conspirateur. Son visage apparut juvénile et attachant. La respiration de Mintaka s'accéléra et elle rougit davantage. Elle fit un effort pour arracher son regard du jeune pharaon et examina avec une grande attention la statue d'Hathor représentée en vache.

Quand, après un moment, elle se ressaisit, Seigneur Naja, régent de Haute-Egypte, avait pris la parole. D'un ton mesuré, il salua Apepi, l'appelant diplomatiquement roi des Hyksos sans faire cas de ses prétentions au territoire égyptien. Mintaka gardait les yeux fixés sur ses lèvres, mais elle avait conscience que Nefer ne la quittait pas du regard.

La voix de Naja était sonore mais soporifique. Au bout d'un moment, n'y tenant plus, elle lança furtivement un regard de côté à Nefer, dans l'intention de détourner immédiatement les yeux, mais ceux du jeune pharaon étaient toujours rivés sur elle. Ils brillaient d'un rire silencieux et la fascinaient. Elle n'était pas d'un naturel timoré, mais en cet instant son sourire était timide et hésitant, et elle rougit de nouveau. Elle baissa les yeux et regarda ses mains. Elle les tint immobiles et en voulut à Nefer de lui avoir fait perdre son calme. Ce n'est qu'un gandin, un précieux. N'importe lequel de mes frères est plus viril que lui et deux fois plus beau. Il essaie seulement de me faire passer pour une bécasse en me fixant ainsi comme un malappris. Je ne le regarderai plus et l'ignorerai complètement, décida-t-elle. Elle s'en tint à sa résolution jusqu'à ce que Naja cesse de parler et que son père se lève pour lui répondre.

Elle lança un bref coup d'œil à Nefer sous ses épais cils sombres. Il regardait son père mais, dès qu'elle eut posé les yeux sur lui, il tourna les siens dans sa direction. Elle s'efforça de prendre une mine sévère et rébarbative, mais se dérida dès qu'il sourit. Il est aussi joli garçon que certains de mes frères, concéda-t-elle, avant de jeter vers lui un autre coup d'œil furtif. Ou peut-être que tous. Elle baissa les yeux, puis le regarda de nouveau, juste pour être sûre. Il est peut-être même plus beau que Rouga, se dit-elle. Elle eut immédiatement le sentiment d'avoir trahi son frère aîné et nuança son jugement : plus beau à sa manière, naturellement.

Elle dévisagea Rouga de côté ; avec sa barbe ornée de rubans et ses sourcils sombres, il était un guerrier jusqu'au bout des ongles. Il est bel homme, pensa-t-elle loyalement.

Dans les rangs opposés, Taita ne paraissait pas la regarder, mais il ne perdait rien des échanges d'œillades entre Nefer et Mintaka. Il voyait aussi Seigneur Trok, le cousin de Naja, qui se tenait derrière le trône d'Apepi. Les bras croisés sur la poitrine, il portait des bracelets d'or massif repoussé, un lourd arc recourbé, en bandoulière sur une épaule, et, sur l'autre, un carquois couvert de feuille d'or. Autour du cou, il avait les chaînes d'or, marques honorifiques de sa valeur. Les Hyksos avaient adopté les honneurs et les décorations militaires des Egyptiens, ainsi que leurs croyances et leurs coutumes. Trok observait la princesse hyksos avec une expression insondable.

Il y eut un autre bref échange de regards entre Mintaka et Nefer, que Trok suivit de ses yeux sombres, l'air maussade. Taita sentait sa colère et sa jalousie. C'était comme si le nuage brûlant et oppressant du khamsin, la terrible tempête de sable, s'amoncelait à l'horizon du désert. Il n'avait pas prévu cela et se demanda si l'intérêt que Trok portait à Mintaka était d'ordre sentimental ou politique. La convoite-t-il ou bien ne voit-il en elle qu'un marchepied vers le pouvoir ? Dans un cas comme dans l'autre, il y a péril et il faut en tenir compte.

Les discours préliminaires tiraient à leur fin et rien d'important n'avait été dit : la négociation de la trêve commencerait le lendemain à huis clos. Les chefs des deux camps se levèrent de leur trône et échangèrent des salutations, puis se retirèrent aux coups de gong et aux sonneries de cornes de bélier.

Taita jeta un dernier coup d'œil aux rangs hyksos. Apepi et ses fils disparurent par une porte flanquée de hautes colonnes de granit surmontées des deux têtes de vache de la déesse. Après un dernier regard en arrière, Mintaka leur emboîta le pas. Trok la suivait de près et il lança aussi un coup d'œil à Pharaon Nefer Seti par-dessus son épaule avant de passer à grands pas entre les colonnes. Les flèches s'entrechoquèrent doucement dans son carquois et leurs empennages de couleur attirèrent l'attention de Taita. Contrairement aux carquois ordinaires en cuir, avec leur bouchon pour empêcher les flèches de tomber, ce carquois de cérémonie était recouvert de feuille d'or et ouvert, si bien que les extrémités empennées des flèches dépassaient par-dessus son épaule. Les plumes étaient rouge et vert, ce qui évoqua un mauvais souvenir dans la mémoire du mage. Trok disparut à son tour, suivi par le regard de Taita.

Taita retourna à la cellule qui lui avait été attribuée dans l'annexe du temple pendant la durée de la conférence de paix. Il but un peu de sorbet, puis s'approcha de la fenêtre percée dans l'épais mur de pierre. Un groupe de tisserins et de mésanges aux couleurs vives gazouillaient sur l'appui de la fenêtre et sur la terrasse dallée en contrebas. Pendant qu'il les nourrissait avec de la dourah concassée et qu'ils se perchaient sur ses épaules ou picoraient dans ses mains en coupe, Taita songeait aux événements de la matinée et rassemblait les impressions disparates qu'il avait glanées au cours de la cérémonie d'ouverture.

L'amusement et le plaisir suscités par le souvenir de ce qui s'était passé entre Mintaka et Nefer s'évanouirent quand il pensa à Trok. Sa relation avec la princesse hyksos risquait d'entraîner des complications s'il tentait de favoriser la réalisation de ses projets concernant le jeune couple.

Il remarqua tout à coup une ombre qui se glissait furtivement le long de la terrasse. C'était l'un des chats du temple, décharné, cousu de cicatrices et couvert de plaques de gale. Il traquait les oiseaux qui sautillaient sur les dalles en picorant les grains de dourah.

Le vieux matou s'arrêta et jeta autour de lui un regard soupçonneux. Soudain, il fit le gros dos, le pelage hérissé, les yeux fixés sur les dalles devant lui, où il n'y avait rien. Il cracha, se retourna brusquement, fonça à travers la terrasse et escalada à toute allure le tronc d'un palmier doum pour aller se réfugier dans les branches hautes. Taita jeta une autre poignée de grains aux oiseaux et reprit ses réflexions.

Pendant leur longue chevauchée, Trok avait gardé fermé son carquois et il n'était pas venu à l'idée de Taita de comparer les flèches qu'il contenait à celles qu'il avait trouvées à l'endroit où Pharaon avait été assassiné. Combien d'autres chefs de guerre hyksos avaient des plumes à empennage rouge et vert ? Ils étaient probablement nombreux, bien que chacun dût avoir sa marque distinctive. Le seul moyen de faire le lien entre Trok et la mort de Pharaon Tamose et, à travers lui, d'impliquer son cousin Naja était d'examiner l'une de ses flèches. Il se demanda comment y parvenir sans éveiller les soupçons.

Une fois encore, il fut distrait de ses pensées. Des voix résonnaient dans le couloir à l'extérieur de sa cellule. L'une était jeune et claire, et il la reconnut tout de suite. Les autres, bourrues, argumentaient et protestaient.

— Seigneur Asmor a donné des ordres précis...

— Ne suis-je pas Pharaon ? N'êtes-vous pas tenus de m'obéir ? Je désire rendre visite au mage et vous osez m'en empêcher ! Ecartez-vous tous les deux, dit Nefer d'une voix forte et autoritaire.

Le ton incertain de la puberté avait disparu et il parlait comme un homme. Le jeune faucon déploie ses ailes et montre ses serres, pensa Taita en se détournant de la fenêtre et en essuyant la poudre de millet sur ses mains pour accueillir son roi.

Nefer écarta brusquement le rideau qui fermait la pièce et entra. Deux gardes du corps le suivaient, impuissants, en se bousculant sur le seuil. Nefer les ignora et fit face à Taita, les mains sur les hanches.

— Je suis fort mécontent de toi, Taita, dit-il.

— Tu me vois profondément affligé, répondit celui-ci avec une grande révérence. En quoi t'ai-je offensé ?

— Tu m'évites. Chaque fois que je t'ai mandé, on m'a répondu que tu étais parti en mission secrète auprès des Hyksos, que tu étais retourné au désert ou quelque autre conte.

Nefer prenait un air renfrogné pour dissimuler son plaisir d'être de nouveau avec le vieux mage.

— Puis tu sors soudain de nulle part, comme si tu n'étais jamais parti, et persistes cependant à m'ignorer. Tu ne m'as pas regardé une seule fois pendant la cérémonie. Où étais-tu passé ?

— Les murs ont des oreilles, sire, dit Taita en jetant un coup d'œil aux deux gardes qui s'attardaient.

Nefer s'en prit à eux avec fureur :

— Je vous ai déjà ordonné de vous en aller. Si vous ne disparaissez pas sur-le-champ, je vous fais étrangler tous les deux.

Ils se retirèrent d'un air malheureux, mais n'allèrent pas bien loin. On entendait leurs murmures et le cliquetis de leurs armes dans le couloir derrière la tenture. Taita fit un signe de tête en direction de la fenêtre et chuchota :

— J'ai un esquif amarré à la jetée. Sa Majesté aimerait-elle aller à la pêche ?

Sans attendre la réponse, Taita releva le bas de sa robe et sauta sur le rebord de la fenêtre. Il jeta un coup d'œil par-dessus son épaule. Nefer avait oublié sa colère et traversait la cellule en courant pour le rejoindre, un sourire béat aux lèvres. Taita se laissa tomber sur la terrasse et Nefer le suivit avec agilité. Comme des élèves qui font l'école buissonnière, ils traversèrent furtivement la terrasse et descendirent vers le fleuve au milieu des palmiers dattiers.

Il y avait des gardes sur la jetée, mais ils n'avaient pas reçu l'ordre d'empêcher le jeune pharaon de sortir. Ils saluèrent et s'écartèrent respectueusement pendant que les deux compères grimpaient dans le petit bateau de pêche. Chacun prit une pagaie et ils se dirigèrent vers le large. Taita mena l'embarcation vers l'un des étroits passages entre les massifs de papyrus agités par la brise. Quelques minutes plus tard, ils se retrouvaient seuls sur les eaux marécageuses, cachés des berges au milieu du dédale de chenaux.

— Où étais-tu passé, Taita ? Tu m'as tant manqué, dit Nefer, abandonnant son air royal.

— Je te raconterai tout, lui assura Taita, mais tu dois d'abord me dire ce qui t'est arrivé.

Ils trouvèrent un mouillage tranquille sur un petit lagon entouré de papyrus, et Nefer lui rapporta ce qui s'était passé depuis la dernière fois qu'ils avaient pu avoir une conversation en tête à tête. Sur ordre de Naja, on l'avait retenu dans une prison dorée, sans qu'il puisse rencontrer ses vieux amis, pas même Meren et ses propres sœurs. Etudier les rouleaux de papyrus dans la bibliothèque du palais, s'exercer à la conduite des chars et au maniement des armes sous la houlette du vieux guerrier Hilto avaient été ses seules distractions.

— Naja ne me laissait même pas aller chasser au faucon ou pêcher sans me faire chaperonner par Asmor, se plaignit-il avec amertume.

Il avait ignoré que Taita assisterait à la cérémonie de paix dans la cour du temple jusqu'au moment où il l'y avait vu. Il le croyait à Gebel Nagara. A la première occasion, alors que Naja et Asmor étaient en réunion avec

Apepi, Trok et les autres seigneurs de la guerre hyksos pour négocier la trêve, il avait intimidé ses gardes et était sorti des appartements dans lesquels il était confiné pour rejoindre le mage.

— La vie est si morne sans toi, Taita. Je meurs d'ennui. Il faut absolument que Naja nous laisse nous retrouver. Tu devrais lui jeter un sort.

— Nous pouvons y songer en effet, mais nous n'en avons guère le temps pour l'instant, se déroba Taita. Naja va envoyer toute son armée à notre recherche quand il s'apercevra que nous ne sommes plus au temple. Il faut que je te dise ce qui s'est passé de mon côté.

Il retraça rapidement les événements qui avaient eu lieu depuis leur dernière rencontre. Il exposa la nature des liens qui existaient entre Naja et Trok, décrivit sa visite à l'endroit où Pharaon Tamose avait trouvé la mort et la découverte qu'il y avait faite.

Nefer l'écouta sans l'interrompre, mais, quand le vieux mage évoqua le décès de son père, ses yeux s'emplirent de larmes. Il se détourna, toussa et s'essuya les yeux du revers de la main.

— Tu es maintenant à même de mesurer le danger que tu cours, lui dit Taita. Je suis sûr que Naja a trempé dans le meurtre de Pharaon, et plus nous sommes près d'en trouver la preuve, plus le danger grandit.

— Un jour, je vengerai mon père, jura Nefer d'une voix froide et dure.

— Je t'y aiderai, promit Taita, mais pour l'heure nous devons te protéger de la malveillance de Naja.

— Comment comptes-tu procéder ? Pouvons-nous nous échapper d'Egypte comme tu le projetais ?

Taita secoua la tête.

- Non. J'ai, bien sûr, envisagé cette possibilité, mais

Naja nous tient trop bien entre ses griffes. Si nous tentions de nous enfuir vers la frontière, nous aurions immédiatement mille chars à nos trousses.

— Que faire alors ? Toi aussi, tu es en danger.

— Non. J'ai persuadé Naja qu'il ne peut réussir sans mon aide.

Il décrivit la fausse cérémonie de divination qu'il avait mise en scène au temple de Bes et expliqua que Naja croyait qu'il allait partager avec lui le secret de l'immortalité. La ruse du mage fit sourire Nefer.

— Que projettes-tu, alors ?

— Nous devons attendre le moment opportun de nous échapper ou de débarrasser le monde de la présence maléfique de Naja. En attendant, je te protégerai du mieux que je peux.

— Comment feras-tu ?

— Naja m'a envoyé auprès d'Apepi pour organiser cette conférence de paix.

— Oui, je sais que tu es allé à Avaris. On me l'a dit quand j'ai demandé à te voir.

— Ce n'était pas à Avaris, mais au quartier général d'Apepi à Bubastis. Une fois qu'Apepi eut accepté de rencontrer Naja, j'ai réussi à le convaincre de sceller ce traité par un mariage entre toi et sa fille. Une fois que tu seras sous la protection du roi hyksos, le poignard de Naja sera émoussé. Il ne pourra prendre le risque de plonger de nouveau le pays dans la guerre civile en rendant nul le traité.

— Apepi va me donner sa fille en mariage ? fit Nefer en le regardant avec stupéfaction. Celle en tunique rouge que j'ai vue ce matin à la cérémonie ?

— Oui. Elle s'appelle Mintaka.

— Je sais, assura Nefer avec véhémence. Elle porte le

nom d'une petite étoile du baudrier de la constellation du Chasseur.

— C'est bien elle. Mintaka, celle qui est affreuse, avec un grand nez et une drôle de bouche...

— Elle n'est pas affreuse ! protesta Nefer en se levant d'un bond au risque de renverser le frêle esquif et de les projeter dans les eaux boueuses du lagon. Elle est très belle...

Il se calma en voyant l'expression de Taita.

— Je veux dire qu'elle est tout à fait agréable à regarder, ajouta-t-il avec un sourire piteux. Je me laisse toujours prendre par toi. Mais tu dois reconnaître qu'elle est belle, Taita.

— Si on aime les grands nez et les drôles de bouches.

Nefer ramassa un poisson mort au fond de l'embarcation et le lui jeta à la tête. Taita esquiva.

— Quand pourrai-je lui parler ? demanda Nefer en donnant l'impression que cette question était pour lui sans importance. Elle parle égyptien, n'est-ce pas ?

— Aussi bien que toi, lui assura Taita.

— Alors, quand pourrai-je la rencontrer ? Tu peux arranger cela pour moi ?

Taita avait prévu cette requête.

— Tu pourrais inviter la princesse et sa suite à une chasse dans les marais, suivie peut-être d'un pique-nique.

— Je vais envoyer Asmor lancer l'invitation cet après-midi même, décida Nefer.

Taita secoua la tête.

— Il s'empresserait d'aller voir le régent, et Naja verrait immédiatement le danger. Il ne le permettrait jamais et, une fois alerté, ferait tout ce qui est en son pouvoir pour empêcher votre rencontre.

— Qu'allons-nous faire, alors ? s'enquit Nefer, tout agité.

— J'irai la voir moi-même, promit Taita.

A cet instant, ils entendirent de faibles cris et des bruits d'avirons provenant de diverses directions dans les marais à papyrus autour d'eux.

— Asmor s'est aperçu que tu n'étais pas là et il a envoyé sa meute pour te ramener. Cela nous montre combien il est difficile de lui fausser compagnie. Ecoute-moi attentivement, car nous n'avons pas beaucoup de temps avant d'être de nouveau séparés.

Ils convinrent rapidement d'arrangements pour échanger des messages en cas d'urgence, et formèrent d'autres projets tandis que les cris et les bruits de rames ne cessaient de se rapprocher. Quelques minutes après, une galère légère de combat remplie d'hommes en armes creva l'écran de papyrus, poussée par vingt rames. Un cri s'éleva du pont :

— Voilà Pharaon ! Ramez vers l'esquif !

Les Hyksos avaient installé un terrain d'exercice sur la plaine alluviale confinant au marais de papyrus au bord du fleuve. Lorsque Taita arriva du temple, deux bataillons de gardes d'Apepi s'entraînaient au maniement des armes sous le soleil de plomb qui brillait dans le ciel sans nuages. Participant à des courses de relais à travers le marais, deux cents hommes en armes, dans la boue jusqu'à la taille, avançaient avec peine, pendant que des escadrons de chars accomplissaient de savantes évolutions dans la plaine : en colonnes par quatre, ils n'en formaient plus qu'une, puis se déployaient sur une ligne de front. La poussière tournoyait derrière les roues, les pointes des lances étincelaient au soleil et les pennons de couleurs vives dansaient dans le vent.

Taita s'arrêta près du champ de tir pour regarder un moment la ligne de cinquante archers tirer à cent coudées, chacun lâchant rapidement cinq flèches à la suite. Ils se précipitaient jusqu'aux cibles en paille à silhouette humaine, récupéraient leurs flèches et tiraient sur la ligne de cibles suivante, deux cents coudées plus loin. Le fléau de l'instructeur tombait sur le dos de ceux qui tardaient à parcourir le terrain découvert ou manquaient la cible. Les clous de bronze laissaient des marques de sang en traversant les tuniques de lin.

Taita poursuivit son chemin sans être interpellé. Les lanciers, qui, deux par deux, s'exerçaient aux coups et parades classiques en poussant des cris belliqueux interrompaient l'engagement sur son passage et le suivaient d'un regard respectueux dans le plus grand silence. Sa réputation était redoutable. Ils ne reprenaient l'exercice qu'une fois qu'il les avait dépassés.

A l'autre bout du terrain, sur la courte herbe verte près du marais, un char effectuait à toute allure un parcours marqué par des jalons et des cibles. C'était un char de reconnaissance, aux roues à rayons et à caisse en bambou, très rapide et assez léger pour porter deux hommes par-dessus un obstacle.

Il était tiré par une paire de magnifiques juments baies de l'écurie particulière d'Apepi. Elles tournèrent autour des jalons à l'autre bout du parcours dans un jaillissement de mottes de terre soulevées par leurs sabots puis revinrent au grand galop, le char léger bondissant à leur suite.

Seigneur Trok le conduisait, penché en avant, les rênes enroulées autour des poignets. Sa barbe voltigeait dans le vent, ses moustaches et les rubans de couleur flottaient par-dessus ses épaules tandis qu'il pressait les chevaux de ses cris sauvages. Taita devait reconnaître son savoir-faire : même à cette vitesse, il maîtrisait parfaitement les deux bêtes, coupait au plus court entre les jalons, donnant à l'archer monté à son côté les meilleures chances d'atteindre les cibles qu'ils dépassaient à toute allure.

Appuyé sur son bâton, Taita regarda le char poursuivre sa course à plein galop. Il n'y avait pas à se tromper sur la silhouette mince et droite, le port altier de l'archer. Mintaka portait un pagne pourpre plissé qui laissait ses genoux découverts. Les lanières croisées de ses sandales étaient nouées haut autour de ses mollets galbés. Elle portait un bracelet de cuir au poignet gauche et une cuirasse de cuir dur moulée sur ses petits seins ronds les protégeait de la corde de l'arc quand elle lâchait ses flèches.

Mintaka reconnut Taita, poussa un cri de bienvenue et brandit l'arc au-dessus de sa tête. Sa chevelure brune était recouverte d'un filet à fines mailles qui sautait sur ses épaules à chaque secousse du char. Elle n'était pas du tout maquillée, mais le vent et l'exercice avaient rosi ses joues et allumé une étincelle dans ses yeux. Taita ne pouvait imaginer Heseret en porteuse de lance sur un char de guerre, mais l'attitude des Hyksos vis-à-vis des femmes était différente.

— Hathor te sourit, mage ! lança-t-elle en riant quand Trok arrêta le char devant lui dans un grand dérapage.

Il savait que Mintaka avait choisi la bonne déesse comme patronne au lieu des monstrueuses divinités hyksos.

— Puisse Horus t'aimer à jamais, princesse Mintaka, dit Taita, lui rendant sa bénédiction.

Par une marque d'affection particulière, il lui accordait ce titre princier alors qu'il ne reconnaissait pas la royauté de son père. Elle sauta à terre et courut l'étreindre, jetant ses bras autour de son cou si bien que le bord dur de la cuirasse s'enfonça dans les côtes de Taita. Elle le sentit tressaillir et se recula.

— J'ai touché cinq têtes, annonça-t-elle fièrement.

— Seule ta beauté dépasse tes talents guerriers, fit-il en souriant.

— Tu ne me crois pas, dit-elle d'un air de défi. Tu penses que parce que je suis une fille je ne peux pas tirer à l'arc.

Sans attendre un démenti, elle se précipita vers le char et sauta sur la plate-forme.

— En avant, Seigneur Trok, ordonna-t-elle. Encore un tour. A toute vitesse.

Trok secoua les rênes et fit tourner le char si brusquement que la roue intérieure resta immobile. Quand il fut en ligne, il excita les chevaux de la voix et ils partirent au grand galop.

Les cibles étaient placées sur un pieu à hauteur des yeux de l'archer. Sculptées dans un morceau de bois, elles avaient la forme de têtes humaines. Il n'y avait pas à se tromper sur leur nationalité : elles caricaturaient des guerriers égyptiens, avec casque et insignes de leur régiment, les traits peints de manière grotesque.

L'opinion que l'artiste a de nous ne fait aucun doute, pensa Taita avec une ironie désabusée.

Mintaka prit une flèche dans le carquois accroché au côté de la caisse, l'encocha et tendit la corde. Elle visa, l'empennage jaune vif touchant ses lèvres pincées comme pour donner un baiser. Trok mena le char vers la première cible en s'efforçant de la mettre dans la meilleure position de tir, mais le terrain était inégal. Elle pliait les genoux pour amortir les secousses et oscillait avec les mouvements du véhicule.

En passant comme l'éclair près de la cible, elle lâcha la flèche et Taita retint son souffle. Elle maniait l'arc avec une maîtrise parfaite. La flèche se ficha en vibrant dans l'œil gauche de la cible, son empennage jaune brillant au soleil.

— *Bak-her !* applaudit Taita tandis qu'elle riait et que le char poursuivait sa course.

Elle tira encore deux coups. Une flèche se planta dans un front, la suivante dans une bouche. C'était un excellent résultat, même pour un archer chevronné.

Trok fit tourner le char autour du jalon à l'autre bout du parcours et ils revinrent vers le point de départ, les oreilles des chevaux couchées en arrière, crinière au vent. Mintaka tira de nouveau et planta sa flèche dans la pointe du nez exagérément gros de la cible.

— Par Horus ! s'exclama Taita, étonné. Elle tire comme un djinn !

La dernière cible approchait rapidement et Mintaka se tenait en équilibre avec grâce, les joues roses, ses dents blanches étincelantes tandis qu'elle se mordait la lèvre dans un effort de concentration. Elle tira, et la flèche manqua la cible d'une largeur de main.

— Trok, espèce de maladroit ! Tu es passé dans un trou juste au moment où je lâchais ma flèche ! cria-t-elle.

Elle sauta du char encore en marche et s'emporta contre Trok :

— Tu l'as fait exprès afin de me faire passer pour une idiote devant le mage !

— Altesse, je suis mortifié par ma maladresse.

Le puissant Trok était très impressionné par son accès de colère. Ses sentiments pour la princesse étaient aussi ardents que Taita l'avait soupçonné.

— Tu n'es pas pardonné. Je ne t'accorderai plus jamais le privilège de me conduire.

Taita ne l'avait encore pas vue de pareille humeur et cela, ainsi que la démonstration de ses talents d'archer, ne fit qu'ajouter à la bonne opinion qu'il avait d'elle. C'est la femme rêvée, même pour un pharaon de la dynastie de Tamose, estima-t-il. Mais il prit garde de ne pas perdre son air grave, de crainte qu'elle ne tourne son courroux contre lui. Il n'avait pas à s'inquiéter cependant, car, dès qu'elle s'adressa à lui, un sourire éclaira de nouveau son visage.

— Quatre coups sur cinq, voilà qui est on ne peut plus honorable, même pour un guerrier de la Route Rouge, altesse, lui assura-t-il, et c'est ce trou qui t'a fait manquer la cible.

— Tu dois avoir soif comme moi, Taita.

Elle le prit par la main et l'entraîna jusqu'à l'endroit où ses servantes avaient étalé un tapis de laine au bord du fleuve avant d'y disposer des plateaux de douceurs et des cruches de sorbet.

— J'ai tant de choses à te demander, dit-elle en s'installant à côté de lui sur une peau de mouton. Je ne t'ai plus revu depuis que tu es parti de Bubastis.

— Comment va ton frère Khyan ?

— Bien. Egal à lui-même, répondit-elle en riant, encore plus chenapan qu'avant. Mon père a ordonné qu'il nous rejoigne ici quand il sera complètement rétabli. Il tient à avoir toute sa famille autour de lui lorsqu'il signera la trêve.

Ils parlèrent de choses et d'autres pendant un moment, mais Mintaka était distraite. Taita attendait qu'elle aborde le sujet qui lui tenait le plus à cœur. Elle le surprit en se tournant brusquement vers Trok, qui attendait à proximité avec un air de chien battu.

— Tu peux disposer, maintenant, lui dit-elle froidement

— Monteras-tu encore avec moi demain, princesse ? demanda Trok sur un ton presque suppliant.

— Demain, je serai probablement occupée à autre chose.

— Et le jour d'après ? insista Trok, dont la moustache tombait pitoyablement.

— Va me chercher mon arc et mon carquois avant de partir, ordonna-t-elle, ignorant la question.

Il les lui apporta comme un laquais et les lui déposa à portée de main.

— Adieu, mon seigneur, dit-elle avant de se tourner vers Taita.

Trok s'attarda encore quelques instants puis se dirigea à pas lourds vers son char.

— Depuis combien de temps Trok est-il amoureux de toi ? demanda Taita tandis que l'Hyksos s'éloignait.

— Trok amoureux de moi ? s'exclama-t-elle dans un éclat de rire. Mais c'est ridicule ! Trok est aussi vieux que la pyramide de Gizeh... il doit avoir près de trente ans ! Il a trois épouses et Hathor sait combien de concubines !

Taita tira une flèche à empennage bleu et jaune du carquois magnifiquement décoré et l'examina avec désinvolture. Il toucha le minuscule sceau gravé sur la hampe.

— Les trois étoiles du baudrier du Chasseur, fit-il remarquer. Mintaka est la plus brillante.

— Le bleu et le jaune sont mes couleurs préférées. C'est Grippa qui fabrique toutes mes flèches. Personne à Avaris ne s'y entend comme lui pour les empenner. Ses flèches sont parfaitement droites et équilibrées. Ses décorations et ses sceaux sont de véritables œuvres d'art. Regarde comme il a gravé et peint mon étoile.

Taita fit tourner la flèche entre ses doigts et l'admira longuement avant de la replacer dans le carquois.

— Quel est le sceau des flèches de Trok ? demanda-t-il comme en passant.

Elle eut un geste d'impatience.

— Je n'en sais rien et peu m'importe. Un sanglier ou un bœuf, j'imagine. Assez de Trok pour aujourd'hui. Je sais que tu aimes le miel, dit-elle en versant du sorbet dans la coupe de Taita.

Elle changeait ostensiblement de sujet et Taita attendit qu'elle choisisse le suivant.

— Il faut que je discute avec toi de questions délicates, admit-elle timidement.

Elle cueillit dans l'herbe une fleur sauvage pour commencer une guirlande tout en évitant de le regarder, mais ses joues rosirent de nouveau.

— Pharaon Nefer Seti a quatorze ans et cinq mois, presque un an de plus que toi. Il est né sous le signe de l'Ibex, animal qui s'entend bien avec ton Chat.

Taita l'avait devancée et elle leva les yeux vers lui, stupéfaite.

— Comment savais-tu ce que j'allais te demander ? Bien sûr que tu le savais, puisque tu es mage.

— A propos de Pharaon, je suis venu te porter un message de la part de Sa Majesté.

L'attention de Mintaka fut immédiatement captivée.

— Un message ? Sait-il même que j'existe ?

— Il en est tout à fait conscient.

Taita but son sorbet à petites gorgées.

— Il manque un peu de miel, dit-il en en versant dans la coupe et en remuant.

— Ne me taquine pas, mage, fit-elle d'un ton cassant. Dis-moi tout de suite quel est ce message.

— Pharaon t'invite, toi et ta suite, à une chasse au canard dans les marais demain à l'aube et ensuite à un petit déjeuner dans l'île de la Petite Colombe.

Le ciel de l'aube rougeoyait comme une lame de glaive sortie du foyer de la forge. Sous lui, les cimes des papyrus se détachaient comme une frise noire. A cette heure qui précédait le lever du soleil, pas le moindre souffle d'air ne les agitait et aucun bruit ne rompait le silence.

Aux extrémités opposées d'un petit lagon, les deux esquifs des chasseurs mouillaient contre le mur de roseaux qui entourait le plan d'eau. Moins de cinquante coudées les séparaient. Les valets avaient courbé les hautes tiges des papyrus en une sorte de tonnelle pour faire écran au-dessus des chasseurs.

La surface du lagon, dormante et étale, reflétait le ciel comme un miroir de bronze poli. Il y avait tout juste assez de jour pour que Nefer distingue la silhouette gracieuse de Mintaka dans l'autre embarcation. Son arc posé sur les genoux, elle était assise, aussi immobile qu'une statuette de la déesse Hathor. Toute autre fille, en particulier ses sœurs Heseret et Merykara, aurait sautillé en tous sens comme un canari et gazouillé deux fois plus fort.

Il revoyait en pensée leur brève rencontre de ce matin. Il faisait nuit et il n'y avait pas la moindre lueur de l'aube pour ternir la gloire de la panoplie d'étoiles suspendue au-dessus du monde, si grosses et brillantes qu'il semblait possible de les cueillir comme des figues mûres en tendant le bras. Mintaka avait descendu l'allée depuis le temple, son chemin éclairé par des porteurs de torche, suivie de près par ses servantes. Elle portait un capuchon de laine pour se protéger de la fraîcheur du fleuve, et, il avait beau regarder, son visage restait dans l'ombre.

« Puisse Pharaon vivre mille ans. »

C'étaient les premières paroles qu'elle avait prononcées. Sa voix était plus douce que la musique d'un luth. Nefer avait l'impression que des doigts fantomatiques lui caressaient la nuque. Il lui fallut un moment pour retrouver l'usage de la parole. « Puisse Hathor t'aimer pour l'éternité », déclara-t-il enfin. Il avait consulté Taita sur la forme de salutation dont il devait user et il l'avait répétée jusqu'à la savoir sur le bout du doigt. Il crut voir briller ses dents découvertes par son sourire et fut ainsi encouragé à ajouter quelque chose de son cru. Les paroles lui vinrent en une inspiration subite. Il montra le ciel nocturne. « Regarde ! dit-il. Voilà ton étoile. » Elle leva la tête et regarda la constellation du Chasseur. La clarté des astres éclaira son visage, qu'il vit pour la première fois depuis son arrivée. Il retint sa respiration. Elle avait un air solennel et Nefer était certain de n'avoir jamais rien vu de plus ravissant. « Les dieux l'ont placée là exprès pour toi », ajouta-t-il sans la moindre hésitation.

Le visage de Mintaka s'illumina et elle n'en était que plus belle. « Pharaon est aussi galant que courtois », dit-elle en faisant une petite révérence un peu moqueuse. Elle monta ensuite sur l'esquif et ne se retourna pas quand les rameurs emmenèrent l'embarcation dans le marais.

Il se répétait maintenant ces paroles comme une prière. « Pharaon est aussi galant que courtois. »

Là-bas dans le marais, un héron prit son essor à grand bruit. Comme si cela avait été un signal, l'air fut soudain rempli de battements d'ailes. Nefer avait presque oublié la raison pour laquelle ils étaient là, ce qui donnait la mesure de sa distraction, car il était passionné de chasse. Il s'arracha à la contemplation de la délicate silhouette dans la barque qui s'éloignait et prit ses bâtons de lancer.

Il avait décidé de les utiliser au lieu de l'arc, car il était certain qu'elle n'avait ni la force musculaire ni le savoir-faire nécessaires pour manier les lourds bâtons. Cela lui donnerait un avantage certain. Lancés avec adresse, les bâtons balayaient en tournoyant une trajectoire plus large que celle, linéaire, d'une flèche. Pesants comme des gourdins, ils offraient plus de chances d'abattre un oiseau que les flèches à pointe émoussée, qui risquaient d'être déviées par l'épais plumage du gibier d'eau. Nefer était bien décidé à impressionner Mintaka par ses talents de chasseur.

Le premier vol de canards émergea de l'aube à toute vitesse. Ils étaient d'un blanc et d'un noir brillants, et se caractérisaient par une bosse sur le dessus du bec. L'oiseau de tête s'effaroucha et conduisit les autres hors de portée. Les canards domestiqués commencèrent alors à pousser des cris. C'étaient des oiseaux capturés et apprivoisés que les chasseurs avaient placés à la surface du lagon, où ils étaient retenus par la patte à une ligne ancrée à une pierre sur le fond boueux.

Les canards sauvages revinrent en arrière en décrivant un large cercle, puis commencèrent à descendre pour se poser à côté des appâts. Cessant de battre des ailes, ils perdirent rapidement de l'altitude et passèrent au-dessus de la cange de Nefer. Pharaon choisit le moment opportun, se leva, prêt à lancer son bâton. Il attendit que l'oiseau de tête s'éloigne comme une flèche, et son bâton partit en tournoyant. Le canard vit le projectile arriver et baissa une aile pour l'éviter. L'espace d'un instant, il parut réussir, puis il y eut un bruit mat, une explosion de plumes, et l'oiseau tomba, son aile brisée à la traîne. Il heurta l'eau dans une grande gerbe, mais se reprit presque tout de suite et plongea sous la surface.

— Vite ! Attrapez-le ! cria Nefer.

Dans l'eau, quatre jeunes esclaves nus s'agrippaient au bord de l'embarcation, les doigts engourdis par le froid, claquant des dents.

Deux d'entre eux s'éloignèrent à la nage pour récupérer l'oiseau abattu, mais en vain. Avec le seul handicap d'une aile cassée, le canard pouvait indéfiniment battre de vitesse ses poursuivants sur l'eau ou en plongeant.

Un de perdu, pensa Nefer amèrement. Et, avant qu'il ait pu lancer son deuxième bâton, le vol de canards avait obliqué à travers le lagon, droit sur la barque de Mintaka. Ils continuaient de voler bas, contrairement à des sarcelles qui seraient montées en chandelle. Mais ils volaient très vite et leurs ailes en forme de lame sifflaient dans l'air.

Nefer avait tenu pour négligeable la concurrence de la chasseresse. A cette vitesse et à cette hauteur, les cibles ne pouvaient être atteintes que par un archer des plus experts. Deux flèches tirées successivement montèrent à la rencontre du vol disséminé de canards. Le bruit du double impact porta distinctement à travers le lagon. Deux oiseaux tombèrent, inertes, ailes relâchées et tête pendante, tués sur le coup en plein vol. Ils touchèrent l'eau dans un grand floc et flottèrent immobiles à la surface. Les nageurs les récupérèrent sans difficulté et les rapportèrent entre leurs dents jusqu'à la barque de Mintaka.

— Deux coups heureux, commenta Nefer.

— Deux canards malheureux, ajouta Taita en souriant à l'avant de la cange.

Le ciel était maintenant rempli d'oiseaux qui s'élevaient en nuées sombres tandis que les premiers rayons du soleil frappaient l'eau. Les vols étaient si denses que, de loin, on avait l'impression que les massifs de roseaux dégageaient des nuages de fumée.

Nefer avait ordonné qu'une vingtaine de galères légères et autant d'embarcations plus petites patrouillent sur tous les plans d'eau à une lieue à la ronde du temple d'Hathor et fassent s'envoler tous les oiseaux qui se posaient. Les multitudes ailées ne s'éclaircissaient jamais. Il y avait non seulement une douzaine d'espèces de canards et d'oies, mais aussi des ibis et des hérons, des aigrettes, des spatules blanches et des becs-ouverts. Haut dans le ciel ou au ras des cimes ondulantes des papyrus, ils tournoyaient en cohortes sombres ou filaient en formations en delta avec de rapides battements d'ailes, en gloussant, cacardant, gémissant, craquant ou criaillant.

De temps à autre, au milieu de cette cacophonie, s'élevaient des éclats de rire et des cris de joie, et les jeunes esclaves de Mintaka l'exhortaient à poursuivre ses efforts.

Son arc léger était parfaitement adapté à cette chasse. Elle le bandait rapidement sans user ses forces indûment. Elle n'utilisait pas les flèches à pointe émoussée traditionnelles, mais d'autres avec une pointe métallique aiguisée forgée spécialement pour elle par Grippa, le célèbre armurier. Elles traversaient l'épais plumage et atteignaient l'os. Sans qu'un mot fût échangé, elle avait compris que Nefer entendait faire de cette chasse un tournoi et elle prouvait que son sens de la compétition était tout aussi aigu que le sien.

Nefer avait été déconcerté par son premier échec et par l'adresse que montrait Mintaka dans le maniement de l'arc. Au lieu de se concentrer sur sa tâche, il était distrait par ce qui se passait dans l'autre cange. Chaque fois qu'il jetait un coup d'œil dans sa direction, il lui semblait que des oiseaux tombaient du ciel, ce qui ajoutait à son énervement. Il perdait son jugement et commençait à lancer ses bâtons trop tôt ou trop tard. Pour compenser, il forçait et lançait avec le bras au lieu de le faire avec tout le corps. Son bras droit se fatiguait rapidement et, d'instinct, il raccourcissait son mouvement et pliait le coude, au risque de se fouler le poignet.

D'ordinaire, il pouvait escompter faire mouche six coups sur dix, mais ce jour-là il en manquait plus de la moitié. Son dépit grandissait. Beaucoup des oiseaux qu'il touchait n'étaient qu'étourdis ou blessés, et ils échappaient à ses esclaves en plongeant sous la surface ou en s'enfuyant à la nage dans les épais massifs de papyrus et en restant immergés sous la couche de racines et de tiges. Les oiseaux morts s'entassaient au fond de son embarcation avec une lenteur désespérante alors que les cris de joie s'élevaient sans discontinuer de l'autre esquif.

Désespéré, Nefer remisa ses bâtons recourbés et prit son lourd arc de guerre, mais c'était trop tard. Son bras était presque épuisé par ses efforts précédents. Il bandait l'arc avec peine et tirait en arrière des oiseaux les plus rapides, en avant des plus lents. Taita le vit s'enfoncer de plus en plus dans le piège qu'il avait tendu lui-même. Une petite humiliation ne lui fera pas de mal, se dit-il.

Quelques conseils eussent suffi à corriger les erreurs de Nefer. Près d'un demi-siècle plus tôt, Taita avait établi les textes de référence, non seulement en matière de conduite des chars et de tactique, mais aussi de tir à l'arc. Pour une fois, sa sympathie n'était pas entièrement acquise à l'adolescent, et il souriait par-devers lui en le regardant manquer encore son coup pendant que

Mintaka abattait deux oiseaux dans le vol qui passait au-dessus de sa tête.

Son roi lui fit cependant pitié quand l'un des esclaves de Mintaka traversa le lagon à la nage et vint s'accrocher au côté de la cange de Nefer.

— Son Altesse royale la princesse Mintaka espère que le puissant Pharaon connaît des jours parfumés de jasmin et des nuits étoilées emplies par le chant du rossignol. Cependant, son bateau est sur le point de sombrer sous le poids de sa gibecière et elle a hâte de prendre le petit déjeuner que tu lui as promis.

Impertinence mal venue ! pensa Taita en voyant Nefer froncer les sourcils.

— Tu peux remercier le dieu des singes ou des sales cabots que tu vénères que je sois compatissant, esclave, sans quoi je te trancherais moi-même la tête et l'enverrais à ta maîtresse en réponse à cette plaisanterie.

Il était temps pour Taita d'intervenir diplomatiquement :

— Pharaon s'excuse pour son manque d'égards, mais la chasse l'amusait tant qu'il n'a pas vu le temps passer. Retourne dire à ta maîtresse que nous allons déjeuner dans un moment.

Nefer lui décocha un regard furieux mais rangea son arc et ne tenta pas de contrarier Taita. Poussées par les pagaies, les deux petites embarcations repartirent de conserve vers l'île, si bien qu'il était aisé de comparer les prises entassées dans le fond de chacune. Pas un mot de commentaire ne fut prononcé par les équipages, mais chacun avait conscience des résultats de la chasse du matin.

— Majesté, je dois te remercier pour cette matinée des plus divertissantes. Je ne me souviens pas de m'être jamais autant amusée, lança Mintaka à Nefer d'une voix aux intonations mélodieuses, avec un sourire angélique.

— Tu es trop bonne et indulgente, répondit Nefer, de marbre, avec un geste royal de rejet. J'ai trouvé la chasse médiocre.

Il se détourna à demi et fixa d'un air maussade les roseaux et le fleuve à l'horizon. Mintaka ne se formalisa nullement de cette rebuffade et se tourna vers ses esclaves.

— Chantons quelques couplets du *Singe et l'Ane* pour Pharaon.

L'une de ses servantes lui tendit le luth ; elle gratta quelques mesures puis entonna le premier couplet de cette comptine stupide. Les jeunes filles reprirent le refrain, ce qui déclencha des imitations d'animaux braillardes et une hilarité débridée.

Amusé, Nefer esquissa un sourire vite dissimulé. Il s'était drapé dans une dignité guindée à laquelle il ne pouvait renoncer aussi facilement. Taita voyait bien qu'il avait envie de se divertir lui aussi, mais une fois de plus il s'était pris à son propre piège.

Le premier amour est une joie sans mélange, pensa Taita avec une ironie empreinte de sympathie. Et, pour le plus grand plaisir de l'équipage féminin de l'autre esquif, il improvisa une nouvelle version du discours tenu à l'âne par le singe, plus drôle encore que tout ce qui avait précédé. Elles rirent de plus belle et applaudirent avec délectation. Nefer se sentait de plus en plus exclu et boudait ostensiblement.

Ils abordèrent l'île, toujours chantant. La berge était escarpée, et une boue noire et gluante recouvrait le sol. Les rameurs sautèrent par-dessus bord, dans la vase jusqu'aux genoux, et maintinrent l'esquif immobile pendant que les esclaves aidaient la princesse et ses servantes à débarquer sur la terre ferme.

La cange royale accosta à son tour et les esclaves s'apprêtèrent à faire de même avec Nefer. Il les écarta d'un geste impérieux. Il avait subi assez d'humiliations ce matin-là et n'était pas disposé à s'accrocher à deux esclaves à demi nus pour qu'ils le soutiennent. Il se tenait en équilibre avec aisance sur la traverse, et toute la compagnie le regardait avec respect, car il était splendide. Mintaka tentait de ne rien laisser paraître de son émotion, mais elle pensait que c'était le plus beau garçon qu'elle avait jamais vu, mince et délié, son corps d'adolescent commençant seulement à prendre les contours plus accusés de celui de l'adulte.

Il a l'étoffe des héros et des grands pharaons, pensa-t-elle dans un accès d'ardeur. Je regrette de l'avoir mis en colère. Ce n'était pas gentil et, Hathor m'en est témoin, je le ferai rire de nouveau avant la fin de ce jour.

Nefer s'élança pour franchir l'espace qui séparait la cange de la berge et atterrit à côté de Mintaka, aussi souplement qu'un jeune léopard sautant d'une branche d'acacia. Il marqua une pause, conscient d'être le point de mire de tous.

Un pan de la berge s'écroula alors sous ses pieds. Il battit des bras pour tenter de reprendre l'équilibre, puis bascula en arrière dans le marécage.

Tous le regardèrent avec horreur, consternés par le spectacle du roi d'Egypte assis jusqu'à la taille dans la vase noire et collante du Nil, l'air saisi.

Pendant un bon moment, nul ne bougea ni ne souffla mot. Puis Mintaka éclata de rire. Elle ne le voulait pas, mais c'en était trop. C'était un rire charmant et communicatif, et aucune de ses servantes n'y put résister. Elles furent prises d'une joyeuse hilarité, à laquelle se joignirent les chasseurs, les rameurs et même Taita, qui gloussait sans retenue.

L'espace d'un instant, Nefer parut sur le point de fondre en larmes, mais sa colère, si longtemps tenue en bride, éclata. Il prit brusquement une poignée de boue noire et la lança sur la princesse hilare. Son humiliation donnait de la force à son bras et son tir fut précis, alors que Mintaka, prise de fou rire, était incapable d'esquiver. Il l'atteignit en plein visage. D'un coup, elle fixa Nefer de ses yeux immenses à travers son masque noir dégoulinant.

C'était au tour de Nefer de s'esclaffer. Toujours assis dans la boue, il renversa la tête en arrière et se déchargea de sa frustration en partant d'un énorme éclat de rire moqueur. Quand Pharaon rit, tout le monde rit. Les cris de joie des esclaves, des rameurs et des chasseurs redoublèrent.

Mintaka se remit rapidement de sa surprise et, sans crier gare, se lança à l'attaque en sautant de la berge. Elle tomba sur Nefer de tout son poids.

Il pataugea sous l'eau, essayant de trouver un point d'appui sur le fond boueux. Le poids de Mintaka, qui avait passé ses bras autour de son cou, l'immobilisait. Il tenta de la repousser, mais, recouverte de boue, elle était vive et glissante comme une anguille. Dans un immense effort, il la souleva juste le temps de ressortir la tête et de prendre une brève inspiration, puis elle l'enfonça de nouveau. Il réussit à se placer sur elle mais il avait toutes les peines du monde à la tenir. Elle se tortillait et donnait des coups de pied avec une force surprenante. Sa tunique était remontée, découvrant ses jambes. Elle en passa une autour de sa taille et résista. Ils étaient maintenant face à face et il sentait la chaleur de son corps à travers la vase gluante.

Leurs visages maculés de boue n'étaient qu'à quelques

pouces l'un de l'autre, les cheveux de Mintaka lui tombaient sur les yeux et il fut stupéfait de voir qu'elle lui souriait sous son masque de boue. Il lui rendit son sourire, puis tous deux éclatèrent de rire. Mais aucun ne voulait s'avouer vaincu et ils continuèrent de lutter.

Nefer était torse nu et la tunique de Mintaka trempée et fine au point d'être quasi inexistante. Ses jambes enlaçaient toujours les siennes. Il baissa la main pour tenter de se libérer de leur étreinte tenace. Sa main tomba sur une fesse dure et ronde qui gigotait énergiquement.

Nefer se sentit envahi par une étrange et plaisante sensation, et ses efforts pour la maîtriser se relâchèrent. Il prenait plaisir à la tenir et à la laisser se débattre contre lui tout en jouissant de cette sensation extraordinaire et nouvelle.

Elle cessa brusquement de rire, ayant fait à son tour une grande découverte. Entre leurs bassins était apparue une protubérance qui n'existait pas quelques instants plus tôt. Elle était si volumineuse qu'elle ne pouvait pas ne pas la remarquer. Elle poussa ses hanches en avant pour en déterminer la nature ; chaque fois qu'elle le faisait, l'excroissance devenait plus grosse et dure. Elle n'avait jamais connu une chose pareille et, animée d'un esprit de découverte, répéta le mouvement.

Elle s'était à peine aperçue qu'il avait interrompu ses efforts violents pour se dégager et que son bras gauche enlaçait ses épaules. Il avait mis sa main droite sur son postérieur et, lorsqu'elle poussa de nouveau ses hanches en avant, il imita son mouvement et l'attira plus près. L'excroissance pointait contre son ventre comme l'eût fait un petit animal doué d'une vie propre.

Elle n'avait pas prévu la sensation qui la submergeait. Cette mystérieuse créature prit soudain une importance bien plus grande que tout ce dont elle avait rêvé jusque-là, une chaleur agréable et douce emplissait tout son corps. Sans intention consciente, elle baissa la main pour la saisir, la capturer comme un petit chat.

Puis, avec un choc au creux de l'estomac, elle se souvint des histoires extravagantes que ses servantes lui avaient racontées à propos de cette chose et de ce que les hommes faisaient avec elle. Plus d'une fois, elles la lui avaient décrite avec un luxe de détails. Jusque-là, elle n'avait vu en tout cela que pure invention, car leurs descriptions ne rappelaient en rien le petit appendice qui pendillait à cet endroit de l'anatomie de ses frères cadets.

Elle se remémorait en particulier ce que Saak, sa jeune esclave nubienne, lui avait dit : « Une fois que tu auras vu en colère ce dieu à un œil, tu ne perdras plus de temps à prier Hathor. »

Mintaka se rejeta en arrière et s'assit dans la boue en le regardant avec consternation. Nefer se dressa à son tour sur son séant avec peine et lui rendit son regard, l'air stupéfait. Tous deux haletaient comme s'ils avaient couru longtemps.

Sur la berge, les éclats de rire moururent peu à peu, les spectateurs ayant conscience que quelque chose de malséant s'était produit, et un silence gêné s'installa. Taita le rompit avec tact :

— Si elle prolonge son bain plus longtemps, Sa Majesté risque fort de servir de petit déjeuner à quelque crocodile de passage.

Nefer se leva d'un bond et pataugea jusqu'à Mintaka. Il la releva aussi délicatement que si elle avait été faite du verre le plus fragile.

Les servantes emmenèrent la princesse, ruisselante de vase et d'eau du Nil, sa chevelure maculée de boue et emmêlée pendant sur son visage et ses épaules, et cherchèrent un plan d'eau propre bien caché par les roseaux. Quand elle réapparut, un peu plus tard, elle avait été lavée de toute trace de vase. Ses servantes avaient apporté des vêtements de rechange et Mintaka resplendissait donc dans une *calasiris* immaculée brodée et ornée de perles, et il y avait des bracelets d'or à ses bras et une parure de turquoise et d'émaux à son cou. Ses cheveux, encore humides, étaient peignés et nattés avec soin.

Nefer se hâta à sa rencontre et la conduisit à un *kigelia* géant à l'ombre des branches duquel un petit déjeuner somptueux avait été servi. Au début, les deux jeunes gens se montrèrent timides et pleins de retenue, toujours sous le coup de cet éveil des sens qu'ils avaient partagé, mais leur naturel enjoué ne tarda pas à prendre le dessus. Ils se joignirent alors au badinage ambiant, mais leurs regards ne cessaient de se croiser et presque toutes leurs paroles étaient destinées à l'autre.

Mintaka adorait les énigmes et elle le défia à un concours de devinettes. Elle rendait à Nefer la tâche plus difficile en s'exprimant en langue hyksos.

— J'ai un œil et le nez pointu. Je transperce ma victime, mais ne verse pas le sang. Qui suis-je ?

— C'est facile ! s'écria Nefer, triomphant. Tu es une aiguille de couturière.

Mintaka leva les mains en signe de capitulation.

— Un gage ! s'écrièrent les servantes. Pharaon a trouvé. Un gage !

— Une chanson ! exigea Nefer. Mais pas celle du singe. On en a assez de lui pour aujourd'hui.

— Je vais interpréter *Le Chant du Nil*, dit-elle.

Quand elle eut fini, Nefer en demanda une autre.

— Seulement si tu chantes avec moi, majesté.

Il avait une voix énergique de ténor et, chaque fois qu'il chantait faux, elle couvrait son erreur et faisait apparaître sa voix plus belle qu'elle n'était.

Nefer avait naturellement apporté la planche et les fiches en pierre de son *bao*. Taita lui avait appris à aimer ce jeu et il y était devenu expert. Quand il en eut assez de chanter, il persuada Mintaka de faire une partie.

— Il te faudra être patient, je suis débutante, l'avertit-elle pendant qu'il disposait le jeu.

Le *bao* était un jeu égyptien et il était persuadé qu'il allait la battre.

— Ne t'inquiète pas, l'encouragea-t-il. Je t'aiderai.

Taita sourit parce que Mintaka et lui avaient trompé leur ennui pendant qu'ils soignaient son petit frère au palais de Bubastis en jouant plusieurs heures de suite au *bao*. Dix-huit coups plus tard, les pierres rouges de Mintaka dominaient le château ouest et menaçaient son centre.

— Ai-je joué comme il fallait ? demanda-t-elle d'une voix douce.

Nefer fut sauvé de la défaite par un appel lancé depuis la berge. Il leva les yeux pour voir une galère battant pavillon du régent arriver rapidement le long du chenal.

— Quel dommage ! Juste au moment où la partie commençait à devenir intéressante, dit-il en commençant à ranger prestement le jeu.

— Ne pouvons-nous pas nous cacher ? demanda Mintaka.

Mais Nefer secoua la tête.

— Ils nous ont vus.

Il s'était attendu à cette visite toute la matinée. Tôt ou tard, le régent devait entendre parler de cette sortie illicite et envoyer Asmor chercher le fugitif confié à sa garde.

La galère cogna doucement contre la berge au-dessous de l'endroit où ils pique-niquaient. Asmor sauta à terre et se dirigea à grands pas vers le petit groupe.

— Le régent est fort mécontent de ton absence. Il te prie de rentrer sur-le-champ au temple où t'appellent des affaires d'Etat.

— Et moi, seigneur Asmor, je suis fort mécontent de tes manières déplaisantes, rétorqua Nefer pour tenter de retrouver un peu de sa dignité. Je ne suis pas un palefrenier ni un domestique et nous ne t'avons pas entendu présenter tes respects à la princesse Mintaka.

Il n'en restait pas moins qu'il était traité comme un élève faisant l'école buissonnière. Il s'efforça cependant de faire bonne figure et invita Mintaka à rentrer sur le même esquif que lui pendant que ses servantes suivaient dans la deuxième embarcation.

Taita resta discrètement à l'avant, puisque c'était la première fois qu'ils avaient la possibilité d'avoir une conversation intime. Sans trop savoir ce qu'il devait attendre d'elle, Nefer fut surpris quand, au lieu de s'encombrer de raffinements et de politesses, elle se lança dans une discussion sur les chances de succès ou d'échec de la conférence de paix entre les deux camps. Elle ne tarda pas à l'impressionner par son sens aigu de la politique et la vigueur de ses conceptions.

— Si seulement on nous avait laissées, nous, les femmes, gouverner le monde, cette guerre stupide n'aurait jamais eu lieu, conclut-elle.

Il ne pouvait laisser passer cette affirmation. Ils discutèrent avec animation pendant tout le trajet, bien trop court au goût de Nefer. Quand ils abordèrent, il lui prit la main.

— J'aimerais te revoir, dit-il.

— Moi aussi, répondit-elle sans retirer sa main.

— Vite, insista-t-il.

— Assez vite.

Elle sourit et retira doucement sa main. Il ressentit un étrange sentiment de manque en la regardant s'éloigner vers le temple.

— Mon seigneur, tu étais présent à la séance de divination par le Labyrinthe d'Amon-Rê. Tu connais la lourde charge que les dieux ont placée sur mes épaules. Tu sais bien que je ne peux passer outre aux désirs qu'ils ont exprimés et que je te suis donc tout dévoué. J'avais de bonnes raisons d'assister le jeune pharaon dans ce qui n'était, après tout, qu'une innocente escapade.

Il n'était pas facile de calmer Naja. Il était encore furieux que Nefer ait faussé compagnie à Asmor pour passer la matinée dans les marais en compagnie de la princesse hyksos.

— Comment puis-je te croire alors que tu as aidé Nefer ? Non ! C'est toi qui as été l'instigateur de cette sottise.

— Seigneur régent, tu dois comprendre combien il est essentiel à notre entreprise que je conserve l'entière confiance du jeune pharaon. Si je lui donne l'impression de mépriser ton autorité et tes ordres, il croira que je reste sa créature. Cela rendra plus aisée la lourde mission que m'ont confiée les dieux par le truchement du Labyrinthe.

Taita répondit avec diplomatie à toutes les accusations du régent jusqu'à ce que celui-ci cesse de fulminer et se contente de bougonner.

— Cela ne doit plus se reproduire, mage. Il va de soi

que je te crois loyal. Tu serais fou d'enfreindre les restrictions expressément imposées par les dieux. Cependant, dans l'avenir, chaque fois que Nefer quittera ses appartements, il devra être accompagné d'Asmor et d'une escorte. Je ne puis courir le risque de le voir disparaître.

— Mon seigneur, où en sont les négociations avec le Prince Pasteur ? Y a-t-il quoi que ce soit que je puisse faire pour t'aider à en assurer le succès ? demanda Taita, changeant adroitement de sujet.

— Apepi ne va pas bien. Il a eu ce matin une quinte de toux si violente qu'il a craché le sang et a dû quitter la réunion. Bien qu'il soit incapable d'assister lui-même aux négociations, il ne laissera personne d'autre parler à sa place, pas même Seigneur Trok, qui d'ordinaire jouit de sa confiance. Les dieux seuls savent quand le gros ours reprendra la conférence. Il se peut que nous perdions plusieurs jours, voire plusieurs semaines.

— De quoi souffre-t-il ? s'enquit Taita.

— Je l'ignore...

Naja s'interrompit brusquement, une idée lui étant venue.

— Mais pourquoi n'y ai-je pas pensé plus tôt ? Avec ton savoir-faire, tu vas pouvoir le guérir, quel que soit son mal. Va le voir immédiatement, mage, et fais de ton mieux.

Taita n'était pas encore arrivé aux appartements royaux qu'il entendait déjà Apepi à travers la cour. On eût dit un lion pris au piège et les rugissements devinrent encore plus forts quand Taita entra dans la chambre. En passant, il faillit être renversé par trois prêtres d'Osiris qui, pris de terreur, fuyaient le roi hyksos, et une lourde coupe en bronze lancée par Apepi heurta la chambranle avec fracas. Il était assis tout nu dans un fouillis de fourrures et de draps emmêlés au milieu de la pièce.

— Où étais-tu passé, mage ? rugit-il en voyant Taita. J'ai envoyé Trok te chercher dès avant l'aube. Pourquoi n'arrives-tu qu'en milieu d'après-midi pour me tirer des griffes de ces maudits prêtres, avec leurs poisons puants et leurs cautères brûlants ?

— Je n'ai pas vu Trok, expliqua Taita, mais je suis venu dès que Naja m'a fait part de ton indisposition.

— Indisposition ? Je ne suis pas indisposé, mage. J'ai déjà un pied dans la tombe.

— Voyons ce qu'il est possible de faire pour te sauver.

Apepi roula sur son ventre velu et Taita vit la monstrueuse grosseur violette sur son dos. Elle était de la taille de ses deux poings. Quand il la toucha légèrement du bout du doigt, Apepi brailla et fondit en sueur.

— Doucement, Taita. Tu es aussi mauvais que tous les prêtres d'Egypte réunis.

— Comment cela t'est-il venu ? demanda Taita en se reculant. Quels ont été les symptômes ?

— Cela a commencé par une douleur sourde dans la poitrine, répondit Apepi en montrant l'endroit. Puis j'ai commencé à tousser et la douleur est devenue plus aiguë. J'ai senti quelque chose bouger par ici et la douleur a paru se déplacer dans le dos. Cette grosseur est alors apparue, précisa-t-il en touchant l'enflure par-dessus son épaule et en grognant de nouveau.

Avant d'aller plus loin, Taita lui administra une potion à base de *schepen* rouge, la fleur qui fait dormir. Le breuvage aurait terrassé un bébé éléphant, mais, si Apepi s'était mis à loucher et avait du mal à articuler, il restait lucide. Taita palpa encore la grosseur, le roi grogna mais n'émit pas d'autre protestation.

— Un corps étranger est logé dans les profondeurs de ta chair, mon seigneur, déclara-t-il enfin.

— Cela ne me surprend guère, mage. Des hommes malveillants, égyptiens pour la plupart, m'en plongent dans le corps depuis que j'ai sucé pour la dernière fois les mamelles de ma nourrice.

— J'aurais pensé à une pointe de flèche ou à une lame, mais je ne vois aucune blessure, songea tout haut Taita.

— Ouvre tes yeux, l'ami, j'en suis couvert.

La carcasse velue du roi était en effet cousue de cicatrices.

— Je vais inciser pour tenter de la trouver, avertit Taita.

— Vas-y, mage, et cesse de jacasser, fit Apepi d'une voix rageuse.

Pendant que Taita choisissait un scalpel de bronze dans son coffret, Apepi ramassait par terre son lourd ceinturon de cuir et le pliait en deux. Puis il le plaça entre ses dents et se prépara à affronter l'épreuve.

— Venez ici ! lança Taita aux gardes restés à la porte. Venez tenir le roi.

— Sortez d'ici, imbéciles ! s'opposa Apepi. Je n'ai besoin de personne pour me maintenir immobile.

Taita vint à son côté, calcula l'angle et la profondeur de l'incision, qu'il pratiqua d'un geste rapide. Apepi laissa échappa un beuglement étouffé entre ses dents serrées sur le cuir, mais ne bougea pas. Taita se recula pour esquiver le flot de sang sombre et d'épais pus jaunâtre qui jaillissait de la plaie. Une puanteur à faire vomir envahit la pièce. Taita reposa le scalpel et plongea l'index dans les profondeurs de l'ouverture. Le sang bouillonnait autour de son doigt, mais il sentit quelque chose de dur et pointu au fond de l'incision. Il prit le forceps d'ivoire qu'il gardait à portée de la main et sonda la plaie jusqu'au moment où il sentit l'extrémité de l'instrument heurter un objet.

Apepi s'était arrêté de crier et restait étendu immobile, à l'exception d'un tremblement involontaire des muscles de son dos. Il respirait en reniflant comme un porc. A la troisième tentative, Taita saisit l'objet entre les mâchoires du forceps et tira dessus jusqu'à ce qu'il sorte de la plaie dans un jaillissement de pus. Taita le leva à la lumière qui tombait de la fenêtre.

— Une pointe de flèche, annonça-t-il. Et voilà longtemps qu'elle est là. Je suis étonné que la plaie ne se soit pas nécrosée.

Apepi cracha sa ceinture et se dressa sur son séant, secoué de rire.

— Par les testicules poilus de Seueth, je reconnais cette petite babiole. L'une de vos brutes me l'a collée dans la carcasse il y a une dizaine d'années à Abnub. Mes chirurgiens ont dit qu'elle était si près du cœur qu'ils ne pouvaient l'atteindre. Ils l'y ont laissée et, depuis, je l'ai gardée en gestation.

Il prit le triangle de silex taillé des doigts ensanglantés de Taita et le regarda, rayonnant, avec la fierté d'un propriétaire.

— J'ai l'impression d'être une mère avec son premier-né. Je vais le porter autour du cou sur une chaîne d'or comme une amulette. Tu pourras exercer sur lui un sortilège pour qu'il me protège d'autres projectiles. Qu'en penses-tu, mage ?

— Je suis certain que ce sera extrêmement efficace, mon seigneur.

Taita s'emplit la bouche de vin chaud au miel qu'il avait préparé dans une coupe et l'injecta profondément dans la plaie après s'être servi d'un tube de cuivre pour aspirer le pus et le sang.

— Que de bon vin gaspillé, dit Apepi qui prit la coupe à deux mains et en vida jusqu'à la lie le reste du contenu avant de la jeter contre le mur et de roter. Maintenant, mage, pour te récompenser de tes services, je vais te raconter une histoire amusante, qui nous ramène à notre dernière conversation en haut de la tour de Bubastis.

— J'écoute avec la plus grande attention chaque parole de ta seigneurie.

Taita se pencha sur lui et entreprit de panser la plaie béante avec des bandes de lin en murmurant l'incantation appropriée :

Je te panse, œuvre de Seth.
Je ferme ta bouche rouge, œuvre du mal suprême.

Apepi le coupa rudement :

— Trok m'a offert un lakh d'or pour la main de Mintaka.

Les mains de Taita s'immobilisèrent, le bandage à moitié enroulé autour du torse d'Apepi.

— Qu'as-tu répondu, majesté ? demanda-t-il.

Il était tellement bouleversé par ce fait nouveau, imprévu et funeste, que le titre royal lui avait échappé.

— Je lui ai dit que la main de Mintaka valait cinq lakhs, répondit Apepi en souriant. Ce cochon bave tellement devant ma petite oie blanche que sa flûte dressée entre ses deux yeux l'aveugle, mais malgré tout le butin qu'il m'a volé au fil des ans il ne pourra jamais réunir cinq lakhs. Ne t'inquiète pas, mage, Mintaka est trop précieuse pour être donnée à quelqu'un comme Trok – ce serait du gaspillage –, alors que je peux me servir d'elle pour enchaîner ton petit pharaon à mon royaume.

Il se leva et, comme un vieux coq passe la tête sous son aile, tenta de regarder son dos bandé par-dessous son épais bras musclé.

— Tu m'as transformé en momie avant l'heure, fit-il en riant, mais c'est du beau travail. Va dire à ton régent que je suis prêt à courir le risque de m'empoisonner avec une autre bouffée de son parfum et que je le rencontrerai de nouveau dans la salle de conférences dans une heure.

Le succès de Taita et le message d'Apepi avaient calmé Naja. Tous les soupçons qu'il pouvait avoir éprouvés à propos de la déloyauté de Taita étaient dissipés. Je tiens ce vieux gredin d'Apepi, se réjouissait-il avec malveillance. Il est sur le point de faire plus de concessions qu'il ne l'imagine. C'est pourquoi j'étais furieux quand il a interrompu la conférence pour s'aliter. Naja était si content de lui qu'il ne pouvait rester assis. Il se leva d'un bond et fit les cent pas.

— Comment est-il, mage ? Lui as-tu donné une potion de nature à lui embrumer l'esprit ?

— Je lui en ai fait avaler une dose à assommer un bœuf.

Naja alla à son coffret à cosmétiques, s'aspergea la main avec le parfum contenu dans une fiole verte et la passa sur sa nuque.

— Je vais en tirer le meilleur parti, déclara-t-il en se dirigeant vers la porte.

Puis il lança par-dessus son épaule :

— Viens avec moi. Il se pourrait que j'aie recours à tes pouvoirs avant d'en avoir fini avec Apepi.

Amener Apepi à conclure le traité ne fut pas aussi facile que Naja l'avait espéré. Il ne semblait ressentir les effets ni de son opération ni de la potion et était encore en train de tempêter, crier et taper du poing sur la table bien après que la sentinelle postée sur les murs du temple eut annoncé minuit. Aucun des compromis proposés par Naja ne lui paraissait suffisant et, à la fin, même Taita était épuisé par son intransigeance. Naja ajourna la conférence et alla se coucher en titubant au chant du coq.

Le lendemain, quand ils se rencontrèrent de nouveau vers midi, Apepi n'était pas davantage disposé à entendre raison et, si tant est que ce fût possible, les négociations furent encore plus orageuses. Taita usa de toute son influence pour le calmer, mais Apepi ne se laissait fléchir que très lentement. Ce n'est que le cinquième jour que les scribes purent commencer à coucher par écrit les termes du traité, traduits de l'hyksos en égyptien en écriture hiératique sur le papyrus, aussi bien qu'en hiéroglyphes sur la pierre. Ils travaillèrent tard dans la nuit.

Jusque-là, Naja avait exclu Pharaon Nefer Seti de la conférence. Il l'avait occupé à des tâches sans importance, dont les leçons données par ses précepteurs, à la pratique des armes, à des entrevues avec des ambassadeurs et des délégations de marchands et de prêtres, qui tous cherchaient à obtenir des concessions ou des dons. Nefer avait fini par se rebeller et Naja l'avait envoyé chasser avec les fils cadets d'Apepi. Leurs rencontres ne furent pas des plus amicales. La première se termina par une violente dispute à propos de la répartition du gibier, qui faillit conduire à un échange de coups.

Le deuxième jour, sur la suggestion de Taita, la princesse Mintaka se joignit à la partie de chasse au faucon pour jouer le rôle de conciliatrice entre les deux factions. Même ses frères aînés lui témoignaient un grand respect et s'en remettaient à sa volonté alors qu'en d'autres circonstances ils auraient tiré leurs armes et fait un mauvais parti à l'équipe égyptienne. De même, quand Mintaka se tenait au côté de Nefer sur son char de guerre, ses instincts belliqueux s'émoussaient. Il ne faisait plus grand cas de l'attitude menaçante et fanfaronne de ses rustres de frères, et appréciait son esprit et son érudition, sans parler de sa présence physique. Dans la caisse exiguë du char, ils étaient souvent projetés l'un contre l'autre quand ils rebondissaient sur le sol rocailleux à la poursuite d'un troupeau de gazelles. Alors, Mintaka se cramponnait à lui et continuait de le tenir même quand le danger immédiat était passé.

Lorsque Nefer revint au temple après la première sortie, il envoya chercher Taita sous prétexte de lui raconter la partie de chasse, mais il resta vague et distrait. Même quand Taita l'interrogeait sur la performance de son faucon favori, Nefer ne montrait guère d'enthousiasme. Puis il remarqua d'un air rêveur :

— Tu ne trouves pas extraordinaire, Taita, que les filles soient aussi douces et pleines de chaleur ?

Le matin du sixième jour, les scribes avaient achevé leur travail et les quinze tablettes du traité étaient prêtes à être ratifiées. Naja manda Pharaon pour participer à la cérémonie. Tous les enfants d'Apepi, y compris Mintaka, devaient aussi être présents.

Une fois encore, le propylée du temple était envahi par une assemblée de membres des familles royales et de nobles quand, d'une voix de stentor, le héraut commença à lire le texte du traité. Absorbé, Nefer l'écoutait attentivement. Mintaka et lui en avaient discuté en détail pendant les journées passées ensemble et ils échangeaient des regards significatifs quand ils croyaient déceler quelque erreur ou omission. Cependant, il n'y en avait pas beaucoup et Nefer était certain que de nombreux passages du long document avaient été plus ou moins inspirés par Taita.

Le moment arriva enfin d'apposer les sceaux. Annoncé par une série de sonneries de cornes de bélier, Nefer pressa son cartouche dans l'argile humide et Apepi fit de même. Cela contraria Nefer de voir que le roi hyksos avait usurpé la prérogative pharaonique en adoptant le cartouche sacré.

Sous le regard de Naja, qui arborait une expression énigmatique, les deux cosouverains se donnèrent l'accolade. Apepi enveloppa la mince silhouette de Nefer dans une étreinte digne d'un ours et l'assemblée les acclama : « *Bak-her ! Bak-her !* » Les hommes raclèrent leurs armes contre leurs boucliers ou tapèrent sur les dalles de pierre avec leurs javelines ou leurs lances.

Nefer faillit s'évanouir en sentant la forte odeur dégagée par le corps d'Apepi. L'hygiène comptait parmi les mœurs égyptiennes que les Hyksos n'avaient pas adoptées. Nefer se consolait en songeant que si lui trouvait l'odeur répugnante Naja allait avoir un sacré choc quand le roi lui témoignerait son affection. Il se dégagea doucement des bras de son copharaon, mais Apepi, rayonnant, posa sur lui un regard paternel et mit sa main velue sur son épaule. Puis il se tourna face à la foule et déclara :

— Citoyens de ce puissant pays à nouveau uni, je fais le vœu d'accomplir mon devoir et de vous tenir en affection. En gage de cette promesse, je donne la main de ma fille, la princesse Mintaka, à Pharaon Nefer Seti, qui partage avec moi la double couronne de Haute et Basse-Egypte, qui sera mon fils et dont les enfants seront mes petits-enfants !

Un long silence tomba sur le propylée pendant que

l'assistance digérait cette annonce saisissante. Puis elle se mit à pousser des acclamations encore plus enthousiastes tandis que les coups frappés sur les armes et le martèlement de pieds chaussés de fortes sandales devenaient assourdissants.

Chez tout autre mortel, l'expression de Nefer eût été qualifiée de sourire stupide. Il avait les yeux fixés sur Mintaka de l'autre côté de la cour. Elle était paralysée, une main sur sa bouche comme pour s'empêcher de crier, et elle regardait son père, les yeux agrandis par l'étonnement. Une rougeur envahit peu à peu son visage et elle tourna timidement la tête pour croiser le regard de Nefer. Ils se fixèrent comme s'ils avaient été seuls au monde.

Assis au pied du trône de Pharaon, Taita observait la scène. Apepi avait parfaitement choisi son moment. Personne – ni Naja, ni Trok, ni qui que ce fût – ne pouvait désormais empêcher le mariage.

Taita n'était pas loin du trône du régent. Sous son épais maquillage, Naja était en proie à une profonde consternation et parfaitement conscient de la situation fâcheuse dans laquelle il se trouvait. Si Nefer épousait la princesse, il devenait pour lui hors d'atteinte. Il voyait la double couronne lui échapper. Naja avait dû sentir que Taita le fixait car il regarda dans sa direction. L'espace d'un instant, le mage lut dans son âme, et c'était comme s'il avait regardé au fond d'un puits asséché rempli de cobras, ces serpents dont le régent portait le nom. Puis Naja voila ses féroces yeux jaunes, sourit avec froideur et eut un hochement de tête d'approbation. Mais Taita savait qu'il réfléchissait. Ses pensées s'enchaînaient cependant si rapidement et de manière si complexe qu'il ne parvint pas à les suivre.

Taita tourna la tête et chercha du regard la silhouette

massive de Seigneur Trok dans les rangs hyksos. Contrairement au régent, Trok ne tentait nullement de dissimuler ses sentiments. Il était dans une rage noire. Sa barbe semblait se hérisser et il avait le visage injecté de sang. Il ouvrit la bouche comme pour lancer une injure ou protester, puis la referma et posa la main sur la garde de son glaive. Sous la pression, ses articulations blanchirent et Taita crut un instant qu'il était sur le point de tirer son arme et de se précipiter sur Nefer. Avec un terrible effort, il reprit son sang-froid, lissa sa barbe, tourna brusquement les talons et se fraya un chemin vers la sortie. L'agitation était telle que presque personne ne remarqua son départ. Seul Apepi le regardait avec un sourire cynique.

Quand Trok eut disparu entre les hautes colonnes de granit du temple d'Hathor, Apepi retira sa main de l'épaule de Nefer et se dirigea vers le trône de Naja. Il souleva sans difficulté le régent de ses coussins, l'étreignit avec encore plus de vigueur que Pharaon et lui chuchota à l'oreille :

— Terminés, tes petits tours à l'égyptienne, ma fleur parfumée, sinon il t'en cuira.

Il laissa retomber Naja sur ses coussins, puis s'assit sur le trône placé à côté du sien. Naja blêmit et renifla un linge trempé dans du parfum pour rassembler ses esprits. Des vagues d'applaudissements parcouraient le propylée. Quand ils faiblissaient, Apepi tapait de son énorme poing sur l'accoudoir de son trône pour réveiller les enthousiasmes, et les acclamations fusaient de nouveau. Cela l'amusait beaucoup et il ranima les ardeurs de l'assistance jusqu'à ce qu'elle soit épuisée.

Coiffé de la couronne *deshret* de Basse-Egypte, il était la figure dominante. A côté de lui, bien que revêtu de l'autorité conférée par la couronne *hedjet*, Nefer n'était qu'un adolescent. Après une dernière salve d'applaudissements, Naja se leva. Le silence se fit enfin, au grand soulagement de l'assistance.

— Faites avancer la vierge sacrée !

Conduite en procession par ses acolytes, la grande prêtresse du temple sortit de derrière le jubé et se dirigea vers les deux trônes. Devant elle, deux prêtresses portaient les pschents du double royaume. Tandis que le chœur chantait les louanges de la déesse, la vénérable vieille femme retira les couronnes simples de la tête des cosouverains et les remplaça par les couronnes doubles, acte qui symbolisait la réunification de l'Egypte. Puis, de sa voix chevrotante, elle donna sa bénédiction aux deux pharaons et au pays nouveau avant de se retirer dans les profondeurs du temple. Il y eut un court moment d'indécision, car c'était la première fois dans la longue histoire de l'Egypte qu'avait lieu une cérémonie de réunification, et il n'y avait pas de protocole établi pour la suite.

Naja saisit habilement l'occasion. Il se leva de nouveau et vint se placer devant Apepi.

— En ce propice jour de liesse, nous nous réjouissons non seulement de la réunion des deux royaumes, mais aussi des fiançailles de Pharaon Nefer Seti et de la belle princesse Mintaka. Qu'il soit donc annoncé dans les deux royaumes que le mariage aura lieu dans ce temple le jour où Pharaon Nefer Seti célébrera sa majorité ou remplira l'une des conditions nécessaires à légitimer sa prétention à la couronne et régnera par lui-même, sans régent pour le protéger et le conseiller.

Apepi fronça les sourcils et Nefer eut un petit geste de consternation, mais c'était trop tard. L'annonce avait été faite en assemblée plénière et, en tant que régent, Naja parlait avec l'autorité des deux têtes couronnées. A moins que Nefer ne capture son propre oiseau-dieu ou ne réussisse à parcourir la Route Rouge, ratifiant ainsi sa prétention au trône, Naja empêchait effectivement que le mariage soit célébré avant plusieurs années.

C'est un coup de maître, pensa amèrement Taita. Il admirait le sens politique qui l'avait inspiré. Par sa présence d'esprit et l'opportunité de son intervention, Naja avait évité le désastre. Profitant du désarroi de ses adversaires, il poussa son avantage :

— Dans l'ordre des heureux événements, j'invite les pharaons Apepi et Nefer Seti à célébrer mon mariage avec les princesses Heseret et Merykara. Cette joyeuse cérémonie aura lieu dans dix jours, le premier de la fête d'Isis Ascendante, au temple d'Isis de Thèbes.

Dans dix jours, Seigneur Naja va donc entrer dans la famille royale tamosienne et il se placera immédiatement après Pharaon Nefer Seti dans l'ordre successoral, pensa sombrement Taita. Nous savons maintenant, sans l'ombre d'un doute, qui était le cobra dans le nid du faucon royal sur les falaises de Bir Oum Masara.

Aux termes du traité d'Hathor, Avaris restait le siège du gouvernement d'Apepi, et Thèbes celui de Nefer. Chacun devait diriger son ancien royaume, mais au nom du duumvirat. Deux fois l'an, au début et à la fin de la crue du Nil, les deux rois devaient tenir des assises royales à Memphis, au cours desquelles toutes les questions afférentes aux deux royaumes devaient être traitées, les nouvelles lois promulguées et les appels légaux pris en considération.

Cependant, avant que les deux pharaons ne se séparent pour rejoindre leurs capitales respectives, Apepi et sa suite devaient remonter de conserve le fleuve jusqu'à Thèbes avec la flotte de Nefer Seti afin d'assister au double mariage de Seigneur Naja.

L'embarquement simultané des deux suites royales se fit de manière chaotique sur le quai au-dessous du temple et dura presque toute la matinée. Taita se mêla à la foule de rameurs et de débardeurs, d'esclaves et de passagers importants. Il était stupéfié par les montagnes de bagages et de matériel entassées sur la plage en attendant d'être chargées sur les allèges, les felouques et les galères. Au lieu de suivre la longue et difficile route de retour le long du fleuve, les régiments de Thèbes et d'Avaris avaient démonté leurs chars et les embarquaient avec les chevaux sur les allèges. Cela contribuait grandement à la confusion qui régnait sur la berge.

Pour une fois, Taita n'était pas le centre d'attraction, chacun étant complètement absorbé par sa tâche. De temps à autre, quelqu'un levait les yeux de son travail, le reconnaissait et lui demandait sa bénédiction, ou bien une femme lui amenait un enfant malade à soigner. Il lui était cependant possible de se frayer peu à peu son chemin le long de la plage en recherchant, mine de rien, les chars et le matériel du régiment de Trok. Il les identifia à leurs pennons vert et rouge et, en approchant, repéra la silhouette reconnaissable entre mille de Seigneur Trok parmi ses hommes. Taita se faufila plus près et le vit debout sur un tas de matériel et d'armes, haranguant son porteur de lance :

— Espèce de babouin sans cervelle, comment as-tu emballé mon fourniment ? Mon meilleur arc, là au milieu, sans aucune protection ! C'est sûr qu'un balourd va passer dessus avec ses chevaux !

Son humeur de la veille ne s'était pas améliorée et il s'éloigna du quai à pas lourds en donnant du fouet à tous les infortunés qui se trouvaient sur son passage. Il s'arrêta pour dire quelques mots à un autre de ses sergents puis remonta le chemin du temple.

Dès qu'il eut disparu, Taita s'approcha du porteur de lance. En pagne et sandales, le soldat se baissa pour ramasser l'une des caisses de matériel de Trok et la porta en chancelant jusqu'à l'allège. Taita vit les éruptions circulaires caractéristiques au bas de son dos nu. Le porteur de lance tendit la caisse à un rameur sur le pont du navire et revint. Pour la première fois, il remarqua Taita et porta son poing à la poitrine en signe de respect.

— Viens ici, soldat, lui lança le mage. Depuis combien de temps as-tu ces rougeurs dans le dos ?

Le gaillard passa instinctivement le bras entre ses omoplates et se gratta avec tant de vigueur qu'il se mit à saigner.

— J'ai ces maudites démangeaisons depuis Abnub. Je crois que c'est un cadeau d'une de ces garces d'Egyptiennes...

Il s'interrompit, l'air coupable. Taita savait qu'il parlait d'une femme qu'il avait violée pendant la prise de la ville.

— Pardon, mage, nous sommes maintenant alliés et compatriotes.

— C'est la raison pour laquelle je vais te soigner, soldat. Va au temple, demande un pot de saindoux aux cuisines et apporte-le-moi. Je vais te préparer un onguent.

Taita s'assit sur le tas de matériel, et le porteur de lance partit à la hâte le long de la plage. Parmi les bagages, il y avait trois arcs de guerre. Trok s'était montré injuste dans ses accusations, car les cordes des arcs avaient été défaites et tous étaient soigneusement enveloppés dans du cuir.

Taita était assis sur des caisses empilées. Ce n'était pas par hasard, car il avait vu que celle du haut portait le sceau de Grippa, l'armurier d'Avaris qui avait fabriqué les flèches de tous les officiers hyksos. Il tira une petite dague de dessous sa robe, coupa la corde qui maintenait le couvercle et souleva celui-ci. Une couche de paille protégeait les flèches, rangées tête-bêche, pointe de silex contre empennage rouge et vert vif. Taita en prit une et la retourna entre ses doigts.

Le sceau sculpté dans la hampe lui sauta aux yeux : une tête de léopard stylisée, la lettre hiératique T entre les mâchoires. La flèche était identique à celles qu'il avait trouvées dans le carquois dissimulé sur le lieu du meurtre de Pharaon. C'était le fil manquant au tissu de la trahison. Naja et Trok étaient inextricablement mêlés au sanglant complot, dont il ne pouvait encore que deviner la forme d'ensemble.

Taita glissa la flèche compromettante sous les plis de sa robe et referma le couvercle de la caisse. Il renoua prestement la corde et attendit le retour du porteur de lance.

Le vieux soldat témoigna une reconnaissance volubile à Taita pour ses soins, puis sollicita une autre faveur :

— Un de mes amis a attrapé le mal égyptien. Que doit-il faire pour se guérir, magicien ?

Cela amusait toujours Taita d'entendre les Hyksos appeler la maladie le mal égyptien, et les Egyptiens leur renvoyer le compliment. Il semblait en outre que c'était toujours « un ami » qui contractait la maladie.

Les noces de Seigneur Naja et des deux princesses tamosiennes et le banquet furent les plus somptueux jamais célébrés. Selon Taita, ils avaient dépassé de loin en magnificence ceux de Pharaon Tamose ou de son père Mamose, tous deux divins fils de Rê.

Seigneur Naja offrit cinq cents têtes de bœufs de premier choix, deux allèges de millet tiré des greniers de l'Etat et cinq mille grands pots d'argile de la meilleure bière aux citoyens de Thèbes. Le banquet dura une semaine, mais même les bouches affamées de Thèbes ne purent dévorer de telles quantités de nourriture en un si court laps de temps. Les restes de millet et de viande, que l'on conserva fumée, nourrirent la ville pendant des mois. Il en alla autrement pour la bière : ils la burent dans la semaine.

Le mariage fut célébré au temple d'Isis devant les deux pharaons, six cents prêtres et quatre mille invités. En entrant dans le temple, chaque invité reçut en cadeau commémoratif un bijou d'ivoire, de corail, d'améthyste ou de quelque autre pierre précieuse, avec son nom gravé entre ceux du régent et de ses épouses.

Les deux jeunes mariées vinrent à la rencontre de leur futur époux sur un char tiré par des bœufs blancs sacrés à bosse et conduit par des Nubiens nus. La route était jonchée de feuilles de palmier et de fleurs. D'un autre char, qui précédait celui des jeunes filles, on lançait des anneaux d'argent et de cuivre aux foules en délire alignées le long du chemin. Leur enthousiasme était dans une large mesure excité par la bière distribuée avec largesse par Seigneur Naja.

Les deux jeunes filles étaient vêtues de lin d'une blancheur immaculée et fin comme de la gaze. Merykara était presque immobilisée par l'or et les bijoux qui couvraient son jeune corps. Ses larmes avaient coulé sur son maquillage de khôl et d'antimoine. Heseret la tenait par la main pour tenter de la consoler.

Elles furent accueillies au temple par les deux pharaons. Quand il la conduisit dans la nef du temple, Nefer murmura à Merykara :

— Ne pleure pas, chaton. Personne ne te fera de mal. Tu seras de retour dans ta chambre à l'heure du coucher.

Pour montrer son opposition au mariage de ses sœurs, Nefer avait essayé de se soustraire à l'obligation de conduire sa petite sœur à l'intérieur du sanctuaire, mais Taita l'avait raisonné :

« En dépit de nos efforts, nous ne pouvons empêcher ce mariage. Naja y est fermement décidé. Il serait cruel de ta part de ne pas être là pour la réconforter au cours de l'épisode le plus terrible de sa courte vie. »

Nefer s'était laissé fléchir à contrecœur.

Juste derrière eux, Apepi conduisait Heseret. Elle était aussi belle qu'une nymphe du paradis dans sa *calasiris* blanche comme neige, avec ses bijoux étincelants. Cela faisait plusieurs mois qu'elle avait accepté le destin que lui réservaient les dieux ; la consternation et l'horreur avaient fait place à de la curiosité et à une impatience inavouée. Seigneur Naja était un homme superbe ; les servantes et les camarades de jeu d'Heseret parlaient de lui à n'en plus finir. Elles attiraient l'attention sur ses mérites les plus évidents et spéculaient avec des détails salaces, en riant à en perdre haleine, sur ses attributs cachés.

Effet possible de ces badinages, Heseret avait fait depuis peu des rêves bizarres. Dans l'un d'eux, elle courait nue à travers un jardin luxuriant sur la berge du fleuve et le régent la poursuivait. Quand elle jeta un coup d'œil vers lui, elle vit qu'il était nu lui aussi, mais qu'il n'avait forme humaine que jusqu'à la taille. Au-dessous, il avait l'apparence d'un cheval, semblable à Victorieux, l'étalon favori de Nefer. Quand il était avec les juments, elle avait souvent vu Victorieux dans le même état que celui où se trouvait alors le régent et, chaque fois, elle avait été étrangement remuée par cette vision. Cependant, au moment précis où le régent la rattrapait et tendait sa main couverte de bagues pour la saisir, le rêve avait brusquement pris fin et elle s'était retrouvée assise sur sa couche. Sans se rendre compte de ce qu'elle faisait, elle s'était touché le bas-ventre. Quand elle les avait retirés, ses doigts étaient tout mouillés. Elle était si troublée qu'elle n'avait pas pu se rendormir et, malgré ses efforts, reprendre le fil de son rêve. Elle voulait connaître l'issue de cette expérience captivante. Le lendemain matin, elle se sentit agitée et irritable, et se déchargea de sa mauvaise humeur sur son entourage. A partir de ce moment, Meren, son béguin d'adolescente, cessa de l'intéresser. De toute façon, elle ne le voyait plus guère ces temps-ci : depuis la mort de son grand-père, tué par Naja, sa fortune avait été confisquée et sa famille était tombée en disgrâce. Elle s'était rendu compte que c'était un garçon impécunieux, un simple soldat sans faveur ni perspective d'avenir. Seigneur Naja, lui, était d'un rang presque égal au sien et sa fortune dépassait de beaucoup la sienne.

Tandis qu'Apepi la menait le long de l'interminable galerie hypostyle du temple conduisant au sanctuaire, elle gardait une attitude modeste et chaste. Seigneur Naja les attendait là et, bien qu'il fût entouré de courtisans et d'officiers magnifiquement vêtus, Heseret n'avait d'yeux que pour lui.

Il portait une coiffe en plumes d'autruche à l'imitation du dieu Osiris et, par la taille, dépassait largement Asmor et Seigneur Trok, qui le flanquaient. A mesure qu'elle s'approchait de lui, son parfum vint aux narines d'Heseret. C'était un mélange d'essences de fleurs d'un pays au-delà de l'Indus et d'ambre gris, qu'on ne trouve, et très rarement, qu'au bord de la mer, un don des dieux des profondeurs de l'océan. La fragrance l'excita, elle prit sans hésitation la main que lui offrait Naja et leva le regard vers ses fascinants yeux jaunes.

Lorsque le régent offrit son autre main à Merykara, celle-ci éclata en sanglots, et Nefer ne put la réconforter. Durant la longue cérémonie qui suivit, elle continua de sangloter.

Quand enfin Seigneur Naja brisa les jarres d'eau du Nil, point culminant de la cérémonie, la foule eut le souffle coupé : les eaux du grand fleuve, sur la berge duquel se dressait le temple, étaient bleu vif. Après la première courbe du fleuve vers l'amont, Naja avait fait mettre au mouillage une ligne de felouques entre les deux rives et, à un signal donné depuis le toit du temple, leurs équipages avaient déversé des jarres de teinture dans le courant. L'effet était saisissant, car le bleu était la couleur de la dynastie tamosienne. Naja proclamait à la face du monde ses nouveaux liens avec la famille des pharaons.

Depuis le haut de l'enceinte occidentale, Taita vit la rivière changer de couleur et frissonna, envahi par un pressentiment. Le soleil parut s'assombrir un instant dans le haut ciel d'Egypte tandis que les eaux bleues prenaient la couleur du sang. Mais quand il leva les yeux, il n'y avait ni nuages ni vol d'oiseaux pour occulter ses rayons, et lorsqu'il regarda de nouveau les eaux du fleuve elles étaient redevenues d'un bleu céruléen.

Naja est maintenant de sang royal et Nefer ne jouit même plus de cette protection, murmura le mage. Je suis son unique bouclier, et je suis seul et vieux. Mes pouvoirs suffiront-ils à détourner le cobra du fauconneau ?

Insuffle-moi ta force, divin Horus. Tu as toujours été mon bouclier et ma lance. Ne m'abandonne pas maintenant, dieu tout-puissant.

Dans toute leur gloire, Seigneur Naja et ses deux jeunes épouses redescendirent vers les portes du palais l'avenue sacrée bordée de lions de granit alignés de chaque côté. Là, ils mirent pied à terre et traversèrent les jardins en procession vers la salle de banquet. La plupart des invités les avaient précédés et avaient déjà goûté au vin des vignobles du temple d'Osiris. Lorsque les mariés et leur suite entrèrent, le vacarme était assourdissant. Naja tenait ses épouses par la main. Le trio avança avec dignité au milieu de la foule et examina brièvement les monceaux de cadeaux entassés au milieu de la salle, tous à la hauteur de l'événement. Apepi avait offert un char entièrement recouvert de feuille d'or. Il était si brillant que, même dans la lumière tamisée de la salle, il était difficile de le regarder directement. De Babylone, le roi Sargon avait envoyé une centaine d'esclaves, chacun portant un coffre en bois de santal plein de bijoux, de pierres précieuses et de vases d'or. Ils s'agenouillèrent devant le régent et lui offrirent leurs présents. Naja toucha chacun d'eux en signe d'acceptation. Sur la suggestion de Seigneur Naja, Pharaon Nefer Seti avait fait don à son beau-frère de cinq grands domaines sur la berge du fleuve. Les scribes avaient estimé tous ces trésors à trois lakhs d'or pur. Le régent était maintenant presque aussi riche que son pharaon.

Lorsque le trio conjugal prit place au haut bout de la table du banquet, les cuisiniers du palais disposèrent devant eux et leurs invités un festin qui consistait en quarante plats différents servis par mille esclaves. Il y avait de la trompe d'éléphant, des langues de buffle et des filets de chèvre des montagnes nubiennes, du sanglier et du phacochère, de la gazelle et de l'ibex de Nubie, du varan des déserts et du python, du crocodile et de l'hippopotame, du bœuf et du mouton. Des poissons du Nil de toute espèce étaient également au menu : des poissons-chats à la chair riche en graisse jaune aux perches et aux brèmes à chair blanche. Du thon, du requin, du mérou, de la langouste et du crabe pêchés dans la mer septentrionale avaient été envoyés du Delta par galère rapide. Des oiseaux, notamment des cygnes muets, trois espèces d'oies, d'innombrables variétés de canards, des alouettes, des outardes, des perdrix et des cailles, avaient été rôtis, cuits au four ou grillés, marinés dans du vin ou du miel sauvage, farcis d'herbes et d'épices d'Orient. Des foules de mendiants et de gens du peuple, aux portes du palais, le long de l'autre rive ou embarqués sur des felouques au milieu du fleuve pour voir de plus près les festivités, savouraient la fumée aromatique des feux de cuisson et le fumet de la nourriture.

Musiciens, jongleurs, acrobates et dompteurs d'animaux divertissaient les invités. Exaspéré par le vacarme, un énorme ours brun brisa sa chaîne et s'échappa. Une petite troupe de nobles hyksos conduite par Seigneur Trok le poursuivit à travers le jardin et l'abattit sur la berge.

Le roi Apepi fut tout émoustillé par la souplesse et la constitution athlétique de deux acrobates assyriennes. Il en prit une sous chaque bras et porta dans ses appartements les deux femmes qui poussaient des cris d'orfraie en se débattant. A son retour, il confia à Taita :

— L'une des deux, la belle à longues boucles, est un

garçon. J'étais si surpris quand j'ai découvert ce qu'il avait entre les jambes que j'ai failli le laisser s'échapper.

Il hurla de rire.

— Heureusement que je ne l'ai pas fait car il était de loin le plus excitant des deux.

A la nuit tombée, la plupart des invités étaient ivres ou si gorgés de nourriture que peu furent capables de se lever quand Seigneur Naja et ses jeunes épouses se retirèrent. Dès qu'ils furent dans leurs appartements, Naja appela les servantes pour qu'elles emmènent Merykara dans sa chambre.

— Traitez-la avec douceur, dit-il. La pauvre enfant dort debout.

Puis il prit Heseret par la main et la conduisit dans ses appartements somptueux qui donnaient sur le fleuve. Les eaux sombres du Nil étaient semées du reflet doré des étoiles.

Dès qu'ils furent entrés dans la chambre, les servantes d'Heseret l'emmenèrent derrière le paravent de bambou pour la débarrasser de sa robe de mariée et de ses bijoux.

Une peau de mouton merveilleusement blanchie recouvrait le lit nuptial. Seigneur Naja l'examina attentivement et, après s'être assuré de sa perfection, sortit sur la terrasse et respira profondément l'air frais de la berge. Une esclave lui apporta une coupe de vin épicé, qu'il savoura à petites gorgées. C'était le premier écart qu'il s'autorisait de la soirée. Naja n'ignorait pas qu'un des secrets les plus précieux de la survie était de garder l'esprit clair en présence de ses ennemis. Tous les invités avaient bu plus que de raison. Même Trok, en qui il avait placé toute sa confiance, s'était laissé aller à ses penchants grossiers. Il l'avait vu vomir copieusement dans une coupe que lui tendait une jolie esclave nubienne. Puis il s'était essuyé la bouche sur les jupes de la fille, avait relevé celles-ci, l'avait couchée sur la pelouse et l'avait prise comme font les bêtes. La nature délicate de Naja avait été offusquée par ce spectacle.

Il retourna dans la chambre au moment où deux esclaves y entraient en titubant sous le poids d'un chaudron d'eau chaude où flottaient des pétales de lotus. Naja posa la coupe de vin et se baigna. L'une des esclaves lui séchait et tressait les cheveux pendant que l'autre lui apportait une robe blanche toute propre. Il les congédia, alla s'allonger sur le lit nuptial, étendit ses longs membres et s'appuya sur le repose-tête en ivoire incrusté d'or.

Un froissement de tissu et des chuchotements de femmes venaient de l'autre bout de la chambre. Le rire d'Heseret l'excita. Il se releva sur un coude et regarda vers le paravent. Les fentes entre les bambous lui permettaient d'entrevoir de la peau blanche et lisse.

Ce mariage était surtout inspiré par son ambition politique et son aspiration au pouvoir, mais pas uniquement. Bien qu'il fût guerrier de profession et aventurier de penchant, Naja avait aussi une nature voluptueuse et sensuelle. Pendant des années, il avait regardé Heseret subrepticement et l'intérêt qu'elle lui inspirait avait grandi en même temps que la jeune fille, depuis son enfance jusqu'à son adolescence, quand les boutons de ses seins avaient éclos et les rondeurs de la prime jeunesse disparu pour donner à son corps toute sa grâce. Son parfum aussi avait changé ; chaque fois qu'il se trouvait près d'elle, l'odeur musquée de la féminité l'avait ensorcelé.

Un jour, alors qu'il chassait au faucon, Naja était tombé sur Heseret et deux de ses amies, qui cueillaient des fleurs de lotus pour tresser des guirlandes. Elle avait levé les yeux vers lui, debout au-dessus d'elle sur la berge. Ses jupes trempées lui collaient aux jambes et l'on voyait sa peau à travers le linge fin. Elle avait écarté les cheveux de ses joues d'un geste innocent mais néanmoins profondément érotique. Bien qu'elle eût conservé une expression sérieuse et chaste, ses yeux bridés avaient laissé entrevoir une tendance lascive cachée qui l'avait fasciné. L'instant d'après, elle avait appelé ses amies, regagné la rive en pataugeant et filé à travers champs vers le palais. Il avait regardé ses longues jambes luisantes d'humidité, ses fesses rondes qui se balançaient et changeaient de forme sous l'étoffe, et sa respiration s'était soudain accélérée.

A ce souvenir, ses sens s'éveillèrent. Il était impatient de la voir sortir de derrière le paravent, tout en désirant retarder le moment pour savourer pleinement le plaisir de l'attente. Elle arriva enfin, conduite par deux de ses servantes, qui s'éclipsèrent discrètement, la laissant seule au milieu de la pièce.

Sa *calasiris* tombait jusqu'à ses chevilles. Elle était en soie précieuse venue d'Orient, de couleur crème, si fine qu'elle semblait flotter autour d'elle comme la brume du fleuve et bougeait à chacune de ses inspirations. La douce lueur ambrée d'une lampe à huile posée sur un trépied dans le coin derrière elle passait à travers l'étoffe et soulignait les courbes de ses hanches et de ses épaules, qui luisaient comme de l'ivoire poli. Ses pieds nus et ses mains avaient été teints au henné. On l'avait démaquillée et son jeune sang colorait délicatement ses joues sous sa peau sans défaut. Ses lèvres tremblaient comme si elle était sur le point d'éclater en sanglots. Elle penchait la tête comme une petite fille et le regardait sous ses cils baissés. Le sang de Naja ne fit qu'un tour quand il perçut dans ses yeux verts cette lueur coquine qui l'avait déjà intrigué.

— Tourne-toi, dit-il doucement, la gorge aussi sèche que s'il avait mangé un kaki vert.

Elle lui obéit en roulant les hanches avec un mouvement aussi lent que dans un rêve, son ventre luisant légèrement sous la soie. Ses fesses ondulèrent, rondes comme des œufs d'autruche, sa chevelure brillante se balançait.

— Tu es belle, fit-il d'une voix étranglée.

Une esquisse de sourire relevait maintenant les coins des lèvres d'Heseret, qui les mouilla de sa langue aussi rose que celle d'un petit chat.

— Je suis contente que mon seigneur régent me trouve telle.

Naja se leva du lit et alla à elle. Il lui prit la main, chaude et douce dans la sienne, et l'entraîna vers le lit. Elle le suivit sans hésiter, s'agenouilla sur la peau de mouton et inclina la tête, le visage voilé par ses cheveux. Il se pencha vers elle jusqu'à ce que ses lèvres les touchent. Le parfum insaisissable d'une jeune fille envahie par le premier désir émanait d'elle. Il caressa ses cheveux, et elle le regarda à travers leur voile. Il écarta sa chevelure, prit son menton dans le creux de sa main et leva lentement son visage.

— Tu as les mêmes yeux qu'Ikona, murmura-t-elle.

Ikona était le léopard apprivoisé de Naja : l'animal l'avait toujours effrayée et fascinée. Elle éprouvait à présent la même sensation, parce qu'il était aussi racé et félin que le grand chat, avec les mêmes yeux jaunes et implacables. Avec un instinct féminin, elle sentait en eux de la cruauté et une nature impitoyable, qui éveillaient chez elle des émotions qu'elle n'avait jamais ressenties.

— Toi aussi tu es beau, murmura-t-elle encore.

Et c'était vrai. En cet instant, elle se rendait compte qu'il était le plus bel homme qu'elle eût jamais vu.

Il l'embrassa et le contact de sa bouche la fit tressaillir. Elle avait le goût d'un fruit mûr qu'Heseret ne connaissait pas et elle ouvrit tout naturellement ses lèvres pour le savourer. La langue de Naja était aussi agile que celle d'un serpent, mais cela ne lui répugna pas. Elle ferma les yeux et la toucha avec la sienne. Il plaça alors une main derrière sa tête et pressa sa bouche plus fort contre ses lèvres. Elle était si absorbée par son baiser qu'elle fut prise au dépourvu quand il referma sa main sur sa poitrine. Elle rouvrit brusquement les yeux, le souffle coupé. Elle tenta de le repousser mais il la maintint fermement et la caressa avec une douceur et une adresse qui calmèrent ses appréhensions. Il titilla son mamelon et la sensation se propagea dans tout son corps, jusqu'à l'extrémité de ses doigts. Lorsqu'il retira sa main, elle en éprouva une vive contrariété. Il la releva et elle se retrouva debout sur la peau de mouton, ses seins à la hauteur du visage de Naja.

D'un seul mouvement, il lui retira sa *calasiris* et la laissa choir au sol. Elle poussa un petit cri quand il posa ses lèvres sur son mamelon dardé. En même temps, sa main remonta entre ses cuisses et se referma sur la toison de son pubis.

Elle ne lui opposait aucune résistance et s'abandonnait complètement. Après ce que lui avaient dit ses esclaves, elle avait été terrifiée à l'idée qu'il lui fasse mal, mais ses mains, quoique prestes et énergiques, étaient douces. Il semblait connaître son corps mieux qu'elle et en jouait avec une telle habileté qu'elle s'enfonçait rapidement dans les profondeurs de cet océan de sensations nouvelles.

Elle ne refit surface qu'une fois quand elle ouvrit soudain les yeux et le vit nu au-dessus d'elle. Le rêve dans lequel il arborait la même chose que Victorieux, l'étalon, lui revint. Elle regarda avec la même inquiétude, mais ce n'était pas comme dans son rêve : c'était lisse et rose, et pourtant dur comme l'os, de forme aussi parfaite qu'une colonne de temple. Ses craintes s'évanouirent et elle s'abandonna de nouveau à ses mains et à sa bouche. Bien plus tard, il n'y eut qu'une brève douleur cuisante, mais elle fit place presque tout de suite à un sentiment inhabituel et merveilleux de plénitude. Peu après, elle l'entendit au-dessus d'elle pousser un cri qui déclencha quelque chose au tréfonds de son âme et mua le plaisir presque insupportable en une sorte de souffrance. Elle le tint enlacé de toute la force de ses bras et de ses jambes, et cria avec lui.

Deux fois encore au cours de cette nuit enchantée, le même plaisir frénétique la força à crier. Quand l'aube diffusa dans la chambre sa lumière rose et argent, elle était encore couchée entre ses bras. Elle avait l'impression que toute force l'avait quittée, que ses os étaient malléables comme de l'argile, et elle savourait une douleur légère au fond de son ventre.

Il se glissa hors de ses bras et elle eut tout juste la force de protester :

— Ne t'en va pas. Oh, je t'en prie, ne t'en va pas, mon seigneur. Mon beau seigneur !

— Ce ne sera pas long, murmura-t-il.

Il tira doucement la peau de mouton de dessous elle. Elle vit les taches sur la toison blanche comme neige, des taches de sang aussi rouges que des pétales de rose.

Il porta la peau de mouton sur la terrasse et elle le regarda par la baie la laisser pendre par-dessus le parapet. Montèrent alors des acclamations amorties par la distance : les citoyens qui attendaient en contrebas avaient la preuve qu'elle avait perdu sa virginité. Peu lui importait l'approbation de hordes de paysans ; elle regardait le dos nu de son époux, et sa poitrine et son ventre douloureux se soulevaient d'amour. Quand il revint, elle lui tendit les bras.

— Tu es magnifique, murmura-t-elle avant de se rendormir dans ses bras.

A son réveil, une légèreté et un sentiment de joie qu'elle n'avait encore jamais connus envahissaient tout son être. Au début, elle ne sut quelle était l'origine de ce bien-être. Puis elle sentit son corps musclé et chaud bouger dans ses bras.

Quand elle ouvrit les yeux, il la regardait avec ses étranges yeux jaunes et lui souriait gentiment.

— Quelle reine splendide tu ferais, dit-il à voix basse.

Il le pensait sincèrement. Au cours de la nuit, il avait découvert en elle des qualités qu'il n'avait pas soupçonnées. Il sentait qu'il avait trouvé quelqu'un dont les désirs et les instincts étaient en parfaite harmonie avec les siens.

— Et toi, quel splendide pharaon tu ferais pour l'Egypte, ajouta-t-elle en lui rendant son sourire.

Elle s'étira avec volupté, puis rit doucement et lui toucha la joue.

— Mais cela ne peut être, n'est-ce pas ?

Elle cessa brusquement de rire et demanda avec sérieux :

— Est-ce possible ?

— Il n'y a qu'un seul obstacle sur notre chemin, répondit-il.

Il n'eut pas besoin d'en dire davantage, car il voyait une avidité sournoise éclore dans ses yeux. Elle était entièrement en accord avec lui.

— Tu es le poignard et je serai le fourreau. Quoi que tu me demandes, je ne te décevrai jamais, mon beau seigneur.

Il posa un doigt sur les lèvres d'Heseret, que les baisers avaient gonflées.

— Je vois que les paroles sont inutiles entre nous, car nos cœurs battent à l'unisson.

L'entourage du roi Apepi resta à Thèbes un mois après la noce. Les Hyksos étaient les invités de Pharaon Nefer Seti et de son régent, et traités royalement. Taita encouragea la prolongation de leur séjour. Il avait la certitude que Naja n'entreprendrait rien contre Nefer tant qu'Apepi et sa fille seraient à Thèbes.

Les hôtes royaux passaient leurs journées à chasser, à se rendre aux innombrables temples bâtis sur les deux rives du fleuve et dédiés à tous les dieux d'Egypte ou à participer à des tournois entre les cohortes des deux royaumes. Il y avait des courses de chars, des tournois de tir à l'arc, de la course à pied et même des concours de natation, dans lesquels les champions traversaient le Nil, le gagnant recevant une statue d'Horus en or.

Montés sur des chars, ils chassaient la gazelle et l'oryx dans le désert ou les grosses outardes avec les rapides faucons sacres. Il ne restait aucun faucon royal dans les volières du palais, car ils avaient été remis en liberté pendant les rites funéraires du père de Nefer. Le long de la berge, les invités chassaient le héron et le canard, et, dans les hauts-fonds, attrapaient à la lance d'énormes poissons-chats. Montés sur les galères de guerre de la flotte, ils chassaient le puissant hippopotame, Nefer à la barre de la galère royale, l'*Œil d'Horus*. La princesse Mintaka se tenait près de lui et poussait des cris enthousiastes lorsque les grands animaux remontaient à la surface, le dos criblé de javelines, et que leur sang rosissait les eaux du fleuve.

Mintaka était souvent au côté de Nefer. Elle montait sur son char quand ils chassaient et lui tendait la lance quand ils suivaient un oryx. Elle portait au bras son faucon quand ils guettaient le héron dans les massifs de roseaux. Au cours des pique-niques de chasse dans le désert, elle s'asseyait près de lui et lui préparait de petites gâteries. Elle choisissait pour lui les raisins les plus mûrs, pelait les grains avec ses longs doigts effilés et les lui fourrait dans la bouche.

Chaque soir, on banquetait au palais et là aussi elle s'asseyait à son côté gauche, place traditionnellement assignée à la femme afin qu'elle ne gêne pas le bras armé de l'homme. Elle le faisait rire avec ses traits d'esprit empreints d'une ironie désabusée. Elle était en outre une merveilleuse imitatrice : elle singeait Heseret à la perfection, minaudant et roulant des yeux, parlant de « Mon époux, le régent d'Egypte » sur le ton pontifiant dont celle-ci usait maintenant.

Malgré leurs efforts, ils ne pouvaient jamais être seuls. Naja et Apepi y veillaient. Quand Nefer appelait Taita à la rescousse, même lui ne parvenait pas à leur arranger une rencontre secrète. Nefer ignorait que Taita ne se donnait pas beaucoup de mal pour y parvenir car il était aussi décidé que les autres à les maintenir dans l'innocence. Il y avait bien longtemps, Taita avait organisé un rendez-vous amoureux pour Tanus et sa bien-aimée Lostris et, comme les échos d'un coup de tonnerre, les conséquences se faisaient encore sentir après tant d'années. Lorsque Nefer et Mintaka jouaient au *bao*, de jeunes esclaves formaient toujours autour d'eux un cercle de spectateurs tandis que des courtisans et l'omniprésent Asmor rôdaient dans les parages. Nefer avait compris la leçon et ne sous-estimait plus l'habileté de Mintaka. Il jouait contre elle comme s'il affrontait Taita.

Il en était venu à connaître ses points forts et ses rares faiblesses : elle protégeait toujours à l'excès son château et, s'il la harcelait dans ce secteur, il lui arrivait de trop dégager ses flancs. Il en avait profité deux fois et avait réussi à briser sa défense, mais la troisième fois il s'était aperçu trop tard qu'elle avait anticipé sa tactique et lui avait tendu un piège. Quand il avait dégarni son château ouest, elle avait poussé une phalange à travers la brèche. Lorsqu'il avait été forcé de capituler, elle avait ri de manière si charmante qu'il lui avait presque pardonné. Leurs parties devenaient de plus en plus serrées et, à la fin, prenaient une dimension épique, si bien que même Taita passait des heures à les regarder jouer et, de temps à autre, hochait la tête d'un air approbateur ou souriait finement.

Leur amour était si évident qu'il rayonnait sur leur entourage, et leurs rencontres s'accompagnaient toujours de rires et de sourires. Quand, Mintaka à son côté sur la plate-forme, Nefer fonçait dans les rues de Thèbes sur son char, la chevelure sombre de la jeune fille flottant dans le vent comme une bannière, les femmes se précipitaient sur le pas de leur porte, et les hommes interrompaient leur tâche pour les saluer et leur lancer leurs bons vœux. Même Naja posait sur eux un sourire bienveillant et personne n'aurait cru qu'il n'appréciait pas du tout que l'attention du peuple fût ainsi détournée de ses noces et de ses jeunes épouses.

Seule la présence de Seigneur Trok jetait une ombre sur les parties de chasse, les pique-niques à la campagne et les banquets au palais.

Le temps qu'ils passaient ensemble s'enfuyait trop vite.

— Il y a toujours trop de monde autour de nous, murmura Nefer par-dessus le jeu de *bao*. J'aimerais tant être seul avec toi, ne serait-ce que quelques minutes. Tu repars à Avaris avec ton père dans trois jours. Nous ne nous reverrons pas avant des mois, peut-être des années, et j'ai tant de choses à te dire, mais pas devant tous ces yeux et toutes ces oreilles dirigés vers nous comme des flèches.

Elle hocha la tête et déplaça un pion que, dans sa préoccupation, il avait négligé. Il jeta un vague coup d'œil sur le galet, avant de s'apercevoir que son château ouest était pris en tenailles. Il était consterné. Trois coups plus tard, elle avait enfoncé sa ligne de front. Il joua encore un moment, mais la bataille était perdue, ses troupes en déroute et la défaite inévitable.

— Tu as profité d'un moment de distraction, récrimina-t-il. Tu n'es pas une femme pour rien.

— Je ne prétends pas être autre chose, sire, répondit-elle en usant du titre avec une ironie aussi mordante que la lame du poignard qu'elle portait à la ceinture.

Puis, se penchant en avant, elle chuchota :

— Si nous étions seuls, tu me promettrais de respecter ma chasteté ?

— Je jure par l'œil blessé du grand Horus que, tant que je vivrai, je ne te ferai jamais honte, répondit-il avec ardeur.

Elle lui sourit.

— Ces paroles n'enchanteraient guère mes frères. Ils seraient contents d'avoir un prétexte pour te trancher la gorge... Ou autre chose, à défaut de la gorge, ajouta-t-elle en fixant sur lui ses magnifiques yeux sombres mi-clos.

La chance leur sourit le lendemain. L'un des chasseurs royaux, arrivé des collines au-dessus du village de Dabba, rapporta qu'un lion venu du désert oriental maraudait dans les enclos à bestiaux pendant la nuit.

Il avait sauté par-dessus la palissade et tué huit bêtes terrorisées. A l'aube, une horde de villageois l'avait chassé en brandissant des torches allumées, soufflant dans des cornes, tapant sur des tambours et poussant des hurlements.

— Quand cela s'est-il passé ? demanda Naja.

— Il y a trois jours, Excellence, répondit le chasseur prosterné devant le trône. J'ai remonté le fleuve dès que j'ai pu, mais le courant était fort et les vents capricieux.

— Qu'est-il advenu de l'animal ? coupa le roi Apepi avec impatience.

— Il est reparti dans les collines. J'ai envoyé deux de mes meilleurs pisteurs nubiens pour le suivre à la trace.

— Est-ce qu'on l'a vu ? Il est gros comment ? C'est un mâle ou une femelle ?

— Les gens du village disent que c'est un gros mâle à l'épaisse crinière noire.

Soixante ans plus tôt, on ne voyait presque jamais de lions dans les contrées riveraines du fleuve. Gibier réservé au roi, ils avaient été chassés implacablement par les pharaons successifs, non seulement en raison des dégâts qu'ils faisaient dans les troupeaux mais aussi parce qu'ils étaient les trophées les plus recherchés dans les chasses royales.

Durant les longues et cruelles guerres contre les Hyksos, l'attention des pharaons avait été mobilisée par le conflit et ils chassaient rarement le lion. De plus, les cadavres laissés sur les champs de bataille avaient constitué une réserve de nourriture toute trouvée pour les troupes de lions. Durant les dernières décennies, ils avaient considérablement gagné en nombre et en hardiesse.

— Je vais faire embarquer les chars immédiatement, décida Apepi. Avec la force du courant en ce moment, nous pouvons être à Dabba demain matin à la première heure.

Il eut un grand sourire et tapa du poing dans la paume calleuse de sa main droite.

— Par Seueth, j'aimerais bien me retrouver devant ce vieux lion. Depuis que j'ai dû cesser de trucider des Egyptiens, je manque cruellement d'exercice.

Naja fronça les sourcils.

— Tu dois repartir pour Avaris après-demain, majesté.

— Tu as raison, régent. Mais la plus grande partie de nos bagages est déjà à bord et la flotte est prête à appareiller. De plus, Dabba se trouve sur mon chemin. Je peux m'accorder un jour ou deux pour participer à la chasse.

Naja hésita. Il n'était pas féru de chasse au point de négliger les nombreuses affaires d'Etat en cours. Il attendait avec impatience le départ d'Apepi, dont la présence turbulente et grossière le lassait depuis longtemps. Par ailleurs, il avait formé d'autres projets, dont il ne pouvait favoriser l'avancement qu'une fois Apepi parti. Cependant, il ne laisserait pas le pharaon hyksos chasser seul dans le royaume de Haute-Egypte. Non seulement c'eût été se montrer impoli, mais il aurait aussi été de mauvaise politique de le laisser se comporter dans le royaume méridional comme s'il avait le droit exclusif de le faire.

— Majesté, intervint Nefer avant que Naja ait eu le temps de préparer un refus, nous participerons à la chasse avec le plus grand plaisir.

C'était pour lui une magnifique partie de chasse en perspective, car il n'avait jamais eu la chance de traquer un lion et de mesurer son courage en l'affrontant. Mais, surtout, c'était l'occasion de retarder le départ tant redouté de Mintaka. La chasse pourrait peut-être même lui donner enfin la possibilité de se retrouver seul avec elle un moment. Avant que Naja ait pu l'en empêcher, il se tourna vers le chasseur toujours prosterné.

— C'est très bien, mon brave. Le trésorier te donnera un anneau d'or pour ta peine. Retourne immédiatement à Dabba sur la felouque la plus rapide de la flotte. Veille à ce que tout soit prêt pour notre arrivée. Nous allons donner la chasse à cette bête dans les règles.

Le seul regret de Nefer était que Taita ne soit pas à ses côtés pour lui prodiguer ses conseils pendant sa première chasse au lion. Le vieux mage avait disparu dans le désert pour une de ses mystérieuses escapades périodiques et personne ne savait quand il reviendrait.

Tôt le lendemain matin, les chasseurs descendirent à terre au-dessous de Dabba. Les chevaux et les vingt chars furent débarqués à leur tour du petit convoi d'allèges et de galères. Pendant ce temps-là, les porteurs de lance aiguisaient les pointes des armes, remettaient en place les cordes des arcs et s'assuraient que les flèches étaient bien droites et équilibrées. Tandis que les garçons d'écurie abreuvaient et nourrissaient les chevaux, les chasseurs prenaient un copieux petit déjeuner préparé par les gens du village. L'humeur était exubérante.

Apepi manda au rapport le pisteur revenu des collines.

— C'est un très gros lion, le plus gros que j'aie jamais vu à l'est du fleuve, dit-il, ajoutant à l'excitation générale.

— Tu l'as vu de tes yeux ? demanda Nefer. Ou tu as vu seulement des traces de son passage ?

— Je l'ai vu distinctement, mais de loin. Il est aussi grand qu'un destrier et marche avec la dignité d'un monarque. Sa crinière ondule comme les tiges de dourah dans le vent.

— Par Seth, le bonhomme est poète, fit Naja avec un sourire de mépris. Tiens-t'en aux faits et pas de fioritures, coquin.

Le chasseur se toucha la poitrine du poing pour exprimer sa contrition et continua son rapport plus sobrement :

— Il se reposait hier dans un oued à deux lieues d'ici, mais il est parti rôder au crépuscule. Voilà quatre jours qu'il n'a pas mangé, il a faim et s'est remis à chasser. Au cours de la nuit, il a essayé d'attraper un oryx, qui lui a échappé.

— Où espères-tu le trouver aujourd'hui ? demanda Nefer plus aimablement que Naja. S'il chasse, il aura aussi soif que faim. Où va-t-il boire ?

Le chasseur le regarda avec respect, en raison non seulement de sa royauté mais aussi de sa connaissance de la nature.

— Après avoir manqué l'oryx, il s'est engagé sur un terrain rocailleux où nous n'avons plus pu suivre sa piste.

Apepi eut un geste de contrariété et le chasseur se hâta de poursuivre :

— Mais je pense qu'il a bu ce matin dans une petite oasis, un endroit connu seulement des Bédouins.

— Combien de temps faut-il pour y arriver ? s'enquit Nefer.

L'homme décrivit un arc de cercle avec le bras, indiquant le chemin parcouru par le soleil en trois heures.

— Nous n'avons pas de temps à perdre.

Nefer se tourna pour lancer au capitaine des chars :

— Prêt, soldat ?

— Fin prêt, seigneur.

— Sonne le départ, ordonna Nefer.

Les cornes de bélier retentirent tandis que les chasseurs se dirigeaient vers les chars. Mintaka accompagnait Nefer. En pareilles circonstances, toute dignité royale était oubliée, et ils n'étaient plus qu'un garçon et une fille sur le point de faire une sortie excitante. Au moment où il montait dans son char et rassemblait les rênes, Seigneur Trok gâcha tout en lançant au roi Apepi :

— Il n'est guère avisé de laisser la princesse monter avec un garçon inexpérimenté, sire. Nous n'allons pas chasser la gazelle.

Nefer resta figé sur place et regarda Trok avec indignation. Mintaka posa sa petite main sur son bras nu.

— Ne le provoque pas. C'est un redoutable combattant et il a très mauvais caractère. Si tu le défies, même ton rang ne te protégera pas.

Nefer se dégagea d'une secousse.

— Mon honneur ne me permet pas d'ignorer une telle insulte.

— Je t'en prie, mon cœur, ne la relève pas.

C'était la première fois qu'elle usait de ces mots tendres. Elle l'avait fait exprès, connaissant l'effet qu'ils auraient sur lui : elle apprenait déjà à tempérer son humeur changeante avec un instinct de femme aimante peu ordinaire pour son âge. A l'instant même, Nefer oublia Trok et son honneur bafoué.

— Comment m'as-tu appelé ? demanda-t-il d'une voix rauque.

— Tu n'es pas sourd, mon chéri.

Cette deuxième formule de tendresse le fit cligner des yeux.

— Tu as très bien entendu, reprit-elle en lui souriant.

— Ne t'inquiète pas, Trok ! brailla Apepi. J'envoie ma fille prendre soin de Pharaon. Il sera en parfaite sécurité.

Il s'étrangla de rire et secoua les rênes. Au moment où son attelage s'élançait, il beugla encore :

— Nous avons perdu la moitié de la matinée ! Que la chasse commence !

Nefer poussa son char derrière celui d'Apepi et passa en flèche devant l'attelage de Trok. Il lui décocha un regard glacial et dit :

— Tu es un impudent. Sois assuré que nous n'en resterons pas là. Nous reparlerons de tout cela, Seigneur Trok.

— Je crains que tu ne te sois fait un ennemi, Nefer, murmura Mintaka. Trok a mauvaise réputation et un caractère plus mauvais encore.

Emmenée par le chasseur royal, qui montait à cru un poney petit mais vigoureux, la colonne de chasseurs monta dans les collines nues et rocailleuses. Ils allaient au trot pour ménager les chevaux et les laissaient souffler après chaque déclivité importante. Au bout d'une heure, ils trouvèrent l'un des pisteurs nubiens qui les attendait en haut d'une colline et descendit en courant pour faire son rapport au chasseur. Ils parlèrent avec animation, puis le chasseur revint au trot vers la petite troupe.

— Les Nubiens ont sillonné les collines mais n'ont pas retrouvé la piste du lion. Ils sont certains qu'il va boire au point d'eau mais, ne voulant pas risquer de le déranger, ils nous ont attendus pour que nous l'attrapions.

— Conduis-nous au point d'eau, ordonna Apepi.

Ils poursuivirent leur route. Avant midi, ils descendirent dans une vallée peu profonde. Le fleuve n'était guère éloigné, mais ils avaient l'impression d'être en plein désert tant l'endroit était sec et aride. Le chasseur amena son poney le long du char d'Apepi et dit :

— Le point d'eau est à l'autre bout de la vallée. La bête ne doit pas être loin.

Apepi, le vieux guerrier, avait pris tout naturellement le commandement, et Nefer ne lui contestait pas ce droit.

— Nous allons nous diviser en trois escadrons et encercler l'oasis. Si nous réussissons à le débusquer, il sera cerné. Seigneur régent, veux-tu prendre l'aile gauche ? Pharaon Nefer Seti, charge-toi du centre. Je couvrirai le flanc droit. Le premier qui fait couler le sang gagne le trophée, ajouta-t-il en brandissant son lourd arc de guerre.

Tous étaient d'excellents conducteurs de char et la nouvelle formation se déploya rapidement sans anicroche. Ils entourèrent le point d'eau en un vaste filet. Nefer portait son arc en bandoulière et avait détaché les rênes de ses poignets, prêt à les lâcher instantanément afin d'avoir les mains libres pour tirer. Mintaka était tout à côté de lui. Elle tenait la longue javeline, prête à la lui tendre. Ils s'étaient exercés à cette manœuvre au cours des dernières semaines et il pouvait compter sur elle pour lui mettre la hampe dans la paume de la main à l'instant même où il en aurait besoin.

Ils se rapprochaient au pas de l'oasis, à une allure régulière. Les chevaux sentaient la tension à laquelle étaient en proie leurs conducteurs et peut-être avaient-ils perçu l'odeur du lion. Nerveux, ils s'ébrouaient, roulaient des yeux et levaient haut les jambes.

Le cercle des chars se refermait lentement autour des broussailles courtes et du lopin d'herbe touffue qui cachaient le point d'eau. Quand l'encerclement fut complet, Apepi donna le signal de la halte en levant la main. Le chasseur mit pied à terre et continua d'avancer en conduisant son poney par la bride. Il se rapprocha prudemment de la végétation brunie et clairsemée.

— Si ce lion était là, nous n'aurions pas manqué de le voir déjà, fit remarquer Mintaka d'une voix tremblante.

Nefer ne l'en aima que davantage pour cette petite manifestation de peur.

— Un lion est capable de s'aplatir jusqu'à se confondre avec la terre et nous pourrions passer assez près de lui pour le toucher sans même soupçonner sa présence, dit-il.

Le chasseur n'avançait que de quelques pas à la fois, s'arrêtant pour tendre l'oreille et fouiller chaque buisson et touffe d'herbe sur son passage. Il se baissa en arrivant en lisière des broussailles, ramassa une poignée de cailloux et commença à les envoyer systématiquement vers chaque cachette possible.

— Que fait-il ? murmura Mintaka.

— Le lion gronde avant de charger. Le chasseur tente de le provoquer pour qu'il se découvre.

Seuls les bruits que faisaient les petites pierres en tombant, les chevaux en s'ébrouant et le martèlement incessant de leurs sabots brisaient le silence. Tous les chasseurs avaient encoché une flèche à la corde de leur arc et se tenaient prêts à tirer. Il y eut soudain un cri rauque et un fracas dans l'herbe. Tous les arcs se levèrent en même temps et les porteurs de lance soupesèrent leur arme. Et tous se détendirent, l'air piteux, quand une ombrette couleur chocolat prit son essor et s'éloigna le long de la vallée dans de grands battements d'ailes.

Il fallut une minute au chasseur pour reprendre son aplomb, puis il commença à se frayer un chemin pas à pas à l'intérieur du fourré jusqu'à l'eau. Celle-ci, saumâtre, affleurait paresseusement, une goutte à la fois, et remplissait une cuvette naturelle creusée dans la roche, tout juste de quoi étancher la soif d'un grand prédateur. Le chasseur posa un genou à terre afin de chercher des traces au bord de la petite dépression, puis secoua la tête et se releva. Il revint rapidement sur ses pas à travers les broussailles, remonta sur le poney et retourna au trot jusqu'au char d'Apepi. Les autres s'approchèrent pour entendre son rapport, mais le chasseur était déconfit.

— Majesté, j'ai fait erreur, dit-il à Apepi. Le lion n'est pas venu par ici.

— Que comptes-tu faire maintenant ? demanda le roi hyksos sans cacher sa déception et son irritation.

— C'était l'endroit le plus probable, mais il y en a d'autres. Depuis que nous l'avons vu pour la dernière fois, il a pu traverser la vallée, ou bien il est tapi tout près d'ici et attend la nuit pour venir boire. Il s'est peut-être mis à couvert là-bas, expliqua-t-il en montrant les flancs rocailleux des collines.

— Ou encore ?

— Il y a un autre point d'eau dans la vallée suivante, mais des Bédouins campent autour. La bête a peut-être eu peur d'approcher. Il y en a un troisième, moins important, au pied des collines, à l'ouest, dit-il en désignant une ligne basse d'éminences violettes à l'horizon. Le lion peut se trouver à n'importe lequel de ces endroits ou à aucun d'eux, admit le chasseur. Il a pu aussi rebrousser chemin et retourner en bordure de la plaine, où l'eau abonde. Peut-être a-t-il été attiré par l'odeur du bétail et des chèvres aussi bien que par la soif.

— En fait, tu n'as pas la moindre idée de l'endroit où il se cache, n'est-ce pas ? dit Seigneur Naja. Nous devrions interrompre la chasse et retourner aux bateaux...

— Non, coupa Nefer. Elle vient à peine de commencer. Pourquoi renoncer si vite ?

— Il a raison, reconnut Apepi. Nous devons continuer, mais la région qu'il nous faut sillonner est vaste.

Il réfléchit un moment, puis prit une décision.

— Nous allons devoir nous diviser et fouiller chaque zone séparément. Seigneur Naja, tu emmèneras un escadron jusqu'au camp des Bédouins. S'ils ont vu la proie, ils vous indiqueront dans quelle direction aller. De mon côté, j'irai au point d'eau sous les collines.

Il se tourna vers Trok.

— Suis la vallée avec trois chars. L'un des pisteurs t'accompagnera pour tenter de repérer des traces. Quant à toi, Asmor, reviens en arrière avec trois chars et fouille la région en bordure de la plaine du Nil jusqu'à Dabba, au cas où le lion serait retourné à l'endroit où il a tué ses dernières proies.

Il s'adressa enfin à Nefer :

— Pharaon, oriente tes recherches dans l'autre direction, vers Akhmîn, au nord.

Nefer se rendit bien compte qu'on lui attribuait le secteur le moins prometteur, mais il ne s'en plaignit pas. Cette nouvelle tactique avait pour effet de leur permettre, à lui et à Mintaka, d'échapper pour la première fois à la surveillance de ses gardiens. Naja, Asmor et Trok avaient été envoyés dans d'autres directions. Il s'attendait que quelqu'un en fasse la remarque, mais ils étaient tous si absorbés par la chasse qu'aucun ne parut prendre conscience des conséquences de ce changement. Sauf Naja.

Il fixait Nefer intensément. Peut-être se demandait-il s'il était opportun d'annuler les ordres d'Apepi, mais il finit sans doute par conclure que non et que Nefer serait gardé aussi efficacement par le désert que par Asmor : il n'avait aucun endroit où s'enfuir et, s'il entraînait Mintaka dans quelque folle aventure, il aurait les armées des deux royaumes à ses trousses.

Naja se détourna de lui quand Apepi reprit la parole pour désigner un lieu de rendez-vous et donner ses derniers ordres. Les cornes de bélier sonnèrent finalement le départ et les cinq colonnes sortirent de la vallée. Elles se séparèrent en arrivant sur le plateau et prirent des directions divergentes.

Au moment où le dernier escadron disparaissait au milieu des collines désolées, Mintaka se pencha encore plus près de Nefer et murmura :

— Hathor se montre enfin clémente avec nous.

— Je crois plutôt que c'est Horus qui nous a accordé cette faveur, répondit Nefer avec un large sourire, mais j'accepte avec gratitude ces marques de bienveillance, d'où qu'elles viennent.

Il y avait deux autres chars dans l'escadron de Nefer, commandés par Hilto, le vieux soldat qui les avait découverts, Taita et lui, lorsqu'ils avaient tenté de s'enfuir d'Egypte. Il avait servi sous le père de Nefer et lui était dévoué jusqu'à la mort. Nefer savait qu'il pouvait lui accorder une confiance sans réserve.

Le jeune garçon conduisait son char à vive allure, désireux de profiter des dernières heures du jour. Après une heure de trajet, le vaste panorama de la plaine du Nil s'ouvrit à leurs pieds. Il serra la bride aux chevaux pour l'admirer quelques minutes. Le fleuve, enchâssé dans les champs et les plantations vert vif qui le bordaient, était pareil à une émeraude.

— Comme c'est beau, Nefer ! dit Mintaka, rêveuse. Quand nous serons mariés, nous devrons toujours nous souvenir que nous appartenons à cette terre, mais qu'elle ne nous appartient pas.

Il oubliait parfois qu'elle était née à Avaris et qu'elle était du pays tout autant que lui. Une bouffée de fierté gonfla son cœur à l'idée qu'elle l'aimait comme lui et éprouvait le même sentiment patriotique.

— Toi à mes côtés, je ne l'oublierai jamais.

Elle leva son visage vers lui, la bouche légèrement entrouverte. Il sentait son souffle suave, et la tentation de poser ses lèvres sur les siennes était presque irrésistible. Puis il sentit le regard d'Hilto et des autres posé sur eux et, du coin de l'œil, il vit un des hommes sourire d'un air entendu. Il se recula et regarda froidement Hilto. Depuis qu'ils s'étaient séparés des autres chasseurs, il avait répété dans sa tête l'ordre qu'il allait donner.

— Hilto, si le lion se trouve dans les parages, il se cache probablement quelque part sur le versant des collines au-dessous de nous, dit-il en balayant le secteur d'un grand geste du bras. Je veux que nous nous déployions sur une ligne de front. Le flanc gauche parcourra le bord de la plaine, et le droit la crête des collines, là-haut. Nous, nous irons vers le nord.

Hilto parut sceptique et gratta la cicatrice de sa joue.

— Cela fait un front étendu, sire. Il y a près d'une demi-lieue jusqu'au fond de la vallée. A certains moments, nous allons fatalement nous perdre de vue.

Nefer se rendait bien compte que déployer un front aussi large allait à l'encontre de son instinct de soldat, et il s'empressa de poursuivre pour le tranquilliser :

— Si cela advient, nous nous retrouverons sur la troisième crête, là-bas à une lieue et demie, au pied de ce mamelon. Ce sera un bon point de repère. Si l'un de nous est en retard au rendez-vous, les autres attendront que le soleil atteigne cette inclinaison avant de revenir en arrière pour rechercher le char manquant.

Cela lui laissait quelques heures de répit avant qu'ils

ne se mettent à leur recherche, Mintaka et lui. Mais Hilto hésitait encore :

— Je sollicite humblement l'indulgence de Sa Majesté, mais Seigneur Naja m'a chargé impérativement...

— Tu te permets de discuter les ordres de ton pharaon ? coupa Nefer sèchement.

— Nullement, sire ! s'exclama Hilto, choqué par l'accusation.

— En ce cas, fais ton devoir.

Hilto salua avec le plus profond respect et se hâta vers son char en lançant des ordres à ses hommes. Tandis que l'escadron s'engageait dans la descente, Mintaka poussa Nefer du coude et sourit.

— « Fais ton devoir ! » répéta-t-elle en imitant son accent hautain. Je t'en prie, majesté, ne me regarde jamais de cette façon ni ne me parle sur ce ton, j'en mourrais de peur.

— Nous n'avons guère de temps, répondit-il. Ne le gaspillons pas et trouvons un endroit où être seuls.

Il poussa son attelage par-dessus la crête pour ne plus être vu depuis le fond de la vallée ou par les chars plus bas sur la pente. Tout en poursuivant leur route au trot, tous deux tendaient le cou avec impatience, à la recherche d'un coin tranquille.

— Regarde, dit Mintaka en pointant le doigt vers la droite.

Un petit massif d'épineux était presque caché dans un repli de terrain et on ne voyait que leurs cimes gris terne. Nefer obliqua dans cette direction et ils trouvèrent un étroit ravin coupé dans le flanc de la colline au fil des millénaires par le vent, les intempéries et les rares pluies torrentielles. Il devait y avoir une nappe d'eau souterraine, car les épineux étaient robustes. Leur épais feuillage offrait un peu d'intimité et protégeait du soleil dans la chaleur de la mi-journée. Nefer descendit le long du ravin et s'arrêta à l'ombre. Mintaka sauta à terre. Au même instant, ils se jetèrent dans les bras l'un de l'autre, et leurs dents s'entrechoquèrent. La lèvre inférieure de Nefer était prise entre elles et une goutte coula de l'entaille, donnant à leur baiser un goût de sel. Leur étreinte était spontanée, maladroite et frénétique. Elle éveilla en eux des sentiments violents et incontrôlés. Etroitement enlacés, ils gémissaient sous la force de ces sensations nouvelles. Bien que le corps de Mintaka fût collé au sien, il essayait de la serrer encore davantage tandis qu'elle l'étreignait plus fort comme pour souder leurs chairs en une seule. Elle entortilla ses doigts dans ses épaisses boucles couvertes de poussière et laissa échapper un gémissement indistinct.

— Je ne veux pas te perdre, dit-il en interrompant le baiser. Je ne veux jamais me séparer de toi.

— Je ne te laisserai jamais... jamais ! haleta-t-elle.

Ils s'embrassèrent de nouveau, encore plus furieusement. Montés sur un char qui échappait à leur contrôle, conduits par les chevaux fougueux de l'amour et du désir, ils étaient désormais entrés dans des régions inexplorées de leur corps et de leur esprit.

Toujours enlacés, ils s'affaissèrent dans le sable blanc du fond de l'oued et s'agrippèrent l'un à l'autre comme s'ils étaient ennemis. Ils avaient les yeux fous, aveugles, la respiration hachée, haletante. Entre les doigts de Nefer, le lin de la jupe de Mintaka se déchira comme du parchemin et il passa la main par l'ouverture. Elle gémit comme si elle souffrait le martyre, mais ses cuisses s'écartèrent d'elles-mêmes, et elle devint toute molle et docile. Aucun des deux ne savait où cela allait les mener. Tout ce que voulait Nefer, c'était sentir sa peau douce contre la sienne. C'était un besoin profond dont sa vie même semblait dépendre. Il arracha sa tunique et leurs corps se pressèrent l'un contre l'autre, tous deux abîmés dans la sensation extatique de la jeune chair chaude de Mintaka contre la sienne, plus dure. Lorsque, inconsciemment, son corps commença à aller et venir contre celui de la jeune fille, elle accompagna ses mouvements comme si elle montait un char ailé sur un chemin rocailleux.

Puis elle sentit soudain quelque chose de dur qui pressait de manière impérieuse aux portes mêmes de sa féminité et elle éprouva le besoin irrépressible de répondre à chacune de ses poussées, pour l'aider à ouvrir son chemin, pour l'accueillir dans les profondeurs de sa chair.

C'est alors qu'elle revint brusquement à la réalité. Elle donna des coups de pied, cambra le dos et se débattit avec une force renouvelée comme une gazelle dans les mâchoires d'un guépard. Elle arracha sa bouche de la sienne et cria :

— Non, Nefer ! Tu m'as promis ! Par l'œil blessé d'Horus, tu m'as promis !

Il s'écarta d'elle d'un bond comme s'il avait reçu un coup de fouet et la fixa avec de grands yeux terrifiés. Sa voix était rauque, haletante, comme s'il avait couru vite et longtemps.

— Mintaka, mon amour, ma chérie. Je ne sais pas ce qui m'a pris. C'était une folie. Je ne voulais pas. Plutôt mourir que de rompre mon serment et te déshonorer, ajouta-t-il avec un geste désespéré.

Mintaka respirait si péniblement qu'elle ne put répondre tout de suite. Elle détourna les yeux du corps nu de Nefer, qui poursuivit, l'air piteux :

— Je t'en supplie, ne me hais pas. Je ne me rendais pas compte.

— Je ne te hais pas, Nefer. Je ne te haïrai jamais.

L'affliction de Nefer était plus qu'elle n'en pouvait supporter et elle n'avait qu'une envie : se jeter dans ses bras et le réconforter. Mais elle savait combien c'était périlleux.

— C'est autant de ma faute que de la tienne. Je n'aurais jamais dû laisser cela arriver, dit-elle.

Ses jambes flageolaient et elle essaya des deux mains d'écarter ses cheveux de son visage. Il se leva, l'air coupable, et fit un pas vers elle, mais s'arrêta tout de suite en la voyant reculer.

— J'ai déchiré ta jupe, dit-il. Je ne le voulais pas.

Elle baissa les yeux et vit qu'elle était presque aussi nue que lui. Elle rassembla hâtivement les bouts d'étoffe et recula encore.

— Tu dois te rhabiller, murmura-t-elle en le regardant malgré elle.

Il était beau et elle sentit le désir se réveiller en elle. Elle se força à détourner les yeux. Il se baissa rapidement, ramassa sa tunique et l'attacha autour de sa taille. Ils étaient debout, dans un silence coupable et gêné. Mintaka chercha quelque chose à dire pour les distraire de ce moment pénible. Son corps vint à la rescousse : elle fut prise d'une envie pressante.

— Il faut que j'y aille, dit-elle.

— Non, supplia-t-il. Je ne voulais pas. Pardonne-moi. Cela ne se reproduira plus. Reste avec moi. Ne me laisse pas.

Elle eut un sourire mal assuré.

— Non, tu ne comprends pas. Je m'absente un petit moment, expliqua-t-elle avec un geste significatif. Je ne serai pas longue.

Le soulagement de Nefer était presque pathétique.

— Ah, je comprends. Je vais préparer le char.

Il se tourna vers les chevaux et elle s'enfonça dans le bosquet d'épineux.

Le lion la regardait à travers les arbustes arriver dans sa direction. Il aplatit ses oreilles contre son crâne et se tapit davantage sur le sol rocheux.

C'était un vieux lion. Sa crinière sombre et broussailleuse était semée de poils gris. Son dos avait eu naguère un lustre bleuté, mais il était maintenant légèrement blanchi par les ans. L'une de ses dents, usées et jaunies, était cassée à la base. Bien qu'il fût encore capable de terrasser un bœuf adulte et de le tuer d'un seul coup de ses énormes pattes, ses griffes étaient émoussées au point qu'il avait du mal à agripper des proies plus agiles. La nuit précédente, il avait laissé échapper un oryx et la faim le tenaillait.

Il observait la créature humaine avec ses yeux jaunes, et sa lèvre supérieure se retroussait en un grondement silencieux. Quand il était petit, sa mère lui avait appris à se nourrir de la chair morte qu'ils trouvaient sur les champs de bataille. Il n'avait pas la répugnance que la plupart des autres carnivores éprouvent pour le goût de la chair humaine. Au fil des ans, il avait tué des hommes et s'était repu de leur chair chaque fois que l'occasion s'était présentée. La jeune fille qui se dirigeait vers lui à travers les broussailles était pour lui une proie naturelle.

Mintaka s'arrêta à cinquante pas de l'animal et jeta un coup d'œil autour d'elle. Pendant la traque, l'instinct du lion lui dictait d'éviter le regard direct de sa proie. Il garda la tête collée au sol, les yeux mi-clos. Ce n'était pas le moment d'attaquer, et sa queue restait raide et basse.

Mintaka se plaça derrière le tronc d'un arbre, s'accroupit et soulagea sa vessie. Quand le lion capta l'odeur forte de l'urine, son museau se plissa et son intérêt fut piqué. Mintaka se releva et laissa sa jupe déchirée retomber autour de ses cuisses. Elle tourna le dos au fauve et repartit vers l'endroit où l'attendait Nefer.

Le lion fouetta l'air de sa queue, prélude à la charge. Il dressa la tête et se battit les flancs de sa queue noire.

Mintaka entendit le battement sourd et le sifflement rythmique de la queue, s'arrêta et se retourna, perplexe. Elle regarda droit dans les yeux jaunes de la bête et poussa un cri aigu, qui perça le cœur de Nefer. Il pivota sur ses talons et comprit immédiatement la situation : la jeune fille face au lion tapi.

— Ne cours pas ! cria-t-il, sachant qu'en le faisant elle déclencherait le réflexe félin de la poursuite. J'arrive.

Il arracha son arc et son carquois du râtelier sur la plate-forme du char, et courut vers elle tout en encochant une flèche.

— Ne cours pas ! répéta-t-il désespérément.

Mais à cet instant le lion poussa un grondement terrible, qui parut vibrer dans les os de Mintaka et faire trembler le sol sous ses pieds. Elle ne put maîtriser la terreur qui l'envahit, se retourna brusquement et courut comme une folle vers Nefer en sanglotant.

La crinière du lion se dressa instantanément comme une aura sombre autour de sa tête et il chargea, éclair fauve à travers les arbres. Il la rattrapait comme si elle avait été enracinée dans la terre.

Nefer s'arrêta net, laissa tomber le carquois pour avoir les deux mains libres et leva son arc. Il tira l'empennage jusqu'à ses lèvres et visa la puissante poitrine. Le coup était à courte portée mais difficile. Comme le lion arrivait en biais, l'angle était critique, et Mintaka en plein dans sa ligne de tir. Il savait de plus que blesser le fauve ne la sauverait nullement. Il lui fallait planter sa flèche dans les organes vitaux de la bête pour la terrasser et donner une chance à la jeune fille de s'échapper. Il n'avait pourtant pas le temps de viser comme il fallait : le lion était presque sur elle.

Il arrivait en grognant à chaque bond, des mottes de terre et des cailloux projetés par la poussée de ses grosses pattes. Ses yeux jaunes étaient effrayants. Nefer pivota légèrement, visa une largeur de main plus haut pour compenser la courbe de la trajectoire et hurla :

— A terre, Mintaka ! Evite mon tir !

Au cours des semaines qu'ils avaient passées à chasser ensemble, une entente étroite s'était créée entre eux et elle avait appris à lui faire confiance aveuglément. La voix de Nefer lui parvint malgré sa terreur. Sans hésiter, elle se jeta à plat ventre en pleine course sur le sol rocailleux, presque sous les mâchoires du lion.

A l'instant même, Nefer lâcha sa flèche. A ses yeux, fous de peur, le projectile parut franchir l'espace qui les séparait à la façon du vol paresseux d'un oiseau de proie trop chargé. Il passa au-dessus de Mintaka et commença à infléchir sa course vers le bas, minuscule, lent et à l'évidence inefficace contre un si gros animal.

La flèche frappa silencieusement. Nefer s'était attendu à ce que la fragile hampe se brise net, déviée comme par mépris par la bête bondissante.

Au moment précis où le lion ouvrait la gueule, découvrant deux rangées irrégulières de crocs jaunis, la pointe en silex disparut dans l'épaisse toison sombre qui couvrait son poitrail. L'impact ne fit aucun bruit, mais la fine hampe pénétra elle aussi dans la chair et il n'en dépassa plus qu'une largeur de main et les plumes colorées de l'empennage.

Nefer crut avoir touché le cœur. Le lion bondit en l'air dans une convulsion gigantesque, et son grognement se mua en un flot de rugissements qui fit tomber un nuage de feuilles sèches des branches d'épineux au-dessus de lui. Puis l'animal se mit à tourner sur lui-même en essayant de mordre l'extrémité de la flèche fichée dans sa poitrine, qu'il réussit à réduire en miettes. Mintaka était étendue presque sous ses pattes qui battaient l'air.

— Eloigne-toi ! cria Nefer. Cours !

Il se baissa, arracha une deuxième flèche du carquois et se précipita en avant tout en l'encochant. Mintaka se leva d'un bond. Elle avait suffisamment repris ses esprits pour ne pas le gêner en courant vers lui et elle sauta derrière le tronc de l'arbre le plus proche.

Le mouvement suffit à attirer de nouveau sur elle l'attention du fauve blessé. Mû par la douleur et la fureur plus que par la faim, il se jeta en avant avec de violents coups de griffes, qui arrachèrent un morceau d'écorce humide de l'arbre derrière lequel elle était tapie.

— Viens ! Je suis là ! Viens vers moi ! criait Nefer pour tenter d'attirer le lion.

Celui-ci tourna brusquement son énorme tête couronnée de sa crinière dans sa direction. Nefer banda l'arc et tira la seconde flèche dans un mouvement désespéré. Ses bras tremblaient et c'est tout juste s'il prit le temps de viser. Le projectile l'atteignit trop en arrière et s'enfonça profondément dans son ventre. La morsure du silex le fit tousser. Il laissa Mintaka et se rua vers Nefer.

Bien que le lion fût mortellement blessé et que ses mouvements fussent déjà ralentis, Nefer n'avait aucune chance d'échapper à sa charge. Le carquois abandonné par terre était hors de sa portée. Il tira son poignard de l'étui accroché à sa ceinture.

C'était une arme dérisoire face à l'animal furieux. La

fine lame de bronze n'était pas assez longue pour atteindre le cœur, mais il avait entendu le chasseur royal raconter des histoires d'hommes qui avaient miraculeusement échappé à un danger mortel comme celui-là. Lorsque le lion bondit sur lui, Nefer tomba en arrière, sans même essayer d'opposer de résistance au poids et à l'élan de la bête. Il était par terre entre ses pattes de devant et l'animal ouvrit toutes grandes ses mâchoires pour lui broyer le crâne entre ses terribles crocs. Son haleine fétide sentait la viande pourrie et les tombes ouvertes, et Nefer eut envie de vomir. Il rassembla ses forces et projeta sa main droite armée dans la gueule ouverte. Le lion mordit instinctivement.

Nefer tenait fermement le poignard verticalement et, lorsque les mâchoires se refermèrent, la pointe de bronze transperça le palais. Le jeune homme retira brusquement sa main avant que les crocs aient eu le temps de lui broyer les os du poignet.

Toutes griffes dehors, le lion lui donnait des coups de patte. Nefer en évita certains en se tortillant sous le corps pesant, mais son pagne fut arraché et il sentit les griffes lui déchirer la chair. Il savait qu'il ne pourrait résister beaucoup plus longtemps. Malgré lui, il cria au fauve :

— Laisse-moi, créature répugnante ! Ote-toi de là !

Le lion rugissait toujours, et le sang, qui jaillissait de son palais transpercé en un nuage écarlate, se mêlait à son haleine puante et à sa salive chaude sur le visage de Nefer.

Ses cris galvanisèrent Mintaka. Quand elle jeta un coup d'œil de derrière l'arbre, elle vit Nefer couvert de sang sous la masse impressionnante du fauve. Le lion le déchiquetait. Elle en oublia sa peur.

L'arc de Nefer était coincé sous son corps et, sans lui, le carquois plein de flèches ne servait à rien. Elle s'élança vers le char. Les cris et les rugissements derrière elle l'aiguillonnaient, et elle courut jusqu'à ce que son cœur parût sur le point d'éclater.

Devant elle, les chevaux étaient terrifiés par l'odcur dc la bête et ses rugissements. Ils se cabraient, agitaient la tête et donnaient des coups de pied dans les traits. Ils se seraient emballés depuis longtemps si Nefer n'avait pas serré le frein, et ils ne pouvaient que tourner en rond. Mintaka se précipita vers le char sous les sabots qui fouettaient l'air et sauta sur la plate-forme. Elle saisit les rênes et cria aux chevaux :

— Ho, Victorieux ! Ho, Puissant !

Maintes fois au cours de leurs sorties précédentes, Nefer l'avait laissée conduire, et les chevaux reconnaissaient sa voix et son toucher sur les rênes. Elle les maîtrisa rapidement, mais cela lui parut une éternité car elle entendait les cris de Nefer et les rugissements assourdissants du lion. A l'instant où elle eut les deux animaux en main, elle se pencha sur le côté et desserra le frein. Elle fit faire demi-tour à l'attelage et poussa les chevaux droit sur le lion et sa victime.

Puissant se dérobait mais Victorieux obéissait. Elle saisit le fouet que Nefer n'avait jamais utilisé et en lança un coup sur la croupe luisante de Puissant, y laissant une zébrure large comme le pouce.

— Ha ! cria-t-elle. Tire, maudit Puissant !

Effarouché, le cheval bondit en avant et ils foncèrent avec fracas vers le lion. Absorbé par sa victime, qui hurlait et se tondait entre ses pattes, le fauve ne leva pas les yeux vers le char lancé à toute allure dans sa direction.

Mintaka lâcha le fouet et empoigna la lance dans son soc. L'ayant portée pour Nefer au cours de leurs longues heures de chasse, elle lui paraissait maintenant légère et familière dans sa main droite. Tout en guidant l'attelage avec les rênes de la main gauche, elle se pencha par-dessus le panneau latéral et leva haut la lance. Ils passèrent près du lion accroupi, la tête baissée, la nuque découverte. L'épaisse crinière noire recouvrait la jointure de la colonne vertébrale et du crâne, mais elle en devina l'emplacement et frappa avec toute la force que lui donnaient sa peur, son amour pour Nefer et l'élan du char lancé à toute allure.

A sa grande surprise, la pointe transperça sans difficulté la peau tendue et toute la longueur de la hampe disparut dans le cou de l'animal. Elle sentit un léger choc dans la main quand la pointe heurta l'articulation entre les vertèbres avant de poursuivre sa trajectoire pour sectionner la moelle épinière.

Le char continuant sa course, la hampe de la lance lui fut arrachée de la main. Mais le lion s'effondra, inerte, sur Nefer, sans la moindre convulsion, tué net.

Il lui fallut cinquante coudées pour arrêter les chevaux affolés. Elle leur fit faire demi-tour et les poussa jusqu'à l'endroit où Nefer gisait sous l'énorme carcasse. Elle eut la présence d'esprit de serrer le frein avant de sauter de la plate-forme.

Nefer était gravement blessé. A en juger par tout le sang dont il était couvert, elle pensa même qu'il était mort. Elle se laissa tomber à genoux à côté de lui.

— Nefer, parle-moi. Est-ce que tu m'entends ?

A son grand soulagement, il tourna la tête, les yeux ouverts et fixés sur elle.

— Tu es revenue, dit-il dans un souffle. *Bak-her*, Mintaka. *Bak-her !*

— Je vais te dégager.

Le poids énorme de la bête morte empêchait Nefer de respirer. Mintaka se leva d'un bond et tira sur la tête du lion.

— La queue, murmura Nefer avec peine, le visage ruisselant de sang. Fais-le rouler en le tirant par la queue.

Elle fut prompte à lui obéir, empoigna la longue queue touffue puis tira de toutes ses forces. L'arrière-train commença lentement à se balancer, puis l'ensemble de la carcasse bascula : Nefer était libéré.

Mintaka s'agenouilla à son côté et l'aida à s'asseoir, mais il oscillait comme s'il était ivre et dut se tenir à elle.

— Qu'Hathor me vienne en aide, pria-t-elle. Tes blessures sont terribles. Que de sang !

— Il n'y a pas que le mien, lâcha-t-il.

Mais le sien jaillissait d'une artère de sa cuisse droite déchirée par les griffes du lion. Taita lui ayant appris à soigner les blessures de guerre, il enfonça son pouce dans la chair et appuya jusqu'à ce que le flot se tarisse.

— Va chercher l'outre, la pressa-t-il.

Mintaka courut jusqu'au char et la lui rapporta. Elle la tint pendant qu'il buvait avidement, puis, avec tendresse, lava son visage couvert de sang et de crasse, soulagée de le trouver intact. En revanche, quand elle examina ses autres blessures, elle eut du mal à cacher l'effroi que lui causa leur gravité.

— Mon tapis de couchage est sur le char, dit-il d'une voix faible.

Quand elle le lui apporta, il lui demanda de défaire le paquetage, où elle trouva sa trousse de couture. Elle choisit une aiguille et un fil de soie. Il lui montra comment ligaturer le vaisseau sanguin. Le travail était facile pour elle. Elle n'hésita ni ne recula devant la tâche. Les mains couvertes de sang jusqu'aux poignets, avec ses doigts agiles elle enroula le fil autour de l'artère ouverte, puis referma les blessures les plus profondes. Toujours sur les instructions de Nefer, elle les pansa avec des bandes d'étoffe déchirées de sa tunique en lambeaux. C'était une chirurgie rudimentaire, mais suffisante pour étancher l'hémorragie.

— C'est tout ce que nous pouvons faire pour le moment. Il faut que je t'aide à monter sur le char et te conduise là où un chirurgien fera le reste. Ah, si seulement Taita était ici !

Elle courut à Victorieux et mena les deux chevaux jusqu'à Nefer, qui, appuyé sur un coude, regardait avec regret la carcasse du lion près de lui.

— Mon premier lion, murmura-t-il piteusement. Si nous ne le dépeçons pas, il va pourrir et perdre sa fourrure.

Dans le feu de l'émotion et à cause de l'inquiétude qu'il lui inspirait, elle se mit en colère.

— Voilà la chose la plus stupide que j'aie jamais entendue ! s'écria-t-elle. Risquer sa vie pour un morceau de fourrure puant !

Furieuse, elle vint l'aider à se mettre debout. Il fallut leurs efforts conjugués pour y parvenir. Il gagna le char en boitillant, appuyé sur elle de tout son poids, et s'écroula sur la plate-forme.

Mintaka se servit du couchage en peau de mouton pour l'installer confortablement, puis grimpa à son tour, debout au-dessus de lui, les rênes à la main.

— Par où va-t-on ? demanda-t-elle.

— Le reste de l'escadron doit maintenant être loin dans la vallée et ils vont trop vite pour que nous les rattrapions. En plus, ils se dirigent dans la mauvaise direction, répondit-il. Les autres chasseurs sont éparpillés à travers le désert. Nous pourrions les chercher toute la journée sans les trouver.

— Nous devons donc retourner jusqu'à la flotte au mouillage à Dabba. Il y a un chirurgien à bord.

Elle était parvenue à la seule conclusion raisonnable, et il acquiesça. Elle mit les chevaux au pas, ils quittèrent le bosquet et montèrent sur le plateau en direction du sud.

— Nous en avons pour au moins trois heures, d'ici jusqu'à Dabba, fit-elle remarquer.

— Pas si nous coupons à travers le méandre du fleuve, répondit-il. Cela raccourcit le trajet de retour de quatre lieues au moins.

Mintaka hésitait, le regard fixé vers l'est sur le morne désert par lequel il voulait passer.

— Je risque de perdre mon chemin, murmura-t-elle avec appréhension.

— Je te guiderai, dit-il avec l'assurance procurée par les instructions que Taita lui avait données pour se déplacer dans le désert. C'est notre meilleure chance.

Elle fit tourner l'attelage vers la gauche et prit comme point de repère une petite colline bleue de schiste argileux dans la direction indiquée par Nefer.

En temps normal, ils se seraient délectés du mouvement du char filant à toute allure sur le sol irrégulier, leurs jeunes jambes supportant aisément creux et bosses. Mais maintenant, bien qu'elle maintînt les chevaux au pas ou au trot, le châssis rigide transmettait le choc de chaque pierre ou bosse, le cahot provoqué par chaque trou, au corps lacéré de Nefer. Il grimaçait et transpirait, mais tentait de cacher à Mintaka sa douleur et sa gêne. Pourtant, à mesure que passaient les heures, la douleur devenait insupportable. Il poussa un gémissement à la suite d'un choc particulièrement violent et s'évanouit.

Mintaka arrêta immédiatement les chevaux et tenta de le ranimer. Elle trempa un tampon de lin dans l'eau et en pressa quelques gouttes entre ses lèvres, puis épongea son visage pâle couvert de sueur. Quand elle essaya de refaire les pansements de ses blessures, elle constata que la plaie de sa cuisse saignait de nouveau. Elle s'efforça de stopper le saignement mais ne réussit qu'à le réduire à un mince filet.

— Ça va aller mieux, mon chéri, lui dit-elle avec une assurance qu'elle ne ressentait pas.

Elle l'étreignit doucement, déposa un baiser sur le dessus de sa tête couverte de poussière et de sang séché, puis reprit les rênes.

Une heure plus tard, elle donna ce qui restait d'eau à Nefer et aux chevaux sans se désaltérer elle-même. Puis, debout sur la plate-forme du char, elle se dressa sur la pointe des pieds et regarda autour d'elle les collines de gravier et de schiste argileux qui dansaient et tremblaient dans l'air surchauffé. Elle s'était perdue. Suis-je allée trop loin vers l'est ? se demanda-t-elle en levant la tête vers le soleil et en essayant d'évaluer son angle. A ses pieds, Nefer s'agita et gémit. Elle baissa le regard vers lui, fit bonne figure et lui sourit.

— Nous ne sommes plus très loin maintenant, mon cœur. Nous devrions apercevoir le fleuve du haut de la prochaine crête.

Elle remit en place la peau de mouton sous sa tête, puis se redressa, reprit les rênes et rassembla son courage. Elle se rendit soudain compte qu'elle était épuisée : tous ses muscles lui faisaient mal, ses yeux étaient irrités par l'éclat aveuglant du soleil et par la poussière. Elle s'obligea à continuer.

Les chevaux ne tardèrent pas à montrer des signes de détresse. Ils s'étaient arrêtés, inondés de sueur. Elle tenta de les pousser au trot, mais ils ne réagissaient plus. Elle mit pied à terre, prit la tête de l'étalon et les mena ainsi. Elle-même titubait, mais elle trouva enfin les traces d'un autre char dans le fond sablonneux d'une vallée et reprit courage.

— Elles se dirigent vers l'ouest, murmura-t-elle entre ses lèvres qui commençaient à enfler et à se craqueler. Elles vont nous mener jusqu'au fleuve.

Elle continua de suivre les traces de roues pendant un moment, puis s'arrêta, désorientée, ayant vu devant elle les empreintes de ses propres pas. Il lui fallut un certain temps pour comprendre qu'elle avait tourné en rond et suivi ses propres traces.

Le désespoir l'envahit. Elle se laissa tomber à genoux, impuissante et perdue, et murmura à Nefer, étendu inconscient :

— Pardonne-moi, mon chéri. Je n'ai pas honoré ta confiance.

D'un geste caressant, elle écarta les cheveux emmêlés tombés sur son visage. Puis elle regarda la colline basse à l'est et cligna des yeux. Elle secoua la tête pour s'éclaircir la vue, détourna ses yeux brûlants pour les reposer, puis regarda encore. Son moral remonta une nouvelle fois, mais elle ne savait encore trop si ce qu'elle voyait était un mirage ou la réalité.

Sur la crête des collines au-dessus d'eux, la silhouette d'un personnage émacié, appuyé sur un long bâton, se découpait sur le ciel. Sa chevelure argentée brillait comme un nuage et la chaude brise du désert faisait battre le bas de sa robe contre ses jambes d'échassier. Il les regardait.

— Oh, Hathor et toutes les déesses, c'est impossible... murmura-t-elle.

A côté d'elle, Nefer ouvrit les yeux.

— Taita est tout près. Je sens sa présence, dit-il.

— Oui, Taita est ici, fit-elle d'une voix faible en portant sa main à sa gorge, bouleversée. Mais comment a-t-il fait pour nous trouver ?

— Il sait. Taita sait, répondit Nefer avant de refermer les yeux et de retomber dans le coma.

Le vieux mage descendait maintenant à grandes enjambées la pente rocailleuse dans leur direction. Mintaka se remit debout et alla à sa rencontre en chancelant. Sa fatigue ne tarda pas à s'évanouir. Elle faisait de grands signes et criait des mots de bienvenue, délirant de joie.

Taita mena l'attelage vers le bas de l'escarpement, le fleuve et le village de Dabba. Les chevaux réagissaient à ses incitations et se déplaçaient à une allure tranquille qui ménageait le jeune blessé sur la plate-forme. Avec un instinct sûr, Taita semblait avoir compris de quels remèdes Nefer avait besoin, et il les avait apportés avec lui. Après avoir refait les pansements, il avait conduit les chevaux à une petite source cachée toute proche, où l'eau amère les avait ranimés. Il avait déposé Mintaka sur la plate-forme et avait dirigé l'attelage sans hésiter vers Dabba et le fleuve.

A son côté, Mintaka l'avait supplié, presque les larmes aux yeux, de lui expliquer comment il avait su qu'ils avaient besoin de lui et où les trouver. Taita avait souri et crié aux chevaux :

« Doucement, Puissant ! Ho, Victorieux ! »

A leurs pieds, Nefer dormait profondément sous l'effet de la drogue, la *schepen* rouge, mais son saignement était tari et ses blessures lavées et pansées avec des bandes de lin.

Un coucher de soleil flamboyant s'évanouissait sur le Nil comme un feu de brousse en train de mourir. Les bateaux de la flotte étaient toujours à l'ancre dans le courant, pareils à des jouets dans la lumière déclinante.

Apepi et Naja sortirent de Dabba sur leurs montures pour venir à leur rencontre. Seigneur Naja était extrêmement agité et, dès qu'ils furent à portée de voix, Apepi cria à sa fille :

— Où étais-tu, stupide enfant ? La moitié de l'armée est partie à votre recherche.

L'agitation de Naja se calma dès qu'il fut assez près pour voir que Nefer, couvert de pansements, gisait inconscient. Une lueur d'optimisme éclaira son visage quand Taita lui expliqua combien les blessures de Pharaon étaient graves.

A peine conscient, Nefer fut porté en litière sur la berge puis, soulevé avec précaution par des marins, à bord de l'une des galères.

— Je veux que Pharaon soit conduit à Thèbes aussi vite que possible, quand bien même il faudrait naviguer de nuit, dit Taita à Naja. Il y a grand danger que les blessures se putréfient, ce qui arrive quand elles sont provoquées par de grands félins. Comme si leurs crocs et leurs griffes avaient trempé dans les poisons les plus virulents.

— Tu peux donner l'ordre d'appareiller sur-le-champ, répondit Naja devant l'assistance.

Il prit ensuite Taita par le bras et l'entraîna à l'écart le long de la berge, où ils ne pouvaient être entendus.

— N'oublie pas, mage, la charge que les dieux t'ont confiée. Je discerne clairement leur intervention dans ces événements extraordinaires. S'il advenait que Pharaon succombe à ses blessures, personne, dans aucun des deux royaumes, n'y verrait quoi que ce soit d'anormal.

Il n'en dit pas davantage mais regarda Taita en face de ses yeux jaunes perçants.

— La volonté des dieux prévaudra sur tout le reste, admit Taita d'un air tranquille mais énigmatique.

Naja perçut dans cette réponse ce qu'il souhaitait entendre.

— Nous sommes d'accord, Taita. Je mets en toi toute ma confiance. Va en paix. Je te suivrai à Thèbes après m'être occupé d'Apepi.

Cette dernière remarque parut étrange à Taita, mais il était trop soucieux pour s'y attarder. Naja eut un sourire mystérieux et poursuivit :

— Qui sait ? Peut-être aurons-nous de grandes nouvelles à nous annoncer mutuellement à notre prochaine rencontre.

Taita se hâta de remonter à bord de la galère, se rendit dans la petite cabine dans laquelle reposait Nefer et trouva Mintaka en larmes, à genoux près de sa couche.

— Qu'y a-t-il, ma douce ? demanda-t-il gentiment. Tu as été aussi courageuse qu'une lionne. Tu t'es battue comme un guerrier. Pourquoi te laisser aller maintenant au désespoir ?

— Mon père me ramène à Avaris demain matin alors que je devrais être au côté de Nefer. Je suis sa fiancée. Il a besoin de moi. Nous avons besoin l'un de l'autre.

Elle leva vers lui un regard pitoyable. Taita voyait bien qu'elle était physiquement et mentalement épuisée. Elle lui prit la main.

— Oh, mage ! Irais-tu voir mon père pour lui demander de me laisser retourner à Thèbes afin de t'aider à soigner Nefer ? Mon père t'écoutera.

Mais Apepi s'étrangla de rire quand Taita essaya de le persuader.

— Placer mon agneau dans l'enclos de Naja ? dit-il en secouant la tête, amusé. J'ai autant confiance en lui qu'en un scorpion. Qui sait quels mauvais tours il tenterait de me jouer si je lui donnais une telle prise ? Quant à Nefer, ce jeune chiot lui trousserait les jupes aussi vite qu'un faucon vole après une outarde... s'il ne l'a déjà fait.

Il rit de nouveau.

— Je ne tiens pas à dévaluer sa virginité. Non, mage, Mintaka rentre à Avaris sous mon aile et elle y restera jusqu'au jour de ses noces. Et aucun de tes sorts ne me fera changer d'avis.

Mintaka alla tristement prendre congé de Nefer. Il était à demi conscient, affaibli par la drogue et la perte de sang. Mais, quand elle l'embrassa, il ouvrit les yeux. Il la regardait en face pendant qu'elle l'assurait de son amour à voix basse. Avant de se relever pour s'en aller, elle prit le médaillon d'or suspendu à son cou.

— Il contient une mèche de mes cheveux. C'est mon âme et je te la donne.

Elle le plaça dans sa main et replia ses doigts autour du bijou.

Mintaka était debout sur la berge du Nil, seule, tandis que la galère rapide qui emportait Nefer et Taita affrontait le courant. Avec vingt rameurs sur chaque bord, la proue fendant l'écume, elle se dirigea vers l'amont en direction de Thèbes. Mintaka ne fit aucun signe d'adieu à la haute silhouette de Taita, à l'arrière, mais elle la suivit des yeux tristement.

Une dernière entrevue eut lieu le lendemain matin à bord de la nef royale hyksos entre Apepi et le régent Naja. Les neuf fils d'Apepi se trouvaient là et Mintaka était assise à côté de son père. Apepi l'avait surveillée étroitement depuis le départ de la galère qui avait emporté Pharaon Nefer Seti la veille. Il connaissait trop bien le fort caractère de sa fille pour faire confiance à son jugement ou à son sens du devoir filial quand elle avait décidé quelque chose.

La cérémonie d'adieu se déroula sur le pont, avec force protestations de confiance mutuelle et d'attachement à la paix.

— Puisse-t-elle durer mille ans ! entonna Naja en remettant à Apepi l'Or d'Eternité, une distinction qu'il avait créée pour cette occasion.

— Mille fois mille ans, renchérit Apepi avec la même gravité tandis que Naja plaçait la chaîne de l'ordre, incrustée de pierres précieuses et semi-précieuses autour de ses épaules.

Le régent et le roi s'étreignirent avec une affection toute fraternelle, puis Naja fut conduit en barque jusqu'à sa galère. Alors que les deux flottes prenaient des directions opposées, l'une vers Thèbes, l'autre dans le sens du courant vers Memphis et Avaris, à cent lieues en aval, les équipages s'acclamèrent mutuellement jusqu'à ce que chacun disparaisse à la vue de l'autre. Des guirlandes et des couronnes de feuilles de palmier et de fleurs, jetées d'un vaisseau vers l'autre, parsemaient les eaux du large fleuve.

Le retour du roi Apepi n'avait pas un caractère d'urgence obligeant sa flotte à naviguer de nuit, aussi, le soir venu, jeta-t-elle l'ancre à Balasfoura, face au temple d'Hâpy, le dieu hermaphrodite du Nil, mi-homme, mi-hippopotame. Le roi et les siens se rendirent à terre et sacrifièrent un bœuf d'un blanc pur sur l'autel du sanctuaire. Le grand prêtre éviscéra la bête beuglante et, alors qu'elle était encore vivante, examina ses entrailles pour lire les auspices à l'intention du roi. A sa grande consternation, il constata que les boyaux de l'animal étaient infestés de vers blancs puants, qui se répandirent sur le sol du temple en une masse grouillante. Il tenta de dissimuler cette hideur aux yeux du roi en étalant sa cape dessus et prépara quelque mensonge, mais Apepi l'écarta d'un coup d'épaule et contempla l'horrible spectacle. Même lui était visiblement bouleversé et, pour une fois, il avait perdu son exubérance quand ils sortirent du temple pour retourner sur la berge, où Trok et les officiers sous ses ordres avaient organisé pour lui un banquet et des distractions.

Même les jeunes coqs noirs sacrés du temple refusèrent de becqueter les entrailles contaminées de l'animal sacrifié. Les prêtres les jetèrent dans le feu du temple mais, au lieu de les consumer, le feu, qui brûlait depuis toujours, fut éteint par elles. Les signes ne pouvaient être de plus mauvais augure, mais le grand prêtre donna l'ordre d'ensevelir les entrailles et de rallumer le feu.

— Je n'ai jamais vu un présage aussi défavorable, déclara-t-il à ses acolytes. Un tel signe du dieu Hâpy ne peut qu'annoncer quelque terrible événement, tel que la guerre ou la mort de Pharaon. Nous devons prier toute la nuit pour que Pharaon Nefer Seti guérisse de ses blessures.

Sur la rive, Seigneur Trok avait fait installer des pavillons tendus de rideaux rouge, jaune et vert vif pour recevoir la famille royale. Des bœufs entiers grillaient sur les fosses pleines de braises rougeoyantes et des amphores emplies de vins choisis avaient été mises à rafraîchir dans les eaux du fleuve. Appelés par les cris d'Apepi, qui réclamait encore du vin, des esclaves escaladaient la berge en titubant sous leur poids à mesure qu'elles étaient vidées l'une après l'autre par la compagnie.

L'humeur sombre du roi s'allégeait à chaque coupe, et il ne tarda pas à encourager ses fils à chanter avec lui des chansons de marche paillardes. Certaines étaient si grossières que Mintaka prétexta son épuisement et une migraine pour se retirer avec ses esclaves dans la nef royale au mouillage le long de la berge. Elle tenta d'emmener avec elle Khyan, son plus jeune frère, mais Apepi intervint. Le bon vin l'avait aidé à chasser les appréhensions qu'avait fait naître la divination au temple.

— Laisse-le, petite mégère, ordonna-t-il. Il est bien là où il est. Il faut qu'il apprenne à apprécier la bonne musique.

Il serra le gamin contre lui dans un excès d'affection et porta la coupe de vin aux lèvres de son fils.

— Bois une petite gorgée. Tu n'en chanteras qu'avec plus de douceur, mon principicule.

Khyan vouait à son père un véritable culte, et une telle démonstration de camaraderie en public le transportait de fierté. Son père le traitait enfin en homme et en guerrier. Malgré ses haut-le-cœur, il réussit à vider la coupe, et la compagnie, Seigneur Trok en tête, l'acclama comme s'il avait tué son premier ennemi au combat.

Mintaka hésitait. Elle éprouvait envers son jeune frère un sentiment presque maternel, mais elle se rendait compte que son père n'avait plus toute sa raison. Pleine de dignité, elle conduisit ses servantes jusqu'au bord du fleuve et, sous les acclamations ironiques et avinées de l'assistance, elles montèrent à bord.

Mintaka s'étendit sur sa couche et écouta les échos des festivités. Elle tenta de se calmer pour dormir, mais Nefer lui occupait l'esprit. Le sentiment de perte qu'elle avait refoulé tout le jour et l'inquiétude suscitée par les blessures de Nefer l'envahirent et, en dépit de ses efforts, ses larmes coulèrent. Elle étouffa ses sanglots dans ses oreillers.

Elle sombra enfin dans un sommeil noir, sans rêve, duquel elle s'éveilla avec difficulté. Elle n'avait bu que quelques gorgées de vin, mais elle se sentait comme droguée et avait mal à la tête. Elle se demanda ce qui l'avait réveillée, puis elle entendit des voix rauques à travers le flanc de la coque, et la galère roula sous le poids d'hommes grimpant à bord. Elle entendait des rires et des voix d'ivrognes et de lourds bruits de pas sur le pont au-dessus d'elle. D'après leurs commentaires, il semblait que son père et ses frères avaient été portés à bord. Ce n'était pas inhabituel que les hommes de sa famille s'enivrent au point d'être incapables de marcher, mais elle s'inquiétait pour le petit Khyan.

Elle sortit de sa couche et entreprit de s'habiller, mais elle se sentait étrangement apathique et désorientée. Elle grimpa sur le pont en chancelant.

La première personne qu'elle rencontra fut Seigneur Trok. Il donnait des ordres aux hommes qui portaient son père. Il en avait fallu six pour soulever son énorme masse inerte. Ses frères aînés n'étaient pas en meilleur état. Elle éprouva de la colère et de la honte pour eux.

Puis elle vit Khyan porté par un matelot et courut à lui. Ils l'ont aussi entraîné dans leurs beuveries, pensa-t-elle avec amertume. Ils n'auront de cesse qu'ils n'aient fait de lui un ivrogne.

Elle ordonna au marin de porter Khyan sur le matelas dans la cabine de son père, où elle le déshabilla et lui fit avaler une distillation de plantes médicinales pour le ranimer. La potion était une panacée que Taita avait concoctée pour elle et elle parut faire son effet. Khyan murmura enfin quelques mots et ouvrit les yeux, puis il glissa immédiatement dans un sommeil profond mais naturel. J'espère que ça lui servira de leçon, se dit-elle. Elle ne pouvait rien faire de plus que le laisser se reposer. Par ailleurs, elle se sentait toujours léthargique, et sa migraine était insupportable. Elle retourna à sa cabine et, sans prendre la peine de se déshabiller, se laissa tomber sur sa couche et, presque tout de suite, succomba de nouveau au sommeil.

Quand elle se réveilla une nouvelle fois, elle crut qu'elle faisait un cauchemar, car elle entendait des cris, et des nuages d'une épaisse fumée lui brûlaient la gorge et l'étouffaient. Avant d'avoir eu le temps de reprendre pleinement conscience, elle se retrouva tirée de sa couche, enveloppée dans une couverture de fourrure et portée sur le pont. Elle se débattait, mais elle était aussi impuissante qu'un petit enfant entre les mains vigoureuses qui la tenaient.

Sur le pont, la nuit sans lune était éclairée par des flammes. Elles s'échappaient en grondant par l'écoutille avant, et s'élevaient le long des mâts et du gréement en un infernal torrent orange. Elle n'avait encore jamais vu brûler une coque en bois ; la vitesse et la férocité des flammes l'épouvantèrent.

Elle n'eut pas le loisir de contempler longtemps l'incendie, car elle fut portée rapidement à travers le pont et descendue dans une felouque qui attendait. Elle reprit brusquement ses esprits, recommença à se débattre et cria :

— Mon père ! Mes frères ! Khyan ! Où sont-ils ?

La felouque déborda dans le courant, et Mintaka luttait maintenant de toutes ses forces pour se dégager. Elle réussit à tourner la tête et à voir le visage de l'homme qui la tenait.

— Trok !

Sa présomption, la façon dont il en usait avec elle et ignorait ses cris la mirent en fureur.

— Lâche-moi ! Je te l'ordonne !

Il ne répondit pas. Il la tenait tranquillement et regardait la nef en flammes avec une expression calme et détachée.

— Retourne en arrière ! lui cria-t-elle. Ma famille ! Retourne les chercher !

Pour toute réponse, il lança sèchement un ordre aux rameurs :

— Cessez la nage.

Les rameurs rentrèrent les avirons, et la felouque se balança dans le courant. L'équipage regardait le bateau brûler, fasciné. Les cris affreux de ceux qui étaient enfermés à l'intérieur de la coque leur parvenaient.

Une partie de l'arrière-pont s'écroula brusquement dans un geyser de flammes et d'étincelles. Les amarres complètement consumées, la nef pivota lentement dans le courant et dériva vers l'aval.

— Je t'en prie ! insista Mintaka, changeant de ton. Je t'en prie, Seigneur Trok, ma famille ! Tu ne peux pas les laisser brûler vifs...

Les cris provenant de l'intérieur de la nef s'affaiblissaient, remplacés par le tonnerre sourd des flammes. Des larmes coulaient sur les joues de Mintaka et dégoulinaient de son menton, mais elle était toujours impuissante dans les bras de Trok.

L'écoutille principale s'ouvrit soudain sur le pont en flammes et l'équipage de la felouque, bouche bée, vit avec horreur une silhouette en émerger. Les bras de Trok se serrèrent autour de Mintaka comme s'il allait lui briser les côtes.

— Ce n'est pas possible ! grinça-t-il entre ses dents.

A travers la fumée et les flammes, une apparition sortait des ténèbres de l'enfer. Nu, velu, le ventre protubérant, Apepi se dirigea en titubant vers le bastingage. Il portait dans ses bras le corps de son fils cadet et, la bouche ouverte, cherchait l'air à travers les flammes.

— Le monstre n'est pas facile à abattre, lâcha Trok, sa colère teintée de peur.

Malgré son chagrin, Mintaka comprit le sens de ces paroles.

— C'est toi, Trok ! murmura-t-elle. C'est toi qui as fait ça.

Trok ignora l'accusation.

Les poils qui couvraient le corps d'Apepi roussirent et disparurent dans une bouffée de chaleur. Puis sa peau se mit à cloquer et à partir en lambeaux. Sa barbe broussailleuse et sa chevelure s'enflammèrent comme une torche trempée dans de la poix. Il n'avançait plus et, debout les jambes écartées, tenait Khyan à bout de bras au-dessus de sa tête. Le jeune garçon était aussi brûlé que son père et on voyait sa chair à vif. Peut-être Apepi essaya-t-il de le lancer par-dessus bord pour qu'il échappe aux flammes, mais les forces lui manquèrent et il se tint là comme un colosse à la tête en feu, incapable de rassembler ses dernières réserves d'énergie pour sauver son fils en le jetant dans les eaux fraîches du Nil.

Mintaka ne pouvait faire un geste et l'horreur du spectacle la réduisait au silence. La scène lui parut durer une éternité, jusqu'au moment où le pont s'ouvrit soudain sous les pieds d'Apepi. Son fils et lui disparurent dans les profondeurs du navire en une colonne de flammes, d'étincelles et de fumée.

— C'est fini, dit Trok sans passion.

Il lâcha Mintaka si brusquement qu'elle tomba dans la sentine de la felouque. Il se tourna vers son équipage horrifié.

— Ramez jusqu'à ma galère, ordonna-t-il.

— Tu as fait cela aux miens, murmura Mintaka, étendue à ses pieds. Tu me le paieras, je le jure. Je te le ferai payer.

La felouque arriva le long de la galère de Seigneur Trok, et Mintaka ne protesta pas quand il la souleva comme une poupée pour la porter à bord, puis dans la cabine principale. Il la déposa sur la couche avec une douceur qui ne lui ressemblait pas.

— Tes esclaves sont en sûreté. Je vais te les envoyer, dit-il avant de sortir.

Elle l'entendit placer la barre en travers de la porte puis grimper l'échelle et traverser le pont.

— Me voilà donc prisonnière, murmura-t-elle.

Mais cela lui semblait sans importance après ce qu'elle venait de voir. Elle enfouit son visage dans les oreillers qui sentaient la sueur de Trok et pleura toutes les larmes de son corps, avant de s'endormir.

La coque en flammes de la nef royale d'Apepi continua de dériver jusqu'à la berge opposée au temple d'Hâpy. A l'aube, la fumée montait dans l'air immobile, mêlée à l'odeur de chair brûlée. Quand Mintaka s'éveilla, l'odeur avait pénétré dans la cabine et l'écœura. La fumée sembla jouer le rôle d'un signal, car le soleil était à peine levé au-dessus des collines occidentales que la flotte de Seigneur Naja apparut et franchit rapidement la courbe du fleuve.

Ses esclaves en informèrent Mintaka.

— Seigneur Naja est venu en grand apparat, lui apprirent-elles en proie à une grande agitation. Il nous a quittés hier pour regagner Thèbes. N'est-il pas étrange qu'il soit arrivé là si tôt, alors qu'il devrait se trouver à vingt lieues en amont ?

— On ne peut plus étrange, en effet, reconnut Mintaka sombrement. Je dois m'habiller et me préparer aux nouvelles atrocités qui m'attendent.

Ses bagages étaient partis en fumée dans la nef royale,

mais ses servantes avaient emprunté des vêtements aux autres nobles dames de la flotte. Elles lui lavèrent et bouclèrent les cheveux, puis l'habillèrent d'une *calasiris* de lin toute droite retenue par une ceinture d'or et lui passèrent des sandales aux pieds.

Avant midi, une escorte armée monta à bord de la galère et elle la suivit sur le pont. Son regard se porta d'abord sur les membrures noircies de la nef royale drossée contre la berge opposée, brûlée jusqu'à la ligne de flottaison. Rien n'avait été fait pour dégager les corps enfermés dans l'épave. C'était le bûcher funéraire des siens. La tradition hyksos exigeait la crémation, et non l'embaumement suivi de rituels funéraires élaborés.

Mintaka savait que son père eût approuvé la manière dont il avait quitté ce monde et cela la réconforta un peu. Puis elle pensa à Khyan et détourna les yeux. C'est avec effort qu'elle retint ses larmes pendant qu'elle descendait dans la felouque amarrée et était conduite jusqu'à la rive, sous le temple d'Hâpy.

Seigneur Naja l'attendait avec toute sa cour. Pâle, Mintaka resta distante lorsqu'il lui donna l'accolade.

— Ce sont des heures cruelles pour nous tous, princesse, dit-il. Ton père, le roi Apepi, était un guerrier et un souverain puissant. Etant donné le récent traité entre les deux royaumes et la réunion de l'Egypte en une entité historique sacrée, son décès laisse un vide dangereux. Pour le bien de tous, ce vide doit être comblé immédiatement.

Il la prit par la main et la conduisit jusqu'au pavillon qui, la veille au soir, avait été le théâtre du banquet et des festivités, mais où était réunie maintenant en assemblée solennelle la plus grande partie de la noblesse et de la haute administration des deux royaumes.

Elle vit Trok au premier rang de cette foule. En grande

tenue, il était impressionnant. Il portait son glaive passé dans un ceinturon clouté d'or et son arc de guerre en bandoulière. Derrière lui se tenaient tous ses officiers en rangs serrés, la mine sévère, le regard froid, menaçants malgré les rubans de couleur vive tressés dans leur barbe. Ils la fixaient du regard, sans sourire, et elle avait amèrement conscience d'être la dernière de la lignée d'Apepi, abandonnée et sans protection.

Elle se demanda sur qui elle pouvait encore compter, qui lui était encore fidèle, et chercha des visages familiers et amis dans la multitude. Ils étaient tous là, les conseillers de son père, ses généraux et compagnons d'armes. Aucun ne lui sourit ni ne lui rendit son regard. Elle ne s'était jamais sentie aussi seule.

Naja la mena à un tabouret capitonné d'un côté du pavillon. Lorsqu'elle s'assit, le régent et son état-major formèrent un écran autour d'elle, la cachant à la vue du reste de l'assistance. Elle était certaine que cela avait été fait sciemment.

Seigneur Naja ouvrit la réunion en se lamentant sur la mort tragique du roi Apepi et de ses fils, puis se lança dans un panégyrique du pharaon défunt. Il rappela ses innombrables triomphes militaires et ses hauts faits de souverain, insistant sur sa participation au traité d'Hathor, qui avait apporté la paix aux deux royaumes, déchirés depuis des décennies par des guerres, des luttes et des destructions réciproques.

— Sans le roi Apepi ou un pharaon puissant pour conduire les affaires du royaume de Basse-Egypte et gouverner conjointement avec Pharaon Nefer Seti et son régent de Thèbes, le traité d'Hathor se trouve en grand péril. Un retour aux horreurs et à la guerre des soixante dernières années antérieures au traité est impensable.

Seigneur Trok tapa sur son bouclier de bronze avec son glaive et cria :

— *Bak-her ! Bak-her !*

L'acclamation fut immédiatement reprise par tous les officiers derrière lui et, peu à peu, par toute l'assemblée, jusqu'à devenir un tonnerre assourdissant.

Naja laissa faire un moment, puis leva les bras pour réclamer le silence.

— Dans les circonstances tragiques de son décès, le roi Apepi ne laisse aucun héritier mâle pour reprendre la couronne, poursuivit-il en se gardant de parler de Mintaka. Face à l'urgence de la situation, j'ai consulté les principaux conseillers et les gouverneurs des nomes des deux royaumes. Leur choix du nouveau pharaon a été unanime. D'une seule voix, ils ont demandé à Seigneur Trok de Memphis de reprendre les rênes, de se coiffer du pschent et de gouverner la nation dans la noble tradition du roi Apepi.

Il s'ensuivit un long et profond silence. Les hommes se regardèrent les uns les autres, stupéfaits, et alors seulement se rendirent compte que, pendant qu'ils étaient absorbés par le discours de Seigneur Naja, deux régiments de l'armée du Nord, commandés par Trok et fidèles à celui-ci, étaient sortis en silence des palmeraies pour encercler l'assemblée. Leurs glaives étaient au fourreau, mais chaque main gantée était posée sur la garde. En un instant, les lames de bronze pouvaient être tirées. C'était la consternation générale. Mintaka profita de l'occasion. Elle se leva d'un bond du tabouret où elle avait été dissimulée à la foule et s'écria :

— Mes seigneurs, citoyens fidèles d'Egypte...

Elle n'alla pas plus loin. Quatre guerriers hyksos de haute taille l'entourèrent pour la cacher. Ils tapèrent sur leurs boucliers avec leurs glaives et lancèrent à l'unisson :

— Longue vie à Pharaon Trok Ourouk !

Le cri fut repris par le reste de l'armée. Dans le vacarme qui suivit, des mains vigoureuses saisirent Mintaka et la firent disparaître comme par enchantement à travers la cohue. Elle se débattit en vain, sa voix noyée dans la tempête d'acclamations. Sur la rive, elle se tortilla dans les bras de ses ravisseurs pour jeter un coup d'œil en arrière. Par-dessus les têtes, elle entrevit Seigneur Naja qui posait le pschent sur la tête du nouveau pharaon.

On la poussa ensuite jusqu'en bas de la berge vers la felouque amarrée, et elle se retrouva bientôt à bord de la galère de Seigneur Trok, enfermée dans la cabine bien gardée.

Assise en compagnie de ses esclaves dans la cabine exiguë, Mintaka attendait le retour à bord du nouveau pharaon pour connaître le sort qu'on lui réservait. Ses servantes étaient terrorisées et aussi troublées qu'elle. Elle tenta cependant de les réconforter. Lorsqu'elles se furent un peu calmées, elles commencèrent à jouer à leurs jeux favoris, mais s'en lassèrent vite, et Mintaka réclama un luth. Le sien était resté sur la nef de son père, mais elles en empruntèrent un à un garde.

Mintaka organisa un concours, chaque fille dansant à son tour dans l'espace confiné de la petite cabine. Elles riaient et tapaient des mains quand elles entendirent le nouveau pharaon monter à bord. Elles se turent un moment, mais Mintaka les pressa de continuer et le chahut ne tarda pas à reprendre.

Mintaka ne participa pas à leur gaieté. Elle avait auparavant soigneusement exploré les lieux. Une cabine plus petite, guère plus grande qu'un placard, contiguë à la sienne, faisait office de latrines. Elle était équipée d'une grande cuvette en céramique et d'une cruche d'eau pour se laver. La cloison qui la séparait de la cabine suivante semblait mince et peu solide. Les constructeurs du navire avaient eu le souci de ne pas l'alourdir. Mintaka était montée à bord de cette galère en des jours plus heureux, quand son père et elle étaient les invités de Seigneur Trok. Elle savait que la cabine principale se trouvait de l'autre côté de cette cloison.

Elle se glissa dans les latrines. Malgré le tapage que faisaient ses demoiselles de compagnie, elle entendit des voix d'hommes à travers la cloison. Elle reconnut celle, claire et impérieuse, de Naja, et le ton bourru de Trok. Avec précaution, elle colla son oreille aux planches de la séparation et immédiatement les voix devinrent plus distinctes, les paroles audibles.

Naja était en train de congédier les gardes qui les avaient escortés à bord. Elle les entendit s'éloigner à pas lourds, puis il y eut un long silence. Si long qu'elle pensa que Naja avait pu rester seul dans le salon. Elle entendit ensuite le vin versé dans une coupe, et la voix de Naja, sarcastique :

— Sa Majesté ne s'est-elle pas déjà désaltérée plus que de raison ?

Rire caractéristique de Trok. A en juger par ses difficultés d'élocution quand il répondit à la raillerie, Naja avait vu juste :

— Allons, cousin, ne sois pas si sévère. Prends une coupe avec moi. Buvons au succès de nos efforts. Buvons à la couronne qui ceint ma tête et à celle bientôt posée sur la tienne.

Le ton de Naja se radoucit un peu.

— Il y a un an, quand nous avons commencé à former

nos projets, tout semblait loin, voire impossible. Nous étions alors dépréciés et négligés, aussi éloignés du trône que la lune l'est du soleil, et, maintenant, nous voilà pharaons, tenant à nous deux toute l'Egypte.

— Nous nous sommes débarrassés de deux pharaons. Tamose avec ta flèche dans le cœur et Apepi, ce gros porc, grillé dans son lard avec tous ses porcelets, renchérit Trok avant de partir d'un rire triomphant.

— Je t'en prie, pas si fort. Même si nous sommes seuls, tu manques de prudence, le rabroua doucement Naja. Mieux vaut que nous ne répétions jamais ces paroles. Laissons Tamose emporter nos petits secrets dans sa tombe de la Vallée des Rois, et Apepi au fond du fleuve.

— Allez ! insista Trok. Bois avec moi à notre réussite.

— A notre réussite ! fit Naja. Et à tout ce qui va suivre.

— Aujourd'hui l'Egypte, demain les trésors et les richesses d'Assyrie, de Babylone et du reste du monde ! Il n'y a plus aucun obstacle sur notre chemin.

Trok but bruyamment. Puis il y eut un choc violent contre la cloison à la hauteur de l'oreille de Mintaka. Elle sursauta et bondit en arrière, puis comprit que Trok avait jeté la coupe vide contre le panneau, la faisant voler en éclats. Il rota sans aucune discrétion et reprit :

— Il reste pourtant un détail. Ta couronne est encore sur la tête du rejeton de Tamose.

A mesure qu'elle écoutait, Mintaka était prise dans un tourbillon d'émotions au point d'en avoir le vertige. Elle les avait entendus avec horreur parler sans passion du meurtre de son père, de ses frères et de Pharaon Tamose, mais elle n'était pas préparée à ce qu'ils allaient dire à propos de Nefer.

— Plus pour longtemps, dit Naja. On va régler cela à mon retour à Thèbes. Tout est prévu.

Mintaka plaqua ses mains sur sa bouche pour s'empêcher de crier. Ils s'apprêtaient à assassiner Nefer aussi froidement que les autres. Le cœur pris dans un étau, elle se sentait impuissante. Elle était prisonnière, sans amis. Elle tenta d'imaginer un moyen de mettre Nefer en garde. A cet instant, elle sut combien elle l'aimait : elle ferait tout ce qui était en son pouvoir pour le sauver.

— C'est dommage que ce lion n'ait pas accompli la besogne à ta place au lieu de se contenter de l'égratigner, dit Trok.

— L'animal a bien préparé le terrain. Nefer n'a besoin que d'un petit coup de pouce et il aura droit à des funérailles encore plus splendides que celles de son père.

— Tu as toujours été généreux, dit Trok avec un rire aviné.

— Puisque nous parlons du fils de Tamose, parlons aussi de ce qui reste de la portée d'Apepi, suggéra Naja d'une voix doucereuse. La petite princesse était censée brûler avec les autres, n'était-ce pas ce dont nous étions convenus ?

— J'en ai décidé autrement, répondit Trok d'un ton boudeur.

Elle l'entendit remplir une autre coupe.

— Il est dangereux de laisser la vie à une des graines d'Apepi, l'avertit Naja. Mintaka pourrait facilement devenir une figure de proue dans les années à venir, le foyer d'une rébellion et d'une insurrection. Débarrasse-toi d'elle, cousin, et vite.

— Pourquoi n'as-tu pas fait la même chose avec les filles de Tamose ? Pourquoi sont-elles encore en vie ? rétorqua Trok.

— Je les ai épousées, fit remarquer Naja, et Heseret

est déjà folle de moi. Elle ferait tout ce que je lui demande. Nous partageons les mêmes ambitions. Elle est aussi impatiente que moi de voir son frère sous terre. Elle désire la couronne autant que mon sceptre royal.

— Une fois qu'elle aura goûté à mon abeille à miel dans sa petite fleur de lotus rose, Mintaka fera de même, déclara Trok.

La chair de Mintaka se révulsa. La vantardise de Trok la consternait à tel point qu'elle faillit manquer la remarque suivante de Naja.

— C'est donc par là qu'elle te tient, cousin, dit le régent, pas le moins du monde amusé. Elle est trop hardie et turbulente à mon goût, mais je te souhaite bien du plaisir. Fais attention à elle, Trok, elle a quelque chose de sauvage. Il est peut-être nécessaire de la tenir en bride plus que tu ne le penses.

— Je vais l'épouser immédiatement et l'engrosser aussi vite, lui assura Trok. Une fois enceinte, elle sera beaucoup plus accommodante. Voilà des années qu'elle a allumé dans mon bas-ventre un feu que seules ses douces humeurs pourront éteindre.

— Tu devrais davantage te servir de ta tête, cousin, et moins de ton dard, fit Naja d'un ton résigné. Espérons que nous ne regretterons pas un jour ta passion pour cette fille.

Les planches du pont craquèrent : Naja se levait pour prendre congé.

— Bien. Puissent les dieux t'aimer et te protéger, cousin. Des affaires importantes nous attendent tous deux. Nous devons nous séparer demain, mais nous nous retrouverons comme prévu à Memphis à la fin de la crue du Nil.

Durant le reste du trajet depuis Balasfoura, Mintaka resta confinée sur la galère de Trok. Pendant qu'ils naviguaient, elle était libre d'aller sur le pont mais, aux escales, on l'enfermait dans sa cabine et sa porte était gardée.

Cela arrivait souvent, car à chaque temple rencontré en route Trok allait à terre pour sacrifier à la divinité tutélaire et la remercier de l'avoir élevé au trône d'Egypte. Et, bien que personne ne le sût encore, il annonçait également aux dieux en question qu'il n'allait pas tarder à les rejoindre au panthéon.

Hormis ces restrictions, la persévérance de ses tentatives pour s'insinuer dans les bonnes grâces de Mintaka compensait leur manque de subtilité. Il lui faisait quotidiennement au moins un cadeau somptueux. Un jour, c'étaient deux étalons blancs, qu'elle donna au capitaine de la galère. Le lendemain, un char doré orné de pierreries. Elle l'offrit au commandant de la garde du palais, qui avait été un fidèle d'Apepi. Un autre jour, c'était un rouleau de superbe soie d'Orient ou un coffret en argent plein de pierres précieuses, qu'elle distribua à ses servantes. Quand elles furent parées de leurs plus beaux atours, Mintaka les fit défiler devant Trok.

— Ces bijoux clinquants sont tout justes bons pour des esclaves, lâcha-t-elle avec mépris, pas pour une dame de haut rang.

Le nouveau pharaon ne se décourageait pas pour autant et, dès qu'ils eurent franchi Assiout et furent entrés dans le royaume de Basse-Egypte, il montra du doigt un domaine fertile et opulent, qui s'étendait sur près d'une lieue le long de la rive orientale.

— Il est à toi désormais, altesse, je te l'offre. Voici le titre de propriété, ajouta-t-il en le lui tendant avec un grand geste et un petit sourire satisfait.

Le même jour, elle manda les scribes et leur fit dresser un acte d'affranchissement, par lequel elle accordait la liberté à tous les esclaves attachés au domaine, puis un deuxième acte transférant la propriété aux prêtresses du temple d'Hathor, à Memphis.

Quand Mintaka tentait d'oublier son chagrin et son deuil, et se détendait avec ses jeunes esclaves sur l'arrière-pont en dansant et chantant, jouant au *bao* ou aux devinettes, Trok se mettait de la partie. Il dansa ainsi le Vol des Trois Hirondelles avec deux des filles, puis se tourna vers Mintaka.

— Pose-moi une énigme, princesse, la pria-t-il.

— Qui pue comme un buffle, ressemble à un buffle et, quand il gambade avec les gazelles, le fait avec la grâce d'un buffle ? demanda-t-elle.

Les filles gloussèrent tandis que Trok se renfrognait et rougissait.

— Pardonne-moi, altesse, c'est trop obscur pour moi, répondit-il avant de rejoindre à grands pas ses officiers.

Le lendemain, il avait pardonné, mais pas oublié l'insulte. Quand ils eurent jeté l'ancre devant le village de Samalout, il ordonna à une troupe d'artistes, d'acrobates et de musiciens itinérants de monter à bord pour distraire Mintaka. L'un des mages était un beau garçon au boniment amusant. Ses tours étaient cependant éculés et leur exécution laissait à désirer. Pourtant, dès que Mintaka apprit que la troupe profitait de la paix résultant du traité d'Hathor pour remonter le fleuve vers Thèbes, où elle espérait se produire devant la cour du pharaon du royaume méridional, Mintaka se passionna pour leurs numéros, en particulier celui du magicien, qui s'appelait

Laso. Après la représentation, elle les invita à venir prendre une collation composée de sorbets et de dattes sucrées. Elle fit signe au magicien de s'asseoir sur les coussins à ses pieds. D'abord intimidé, il ne tarda pas à surmonter son appréhension et lui raconta quelques histoires qui la firent beaucoup rire.

Sa voix opportunément couverte par le bavardage et les rires de ses servantes, elle demanda à Laso de transmettre un message au célèbre mage Taita en arrivant à Thèbes. Honoré de la confiance qu'elle lui accordait, Laso accepta volontiers. Après avoir insisté sur le secret et la délicatesse de la mission, elle glissa dans sa main un petit rouleau de parchemin, qu'il dissimula sous sa robe.

Elle éprouva un immense soulagement en voyant les troubadours retourner à terre. Elle avait désespérément cherché le moyen d'avertir Taita et Nefer du danger que courait ce dernier. Dans le message, elle protestait de son amour pour le jeune pharaon, révélait les intentions meurtrières de Naja à son égard et lui apprenait qu'il ne pouvait plus faire confiance à sa sœur Heseret, celle-ci s'étant ralliée à leurs ennemis. Elle poursuivait en décrivant les circonstances réelles qui avaient entouré la mort de son père et de ses frères. Elle expliquait enfin que Trok projetait de la prendre pour épouse, bien qu'elle fût fiancée à Nefer, et demandait à celui-ci d'intervenir avec toute son autorité pour empêcher ce mariage.

Il faudrait à la troupe au moins dix jours pour atteindre Thèbes, et elle se prosterna sur le pont pour prier Hathor que sa mise en garde n'arrive pas trop tard. La nuit, elle dormit mieux qu'elle ne l'avait fait depuis les terribles événements de Balasfoura. Le lendemain matin, elle était presque gaie et ses servantes remarquèrent combien elle était belle.

Trok insista pour qu'elle prenne le petit déjeuner avec lui sur l'avant-pont en compagnie de vingt autres invités. Ses cuisiniers avaient préparé un véritable banquet. Trok s'assit à côté de Mintaka. Elle décida de ne pas laisser cette épreuve gâcher sa bonne humeur. Elle ignora Trok intentionnellement, et exerça tout son charme et son esprit au profit des officiers de l'armée, qui composaient presque tout le reste de la compagnie.

A la fin du repas, Trok frappa dans ses mains pour réclamer l'attention. Silence obséquieux.

— J'ai un cadeau pour la princesse Mintaka, annonça-t-il.

— Ah non, fit Mintaka avec un haussement d'épaules. Que vais-je bien pouvoir faire de celui-là ?

— Je crois que Son Altesse le trouvera plus à son goût que mes autres piètres présents.

Trok avait l'air si content de lui qu'elle commença à se sentir mal à l'aise.

— Ta générosité est déplacée, mon seigneur, répondit-elle, se refusant à lui donner l'un de ses nouveaux titres royaux. Des milliers de tes sujets, victimes de la guerre et de la peste, souffrent de la faim et se trouvent en bien plus grand besoin que moi.

— C'est quelque chose de très particulier, qui n'a de valeur qu'à tes yeux, lui assura-t-il.

Elle leva les mains en signe de résignation.

— Je ne suis qu'un de tes fidèles sujets, rétorqua-t-elle d'un ton sarcastique. Si tu insistes, loin de moi l'idée de te refuser quoi que ce soit.

Trok frappa de nouveau dans ses mains, et deux de ses gardes traversèrent le pont en portant un grand sac de cuir. Il s'en dégageait une odeur forte et déplaisante. Certaines des servantes eurent des exclamations de dégoût, mais Mintaka resta impassible quand les deux soldats s'arrêtèrent devant elle.

Sur un hochement de tête de Trok, ils défirent le cordon qui fermait le sac et en renversèrent le contenu sur le pont. Les jeunes esclaves poussèrent un hurlement d'horreur, et même certains hommes sursautèrent et lâchèrent à leur tour des exclamations de répugnance.

Une tête coupée roula sur les planches jusqu'aux pieds de Mintaka et resta là, fixant sur elle le regard stupéfait de ses yeux écarquillés. Les longs cheveux sombres étaient raidis par du sang séché et noirci.

— Laso ! murmura Mintaka.

— Ah, tu te souviens de son nom, fit remarquer Trok en souriant. Ses tours ont dû t'impressionner autant que moi.

Dans la chaleur estivale, la tête commençait à se décomposer et l'odeur était terrible. Les mouches ne tardèrent pas à grouiller sur les yeux ouverts. Mintaka en eut le cœur soulevé et déglutit avec peine. Elle vit alors qu'un bout de parchemin en papyrus dépassait des lèvres mauves de Laso.

— Son dernier tour semble, hélas, avoir été le plus amusant, reprit Trok en se penchant pour récupérer le parchemin maculé de sang.

Il le leva de façon que Mintaka fût bien certaine que le message était scellé avec son cartouche, puis lâcha le papyrus dans le brasero sur lequel grillaient les gigots d'agneau. Il brûla rapidement et les cendres se recroquevillèrent en une poudre grise.

Trok fit signe d'enlever la tête. L'un des soldats la prit par les cheveux, la laissa tomber dans le sac et l'emporta. La compagnie, ébranlée, garda le silence pendant une longue minute. L'une des jeunes esclaves sanglotait doucement.

— Altesse royale, ton divin père, d'illustre mémoire, devait avoir le pressentiment du destin qui l'attendait, lui dit Trok gravement.

Mintaka était trop troublée pour répondre.

— Avant sa mort tragique, il s'est adressé à moi pour te placer sous ma protection. J'ai prêté serment et ai accepté cette charge comme un devoir sacré. Tu n'auras jamais besoin de chercher protection auprès de qui que ce soit. Moi, Pharaon Trok Ourouk, te suis tout dévoué.

Il posa une main sur la tête inclinée de Mintaka et de l'autre leva un nouveau rouleau de parchemin.

— Ceci est ma proclamation royale annulant les fiançailles de la princesse Mintaka de la maison d'Apepi avec Pharaon Nefer Seti de la maison de Tamose. J'y annonce en outre le mariage de la princesse avec Pharaon Trok Ourouk. La proclamation a été ratifiée par Seigneur Naja, qui l'accepte et la confirme au nom de Pharaon Nefer Seti.

Il tendit le parchemin à son chambellan avec pour instruction d'en faire cent copies et de les afficher dans chaque ville de chaque nome d'Egypte. Puis, des deux mains, il releva Mintaka.

— Tu ne seras plus seule longtemps. Toi et moi serons mari et femme avant que ne se lève la lune d'Osiris.

Trois jours plus tard, Pharaon Trok Ourouk arriva à Avaris, la capitale militaire du royaume de Basse-Egypte, et, sur-le-champ, se mit en devoir de prendre en main toutes les affaires de l'Etat et de se doter de tous les signes extérieurs du pouvoir.

A la perspective d'années de paix et de prospérité

après l'annonce de la signature du traité d'Hathor, le peuple délirait de joie. Le premier acte de gouvernement du nouveau pharaon, qui consista à enrôler de force dans l'armée un nouveau contingent important d'hommes, suscita donc perplexité et consternation. Il apparut bientôt clairement que son intention était de doubler les effectifs des régiments d'infanterie et de construire deux mille chars de combat supplémentaires.

On se demandait quel nouvel ennemi Trok pouvait craindre maintenant que l'Egypte était réunifiée et en paix. L'absence des conscrits dans les champs de millet et les pâturages se faisait cruellement sentir, et eut pour résultat une pénurie de nourriture et une forte hausse des prix. Les dépenses militaires – construction des chars, armes et autre matériel – nécessitèrent une augmentation des impôts. On murmurait qu'Apepi, en dépit de son caractère belliqueux, des impôts qu'il levait et de son mépris des dieux, n'était pas un aussi mauvais souverain qu'on l'avait cru.

Dans les semaines qui suivirent son arrivée, Trok engagea d'importants travaux d'agrandissement et de remise à neuf du palais d'Avaris, dans lequel il avait l'intention de s'installer avec sa jeune épouse. Selon les architectes, leur coût devait dépasser deux lakhs d'or. On murmurait de plus en plus.

Conscient de la montée du mécontentement, Trok y fit face en proclamant son caractère divin et son élévation au panthéon. Moins d'une semaine après devait commencer la construction de son temple sur un site choisi près du magnifique temple de Seueth. Trok était bien décidé à ce qu'il dépasse en splendeur celui de son frère en divinité. Les architectes estimaient que l'achèvement du temple exigerait au moins cinq mille ouvriers, cinq ans de travaux et deux autres lakhs d'or.

La révolte éclata dans le Delta, où un régiment de fantassins, qui n'avaient pas reçu leur solde depuis plus d'un an, tuèrent leurs officiers et marchèrent sur Avaris, appelant la population à se soulever et à se joindre à eux contre le tyran. Trok les affronta près de Manashi avec trois cents chars et les tailla en pièces à la première charge.

Il fit émasculer et empaler cinq cents mutins. Telle une forêt macabre, les suppliciés bordaient les deux côtés de la route sur une demi-lieue au-delà du village de Manashi. Les meneurs de la révolte furent attachés à l'arrière de chars et traînés jusqu'à Avaris pour y exprimer leurs doléances. Malheureusement, aucun ne survécut au voyage : à leur arrivée, c'était tout juste s'ils avaient encore forme humaine, leur peau et une grande partie de leur chair ayant été arrachées par le sol rocailleux. Les lambeaux de chair et les esquilles d'os éparpillés sur les vingt lieues du trajet firent les délices des chiens errants, des chacals et des corbeaux.

Quelques centaines de mutins échappèrent au massacre et disparurent dans le désert. Trok ne se donna pas la peine de les poursuivre au-delà des frontières orientales, cette affaire sans importance ayant déjà trop longtemps mobilisé son attention, retardant ses noces de plusieurs mois. Il rentra en toute hâte à Avaris, crevant trois paires de chevaux tant son impatience était grande.

En l'absence de Trok, Mintaka avait tenté deux fois encore d'envoyer un message à Taita, à Thèbes. Le premier de ses messagers était l'un des eunuques du gynécée, un gros Nubien débonnaire qu'elle connaissait depuis toujours. Un lien particulier existait entre les eunuques des deux royaumes, qui transcendait les différences de races et de pays. Même pendant les années où les royaumes avaient été séparés, Soth – car c'était son nom – avait conservé ce lien avec Taita et était resté son ami et confident.

Les espions de Trok étaient cependant omniprésents et toujours sur la brèche. Soth n'atteignit jamais Assiout et fut ramené dans un sac de cuir, à peine vivant. Il rendit l'âme quand on lui plongea la tête dans un chaudron d'eau bouillante. L'os blanchi et poli de son crâne, les orbites emplies par des globes en lapis-lazuli, fut offert à Mintaka de la part de Pharaon Trok.

Après cela, Mintaka ne put se résoudre à recruter un autre messager, qu'elle eût risqué de condamner à une mort affreuse. Pourtant, une de ses esclaves, Thana, qui connaissait la profondeur de l'amour de sa maîtresse, se proposa de porter son message. Ce n'était pas la plus jolie de ses servantes, car elle avait un œil qui louchait et un grand nez, mais elle était fidèle et aimante. Sur sa suggestion, Mintaka la vendit à un marchand qui partait pour Thèbes le lendemain. Celui-ci emmena Thana avec lui mais, trois jours plus tard, elle était de retour à Avaris, attachée par les chevilles et les poignets au côté d'un char des gardes-frontière.

Trok décida de son sort à son retour de Manashi : il la condamna à « mourir d'amour » et la donna en pâture au régiment qui avait conduit l'assaut sur Manashi. Plus de quatre cents hommes passèrent sur elle et, au crépuscule du troisième jour, elle succomba.

Mintaka pleura pendant trois jours.

Le mariage de Pharaon Trok Ourouk et de la princesse Mintaka Apepi eut lieu suivant la tradition hyksos vieille de mille ans, qui avait son origine à mille lieues à l'est, dans la vaste steppe au-delà des montagnes d'Assyrie, d'où leurs ancêtres étaient partis à cheval pour conquérir l'Egypte.

A l'aube, le jour de la noce, deux cents parents et membres de la tribu de la princesse Mintaka firent irruption dans les appartements royaux où elle avait été retenue captive depuis son retour à Avaris. Les gardes, qui attendaient cette incursion, n'opposèrent aucune résistance. Les membres de sa faction emportèrent Mintaka et chevauchèrent vers l'est en formation serrée, la princesse au milieu d'eux, en poussant des cris de défi et en brandissant des massues et des bâtons, toute arme tranchante étant interdite au cours de ces festivités.

Lorsque le groupe de la future épouse eut pris un peu d'avance, le marié partit à sa poursuite avec les membres de sa tribu, les Léopards. Les fugitifs n'avaient montré aucune hâte à s'échapper et, dès que leurs poursuivants furent en vue, ils firent volte-face et se lancèrent joyeusement dans la bagarre. Bien que l'usage de glaives et de poignards ne fût pas autorisé, deux hommes eurent des membres brisés et on compta plusieurs fractures du crâne. Même le futur marié ne s'en tira pas sans quelques entailles et contusions. A la fin, Trok réclama son prix. Il arracha Mintaka de terre en la prenant par la taille et la souleva sur son char.

La résistance de Mintaka n'était nullement feinte et, avec ses ongles, elle érafla profondément le côté droit du visage de Trok, manquant l'œil de peu. Le sang tacha le costume splendidement coloré de Pharaon.

— Elle te donnera des fils belliqueux ! lui criaient ses partisans, admirant la férocité avec laquelle Mintaka résistait.

Souriant avec délectation devant l'âme combative de sa future épouse, Trok la conduisit en triomphe au temple qui lui était consacré, où les prêtres récemment nommés attendaient d'accomplir les ultimes rituels.

Le temple n'en était encore qu'aux fondations et se résumait à de grands tas de pierres de taille, mais cela ne diminua en rien le plaisir des invités quand, sous le dais de sparterie, le grand prêtre attacha Mintaka à son futur époux par un licou.

Point culminant de la cérémonie, Trok trancha la gorge de son cheval de guerre favori, un magnifique étalon alezan, pour montrer qu'il attachait davantage de valeur à sa jeune épouse qu'à cet autre bien précieux. Tandis que l'animal s'écroulait en lançant des coups de pied, le sang jaillissant de sa carotide ouverte, la compagnie poussait des acclamations et portait le couple sur le char fleuri.

Trok rentra au palais, un bras toujours passé fermement autour de sa jeune épouse, ne lui laissant aucune chance de s'échapper. Les soldats alignés tout le long du chemin s'agglutinaient autour du char et y faisaient pleuvoir des cadeaux, amulettes et autres talismans. D'autres tendaient au passage des coupes de vin à Trok, qu'il lampait en renversant le plus gros sur sa tunique, où il se mêlait au sang qui dégoulinait de sa joue.

Quand ils arrivèrent au palais, Trok était trempé de vin rouge et de sang, suant, couvert de la poussière ramassée pendant le parcours et le combat au cours duquel il avait gagné son épouse, à moitié ivre et enflammé de désir.

Il porta Mintaka à travers la foule jusqu'à leurs nouveaux appartements, et les gardes à la porte, le glaive tiré, firent rebrousser chemin aux invités. Ils ne se dispersèrent pourtant pas et entourèrent le palais, scandant des encouragements à l'adresse du marié et des conseils grivois destinés à la jeune épousée.

Dans la chambre à coucher, Trok jeta Mintaka sur la peau de mouton qui recouvrait la couche et jura quand le ceinturon de son glaive, qu'il s'évertuait à défaire des deux mains, refusa de céder. Mintaka heurta le matelas et s'en échappa d'un bond, comme un lapin effrayé par un furet s'enfuit de son terrier.

Elle se précipita vers la porte de la terrasse et tenta de l'ouvrir – la barre avait été abaissée à l'extérieur sur ordre de Trok. Elle essaya désespérément d'arracher le panneau avec ses ongles, mais la porte, épaisse et solide, ne s'ébranla même pas.

Derrière elle, Trok s'était enfin débarrassé de son ceinturon, qui cliqueta en tombant sur le sol en mosaïque. Il se dirigea vers elle d'un pas lourd et incertain.

— Débats-toi et crie tant que tu veux, ma jolie colombe, mon dard ne s'enflamme que davantage, fit-il d'une voix avinée.

Il la prit par la taille et posa son autre main sur son sein droit.

— Par Seueth, quel fruit mûr et juteux est-ce-là ?

Il serra fort avec ses doigts, rendus calleux par la garde de son glaive et les rênes de son char. Une violente douleur parcourut la poitrine de Mintaka, qui cria et se tordit dans ses bras pour tenter encore de lui griffer les yeux. Il la saisit par le poignet.

— Tu ne me joueras pas deux fois le même tour, dit-il.

Il la souleva de terre et la ramena sur le lit.

— Espèce de babouin ! Tu sens le singe, animal puant !

— Les douces paroles d'amour que voilà ! Mon cœur et mon dard se soulèvent quand j'entends combien tu me désires.

Il la jeta de nouveau sur la couche et l'y cloua cette fois-ci de son énorme bras musclé en travers de sa poitrine. Son visage était à quelques pouces du sien. Sa barbe lui piquait les joues et son haleine sentait le vin aigre. Elle détourna le visage. Il éclata de rire, passa un doigt dans l'encolure de sa robe et en déchira la soie jusqu'au-dessous de la taille.

Il fit sortir ses seins et les serra l'un après l'autre assez fort pour laisser les marques rouges de ses doigts sur la chair tendre. Il en pinça les mamelons et les tira jusqu'à ce qu'ils prennent une teinte sombre, puis promena sa main droite sur son ventre. Badin, il enfonça un doigt épais dans son nombril, puis tenta de passer de force sa main entre ses cuisses. Elle croisa les jambes et les serra pour l'en empêcher.

Il se redressa brusquement et, à califourchon sur elle, pesant de tout son poids pour l'immobiliser, il se débarrassa de sa tunique d'un seul mouvement. Dessous, il était nu. Il avait le corps entraîné à la guerre, à la chasse et aux jeux rudes, aussi, bien que la vision de Mintaka fût déformée par la douleur, les larmes et la terreur, elle fut impressionnée par ses larges épaules, ses muscles saillants, ses membres épais et noueux comme les branches d'un cèdre.

L'immobilisant toujours sous lui, il se pencha jusqu'à ce que son ventre appuie contre le sien, que les poils rêches qui couvraient sa poitrine lui râpent les seins. Avec une terreur croissante, elle sentit son énorme pénis pousser contre son bas-ventre.

Elle luttait non seulement pour sa dignité et sa pudeur, mais aussi pour sa vie. Elle essaya de lui mordre le visage, et ses petites dents se perdirent dans sa barbe. Lui labourant le dos avec ses ongles, elle lui arracha des fragments de peau, mais il ne parut pas le sentir.

Il tentait de glisser de force un genou entre ses cuisses, mais elle ne les desserrait pas, les jambes fermement croisées. Tout le bas de son corps était contracté par la peur et la répulsion, dur et aussi impénétrable qu'une statue de granit.

Tous deux étaient en nage, lui plus qu'elle. La sueur coulait de tout son corps et le trempait si bien que son énorme membre viril glissait sur le ventre de Mintaka et frappait à la jonction de ses cuisses.

Il se redressa soudain et la gifla violemment au visage. Le coup la fit grincer des dents, lui écrasant les lèvres et le nez. Elle sentit le sang couler dans sa bouche et l'obscurité l'envahir.

— Ecarte les cuisses, espèce de garce. Ouvre ta petite fente et laisse-moi te pénétrer, lâcha-t-il, haletant.

Il poussait fort avec ses hanches et elle sentait la chose écœurante glisser sur elle. En dépit de la douleur et de l'étourdissement, elle continuait à lui interdire l'accès, mais savait qu'elle ne pourrait résister bien longtemps. Il était trop lourd et puissant.

Hathor, viens-moi en aide ! pria-t-elle en fermant les yeux. Douce déesse, ne laisse pas faire ça !

Elle l'entendit grogner au-dessus d'elle et rouvrit les yeux. Le visage gonflé et congestionné, il cambra le dos et parut gémir de douleur. Ses yeux écarquillés, injectés de sang, ne voyaient rien. Sa bouche s'ouvrit en un affreux rictus.

Mintaka ne comprenait pas ce qui se passait. Elle crut un moment que la déesse avait entendu sa requête et l'avait frappé au cœur d'une flèche divine. Puis clle sentit un liquide chaud se répandre sur son ventre, si chaud qu'il parut lui brûler la peau. Elle se tortilla pour tenter d'y échapper, mais Trok était trop lourd et trop fort. Le flot répugnant se tarit enfin. Il poussa un nouveau grognement et s'effondra soudain sur elle. Il était là, calmé, et elle n'osait pas bouger de crainte de l'inciter à reprendre ses tentatives. Ils restèrent étendus longtemps, jusqu'au moment où, dans la chambre silencieuse, leur parvinrent les cris obscènes de la foule qui attendait devant les murs du palais. Trok se secoua de sa torpeur et la regarda.

— Tu m'as fait honte, petite salope. Par ta faute, j'ai répandu ma semence en vain.

Avant qu'elle ait compris ce qui se passait, il l'empoigna par la nuque et lui enfonça le visage dans la peau de mouton.

— N'aie crainte, je me servirai du sang de ton nez puisque tu ne veux pas me donner celui de ta fleur de lotus.

Il la poussa sur le côté et examina avec une sombre satisfaction la tache écarlate laissée par son visage en sang sur la toison blanche. Puis il se leva d'un bond, se dirigea à grands pas, tout nu, vers les volets et les ouvrit avec fracas d'un coup de pied, avant de disparaître dans la lumière éclatante du jour.

Avec un coin de drap, Mintaka essuya le liquide visqueux qui se coagulait sur son ventre aussi lisse que l'ivoire. Ses seins et ses membres étaient couverts de marques rouge vif. Sa peur se transforma en fureur.

Le ceinturon de Trok était resté là où il l'avait laissé tomber. Elle se glissa sans bruit hors de la couche et tira du fourreau le glaive de bronze bruni. Elle alla silencieusement jusqu'à la porte qui ouvrait sur la terrasse et se plaqua contre le chambranle.

Dehors, en réponse aux applaudissements, Trok remerciait la foule en agitant la peau de mouton afin que tout le monde la voie.

— Elle a adoré ça ! A la fin, elle était aussi large et

humide que les marais du Delta, aussi chaude que le Sahara !

Mintaka serra davantage la garde du lourd glaive et rassembla son courage.

— Au revoir, mes amis ! cria Trok. Je rentre pour prendre une autre bouchée de cette figue douce.

Elle entendit le glissement de ses pieds nus sur les dalles, puis son ombre tomba en travers de l'entrée. Elle tira le glaive en arrière des deux mains, la pointe à hauteur de son ventre.

A l'instant où il entrait dans la chambre, elle s'arcbouta et le frappa de toutes ses forces, visant un point à mi-chemin entre le nombril et l'épaisse toison noire d'où pendaient ses parties génitales.

Un jour, il y avait longtemps de cela, alors qu'elle chassait avec son père, elle avait vu celui-ci viser un léopard d'une taille gigantesque qui ne s'était pas rendu compte de leur présence. Alerté par la vibration et le vrombissement de la corde de l'arc, le félin avait bondi de côté instantanément avant que la flèche l'atteigne. Trok possédait le même sens sauvage du danger, le même instinct de survie.

Il esquiva la pointe de bronze, qui passa à une largeur de doigt de son estomac, puis la saisit d'une seule main par les poignets. Il serra jusqu'à ce qu'elle lâche l'arme, qui tomba par terre en cliquetant.

Il la traîna à travers la pièce en riant d'un rire mauvais et la jeta de nouveau sur la couche en désordre.

— Tu es ma femme maintenant, dit-il en la dominant de toute sa hauteur. Tu m'appartiens, comme une jument ou une chienne. Tu dois apprendre à m'obéir et à me respecter.

Elle restait couchée à plat ventre, le visage enfoui dans

le drap souillé, refusant de le regarder. Il ramassa par terre le fourreau de son glaive.

— Je vais te donner une petite leçon, pour ton bien.

Il soupesa le fourreau dans sa main droite. Il était en cuir ciré, cerclé d'or, clouté de rosaces saillantes en métal. Il en assena un coup à l'arrière de ses jambes nues, laissant sur la chair blanche une zébrure ponctuée de marques d'un rouge plus vif à l'endroit des rosaces. Prise au dépourvu, elle poussa malgré elle un cri perçant.

Sa douleur le fit rire et il leva de nouveau le fourreau. Elle roula sur elle-même pour tenter d'esquiver, mais le coup l'atteignit au bras droit et le suivant à l'épaule. Elle se retint de crier encore et essaya de cacher sa douleur en se forçant à sourire d'un air mauvais et en lui crachant dessus comme un lynx. Cela le mit en fureur et il frappa avec une énergie redoublée.

Sous la grêle de coups, elle tomba de la couche et se mit à ramper par terre, suivie par Trok. Il la battit sur le dos et, quand elle se mit en boule, sur les épaules et les fesses. Tout en continuant de frapper à un rythme régulier, il ne cessait de parler, ahanant à chaque coup :

— Tu ne lèveras plus jamais la main sur moi, han ! La prochaine fois que je viendrai te voir, han ! tu te comporteras comme une femme aimante, han ! Sinon, je te ferai tenir par quatre de mes hommes, han ! pendant que je te monterai, han ! Puis, quand j'aurai fini, han ! je te battrai encore, han ! Comme ça, han !

Les coups pleuvaient sur elle et elle serrait les dents, jusqu'au moment où elle ne put plus résister. Alors, il s'éloigna, haletant

Il passa sa tunique tachée et couverte de poussière, boucla le ceinturon autour de sa taille, remit le glaive dans le fourreau couvert de sang et se dirigea à grandes enjambées vers la porte de la chambre. Il s'arrêta sur le seuil et la regarda.

— Souviens-toi d'une chose, femme, dit-il. Ou bien je dresse mes juments ou, par Seueth, elles crèvent sous moi.

Il tourna les talons et disparut.

Mintaka leva lentement la tête et jeta un coup d'œil dans sa direction. Elle était incapable de parler. Elle rassembla sa salive et cracha derrière lui, sur les dalles maculées de traînées de sang.

C'est bien après que la lune d'Isis eut décru que les croûtes tombèrent des blessures de Mintaka et que ses ecchymoses se transformèrent en marques jaune verdâtre sur sa peau d'albâtre. Que ce fût à dessein ou par chance, Trok ne lui avait cassé aucune dent, brisé aucun os ni provoqué de cicatrice sur le visage.

Depuis ce calamiteux jour des noces, il l'avait laissée en paix. La plupart du temps, il était en campagne dans le Sud. Même quand il revenait pour de courtes périodes à Avaris, il l'évitait. Peut-être les marques disgracieuses sur le corps de Mintaka le faisaient-elles fuir, à moins qu'il n'ait eu honte d'avoir été incapable de consommer leur mariage. Mintaka ne chercha guère à en comprendre la raison, mais elle se réjouissait d'échapper pour un temps à ses brutales attentions.

Il y avait eu une nouvelle rébellion importante dans le sud du royaume. Trok l'avait réprimée sauvagement. Il était tombé sur les insurgés et avait fait abattre ceux qui s'opposaient à lui, saisir leurs biens et vendre les membres de leurs familles comme esclaves. Seigneur

Naja avait envoyé deux régiments pour soutenir ces opérations contre les rebelles, prêtant main-forte à son cousin le pharaon et partageant du même coup le butin avec lui.

Mintaka savait que Trok était revenu à Avaris en triomphateur trois jours plus tôt, mais elle ne l'avait toujours pas vu. Elle en remerciait la déesse, ce qui était prématuré. Il la convoqua le quatrième jour. Mintaka devait assister à une séance extraordinaire du conseil d'Etat. L'affaire était si urgente qu'il ne lui accordait qu'une heure pour se préparer. Si elle choisissait d'ignorer l'injonction, l'avertit le messager, Trok enverrait ses gardes du corps pour la traîner à la réunion. Elle n'avait pas le choix ; ses servantes l'habillèrent donc.

C'était la première apparition en public de Mintaka depuis ses noces. Soigneusement maquillée, plus belle que jamais, elle vint s'asseoir sur le trône de la reine, audessous de celui de Pharaon, dans la salle de réunion somptueusement redécorée du palais. Elle tenta de prendre un air distant et de rester à l'écart des débats, mais, quand elle reconnut le héraut royal qui, en entrant, vint se prosterner devant les deux trônes, elle perdit sa réserve et se pencha en avant avec attention.

Trok salua lui aussi le héraut puis l'invita à se relever et à dire devant le conseil quelles nouvelles il apportait. Lorsqu'il se remit debout, Mintaka vit que l'homme était en proie à une profonde émotion. Il lui fallut s'éclaircir la gorge à plusieurs reprises avant de prononcer un mot, puis il parla enfin, d'un ton si bouleversé qu'au début Mintaka ne comprit pas ce qu'il disait. Elle entendait ses paroles, mais ne pouvait se résoudre à les tenir pour vraies.

— Votre Majesté sacrée, Pharaon Trok Ourouk, reine Mintaka Apepi Ourouk, distingués membres du conseil d'Etat, citoyens d'Avaris, frères et compatriotes d'Egypte réunifiée, j'apporte du Sud des nouvelles tragiques. Je préférerais mourir au combat accablé sous le nombre des ennemis plutôt que d'avoir à vous les apprendre.

Il s'interrompit, toussa de nouveau puis reprit, d'une voix plus forte et claire :

— Le serviteur que voici a effectué le voyage depuis Thèbes sur une galère rapide. Naviguant jour et nuit, ne faisant escale que pour changer de rameurs, il lui a fallu douze jours pour gagner Avaris.

Il s'interrompit de nouveau et écarta les bras en un geste de désespoir.

— Le mois dernier, à la veille de la fête d'Hâpy, le jeune pharaon Nefer Seti, que tout le monde aimait et en qui étaient placés tant de confiance et d'espoir, a succombé aux graves blessures infligées près de Dabba par un lion.

Il y eut un concert de soupirs de désespoir. L'un des conseillers se couvrit les yeux et se mit à sangloter sans bruit. Le héraut continua dans un silence de mort :

— Le régent du royaume de Haute-Egypte, Seigneur Naja, qui est entré par mariage dans la famille royale de Tamose et vient au premier rang dans la ligne successorale, a été élevé au trône à la place du pharaon défunt. Il purifie la terre sous son nom de Kiafan, il perdure pour l'éternité sous son nom de Naja, la peur qu'il inspire au monde est grande sous son nom de Pharaon Naja Kiafan.

Les lamentations de deuil pour le pharaon défunt et la clameur des acclamations en l'honneur de son successeur emplirent la salle.

Dans le vacarme, Mintaka regardait fixement le héraut. Sous son maquillage, elle était devenue pâle et le khôl n'était pas nécessaire pour agrandir ses yeux et lui donner un air tragique. Tout semblait tourner autour d'elle et elle vacilla sur son siège. Bien qu'elle eût connaissance du complot visant à l'assassinat de Nefer, elle était convaincue qu'il en réchapperait. Elle était persuadée que, même sans ses mises en garde, Nefer, avec l'aide de Taita, réussirait d'une manière ou d'une autre à ne pas se laisser prendre dans la toile d'araignée tissée par Naja et Trok.

Trok l'observait en souriant d'un air sournois et il se réjouissait visiblement de sa douleur. Peu lui importait, désormais. Nefer avait disparu, et avec lui sa volonté et sa raison de résister et de continuer à vivre. Elle se leva de son trône et, telle une somnambule, sortit de la salle. Elle s'attendait que son mari la rappelle, mais il n'en fit rien. Dans la consternation générale, rares furent ceux qui remarquèrent son départ, mais son terrible chagrin n'échappa pas à ceux qui la virent s'en aller. Ils n'avaient pas oublié qu'elle avait été naguère fiancée au pharaon défunt et lui pardonnaient cette entorse à l'étiquette et au protocole.

Mintaka resta trois jours et trois nuits dans sa chambre sans manger. Elle ne buvait qu'un peu de vin mélangé d'eau. Elle ordonna à tout le monde de la laisser en paix, y compris à ses servantes. Elle ne reçut personne, pas même le médecin envoyé par Trok.

Le quatrième jour, elle demanda à voir la grande prêtresse du temple d'Hathor. Elles restèrent seules pendant toute la matinée et, quand la vieille femme ressortit du palais, elle avait couvert de son châle blanc sa tête rasée en signe de deuil.

Le lendemain matin, la prêtresse revint avec deux de ses acolytes, qui portaient un grand panier en feuilles de palmier tressées. Elles le déposèrent devant Mintaka, puis se couvrirent la tête et se retirèrent.

La prêtresse s'agenouilla devant elle et lui demanda à voix basse :

— Es-tu sûre de vouloir aller auprès de la déesse, ma fille ?

— Plus rien ne me retient dans cette vie, répondit simplement Mintaka.

La veille, la prêtresse avait essayé pendant des heures de la dissuader et elle fit une dernière tentative :

— Tu es encore jeune...

Mintaka leva sa fine main pour l'arrêter.

— Mère, peut-être n'ai-je point vécu de nombreuses années, mais, durant cette brève période, j'ai connu plus de chagrins que la plupart des gens au cours de leur longue vie.

La prêtresse inclina la tête et dit :

— Prions la déesse.

Mintaka ferma les yeux tandis qu'elle continuait :

— Sainte dame, majestueuse vache des cieux, maîtresse de la musique et de l'amour, toute-puissante et qui vois tout, entends les prières de tes filles qui t'adorent.

Quelque chose remua dans le panier devant elle et il y eut un léger bruit de susurrement, comme le souffle du vent dans un massif de papyrus. Mintaka eut froid dans le dos et sut que c'était le premier frisson de la mort. Elle écoutait les prières mais était avec Nefer par la pensée. Elle se souvenait distinctement de tout ce qu'ils avaient fait ensemble et son image lui apparut comme s'il était encore vivant. Elle revit son sourire et la façon dont il tenait la tête bien droite sur son cou puissant. Elle se demanda où il en était de son redoutable voyage dans l'autre monde et pria pour qu'il ne lui arrive rien de fâcheux. Elle pria pour qu'il atteigne les collines verdoyantes du paradis et pour qu'ils soient bientôt réunis. Je ne vais pas tarder à te suivre, mon cœur, promit-elle.

— Ta fille bien-aimée, Mintaka, épouse du divin pharaon Trok Ourouk, sollicite de toi la faveur que tu as promise à ceux qui ont trop souffert en ce monde. Accorde-lui de rencontrer ta sombre messagère et, par son intermédiaire, de trouver la paix en ton sein, puissante Hathor.

La prêtresse acheva sa prière et attendit. Mintaka devait faire seule le pas suivant. Elle rouvrit les yeux et examina le panier comme si elle le voyait pour la première fois. Elle tendit lentement les deux mains et en souleva le couvercle. L'intérieur était obscur, mais on y discernait un mouvement, quelque chose s'y lovait et se déroulait pesamment, avec langueur, telle une lueur noire sur du noir, comme de l'huile répandue sur l'eau dans un puits profond.

Mintaka se pencha pour regarder dedans et, lentement, une tête couverte d'écailles se leva vers elle. En arrivant à la lumière, le capuchon se déploya jusqu'à atteindre l'envergure d'un éventail, à motifs noirs et ivoire. Les yeux étaient aussi brillants que des perles de verre. Les lèvres minces se retroussaient en un rictus sardonique et une langue fourchue dardait entre elles, goûtant l'air et l'odeur de la jeune fille assise devant lui.

Mintaka et le cobra se regardèrent fixement le temps d'une centaine de lents battements de cœur. A un moment, le serpent se balança en arrière comme pour frapper, puis se redressa avec lenteur comme quelque fleur vénéneuse montée sur une longue tige.

— Pourquoi ne fait-il pas son travail ? demanda Mintaka, dont les lèvres étaient assez près du cobra pour qu'elle échange un baiser avec lui.

Elle tendit la main et le reptile tourna la tête pour regarder ses doigts s'approcher de lui. Mintaka ne manifestait aucune peur. Elle caressa doucement le capuchon distendu du cobra. Au lieu de l'attaquer, il se détourna légèrement d'elle, presque comme un chat offrant sa tête aux caresses.

— Fais-lui faire ce qui doit être, demanda Mintaka à la prêtresse.

Mais la vieille femme secoua la tête avec perplexité.

— Je n'ai encore jamais vu ça, murmura-t-elle. Tu dois frapper le messager de la main. Cela lui fera certainement remettre le cadeau de la déesse.

Mintaka leva la main, paume et doigts ouverts. Elle visait la tête du serpent et était sur le point de frapper quand elle sursauta de surprise et abaissa sa main. Interloquée, elle jeta un coup d'œil circulaire dans la pièce plongée dans la pénombre, dans ses coins ombreux, puis regarda la prêtresse.

— Tu as parlé ?

— Je n'ai rien dit.

Mintaka leva de nouveau la main. Cette fois-ci, la voix était plus proche et plus distincte. Elle la reconnut, fut prise d'un accès de peur superstitieuse, les cheveux dressés sur sa nuque.

— Taita ? chuchota-t-elle en regardant autour d'elle.

Elle s'attendait à le voir debout derrière elle, mais la chambre était toujours vide en dehors d'elles deux agenouillées devant le panier.

— Oui ! dit Mintaka, comme pour répondre à une question ou à une instruction.

Elle écouta en silence et acquiesça deux fois, puis répéta doucement :

— Oh oui !

La prêtresse n'entendait rien, mais elle savait et

comprenait que quelque intervention mystique avait lieu. Elle ne fut pas surprise de voir le cobra se replier dans les profondeurs du panier. Elle remit le couvercle en place et se leva.

— Pardonne-moi, mère, dit Mintaka à voix basse. Je ne vais pas rejoindre la déesse. J'ai encore beaucoup à faire en ce monde.

La prêtresse ramassa le panier et dit à la jeune fille :

— Puisse la déesse te bénir et t'accorder la vie éternelle.

Elle regagna à reculons la porte de la chambre et laissa Mintaka assise dans la semi-obscurité. Elle semblait toujours écouter une voix que la vieille femme ne pouvait entendre.

Taita ramena Nefer de Dabba à Thèbes dans le sommeil profond provoqué par la *schepen* rouge. Dès que la galère sur laquelle ils avaient embarqué fut amarrée à la jetée de pierre au-dessous du palais, Taita le fit porter à terre en litière, à l'abri des regards du peuple. Il eût été mal venu que tout le monde fût au courant de l'état critique de Pharaon. Il était déjà arrivé que la mort d'un roi plonge la ville et le pays tout entier dans le désespoir et déclenche des spéculations dévastatrices sur le millet, des émeutes, des pillages et une dégradation des mœurs et des conventions sociales.

Une fois Nefer installé dans les appartements royaux du palais, Taita put le soigner en toute sécurité et dans la solitude. Son premier souci fut d'examiner de nouveau les terribles lacérations sur la partie antérieure de sa jambe et le bas de son abdomen et de déterminer s'il n'y avait pas eu d'évolution morbide.

Il redoutait surtout que les entrailles n'aient été percées et que leur contenu ne se soit déversé dans la cavité stomacale. En pareil cas, ses talents n'eussent pas été d'un grand secours. Il défit les pansements, sonda doucement les blessures, renifla l'effluent pour connaître l'odeur des selles et fut grandement soulagé de ne trouver aucune trace de contamination. Il injecta dans les plaies les plus profondes un mélange de vinaigre et d'épices d'Orient. Puis il les referma avec du fil, les pansa en faisant appel à tout son savoir-faire, les toucha avec le Périapte d'or de Lostris en recommandant à la déesse son petit-fils à chaque tour du bandage de lin.

Au cours des jours qui suivirent, Taita réduisit progressivement les doses de *schepen* rouge et eut finalement la satisfaction de voir Nefer reprendre conscience et lui sourire.

— Je savais que tu étais avec moi, Taita, dit-il avant de regarder autour de lui, encore somnolent à cause de la drogue. Où est Mintaka ?

Lorsque Taita lui expliqua son absence, la déception de Nefer fut presque palpable, et il était trop faible pour la cacher. Taita tenta de le consoler en lui disant que leur séparation n'était que provisoire et qu'il serait bientôt suffisamment remis de ses blessures pour entreprendre le voyage jusqu'à Avaris.

— Tu trouveras une bonne excuse pour que Naja te laisse y aller, lui assura-t-il.

Pendant quelque temps, la vitesse à laquelle Nefer se rétablissait fut encourageante. Le lendemain, il pouvait se tenir assis, et mangea du pain de dourah et de la soupe de fèves. Le surlendemain, il fit quelques pas avec les béquilles que Taita lui avait confectionnées et réclama de la viande pour accompagner son pain. Afin que son sang ne s'échauffe pas, Taita lui interdit la viande rouge, mais autorisa le poisson et la volaille.

Le troisième jour, Merykara vint rendre visite à son frère et passa avec lui la plus grande partie de la journée. Son rire joyeux et son babillage juvénile le réjouirent. Nefer demanda des nouvelles d'Heseret et voulut savoir pourquoi elle n'était pas venue elle aussi. Merykara répondit de manière évasive et lui proposa une autre partie de *bao*. Cette fois-ci, il laissa délibérément son château central dégarni pour la laisser gagner.

Le lendemain, la terrible nouvelle de la tragédie de Balasfoura parvint à Thèbes. Selon les premiers rapports, Apepi et toute sa famille, y compris Mintaka, avaient péri dans les flammes. Nefer fut de nouveau très éprouvé, cette fois-ci par le chagrin. Taita dut lui préparer une potion réconfortante, mais en quelques heures les plaies de sa jambe prirent mauvaise tournure. Les jours suivants, son état s'aggrava et il ne tarda pas à se trouver entre la vie et la mort. Assis à son chevet, Taita le voyait s'agiter et délirer tandis que des lignes rouge vif morbides couraient comme des rivières de feu sur ses membres et son ventre.

On apprit ensuite que Mintaka avait survécu à la tragédie qui avait vu périr tous les siens. Quand Taita chuchota cette merveilleuse nouvelle à l'oreille de Nefer, celui-ci parut comprendre et réagir. Le lendemain, il était faible, mais lucide, et il tenta de convaincre Taita qu'il avait assez de force pour effectuer le long voyage jusqu'à Avaris afin d'être au côté de Mintaka dans cette cruelle épreuve. Taita l'en dissuada avec ménagement, mais lui promit que, dès qu'il serait suffisamment rétabli, il userait de toute son influence pour convaincre Seigneur Naja de le laisser partir. A cette perspective, Nefer reprit vite le dessus. Taita voyait bien qu'il venait à bout de la fièvre et des humeurs malignes présentes dans son sang par la seule force de sa volonté.

Seigneur Naja revint du Nord et, quelques heures plus tard, Heseret rendit visite à Nefer pour la premièrc fois depuis qu'il avait été blessé par le lion. Elle lui apporta des douceurs, un pot de miel sauvage en rayons et un magnifique jeu de *bao* en agate de couleur avec des pions en ivoire et corail noir sculptés. Elle se montra douce, infiniment gentille et préoccupée par ses souffrances, s'excusant de l'avoir négligé.

— Mon cher époux, l'illustre Seigneur Naja, régent du royaume de Haute-Egypte, a été absent ces dernières semaines, expliqua-t-elle, et j'ai tant soupiré après son retour que je n'étais de bonne compagnie pour personne. Je craignais que ma tristesse ne te nuise, mon Nefer chéri.

Elle resta une heure avec lui, chanta pour lui et lui rapporta les derniers potins de la cour, la plupart scandaleux. Elle s'excusa enfin et prit congé.

— Mon mari, le régent de Haute-Egypte, n'aime pas que je reste longtemps loin de lui. Nous sommes très amoureux, Nefer. C'est un homme merveilleux, si bon. Il t'est dévoué corps et âme, à toi et à l'Egypte. Tu dois apprendre à lui faire entièrement confiance, ainsi que je le fais.

Elle se leva, puis, comme si cela lui était venu après coup, elle ajouta d'un ton léger :

— Tu as dû être soulagé d'apprendre que Pharaon Trok Ourouk et mon cher époux sont convenus pour des raisons d'Etat d'annuler tes fiançailles avec cette petite barbare hyksos, Mintaka. J'étais désolée pour toi quand j'ai entendu dire qu'on t'imposait ce mariage déshonorant. Mon mari y était opposé depuis le départ, comme je l'étais.

Après son départ, Nefer, pris de faiblesse, se laissa retomber sur son oreiller et ferma les yeux. Lorsque Taita revint à son chevet un peu plus tard, il fut intrigué par la manière dont il avait rechuté. Il ôta les pansements, et constata que ses plaies s'étaient à nouveau infectées et que le pus malodorant qui s'écoulait de la plus profonde d'entre elles était épais et jaunâtre. Il resta toute la nuit à son chevet, exerçant tous ses talents et pouvoirs pour éloigner les ombres du mal qui entouraient le jeune pharaon.

A l'aube, Nefer était dans le coma. Taita était réellement alarmé par son état. Le chagrin ne l'expliquait pas entièrement. Soudain, un vacarme à la porte le fit sursauter et l'irrita. Il allait réclamer le silence quand il entendit la voix impérieuse de Seigneur Naja qui ordonnait aux gardes de s'écarter. Le régent entra dans la chambre à grands pas et, sans saluer Taita, se pencha sur Nefer immobile et scruta son visage pâle aux traits tirés. Après un bon moment, il se redressa et fit signe à Taita de le suivre sur la terrasse.

Lorsque le mage l'y rejoignit, Naja avait le regard perdu sur le fleuve. Sur l'autre rive, un escadron de chars effectuait des manœuvres d'entraînement, changeant de formation en plein galop. Curieusement, il y avait eu beaucoup de préparatifs guerriers depuis la signature du traité d'Hathor.

— Tu souhaitais me parler, seigneur ? demanda Taita.

Naja se tourna vers lui.

— Tu m'as déçu, dit-il.

Taita inclina la tête sans répondre. Naja poursuivit :

— J'avais espéré que mon ascension, conforme à la destinée que les dieux m'ont prédite, serait à présent libre de tout obstacle.

Il fixa sur le mage un regard dur avant d'ajouter :

— Il semble pourtant que, loin de favoriser son accomplissement, tu as fait tout ce qui était en ton pouvoir pour l'empêcher.

— C'était une feinte. J'ai fait semblant de m'occuper de mon patient, alors que je servais tes intérêts. Comme tu le vois, Pharaon oscille au bord du grand abîme. Tu perçois sans doute les ombres qui referment le cercle autour de lui, précisa Taita en montrant la chambre du geste. Tu as presque atteint ton but, mon seigneur. Dans quelques jours, la voie sera libre.

Naja n'était pas convaincu.

— Ma patience est à bout, avertit-il avant de quitter la terrasse à grandes enjambées.

Il traversa la chambre sans un autre regard vers la silhouette immobile étendue sur le lit.

Au cours de la journée, Nefer passa alternativement d'un état de coma à des accès d'agitation et de délire pendant lesquels il transpirait abondamment. Quand il apparut que sa jambe le faisait beaucoup souffrir, Taita enleva les bandes de lin et trouva sa cuisse monstrueusement enflée. Les points qui fermaient la plaie étaient tendus au point d'entailler profondément la chair violacée et brûlante. Taita n'osait faire transporter Nefer alors que sa vie ne tenait qu'à un fil. Les projets qu'il avait si soigneusement formés durant les semaines écoulées ne pouvaient être mis à exécution s'il n'agissait pas de manière radicale. Une nouvelle intervention dans l'état où était la plaie risquait de provoquer un empoisonnement mortel du sang, mais il n'avait pas le choix. Il sortit ses instruments et nettoya toute la jambe avec une solution à base de vinaigre. Puis il fit avaler à Nefer une dose massive de *schepen* rouge qu'il glissa entre ses lèvres et, en attendant que la drogue fasse son effet, pria Horus et la déesse Lostris d'accorder leur protection au jeune pharaon. Il prit ensuite le scalpel et coupa l'un des fils qui retenaient les lèvres de la plaie.

Il resta tout interdit en voyant la chair s'éventrer et libérer un flot de pus jaune. Il la nettoya à l'aide d'une cuillère en or, puis, sentant le métal heurter quelque chose de dur au fond de la plaie, il sonda avec son forceps d'ivoire, saisit l'objet dans les mâchoires de l'instrument et réussit finalement à l'extraire. Il le regarda dans la lumière qui passait par la porte : c'était un morceau déchiqueté d'une griffe du lion, long comme la moitié du petit doigt, qui avait dû se casser quand le fauve l'attaquait.

Il introduisit un tube en or dans la plaie pour la drainer, puis refit le pansement. Le soir, l'état de Nefer s'était amélioré de façon miraculeuse. Le lendemain matin, il était faible mais la fièvre dans son sang avait beaucoup baissé. Taita lui donna un tonique et plaça le Périapte de Lostris sur la jambe. Au milieu de la journée, alors qu'il était assis à son côté, on gratta doucement aux volets. Quand il les entrebâilla, Merykara se glissa à l'intérieur de la chambre. Elle était bouleversée et avait visiblement pleuré. Elle se précipita contre Taita et jeta ses bras autour de ses jambes.

— On m'a interdit de venir ici, murmura-t-elle, mais je connais les gardes postés sur la terrasse et ils m'ont laissée passer.

— Du calme, mon enfant, dit Taita en lui caressant les cheveux. Ne te mets pas dans des états pareils.

— Taita, ils vont le tuer.

— Qui, « ils » ?

— Tous les deux.

Merykara se remit à sangloter et ses explications étaient à peine cohérentes.

— Ils croyaient que je dormais ou que je ne comprendrais pas de quoi ils parlaient. Ils n'ont pas dit son nom, mais je savais qu'ils parlaient de Nefer.

— Qu'ont-ils dit ?

— Ils vont te faire appeler. Lorsque Nefer sera seul, ils ont dit que ça ne prendrait pas longtemps.

Elle s'interrompit et déglutit.

— C'est horrible, Taita ! Notre propre sœur et cet homme affreux... ce monstre.

— Quand ont-ils prévu de faire cela ?

— Bientôt. Très bientôt, répondit-elle d'une voix plus calme.

— Ont-ils dit comment, princesse ?

— Noom, le chirurgien de Babylone. Naja dit qu'il va enfoncer une fine aiguille dans le cerveau de Nefer par la narine. Il n'y aura pas de saignement ni aucun autre signe.

Taita connaissait bien ce Noom : ils avaient eu un débat à la bibliothèque de Thèbes à propos du traitement des membres fracturés. L'éloquence et le savoir de Taita avaient eu raison de son adversaire. Noom était profondément jaloux de sa réputation et de ses pouvoirs. C'était un rival et un ennemi juré.

— Les dieux te récompenseront, Merykara, pour avoir osé venir nous avertir. Mais, maintenant, il faut que tu partes avant qu'ils découvrent que tu es venue ici. S'ils te soupçonnent, ils te feront subir le sort qu'ils réservent à Nefer.

Quand elle fut partie, Taita s'assit un moment pour rassembler ses pensées et réviser ses projets. Il ne pouvait les réaliser seul et il lui fallait compter sur d'autres, mais il avait choisi les meilleurs et les plus dignes de confiance. Ils étaient prêts à agir à son signal. Il ne pouvait attendre plus longtemps.

A sa demande, des esclaves apportèrent des bouilloires d'eau chaude, et Taita lava soigneusement Nefer de la tête aux pieds et refit les pansements de ses blessures en plaçant une compresse sur la plaie béante de sa cuisse. Quand il eut fini, il avertit les gardes de ne laisser passer personne et d'interdire tous les accès de la chambre. Il pria un moment, puis jeta de l'encens sur le brasero et, dans la fumée bleue aromatique, fit une ancienne et puissante incantation à Anubis, le dieu de la mort et des cimetières.

Ensuite seulement il prépara l'élixir d'Anubis dans une lampe à huile neuve. Il fit chauffer le mélange sur le brasero jusqu'à ce qu'il soit à la température du corps et le porta jusqu'à la couche, où Nefer dormait paisiblement. Il lui tourna doucement la tête de côté et plaça le bec de la lampe dans son oreille. Il versa l'élixir sur le tympan, une grosse goutte visqueuse à la fois. Il essuya avec soin l'excès de liquide en évitant tout contact avec sa peau. Puis il boucha l'oreille de Nefer avec une petite boule de laine, qu'il poussa bien au fond afin que seul un examen approfondi permît de la détecter.

Il vida ce qui restait de l'élixir sur les braises du brasero et le mélange dégagea une bouffée de vapeur âcre. Puis il remplit la lampe d'huile, en alluma la mèche et la posa avec les autres lampes dans le coin de la chambre.

Il retourna auprès de la couche et s'assit sur ses talons. Il regarda la poitrine de Nefer s'abaisser et se soulever au rythme de son souffle. Chaque respiration était plus lente que la précédente et l'intervalle entre deux plus long. Puis elles cessèrent complètement. Il palpa le cou de Nefer sous l'oreille avec deux doigts, et sentit le pouls lent et posé. Peu à peu, les pulsations s'estompèrent jusqu'à n'être plus qu'un faible battement pareil à celui des ailes d'un insecte minuscule, que seuls son savoir-faire et son expérience lui permettaient de déceler. Avec les doigts de sa main gauche, il comptait les battements de son propre cœur et comparait les deux.

A la fin, son pouls était trois cents fois plus rapide que celui de Nefer, tout juste décelable. Il ferma doucement les yeux du jeune pharaon et plaça une amulette sur ses paupières, suivant la tradition de la préparation des cadavres. Il les entoura ensuite d'une bandelette de lin et maintint sa mâchoire avec une autre afin d'empêcher la bouche de s'ouvrir. Il faisait vite car, à chaque minute, Nefer risquait de rester sous l'influence de l'élixir. Il alla enfin retirer la barre qui fermait la porte.

— Envoyez chercher le régent, ordonna-t-il aux gardes. Il doit venir immédiatement pour entendre la terrible nouvelle.

Seigneur Naja arriva avec une promptitude surprenante. La princesse Heseret l'accompagnait et ils étaient suivis par la foule de leurs intimes, dont Seigneur Asmor, Noom, le médecin assyrien, et la plupart des membres du conseil.

Naja ordonna aux autres d'attendre dans le couloir à l'extérieur des appartements royaux pendant qu'Heseret et lui entraient dans la chambre. Taita se leva pour les accueillir.

Heseret pleurait avec ostentation et se couvrait les yeux avec un châle en lin brodé. Naja jeta un coup d'œil au corps couvert de pansements étendu avec raideur sur la couche, puis regarda Taita avec une interrogation silencieuse. Taita répondit par un léger hochement de tête. Naja dissimula la lueur de triomphe qui s'était allumée dans ses yeux, puis s'agenouilla près de la couche. Il posa la main sur la poitrine de Nefer et sentit la chaleur de son corps diminuer lentement, remplacée par un froid envahissant. Il adressa à haute voix une prière à Horus, la divinité tutélaire du pharaon défunt, puis prit fermement Taita par le bras.

— Console-toi, mage, tu as fait tout ce que l'on attendait de toi. Tu en seras généreusement récompensé.

Il frappa dans ses mains et, lorsque les gardes entrèrent à la hâte, il leur ordonna :

— Convoquez les membres du conseil.

Ils entrèrent dans la chambre en procession solennelle et entourèrent le lit sur trois rangs.

— Que le bon docteur Noom s'avance, fit Naja. Qu'il confirme le constat de décès de Pharaon fait par le mage.

Les rangs s'ouvrirent pour permettre à l'Assyrien de s'approcher de la couche. Ses longues mèches avaient été bouclées avec des fers chauds et pendaient sur ses épaules. On lui avait aussi bouclé la barbe à la mode de Babylone. Sa robe, ornée des symboles brodés de dieux étranges et de dessins magiques, balayait le sol. Il s'agenouilla près du lit de mort et entreprit d'examiner le cadavre. Avec son long nez crochu, des narines duquel dépassaient des touffes de poils noirs, il renifla les lèvres de Nefer. Puis il plaça son oreille contre sa poitrine et écouta pendant une centaine de battements de cœur, interminables pour Taita, qui tablait sur l'incompétence de l'Assyrien.

Noom tira ensuite une longue aiguille d'argent de l'ourlet de sa robe et ouvrit la main molle de Nefer. Il la piqua profondément sous l'ongle et guetta une réaction musculaire ou l'apparition d'une goutte de sang.

Enfin, il se releva lentement, et Taita crut percevoir

une profonde déception dans sa lèvre relevée et son expression lugubre quand il secoua la tête. Taita se dit qu'on avait dû lui promettre des récompenses occultes pour se servir d'une autre manière de son aiguille d'argent.

— Pharaon est mort, annonça-t-il.

Les membres de l'assistance firent alors le signe pour écarter le mauvais œil et la colère des dieux.

Seigneur Naja renversa la tête en arrière et poussa la première lamentation, imité par Heseret, de sa jolie voix sonore.

Taita cacha son impatience en attendant que tous les membres de l'entourage aient défilé un à un devant le lit et quitté la chambre. Quand il ne resta plus que Naja, Heseret, Noom et les nomarques du royaume de Haute-Egypte, Taita s'avança.

— Seigneur Naja, je sollicite une faveur. Tu sais que j'ai été le précepteur et le serviteur de Pharaon Nefer Seti depuis sa naissance. Je lui dois le respect, même dans la mort. Me permettras-tu de convoyer son cadavre jusqu'à la salle du Chagrin et d'y pratiquer l'incision afin d'enlever son cœur et ses viscères ? C'est le plus grand honneur que tu puisses m'accorder.

Seigneur Naja réfléchit quelques instants et acquiesça.

— Tu as bien mérité cet honneur. Je te charge de convoyer le corps sacré de Pharaon au temple funéraire et de commencer l'embaumement en pratiquant l'incision à la place des prêtres.

Hilto, le vieux guerrier, répondit sur-le-champ à l'appel de Taita. Il attendait dans la salle des gardes aux portes du palais. Il amena avec lui Bay, le chaman nubien, et quatre de ses hommes les plus dignes de confiance. L'un d'eux était Meren, l'ami et compagnon d'enfance de Nefer. C'était maintenant un beau jeune homme, de haute taille, l'œil clair, devenu porte-étendard des gardes. Taita avait demandé qu'il participe à l'entreprise.

A eux tous, ils portèrent le long panier d'osier dont se servaient les embaumeurs pour acheminer les cadavres jusqu'au temple funéraire. Le panier vide était plus lourd que prévu.

Taita les conduisit dans la chambre mortuaire et chuchota à Hilto :

— Vite ! Chaque seconde compte.

Il avait déjà enveloppé Nefer dans un long suaire blanc, dont un pli lui couvrait le visage. Les porteurs déposèrent le panier près de la couche et y placèrent Nefer avec vénération. Taita disposa des traversins autour du corps pour le protéger durant le transport, referma le couvercle et hocha la tête.

— Au temple, dit-il. Tout est prêt.

Il confia son sac à Meren et ils traversèrent rapidement les passages et les cours du palais, suivis par les lamentations et les pleurs. Les gardes abaissaient la pointe de leurs armes et s'agenouillaient sur le passage du pharaon défunt. Les femmes se couvraient le visage et sanglotaient. Toutes les lampes avaient été éteintes et les feux des cuisines soufflés afin qu'aucune fumée ne s'élève des cheminées.

Dans la cour d'entrée, un escadron de chars d'Hilto se trouvait aligné, les chevaux dans les traits. Les porteurs déposèrent le long panier sur la plate-forme du char de tête et l'y attachèrent avec des sangles de cuir. Meren rangea le sac contenant les instruments de Taita dans la nacelle puis le mage monta et prit les rênes. Les cornes de bélier du régiment sonnèrent un hymne funèbre et la colonne franchit les portes au pas.

La nouvelle de la mort de Pharaon s'était répandue à travers la ville comme la peste. Les citoyens s'étaient amassés autour des portes, pleurant et hululant sur le passage du convoi. La foule bordait la route le long du fleuve. Des femmes couraient en avant en hurlant leur chagrin et jetaient des fleurs de lotus sacrées sur le panier.

Taita poussa les chevaux au trot, puis au petit galop. Il voulait que le panier arrive le plus vite possible au sanctuaire du temple funéraire. Le temple du père de Nefer n'avait pas encore été démoli alors que la momie de Pharaon Tamose avait été transportée plusieurs mois plus tôt à sa tombe dans les collines désolées de l'Ouest. Aucun temple n'avait été élevé pour Nefer. Sa mort inattendue ne laissait d'autre choix que de recourir à l'édifice bâti pour son père.

Les hauts murs de granit rose et le portique du temple se dressaient sur une petite éminence qui dominait le fleuve. Les prêtres, assemblés à la hâte, attendaient pour accueillir le convoi. Ils avaient oint d'huile leurs têtes rasées de frais. Les tambours et les sistres marquaient un rythme lent quand Taita remonta la large allée et arrêta le char au pied de l'escalier qui permettait d'accéder au temple du Chagrin.

Hilto et ses guerriers soulevèrent le panier et montèrent l'escalier en le portant en équilibre sur leurs épaules. Les prêtres les suivirent en rang en chantant d'un ton plaintif. Les porteurs s'arrêtèrent devant les portes en bois ouvertes de la salle du Chagrin et Taita se retourna vers les prêtres.

— Par la grâce et en vertu de l'autorité du régent

d'Egypte, j'ai été chargé, moi, Taita, d'enlever les viscères de Pharaon. Que tout le monde attende pendant que j'accomplis cette tâche sacrée, ajouta-t-il en fixant un regard hypnotique sur le grand prêtre.

Un murmure de consternation parcourut la confrérie d'Anubis. C'était une atteinte à son autorité et à la tradition. Mais Taita soutint le regard du prêtre avec sévérité, puis leva lentement sa main droite qui tenait le Périapte de Lostris. Le prêtre connaissait de réputation le redoutable pouvoir de cette relique.

— Il en sera fait comme l'a décrété le régent d'Egypte, capitula-t-il. Nous prierons dehors pendant que le mage accomplit son devoir.

Taita précéda Hilto et les porteurs à l'intérieur, et ils posèrent avec solennité le panier par terre près du bloc de diorite noire au centre de la salle du Chagrin. Taita lança un coup d'œil à Hilto, et le vieux soldat grisonnant marcha vers les portes avec beaucoup de dignité, et les ferma au nez et à la barbe des prêtres assemblés, avant de revenir en hâte au côté de Taita. Ils ouvrirent le panier et en sortirent le corps enveloppé de Nefer, qu'ils déposèrent sur le bloc de pierre noire.

Taita écarta le pli du suaire qui couvrait le visage de Pharaon. Il était pâle et beau comme une statue d'ivoire du jeune dieu Horus. Taita lui tourna doucement la tête d'un côté et, sur un signe de tête du mage, Bay posa le sac de cuir à portée de sa main droite et l'ouvrit. Taita prit le forceps d'ivoire, en glissa les pointes dans l'oreille de Nefer et en extirpa le tampon de laine. Il s'emplit la bouche d'un liquide rouge sombre avec lequel il rinça abondamment et avec précaution à l'aide d'un tube d'or l'élixir d'Anubis qui restait dans le tympan de Nefer. Il regarda le fond de l'oreille et fut soulagé de constater qu'il n'y avait pas d'inflammation. Il introduisit ensuite un baume dans l'oreille et referma avec un tampon. Bay tenait prêt l'antidote de l'élixir dans une autre fiole. Lorsqu'il enleva le bouchon, il s'en dégagea une forte odeur de camphre et de soufre. Hilto les aida à asseoir Nefer, et Taita lui administra tout le contenu de la fiole.

Meren et les autres avaient regardé tout cela sans rien comprendre. Nefer fut soudain pris d'une toux violente et, avec une terreur superstitieuse, ils bondirent en arrière et firent le signe contre le mal. Taita massa le dos nu de Nefer, qui se remit à tousser et vomit un peu de bile jaune. Pendant que le mage poursuivait ses efforts pour le ranimer, Hilto ordonna à ses hommes de s'agenouiller et leur fit prêter serment de garder le secret de tout ce dont ils étaient témoins. Pâles et stupéfaits, ils jurèrent sur leur vie.

Taita plaça son oreille contre le dos de Nefer, écouta un moment et hocha la tête. Il le massa à nouveau et l'ausculta encore. Il se tourna vers Bay, qui prit un petit paquet d'herbes médicinales séchées dans le sac, en alluma l'extrémité à l'une des lampes du temple et le tint sous le nez de Nefer. Le jeune pharaon éternua et essaya de détourner la tête. Enfin satisfait, Taita l'enveloppa de nouveau dans le suaire de lin, et fit un autre signe à Bay et Hilto.

Les trois hommes retournèrent jusqu'au panier. Bouche bée, les autres virent Taita retirer le double fond, découvrant un deuxième cadavre caché dans le compartiment inférieur, lui aussi entortillé dans un linge blanc.

— Allez ! ordonna Hilto. Sortez-le de là !

Sous le regard perçant de Taita et sur les instructions d'Hilto, ils échangèrent les deux corps. Ils couchèrent Nefer dans le compartiment secret, mais ne remirent pas tout de suite en place le double fond. Bay s'accroupit près du panier pour observer Nefer et vérifier son état. Les autres étendirent le cadavre sur le bloc de diorite.

Taita enleva le drap qui l'enveloppait, révélant ainsi le corps d'un garçon à peu près du même âge et de la même corpulence que Nefer. Ils avaient la même chevelure sombre et épaisse. C'était Hilto qui avait été chargé de se procurer le cadavre. Cela n'avait pas été difficile. La peste sévissait toujours dans les régions périphériques les plus pauvres du nome. De plus, les rues et les ruelles de la ville produisaient chaque nuit leur lot de cadavres, victimes de rixes, de meurtres ou d'agressions.

Hilto avait envisagé toutes ces possibilités. Il avait cependant fini par trouver, dans des circonstances si propices qu'elles ne pouvaient résulter d'une coïncidence, le sosie parfait du jeune pharaon. Les gardes de la ville avaient pris sur le fait l'adolescent en train de dérober la bourse d'un des plus importants marchands de millet de Thèbes, et les magistrats n'avaient pas hésité à le condamner à mort par strangulation. Le jeune condamné ressemblait tant à Nefer qu'il eût pu passer pour son frère. En outre, il était bien fait et en bonne santé, contrairement à ceux qui mouraient de faim ou succombaient à la peste. Hilto s'était adressé au commandant des gardes, qui avait été chargé d'exécuter la sentence, et, au cours de leur discussion amicale, trois lourds anneaux d'or s'étaient retrouvés dans la bourse dudit commandant. Il avait été convenu que l'exécution serait retardée jusqu'à ce qu'Hilto en donne le signal et pratiquée en occasionnant aussi peu de dommages apparents à la victime que le permettaient les talents du bourreau. Le condamné avait payé son forfait le matin même et son corps n'était pas encore froid.

Les vases canopes avaient été rangés dans le petit sanctuaire au fond de la salle. Taita demanda à Meren d'aller les chercher et d'enlever les bouchons afin qu'ils soient prêts à être remplis. Pendant ce temps-là, Taita tourna le cadavre sur le côté et pratiqua une longue incision dans le flanc gauche. Il n'avait guère le temps d'opérer en finesse. Il plongea la main dans l'ouverture et en tira les viscères, puis, à deux mains, enfonça le scalpel. D'abord, il transperça le diaphragme pour accéder à la cavité pulmonaire, puis fouilla plus loin, jusqu'à pouvoir sectionner la trachée au-dessus des poumons. Ensuite, il ordonna à Meren de retourner le cadavre et de tenir les fesses écartées. D'une main sûre, il retira les muscles du sphincter en quelques coups de scalpel. Aucun des organes à l'intérieur de la cage thoracique et de l'abdomen n'était plus retenu.

Il les tira à l'extérieur en une seule masse. Meren blêmit, chancela et porta la main à sa bouche.

— Pas par terre : dans le bassin, ordonna Taita avec brusquerie.

Meren avait combattu les régiments et Apepi dans le Nord. Il avait tué un homme et n'avait pas été affecté par le carnage sur le champ de bataille, et voilà qu'il se précipitait maintenant vers le bassin de pierre dans un coin et y vomissait bruyamment.

Couvert de sang jusqu'aux coudes, Taita entreprit de séparer le foie, les poumons, l'estomac et les entrailles. Cela fait, il porta les intestins et l'estomac dans le bassin. Il les lava à grande eau et les rangea dans leurs canopes, qu'il remplit de saumure de natron avant d'en sceller le bouchon. Puis il se lava les mains et les bras dans les bassins de bronze remplis d'eau à cet effet.

Il lança un regard interrogateur à Bay, et le Nubien hocha sa tête chauve scarifiée afin de le rassurer quant à l'état de Nefer. Avec maîtrise, Taita se hâta de refermer l'incision abdominale en quelques points de suture, puis entoura la tête de bandelettes jusqu'à en cacher les traits. Après quoi Hilto et lui portèrent le cadavre au grand bain de natron et l'immergèrent, à l'exception de la tête, dans le mélange fortement alcalin. Il allait y rester pendant soixante jours. Ensuite, les prêtres retireraient les bandelettes et s'apercevraient de la supercherie. Mais, à ce moment-là, Taita et Nefer seraient loin.

Quelques instants suffirent pour laver le bloc de diorite à grande eau avec des seaux en cuir et ranger les instruments de Taita. Ils étaient prêts à partir. Taita s'agenouilla à côté du panier dans lequel était étendu Nefer, et posa la main sur la poitrine du jeune garçon pour sentir la chaleur de sa peau et s'assurer qu'il respirait normalement. Il tira aussi sur une paupière pour observer la réaction de la pupille à la lumière. Satisfait de son examen, il se releva et fit signe à Hilto et Bay de placer le double fond sur le compartiment secret. Ils s'apprêtaient à rabattre le couvercle du panier quand Taita les arrêta d'un geste.

— Laissez-le ouvert, que les prêtres constatent qu'il est vide, dit-il.

Les porteurs soulevèrent le panier par les poignées et Taita les précéda jusqu'aux portes. A leur approche, Hilto les ouvrit et les prêtres assemblés tendirent le cou pour mieux voir. Ils ne jetèrent qu'un coup d'œil rapide au panier vide, puis se précipitèrent dans la salle du Chagrin avec une hâte presque indécente pour accomplir les tâches qui leur avaient été usurpées.

Ignorés par la foule qui s'était rassemblée hors du temple, les hommes de Taita chargèrent le panier sur le char de tête et repartirent en colonne vers la ville.

Quand ils franchirent les portes principales, ils trouvèrent les rues étroites presque désertes. La population s'était soit assemblée au temple funéraire afin de prier pour le salut du jeune pharaon, soit précipitée au palais pour attendre la proclamation de son successeur, bien qu'il n'y eût guère de doute dans l'esprit de chacun quant à l'identité du prochain souverain de Haute-Egypte.

Hilto conduisit le char aux quartiers des gardes près de la porte orientale, et le panier fut déposé dans ses appartements. Là, tout était prêt pour accueillir Nefer. On le sortit du compartiment inférieur, et Taita, assisté par Bay, entreprit de le ranimer complètement. Quelques heures plus tard, il s'était suffisamment remis pour manger un peu de pain de millet et boire un bol de lait de jument avec du miel.

Taita estima enfin pouvoir le laisser aux soins de Bay et repartit sur son char à travers les rues vides. Devant lui éclata soudain un tonnerre d'acclamations. En arrivant aux abords du palais, il se trouva dans la foule serrée des citoyens qui célébraient l'avènement du nouveau pharaon. « Vie éternelle à Sa Majesté sacrée Pharaon Naja Kiafan ! » hurlaient-ils avec ferveur tandis que les cruches de vin passaient de main en main.

La foule était si dense que Taita fut obligé de laisser le char à Meren et de parcourir à pied le reste du chemin. Aux portes du palais, les gardes le reconnurent et lui dégagèrent le passage avec la hampe de leur lance. A l'intérieur, il se hâta vers la grande salle, où là encore il y avait foule. Officiers, courtisans et dignitaires attendaient avec obséquiosité de jurer fidélité et prêter allégeance au nouveau pharaon, mais, à cause de la réputation de Taita et de son regard troublant, la cohue s'ouvrit pour le laisser passer jusqu'aux premiers rangs.

Le pharaon Naja Kiafan et la reine se trouvaient dans le cabinet privé de l'autre côté des portes au fond de la salle, mais Taita n'eut guère à attendre avant d'y être introduit.

A son grand étonnement, il vit que Naja était coiffé du pschent, et portait déjà le pedum et le fouet croisés sur la poitrine. A son côté, la reine Heseret semblait s'être épanouie comme une rose du désert sous la caresse de la pluie. Elle était plus jolie que jamais, pâle et sereine sous son maquillage, ses yeux immensément agrandis par le khôl appliqué avec science.

Lorsque Taita entra, Naja congédia son entourage et ils ne tardèrent pas à se retrouver seuls tous les trois, ce qui, en soi, était un signe de grande faveur. Naja posa le fouet et le pedum, et vint étreindre Taita.

— Mage, je n'aurais jamais dû douter de toi. Tu mérites ma gratitude, dit-il, la voix encore plus sonore et impérieuse qu'avant, en ôtant de sa main droite une magnifique bague d'or et de rubis qu'il enfila à l'index droit de Taita. Ce n'est qu'un modeste témoignage de ma faveur.

Heseret s'avança à son tour et l'embrassa.

— Cher Taita, tu as toujours été fidèle à ma famille. Tu auras plus d'or, de terres et d'influence que tu n'en as jamais convoité, dit-elle, prouvant une nouvelle fois qu'elle le connaissait bien mal, même après tant d'années.

— Seule ta beauté surpasse ta générosité, répondit-il.

Elle minauda. Puis Taita, se retournant vers Naja, ajouta :

— J'ai fait ce que les dieux ont exigé de moi, sire. Mais cela m'a beaucoup coûté. Il n'a pas été facile d'aller contre mon sens du devoir et la voix de mon cœur. Tu sais combien j'aimais Nefer. Je te dois maintenant la même fidélité et le même amour. Mais pendant quelque temps il me faut pleurer Nefer et faire la paix avec son ombre.

— Il serait en effet étrange que sa mort ne t'affecte point, admit Naja. Que veux-tu de moi, mage ? Il te suffit de le demander.

— Je sollicite la permission de partir au désert pour y rester seul un moment, sire.

— Combien de temps ? demanda Naja, visiblement alarmé à l'idée de perdre la clef de l'immortalité, qu'il croyait entre les mains de Taita.

— Pas bien longtemps, majesté, lui assura celui-ci.

Naja réfléchit quelques instants. Il n'était pas homme à prendre des décisions à la hâte. A la fin, il soupira et se rendit à la table basse où se trouvaient style et papyrus. Il rédigea rapidement un sauf-conduit et le scella avec son cartouche royal. Le sceau avait été taillé longtemps avant, dans l'espérance de la succession. En attendant que l'encre sèche, il dit :

— Tu peux t'absenter jusqu'à la prochaine crue du Nil, mais il te faudra alors revenir auprès de moi. Ce sauf-conduit te permettra de circuler en toute liberté et de te procurer dans les entrepôts royaux où que ce soit dans mes domaines toute la nourriture et le matériel dont tu pourras avoir besoin.

Taita se prosterna en signe de reconnaissance, mais Naja le releva, autre marque insigne de déférence.

— Va, mage ! Mais reviens-nous le jour dit pour recevoir les récompenses que tu mérites tant.

Le rouleau de papyrus serré dans la main, Taita se dirigea vers la porte à reculons en faisant le signe de la bénédiction.

Ils quittèrent Thèbes à la première heure le lendemain matin alors que la ville était encore assoupie et que les gardes à la porte orientale bâillaient, à moitié réveillés.

On installa Nefer à l'arrière d'un chariot tiré par un attelage de quatre chevaux, triés sur le volet par Hilto, forts et en bonne santé, mais sans rien d'exceptionnel qui pût exciter la convoitise ou susciter des commentaires. Le char était chargé des provisions et du matériel dont ils pouvaient avoir besoin après avoir quitté la vallée du fleuve. Hilto était vêtu à la manière d'un riche fermier, Meren comme son fils et Bay en esclave.

Nefer était couché sur un matelas de paille au fond du chariot, derrière une tenture de cuir. Il était maintenant pleinement conscient et capable de comprendre tout ce que lui disait Taita. En dépit du sauf-conduit royal, le sergent de la garde fit du zèle. Il ne reconnut pas Taita sous son capuchon et monta à l'arrière du chariot pour en inspecter le contenu. Lorsqu'il écarta la tenture et que Nefer le regarda, étonné, pâle, les traits émaciés, le visage portant les stigmates de la peste, Taita lui ayant fait des marques rouges, le sergent, horrifié, lança un juron d'horreur et sauta du chariot en faisant le signe contre le mal avec tant de véhémence qu'il en lâcha sa lampe, qui se fracassa à ses pieds.

— Allez-vous-en ! cria-t-il frénétiquement à Hilto, qui tenait les rênes. Emportez ce pauvre diable hors de la ville.

Pendant les jours nécessaires pour traverser la plaine alluviale du Nil et atteindre les collines qui marquaient la limite entre les terres cultivées et le désert, ils furent arrêtés deux fois encore par des patrouilles. Chaque fois, le parchemin royal et le faux pestiféré suffirent à leur permettre de poursuivre leur chemin sans délai.

Il était certain, à en juger par l'attitude des militaires, que la substitution des cadavres n'avait pas été découverte et que l'alarme n'avait pas été donnée. Il n'en reste pas moins que Taita fut soulagé quand, après avoir gravi les collines, ils entrèrent dans le désert pour y suivre l'ancienne route de l'Est vers la mer Rouge.

Nefer était maintenant capable de quitter sa couche et de marcher un peu en boitillant. Au début, en dépit de ses dénégations, il était manifeste que sa jambe le faisait souffrir, mais il ne tarda pas à marcher plus facilement et plus longtemps.

Ils se reposèrent trois jours dans la ville en ruine de Gallala. Ils remplirent les outres au maigre point d'eau amère et laissèrent les chevaux se remettre des rigueurs du trajet sur une route rocailleuse et difficile. Bay et Taita soignèrent leurs jarrets et leurs sabots. Quand ils furent prêts à reprendre la route, ils s'écartèrent du chemin habituel. Profitant de la fraîcheur de la nuit, ils empruntèrent la piste qui menait à Gebel Nagara, connue de Taita seulement. Bay et Hilto effaçaient leurs traces et tous les signes de leur passage.

Ils arrivèrent à la caverne au milieu de la nuit sous un ciel brillamment étoilé. Il n'y avait pas assez d'eau à la minuscule source pour abreuver tant d'hommes et de chevaux. Une fois le chariot déchargé, Hilto et Bay rebroussèrent donc chemin, ne laissant que Meren au service de Taita et de Nefer. Hilto avait démissionné de son régiment, prétextant une mauvaise santé, et il pouvait ainsi retourner à Thèbes à chaque pleine lune avec Bay pour en rapporter provisions, médicaments et nouvelles.

Le premier mois à Gebel Nagara passa rapidement. Dans l'atmosphère saine et sèche du désert, les blessures de Nefer se refermèrent sans nouvelle rechute et il ne tarda pas à partir en claudiquant chasser avec Meren. Ils débusquaient les lièvres du désert et les culbutaient avec les bâtons de lancer, ou bien Taita s'asseyait sur les rochers escarpés au-dessus de la source et, par un sortilège approprié, les cachait à la vue des gazelles pour attirer leurs troupeaux à portée de flèche.

A la fin du mois, Hilto revint de Thèbes avec Bay. Le subterfuge de Taita n'avait pas encore été découvert et Pharaon Naja Kiafan, ainsi que toute la population, restait persuadé que le corps de Nefer baignait toujours dans le bain de natron au milieu de la salle du Chagrin.

Ils apportèrent aussi la nouvelle d'insurrections dans le royaume de Basse-Egypte et des terribles représailles organisées par Pharaon Trok à Manashi. Des troubles avaient également éclaté en Haute-Egypte, où Naja, à l'instar de Trok, avait augmenté les impôts et ordonné de nouveaux recrutements.

— Les gens sont furieux d'un tel accroissement des forces armées alors que la paix règne dans tout le pays, expliqua Hilto. A mon avis, l'insurrection armée ne va pas tarder à gagner le royaume de Haute-Egypte, où Naja la réprimera aussi férocement qu'elle l'a été au nord. Ceux qui ont acclamé l'ascension au trône de ces deux pharaons vont bientôt avoir des raisons de le regretter.

— Quelles autres nouvelles apportes-tu de Basse-Egypte ? demanda Nefer avec impatience.

Hilto se lança dans une longue tirade sur l'état du commerce et le prix du millet, sur la visite d'un émissaire assyrien à la cour de Pharaon Trok. Nefer écoutait avec un agacement grandissant et, quand Hilto eut fini, il demanda :

— As-tu appris quelque chose à propos de la princesse Mintaka ?

Hilto parut perplexe.

— Non, rien. Je crois qu'elle est à Avaris, mais je n'en suis pas certain.

Sur le chemin du retour, Hilto avait croisé les traces d'un grand troupeau d'oryx et il demanda à Taita la permission de les suivre pour les chasser. De la viande séchée leur permettrait d'économiser leurs provisions et Taita accepta volontiers. Mais il décréta que Nefer n'avait pas suffisamment recouvré ses forces pour être de la partie. Curieusement, celui-ci ne sembla pas contrarié et suggéra même que Taita parte avec les autres afin d'utiliser ses pouvoirs pour trouver le gibier et cacher les chasseurs pendant l'approche.

Dès qu'il fut seul dans la caverne, Nefer déballa le petit coffret de cèdre contenant des rouleaux de papyrus et de quoi écrire qu'Hilto lui avait apporté et commença à rédiger une lettre pour Mintaka. La nouvelle de sa mort était certainement arrivée maintenant à Avaris. Il se souvenait du terrible chagrin que lui avait causé le rapport erroné du décès de celle-ci à Balasfoura avec les membres de sa famille et il voulait lui épargner ces souffrances. Il voulait aussi lui expliquer que c'étaient Naja et Trok qui avaient annulé leurs fiançailles, mais qu'il l'aimait toujours et qu'il n'aurait de cesse qu'elle ne soit devenue sa femme.

Tout cela devait être tourné dans un langage qui, au

cas où le parchemin tomberait en de mauvaises mains, n'aurait de sens que pour sa destinataire.

Dans la formule de salutation du début, il l'appelait « Première Etoile ». Elle se souviendrait sans doute que, quand ils avaient évoqué l'origine de son nom, elle lui avait dit : « On m'a donné celui de la troisième étoile de la ceinture du Chasseur céleste. » Il lui avait répondu : « Non, pas la troisième. La toute première du firmament. »

Il traça les symboles hiératiques avec le plus grand soin – il avait toujours excellé en calligraphie. Il signa « L'Idiot de Dabba », certain qu'elle y reconnaîtrait une allusion à son écart de conduite quand ils s'étaient retrouvés seuls dans le désert.

Le même soir, tandis que les chasseurs, de retour, se régalaient de tranches de viande d'oryx fraîche, Nefer attendit l'occasion de parler à Hilto en tête à tête. Celle-ci lui fut donnée quand Taita quitta le cercle qu'ils avaient formé autour du feu de camp et partit s'isoler un moment dans le désert. Parmi les provisions rapportées de Thèbes par Hilto, il y avait plusieurs grandes jarres de bière. Taita en avait bu une ou deux coupes avec plaisir, mais, et c'était là l'une des rares manifestations de son âge, sa vessie évacuait le breuvage particulièrement vite.

Dès qu'il fut hors de portée de voix, Nefer se pencha vers Hilto et chuchota :

— J'ai une mission importante à te confier.

— J'en serai grandement honoré, sire.

Nefer lui glissa dans la main le petit rouleau de papyrus.

— Veille dessus comme sur la prunelle de tes yeux, ordonna-t-il.

Quand Hilto l'eut caché dans son turban, il lui donna

des instructions pour le remettre à la princesse à Avaris, puis termina par une autre mise en garde :

— N'en parle à personne, pas même au mage. Fais-en le serment.

Le lendemain soir, Hilto et Bay quittèrent Gebel Nagara au coucher du soleil, lorsque l'air commença à se rafraîchir. Ils assurèrent Nefer de leur fidélité, demandèrent à Taita de leur donner sa bénédiction et de les protéger par un charme, puis se mirent en route dans le désert sous le ciel étoilé. Les chevaux peinèrent en gravissant la première dune, puis à travers le chaos de rochers d'un blanc lunaire que fendait le froid de la nuit.

Bay, qui marchait devant les chevaux, eut soudain un mouvement de recul, poussa une exclamation de surprise dans sa langue barbare et saisit l'amulette en os de lion suspendue à son cou. Il la pointa vers la silhouette étrange jaillie d'entre les ombres des rochers.

Hilto était encore plus agité.

— Ecarte-toi, spectre mauvais ! cria-t-il en faisant claquer son fouet pour conjurer le mal, avant de bafouiller une incantation contre les fantômes.

— Du calme, Hilto ! dit enfin l'apparition.

La lune était si brillante qu'elle projetait une ombre allongée sur la terre dure et faisait luire la tête de la créature comme de l'argent fondu.

— C'est moi, Taita le mage.

— Ce n'est pas possible ! s'écria Hilto. J'ai quitté Taita à Gebel Nagara au coucher du soleil. Je te connais. Tu es un spectre venu de l'autre monde, qui prétends être le mage.

Taita s'avança et saisit Hilto par sa main armée du fouet.

— Sens la chaleur de ma peau, dit-il. Sens mon visage et écoute ma voix.

C'est seulement quand Bay eut touché la poitrine de Taita avec l'os de lion, reniflé son haleine afin d'y déceler une éventuelle odeur de tombe et déclaré que c'était bien lui que le vieux guerrier se laissa convaincre, à contrecœur.

— Mais comment as-tu fait pour arriver ici avant nous ? demanda-t-il d'une voix plaintive.

— Comme le font les initiés, répondit énigmatiquement Bay. Mieux vaut ne jamais poser cette question.

— Hilto, tu as sur toi quelque chose qui nous fait courir à tous un danger mortel, coupa Taita. Il s'en dégage une odeur de mort et de confusion.

— Je ne vois pas de quoi tu parles, dit Hilto, mal à l'aise.

— C'est quelque chose qui t'a été confié par l'Egypte même, insista Taita, et tu sais très bien de quoi il s'agit.

— Par l'Egypte même... répéta Hilto en se grattant la barbe et en secouant la tête.

Taita tendit la main. Hilto soupira et capitula. Il tira le rouleau de parchemin du petit sac suspendu à sa ceinture. Taita le prit.

— N'en dis rien à personne, le mit-il en garde, pas même à Pharaon. Tu m'as compris, Hilto ?

— Je t'ai compris, mage.

Taita fixa son regard sur le papyrus qu'il tenait à la main. Après quelques secondes, un petit point rougeoyant apparut sur le rouleau, une volute de fumée s'en échappa dans l'air de la nuit, puis il s'enflamma brusquement.

Taita le laissa brûler jusqu'au bout entre ses doigts sans broncher, puis réduisit les cendres en poussière.

— C'est de la magie, dit Hilto, bouche bée.

— Un tour très simple, à la portée de n'importe quel débutant, marmonna Bay.

Taita leva la main droite en signe de bénédiction.

— Puissent les dieux veiller sur vous au cours de votre voyage, dit-il en regardant le chariot s'éloigner et disparaître dans l'obscurité.

Quand il fut de retour auprès du petit feu allumé dans la caverne de Gebel Nagara, réchauffant ses vieux os après le froid de la nuit, il posa son regard sur la silhouette de Nefer endormi, couverte d'une peau de mouton, contre la paroi du fond.

Sa tentative pathétique de se montrer plus malin que lui ne l'irritait nullement. L'âge n'avait pas desséché son cœur ni estompé le souvenir des tourments de la passion, et il comprenait le désir de Nefer d'apaiser les craintes et les souffrances de Mintaka. A cela venait s'ajouter la profonde affection, proche de l'amour, que lui-même avait conçue pour la jeune princesse.

Il ne ferait jamais valoir à Nefer ce qu'auraient pu être les conséquences de cet acte de compassion et lui laisserait croire que Mintaka ne tarderait pas à savoir qu'il était encore en vie.

Il s'accroupit près de Nefer et, sans le toucher, se fraya un chemin dans l'âme du jeune pharaon. Exerçant de longue date ce pouvoir sur son patient, il y parvint sans peine. Nefer s'agita, grogna et bafouilla quelques paroles sans suite. Même dans son profond sommeil, le pouvoir de Taita, tel un filet jeté sur lui, l'avait touché et presque réveillé.

Sur le plan physique, sa guérison était bien avancée. Taita fouilla plus profondément. L'esprit de Nefer était fort et n'avait pas été affecté par l'épreuve qu'il avait traversée. Nous n'allons pas tarder à passer à notre tentative suivante, pensa le mage.

Il revint auprès du feu et y jeta quelques branchettes d'acacia. Puis il s'installa, non pas pour dormir, car à son âge quelques heures de sommeil lui suffisaient, mais pour ouvrir son esprit aux courants produits par les événements, certains lointains, d'autres bien plus proches. Il les laissa tourbillonner autour de lui comme un roc dans le flot de l'existence.

La lune suivante passa plus rapidement que la précédente. Nefer reprenait des forces et ne tenait plus en place. Chaque jour, sa claudication devenait moins perceptible et elle finit par disparaître complètement. Il ne tarda pas à faire la course avec Meren du fond de la vallée à la crête des collines. Ces concours firent bientôt partie de leur vie quotidienne à l'oasis. Au début, Meren gagnait facilement, mais cela ne dura pas.

A l'aube du vingtième jour après le départ d'Hilto, ils partirent de l'entrée de la caverne et traversèrent le fond rocailleux de la vallée épaule contre épaule, mais, quand ils commencèrent à gravir la dune de l'autre côté, Nefer prit peu à peu de l'avance. A mi-pente, il donna une puissante accélération et laissa Meren en arrière. Arrivé en haut de la colline, il se retourna et, les mains sur les hanches en un geste de triomphe, rit de son ami qui s'époumonait encore en contrebas.

Taita les avait regardés depuis l'entrée de la caverne, et il s'apprêtait à y rentrer quand un cri sinistre l'arrêta et lui fit lever la tête. Haut dans le ciel, un petit point sombre décrivait un large cercle et Taita sentit la présence du dieu toute proche. Le cri se fit de nouveau entendre, lointain et faible, le pénétrant jusqu'au cœur : le cri inoubliable du faucon royal.

Sur la crête de la dune, Nefer l'entendit aussi et tourna la tête pour en chercher l'origine. Il repéra la minuscule silhouette et leva les mains vers elle. Comme si le geste avait été un ordre, le faucon tomba en piqué, paraissant augmenter rapidement en taille. L'air sifflait dans ses ailes repliées tandis qu'il plongeait droit sur Nefer, le visage levé. S'il l'avait heurté à une telle vitesse, il lui eût déchiré les chairs et brisé les os, mais Nefer ne broncha pas.

Au dernier moment, le faucon redressa sa trajectoire et plana au-dessus de sa tête. En levant la main, Nefer pouvait presque toucher le magnifique plumage luisant de son plastron. Taita crut un instant que l'oiseau allait se laisser capturer, mais il modifia le battement de ses ailes et remonta vers le ciel. Une fois encore, il émit son beau cri triste, puis s'éloigna à toute vitesse vers le soleil et parut se fondre dans l'orbe ardent.

La dernière fois qu'il était revenu à Gebel Nagara, Hilto avait apporté un arc de guerre. Sous la houlette de Taita, Nefer s'exerça chaque jour, jusqu'au moment où il eut la force de lever le lourd arc, de le bander à fond et de viser sans que son bras se fatigue et se mette à trembler. Puis, sur l'ordre de Taita, il lâchait la flèche, qui décrivait une longue courbe avant de retomber sur la cible, deux cents coudées plus loin.

Dans un bosquet caché au pied des collines, Nefer coupa un lourd bâton en bois d'acacia qu'il façonna, gratta et polit jusqu'à ce qu'il eût la longueur et l'équilibre parfaits. Dans la fraîcheur de l'aube, Taita et lui combattaient à la manière traditionnelle. Au début,

Nefer retenait ses coups par égard pour l'âge de Taita, mais le mage lui mit les tibias en sang et lui fit une bosse sur le crâne. Furieux, humilié, Nefer attaqua pour de bon, mais le vieillard se montrait rapide et preste. Il esquivait d'un bond le bâton de Nefer, puis ripostait comme l'éclair et lui donnait un petit coup douloureux sur un coude ou un genou laissé à découvert.

Taita n'avait pas non plus perdu la main dans le maniement du glaive. Hilto leur avait apporté un râtelier de lourds glaives recourbés et, lorsque le mage estima qu'ils s'étaient suffisamment exercés au bâton de combat, il sortit les glaives et fit répéter à Nefer et à Meren cinquante fois chaque coup de taille ou d'estoc et chaque riposte du répertoire. Ils recommencèrent ensuite depuis le début. Quand Taita fit arrêter pour le repas les deux jeunes gens cramoisis et aussi ruisselants que s'ils s'étaient baignés dans le Nil, sa peau était restée sèche et fraîche. Lorsque Meren le lui fit remarquer d'un air piteux, le mage eut un petit rire et dit :

— J'ai sué ma dernière goutte alors que vous n'étiez pas encore nés.

D'autres soirs, Nefer et Meren se mettaient nus, s'huilaient le corps et luttaient tandis que Taita arbitrait leurs assauts tout en leur criant conseils et instructions. Bien que Meren fût plus grand d'une main et plus massif des épaules et des membres, Nefer possédait un équilibre naturel et Taita lui avait appris à utiliser le poids de son adversaire à son avantage. Ils se projetaient à terre aussi souvent l'un que l'autre.

Le soir et tard dans la nuit, Taita et Nefer discutaient autour du feu. Ils abordaient tous les sujets, de la médecine et de la politique à la guerre et à la religion. Taita esquissait souvent une théorie, puis il demandait à Nefer de rechercher les points faibles de son argumentation. Il cachait des pièges et des illogismes dans ses leçons et, de plus en plus souvent et vite, Nefer les découvrait et les critiquait. Puis ils avaient toujours le *bao* dont ils essayaient de débrouiller les lois et les possibilités infinies du mouvement des pions.

— Si tu comprenais parfaitement le *bao*, tu comprendrais parfaitement la vie, lui dit Taita. Les subtilités et les nuances du jeu aiguisent l'esprit et le préparent à aborder de plus grands mystères.

Les mois passèrent si vite que Nefer fut surpris, alors qu'il courait à la poursuite d'une gazelle mortellement blessée, de discerner soudain à l'horizon, déformé par un mirage, un petit nuage de poussière ocre, et au-dessous la silhouette lointaine du chariot revenant de la vallée du Nil. A l'instant même, il oublia la gazelle et partit à toute vitesse à la rencontre d'Hilto. Bien qu'habitué aux prouesses physiques de ses hommes, celui-ci fut impressionné par la rapidité avec laquelle Nefer parcourut la distance dans la chaleur accablante.

— Hilto ! cria Nefer, encore loin et sans paraître le moins du monde à bout de souffle. Puissent les dieux t'aimer et t'accorder la vie éternelle ! Quelles nouvelles as-tu ? Dis-moi vite.

Hilto fit mine de ne pas comprendre le sens de la question et, alors que Nefer marchait à son côté, il se lança dans une description interminable des événements politiques et sociaux des royaumes.

— Il y a eu une autre rébellion au nord. Cette fois-ci, Trok a eu plus de mal à la réprimer. Il a perdu quatre cents hommes en trois jours de durs combats et la moitié des rebelles ont échappé à son courroux.

— Hilto, tu sais bien que ce n'est pas cela que je veux entendre de ta bouche.

Hilto montra Bay d'un signe de tête.

— Peut-être n'est-ce pas le moment d'aborder certains sujets, suggéra-t-il avec tact. Ne devrions-nous pas en parler en tête à tête, sire ?

Nefer fut obligé de contenir son impatience.

Le soir, autour du feu, ce fut un supplice pour Nefer d'avoir à écouter Hilto faire un autre rapport détaillé à Taita, dont l'essentiel était que la substitution des corps avait été découverte par les prêtres quand ils avaient enlevé les bandelettes autour de la tête du cadavre dans la salle du Chagrin. Pharaon Naja Kiafan avait fait de son mieux pour empêcher la nouvelle de se répandre, car l'assise de son pouvoir eût été minée si le peuple avait soupçonné que Nefer était encore en vie. Il était cependant impossible de garder secret un événement si extraordinaire alors que beaucoup de gens, prêtres et courtisans, étaient au courant. Selon Hilto, des bruits couraient dans les rues et sur les places de la ville de Thèbes et dans les bourgades et villages voisins.

En partie à cause de ces rumeurs, l'agitation dans les deux royaumes était devenue plus généralisée et concertée. Les rebelles appelaient leur mouvement la Faction Bleue. Le bleu était la couleur de la dynastie tamosienne, Naja ayant choisi le vert et Trok le rouge.

En outre, des troubles couvaient à l'est. Les pharaons d'Egypte avaient renvoyé l'ambassadeur mésopotamien à son maître, le roi Sargon de Babylone, ce puissant royaume situé entre le Tigre et l'Euphrate, en exigeant que le tribut annuel versé par Sargon soit augmenté et passe à vingt lakhs d'or, charge insupportable que le souverain babylonien ne pouvait accepter.

— Cela explique le rassemblement des armées dans les deux royaumes, fit remarquer Taita. Il paraît maintenant évident que les deux pharaons convoitent les richesses de la Mésopotamie. Ils projettent sa conquête.

Après Babylone, ils s'en prendront à la Libye et à la Chaldée. Ils n'auront de cesse tant qu'ils n'auront pas le monde entier sous leur empire.

— Je n'y avais pas songé, mais tu as certainement raison, dit Hilto, stupéfait.

— Ils sont aussi rusés que deux vieux babouins qui volent dans les champs le long du fleuve. Ils savent que la guerre est un facteur d'unification. S'ils marchent sur la Mésopotamie, le peuple se ralliera à eux, pris d'une fièvre patriotique. Les armées ne rêvent que de butin et de gloire, les marchands, de commerce plus actif et de profits accrus. C'est un moyen infaillible pour amener les gens à oublier leurs doléances.

— Oui, je m'en rends compte maintenant, dit Hilto en hochant la tête.

— Cela va bien sûr nous servir, réfléchit Taita à haute voix. Je cherchais pour nous un refuge. S'il est en guerre contre Trok et Naja, Sargon nous accueillera volontiers dans son camp.

— Nous quittons l'Egypte ? s'enquit Hilto.

— Maintenant que Naja et Trok savent que Nefer est toujours vivant, ils vont se mettre à notre recherche. La route de l'Est est la seule qui nous soit ouverte. Nous ne partirons pas longtemps, seulement jusqu'à ce que nous ayons gagné en force, trouvé un soutien dans les deux royaumes et nous soyons fait de puissants alliés. Nous reviendrons alors revendiquer le droit de naissance de Pharaon Nefer.

Tous le fixaient en silence en se remettant du choc de cette nouvelle. Ils n'avaient pas songé jusque-là à quitter leur pays natal et il ne leur était jamais venu à l'esprit qu'ils pourraient être contraints de le faire.

Ce fut Nefer qui rompit le silence :

— Ce n'est pas possible. Je ne puis quitter l'Egypte.

Taita jeta un coup d'œil aux autres et les congédia d'un signe de tête. Hilto, Bay et Meren se levèrent docilement et sortirent de la caverne à la queue leu leu.

Taita avait prévu cette situation. Toute son habileté allait lui être nécessaire pour la débrouiller, car Nefer avait l'air déterminé et sa déclaration avait été faite sur un ton têtu que Taita connaissait bien. Il n'allait pas être facile de l'amener à changer d'avis. Le jeune pharaon regardait fixement le feu. Taita devait le forcer à prendre la parole le premier.

— Tu aurais dû me parler de ce projet, dit enfin Nefer. Je ne suis plus un enfant, Taita. Je suis un homme et je suis Pharaon.

— Je t'ai fait part de mes intentions, répondit doucement le mage.

Ils retombèrent dans le silence et contemplaient les flammes du foyer. Taita sentait fléchir la détermination de Nefer.

— Tu oublies qu'il y a Mintaka, dit enfin celui-ci.

Taita ne répondit pas. Il comprenait intuitivement qu'ils approchaient d'une crise dans leurs relations. Il fallait bien qu'elle survienne à un moment ou à un autre, et il ne tenta pas de l'éviter.

— Je lui ai envoyé un message. Je lui ai dit que je l'aimais, et lui ai juré sur ma vie et mon esprit éternel de ne jamais l'abandonner.

Ce fut au tour de Taita de rompre son silence :

— Es-tu certain qu'elle a reçu ce message imprudent, qui faisait planer un danger mortel sur toi, elle et tous ceux qui t'entourent ?

— Oui, bien sûr. Hilto...

Nefer s'interrompit et son expression se transforma tandis qu'il regardait Taita à travers les flammes du feu de camp. Il se leva d'un bond et se dirigea à grands pas vers l'entrée de la caverne, à la manière non plus d'un enfant, mais d'un homme, un homme en colère. Au cours de ces derniers mois, il avait complètement changé. Taita en concevait une profonde satisfaction. Le chemin à parcourir s'annonçait difficile, et Nefer allait avoir besoin de toute sa force et de sa détermination récemment acquises.

— Hilto ! cria-t-il dans l'obscurité. Viens ici.

Peut-être le vieux guerrier avait-il perçu l'autorité nouvelle dans le ton du jeune pharaon, car il arriva à la hâte et posa un genou à terre devant Nefer.

— Sire ?

— As-tu remis le message que je t'ai confié ? demanda Nefer.

Hilto lança un coup d'œil à Taita près du feu.

— Ce n'est pas lui que tu dois regarder, reprit Nefer d'un ton sec. Je te pose une question. Réponds.

— Je n'ai pas remis le message, répondit Hilto. Souhaites-tu savoir pourquoi je ne l'ai pas fait ?

— Je ne le sais que trop bien, fit Nefer sinistrement. Mais écoute-moi. Si à l'avenir tu me désobéis encore une fois, tu en paieras le prix.

— Je comprends, dit Hilto, impassible.

— S'il advient de nouveau que tu aies à choisir entre Pharaon et un vieillard qui se mêle de ce qui ne le regarde pas, tu choisiras Pharaon. Est-ce clair ?

— Aussi clair que le soleil de midi, répondit Hilto, tête basse, mais souriant dans sa barbe.

— A propos, Hilto. Quelles nouvelles as-tu de la princesse ?

Hilto cessa de sourire, ouvrit la bouche et la referma, essayant de trouver le courage de lui annoncer la triste nouvelle.

— Parle ! ordonna Nefer. As-tu déjà oublié ton devoir ?

— Gracieuse Majesté, les nouvelles que j'ai ne sont pas pour te plaire. La princesse Mintaka a été mariée à Pharaon Trok Ourouk à Avaris, il y a six semaines.

Nefer resta aussi immobile que s'il avait été changé en statue de granit. Pendant un bon moment, le crépitement de la bûche d'acacia dans le feu fut le seul bruit à l'intérieur de la caverne. Puis, sans un mot, Nefer passa à côté d'Hilto et sortit dans la nuit.

A son retour, une faible lueur rouge annonçait déjà l'aube à l'orient. Hilto et Meren dormaient, enveloppés dans leur peau de mouton au fond de la caverne, mais Taita était assis exactement dans la position où Nefer l'avait laissé. Il crut un instant que le vieillard dormait lui aussi. Puis Taita leva la tête et le regarda, les yeux vifs et bien éveillés dans la lueur du feu.

— Je me trompais et tu avais raison. J'ai besoin de toi, maintenant plus que jamais, vieil ami, dit Nefer. Tu ne m'abandonneras pas ?

— La question est inutile, répondit Taita à voix basse.

— Je ne puis la laisser avec Trok.

— C'est évident.

Nefer revint s'asseoir face à Taita, qui prit une profonde inspiration. L'orage était passé. Il n'y avait pas eu rupture.

Nefer ramassa un morceau de bois à moitié calciné, le poussa dans le feu, puis leva les yeux vers Taita.

— Tu as essayé de m'apprendre à voir à distance, dit-il. Je n'ai jamais vraiment acquis ce don. Jusqu'à cette nuit. Dans le grand silence et l'obscurité qui régnaient dehors, j'ai essayé de voir Mintaka. Cette fois-ci, j'ai vu quelque chose, Taita, mais seulement de manière vague, et je n'ai pas compris ce que c'était.

— Ton amour pour elle t'a rendu sensible à son aura, expliqua Taita. Qu'as-tu vu ?

— Je n'ai vu que des ombres, mais j'ai senti un chagrin terrible, un désespoir si insupportable qu'il m'a donné envie de mourir. C'étaient des émotions éprouvées par Mintaka et non par moi, j'en ai la certitude.

Taita, impassible, regardait le feu et Nefer poursuivit :

— Tu dois tenter de la voir à ma place. Il n'y a que toi qui puisses l'aider, Taita.

— As-tu avec toi quelque chose qui ait appartenu à Mintaka ? Un cadeau ou un gage d'amour qu'elle t'aurait donné ?

Nefer porta la main à la chaîne qu'il avait au cou et toucha le petit médaillon d'or qui s'y trouvait suspendu.

— C'est mon bien le plus précieux.

— Donne-le-moi, dit Taita en tendant la main au-dessus du foyer.

Nefer hésita, puis ouvrit le fermoir et tint l'amulette dans son poing fermé.

— En dehors des miens, ses doigts ont été les derniers à le toucher. Il contient une mèche de ses cheveux.

— Dans ce cas, c'est un charme très puissant. Il contient son essence. Si tu veux que je l'aide, donne-le-moi.

Nefer obtempéra.

— Attends-moi ici, dit Taita en se levant.

Bien qu'il eût passé toute la nuit assis en tailleur, il n'y avait aucune raideur dans ses mouvements, qui étaient ceux d'un jeune homme viril. Il sortit dans le jour naissant et grimpa sur la crête des dunes, puis rassembla les pans de sa robe autour de ses jambes maigres et s'accroupit sur le sable, face à l'aube.

Il appuya l'amulette de Mintaka contre son front et

ferma les yeux. Le soleil franchit l'horizon et ses rayons le frappèrent en plein visage.

Dans sa main droite, l'amulette sembla s'animer d'une vie propre. Taita la sentait battre doucement au rythme des battements de son cœur. Il ouvrit son esprit aux courants de l'existence, qui tourbillonnaient autour de lui comme un grand fleuve. Son esprit se détacha de son corps et prit son essor. Comme porté sur les ailes de quelque oiseau gigantesque, il vit des pays et des villes, des forêts, des plaines et des déserts défiler loin au-dessous de lui, images fugitives et confuses. Il vit des armées en marche, des escadrons qui soulevaient de lourds nuages de poussière jaune où scintillaient les pointes de lance. Il vit des vaisseaux en haute mer battus par les vagues et le vent. Il vit des villes saccagées en flammes, entendit d'étranges voix et sut qu'elles venaient du passé et de l'avenir. Il vit les visages de ceux qui étaient morts depuis longtemps et de ceux qui n'étaient pas encore nés.

Il poursuivit son chemin, l'esprit embrassant de vastes étendues de temps et d'espace. Il appela mentalement Mintaka et sentit l'amulette devenir chaude, puis lui brûler la main.

Les images se dissipèrent et il entendit sa douce voix répondre :

— Je suis là. Qui m'appelle ?

— C'est Taita, Mintaka, répondit-il tout en prenant conscience que quelque chose de maléfique s'était interposé, coupant le courant entre eux.

Mintaka avait disparu et, à la place, il y avait une présence fatale. Il concentra sur elle tous ses pouvoirs pour tenter de disperser les nuages sombres. Ils semblèrent se fondre ensemble et prendre la forme d'un cobra dressé, la même influence funeste à laquelle Nefer et lui avaient été confrontés dans le nid du faucon royal sur les collines de Bir Oum Masara.

Il luttait mentalement contre le cobra, usant de ses pouvoirs pour le faire reculer, mais, au lieu de céder, l'image du serpent devenait plus nette et menaçante. Il eut soudain la certitude qu'il ne s'agissait pas d'une manifestation physique mais d'une menace mortelle dirigée contre Mintaka. Il redoubla ses efforts pour percer les voiles du mal et atteindre la jeune fille, mais une souffrance et un chagrin immenses s'interposaient entre eux comme une barrière infranchissable.

Puis, soudain, une main, fine et gracieuse, se tendit vers la tête sinistre du reptile. C'était celle de Mintaka, il le savait, car son cartouche était gravé sur la bague en lapis-lazuli qu'elle portait à l'index. De toute sa force vitale, il tint le serpent venimeux en respect et l'empêcha de frapper la main qui caressait son capuchon déployé. Le cobra se détourna d'elle à moitié, presque comme un chat offrant sa tête aux caresses.

— Fais-lui faire ce qui doit être, dit la voix de Mintaka.

Et une autre voix, que Taita connaissait, répondit :

— Je n'ai encore jamais vu ça. Tu dois frapper le messager de la main. Cela lui fera certainement remettre le cadeau de la déesse.

C'était la voix de la grande prêtresse du temple d'Hathor à Avaris. Taita comprit : abattue par le chagrin, Mintaka s'apprêtait à rejoindre la déesse.

— Mintaka ! l'appela-t-il dans un suprême effort de volonté, enfin récompensé.

— Taita ? murmura-t-elle.

Parce que Mintaka était maintenant consciente de sa présence, la vision du mage augmenta en portée et il put la voir distinctement.

Mintaka se trouvait dans une chambre aux murs de pierre, agenouillée devant un panier, la prêtresse à son côté. Devant elle se dressait le redoutable serpent.

— Tu ne dois pas prendre cette voie, ordonna le mage. Ce n'est pas la tienne. Les dieux ont conçu pour toi un autre destin. M'entends-tu ?

— Oui ! répondit la jeune princesse en tournant la tête vers lui, comme si elle voyait son visage.

— Nefer est vivant. Nefer vit. Tu m'entends ?

— Oui ! Oh oui !

— Sois forte, Mintaka. Nous allons venir à toi. Nefer et moi allons venir te chercher.

Sa concentration était telle que ses ongles s'enfonçaient profondément dans les paumes de ses mains, faisant couler le sang, mais il ne pouvait tenir plus longtemps. Mintaka commença à lui échapper, son image devint floue et s'estompa, mais, avant qu'elle eût disparu, il la vit sourire, un magnifique sourire plein d'amour et d'espoir renouvelé.

— Sois forte ! l'encouragea-t-il ardemment. Sois forte, Mintaka !

L'écho de sa voix lui revint, comme de très loin.

Nefer l'attendait au pied des dunes. Taita était encore à mi-pente quand le jeune pharaon comprit que quelque chose d'essentiel venait de se produire.

— Tu l'as vue ! cria-t-il. Que lui est-il arrivé ?

Il courut à la rencontre du mage.

— Elle a besoin de nous, dit Taita en posant la main sur l'épaule de Nefer.

Il ne lui parlerait jamais du chagrin et du désespoir extrêmes dans lesquels il avait trouvé Mintaka, ni de sa décision de mettre fin à ses jours. Nefer serait incapable de le supporter et cela eût risqué de le pousser à quelque folle tentative mettant en danger la vie des deux amoureux.

— Tu avais raison, poursuivit Taita. Mon projet de quitter ce pays et de trouver asile en Orient doit être écarté. Nous devons rejoindre Mintaka. Je le lui ai promis.

— Oui ! confirma Nefer. Quand pouvons-nous partir pour Avaris ?

— Le temps presse. Nous devons partir sur-le-champ.

Il leur fallut quinze jours d'un dur voyage pour arriver à la petite garnison et au relais de poste de Thane, à une journée de route d'Avaris. Ils avaient déjà changé de chevaux quatre fois – Taita se servait de l'ordre de réquisition donné par Naja pour remplacer les bêtes fourbues et se réapprovisionner dans les garnisons et les camps militaires rencontrés en cours de route.

Depuis leur départ de Gebel Nagara, ils avaient discuté sans fin de leur plan d'action, conscients du fait qu'ils avaient comme adversaire le puissant pharaon Trok Ourouk. Selon les officiers de garnison avec lesquels ils discutèrent, Trok disposait alors de vingt-sept régiments parfaitement entraînés et équipés et de près de trois mille chars. Face à cette multitude, ils avaient un chariot qui montrait les signes d'une fatigue due à un long et dur service, dont une roue arrière avait une propension marquée à se détacher aux moments les moins appropriés et dont la caisse tenait avec des ficelles et des lanières de cuir. Et ils n'étaient que quatre : Nefer et Meren, Hilto et Bay. Mais il y avait Taita.

— A lui tout seul, le mage vaut au moins vingt-sept régiments, fit remarquer Hilto. Nous sommes donc à égalité avec Trok.

Hilto connaissait le commandant du camp de Thane, un vieux guerrier cousu de cicatrices et blanchi sous le harnais nommé Socco. Longtemps auparavant, ils avaient parcouru ensemble la Route Rouge. Ils avaient combattu, fait la fête et couru les femmes ensemble. Après avoir rappelé leurs souvenirs pendant une heure et partagé une cruche de bière, Hilto lui tendit l'ordre de réquisition. Socco le tint à l'envers à bout de bras, l'air savant.

— Vois le cartouche de Pharaon, dit Hilto en touchant le sceau.

— Tel que je te connais, et je te connais bien, Hilto, tu as sans doute fait ce joli dessin toi-même, répliqua Socco en rendant le parchemin à Hilto. De quoi as-tu besoin, vieux gredin ?

Ils choisirent quatre montures fraîches parmi les centaines qui formaient la troupe de chevaux de remonte, puis Taita parcourut les rangs de chars garés dans le parc de véhicules de la garnison, qui venaient d'arriver, tout neufs, d'Avaris. Il en choisit trois et ils attelèrent les chevaux.

En partant de Thane, Taita conduisait le vieux chariot. Meren, Hilto et Nefer prirent chacun un char, tandis que Bay fermait la marche avec vingt chevaux de rechange. Ils ne se dirigèrent pas tout droit vers Avaris, mais firent un détour par l'est de la ville.

En lisière du désert, il y avait une petite oasis où Bédouins et caravanes de marchands faisaient halte quand ils partaient pour l'Orient ou en revenaient.

Pendant que les autres déchargeaient le fourrage qu'ils

avaient transporté dans le chariot depuis Thane, entravaient les chevaux et graissaient les moyeux des chars neufs, Taita alla marchander avec l'Assyrien maître de la caravane qui campait à proximité. Il acheta une brassée de vêtements sales en lambeaux et vingt tapis de laine tissés dans un pays riverain de la mer Ultérieure. Malgré leur piètre qualité, il dut les payer un prix exorbitant.

— Ce babouin d'Assyrien est un voleur de grands chemins, marmonna-t-il tandis qu'ils chargeaient les tapis sur le chariot.

— Qu'allons-nous en faire ? demanda Nefer.

Mais Taita feignit de ne pas entendre la question. Cette nuit-là, le mage teignit sa chevelure argentée avec un extrait d'écorce de mimosa : le changement fut spectaculaire. Dans la demi-obscurité du petit matin, ils laissèrent la bande de chevaux et les chars sous la responsabilité de Bay, montèrent sur le chariot délabré et, assis sur la pile de tapis poussiéreux, prirent la route de l'ouest et d'Avaris. Ils avaient revêtu les frusques que Taita s'était procurées. Lui-même portait une longue robe et il s'était voilé le bas du visage à la manière des habitants d'Our, en Chaldée. Avec ses cheveux teints, il était méconnaissable.

Ils n'arrivèrent que le soir à la cité royale du Nord. Un camp permanent de plusieurs milliers d'âmes était installé hors les murs, peuplé surtout de mendiants, de charmeurs de serpents itinérants, de marchands étrangers et autre racaille. Ils dressèrent le camp au milieu d'eux, puis, le lendemain matin à la première heure, laissèrent le chariot sous la surveillance de Meren et se joignirent à la foule qui attendait l'ouverture des portes de la ville, au lever du soleil.

Une fois qu'ils furent passés devant la garde, Hilto partit faire la tournée des tavernes et des bordels dans les rues étroites du vieux quartier, où il espérait rencontrer quelques vieux camarades et compagnons d'armes et recueillir les dernières nouvelles. Taita emmena Nefer avec lui et ils se frayèrent un chemin vers les portes du palais à travers les rues encombrées de la cité qui s'éveillait. Arrivés là, ils se fondirent dans la cohue des mendiants, des marchands et des mendiants. Taita n'essaya pas d'entrer dans le palais. Ils passèrent la matinée à écouter les bavardages de ceux qui les entouraient et cancanèrent avec d'autres désœuvrés.

Taita engagea finalement la conversation avec un marchand de Babylone, vêtu de la même manière que lui, qui se présenta sous le nom de Nintoura. Taita parlait la langue akkadienne aussi bien qu'un Mésopotamien, raison pour laquelle il avait choisi ce déguisement. Ils partagèrent un pot de café d'Ethiopie, rare et cher, et Taita exerça tous ses artifices pour charmer Nintoura, qui traînait aux portes du palais depuis dix jours, attendant son tour pour montrer ses marchandises à la nouvelle épouse de Trok. Il avait déjà payé l'énorme pourboire exigé par le vizir du palais pour avoir le droit d'être mis en présence de la jeune reine, mais beaucoup d'autres étaient avant lui.

— On raconte que Trok est cruellement traité par sa jeune épouse. Elle ne lui permet pas de partager son lit, fit Nintoura avec un petit rire. Il brûle de désir pour elle, mais elle ne décroise pas les jambes et garde la porte de sa chambre fermée. Trok essaie de gagner ses faveurs avec des cadeaux hors de prix. On dit qu'il ne lui refuse rien. De plus, elle achète tout ce qu'on lui propose, puis, pour le contrarier, le revend immédiatement pour une fraction de ce qu'il a dû payer et distribue le produit des ventes aux pauvres de la ville. Il paraît qu'elle achète toujours les mêmes choses, et Trok continue de payer, précisa-t-il en se tapant sur les cuisses et en hurlant de rire.

— Où est Trok ? demanda Taita.

— En campagne dans le Sud, répondit Nintoura. Il étouffe les flammes de la rébellion, mais il n'a pas plus tôt tourné le dos qu'elles reprennent derrière lui.

— A qui dois-je m'adresser pour entrer en présence de la reine Mintaka ?

— A Soleth, le vizir du palais, ce gros châtré, dit Nintoura sans savoir que c'était aussi l'état de Taita.

Celui-ci ne connaissait Soleth que de réputation et savait qu'il appartenait à la confrérie secrète des eunuques.

— Où puis-je le trouver ?

— Il t'en coûtera un anneau d'or pour être mis en sa présence, avertit Nintoura.

Soleth était assis près du bassin couvert de fleurs de lotus dans son jardin clos de murs. Il ne se leva pas quand Taita fut introduit par l'un des gardiens du gynécée.

Les Hyksos avaient à tel point renoncé à leurs anciennes coutumes et adopté les mœurs égyptiennes qu'ils ne séquestraient plus leurs femmes dans le gynécée. Les eunuques continuaient d'exercer l'essentiel de leur ancien pouvoir sur les épouses royales, mais, tout en les chaperonnant comme il convenait, ils leur accordaient beaucoup de liberté. Elles pouvaient sortir du palais, naviguer sur le Nil avec leurs bateaux de plaisance, recevoir la visite de marchands pour qu'ils leur montrent leurs marchandises ou encore manger, chanter, danser et s'amuser avec leurs amies.

Taita salua Soleth avec dignité en se présentant à lui sous un nom d'emprunt. Puis il lui fit le signe de reconnaissance de la confrérie, les deux petits doigts recourbés se touchant. Soleth cligna des yeux de surprise et les promena sur la carcasse maigre de Taita : il n'avait ni la silhouette ni l'allure d'un eunuque. D'un geste, il l'invita néanmoins à s'asseoir sur les coussins en face de lui. Taita accepta la coupe de sorbet offerte par une esclave et ils parlèrent pendant un moment d'affaires apparemment sans importance, mais ils ne tardèrent pas à évoquer les références de Taita et leurs connaissances communes au sein de la confrérie. Sans en avoir l'air, Soleth examinait pensivement ses traits, regardant au-delà de son voile et de ses cheveux teints. La lumière se fit soudain en lui et il demanda à voix basse :

— Il se peut que, au cours de tes voyages, tu aies rencontré le fameux mage, connu à travers les deux royaumes, et au-delà, sous le nom de Taita.

— Je le connais bien, reconnut Taita.

— Peut-être aussi bien que toi-même ? s'enquit Soleth.

— Au moins aussi bien.

Un sourire éclaira le visage joufflu du vizir.

— N'en dis pas davantage. Quel service puis-je te rendre ? Il te suffit de le demander.

Ce soir-là, Nefer, Meren et Hilto se trouvaient sur le chargement de tapis quand Taita conduisit le chariot grinçant, avec son incorrigible roue arrière tournant de travers, jusqu'à l'une des portes latérales du palais, dans une ruelle où rôdait une bande de gamins en haillons. Taita donna à l'un une bague en cuivre pour qu'il garde le chariot, puis cogna à la porte avec le bout de son bâton. Elle s'ouvrit immédiatement, mais sur une rangée de lances, pointées à l'horizontale. L'entrée du gynécée etait bien gardée : Trok prenait grand soin de sa petite biche.

Soleth n'était pas là pour les accueillir – il tenait manifestement à garder les mains propres –, mais il avait envoyé l'un de ses subalternes, un vieil esclave noir, pour introduire Taita dans le palais et lui servir de guide. Bien que celui-ci ait eu en main le sauf-conduit remis par Soleth, le capitaine des gardes insista pour les fouiller avant de les laisser entrer. Il ordonna à Hilto de dérouler les tapis et en sonda chaque pli avec la pointe de sa lance. Enfin satisfait, il leur fit signe de passer.

Le vieil esclave les précédait clopin-clopant et les guidait à travers un dédale d'étroits corridors. A mesure qu'ils progressaient, le cadre devenait plus grandiose, jusqu'au moment où ils parvinrent devant une porte en bois de santal sculpté de manière élaborée, gardée par deux énormes eunuques. Ils échangèrent quelques mots à voix basse avec le vieil esclave, puis les sentinelles s'écartèrent et Taita précéda les autres à l'intérieur d'une grande pièce claire, qui sentait les fleurs, le parfum et l'odeur terriblement tentante de jeunes femmes. Elle s'ouvrait sur une large terrasse, où on entendait les accords du luth et des voix féminines.

Le vieil esclave sortit sur la terrasse.

— Il y a là un marchand avec de beaux tapis de Samarkand qui attend Sa Majesté, annonça-t-il d'une voix chevrotante.

— J'ai vu assez de camelote pour aujourd'hui. Renvoie-le, répondit une voix de femme.

Nefer tressaillit de joie en entendant ces accents bien-aimés. Le guide se retourna vers Taita et fit la grimace en écartant les mains en un geste d'impuissance. Nefer laissa tomber avec un bruit sourd le tapis roulé qu'il portait à l'épaule sur les dalles de pierre et se dirigea à grands pas jusqu'à l'entrée de la terrasse, où il s'arrêta. Il était vêtu de haillons et portait autour de la tête un turban crasseux, qui ne lui découvrait que les yeux.

Mintaka était assise sur le parapet de la terrasse, deux esclaves à ses pieds. Sans regarder dans sa direction, elle se remit à chanter. C'était la chanson de l'âne et du singe, et chaque parole perçait le cœur de Nefer tandis qu'il observait la courbe douce de sa joue et la lourde chevelure sombre qui tombait dans son dos.

Elle s'arrêta brusquement et lui lança un regard ennuyé.

— Ne reste pas là à me regarder, espèce d'insolent. Ramasse ta marchandise et va-t'en.

— Pardonne-moi, Majesté, dit-il en écartant les bras en un geste suppliant. Je ne suis qu'un pauvre idiot venu de Dabba.

Mintaka poussa un cri et lâcha son luth, avant de se couvrir la bouche des deux mains. Ses joues s'empourprèrent et elle le regarda dans les yeux. L'esclave noir tira son poignard et s'avança en chancelant pour attaquer Nefer, mais Mintaka se reprit immédiatement.

— Non, laisse-le, dit-elle en levant la main pour donner plus de poids à son ordre. Laisse-nous. Je vais parler à cet imbécile.

L'esclave hésita, le poignard encore dirigé vers le ventre de Nefer.

— Fais ce que je dis, gronda Mintaka comme une femelle léopard. Va-t'en, idiot. Va-t'en.

Confus, le vieux Noir rengaina son poignard et s'éloigna à reculons. Mintaka fixait toujours Nefer de ses immenses yeux sombres. Ses servantes ne comprenaient pas ce qui se passait. Elles savaient seulement que quelque chose de bizarre se préparait. Les tentures de l'entrée retombèrent derrière l'esclave. Nefer arracha son chèche, et ses longs cheveux bouclés dégringolèrent sur ses épaules.

Mintaka poussa un autre cri.

— Oh, par la grâce d'Hathor, c'est toi. C'est vraiment toi ! Je croyais que tu ne viendrais jamais.

Elle se précipita vers lui, il courut à sa rencontre et la prit dans ses bras. Ils restèrent enlacés, parlant en même temps, essayant de manière incohérente de se dire combien ils s'aimaient et à quel point l'autre leur avait manqué. Revenues de leur étonnement, les jeunes esclaves dansaient autour d'eux en applaudissant et pleurant de joie et d'excitation, jusqu'au moment où Taita les fit taire avec quelques petits coups bien dirigés de son bâton.

— Cessez ces cris stupides. Nous allons avoir toutes les sentinelles sur le dos dans une minute, dit-il.

Après les avoir calmées, il se tourna vers Hilto et Meren. Sur ses instructions, ils déroulèrent par terre le plus grand des tapis.

— Mintaka, écoute-moi. Vous aurez tout le temps pour ça plus tard.

Elle tourna la tête vers lui, mais garda les bras autour du cou de Nefer.

— C'est toi qui m'as appelée, n'est-ce pas, Taita ? J'ai entendu ta voix distinctement. Si tu ne m'en avais pas empêchée, j'aurais...

— Je t'aurais crue assez raisonnable pour ne pas rester là à bavarder alors que nous jouons si gros jeu, coupa Taita. Nous allons te cacher dans le tapis pour te faire sortir du palais. Allez, dépêche-toi.

— Est-ce que j'ai le temps d'aller chercher...

— Non. Tu n'as que le temps de m'obéir.

Elle embrassa Nefer encore une fois en une longue étreinte, puis courut dans la chambre et se jeta à plat ventre sur le tapis. Elle leva les yeux vers ses servantes, qui se tenaient, stupéfaites, à l'entrée de la pièce.

— Faites tout ce que vous dit Taita, leur ordonna-t-elle.

— Tu ne peux pas nous laisser, maîtresse, sanglota Tinia, sa favorite. Sans toi, nous ne sommes rien.

— Ce ne sera pas pour longtemps, répondit Mintaka. Je te promets de t'envoyer chercher, Tinia. Mais en attendant, sois courageuse et ne me déçois pas.

Nefer aida Hilto et Meren à rouler Mintaka dans le tapis à motifs rouges et plaça un long roseau creux entre ses lèvres. L'autre extrémité, qui dépassait de quelques pouces des lourds plis, allait lui permettre de respirer.

Pendant ce temps-là, Taita donnait des instructions aux esclaves en pleurs.

— Tinia, tu entreras dans la chambre et abaisseras la barre de la porte. Couvre-toi avec le drap, comme si tu étais ta maîtresse. Les autres, vous resterez ici dans le vestibule. Vous ne devez ouvrir la porte à aucun prix, quoi qu'on vous ordonne. Répondez que votre maîtresse est clouée au lit par sa lune et ne peut voir personne. Vous comprenez ?

Tinia hocha la tête, le cœur brisé, incapable de parler.

— Retardez-les aussi longtemps que possible, mais lorsque vous serez découvertes et ne pourrez simuler plus longtemps, dites-leur ce qu'ils veulent savoir. N'essayez pas de tenir sous la torture. Vos souffrances ou votre mort ne serviraient pas à grand-chose, si ce n'est à miner la conscience de votre maîtresse.

— Ne puis-je pas accompagner la reine ? lâcha Tinia. Je ne puis vivre sans elle.

— Tu as entendu la promesse de ta maîtresse. Quand elle sera en sécurité, elle t'enverra chercher. Maintenant, ferme bien la porte derrière nous.

Le vieil esclave attendait dans le corridor quand ils sortirent de la chambre en portant les tapis roulés sur leurs épaules.

— Je suis désolé. J'ai fait de mon mieux pour vous servir, comme me l'a ordonné Soleth, leur dit-il. La reine Mintaka était naguère une jeune fille gentille et heureuse, mais elle ne l'est plus. Depuis son mariage, elle est devenue triste et irritable.

Il leur fit signe de le suivre à travers le labyrinthe du gynécée jusqu'à ce qu'ils arrivent enfin à la petite porte latérale, où le sergent leur fit face une nouvelle fois.

— Déroulez-moi ces tapis, ordonna-t-il avec brusquerie.

Taita s'approcha de lui et le regarda dans les yeux. L'expression hostile du sergent s'évanouit. Il paraissait un peu confus

— Je vois que tu as l'air content et heureux, dit Taita à mi-voix.

Un sourire apparut lentement sur le visage laid et ridé du soldat.

— Très heureux, ajouta le mage en posant doucement la main sur son épaule.

— Très heureux, répéta l'individu.

— Tu as déjà fouillé les tapis. Tu n'as certainement pas envie de perdre un temps précieux, n'est-ce pas ?

— Je n'ai aucune envie de perdre mon temps, déclara le sergent comme si l'idée était de lui.

— Tu veux que nous passions.

— Passez ! Je veux que vous passiez, dit le sergent en s'écartant.

L'un de ses hommes leva la barre de la porte et les laissa sortir dans la rue. Tandis que la porte se refermait, ils aperçurent le sergent qui souriait avec bienveillance en les regardant.

Le chariot se trouvait où il l'avait laissé, gardé par les gamins. Ils déposèrent doucement le tapis dans le fond du véhicule et Nefer demanda à voix basse :

— Ça va, mon cœur ?

— J'ai chaud et je manque d'air, mais ce n'est pas cher payer pour savoir que tu es à côté de moi, répondit la voix étouffée de Mintaka.

Nefer plongea la main dans le rouleau formé par le tapis et lui toucha le sommet de la tête.

— Tu es aussi courageuse qu'une lionne, dit-il avant de grimper derrière Taita sur le siège du cocher au moment où le mage fouettait les chevaux.

— On ne va pas tarder à fermer les portes de la cité pour la nuit, dit celui-ci. Quand la fuite de Mintaka sera découverte, la première chose qu'ils vont faire sera de boucler la ville, de fouiller chaque maison et chaque véhicule et d'interroger tous les étrangers présents à l'intérieur des murs.

Ils descendirent au galop la large avenue qui menait à la porte orientale. En approchant, ils virent qu'une file de chariots et de chars bloquait la sortie. Il y avait eu une fête et une procession religieuse dans la journée et les participants retournaient dans leurs villages autour d'Avaris. Ils avançaient avec une lenteur désespérante.

Le soleil avait déjà disparu derrière les murs et la nuit tombait. Il y avait encore deux véhicules devant eux, quand le capitaine de la garde émergea du poste et lança à ses hommes :

— Ça suffit ! Le soleil est couché. Fermez les portes !

Des cris de protestation s'élevèrent parmi les voyageurs qui tentaient encore de sortir de la ville :

— J'ai une enfant malade. Je dois la ramener à la maison.

— J'ai acquitté mon droit, laissez-moi passer, sinon mon chargement de poisson va pourrir.

Un chariot continua d'avancer délibérément, empêchant les gardes de fermer les portes. Une petite émeute éclata : les gardes criaient et jouaient de la massue, les villageois outrés répondaient à leurs cris et effrayaient les chevaux, qui se cabraient et hennissaient. Il y eut soudain un autre vacarme hors les murs. Des voix fortes couvrirent les protestations des voyageurs et des gardes :

— Laissez passer Pharaon ! Dégagez la voie pour Pharaon Trok Ourouk !

Le tonnerre du tambour appuya l'ordre. Renonçant à leur tentative de fermer les portes, les gardes se bousculèrent au contraire pour les ouvrir toutes grandes, révélant à la vue un escadron de chars de guerre sur la route au-dehors. Sur le premier flottait la bannière au léopard rouge. Sur la plate-forme, son casque de bronze étincelant, sa barbe enrubannée jetée par-dessus une épaule, se dressait, imposant, Pharaon Trok Ourouk, fouet et rênes dans ses mains gantées.

Dès que les portes furent grandes ouvertes, il lança son attelage de quatre chevaux droit dans la masse de gens et de chariots qui encombraient la voie, fouettant quiconque se trouvait sur son chemin. Ses hommes, qui couraient devant lui, renversaient les véhicules qui bloquaient le passage et les tiraient de côté en répandant dans le caniveau des chargements entiers de poisson frais et de légumes.

— Laissez passer Pharaon ! rugissaient-ils par-dessus les cris et le vacarme général.

Les soldats arrivèrent au chariot du mage et entreprirent de le faire basculer pour dégager le passage. Taita se leva et les fouetta, mais ses coups tombaient sur leurs casques et leurs épaulettes de bronze. Ils se moquèrent de lui et unirent leurs efforts. Le chariot tomba à la renverse. Le tapis roulé emprisonnant Mintaka glissa au sol ; le véhicule menaçait de l'écraser en se retournant.

— Aidez-moi ! cria Nefer en bondissant pour retenir le tapis et amortir sa chute.

Hilto en saisit une extrémité, Bay, l'autre. Tandis que le chariot tombait sur le côté dans un fracas de bois brisé, ils tirèrent Mintaka, toujours enroulée dans le tapis, à l'abri contre le mur de la maison la plus proche.

Pharaon Trok poussait son char au milieu de ce chaos de véhicules renversés et de chargements répandus en fouettant les chevaux de son attelage et en hurlant des ordres.

— Frappez ! Frappez !

Les bêtes, rompues au combat, se cabraient et décochaient des coups de leurs sabots ferrés de bronze à tous ceux qui se trouvaient sur leur passage. Nefer vit une vieille femme se précipiter droit sous les sabots des chevaux. L'un l'atteignit en plein visage. Le crâne fendu, ses dents jaillirent de sa bouche comme une volée de grêlons et crépitèrent sur le pavé. Elle s'écroula devant le char de Trok et la roue cerclée de bronze lui passa sur le corps.

Le char de Pharaon passa si près de Nefer, accroupi en un geste protecteur au-dessus du tapis roulé de Mintaka, que, l'espace d'un instant, ils se regardèrent dans les yeux. Trok ne le reconnut pas dans ses haillons, avec son chèche enroulé autour de la tête, mais avec une cruelle désinvolture il fit claquer son fouet sur son épaule. Les pointes métalliques de la lanière traversèrent l'étoffe, y laissant un chapelet de taches sanglantes.

— Hors de mon chemin, paysan ! lança Trok d'une voix rageuse.

Nefer s'apprêta à bondir sur la plate-forme pour tirer

Trok par la barbe hors de son char. C'était l'individu bestial qui avait sali Mintaka et la rage aveuglait Nefer.

Taita l'empoigna par le bras pour le retenir.

— Laisse. Porte le tapis hors de la ville, insensé. Nous allons être pris au piège ici.

Nefer tenta de se dégager et Taita le secoua.

— As-tu envie de la perdre si tôt ?

Nefer maîtrisa sa colère. Il se baissa pour prendre l'extrémité du tapis et les autres l'aidèrent. Ils coururent vers les portes, mais l'escadron de chars était entré dans la ville et les gardes refermaient de nouveau les lourds battants de bois. Taita se précipita en avant et les dispersa avec son bâton. Quand l'une des sentinelles leva sur lui sa massue, Taita se tourna vers elle et la fixa de son regard hypnotique. Le soldat battit en retraite comme s'il s'était trouvé face à un cannibale.

En portant à eux tous le tapis roulé, ils se faufilèrent entre les portes qui se refermaient, puis coururent vers le camp sous les murs de la cité. Des cris furieux les suivaient, mais ils disparurent à la vue des gardes dans l'obscurité croissante au milieu des tentes de cuir et des huttes. Derrière les murs d'un enclos à chèvres, ils posèrent leur fardeau par terre et le déroulèrent. Echevelée et en nage, Mintaka s'assit sur son séant et sourit à Nefer, agenouillé devant elle, puis ils s'embrassèrent devant tout le monde.

Taita les ramena à la réalité.

— Trok est revenu à l'improviste. Il ne va pas tarder à s'apercevoir que tu as disparu, dit-il à Mintaka en l'aidant à se relever. Nous avons perdu le chariot et un long voyage à pied nous attend. A moins de partir maintenant, nous n'arriverons pas à l'oasis où nous avons laissé les chars avant l'aube.

Mintaka se calma immédiatement.

— Je suis prête, dit-elle.

Taita regarda ses légères sandales d'or ornées de turquoises et s'éloigna à grandes enjambées parmi les huttes. Il revint quelques minutes plus tard, suivi d'une vieille souillon. Il portait à la main une paire de sandales de paysanne, usées mais solides.

— J'ai échangé celles-là contre les tiennes, annonça-t-il.

Sans hésiter, Mintaka retira ses superbes sandales et les tendit à la vieille, qui déguerpit avec elles avant qu'on ne les lui reprenne.

— Je suis prête, répéta-t-elle. Par où allons-nous, mage ?

Nefer la prit par la main et ils suivirent Taita qui s'éloignait déjà vers le désert.

Trok franchit les portes du palais et arrêta ses chevaux couverts d'écume et de poussière dans la cour devant ses somptueux appartements particuliers. Deux officiers de sa cavalerie, tous deux membres du clan du léopard et amis proches de Trok, le suivirent à pas lourds jusqu'à la salle des banquets dans un cliquetis d'armes et de boucliers. Les esclaves de la maison royale avaient préparé un festin pour le retour de Pharaon. Trok vida une coupe de vin doux et prit un cuissot de sanglier bouilli.

— Il y a quelque chose dont j'ai plus besoin que de manger et de boire, dit-il avec un clin d'œil à ses compagnons, qui pouffèrent de rire et se poussèrent du coude.

Trok n'ignorait pas que ses revers conjugaux alimentaient les potins de l'armée et que la façon dont sa nouvelle épouse le traitait nuisait à sa réputation. En dépit de ses victoires sur les rebelles dans le Sud et du châtiment sévère qu'il leur avait infligé, son prestige d'homme en souffrait. Il était bien décidé à y remédier le soir même.

— Il y a là plus de nourriture que même vous deux, qui mangez comme des porcs, n'en pourrez avaler et assez de vin pour noyer un hippopotame, dit Trok en saluant de la main la compagnie. Faites de votre mieux, mais ne m'attendez pas avant le matin. J'ai un champ à labourer et une cavale récalcitrante à dompter.

Il sortit de la salle en rongeant l'os qu'il avait à la main et en avalant une bouchée de porc. Deux esclaves coururent devant lui pour éclairer avec des torches les corridors obscurs qui menaient au gynécée. Devant la porte des appartements de Mintaka, les gardes eunuques les avaient entendus venir. Avec un grand geste, ils croisèrent leurs armes sur leur poitrine grasse en guise de salut.

— Ouvrez ! ordonna Trok en jetant son os de porc et en essuyant ses mains graisseuses sur les pans de sa tunique.

— Sire, dit l'un des gardes en saluant de nouveau nerveusement. La barre est baissée.

— Sur l'ordre de qui ? demanda Trok, furieux.

— Sur l'ordre de Sa Majesté la reine Mintaka.

— Par Seueth, ça ne va pas se passer comme ça ! Cette mâtine sait que je suis ici, fulmina Trok en tirant son glaive pour en marteler la porte avec le pommeau de bronze.

Il n'y eut pas de réponse et il essaya encore. Le bruit des coups résonna à travers les corridors silencieux, mais il n'y avait toujours aucun signe de vie derrière la porte. Il recula et tenta d'enfoncer le battant avec l'épaule. Celui-ci trembla, mais ne céda pas. Trok arracha sa pique des mains d'une sentinelle et en donna des coups violents sur le panneau.

Des éclats de bois volaient sous la lame et, en quelques coups, il ouvrit un trou assez grand pour passer la main de l'autre côté et enlever la barre de fermeture. Il ouvrit la porte d'un coup de pied et entra dans la pièce. Les esclaves terrorisées étaient blotties contre le mur opposé.

— Où est votre maîtresse ?

Elles bafouillèrent des explications incohérentes, mais ne purent s'empêcher de tourner les yeux vers la porte de la chambre à coucher. Trok se dirigea dans cette direction, suscitant immédiatement les protestations des filles.

— Elle est malade.

— Elle ne peut te recevoir.

— Sa lune est venue.

Trok rit.

— L'excuse est éculée, fit-il en frappant à la porte à coups redoublés. S'il doit y avoir du sang, autant que ce soit une rivière – plus que je n'en ai répandu à Manashi. Par Seueth, je vais patauger dedans pour arriver jusqu'aux portes du paradis.

Il donna un coup de pied dans le battant.

— Ouvre, petite sorcière. Ton mari est venu te présenter ses hommages et accomplir son devoir conjugal.

Au coup suivant, la porte s'ouvrit brusquement, ses charnières en cuir arrachées, et Trok entra en plastronnant. Le lit, en ébène d'Afrique, était incrusté d'argent et de nacre. Un tas de draps en lin cachait la silhouette féminine qui y était étendue, mais un petit pied en dépassait. Trok laissa choir son ceinturon sur les dalles et lança :

— T'ai-je manqué, mon petit lis ? Languissais-tu de te retrouver dans mes bras ?

Il empoigna le pied nu et tira la jeune fille de dessous les draps.

— Viens, mon trésor. J'ai un nouveau cadeau pour toi, si long et dur que tu ne pourras ni le vendre ni le donner...

Il s'interrompit et resta bouche bée devant la jeune esclave terrifiée et en pleurs.

— Tinia, petite courtisane, que fais-tu dans le lit de ta maîtresse ?

Sans attendre la réponse, il la jeta par terre et saccagea la chambre, arrachant rideaux et tentures murales.

— Où es-tu ? cria-t-il en donnant un coup de pied à la porte de son placard. Sors ! Ces enfantillages ne t'avanceront pas à grand-chose.

Il ne lui fallut qu'une minute pour s'assurer que Mintaka n'était pas cachée dans la pièce. Il se précipita alors sur Tinia et, la saisissant par les cheveux, la traîna sur le plancher.

— Où est-elle ? demanda-t-il en lui décochant un coup de sandale dans le ventre.

Elle gémit et roula sur elle-même pour esquiver.

— Parle ou je te réduis en charpie ! hurla Trok.

— Elle n'est pas là ! cria Tinia. Elle est partie.

— Où ? fit Trok en frappant encore, les clous de bronze de ses sandales de guerre coupant la chair tendre comme autant de couteaux. Où ?

— Je n'en sais rien, hurla-t-elle. Des hommes sont venus et l'ont emmenée.

— Quels hommes ? demanda Trok en continuant de rouer de coups de pied la pauvre fille, en sanglots et tremblante, qui s'était roulée en boule.

— Je ne sais pas, répondit-elle, se refusant à trahir sa maîtresse en dépit des instructions de Taita. Des hommes bizarres. Je ne les avais jamais vus. Ils l'ont cachée dans un tapis et l'ont emportée.

Après un dernier coup encore plus brutal, Trok se dirigea vers la porte.

— Allez me chercher Soleth. Amenez-moi immédiatement cette grosse larve, lança-t-il aux eunuques à la porte.

Soleth arriva en tordant ses mains potelées et glabres.

— Divin Pharaon ! Le plus grand des dieux ! Force de l'Egypte ! dit-il en se jetant aux pieds de Trok.

Celui-ci lui décocha un coup de sa sandale cloutée.

— Qui étaient ces hommes que tu as laissés entrer dans le quartier des femmes ?

— Sur ton ordre, gracieux Pharaon, j'ai permis à tout vendeur de belle marchandise de la montrer à la reine.

— Qui était le marchand de tapis ? Le dernier à être entré dans ces appartements.

— Un marchand de tapis ? répéta Soleth en semblant réfléchir à la question.

Trok le frappa de nouveau.

— Oui, Soleth, de tapis ! Comment s'appelait-il ?

— Je m'en souviens maintenant. Le marchand de tapis venu d'Our. J'ai oublié son nom.

— Je vais te rafraîchir la mémoire... Tenez-le sur le lit, ordonna-t-il aux eunuques.

Ils traînèrent Soleth sur la couche en désordre et l'immobilisèrent, la tête dans les draps. Trok ramassa son ceinturon et tira son glaive.

— Soulevez sa robe.

L'un d'eux s'exécuta, découvrant les fesses potelées du vizir.

— Je sais que la moitié des gardes du palais sont déjà passés par là, dit Trok en touchant son anus avec la pointe de son arme. Mais aucun n'avait un instrument aussi dur et aiguisé que celui-ci. Alors, dis-moi qui était ce marchand de tapis.

— Je jure sur le pain et l'eau du Nil que je ne l'avais encore jamais vu.

— C'est bien dommage pour toi, rétorqua Trok en lui enfonçant de deux pouces la lame dans le rectum.

Soleth poussa un cri de douleur.

— Ce n'était que la pointe. Si ça te plaît tant, je peux te donner encore une coudée de bronze...

— C'était Taita ! s'écria Soleth qui répandait son sang sur la couche. C'est lui qui l'a emmenée.

— Taita ! s'exclama Trok, stupéfait, en retirant sa lame d'un seul coup. Taita, le mage.

Le ton de sa voix trahissait une terreur superstitieuse. Il garda un long silence, puis ordonna aux eunuques de lâcher le vizir. Soleth s'assit en gémissant. Sous l'effet du mouvement, ses intestins laissèrent échapper des gaz en un long borborygme.

— Où l'a-t-il emmenée ? demanda Trok, ignorant le bruit et l'odeur nauséabonde qui emplissait la chambre.

— Il ne me l'a pas dit, répondit Soleth avant de mettre en boule le drap entre ses jambes pour étancher le saignement.

Trok leva la pointe de son glaive et toucha la poitrine pendante du vizir. Soleth geignit et lâcha un autre pet.

— Il ne me l'a pas dit, mais il a parlé du pays entre les deux fleuves, le Tigre et l'Euphrate. C'est peut-être là qu'il a l'intention d'emmener la reine.

Trok réfléchit rapidement. C'était logique. Taita devait maintenant savoir que les relations entre l'Egypte et les royaumes orientaux étaient tendues et qu'il pourrait trouver là-bas asile et protection.

Mais pour quelle raison avait-il enlevé Mintaka ? Certainement pas pour demander une rançon. Taita méprisait l'or et les richesses, c'était bien connu. Ce ne pouvait être non plus par lubricité. Le vieil eunuque ne pouvait avoir de désir sexuel. Etait-ce à cause de l'amitié qui était née entre elle et le vieillard ? Avait-elle fait appel à lui pour qu'il l'aide à s'enfuir d'Avaris et à échapper à ce mariage qui lui était si odieux ? Elle l'avait sans doute suivi de son plein gré et probablement avec joie. La façon dont ses esclaves avaient tenté de couvrir sa fuite le prouvait et elle n'avait manifestement pas protesté, sans quoi les gardes postés à sa porte l'eussent entendue.

Pour l'heure, il écarta ces considérations. Dans l'immédiat, l'essentiel était de se mettre à leur poursuite et de les capturer, elle et le mage, avant qu'ils n'atteignent le rivage de la mer Rouge et ne traversent celle-ci pour gagner les territoires fidèles à Sargon de Babylone.

— J'espère que tes amants trouveront à leur goût les modifications que j'ai apportées à ton œillet. Je m'occuperai de toi à mon retour. Il y a des hyènes et des vautours affamés à nourrir.

Les deux officiers étaient toujours dans la salle des banquets à se goinfrer comme des pourceaux, mais ils n'avaient pas encore assez bu pour avoir perdu l'esprit.

— De combien de chars prêts à partir vers l'est pouvons-nous disposer avant minuit ? demanda Trok.

Ils parurent surpris, mais c'étaient des guerriers et ils répondirent promptement. L'officier Tolma cracha la gorgée de vin qu'il était sur le point d'avaler et se leva d'un bond en chancelant à peine.

— Je peux en avoir cinquante sur la route dans moins de deux heures, lâcha-t-il.

— J'en veux cent, exigea Trok.

— Tu les auras, affirma Zander, l'autre officier, en se levant lui aussi, soucieux de ne pas être en reste. Et cent autres avant l'aube.

Taita les conduisait dans la nuit, à quelques jours encore de la pleine lune. Le bout de son bâton résonnait sur la piste rocailleuse et son ombre voltigeait devant lui comme une monstrueuse chauve-souris noire. Les autres devaient allonger le pas pour ne pas se laisser distancer.

Après minuit, Mintaka commença à flancher. Elle boitait et prenait peu à peu du retard. Nefer ralentit l'allure pour rester à son côté. Il ne s'était pas attendu à une telle défaillance de sa part. D'ordinaire, elle valait n'importe quel garçon et pouvait en distancer la plupart. Il lui murmurait des encouragements, assez bas pour ne pas être entendu par Taita. Il ne voulait pas que le mage prenne conscience de sa faiblesse et qu'elle ait honte devant les autres.

— Ce n'est plus très loin, lui dit-il en la prenant par la main pour la faire aller plus vite. Bay nous aura préparé les chevaux. Nous effectuerons le reste du trajet jusqu'à Babylone montés royalement.

Elle rit, mais d'un rire contraint et douloureux. Alors seulement, il comprit qu'elle n'allait pas bien.

— Qu'est-ce qui ne va pas ? demanda-t-il.

— Rien. Je suis restée enfermée au palais trop longtemps. J'ai les jambes molles.

La réponse ne le satisfaisait pas. Il la prit par le bras, l'obligea à s'asseoir sur un rocher au bord du chemin, leva un de ses petits pieds et défit la lanière de sa sandale. Il la retira et resta bouche bée.

— Doux Horus, comment as-tu pu faire un seul pas avec un pied dans cet état ?

La sandale de fabrication grossière, mal adaptée à sa taille, l'avait écorchée, faisant couler son sang, noir et luisant au clair de lune. Il leva son autre pied et ôta doucement la sandale, qui emporta des morceaux de peau et de chair.

— Ne t'inquiète pas, dit-elle. Je peux marcher pieds nus.

Furieux, il jeta la sandale ensanglantée parmi les rochers.

— Tu aurais dû m'avertir plus tôt.

Il se leva, la mit debout, lui tourna le dos et s'apprêta à la porter.

— Passe tes bras autour de mon cou et saute.

Et il se remit en marche à la suite des autres, qui n'étaient plus maintenant qu'une ombre mouvante sur le désert, loin devant.

La bouche près de son oreille, elle lui murmurait des paroles tendres pour tenter de le distraire et l'encourager dans son effort. Elle lui dit combien il lui avait manqué et, que, lorsqu'elle avait appris sa mort, elle n'avait pas voulu vivre sans lui.

— Je voulais mourir pour te retrouver.

Elle lui parla alors de la prêtresse d'Hathor à qui elle avait demandé de lui apporter le serpent. Nefer en fut si bouleversé qu'il la déposa au sol et la réprimanda avec colère.

— C'était stupide, dit-il en la secouant rudement tant il était agité. Ne refais plus jamais une chose pareille, quoi qu'il advienne dans l'avenir.

— Tu ne peux pas savoir combien je t'aime, mon chéri. Tu ne peux imaginer mon chagrin quand je t'ai cru mort.

— Concluons un pacte. A partir d'aujourd'hui, vivons l'un pour l'autre et ne pensons jamais à la mort tant qu'elle ne viendra pas d'elle-même. Jure-le-moi !

— Je te le jure. Désormais, je ne vivrai plus que pour toi, dit-elle avant de l'embrasser pour sceller leur pacte.

Il la reprit sur son dos et ils repartirent. Son poids semblait augmenter à chaque pas. Quand le chemin était facile et sablonneux, il la reposait à terre et elle boitillait à son côté sur ses pieds à vif en s'appuyant sur lui. Lorsque la piste redevenait irrégulière et caillouteuse, il la portait de nouveau et continuait d'avancer péniblement. Elle lui raconta comment Taita l'avait vue à distance et l'avait fait revenir sur sa décision.

— C'était une sensation tout à fait extraordinaire, comme s'il avait été à côté de moi, et m'avait parlé à voix haute et claire. Il m'a dit que tu étais toujours vivant. Vous étiez loin quand cela s'est passé ?

— A Gebel Nagara, dans le Sud. A quinze jours d'Avaris à cheval.

— Il est capable d'aller si loin en esprit ? demanda-t-elle, incrédule. Il n'y a donc pas de limites à ses pouvoirs ?

Une fois de plus, il s'arrêta pour se reposer dans l'obscurité. Elle se pencha contre son épaule et murmura :

— Il y a quelque chose que je voudrais te dire à propos de ma nuit de noces avec Trok...

— Non ! coupa-t-il avec véhémence. Je ne veux pas l'entendre. Ne comprends-tu pas que je me suis torturé chaque jour à cette pensée ?

— Tu dois m'écouter, mon cœur. Je n'ai jamais été sa femme. Il a essayé de me prendre de force, mais j'ai réussi à lui résister. Mon amour pour toi m'a donné la force de le repousser.

— J'ai entendu dire qu'il avait montré la peau de

mouton tachée de sang à la foule rassemblée sous les murs du palais, dit-il en détournant la tête tant ces paroles lui faisaient mal.

— Oui, c'était bien mon sang, répondit-elle.

Nefer essaya de se dégager de ses bras, mais elle le retint.

— Ce n'était pas le sang de mon hymen, mais celui de ma bouche et de mon nez qu'il avait fait couler en me battant pour m'obliger à me soumettre. Je te jure sur mon amour pour la déesse et sur mon espoir de porter un jour tes enfants mâles que je suis encore vierge et le resterai jusqu'à ce que tu acceptes mon hymen comme preuve de mon amour.

Il la prit dans ses bras, et pleura de joie et de soulagement tandis qu'elle pleurait avec lui.

Après un moment, il se releva et la souleva pour la porter sur son dos. Le vœu de Mintaka semblait lui avoir insufflé une force nouvelle et ils poursuivirent leur chemin plus rapidement.

Il était minuit passé quand les autres comprirent qu'il leur était arrivé quelque chose et revinrent en arrière pour se mettre à leur recherche. Taita pansa les pieds de Mintaka, puis Hilto et Meren la portèrent tour à tour avec Nefer. Ils allaient plus vite, mais les étoiles pâlissaient déjà et l'aube pointait quand ils arrivèrent enfin à l'oasis où Bay les attendait avec les chevaux.

Tous étaient épuisés, mais Taita ne les laissa pas se reposer. Ils abreuvèrent les chevaux une dernière fois et remplirent les outres jusqu'à ce qu'elles soient tendues et luisantes, couvertes de gouttelettes.

Pendant ce temps-là, Taita avait rempli un seau d'eau du puits et, avec un onguent moussant, il se lava les cheveux pour en enlever la teinture.

— Pourquoi se lave-t-il les cheveux à un moment pareil ? demanda Meren.

— Peut-être cela lui redonne-t-il la force qu'il avait perdue en les teignant, hasarda Mintaka.

Lorsqu'ils furent prêts à partir, Taita les obligea à boire encore au puits, à se remplir le ventre de toute l'eau qu'ils pouvaient avaler sans vomir. Pendant ce temps-là, Taita interrogea Bay à voix basse :

— Est-ce que tu le sens ?

Bay fronça les sourcils et acquiesça.

— C'est dans l'air et je le sens résonner à travers la plante de mes pieds. Ils arrivent.

Malgré l'urgence de la situation et la menace d'un ennemi proche, Taita tint à soigner une dernière fois les pieds de Mintaka. Il badigeonna les parties à vif et tuméfiées avec un baume et refit les pansements. Enfin, il donna l'ordre du départ.

Taita prit Meren sur le char de tête comme porteur de lance. Nefer suivait avec Mintaka cramponnée à la nacelle pour soulager ses pieds en s'allégeant le plus possible. Hilto et Bay fermaient la marche dans le dernier char.

Le marchand assyrien qui leur avait vendu les tapis surveillait le chargement de ses chariots et de ses animaux de bât par ses serviteurs et ses esclaves. Il se retourna pour les regarder passer et lança un au revoir à Taita. Quand il aperçut la jeune fille dans le deuxième char, son intérêt fut immédiatement piqué. Même ses vêtements couverts de poussière et ses cheveux ébouriffés ne parvenaient pas à cacher son allure extraordinaire. Il les suivit du regard jusqu'à ce qu'ils franchissent la dernière éminence et disparaissent dans le désert en direction de l'est, le long de la route des caravanes qui menait aux rivages de la mer Rouge.

Pendant que Trok attendait impatiemment que ses escadrons se rassemblent devant les portes de la ville, il ordonna à l'officier Tolma d'envoyer des hommes fouiller le camp des mendiants et des étrangers hors des murs d'Avaris.

— Nettoyez chaque cabane. Assurez-vous que la reine Mintaka ne se cache dans aucune d'elles. Recherchez Taita, le mage. Ramenez-moi tous les grands maigres que vous trouverez. Je les interrogerai moi-même.

On entendit des cris parmi les huttes, le fracas des portes enfoncées et des murs légers abattus par les hommes de Tolma. Peu de temps après, deux d'entre eux revinrent auprès de Trok en traînant une vieille Bédouine crasseuse aux allures de sorcière. La vieille poussait des cris hystériques en se débattant.

— Qu'est-ce là, soldats ? demanda Trok tandis qu'ils jetaient la femme à ses pieds.

L'un des deux soldats tenait une paire de délicates sandales dorées, décorées de turquoises qui scintillaient à la lueur de la torche.

— Nous avons trouvé ça dans sa hutte, sire.

Le visage de Trok s'empourpra de colère quand il reconnut les sandales et il donna un coup de pied dans le ventre de la vieille.

— Où les as-tu volées, vieille babouine puante ?

— Je n'ai rien volé, divin Pharaon, pleurnicha-t-elle. Il me les a données.

— Qui cela ? Réponds sans détour ou bien je te tords le cou.

— Le vieillard, il me les a données.

— Décris-le-moi.

— Grand et maigre, il était.
— Quel âge avait-il ?
— Il était vieux comme les rochers du désert. Il me les a données.
— Y avait-il une jeune fille avec lui ?
— Oui, une jolie petite courtisane bien habillée, le visage maquillé, des rubans dans les cheveux, et il y avait aussi trois autres hommes.

Trok la releva brusquement et lui cria en plein visage :
— Où sont-ils allés ? Dans quelle direction ?

La femme montra d'un doigt tremblant la route qui menait au désert à travers les collines.
— Quand sont-ils partis ?
— Il y a à peu près ça du voyage de la lune, répondit-elle en décrivant un arc du ciel qui correspondait à quatre ou cinq heures de l'orbite lunaire.
— Combien de chevaux avaient-ils ? demanda Trok d'une voix rageuse. Des chars, des chariots ? Comment voyageaient-ils ?
— Pas de chevaux, répondit la vieille femme. Ils sont partis à pied, en grande hâte.

Trok la repoussa et sourit à Tolma qui se tenait à son côté.
— Ils n'iront pas loin à pied. Nous les rattraperons dès que nous aurons tiré tes fainéants de leurs couches.

Le soleil était chaud et à la moitié de son ascension quand Trok franchit les collines au-dessus de l'oasis au seuil du désert. Deux cents chars le suivaient en rangées de quatre. Deux lieues en arrière, leur nuage de poussière distinct dans l'air pur, suivaient Zander et deux cents autres chars. Chaque véhicule, chargé d'outres et de carquois pleins de javelines et de flèches, transportait deux soldats lourdement armés.

En contrebas, ils virent le marchand assyrien gravir la pente depuis le puits, à la tête de sa caravane. Trok s'avança à sa rencontre et le salua de loin.

— Heureuse rencontre, étranger. D'où viens-tu et que fais-tu ?

Le marchand leva un regard inquiet vers cette armée, ne sachant trop à quoi s'attendre. L'accueil amical de Trok ne signifiait pas grand-chose. Sur la longue route depuis la Mésopotamie, il avait rencontré des voleurs, des bandits et des seigneurs de la guerre.

Trok arrêta son char devant lui.

— Je suis Sa divine Majesté, Pharaon Trok Ourouk. Bienvenue au royaume de Basse-Egypte. N'aie crainte. Tu es sous ma protection.

Le marchand tomba à genoux et salua cérémonieusement. Pour une fois, ces marques de respect impatientaient Trok et il y coupa court :

— Relève-toi et parle, mon brave. Si tu es honnête avec moi et me dis ce que j'ai besoin d'entendre, je t'accorderai licence de commercer dans tout mon royaume en toute franchise d'impôt et j'enverrai dix chars pour t'escorter jusqu'aux portes d'Avaris.

Le marchand se releva précipitamment et commença à exprimer sa profonde gratitude tout en sachant de longue expérience qu'une telle condescendance de la part d'un roi se payait d'ordinaire fort cher.

— Je suis à la poursuite d'une bande de criminels en fuite, le pressa Trok. Les as-tu vus ?

— J'ai rencontré un certain nombre de voyageurs en cours de route, répondit prudemment l'Assyrien. Sa divine Majesté daignerait-elle me décrire ces coquins ? Je ferai mon possible pour vous lancer sur leur piste.

— Ils sont probablement cinq ou six. Ils se dirigent vers l'est. Une jeune femme les accompagne ; les autres sont des hommes. Leur chef est un vieux gredin. Grand et mince. Il se peut qu'il se soit teint les cheveux en noir ou châtain...

Avant que Trok ait pu achever sa description, l'Assyrien l'interrompit, tout excité :

— Majesté, je les connais bien. Il y a quelques jours, le vieux aux cheveux teints m'a acheté des tapis et des vieilles nippes. A ce moment-là, la jeune femme n'était pas avec eux. Il a laissé des chevaux et trois chars, là-bas à l'oasis, sous la garde d'un Noir, une affreuse brute. Après avoir embarqué les autres dans un vieux chariot chargé des tapis que je lui avais vendus, il a pris la route d'Avaris sur laquelle nous sommes maintenant.

Trok eut un sourire de triomphe.

— C'est lui que je recherche. L'as-tu revu depuis ? Est-il revenu récupérer les chars ?

— Lui et les trois autres sont revenus ce matin tôt, à pied, par la route d'Avaris. La jeune femme dont tu parles les accompagnait. Elle semblait blessée, car ils la portaient.

— Où sont-ils allés ? Quelle direction ont-ils prise ? demanda Trok avec impatience.

— La jeune femme était blessée et ne marchait qu'avec difficulté, mais elle portait de beaux vêtements. Elle était manifestement de haut rang. Elle était très belle avec ses longs cheveux sombres.

— Assez sur ce chapitre. Je la connais bien. Quand ils ont quitté l'oasis, où sont-ils allés ?

— Ils ont attelé les chevaux aux trois chars et sont partis immédiatement.

— Par où ? Quelle direction ont-ils empruntée ?

— Ils sont allés vers l'est par la route des caravanes,

répondit l'Assyrien en montrant la piste qui gravissait en serpentant les collines basses pour entrer dans le pays des dunes. Mais le vieillard n'avait plus les cheveux teints. Quand je l'ai vu pour la dernière fois, ils brillaient comme un nuage dans le ciel d'été.

— Quand sont-ils partis ?

— Une heure après le lever du soleil, sire.

— Dans quel état étaient leurs chevaux ?

— Bien abreuvés et reposés, après être restés trois jours à l'oasis. Ils avaient apporté avec eux un chargement de fourrage. Quand ils sont partis ce matin, ils avaient rempli leurs outres au puits et s'étaient apparemment munis de provisions pour le long trajet jusqu'à la mer.

— Ils n'ont donc que quelques heures d'avance sur nous, exulta Trok. Très bien, mon brave. Tu as droit à ma gratitude. Mes scribes vont te délivrer le permis de commercer et l'officier Tolma te donnera une escorte jusqu'à Avaris. Tu recevras d'autres récompenses lorsque je serai de retour avec les fugitifs dans les chaînes. Tu auras un siège au premier rang des spectateurs le jour de leur exécution. Pour l'heure, je te souhaite bon voyage et beaucoup de profit dans mon royaume.

Il se retourna et lança des ordres à Tolma qui le suivait de près sur le deuxième char :

— Donne à cet homme un permis de commercer et une escorte jusqu'à Avaris. Remplissez les outres au puits et laissez les chevaux boire leur content. Mais fais vite, Tolma. Nous devons être prêts à repartir avant midi. En attendant, envoie-moi tes sorciers et les prêtres du régiment.

Des soldats allèrent abreuver les chevaux au puits par groupes de vingt à la fois. Les autres s'étendirent à l'ombre de leur char pour se reposer et prendre un repas frugal composé de pain de millet et de viande séchée, la nourriture de base des cavaliers.

Trok trouva un coin d'ombre près du puits sous un tamaris rabougri. Répondant à son ordre, les sorciers et les saints hommes vinrent s'accroupir en cercle autour de lui. Ils étaient quatre, deux prêtres de Seueth au crâne rasé, en robe noire, un chaman nubien couvert de charmes et d'amulettes accrochés à des colliers et des bracelets, et un sorcier venu d'Orient, appelé Ishtar le Mède. Celui-ci était borgne, et avait le visage tatoué de volutes et de cercles rouges et violets.

— L'homme que nous poursuivons est expert dans les arts occultes, les avertit Trok. Il va exercer tous ses pouvoirs pour nous échapper. On dit que, par ses sortilèges, il peut cacher les gens et faire apparaître des visions susceptibles de semer le désarroi dans nos légions. Il va vous falloir jeter des sorts pour contrecarrer ses pouvoirs.

— Qui est ce charlatan ? demanda Ishtar le Mède. Tu peux être certain qu'il ne l'emportera pas contre nos forces combinées.

— Il s'appelle Taita, répondit Trok.

Ishtar fut le seul à ne pas paraître impressionné en apprenant l'identité de leur adversaire.

— Je ne le connais que de réputation, dit-il, mais voilà longtemps que j'attends l'occasion de me mesurer à lui.

— Exercez votre magie, leur ordonna Trok.

Les prêtres s'éloignèrent un peu et étalèrent sur le sable leur attirail et leurs atours mystiques. Ils se mirent à psalmodier doucement et à agiter leurs grelots au-dessus.

Le Nubien fouilla parmi les rochers autour du puits jusqu'à ce qu'il trouve une vipère cornue sous l'un d'eux. Il lui trancha la tête et fit couler son sang sur sa propre tête. Tandis qu'il ruisselait le long de ses joues et dégoulinait du bout de son nez, il se mit à décrire des cercles en sautant comme un grand crapaud noir. A chaque tour, il crachait copieusement vers l'est, la direction empruntée par Taita.

Ishtar prépara un petit feu près du puits et s'accroupit à côté en se balançant sur ses talons et en marmonnant des incantations à Mardouk, le plus puissant des deux mille dix dieux de Mésopotamie.

Après avoir donné ses ordres à Tolma, Trok vint le regarder œuvrer.

— Quelle magie pratiques-tu là ? demanda-t-il enfin au moment où Ishtar s'ouvrait une veine du poignet et laissait quelques gouttes de son sang tomber et grésiller dans les flammes.

— C'est le sort de feu et de sang. Je place des obstacles sur le chemin de Taita, répondit Ishtar sans lever les yeux. Je sème le trouble dans l'esprit de ses compagnons.

Trok, sceptique, poussa un grognement, mais en son for intérieur il était impressionné. Il avait déjà vu Ishtar à l'œuvre. Il fit quelques pas le long de la piste et lança un regard noir en direction de la chaîne des collines à l'orient. Il avait hâte de reprendre la poursuite, et cette inaction lui pesait. Par ailleurs, il était suffisamment bon général pour se rendre compte de l'absolue nécessité d'accorder du repos aux chevaux et de les abreuver après la longue course de la nuit.

Il connaissait bien le terrain qui les attendait. Lorsqu'il était jeune porte-étendard des chars, il avait bien souvent patrouillé dans la région. Il avait traversé les gisements de schiste argileux qui entaillait les sabots et les jarrets comme des lames de silex, et il avait enduré la chaleur et une soif terrible dans les dunes.

Il retourna à son char, mais il ne s'était pas plus tôt arrêté qu'un tourbillon de poussière, haut de plusieurs centaines de coudées, arriva à travers la plaine. Il fut bientôt pris à l'intérieur. L'air était aussi chaud que le souffle d'un four de bronze, et il dut se couvrir le nez et les yeux avec son turban et respirer à travers le tissu pour empêcher le sable d'y entrer. Le cyclone passa à toute vitesse et s'éloigna dans le désert en tournoyant avec la grâce d'une danseuse de harem, pendant que lui toussait et s'essuyait les yeux.

Ils venaient de finir d'abreuver les chevaux un peu avant midi quand la deuxième colonne commandée par l'officier Zander arriva à son tour le long de la pente qui menait au puits. Elle avait autant besoin d'eau que la première, et l'oasis risquait d'être encombrée. L'eau était déjà boueuse et son niveau avait beaucoup baissé. Il allait leur falloir se rabattre sur les précieuses outres afin de l'économiser.

Trok tint une brève conférence avec Zander et Tolma afin d'exposer son plan d'action et d'indiquer quelle formation il entendait adopter pour empêcher Taita de se faufiler hors du piège qu'ils lui tendaient.

— Avertissez les officiers de se tenir sur leurs gardes afin de ne pas tomber dans les sorts que Taita pourrait nous jeter, dit-il pour conclure. Ishtar le Mède a lancé un puissant sortilège. J'ai foi en lui. Il ne m'a jamais déçu. Si nous sommes pleinement conscients des ruses déployées par le mage, nous réussirons. Après tout, comment pourrait-il l'emporter sur un tel déploiement de forces ? fit-il en montrant d'un grand geste du bras l'énorme rassemblement de chars, de chevaux et de troupes d'élite. Non ! Par l'haleine de Seueth, demain à la même heure je serai en train de traîner Taita et Mintaka derrière mon char sur le chemin du retour vers Avaris.

Il donna l'ordre de départ à la première colonne, quatre chars de front, échelonnés sur une demi-lieue. Sur le terrain sablonneux devant eux, les traces des roues laissées par les véhicules des fugitifs se voyaient distinctement.

Taita fit signe de s'arrêter aux deux chars qui le suivaient. Ils firent halte dans l'ombre violette projetée par une haute dune de forme élégamment recourbée comme un gigantesque coquillage.

Les chevaux donnaient déjà des signes de profonde lassitude. La tête basse, ils respiraient à grand-peine. La sueur avait séché en un givre de sel blanc sur leur robe couverte de poussière.

On leur mesura avec parcimonie une ration d'eau dans les seaux en cuir et les bêtes burent avidement. Taita soigna les pieds de Mintaka et constata avec soulagement que les plaies ne donnaient aucun signe de nécrose. Quand il eut refait les pansements, il entraîna Bay à l'écart.

— Une influence maléfique exercée à distance nous enveloppe lentement, dit-il de but en blanc.

— Je l'ai sentie moi aussi, confirma Bay. J'ai commencé à lui résister, mais elle est puissante.

— Unissons nos pouvoirs pour mieux la contrecarrer.

— Nous devons prendre soin des autres. Ils sont plus vulnérables.

— Je vais les avertir de rester sur leurs gardes.

Taita retourna auprès des quatre autres, qui venaient de finir d'abreuver les chevaux.

— Tiens-toi prêt à repartir, dit-il à Nefer. Bay et moi

allons en avant reconnaître le terrain. Nous ne tarderons pas à revenir.

Les deux initiés partirent à pied et disparurent derrière la face abrupte de la dune. Ils s'arrêtèrent hors de vue de leurs compagnons.

— Sais-tu qui Trok a emmené avec lui pour exercer un sortilège aussi puissant ? demanda Taita à Bay.

— Des prêtres et des sorciers accompagnent tous ses régiments, mais le plus redoutable est Ishtar le Mède.

— Je le connais, dit Taita avec un hochement de tête. Il utilise le sang et le feu. Nous devons tenter de retourner son influence contre lui.

Bay alluma un petit feu avec du crottin de cheval séché. Quand il brûla bien, ils se piquèrent l'extrémité du pouce et pressèrent pour faire tomber quelques gouttes de sang dans les flammes. Dans l'odeur du sang calciné, ils se tournèrent dans la direction de l'ennemi ; ils percevaient que l'influence néfaste provenait de l'ouest, de là où ils étaient venus. Ils exercèrent leurs pouvoirs de concert et, après un moment, sentirent l'influence diminuer et se disperser comme la fumée d'un feu mourant.

Une fois le rituel accompli, pendant qu'ils étouffaient les flammes avec du sable, Bay dit :

— Elle est encore présente.

— Oui. Nous l'avons affaiblie, mais elle reste dangereuse, surtout pour ceux qui n'ont pas appris à lui résister.

— Les plus jeunes y seront les plus sensibles, fit remarquer Bay. Pharaon, Meren et la princesse.

Ils retournèrent aux chars. Avant de partir, Taita parla aux autres. Sachant qu'ils seraient effrayés s'il leur expliquait la vraie raison de son inquiétude, il leur dit :

— Nous pénétrons dans la région la plus inhospitalière et dangereuse du pays des dunes. Je sais que vous avez soif, que vous êtes épuisés par les rigueurs du voyage, mais la moindre faute d'attention pourrait vous être fatale. Surveillez les chevaux et le terrain devant vous. Ne vous laissez pas distraire par des bruits bizarres ou un oiseau, un animal ou un phénomène étrange.

Il marqua une pause et regarda Nefer.

— Cela s'applique à toi en particulier, sire. Reste sur tes gardes.

Nefer hocha la tête et, pour une fois, ne discuta pas. Les autres aussi avaient l'air graves, se rendant compte que Taita devait avoir de bonnes raisons de les avertir ainsi.

Quand ils reprirent leur chemin entre les hautes dunes, la chaleur semblait augmenter à chaque tour de roue des chars. Les murailles de sable éboulé qui se dressaient de chaque côté prenaient une bigarrure de teintes vives : jaune citron et or, prune, violet et bleu héron, roux et brun. Par endroits, les dunes étaient parcourues de veines de talc ou gravées de motifs de sable noir comme de la suie.

Au-dessus d'eux, le ciel embrasé devenait impitoyable. La qualité de la lumière changeait : elle devenait jaune et éthérée, déformait les distances. Nefer plissait les yeux pour se protéger du miroitement aveuglant du ciel cuivré. Il semblait assez près pour qu'il pût le toucher avec l'extrémité de son fouet, alors qu'à une cinquantaine de coudées seulement la silhouette du char de Taita disparaissait dans un horizon lointain et flou.

La chaleur brûlait toutes les parties découvertes du corps ou du visage. Une terreur indéfinissable s'empara de Nefer. Rien ne la justifiait, mais il ne pouvait s'en libérer.

Lorsque Mintaka frissonna à côté de lui et s'agrippa à son bras armé du fouet, il comprit qu'elle éprouvait la même chose. Une puissance malfaisante flottait dans l'air. Il avait envie d'appeler Taita pour qu'il le conseille et le rassure, mais la poussière et la chaleur lui bloquaient la gorge. Aucun son n'en sortit.

Mintaka se raidit soudain près de lui et elle enfonça ses doigts dans son biceps. Il la regarda : elle était terrorisée. De l'autre main, elle montrait frénétiquement la crête de la dune qui semblait suspendue au-dessus d'eux.

Une chose sombre et colossale se détacha de là-haut et commença à dégringoler vers eux. Nefer n'avait jamais rien vu de pareil. Sans forme et lourde comme une outre monstrueuse, elle était assez grande pour recouvrir tout le flanc de la dune, pour engloutir et écraser non seulement les trois chars mais un régiment entier. Elle prenait de la vitesse en roulant le long de la pente presque verticale, ondulait, frémissait et rebondissait en silence, fonçant vers eux si vite qu'elle cachait le ciel jaune du désert. Elle dégagea un froid soudain qui leur coupa le souffle comme s'ils s'étaient plongés dans un torrent de haute montagne.

Les chevaux l'avaient vue eux aussi. Ils s'emballèrent et, s'écartant de la piste sablonneuse, foncèrent à travers le fond de la vallée pour essayer d'échapper à la terrifiante apparition. Ils se dirigeaient droit vers un champ de rochers de lave noire déchiquetés. Nefer vit le danger et tenta de les faire changer de direction, mais il ne les maîtrisait plus. Tandis qu'il s'escrimait avec les rênes, Mintaka hurlait à son côté.

Certain qu'ils étaient sur le point d'être submergés par la sombre monstruosité, il jeta un coup d'œil par-dessus son épaule. Il s'attendait à la voir se dresser menaçante au-dessus d'eux, car il en sentait la froide émanation sur sa nuque, mais il n'y avait rien. Le flanc de la dune était nu, lisse et silencieux. Le ciel incandescent était vide et lumineux. Les deux autres chars s'étaient arrêtés au bas de la pente, les chevaux calmes et obéissants. Taita et les autres les regardaient, stupéfaits.

Nefer cria pour apaiser l'attelage emballé et tira de tout son poids sur les rênes, mais les chevaux ne s'arrêtaient pas. Ils entrèrent au grand galop dans le champ de lave, le char bondissant et faisant des embardées derrière eux.

— Oooh ! cria encore Nefer. Arrêtez, maudites bêtes, arrêtez !

Les chevaux, fous de terreur, échappaient à tout contrôle. Ils cambraient l'encolure pour lutter contre la tension des rênes, allongeaient le pas et poussaient des grognements à chaque foulée.

— Tiens-toi bien, Mintaka ! hurla Nefer en jetant son bras autour des épaules de la jeune fille pour la protéger. Nous allons percuter un rocher !

La roche noire avait été sculptée par le vent de sable en formes étranges. Certaines étaient de la taille d'une tête d'homme, d'autres aussi grosses que leur char. Nefer réussit à diriger les chevaux affolés de façon à éviter le premier rocher, mais ils foncèrent dans l'espace entre deux des plus gros, trop étroit pour pouvoir passer. Une roue les heurta dans un fracas épouvantable et se désintégra, projetant en l'air les rayons brisés et des sections de la jante. Le char s'effondra sur son axe, entraînant à terre le cheval de droite, qui heurta le rocher suivant. Ses jambes de devant se brisèrent comme du petit bois tandis que Nefer et Mintaka étaient projetés hors du véhicule.

Ils tombèrent dans le sable, évitant de peu le rocher. Nefer tenait toujours Mintaka dans ses bras.

— Ça va ? Tu n'es pas blessée ? demanda-t-il, hors d'haleine.

— Non. Et toi ?

Nefer se mit à genoux, et regarda avec horreur l'épave du char et les chevaux estropiés.

— Doux Horus ! s'écria-t-il. Nous sommes perdus.

Le char était irréparable. L'un des chevaux, les deux jambes antérieures cassés, ne se relèverait jamais. L'autre était encore debout, dans les traits et attelé au brancard, mais l'une de ses jambes pendait mollement de son épaule disloquée.

Nefer se leva en chancelant, releva Mintaka et ils se tinrent enlacés. Taita conduisit son char jusqu'à la lisière du champ de lave, lança les rênes à Meren et sauta à terre. Il se dirigea vers eux à grands pas.

— Qu'est-il arrivé ? Pourquoi les chevaux se sont-ils emballés ?

— Tu ne l'as donc pas vue ? s'enquit à son tour Nefer, encore sous le choc.

— Quoi donc ? demanda Taita.

— Cette chose. Sombre et grosse comme une montagne. Elle a roulé sur nous depuis le sommet de la dune, répondit Nefer, cherchant ses mots pour décrire ce qu'ils avaient vu.

— C'était aussi énorme que le temple d'Hathor, confirma Mintaka. Quelque chose de terrifiant. Tu l'as certainement vu toi aussi.

— Non, répondit Taita. C'était une aberration de votre esprit et de votre vision, suscitée par nos ennemis.

— De la sorcellerie ? fit Nefer, stupéfait. Mais les chevaux l'ont vue aussi.

Taita se détourna d'eux et s'adressa à Hilto, qui arrivait sur son char :

— Achève ces pauvres bêtes, dit-il en montrant les chevaux estropiés. Aide-le, Nefer, ajouta-t-il, voulant lui distraire l'esprit du désastre et de ses conséquences.

Le cœur lourd, Nefer tint la tête du cheval à terre. Il lui caressa le front et lui couvrit les yeux de son turban pour qu'il ne voie pas la mort venir.

Hilto était un vieux soldat et il avait accompli plus d'une fois cette triste besogne sur les champs de bataille. Il appuya la pointe de son poignard derrière l'oreille de l'animal et, d'un seul coup, l'enfonça dans le cerveau. Le cheval se raidit, frissonna, puis se détendit. Ils s'occupèrent ensuite de la deuxième bête. Elle tomba instantanément sous le coup d'Hilto et resta étendue, immobile.

Taita et Bay assistaient à cet acte de compassion.

— Le Mède est plus fort que je ne le croyais, dit doucement ce dernier. Il a choisi les plus vulnérables d'entre nous et dirigé ses pouvoirs contre eux.

— Les autres sorciers de Trok renforcent son action. Nous allons désormais devoir veiller aussi sur Hilto et Meren, confirma Taita. Jusqu'à ce que je rassemble mes forces pour m'opposer à Ishtar, nous sommes en grand péril.

Le mage s'écarta de Bay. Il ne voulait pas que les autres s'inquiètent en les voyant discuter à voix basse. Il était essentiel qu'ils gardent un bon moral.

— Récupérez les outres, ordonna-t-il.

L'une avait éclaté dans l'accident et les deux autres étaient à moitié vides, mais ils les arrimèrent sur les deux chars restants.

— A partir de maintenant, Meren montera avec Hilto et Bay. Je prendrai leurs majestés avec moi.

Avec les outres et leur passager supplémentaire, les

chars étaient surchargés. Les chevaux peinaient pour avancer dans la canicule, le soleil sanglant presque caché par un étrange voile jaune.

Taita tenait le Périapte d'or de Lostris dans sa main droite et psalmodiait doucement par-devers lui pour écarter l'influence maléfique qui s'intensifiait alentour. Dans le deuxième char, Bay chantait lui aussi un refrain monotone et répétitif.

Ils arrivèrent à une section de la piste où le vent avait effacé les traces des autres caravanes et voyageurs. Il n'y avait d'autres points de repère que les petits tas de pierres élevés de loin en loin. Ceux-là finirent par disparaître eux aussi et ils pénétrèrent dans les sables. Ils s'en remettaient maintenant à l'expérience de Taita, à sa connaissance du désert et à son instinct.

Ils débouchèrent finalement sur une plaine entre deux rangées de hautes dunes. Le sable était lisse et horizontal, mais Taita s'arrêta en lisière et étudia attentivement le terrain. Il mit pied à terre et fit signe à Bay. Le Noir vint se placer à son côté et ils examinèrent le sol apparemment inoffensif.

— Je n'aime pas ça du tout, dit Taita. Contournons cette plaine. Quelque chose me déplaît par ici.

Bay fit quelques pas sur le sable ferme et huma l'air. Il cracha à deux reprises, examina le dessin formé sur le sol par sa salive, puis revint auprès de Taita.

— Je ne vois rien d'inquiétant. Si nous faisons un détour, nous risquons de perdre des heures. Nos poursuivants ne sont pas loin derrière. Où est le risque le plus important ?

— Ça ne me plaît pas, répéta Taita. Quelque chose me pousse à traverser la plaine, mais l'envie de le faire est trop forte et irraisonnée. C'est le Mède qui nous l'a insufflée.

Bay secoua la tête.

— Puissant mage, dans le cas présent je ne suis pas de ton avis. Nous devons prendre le risque de traverser cette vallée, sinon Trok nous aura rattrapés avant la nuit.

Taita le saisit par les épaules et le regarda dans les yeux. Ils étaient un peu dans le vague, comme s'il avait trop bu.

— Le Mède a percé ton armure, dit-il en plaçant le Périapte contre le front de Bay, qui cligna des yeux et les ouvrit tout grands.

Taita voyait bien qu'il s'efforçait de chasser l'influence néfaste. Il exerça toute sa volonté pour lui venir en aide. Finalement, Bay frissonna et son regard devint plus clair.

— Tu as raison, murmura-t-il. Ishtar me tenait sous son emprise. Cet endroit est très dangereux.

Ils jetèrent un coup d'œil le long de l'étroite vallée, véritable fleuve de sable jaune sans commencement ni fin. L'autre flanc était tout proche, à moins de trois cents coudées aux endroits les plus étroits. Mais elle avait peut-être deux cents lieues de long et les légions de Trok étaient sur leurs talons.

— On essaie par le nord ou par le sud ? demanda Bay. Je ne vois pas où nous pouvons passer.

Taita ferma les yeux et exerça tous ses pouvoirs. Un cri aigu et lointain résonna brusquement dans le terrible silence. Tous levèrent les yeux et virent la silhouette minuscule d'un faucon royal qui tournoyait haut dans le ciel incandescent. Il décrivit deux cercles puis fila à tire-d'aile vers le sud le long de la vallée et disparut dans la brume.

— Le sud, dit Taita. Suivons le faucon.

Ils étaient si absorbés par leur discussion qu'aucun des deux n'avait remarqué Hilto, qui s'était approché sur son char. Penchés sur le bord de la nacelle, Meren et lui écoutaient leur conversation. Impatient, Hilto fronçait les sourcils.

— Assez ! s'exclama-t-il soudain. La voie est libre. Nous ne pouvons nous permettre aucun retard. Oserez-vous suivre si Hilto montre le chemin ?

Il fouetta son attelage et les chevaux surpris bondirent en avant. Meren, pris au dépourvu, faillit basculer en arrière et se rattrapa de justesse.

— Reviens ! cria Taita à Hilto. Tu as été ensorcelé ! Tu ne sais plus ce que tu fais !

Bay bondit pour saisir le harnais du cheval le plus proche, mais trop tard : le char passa à côté d'eux à toute allure et s'engagea dans la plaine. Il prenait de la vitesse et le rire de Hilto leur parvenait.

— La voie est ouverte ! criait-il. Facile et rapide.

Nefer empoigna les rênes de l'autre char et lança :

— Je vais l'arrêter et l'obliger à faire demi-tour.

— Non ! s'écria Taita en se retournant vers lui, levant désespérément la main pour l'arrêter. N'y va pas. C'est dangereux. Arrête, Nefer !

Mais Nefer ignora ses cris. Mintaka à son côté, il fouettait les chevaux, et les roues sifflaient sur le sable dur et lisse. Il comblait rapidement son retard sur Hilto.

— Oh, doux Horus ! grommela Taita. Regarde les roues.

Une fine volute de sable argenté commença à s'élever derrière les roues du char de Hilto. Sous leurs regards horrifiés, elle se mua en un épais jet de boue jaunâtre. Les chevaux ralentirent, leurs sabots s'enfonçant dans le sol mou et projetant des paquets de vase jusqu'à hauteur de la tête de Hilto. Il ne chercha pas à arrêter l'attelage et à faire demi-tour, mais l'emmena plus profondément dans le bourbier.

— Les sables mouvants ! s'écria Taita avec amertume.

C'est l'œuvre du Mède. Il a caché la bonne route à notre vue et nous a attirés dans ce piège.

L'attelage de Hilto traversa soudain la surface de sable et tomba dans le marécage traître en dessous. Les roues disparurent entièrement et le char s'arrêta si brusquement que Hilto et Meren furent catapultés par-dessus bord. Ils roulèrent sur le sol apparemment lisse mais, quand ils s'immobilisèrent et essayèrent de se relever, ils avaient le corps recouvert d'une boue jaune collante et ils s'enfoncèrent immédiatement jusqu'aux genoux.

Les chevaux étaient complètement embourbés. Seuls leur tête et leurs quartiers de devant dépassaient encore, mais plus ils hennissaient et s'agitaient, plus ils s'enfonçaient.

Stupéfait, Nefer réagit trop lentement. Lorsqu'il tenta de rebrousser chemin, il était trop tard. En moins de dix coudées, les moyeux des roues avaient disparu dans les sables, et les chevaux étaient enlisés jusqu'aux épaules. Il sauta à terre pour les aider, essayer de les dételer et de les ramener en arrière, mais, immédiatement piégé par la boue gluante, il s'y enfonça jusqu'aux genoux puis jusqu'à la taille.

— N'essaie pas de te mettre debout ! l'avertit Mintaka frénétiquement. Tu serais englouti. Mets-toi à plat ventre et nage.

Elle se jeta la tête la première près du char en train de sombrer et resta couchée sur la boue tremblotante.

— Comme ça, Nefer. Fais comme moi.

Il reprit ses esprits et s'allongea sur le sol. Dans un mouvement maladroit, en nageant comme un chien, il atteignit le char avant qu'il ne disparaisse complètement. D'un coup de poignard, il sectionna les courroies de cuir qui retenaient la plate-forme et, avec l'énergie du désespoir, en arracha les planches et les jeta sur le côté. Elles flottaient à la surface des redoutables sables mouvants, mais le lourd véhicule glissait inexorablement sous la surface, entraînant les chevaux avec lui. Quelques minutes plus tard, seule une tache plus claire sur la plaine brun foncé marquait leur tombe.

Le char d'Hilto avait lui aussi disparu sous la surface, et ses chevaux avec lui. Hilto et Meren pataugeaient péniblement autour en poussant des cris de terreur et ne réussissaient qu'à garder la tête et les épaules, couvertes de boue, hors du marais.

Nefer poussa l'une des planches vers Mintaka, qui continua de ramper en s'allongeant dessus.

Il fit de même avec une autre planche. En en tirant deux de plus derrière lui par leurs courroies, il se propulsa à travers le marécage jusqu'à être assez près pour les lancer à Hilto et Meren, qui se libérèrent de l'emprise de la boue gluante. Tous les quatre se mirent à nager laborieusement vers Taita et Bay, qui les regardaient, horrifiés, depuis le sol ferme.

Taita agita les bras et cria :

— Vous êtes déjà à mi-chemin ! Ne revenez pas en arrière. Gagnez l'autre côté.

Nefer comprit immédiatement le bon sens du conseil. Ils firent demi-tour. Leur progression était lente et difficile, car la boue leur collait aux bras et aux jambes et adhérait au-dessous de leur planche. Le poids plus léger de Mintaka lui permit rapidement de prendre de l'avance sur les autres. Elle fut la première à atteindre le sol ferme et à se sortir de l'étreinte des sables mouvants. Nefer, Hilto et Meren la rejoignirent enfin. Ils étaient épuisés et se laissèrent tomber par terre au pied des dunes orientales.

Pendant qu'ils traversaient, Taita avait eu le temps de réfléchir à la situation apparemment désespérée dans laquelle ils se trouvaient. Ils étaient divisés en deux groupes, séparés par un gouffre de deux cents coudées de large. Ils avaient perdu tous leurs chevaux et leurs chars, leurs armes, leur matériel et, le pire de tout, leurs outres.

Bay lui toucha soudain le bras et murmura :

— Ecoute !

Il y avait dans l'air comme une rumeur sourde, qui disparaissait parfois, puis revenait, un écho lointain renvoyé par les dunes alentour. Bien que celui-ci soit faible, ils ne pouvaient pas ne pas reconnaître le bruit d'une colonne de chars en marche.

De l'autre côté de la vallée, leurs trois compagnons couverts de boue l'avaient entendu eux aussi et se remettaient debout. Tous regardèrent en arrière et écoutèrent Trok et ses hommes approcher rapidement.

Soudain, Mintaka repartit en courant vers le bord du bourbier, où ils avaient laissé les planches qui leur avaient permis d'en sortir. Nefer la regarda, se demandant quelle mouche l'avait piquée. Elle rassembla les planches et entra jusqu'au genou dans la gadoue en les traînant derrière elle par les courroies.

Nefer comprit alors son intention, mais il était trop tard pour la retenir. Elle se jeta à plat sur une des planches et commença à glisser sur la boue jaunâtre. Il s'élança à sa suite, mais elle était déjà hors de portée quand il fut contraint de s'arrêter, dans la fange jusqu'à la taille.

— Reviens ! cria-t-il. Je vais y aller.

— Je suis plus légère et plus rapide que toi ! lança-t-elle en réponse.

Il continua d'argumenter, mais elle l'ignora et poursuivit sa progression.

Le bruit des chars devenait de plus en plus fort et

aiguillonnait Mintaka. Nefer était partagé entre la crainte qu'il ne lui arrive quelque chose, la colère provoquée par son refus de l'écouter et la fierté suscitée par son courage. Elle a un cœur de guerrier et de reine, songea-t-il tandis qu'elle approchait de l'autre bord.

Ils entendaient maintenant les voix de leurs poursuivants, le fracas des roues et le cliquetis des armes, amplifiés par les dunes comme par une caisse de résonance.

Taita fourra son bâton sous sa ceinture pour avoir les mains libres, puis Bay et lui pataugèrent à la rencontre de Mintaka. Chacun prit une des planches supplémentaires qu'elle avait traînées à sa suite et ils s'élancèrent sur la surface traîtresse. Tous trois commencèrent à nager vers la rive est.

Derrière eux, la tête de la colonne des chars de leurs poursuivants déboucha des dunes. La silhouette reconnaissable de Trok se dressait sur le premier char, et sa voix de stentor rugissait, triomphante, répercutée par les flancs des dunes.

— En avant ! A la charge !

La phalange des chars de tête prit le galop et se dirigea à toute allure vers la lisière des sables mouvants. Les trois fugitifs se propulsaient frénétiquement sur le marigot. Derrière, les cris des conducteurs de chars se rapprochaient.

Sous le poids de Trok, les roues de son char s'enfonçaient plus profondément dans le sable meuble que celles des autres véhicules et, bien qu'il fouettât ses chevaux, il était distancé par le premier rang.

Les trois autres chars foncèrent droit dans les sables mouvants et furent aspirés aussi vite que ceux des fugitifs. Prenant conscience du danger, Trok réussit à maîtriser son attelage et à le faire dévier.

Il empoigna son court arc recourbé et sauta à terre.

Les autres chars s'arrêtèrent et s'agglutinèrent derrière lui.

— Archers ! cria Trok. Volées de masse. Ne les laissez pas s'échapper. Abattez-les.

Les cent cinquante archers se précipitèrent et s'alignèrent sur quatre rangs au bord du marais, carquois sur le dos et cordes des arcs tendues.

Mintaka avait dépassé le milieu du marécage et prit une fois encore de l'avance sur ses compagnons, malgré leurs efforts frénétiques.

Trok parcourait les rangs en lançant ses ordres :

— Archers, encochez vos flèches ! Bandez vos arcs et visez !

Ils levèrent leurs armes, tirèrent la corde jusqu'à leurs lèvres en visant le ciel bas et jaune.

— Lâchez !

Ils tirèrent tous en même temps. Les flèches s'élevèrent dans le ciel comme une nuée sombre, atteignirent le point culminant de leur trajectoire et redescendirent vers les trois petites silhouettes à la surface du marais.

Taita les entendit arriver et jeta un coup d'œil en arrière vers le ciel. La nuée mortelle retombait sur eux en sifflant doucement comme les ailes d'un vol d'oies sauvages.

— Dans la boue ! cria-t-il.

Tous trois se laissèrent glisser de leur planche et s'immergèrent dans la gadoue épaisse en gardant seulement la tête dehors. Une grêle de flèches tomba autour d'eux. L'une d'elles se ficha dans la planche sur laquelle Mintaka était étendue un instant plus tôt.

— Continuons ! ordonna Taita.

Ils se hissèrent sur les planches et reprirent leur progression, ne gagnant que quelques mètres avant que le vrombissement des flèches emplisse l'air une nouvelle fois, les obligeant à se jeter encore dans la boue.

Par trois fois, ils durent plonger pour se mettre à couvert, mais la portée augmentait pour les archers et leur tir se faisait moins précis. Mintaka s'éloignait encore plus vite qu'avant et ne tarda pas à être hors d'atteinte.

Les beuglements de rage et de dépit de Trok, qui pressait ses hommes de tirer, les suivaient. Les flèches tombaient dans la boue autour d'eux, mais les tirs étaient moins groupés.

Taita tourna la tête pour jeter un coup d'œil à Bay. Son énorme tête scarifiée était luisante de boue et de sueur. Il avait les yeux injectés de sang, exorbités, la bouche grande ouverte, les dents aussi pointues que celles d'un requin.

— Courage, Bay ! Nous sommes presque de l'autre côté, lui lança-t-il, se rendant compte au même moment que ces paroles étaient un défi aux dieux.

Sur la rive, derrière eux, Trok les voyait lui échapper. Ses soldats se servaient de l'arc court, sans grande puissance, conçu pour tirer à partir d'un char lancé. Sa portée efficace ne dépassait pas deux cents coudées. Trok se retourna et lança un regard furibond à son porteur de lance, qui s'occupait des chevaux de l'attelage.

— Apporte-moi mon arc de guerre ! cria-t-il.

Il était le seul du régiment à transporter l'arc long sur son char, ayant estimé que, pour ses soldats, l'avantage procuré par la force et la portée supérieures de l'arc de guerre ne compensait pas l'inconvénient de son encombrement. Mais sa force herculéenne et l'envergure de ses bras plaçaient Trok au-dessus des limitations auxquelles était soumis le commun des mortels. La plupart du temps, il se servait de l'arc court. Il avait cependant fait aménager un soc spécial pour recevoir l'arme, plus longue, plus puissante mais peu maniable.

Son porteur de lance courut à lui et lui plaça l'arc de guerre entre les mains. Il lui tendit aussi le carquois contenant les flèches, blasonnées de la tête de léopard, adaptées à l'arc long.

Trok s'ouvrit un chemin à coups d'épaule dans le premier rang des archers, qui s'écartèrent pour le laisser passer. Il encocha une flèche et évalua la portée, les yeux mi-clos.

Les têtes des deux nageurs n'étaient plus que deux petites taches sur la surface jaunâtre. Autour de lui, ses hommes continuaient de tirer flèche sur flèche, mais celles-ci retombaient bien avant d'avoir atteint leurs cibles. Il calcula mentalement l'angle de tir et se mit en position, le pied gauche devant. Il prit une profonde inspiration et tira sur la corde, le bras gauche tendu, jusqu'à ce qu'elle touche le bout de son nez crochu. Même lui avait du mal à bander l'arc, les muscles de ses bras nus protubérants, ses traits déformés par l'effort. Il le tint ainsi une fraction de seconde, ajustant son tir, puis lâcha la corde. Le grand arc se détendit brusquement et vibra comme une créature vivante.

Trait indistinct dans le ciel, la longue flèche monta bien au-dessus de la nuée des autres projectiles, les dépassant aisément. Elle atteignit son zénith et tomba comme un faucon en piqué.

Taita entendit le sifflement plus aigu de son vol et leva les yeux. Elle arrivait droit sur lui et il n'avait pas le temps de se laisser glisser de son embarcation de fortune, ni même de baisser la tête pour l'éviter.

Malgré lui, il ferma les yeux. La flèche lui frôla la tête de si près qu'il sentit ses cheveux agités par le vent de son passage. Puis il entendit le bruit mat de l'impact.

Il rouvrit les yeux et tourna la tête. La longue flèche avait touché Bay au milieu du dos et l'avait transpercé. La pointe de silex s'était plantée dans la planche sur laquelle il était couché, le clouant au bois comme un scarabée.

Son visage n'était qu'à une longueur de bras du sien. Taita regarda dans ses yeux d'un noir profond, envahis par la souffrance de l'agonie. Bay ouvrit la bouche pour crier ou parler, mais un flot de sang s'échappant de ses lèvres l'en empêcha. Il porta péniblement la main à son cou et en détacha son collier, qu'il tendit à Taita, son dernier présent, inestimable relique entortillée autour de ses doigts recroquevillés et rigides.

Taita démêla doucement le collier et se le passa autour du cou. Il sentit l'essence du chaman mourant pénétrer son propre corps et renforcer ses pouvoirs.

La tête de Bay s'affaissa, mais la flèche l'empêcha de rouler de la planche. Taita reconnut le léopard sculpté dans la hampe de la flèche et sut qui l'avait tirée. Il tendit la main, plaça deux doigts sur sa gorge et sentit le moment où il trépassa. Bay était mort et il ne pouvait plus rien pour lui. Il le laissa là et continua de nager vers Nefer et Mintaka, qui lui criaient des encouragements depuis l'autre rive. Quatre autres longues flèches tombèrent près de lui, mais aucune ne le toucha et il arriva peu à peu hors de leur portée.

Nefer l'attendait et l'aida à se relever dans la boue épaisse. Taita se servit de son bâton pour regagner la terre ferme. Il s'affaissa au sol, haletant. Une minute plus tard à peine, il s'assit sur son séant et jeta un coup d'œil de l'autre côté des sables mouvants en direction de Trok, les poings sur les hanches, tout dans sa position trahissant sa fureur et son dépit. Au bout d'un moment, l'Hyksos mit ses mains en porte-voix et cria :

— Ne crois pas que tu m'as échappé, mage ! Je vous aurai, toi et cette garce. Je vous traquerai et ne perdrai pas votre piste.

Mintaka s'avança aussi loin qu'elle le put. Elle savait exactement où était le défaut de sa cuirasse et comment l'humilier en présence de ses hommes.

— Mon cher époux, tes menaces sont aussi molles et vides que tes parties génitales !

Sa voix haute porta distinctement et deux cents guerriers hyksos entendirent chacune de ses paroles. Il y eut un silence stupéfait, puis de grands rires moqueurs éclatèrent dans leurs rangs. Ses hommes haïssaient Trok et prenaient plaisir à son humiliation.

Il brandit son arc au-dessus de sa tête et piétina de rage. Puis il se tourna vers ses soldats, l'air furieux, et ils se turent, confus de leur témérité.

— Ishtar ! Ishtar le Mède, viens ici ! cria-t-il dans le silence.

Debout au bord des sables mouvants, Ishtar fit face au petit groupe de l'autre côté. Son visage était couvert de tatouages, les yeux entourés de tortillons violets, celui qui louchait brillant comme un disque d'argent. Une double rangée de points rouges courait le long de son nez. Des motifs en forme de fougères parcouraient son menton et ses joues. De la laque rouge tenait ses cheveux dressés comme des pics. Il défit délibérément l'attache de sa robe et la laissa choir dans le sable.

Il était nu, le dos et les épaules couverts de taches comme un léopard. Il avait une grosse étoile rouge tatouée sur le ventre et le pubis rasé, ce qui faisait ressortir son énorme pénis. De minuscules clochettes d'or et d'argent étaient accrochées à son prépuce. Il dévisageait Taita, et le mage s'avança pour lui faire face. Tandis que les deux hommes se fixaient du regard, l'espace parut s'amenuiser entre eux.

Le membre viril d'Ishtar entra lentement en érection, faisant tinter les clochettes suspendues à son extrémité. Les hanches en avant, il pointa son gland empourpré vers Taita. C'était un défi direct : Ishtar soulignait la qualité d'eunuque de Taita et le narguait.

Taita leva son bâton et le pointa vers l'aine du Mède. Aucun des deux ne bougea pendant un bon moment, chacun projetant toute sa force contre l'autre comme une javeline.

Ishtar poussa soudain un grognement et éjacula, répandant sa semence sur le sable. Son pénis rapetissa. Il se laissa tomber à genoux et enfila sa robe avec précipitation pour cacher son humiliation. Il avait perdu le premier affrontement direct avec le mage. Il tourna le dos à Taita, et retourna en traînant les pieds vers les deux prêtres de Seueth et le chaman nubien accroupis à l'écart. Il fit cercle avec eux, ils joignirent leurs mains et commencèrent à psalmodier.

— Que font-ils ? demanda Nefer, nerveux.

— Je crois qu'ils tentent de deviner quel chemin permet de contourner les sables mouvants, répondit Mintaka.

— Taita saura les arrêter, dit Nefer avec une assurance feinte.

Ishtar se leva soudain d'un bond, avec une vitalité nouvelle. Il laissa échapper un cri pareil à un croassement et indiqua le sud le long de la vallée de sable.

— Il a choisi la route que nous a révélée le faucon, dit Taita à voix basse. Nous ne sommes pas encore tirés d'affaire.

Les régiments de Trok s'ébranlèrent. Ishtar à son côté sur le char de tête, il prit la direction du sud en suivant les méandres de la rivière de boue fatale. En passant, les soldats lançaient des menaces et des cris de défi au petit groupe sur la rive opposée.

Une fois que le nuage de poussière se fut déposé, ils virent que Trok avait laissé un petit contingent de dix hommes et cinq chars campé sous les dunes sur l'autre berge pour les surveiller. Le dernier char de la colonne des poursuivants ne tarda pas à disparaître dans la brume de chaleur jaunâtre, caché par la courbe de la vallée.

— Avant minuit, Trok aura trouvé un gué pour passer sur notre rive, prédit Taita.

— Que faire ? demanda Nefer.

Taita se tourna vers lui.

— Tu es Pharaon, le Seigneur de Dix Mille Chars. Donne-nous tes ordres, majesté.

Nefer le fixa, interloqué par cette raillerie. Taita se moquait de lui. Il le regarda dans les yeux, ses vieux yeux pâles, et n'y vit aucun sarcasme.

La colère le prit. Il allait protester, lui faire remarquer qu'ils avaient tout perdu, leurs chars et l'eau, qu'un désert brûlant les attendait et qu'une véritable armée les poursuivait impitoyablement, mais Mintaka l'arrêta en posant la main sur son bras. Il regarda encore Taita dans les yeux et l'inspiration lui vint.

Il leur exposa son plan et, avant qu'il eût fini, Hilto arborait un large sourire et hochait la tête tandis que Meren riait en se frottant les mains. Mintaka se tenait près de lui, droite et fière.

Quand il eut donné ses ordres, Taita acquiesça :

— C'est un plan de bataille digne d'un vrai pharaon, dit-il d'une voix neutre, une lueur d'approbation dans les yeux.

La tâche que lui avait assignée Lostris tirait à sa fin. Nefer était presque prêt à prendre en main sa destinée.

Ils n'avaient couvert que quelques lieues quand Ishtar pointa le doigt devant lui. Trok arrêta la colonne et plissa les yeux dans l'étrange lumière jaune et la brume de chaleur miroitante. Devant eux, la vallée des sables mouvants se rétrécissait brusquement.

— Qu'y a-t-il ? demanda Trok.

On avait l'impression qu'un monstre marin nageait en serpentant à travers la gorge, un monstre dont l'épine dorsale eût dépassé de la boue, noire et dentelée.

— Voilà notre pont, lui dit Ishtar, un récif de schiste reliant les deux rives.

Trok envoya deux de ses meilleurs hommes pour reconnaître le passage à pied. Ils le parcoururent au pas de course et atteignirent l'autre rive, les pieds secs. Ils crièrent et firent signe à Trok, qui fouetta ses chevaux et les suivit de l'autre côté. Le reste de la colonne traversa à leur suite à la queue leu leu.

Dès qu'ils furent en sécurité sur l'autre berge, Trok obliqua vers le nord et suivit la vallée en sens inverse afin de revenir à l'endroit où ils avaient vu la petite troupe fugitive de Taita pour la dernière fois.

Mais ils n'avaient pas parcouru la moitié de la distance que la couverture nuageuse se transforma en un brouillard jaunâtre, des miasmes maussades qui apportèrent la nuit prématurément. Quelques minutes plus tard, l'obscurité la plus totale obligea la colonne à s'arrêter.

— Les chevaux sont fatigués, dit Trok, essayant de trouver le bon côté de la chose, à ses capitaines rassemblés autour de lui pour recevoir ses ordres. Abreuvez-les et laissez-les se reposer ainsi que les hommes.

Nous repartirons à l'aube. Le mage lui-même ne sera pas allé bien loin à pied et sans eau. Nous les aurons rejoints avant demain midi.

Après avoir défait les pansements, Taita examina les pieds de Mintaka et hocha la tête avec satisfaction. Puis il les trempa dans la boue fortement alcaline des sables mouvants et les pansa de nouveau. Malgré ses protestations, Nefer lui fit mettre ses sandales. Elles étaient bien trop grandes pour elle, mais, avec les pansements, elles lui allaient presque.

Ils n'avaient rien à porter, ni eau ni nourriture, ni armes ni bagages, rien en dehors des planches arrachées aux chars engloutis. Sous le regard curieux des soldats hyksos sur l'autre rive, Nefer les emmena en haut de la grande dune. Ils atteignirent la crête, hors d'haleine, déjà furieusement tourmentés par la soif.

Nefer jeta un dernier coup d'œil aux sables mouvants. De l'autre côté, les soldats de Trok avaient dételé leurs chevaux, rangé leurs chars en carré et allumé des feux de bivouac. Nefer leur lança un salut ironique et redescendit sur le versant opposé de la dune à la suite des autres. Dès qu'ils furent hors de vue des observateurs, ils se reposèrent un moment.

— Le moindre effort va nous coûter cher, les avertit Nefer. Nous allons encore rester sans eau plusieurs heures.

Allongés, haletants, dans la canicule, ils écoutaient anxieusement, guettant le bruit des hommes et des chars.

— Prions les dieux pour que Trok ne trouve pas de

passage et ne revienne pas vers nous avant la nuit, dit Mintaka, exprimant leur crainte commune.

Quand ils eurent récupéré, Nefer les conduisit, cachés par la dune, parallèlement à la vallée des sables mouvants. Ils n'allèrent pas loin, mais par cette chaleur l'effort les éprouva beaucoup. Une fois encore, ils s'arrêtèrent pour se reposer au milieu du brouillard jaune. Ils n'eurent pas longtemps à attendre avant la tombée de la nuit.

La chaleur diminua un peu. Ils remontèrent au sommet de la dune et observèrent les feux de camp en contrebas, de l'autre côté de la vallée. Les flammes éclairaient juste assez pour qu'ils distinguent la disposition du camp hyksos.

Deux sentinelles étaient assises près des feux de camp et le reste des hommes dormaient sur leur natte à l'intérieur du carré formé par les chars, aux roues desquels ils avaient attaché les chevaux.

— Ils nous ont vus nous mettre en marche vers l'est. Espérons qu'ils croient toujours que nous nous dirigeons dans cette direction et qu'ils ne sont pas sur leurs gardes, dit Nefer avant de se laisser glisser le premier sur le versant de la dune.

Ils en rejoignirent le pied, à quelques centaines de coudées du camp, ce qui était juste assez loin pour cacher leurs mouvements et amortir les bruits qu'ils pouvaient faire.

En s'orientant grâce à la lueur des feux de bivouac et en se tenant par la main pour qu'aucun ne se perde dans le noir, ils se dirigèrent à tâtons vers la lisière des sables mouvants.

Ils lancèrent les planches de bois et traversèrent le bourbier. Ayant déjà une certaine pratique de ce mode de locomotion, ils parvinrent rapidement de l'autre côté.

Toujours groupés, ils rampèrent vers le camp et s'accroupirent juste à la limite du halo de lumière projeté par les feux. Hormis les deux sentinelles, le camp ennemi semblait assoupi. Les chevaux étaient silencieux et on n'entendait que le crépitement des flammes. Soudain, l'une des sentinelles se leva et alla s'asseoir à côté de son camarade. Ils parlèrent à voix basse. Nefer s'impatientait et s'apprêtait à demander de l'aide à Taita, mais celui-ci prit les devants. Il pointa son bâton vers les deux silhouettes sombres. Quelques minutes plus tard, leurs voix devinrent somnolentes ; la sentinelle se releva enfin, s'étira et bâilla. Elle retourna d'un pas nonchalant à son feu et s'installa, son glaive sur son giron.

Taita avait toujours son bâton pointé vers le soldat, dont la tête s'affaissa bientôt sur la poitrine. Un doux ronflement provenait de l'autre feu. Les deux hommes dormaient à poings fermés.

Nefer toucha Hilto et Meren. Chacun savait ce qu'il avait à faire. Ils s'avancèrent en rampant, laissant Taita et Mintaka dans l'obscurité.

Nefer s'approcha par-derrière la sentinelle la plus proche. Son glaive avait glissé dans le sable. Nefer le ramassa et, du même mouvement, en assena un coup, avec le pommeau de bronze, sur la tempe du soldat. Celui-ci bascula sans bruit et resta étendu de toute sa longueur près du feu.

Le glaive en main, Nefer jeta un coup d'œil vers l'autre feu de camp. Hilto et Meren s'étaient chargés de la deuxième sentinelle, qui était couchée en boule comme un chien endormi. Hilto lui avait pris son glaive. Tous trois coururent au char le plus proche. Les javelines étaient encore dans les coffres latéraux.

Nefer en empoigna une. Son poids avait quelque

chose de rassurant. Meren s'était armé lui aussi. Soudain, l'un des chevaux hennit doucement et tapa du sabot. Nefer s'immobilisa. Une voix ensommeillée cria alors :

— Nousa, c'est toi ? Tu es réveillé ?

Un soldat entra d'un pas incertain dans le halo de lumière, encore à moitié endormi, nu à part son pagne. Il tenait un glaive dans la main droite. Il s'arrêta net devant Nefer.

— Qui es-tu ? demanda-t-il d'un ton alarmé.

Meren lança sa javeline et toucha l'homme en pleine poitrine. Ce dernier leva la main et s'affaissa dans le sable. Meren bondit et ramassa son arme. En hurlant comme des djinns en folie, tous trois sautèrent par-dessus les brancards des chars et se précipitèrent au milieu du carré. Leurs cris avaient semé le désordre parmi les hommes en train de se réveiller. Certains n'avaient pas tiré leur arme et les glaives pris aux Hyksos s'abattaient sur eux à un rythme meurtrier, les lames déjà maculées de sang.

Un seul ennemi se reprit et riposta, une grande brute qui rendait les coups en rugissant comme un lion blessé. Il visa la tête de Nefer, qui para haut, mais le coup lui engourdit le bras jusqu'à l'épaule et la lame de son glaive se cassa net.

Nefer était désarmé et son adversaire levait son glaive pour en finir. Taita émergea de l'obscurité derrière lui et lui tapa sur la tête avec son bâton. L'homme s'effondra et Nefer arracha le glaive de sa main inerte avant qu'il ne touche le sol.

Le combat était terminé. Cinq Hyksos étaient à genoux, les mains sur la tête, surveillés par Hilto et Meren. Mintaka et Taita ranimèrent les feux et, à la lueur des flammes, constatèrent que trois soldats étaient morts et deux autres gravement blessés.

Pendant que Taita soignait les éclopés, ses compagnons ligotaient les prisonniers avec des cordes de rechange des chars. Après quoi seulement, ils burent leur content aux outres, se servirent dans le sac de pain et coupèrent des tranches de viande séchée.

Quand ils eurent fini de boire et de manger, le jour commençait à se lever, nouvelle aube d'un pourpre menaçant, et la chaleur était déjà suffocante. Nefer choisit trois chars et les meilleurs chevaux pour les tirer. Ils débarrassèrent les chars en question de toute charge inutile, notamment les bagages des soldats et les armes de rechange dont ils n'avaient pas besoin. Nefer détacha les chevaux inutiles et les mit en fuite en agitant une couverture devant eux.

De minute en minute, la lumière rougeâtre de cette aube sinistre devenait plus forte et ils se hâtèrent de monter sur les chars. Quand ils furent prêts à partir, Nefer se rendit auprès des prisonniers.

— Vous êtes égyptiens comme nous. Je regrette profondément que nous ayons tué ou blessé plusieurs de vos compagnons. Nous ne l'avons fait ni par choix ni par plaisir. Trok, l'usurpateur, nous y a contraints.

Il s'accroupit près du grand gaillard qui avait failli le tuer.

— Tu es un brave homme. Je souhaite qu'un jour nous combattions côte à côte contre l'ennemi commun.

Quand Nefer s'était assis, son pagne s'était relevé. Les yeux du prisonnier tombèrent sur les muscles lisses de sa cuisse droite et il en resta bouche bée quelques secondes.

— Pharaon Nefer Seti est mort. Pourquoi portes-tu le cartouche royal ? demanda-t-il.

— Je le porte parce que j'en ai le droit, répondit Nefer

en touchant le tatouage que Taita lui avait fait tant d'années plus tôt. Je suis Pharaon Nefer Seti.

— Non ! Non ! s'exclama le prisonnier, plus agité et apeuré qu'il ne l'avait probablement jamais été sur un champ de bataille.

Mintaka sauta du char, vint à eux et s'adressa au soldat sur un ton amical :

— Sais-tu qui je suis ?

— Tu es Sa Majesté la reine Mintaka. Ton père était mon dieu et mon commandant. Je l'aimais bien. C'est pourquoi je t'aime et te respecte.

Mintaka sortit son poignard du fourreau et trancha les liens du prisonnier.

— Oui, dit-elle, je suis Mintaka et voici Pharaon Nefer Seti, mon fiancé. Nous reviendrons un jour en Egypte pour réclamer notre droit de naissance et gouverner dans la paix et la justice.

Nefer et elle se levèrent et elle poursuivit :

— Transmets ce message à tes compagnons d'armes. Dis au peuple que nous sommes vivants et que nous retournerons en Egypte.

Le soldat s'avança à genoux et lui baisa les pieds, puis il alla à Nefer et plaça un pied du jeune pharaon sur sa tête.

— Je suis ton homme, dit-il. Je porterai votre message au peuple. Reviens-nous vite, divin Pharaon.

Les autres prisonniers se joignirent à lui avec des protestations d'amour et de fidélité.

— Vive Pharaon ! Puisses-tu vivre et gouverner mille ans !

Nefer et Mintaka montèrent sur le char pris à l'ennemi, et les prisonniers libérés crièrent :

— *Bak-her ! Bak-her !*

Les trois chars sortirent du camp dévasté. Taita était

sur le premier, parce qu'il était le mieux à même de déjouer les ruses d'Ishtar le Mède et de découvrir la bonne route qui leur avait été cachée. Nefer et Mintaka le suivaient de près tandis qu'Hilto et Meren fermaient la marche. Ils suivaient en sens inverse le chemin par lequel ils étaient venus.

Ils n'étaient pas allés bien loin, la vallée des sables mouvants et le camp encore en vue, quand Taita s'arrêta et regarda en arrière. Les deux autres chars firent halte derrière lui.

— Qu'y a-t-il ? s'enquit Nefer.

Taita leva la main pour lui intimer le silence. Ils entendirent au loin la division de Trok arriver le long de l'autre rive. Puis soudain, dans l'aube rouge, la tête de la colonne émergea des dunes.

Sur le premier char, Trok tira brusquement sur les rênes et cria à Ishtar :

— Par le sang et la semence de Seueth, le mage s'est montré une nouvelle fois plus malin que nous ! Tu n'avais donc pas prévu qu'il traverserait encore et s'emparerait des chars de notre détachement ?

— Tu ne l'avais pas prévu non plus, toi le grand général ? railla Ishtar.

Trok leva son fouet dans l'intention de le frapper au visage pour cette insolence, mais, ayant croisé le regard sombre du Mède, jugea préférable de s'abstenir et abaissa son fouet.

— Et maintenant, Ishtar ? Tu vas les laisser nous échapper ?

— Ils n'ont qu'une route possible pour revenir en arrière, et Zander arrive par là avec deux cents chars. Ils ne t'échapperont pas, fit remarquer Ishtar.

Un sourire sauvage éclaira le visage de Trok. Dans sa rage, il en avait presque oublié Zander.

— Le soleil vient à peine de se lever. Nous avons toute la journée pour retraverser à gué et les suivre, poursuivit Ishtar. J'ai leur odeur dans les narines. Je vais jeter mon filet pour les prendre au piège et je te mènerai à la curée.

Trok fouetta ses chevaux et s'élança sur le sable dur au bord du marécage, juste en face des trois chars sur l'autre rive. Il réussit à arborer un grand sourire presque convaincant.

— Je m'amuse beaucoup plus que vous, mes amis ! lança-t-il. La vengeance est un plat qui se mange froid ! Par Seueth, je vais la savourer.

— Il faut attraper le lièvre avant de le faire cuire ! cria Mintaka en réponse.

— Je l'attraperai. Sois assurée que je t'ai préparé d'autres surprises qui ne manqueront pas de te divertir.

Son sourire s'évanouit quand les trois chars s'ébranlèrent pour entrer dans les dunes. Mintaka le salua gaiement de la main. Il savait qu'elle voulait le faire enrager, mais cela l'exaspérait tant qu'il en avait l'estomac noué par la fureur.

— Demi-tour ! cria-t-il à ses hommes. Retraversons.

A mesure qu'ils progressaient, Taita regardait le ciel de plus en plus souvent, l'air sérieux et pensif, tandis que les nuages couleur de soufre descendaient vers la terre.

— Je n'ai jamais vu un ciel pareil, dit Hilto quand ils s'arrêtèrent pour faire boire les chevaux au milieu de la matinée. Les dieux sont en colère.

Ils trouvèrent la bonne route avec une facilité surprenante. L'embranchement où ils avaient pris le mauvais chemin se voyait de loin. Il semblait inconcevable qu'ils aient manqué le grand tas de pierres qui l'indiquait, et la piste principale vers la mer Rouge, parcourue par tant de caravanes, était bien plus nettement marquée que celle, rudimentaire, qu'ils avaient suivie jusqu'à la vallée des sables mouvants.

— Ishtar nous a aveuglés, murmura Nefer alors qu'ils approchaient de la fourche, mais cette fois-ci nous ne nous laisserons pas si aisément duper. Si les dieux sont cléments... ajouta-t-il, mal à l'aise, en regardant le ciel et en faisant le signe contre le mal.

C'est Hilto, au regard aiguisé de guerrier, qui repéra le nuage de poussière devant eux. Le ciel bas l'avait caché jusque-là. Hilto amena son char au galop au côté de celui de Taita et lui cria :

— Mage ! Il y a des chars devant nous et ils sont nombreux.

Ils s'arrêtèrent et regardèrent le nuage de poussière qui se déplaçait.

— Ils sont loin ? demanda Taita.

— A une demi-lieue tout au plus.

— Tu crois qu'une deuxième division de Trok arrive en renfort ?

— Tu sais mieux que moi, mage, que c'est la tactique habituelle des Hyksos. Ne te souviens-tu pas de la bataille de Dammen ? Lorsque Apepi nous avait pris en tenailles entre ses deux divisions ?

— Pouvons-nous atteindre le croisement avant qu'ils nous coupent la route ? s'inquiéta Taita.

— Peut-être, répondit Hilto en plissant les yeux. Mais la course va être serrée.

Taita se retourna et regarda en arrière.

— Trok doit déjà être sur nos talons. Nous ne pouvons nous jeter dans ses bras.

— Quitter la piste pour nous engager dans les sables serait courir au désastre. Ils n'auraient aucun mal à nous suivre à la trace et les chevaux flancheraient avant la fin de la journée.

— Pas étonnant que Trok se soit moqué de nous, dit Mintaka amèrement.

— Nous voilà une fois de plus entre l'enclume et le marteau, reconnut Meren.

— Nous devons tenter le coup, décida Nefer. Essayons d'atteindre le croisement et la piste principale avant eux. C'est notre seule chance.

— Alors, dépêchons-nous, même si nous devons épuiser les chevaux, convint Hilto.

Ils s'élancèrent, à trois de front. Les chars rebondissaient et faisaient des embardées dans les ornières, mais les chevaux filaient. Le nuage de poussière devenait de plus en plus menaçant à mesure qu'ils s'en approchaient. Le tas de pierres semblait toujours aussi éloigné. Ils étaient encore à plus de cinq cents coudées de la fourche quand les premiers chars ennemis apparurent, à demi cachés par la poussière et l'affreuse lumière jaunâtre.

Ils s'arrêtèrent comme s'ils ignoraient à qui appartenaient les trois véhicules qui fonçaient sur eux. Les fugitifs avaient persévéré jusqu'au dernier moment, mais l'ennemi était là et il devint bientôt évident qu'ils n'arriveraient pas au croisement avant lui.

— Assez ! cria Taita en levant son poing fermé pour ordonner l'arrêt. Nous ne les prendrons pas de vitesse.

Ils firent halte en pleine piste, les chevaux couverts d'écume et hors d'haleine. Les conducteurs des chars étaient pâles sous la couche de poussière, et le désespoir les envahissait.

— Par où allons-nous, Pharaon ? demanda Hilto, qui, comme les autres, attendait désormais de Nefer qu'il les dirige.

— Une seule voie nous est ouverte. Rebroussons chemin, répondit Nefer avant d'ajouter à mi-voix afin que seule Mintaka pût l'entendre : Dans les bras de Trok. Mais au moins aurai-je une chance de lui régler son compte.

Taita acquiesça et fut le premier à faire demi-tour. Les autres l'imitèrent et le suivirent en direction des sables mouvants. Au début, la poussière les empêcha de voir leurs poursuivants, puis une bouffée de vent chaud l'écarta un instant et ils constatèrent qu'ils avaient déjà perdu du terrain.

Ils poursuivirent leur chemin à bride abattue, mais Nefer sentait que ses chevaux commençaient à flancher. Leur allure était lourde, leurs jambes flageolantes, et ils projetaient leurs sabots sur le côté. C'était la fin. Il prit Mintaka par la taille.

— Je t'ai aimée dès que je t'ai vue et je t'aimerai pour l'éternité.

— Si tu m'aimes vraiment, tu ne me laisseras pas retomber entre les mains de Trok. Ce sera le moyen de me donner la preuve de ton amour.

Nefer se tourna vers elle sans comprendre.

— Que veux-tu dire ?

Elle toucha le glaive pris à l'ennemi qu'il portait au côté.

— Non ! cria-t-il en l'étreignant de toutes ses forces.

— Tu le dois pour moi, mon cœur. Tu ne peux me donner à Trok. Je n'ai pas le courage de le faire moi-même et il te faut donc être fort à ma place.

— Je ne puis ! s'écria-t-il.

— Ce sera rapide et je ne souffrirai pas. Sinon...

Nefer était tellement bouleversé qu'il faillit percuter à grande vitesse l'arrière du char de Taita, venu s'arrêter brusquement au milieu de la piste. Taita pointa le doigt devant eux.

Trok était là. Même à cette distance, ils distinguaient sa silhouette d'ours à la tête de la colonne qui venait droit sur eux. Ils jetèrent un coup d'œil en arrière . l'autre division ennemie approchait rapidement.

— Le dernier combat ! s'exclama Hilto en faisant jouer sa lame dans le fourreau. Le premier est le plus dur, le deuxième à peine moins. Le dernier est le meilleur.

C'était l'un des adages de la Route Rouge et il disait cela avec une réelle jouissance anticipée.

Taita leva les yeux vers le ciel couleur de bile tandis qu'un autre souffle de vent étouffant faisait onduler ses cheveux comme de l'herbe argentée.

— Promets-le-moi ! murmura Mintaka en serrant le bras de Nefer, dont les yeux s'emplirent de larmes.

— Je te le promets, dit-il, ces paroles lui écorchant la bouche et la gorge. Ensuite, je tuerai Trok de mes propres mains, puis je te suivrai dans le voyage de l'ombre.

Taita n'éleva pas la voix, mais tous l'entendirent :

— Par ici. Ne vous écartez pas de mes traces.

A leur grand étonnement, Taita fit tourner ses chevaux à angle droit vers le nord et les poussa hors de la piste, vers les sables, dans le pays des dunes vierges. Nefer s'attendait à le voir s'enliser immédiatement jusqu'aux moyeux, mais il avait dû trouver une croûte dure sous la surface meuble et continuait d'avancer à un trot régulier. Ils le suivirent de près, tout en sachant que c'était une tentative désespérée.

Derrière eux, ils distinguaient encore les deux nuages de poussière soulevés par les divisions ennemies qui convergeaient vers eux, l'une de l'ouest, l'autre de l'est. Il n'y avait pas le moindre espoir qu'en arrivant à leur hauteur ils ne trouvent pas l'endroit où les trois chars avaient quitté la piste. A moins, bien sûr, que Taita ne les cache grâce à l'un de ses sortilèges et ne se montre plus malin qu'Ishtar, mais les chances de réussite étaient minces. Ishtar avait montré qu'il n'était pas vulnérable à des tours de sorcellerie aussi élémentaires, et Trok avait dû les voir bifurquer de ses propres yeux.

Quand Nefer regarda devant lui, il vit cependant que Taita tenait le Périapte d'or de Lostris dans la main droite et avait enroulé autour de son poignet le collier légué par Bay. Il ne se retournait pas pour regarder leurs poursuivants, mais, en extase, il restait le visage levé vers le ciel menaçant.

La situation semblait désespérée et pourtant Nefer entrevit une lueur d'espoir, illogique et perverse. De façon mystérieuse, le don de Bay avait augmenté les pouvoirs déjà immenses du magie.

— Regarde Taita, murmura-t-il à Mintaka. Peut-être

soulevé par leurs poursuivants tout proches, se mêlait à l'éclat jaune aveuglant du ciel sans soleil.

— C'est sans importance. En quoi ces rochers nous serviront-ils ? Nous pourrons peut-être les défendre un tout petit moment, mais les hommes de Trok sont plusieurs centaines. Nous sommes près de la fin.

Il palpa l'outre suspendue à son côté au bord de la nacelle. Elle était presque vide : même pas de quoi maintenir les chevaux en vie un jour de plus.

— Nous devons faire confiance à Taita, dit Mintaka.

Il eut un rire amer.

— Il semble que les dieux nous aient abandonnés. A qui d'autre faire confiance qu'à Taita ?

Ils continuèrent d'avancer, les chevaux marchant péniblement au pas. Derrière eux, ils entendaient vaguement leurs poursuivants : les cris des officiers pressant les soldats de rester en ligne, le cliquetis des armes et le grincement des moyeux.

Ils arrivèrent enfin au pied de la colline de roche noir et ocre. Elle avait une centaine de pieds de haut et la chaleur accumulée dans la pierre irradiait comme un feu de joie. Aucune plante n'avait réussi à y prendre racine, mais le vent avait creusé des fissures et des crevasses dans ses parois abruptes.

— Amenez les chars contre la falaise, ordonna Taita. Maintenant, dételez les chevaux et placez-les comme je vais le faire, reprit-il en donnant l'exemple.

Il contourna l'angle de la paroi avec son attelage. Une profonde crevasse verticale aux parois lisses s'ouvrait dans la falaise. Il mena les chevaux le plus loin possible sur le sol sableux au fond de la fissure.

— A présent, faites-les se coucher.

Tous les chevaux de la cavalerie étaient entraînés à

accomplir ce tour. Sur les exhortations de leurs conducteurs, ils s'agenouillèrent, puis se couchèrent sur le flanc en hennissant et en soufflant.

Taita avait pris une couverture roulée dans le char. Il en déchira des lanières avec lesquelles il banda les yeux des chevaux pour les maintenir tranquilles et dociles. Puis il enfonça une javeline profondément dans le sol meuble, pieu auquel il attacha la tête des bêtes pour les empêcher de se relever.

— Amenez maintenant ce qui reste d'eau. C'est dommage qu'il n'y en ait pas assez pour donner à boire une dernière fois aux chevaux, mais nous en aurons nous-mêmes besoin jusqu'à la dernière goutte.

Comme s'il en avait connu l'existence, Taita les mena alors jusqu'à une cavité creusée dans la falaise. Elle était si basse qu'il fallait se mettre à quatre pattes pour y pénétrer.

— Fermez l'entrée avec des éboulis, ordonna-t-il.

— Tu veux que nous montions un mur, une *zareba* ? fit Nefer. Cet endroit est impossible à défendre. Une fois à l'intérieur de cette grotte, nous ne pourrons nous tenir debout, sans parler de manier le glaive.

— Ce n'est pas le moment de discuter, rétorqua Taita en lui lançant un regard furibond. Fais ce que je te dis.

Nefer avait les nerfs à vif, tant il était inquiet pour Mintaka et épuisé par les épreuves qu'ils avaient traversées ces derniers jours. Il rendit à Taita son regard furieux. Les autres observaient avec intérêt le jeune taureau défier le vieux. Les secondes s'éternisèrent, puis Nefer prit soudain conscience de sa sottise. Une seule personne pouvait maintenant les sauver et il capitula. Il se baissa, ramassa un gros morceau de roche et le porta en titubant jusqu'à l'entrée de la caverne basse. Il le mit en place et courut en chercher un deuxième. Les autres

— C'est le signal de la bataille. Trok a vu Taita, dit Mintaka à mi-voix.

— Sonne la charge ! lança Trok à son héraut d'armes.

Mais l'éclat guerrier de la corne parut englouti par le désert et le ciel lourd.

— Attends ! s'écria Ishtar le Mède, le regard fixé sur la petite silhouette de Taita au sommet de l'éminence rocheuse. Attends !

— Qu'y a-t-il ? demanda Trok.

— Je ne sais pas encore, répondit Ishtar sans quitter le mage des yeux, mais je sens une force omniprésente.

La colonne s'était arrêtée, tous fixant avec une crainte révérencielle la silhouette perchée sur le pic. Un silence terrible s'abattit sur le désert. Même les chevaux étaient immobiles et on n'entendait plus aucun cliquetis d'armes.

Seul le ciel était en mouvement. Un tourbillon se forma au-dessus de la tête du mage, les nuages tournoyant comme un grand manège. Puis, lentement, le centre du tourbillon s'ouvrit tel l'œil d'un monstre borgne et un rayon de soleil éblouissant en jaillit.

— L'œil d'Horus ! Il a appelé le dieu ! laissa échapper Ishtar en faisant un signe de protection.

A son côté, Trok se taisait, paralysé par une terreur superstitieuse.

Le rayon de soleil frappa le pic, illumina le mage comme la foudre et fit apparaître un halo de lumière argentée autour de sa tête.

Taita décrivit lentement un cercle avec son bâton et les guerriers hyksos eurent un mouvement de recul comme des chiens sous le fouet. Les nuages s'écartèrent davantage et le ciel se dégagea complètement. Le soleil dansait sur les dunes, reflété comme une feuille de bronze poli dans leurs yeux, éblouissant, aveuglant. Les Hyksos levèrent les mains ou leur bouclier pour se protéger de l'étrange rayonnement, toujours sans aucun bruit.

Là-haut, Taita effectua un autre mouvement circulaire avec son bâton et on entendit enfin un son. Doux comme le soupir d'une amante, il semblait venir des cieux. Les hommes tournèrent la tête d'un air interrogateur pour en chercher l'origine.

Taita fit un nouveau geste et le soupir se mua en un murmure, un léger sifflement. Il provenait de l'est et toutes les têtes se tournèrent lentement dans cette direction.

Ils le virent émerger de cette étrange irradiation, de l'horizon sans nuage, muraille brun foncé qui s'élevait de la terre jusqu'au plus haut des cieux.

— Le khamsin ! murmura Trok.

Le mur de sable en suspension dans l'air avançait vers eux à une allure mesurée mais effrayante. Il ondulait et palpitait comme un être vivant dont la voix eût enflé. Ce n'était plus un murmure, mais un hurlement de plus en plus fort, la voix d'un démon.

— Le khamsin !

Le cri était renvoyé de char en char. Ce n'étaient plus des guerriers impatients de se battre, mais des créatures insignifiantes et terrorisées face à ce destructeur d'hommes, de villes et de civilisations, ce mangeur de mondes.

La colonne de chars se débanda et s'éparpilla, leurs conducteurs faisant tourner leurs attelages pour fuir.

Dès qu'ils quittaient l'étroite bande de sol plus ferme, le sable aspirait leurs roues. Les hommes sautaient des plates-formes et abandonnaient leur véhicule en laissant les chevaux dans les traits. Sentant instinctivement la menace, les bêtes se cabraient et hennissaient, essayaient de s'échapper en se libérant à coups de pied.

Le khamsin arrivait sur eux inexorablement en mugissant. Pris de panique, les hommes couraient devant lui. Ils glissaient et tombaient dans le sable, se relevaient tant bien que mal et reprenaient leur course éperdue. Ils jetaient des coups d'œil en arrière : l'effroyable tempête approchait rapidement, en rugissant comme un monstre fou, roulait sur elle-même et se convulsait en rideaux de sable, cuivrés quand le soleil les frappait, bruns et sombres lorsque leur hauteur énorme les plongeait dans l'ombre.

Ses bras et son bâton tendus, Taita regardait l'armée engloutie au-dessous de lui. Il vit Trok et Ishtar encore pétrifiés comme deux statues au soleil, puis, quand le front de la tempête les atteignit, ils disparurent comme par magie, eux et leurs hommes, leurs chars et leurs chevaux, dans les tourbillons du khamsin.

Taita baissa les bras, tourna le dos au monstre et, sans hâte, commença à redescendre du tertre. Avec ses longues jambes, il enjambait les passages difficiles et, en s'appuyant sur son bâton, passait de corniche en corniche.

Nefer et Mintaka se tenaient par la main au pied de la falaise. Ils l'accueillirent l'air stupéfaits, et, incrédule, la jeune fille demanda à voix basse :

— Tu as fait venir la tempête ?

— Elle se préparait depuis des jours, répondit Taita, impassible. Vous avez bien remarqué la chaleur et les brumes jaunâtres.

— Non, dit Nefer. Ce n'était pas naturel. C'est toi qui l'as déclenchée. Tu savais depuis le début. Tu as appelé la tempête. Et moi qui doutais de toi...

— Mettez-vous à l'abri maintenant. Elle est presque sur nous.

La voix de Taita se perdit dans la cacophonie des hurlements du khamsin. Mintaka les précéda en rampant à l'intérieur de la caverne basse et étroite par l'ouverture ménagée dans le mur grossier. Les autres la suivirent, emplissant le peu d'espace disponible. Avant d'entrer, Hilto leur passa les outres presque vides.

Il n'y avait plus que Taita hors de l'abri. Comme si la tempête était sa création, il la regardait fondre sur lui, le visage attentif. Elle frappa avec une telle force que la roche parut trembler et vibrer autour d'eux. Taita avait disparu, sa haute silhouette brusquement cachée. La première rafale ne dura que quelques secondes et, après son passage, Taita était toujours là, indifférent et serein. La tempête crût en intensité et se précipita sur eux dans toute sa terrible majesté. Taita se baissa à travers l'ouverture et s'assit le dos contre la paroi intérieure.

— Fermez l'entrée, dit-il.

Meren et Hilto bouchèrent l'ouverture avec les grosses pierres qu'ils avaient placées là.

— Couvrez-vous la tête, ajouta Taita en enroulant son turban autour de son visage. Fermez les yeux, sous peine de perdre la vue. Respirez par la bouche en faisant attention, sinon vous vous noierez dans le sable.

La tempête était si irrésistible que son front souleva le char de Trok et le retourna. Les chevaux hennissaient, le dos brisé par le brancard.

Trok fut projeté à terre. Il se releva péniblement, mais la tempête le terrassa de nouveau. Il réussit à se remettre debout en faisant appel à toute sa force brute, mais il tira de sa torpeur. Il n'y avait plus aucun bruit. La clameur du khamsin avait laissé place à un profond silence. Le silence d'une tombe scellée, pensa-t-il, et son sentiment d'horreur revint en force.

Il se remit à lutter, essaya à nouveau de s'extirper de la gangue de sable. Il réussit enfin à dégager son bras droit, tendit la main et trouva la tête de Mintaka. Il la caressa et l'entendit gémir. Il tenta de dire quelque chose pour la réconforter, mais sa langue gonflée ne laissa passer aucune parole. Il tendit le bras pour essayer de toucher Hilto, qui était assis à côté de Mintaka. Mais ou bien celui-ci n'était plus là, ou bien il était hors de portée.

Il se reposa un moment, puis se secoua de nouveau et s'efforça de dégager le sable autour de l'entrée de la caverne. Mais il n'avait guère d'espace où accumuler le sable qu'il enlevait. Il le grattait poignée après poignée et le repoussait dans un recoin de leur minuscule cellule. Il travailla bientôt le bras tendu, n'enlevant que quelques grains chaque fois. La tentative était désespérée, mais il lui fallait persévérer ou abandonner tout espoir.

Brusquement, il sentit le sable s'ébouler sous ses doigts et, à travers les plis de son turban, de l'air frais s'infiltrer dans la grotte. Derrière ses paupières closes, il percevait une faible lueur. Avec peine, il entreprit d'écarter le turban de son visage. La lumière se fit plus forte, et l'air était doux dans sa bouche desséchée et ses poumons douloureux. Quand il eut le visage découvert, il entrouvrit un œil et fut presque ébloui par la clarté. Lorsque sa vision s'ajusta, il constata qu'il avait ouvert un trou vers l'extérieur, pas plus gros que le cercle formé par son pouce et son index. Le calme régnait au-dehors. La tempête était passée.

Excité et animé d'un espoir nouveau, il tira sur le turban qui couvrait la tête de Mintaka et l'entendit aspirer l'air frais. Il essaya de parler, mais la voix lui manqua une nouvelle fois. Il tenta de bouger, d'échapper à l'étreinte mortelle du sable, mais il était toujours enlisé jusqu'aux aisselles.

Avec ce qui lui restait de force, il lutta en silence pour se dégager. L'effort l'épuisa vite, et la soif rendait sa gorge brûlante et douloureuse. Il pensa qu'il serait cruel de mourir là, si près de l'air et de la lumière.

Il referma les yeux avec lassitude, sur le point de renoncer. Il perçut ensuite une autre variation de la lumière et les rouvrit. Incrédule, il vit une main se tendre vers lui à travers l'ouverture.

— Nefer !

La voix était si étrange, si rauque et altérée qu'il douta un instant que ce fût celle du mage.

— Nefer, tu m'entends ?

Il tenta de répondre, mais il en était toujours incapable. Il tendit la main et toucha les doigts de Taita, qui se refermèrent immédiatement sur les siens avec une force surprenante.

— Tiens bon. Nous allons vous tirer de là.

Il entendit ensuite d'autres voix, affaiblies et enrouées par la soif et l'effort. Des mains grattèrent le sable qui l'emprisonnait jusqu'au moment où elles purent l'empoigner et le libérer de son étreinte mortelle.

Nefer se glissa à travers l'étroite fente comme si l'éminence rocheuse avait accouché de lui. Puis Hilto et Meren tirèrent Mintaka de cette sombre matrice.

Ils les relevèrent tous les deux et les empêchèrent de retomber, car leurs jambes étaient sans force. Nefer s'échappa des mains de Meren, alla jusqu'à Mintaka en chancelant et l'embrassa en silence. La jeune princesse tremblait, comme en proie à une crise de paludisme. Au bout d'un moment, il la tint à bout de bras et, avec horreur, examina son visage. Elle avait les cheveux et les sourcils blancs de sable. Ses yeux étaient enfoncés dans de profondes cavités violettes, ses lèvres, gonflées et noires. Quand elle essaya de parler, elles se fendillèrent et une goutte de sang, rouge comme un rubis, dégoulina le long de son menton.

— De l'eau, réussit-il à articuler enfin. Elle doit boire.

Il se laissa tomber à genoux et commença à creuser frénétiquement le sable qui bloquait encore l'entrée de la caverne. Meren et Hilto creusaient à côté de lui et ils dégagèrent l'outre. Ils la tirèrent à l'extérieur et constatèrent que la plus grande partie de l'eau qui restait s'était évaporée ou échappée. Il y en avait tout juste assez pour que chacun en boive quelques gorgées, ce qui suffit cependant à les maintenir en vie. Nefer sentait les forces revenir dans son corps réhydraté et pour la première fois il regarda autour de lui.

C'était le milieu de la matinée. Il ne savait pas pendant combien de temps ils étaient restés ensevelis. Une brume de sable fin pareille à une poussière d'or flottait toujours dans l'air.

Il se protégea les yeux, regarda le désert et ne le reconnut pas. Le paysage avait complètement changé : les hautes dunes s'étaient éloignées, remplacées par d'autres, de formes et d'orientations différentes. Là où il y avait eu des vallées, il y avait maintenant des collines, et vice versa. Même les teintes s'étaient modifiées : le violet morne et le bleu couleur d'ecchymose avaient fait place à du rouge et du jaune d'or.

Il secoua la tête, stupéfait, et regarda Taita. Appuyé sur son bâton, le mage observait Nefer de ses yeux pâles sans âge.

— Où est Trok ? réussit à dire Nefer.

— Enseveli, répondit Taita.

Nefer se rendit compte alors que le vieillard était lui aussi desséché comme un morceau de bois à brûler et en proie aux mêmes tortures qu'eux.

— De l'eau ? murmura Nefer en touchant ses lèvres enflées et sanguignolentes.

— Viens, dit Taita.

Nefer prit Mintaka par la main et ils suivirent lentement le mage dans les sables cuivrés. La soif et les épreuves avaient fini par affecter Taita, qui se déplaçait lentement, avec raideur. Les autres titubaient derrière lui.

Taita semblait errer sans but à travers les nouvelles vallées de sable fin. Il tenait son bâton devant lui et lui imprimait un mouvement de balayage. Une fois ou deux, il s'agenouilla et toucha le sol avec le front.

— Que fait-il ? chuchota Mintaka. Il prie ?

L'eau qu'elle avait bue n'avait pas suffi à la soutenir et elle faiblissait de nouveau.

Nefer se contenta de secouer la tête, ne voulant pas gaspiller ses maigres réserves en paroles inutiles. Taita continuait d'avancer lentement et, à la façon dont il balançait son bâton, il faisait penser à un sourcier.

Il s'agenouilla une fois encore et approcha son visage du sol. Nefer le regarda plus attentivement : il ne priait pas, mais humait l'air près de la surface du sable. Nefer comprit alors.

— Il cherche les chars ensevelis de la division de Trok, murmura-t-il à Mintaka. Il se sert de son bâton comme d'une baguette de sourcier et renifle l'air pour tenter de déceler une odeur de putréfaction.

Taita se releva péniblement et fit signe à Hilto.

— Creusons ici, dit-il.

Tous s'avancèrent et se mirent à gratter le sable des deux mains. Ils n'eurent pas à creuser beaucoup. A deux coudées de profondeur, ils touchèrent quelque chose de dur et redoublèrent d'efforts. Ils ne tardèrent pas à dégager la roue d'un chariot couché sur le côté. Après quelques minutes de travail frénétique, ils découvrirent une outre. Ils la regardèrent, désespérés, car elle avait éclaté, peut-être quand le char s'était renversé. Elle était vide et ils eurent beau la presser de toutes leurs forces, il n'en sortit pas une goutte du précieux liquide.

— Il doit y en avoir une autre, dit Nefer entre ses lèvres gonflées. Creusons encore.

Avec l'énergie du désespoir, ils labourèrent le sable de leurs doigts. Plus le trou devenait profond, plus était forte et nauséabonde l'odeur dégagée par les chevaux morts restés en pleine chaleur plusieurs jours.

Nefer sentit soudain quelque chose de mou. Il appuya dessus et tous entendirent le gargouillis de l'eau. Il déblaya encore du sable et, à eux tous, ils sortirent une outre pleine. Ils marmonnaient et gémissaient de soif pendant que Taita enlevait le bouchon et versait l'eau dans le seau en cuir qu'ils avaient trouvé au fond de l'excavation près de l'outre.

L'eau était à la température du corps, mais quand Taita tendit le seau à Mintaka, elle ferma les yeux et but dans un silence extatique.

— Pas trop à la fois, la mit en garde le mage, qui lui prit le seau et le passa à Nefer.

Ils burent chacun leur tour, puis Mintaka recommença et le seau passa une nouvelle fois de main en main.

Pendant ce temps-là, Taita partit poursuivre ses recherches. Peu après, il les appela pour qu'ils l'aident à creuser. Cette fois-ci, ils eurent plus de chance : non seulement le char était enfoui moins profondément, mais il y avait trois outres et aucune n'était endommagée.

— Au tour des chevaux, dit Taita.

Ils échangèrent des regards coupables. Dans leur détresse, ils les avaient oubliés. Chargés des outres, ils repartirent péniblement à travers les sables vers le pied de la falaise.

L'étroite ravine dans laquelle ils avaient attaché les chevaux au sol devait être bien orientée pour n'avoir pas été battue de plein fouet par le khamsin. Quand ils commencèrent à creuser avec une pelle en bois exhumée du char enfoui, ils trouvèrent presque tout de suite le premier cheval. Avertis par la puanteur, ils savaient déjà à quoi s'en tenir. L'animal était mort, son ventre ballonné par les gaz. Ils se mirent à la recherche du deuxième cheval.

Ils furent payés de leurs efforts cette fois-ci. C'était une jument, la bête la plus docile et la plus robuste parmi celles qu'ils avaient capturées près des sables mouvants. Ils coupèrent le licou qui l'avait maintenue couchée, mais elle était trop affaiblie pour se relever seule. Ils l'y aidèrent. Frissonnante et chancelante, elle menaçait de retomber, mais elle but avidement au seau que lui tenait Mintaka et parut aller mieux d'un seul coup.

Pendant ce temps-là, les hommes creusaient pour retrouver les autres chevaux. Deux étaient morts, de soif ou étouffés, mais deux vivaient encore. Quand on les abreuva, leur état s'améliora immédiatement.

Ils laissèrent Mintaka s'occuper des pauvres bêtes et retournèrent aux chars qu'ils avaient exhumés pour y chercher du fourrage. Ils rapportèrent des sacs de grain et une autre outre.

— Tu fais du bon travail, dit Nefer à Mintaka en caressant l'encolure de la jument, mais je crains qu'ils n'aient trop souffert pour pouvoir de nouveau tirer un char.

— J'arriverai à leur redonner des forces, je le jure devant la déesse, rétorqua Mintaka, véhémente. Il doit y avoir des centaines d'autres sacs de fourrage et d'outres enfouis dans le sable. Peut-être devrons-nous rester ici plusieurs jours, mais quand nous partirons ce sont ces braves bêtes qui nous mèneront.

— Ton caractère passionné m'impressionne terriblement, dit Nefer en riant entre ses lèvres gercées.

— Alors, cesse de me provoquer ou tu en auras une preuve supplémentaire, répliqua-t-elle en riant pour la première fois depuis le passage du khamsin. Va, retourne aider les autres. Nous n'aurons jamais trop d'eau.

Il la laissa et repartit dans les sables rejoindre Taita, qui effectuait plus loin son travail de sourcier. Tous les chars hyksos n'étaient pas aussi près de la surface que les premiers. Beaucoup se trouvaient enfouis à jamais sous de hautes dunes de sable.

Leurs recherches les éloignaient de plus en plus du tertre rocheux. Ils trouvèrent un grand nombre de cadavres ensevelis sous les sables, le ventre gonflé, puants.

Ils furent bientôt hors de portée de voix de l'endroit où Mintaka s'occupait des chevaux.

Le retour du silence tira Trok de sa torpeur et il essaya de bouger en grognant. Le sable l'étouffait de son poids. Il semblait lui broyer les côtes et chasser l'air de ses poumons. Il savait cependant que, par hasard ou sciemment, Ishtar avait choisi un bon endroit pour les protéger de la tempête. Il avait réussi à rester près de la surface. A mesure que le sable soufflé par le vent s'était amoncelé sur lui, son poids devenant insupportable, il était parvenu à se dégager, le laissant le recouvrir juste assez pour le protéger de l'effet abrasif du khamsin.

Tel un plongeur remontant d'un étang profond, il s'efforça de retrouver l'air libre, malgré la douleur cuisante provoquée par sa clavicule cassée. Il poursuivit son effort jusqu'à ce que sa tête, toujours emmaillotée dans les plis de son turban, émerge au grand jour. Il déroula la pièce d'étoffe et cligna des yeux dans la lumière éblouissante. Le vent était passé, mais de fines particules de poussière en suspension rendaient l'air lumineux. Il se reposa un moment, jusqu'à ce que son épaule endolorie le fasse moins souffrir. Puis il repoussa la couche de sable qui recouvrait encore le bas de son corps et essaya de crier « Ishtar ! Où es-tu ? », mais sa voix n'était plus qu'un croassement informe. Il tourna lentement la tête et vit le Mède, assis près de lui, adossé à la falaise. Il ressemblait à un cadavre exhumé de la tombe après plusieurs jours. Ishtar ouvrit alors un œil valide.

— De l'eau ? demanda Trok d'une voix à peine intelligible.

Le Mède secoua la tête.

« Nous n'avons donc survécu à la tempête que pour mourir dans la même tombe », voulut-il ajouter. Mais aucun son ne sortit de sa gorge et de sa bouche ravagées.

Trok resta étendu encore un moment, l'épuisement et la résignation ayant peu à peu raison de son instinct de conservation. Il serait si facile de fermer les yeux et de sombrer lentement dans le sommeil pour ne plus se réveiller... Cette pensée l'aiguillonna et il se força à ouvrir ses paupières collées sur des globes oculaires irrités par les grains de sable.

— De l'eau, dit-il. Trouver de l'eau.

Il se mit debout en s'appuyant à la falaise et resta là, chancelant, en serrant son bras inerte contre sa poitrine. Ishtar le regardait, son œil aveugle pareil à celui d'un reptile ou d'un mort. Trok se mit en marche en titubant et en se cognant à la paroi, et suivit le pied de la falaise jusqu'à avoir vue sur le désert. Les courbes voluptueuses des dunes vierges faisaient songer à celles d'un corps de jeune fille.

Nulle trace d'hommes ou de chars. Ses divisions de combat, les meilleures d'Egypte, avaient disparu sans laisser de trace. Il essaya de se mouiller les lèvres, mais il avait la bouche sèche. Il sentait ses jambes se dérober sous lui et savait que, s'il tombait, il ne se relèverait pas. En se soutenant à la paroi rocheuse, il poursuivit sa progression sans savoir où il allait, sans autre pensée que de continuer à avancer.

Il entendit ensuite des voix humaines et crut avoir des hallucinations. Le silence retomba. Il fit encore quelques pas et s'arrêta pour écouter. Les voix se firent de nouveau entendre. Elles étaient maintenant plus proches et distinctes. Une force inattendue le parcourut, mais, quand il tenta d'appeler, aucun son ne sortit de sa gorge parcheminée. Il y eut un nouveau silence. Les voix s'étaient tues.

Il avança encore, puis s'arrêta brusquement. Une voix de femme, il n'y avait pas à s'y tromper. Une voix douce et claire.

Mintaka. Le nom se forma en silence sur ses lèvres enflées. Puis une autre voix. Une voix d'homme. Il n'arrivait pas à comprendre les mots ni à identifier celui qui parlait, mais, s'il était en compagnie de Mintaka, ce ne pouvait être qu'un des fugitifs qu'il poursuivait. L'ennemi.

Trok effectua un rapide bilan. Il avait perdu son ceinturon, et son glaive avec. Il était désarmé, la clavicule cassée, vêtu seulement de sa tunique, si pleine de sable qu'elle lui brûlait la peau comme du crin. Il chercha une arme de fortune, un bâton ou une pierre, mais il n'y avait rien. L'éboulis avait été recouvert par le sable.

Il hésitait, et les voix résonnèrent encore. Mintaka et son interlocuteur se trouvaient dans une ravine, parmi les rochers. Pendant qu'il tergiversait, le sable se mit à crisser comme des cristaux de sel sous les pieds de quelqu'un, qui se dirigeait vers lui.

Trok se blottit contre la paroi rocheuse et un homme sortit de la ravine, à vingt pas de l'endroit où il était caché. L'inconnu se mit en marche d'un pas décidé vers les dunes. Son allure lui était étrangement familière, mais il ne le reconnut pas avant qu'il se retourne pour crier :

— Ne te fatigue pas inutilement, Mintaka. Tu as traversé une rude épreuve.

Puis il continua son chemin. Trok en resta bouche bée. Il est mort, pensa-t-il. Ce ne peut être lui. Le message de Naja était clair... Tout en regardant le jeune homme partir dans le désert, il envisagea la possibilité qu'un esprit mauvais se fasse passer pour le pharaon Nefer Seti. Malgré ses yeux larmoyants irrités par le sable, il le vit rejoindre trois autres hommes, parmi lesquels il distingua la silhouette du mage. Mage qui, se dit-il, devait être à l'origine de la résurrection miraculeuse de Nefer Seti. Mais comment ? Il n'avait ni le temps ni l'envie d'y réfléchir davantage. Une seule pensée lui occupait l'esprit : trouver de l'eau.

Il s'engagea aussi furtivement que possible dans la ravine d'où était venue la voix de Mintaka et jeta un coup d'œil derrière l'angle de la falaise. Il ne la reconnut d'abord pas, attifée en paysanne. Ses cheveux et sa tunique en lambeaux étaient raidis par le sable, ses yeux, injectés de sang, enfoncés dans leurs orbites. Agenouillée près de la tête d'un cheval, elle le faisait boire dans un seau.

Trok ne pensait qu'à l'eau. Il la sentait et la désirait de tout son corps. Il s'avança en titubant vers Mintaka. Elle lui tournait le dos, et le sable meuble amortissait le bruit de ses pas. Elle ne prit conscience de sa présence que lorsqu'il l'empoigna par le bras. Elle se retourna et poussa un cri. Il lui arracha le seau des mains et la projeta à terre d'un coup de pied. Comme son bras droit lui était inutile, il s'agenouilla sur le creux de ses reins pour la clouer au sol pendant qu'il buvait au seau.

Il avala de grandes gorgées d'eau avec force borborygmes, rota, puis but encore. Mintaka se tortillait sous lui en criant :

— Nefer ! Taita ! A l'aide !

Trok rota de nouveau, lui enfonça le visage dans le sable pour la faire taire et avala les dernières gouttes qui restaient dans le seau. Il jeta un regard circulaire, toujours à genoux sur elle comme un lion sur sa proie, et vit l'outre appuyée contre la paroi de la ravine, les javelines et les glaives entassés à côté. Il se leva rapidement et se dirigea vers eux. Mintaka se dressa d'un bond, mais il la refit tomber d'un coup de pied.

— Pas de ça, espèce de garce, croassa-t-il en la prenant par les cheveux.

Il la traîna ainsi dans le sable jusqu'à l'outre. Il lui fallut alors la lâcher. Il posa son énorme pied sur son dos, prit l'outre et la tint entre ses genoux pendant qu'il enlevait le bouchon de bois. Il leva le bec jusqu'à ses lèvres, et laissa le liquide chaud et saumâtre couler dans sa gorge.

Bien qu'elle eût le visage dans le sable, Mintaka se rendit compte que Trok était tout à son envie irrépressible de se désaltérer. Elle devait agir avant qu'il ne l'ait satisfaite et ne tourne son attention vers elle. Il savait qu'il avait été plus humilié qu'il ne pouvait le supporter et qu'il la tuerait plutôt que de la laisser s'échapper une nouvelle fois.

En un geste désespéré, elle tendit la main vers le faisceau d'armes appuyées contre la paroi. Ses doigts se refermèrent sur la hampe d'une javeline. Trok buvait toujours, la tête renversée en arrière, mais il la sentit bouger et abaissa l'outre à l'instant où Mintaka se tordait pour le frapper au bas-ventre avec l'arme courte mais mortelle. Elle n'était cependant pas dans une bonne position et le coup manquait de force.

Trok vit la pointe de bronze étinceler et sauta en arrière pour l'éviter en s'exclamant :

— Petite traîtresse !

Il lâcha l'outre et voulut la frapper, mais, dès l'instant où elle fut libérée de son poids, Mintaka se leva d'un bond. Elle essaya de se faufiler pour sortir de la ravine en courant, il lui barra le passage et l'attrapa par la tunique. Elle sauta de côté. L'étoffe se déchira et elle lui échappa, mais elle était toujours coincée dans le fond de la ravine.

Comme il la pourchassait, elle se précipita jusqu'à la falaise et commença à l'escalader, souple et rapide comme un chat. Avant qu'il ait pu l'attraper, elle était hors de portée. Elle grimpait rapidement et il ne pouvait la suivre. Il ramassa la javeline qu'elle avait laissée tomber et la lança dans sa direction, mais il se servait de sa main gauche et le jet manquait de puissance.

Mintaka baissa la tête, la javeline frappa le roc devant son visage. Aiguillonnée par la peur, elle grimpa plus vite. Trok alla en titubant à l'endroit où les armes étaient entassées, saisit une autre javeline et la lança. Il rata Mintaka d'une largeur de main.

Trok poussa un râle de fureur et de dépit, et empoigna une troisième javeline, mais à cet instant Mintaka arriva à une corniche, s'y hissa et disparut à sa vue. A plat ventre contre la roche, elle l'entendit jurer et tempêter. Même dans sa détresse, les insultes qu'il lui adressait l'écœurèrent.

Une autre javeline passa au-dessus d'elle et heurta le roc. Elle tomba à côté d'elle et Mintaka l'empoigna avant qu'elle ne dégringole au fond de la ravine. Elle jeta un coup d'œil par-dessus le bord de la corniche, prête à se reculer.

Trok avait le regard fixé dans sa direction, hésitant, son bras blessé pendant à son côté. Quand sa tête apparut, la rage déforma son visage et il s'avança comme pour escalader la paroi.

— Oui, monte, que je plante ça dans ton ventre de porc ! lança-t-elle d'une voix sifflante en lui montrant la javeline.

Il s'arrêta net. Il allait lui falloir grimper et se défendre avec un seul bras. Ce n'était pas une menace en l'air. Tandis qu'il hésitait, Mintaka se remit à appeler à l'aide Nefer, Taita et Hilto.

Sa voix se répercuta sur la falaise et résonna à travers la ravine. Trok jeta un coup d'œil autour de lui, comme s'il s'attendait à voir une horde d'ennemis armés se précipiter sur lui. Ayant pris brusquement une décision, il ramassa l'outre et la balança par-dessus son épaule.

— Ne crois pas que tu m'échapperas éternellement. Un jour, je goûterai à tes charmes, puis je te donnerai en pâture à mes soldats ! lui cria-t-il.

Il tenta de monter sur la jument, mais elle était trop faible pour le porter et s'effondra sous son poids.

Trok se releva péniblement et sortit à pas lourds de la ravine.

Craignant une ruse, Mintaka n'osait pas descendre de son perchoir.

— A l'aide, Nefer ! cria-t-elle de toutes ses forces.

Elle appelait toujours quand Nefer arriva en courant, un glaive à la main, Hilto et Meren sur ses talons.

— Qu'y a-t-il ? demanda-t-il tandis qu'elle se laissait glisser du bas de la paroi dans ses bras.

— Trok ! sanglota-t-elle, soulagée. Trok est vivant. Il était ici.

Elle raconta rapidement ce qui s'était passé, mais, avant qu'elle eût fini son récit, Nefer donnait des ordres aux autres pour qu'ils s'arment et se préparent à partir à la poursuite du fugitif.

Taita était revenu se joindre à eux. Il resta avec Mintaka pendant que les trois hommes suivaient les empreintes de pas laissées par Trok dans le sable, avec la même prudence que s'ils traquaient un lion blessé. Ils longèrent le pied de la falaise jusqu'à la fissure où Trok s'était protégé de la fureur du khamsin. Nefer examina le sable retourné et interpréta les signes.

— Ils étaient deux. Ils ont été ensevelis par le sable comme nous l'avons été et ont réussi à se dégager. L'un attendait ici... De la laine noire, dit-il en ramassant un fil accroché à la roche. C'est sans aucun doute le Mède.

Hilto acquiesça.

— Ishtar est assez bon sorcier pour savoir comment survivre à la tempête. Il a certainement sauvé Trok, comme Taita nous a sauvés.

— Là, fit Nefer en montrant une trace de pas. Trok

est revenu auprès du Mède en portant l'outre et ils sont partis par là.

Ils suivirent les empreintes dans le désert pendant un petit moment.

— Ils ont pris vers l'ouest. Vers Avaris et le Nil. Y arriveront-ils ?

— Pas si je le rattrape, fit Nefer avec détermination en soupesant la javeline qu'il portait.

— Majesté, commença Hilto avec respect mais fermeté. Ils ont l'outre et une bonne longueur d'avance. Ils doivent être déjà loin. Tu ne peux le suivre sans eau.

Nefer hésita. Bien que le bon sens des paroles d'Hilto ne lui ait pas échappé, il était ulcéré à l'idée de laisser Trok s'enfuir. D'après ce que lui avait dit Mintaka, il était blessé et n'était pas un adversaire bien dangereux, même si lui-même était encore faible.

Il courut en haut de la dune la plus proche. En se protégeant les yeux, il se tourna vers l'occident, suivit du regard le chapelet de traces de pas sur le sable immaculé après la tempête et distingua deux minuscules silhouettes qui se dirigeaient vers l'ouest à une allure régulière. Il les observa d'un air farouche jusqu'à ce qu'elles disparaissent comme un mirage dans l'air surchauffé.

— Je te retrouverai, murmura Nefer. Je le jure sur les cent noms sacrés d'Horus.

Ils mirent au jour seize autres chars. Avec de l'eau et de la nourriture en quantité aussi abondante, hommes et chevaux récupérèrent rapidement. Ils exhumèrent également de nombreux cadavres de soldats hyksos et prirent leurs vêtements. Nefer adapta une paire de sandales aux mesures de Mintaka, dont les lésions aux pieds étaient presque complètement guéries.

Dix jours plus tard, ils étaient prêts à partir. Les quatre chevaux restants n'étaient pas assez forts pour tirer les chars à travers les sables. Nefer décida donc de les utiliser comme bêtes de bât et les chargea avec autant d'eau qu'ils pouvaient en porter.

A la nuit tombée, ils se mirent en marche dans les dunes en tirant les chevaux par la bride. La jument ne pouvait porter Mintaka en même temps que son chargement, mais Nefer attacha quand même une courroie de cuir autour de ses épaules et insista pour que Mintaka s'y suspende afin de marcher plus facilement sur le sol meuble.

Le khamsin avait si radicalement bouleversé le paysage que Taita dut se guider aux étoiles. Ils poursuivirent leur marche régulière toute la nuit puis la suivante. Avant l'aube du deuxième jour, ils atteignirent la vieille route caravanière. Par endroits, elle avait été recouverte par le khamsin, mais la lumière devint bientôt assez forte pour que le tas de pierres qui marquait l'embranchement soit visible.

Ils constatèrent que, depuis la fin de la tempête, quelqu'un avait déjà emprunté cette piste. Les deux guirlandes d'empreintes parallèles, les une grandes, les autres petites, se dirigeaient vers la vallée du Nil et Avaris. Taita et Nefer les examinèrent attentivement.

— Voilà celles de Trok. Il n'y a que lui pour avoir des pieds pareils, de la taille d'une felouque. Il est blessé du côté droit. On voit qu'il le ménage, dit Taita. Je n'ai aucune certitude quant à l'autre. Voyons s'il laisse quelque indication permettant de l'identifier.

Ils suivirent les traces jusqu'au tas de pierres.

— Ah ! Là !

Près du cairn, quelqu'un avait récemment dessiné dans le sable un motif compliqué.

— Il n'y a plus aucun doute maintenant. C'est Ishtar le Mède, fit Taita en dispersant les pierres avec colère. C'est une invocation à Mardouk le Dévorant, son dieu ignoble.

Il lança une des pierres les plus petites sur la route dans la direction prise par Trok et Ishtar.

— Si Ishtar avait avec lui un petit enfant, il l'aurait probablement sacrifié Mardouk a soif de sang humain, ajouta-t-il.

A cette croisée des chemins, Nefer avait une décision difficile à prendre.

— Si nous entreprenons le long voyage vers l'orient, il nous faut des provisions et de l'or. Nous ne pouvons arriver à la cour d'Assyrie comme des parias démunis.

Taita acquiesça.

— Il y a en Egypte beaucoup d'hommes puissants qui nous prêteraient leur appui s'ils avaient la certitude que leur pharaon est encore en vie.

— Il faut qu'Hilto et Meren retournent à Thèbes, décréta Nefer. J'irais volontiers moi-même, mais tout le pays doit être à ma recherche et à celle de Mintaka. Voilà qui vous permettra de vous faire reconnaître comme mes envoyés, dit-il en retirant de son doigt l'une des bagues et en la tendant à Hilto. Montrez-la à nos amis. Vous devez revenir avec des hommes et de l'or, des chars et des chevaux. Lorsque nous irons trouver le roi Sargon, il nous faudra arriver avec un certain équipage afin de lui montrer que nous jouissons toujours d'un soutien en Egypte.

— Il sera fait comme tu l'ordonnes, sire.

— Il est tout aussi essentiel que vous recueilliez des

renseignements. Nous devons être informés de toutes les actions entreprises par les usurpateurs.

— Nous partirons à la tombée de la nuit, Pharaon, conclut Hilto.

Ils passèrent cette longue journée allongés à l'ombre d'un vélum récupéré sur un char à discuter de leurs plans. Lorsque le soleil disparut sous l'horizon et que la chaleur commença à décroître, ils se séparèrent. Hilto et Meren se dirigèrent vers l'ouest et Thèbes tandis que Taita, Nefer et Mintaka partirent vers l'est.

— Nous vous attendrons aux ruines de Gallala, furent les dernières paroles de Nefer à Hilto.

Ils les regardèrent ensuite, Meren et lui, prendre la route et disparaître dans la nuit tombante.

Taita, Mintaka et Nefer suivirent la route des caravanes vers Gallala. Douze jours plus tard, les outres presque vides, ils atteignirent les ruines désertes.

Les semaines puis les mois passèrent et ils attendaient toujours à Gallala.

Taita passait parfois plusieurs jours de suite dans les collines qui entouraient la ville fantôme. De temps en temps, Nefer et Mintaka l'apercevaient de loin, rôdant dans les âpres vallées et les ravines. Ils le voyaient souvent donner des petits coups sur les rochers avec son bâton pour les sonder. A d'autres moments, il s'asseyait près des puits presque asséchés hors les murs de la cité et en contemplait le fond.

Lorsque Nefer le questionna indirectement, il se montra distant et évasif.

— Une armée a besoin d'eau, se borna-t-il à répondre.

— Il y en a tout juste assez pour nous, fit remarquer Nefer.

Taita hocha la tête, se leva et s'éloigna dans les collines en tapant par terre avec son bâton.

Mintaka avait installé leur camp parmi les ruines, et Nefer avait dressé la tente à moitié déchirée. Mintaka, la princesse hyksos, n'avait jamais fait la cuisine ni le ménage et ses premiers essais se révélèrent désastreux.

— Si nous voulons détruire les armées de Trok, le moyen le plus efficace serait peut-être de t'envoyer leur faire la cuisine, lança Taita en mastiquant une bouchée de nourriture calcinée.

— Puisque tu es si fort, peut-être pourrais-tu nous faire l'honneur de déployer tes talents culinaires, rétorqua Mintaka.

— C'est en effet la seule solution pour nous empêcher de mourir de faim, admit-il en prenant sa place devant le foyer.

Nefer reprit son ancienne fonction de chasseur et, après une première journée dans le désert, il revint avec une jeune gazelle bien grasse et quatre œufs géants d'outarde couverts de motifs merveilleux, à peine pourris. Mintaka renifla sa part de l'omelette préparée par Taita et la repoussa.

— Et c'est lui qui se plaint de ma cuisine, dit-elle avant de regarder Nefer de l'autre côté du feu. Tu es aussi coupable que lui. La prochaine fois, j'irai avec toi pour m'assurer que ce que tu rapportes est comestible.

Le lendemain, allongés côte à côte au fond d'un oued peu profond qui traversait les collines, ils observaient un troupeau de gazelles qui se dirigeaient dans leur direction tout en paissant.

— Elles sont aussi délicates que des fées, murmura Mintaka. Quelle beauté !

— Je tirerai, si tu as des scrupules, dit Nefer.

— Non. Je ne voulais pas dire que je refusais de le faire, protesta-t-elle avec détermination.

Il la connaissait maintenant assez bien pour ne pas mettre en doute sa décision.

Le mâle se déplaçait en tête du troupeau. Son dos était couleur cannelle et son ventre d'un blanc argenté pareil aux nuages d'orage qui se levaient à l'horizon. Entre ses oreilles évasées, ses cornes étaient en forme de lyre. Il tourna la tête sur son long cou incurvé et regarda son modeste troupeau. L'un des petits fit quelques pas hésitants, bondissant sur ses pattes raides, son museau touchant presque ses sabots.

— Il s'exerce et se donne en spectacle, dit Nefer en souriant.

Le mâle se désintéressa de cette démonstration juvénile et continua de s'approcher de l'endroit où ils étaient embusqués. Il avançait sur le sol rocailleux avec une grâce étudiée, s'arrêtant de temps à autre pour jeter alentour un regard inquiet.

— Il ne nous a pas vus, mais il ne va pas tarder à le faire, chuchota Nefer. Taita n'est pas là pour le duper.

— Il est hors de portée, murmura Mintaka en réponse.

— Cinquante pas, tout au plus. Tire, il va s'enfuir d'un instant à l'autre.

Mintaka attendit que le mâle tourne la tête une fois encore. Puis elle s'agenouilla lentement et banda l'arc, l'un de ceux, courts et recourbés, qu'ils avaient récupérés sur les chars. Elle lâcha la flèche, qui décrivit un arc de cercle dans le ciel pâle du désert.

Grâce à ses immenses yeux sombres, la gazelle avait instantanément repéré le mouvement qu'elle avait fait en se dressant. Le mâle tourna brusquement la tête et la regarda fixement, sur le point de prendre la fuite. En entendant vibrer la corde de l'arc, il s'élança alors que la flèche était encore en l'air. Il s'éloigna en bondissant, ses sabots soulevant de petits nuages de poussière quand ils touchaient le sol. La flèche tinta contre les pierres, là où il se trouvait quelques instants plus tôt. Mintaka se leva prestement et rit en le voyant fuir, nullement contrariée d'avoir manqué son coup.

— Regarde-le courir, léger comme une hirondelle en vol.

Taita avait appris à Nefer que le vrai chasseur aime et honore sa proie. Il admirait Mintaka pour la compassion qu'elle montrait envers ses proies Elle se tourna vers lui, toujours riant.

— Je suis désolée, mon cœur Tu te coucheras ce soir le ventre vide.

— Non. Taita est aux fourneaux et l'air lui suffit pour nous concocter un festin.

Ils firent la course pour récupérer la flèche. Elle était partie avec de l'avance et arriva la première. Elle se baissa pour la ramasser et l'arrière de son court pagne en lambeaux se releva, découvrant ses cuisses brunes et lisses et ses fesses parfaitement rondes, sa peau claire là où elle ne prenait jamais le soleil, brillante comme de la soie d'Orient.

Elle se redressa, se retourna rapidement et surprit son expression. Bien qu'elle fût vierge et novice, elle avait en elle beaucoup de sensualité. Elle sentit quelle passion avait réveillée son geste innocent et cela l'émut à son tour. Voir combien il la désirait éveilla son propre désir avec une intensité presque douloureuse. Elle se sentit fondre d'amour comme un rayon de miel laissé au soleil de midi.

Elle se dirigea vers lui en balançant les hanches, mais Nefer avait honte du désir charnel qui l'avait une fois encore envahi. Il se remémorait la promesse qu'il lui avait faite. « Plutôt mourir que de manquer à mon serment et te déshonorer », lui avait-il dit et, à ce souvenir, il se força à se détourner. Les mains tremblantes, il déclara d'une voix bourrue :

— Je sais où il y a un autre troupeau, mais nous devons nous dépêcher si nous voulons le trouver avant la nuit.

Il se mit en marche sans se retourner et elle se sentit dépossédée. Elle aurait désiré plus que tout sentir ses bras autour d'elle et son jeune corps ferme contre le sien.

Elle se reprit rapidement et lui emboîta le pas, s'efforçant de chasser les étranges sensations qui avaient failli la submerger, mais elles ne se laissaient pas aisément éconduire. Elle le rattrapa et le suivit en trottant à quelques pas derrière lui.

Elle contemplait son dos. Son épaisse chevelure sombre rebondissait sur ses épaules. Elle s'étonna en constatant combien celles-ci s'étaient élargies depuis leur première rencontre. Elle baissa le regard et sentit ses joues s'enflammer en voyant le mouvement de ses fesses sous la fine étoffe de son pagne. Les désirs lascifs qui l'envahirent lui procurèrent un délicieux sentiment de honte.

Ils arrivèrent trop tôt à son goût au long oued qui partageait les montagnes. Il tourna la tête et faillit la surprendre en train d'étudier son anatomie. Elle leva les yeux juste à temps.

— Il y a des centaines d'hypogées au pied de cette falaise. Je les ai vus pour la première fois lorsque mon père m'a amené par ici, juste avant qu'il soit...

Il s'interrompit, attristé par le souvenir de la dernière journée qu'il avait passée avec Tamose.

— Ce sont les tombes de qui ? demanda-t-elle pour le distraire de cette pensée douloureuse.

— Taita affirme qu'elles ont mille ans et datent de l'époque où Kheops et Khephren ont construit les grandes pyramides de Gizeh.

— Elles sont donc presque aussi vieilles que le mage, fit-elle en souriant.

Nefer rit.

— Les as-tu explorées ? demanda-t-elle.

Il secoua la tête.

— J'ai souvent songé à le faire depuis que nous

sommes arrivés ici, mais l'occasion ne s'est jamais présentée.

— Allons-y maintenant, proposa-t-elle.

— Il nous faudrait des cordes et des lampes, répondit-il, hésitant.

Mais Mintaka descendait déjà la falaise et il fut obligé de la suivre. Au bas de la paroi, ils ne tardèrent pas à constater que la plupart des hypogées étaient hors d'atteinte, creusés haut dans la partie verticale et lisse de la falaise.

Nefer repéra bientôt une ouverture dont l'accès semblait plus facile. Ils escaladèrent un éboulis et atteignirent une étroite corniche, qu'ils suivirent avec précaution, Nefer ouvrant le chemin. Il arriva à l'ouverture sombre et se baissa pour regarder à l'intérieur.

— Elle est sans doute gardée par les esprits des morts, dit-il en essayant de prendre le ton de la plaisanterie.

— Bien sûr ! répondit-elle sur le même ton, tout en faisant derrière son dos le signe contre le mal.

— C'est très sombre à l'intérieur. Nous ferions mieux de revenir demain avec une lampe à huile.

Mintaka regarda par-dessus l'épaule de Nefer. Un court corridor conduisait à un plan légèrement incliné taillé dans la roche. Les siècles n'avaient pas effacé les hiéroglyphes gravés dans les parois.

— Regarde, dit Mintaka en en montrant un. Une girafe, et là un homme.

— Oui. Et très affectueux avec ça, il n'y a pas de doute.

Elle ne put cacher un sourire. L'artiste avait doté son personnage d'un énorme membre viril en érection.

— Et là, dit-elle en entrant plus avant dans le passage. Il y a des inscriptions. Je me demande ce qu'elles signifient.

— Personne ne le saura jamais, répondit Nefer en la dépassant. Voilà longtemps que cette forme d'écriture est oubliée. Nous devrions rebrousser chemin.

Une couche de sable fin apporté par le vent recouvrait le sol. Le fond de l'hypogée était plongé dans une obscurité sinistre.

— Allons seulement un peu plus loin, dit Mintaka, qui s'obstinait.

— Je ne suis pas sûr que ce soit une bonne idée.

— Je vais passer la première, dit-elle en le doublant.

— Attends ! s'écria-t-il pour l'arrêter.

Elle s'éloigna en riant. Il posa la main sur le manche de son poignard et la suivit, un peu honteux de sa pusillanimité. L'obscurité s'épaississait à chaque pas, au point que même Mintaka, mal à l'aise, s'arrêta et scruta les ténèbres devant elle. Nefer se baissa pour ramasser un éclat de silex et le lança par-dessus l'épaule de la jeune fille dans les profondeurs du puits. Le caillou tinta contre les parois de pierre.

— Rien, dit-elle dans le silence qui suivit.

Mais, avant qu'elle ait eu le temps de faire un pas de plus, quelque chose bougea dans le noir devant eux. Ils entendirent un bruissement, amplifié dans cet espace confiné. Pétrifiés, ils jetèrent un regard inquiet dans l'obscurité. Il y eut un cri aigu, renvoyé immédiatement par un véritable chœur, le bruissement se mua en vacarme et, de l'ombre, surgit à toute vitesse une nuée de formes noires qui passèrent en glapissant et en leur fouettant le visage de leurs ailes.

Mintaka poussa un cri, pivota sur elle-même et courut se pendre au cou de Nefer. Il la saisit fermement et l'attira au sol.

— Des chauves-souris, dit-il. Seulement des chauves-souris.

— Je sais, répondit-elle, haletante.

— Elles ne sont pas dangereuses.

— Je sais, répéta-t-elle, un peu calmée, en gardant ses bras autour du cou de Nefer.

Elle enfouit son visage dans son épaisse chevelure qui sentait l'herbe fraîchement coupée. Elle eut un petit murmure de plaisir, pressa son visage contre sa gorge et se colla peu à peu contre lui.

— Mintaka, je t'ai promis que cela ne se reproduirait plus, dit-il en essayant de la repousser avec douceur.

— Je te libère de ta promesse, répondit-elle d'une voix à peine audible.

Elle leva son visage vers le sien. Son haleine était tiède et parfumée, ses lèvres tendres et pleines tremblaient comme si elle était sur le point de fondre en larmes.

— Je veux être ta femme plus que je n'ai jamais voulu quoi que ce soit dans ma vie.

Il se pencha et colla sa bouche à la sienne. Elle était humide et si chaude qu'il eut l'impression qu'elle le brûlait. Il se perdit dans ce baiser et, pour elle, ce fut comme si le monde se résumait à cette étreinte. Sans cesser de l'embrasser, il explora les courbes et les aplats de son dos avec le bout de ses doigts. Il parcourut sa colonne vertébrale, pareille à un rang de perles entre ses muscles fermes.

Il posa la main sur sa hanche et suivit la courbe de sa taille comme on caresse un vase en céramique précieuse. Puis il referma ses mains sur ses fesses, étonné par leur fermeté élastique.

Elle projeta ses hanches en avant et il l'attira encore plus fort contre lui. Sentant son membre grossir et durcir, il tenta d'arquer le dos pour le lui cacher. Elle émit un petit gémissement de reproche et se pressa davantage contre lui, très fière de cette preuve de désir.

Le souvenir de Trok collant son sexe veiné de bleu contre son ventre lui traversa l'esprit, mais ce moment horrible n'avait rien à voir avec ce qui se passait maintenant.

Les doigts de Nefer descendirent lentement entre ses fesses et elle concentra son attention sur la sensation que cela lui procurait, s'émerveillant d'en sentir l'écho dans ses mamelons en érection et dans les profondeurs de son ventre.

— Touche-moi, dit-elle sans décoller sa bouche de la sienne. Oui ! Touche-moi. Serre-moi fort. Caresse-moi. Aime-moi.

Ses sensations se mêlaient, enveloppant tout son être, toutes les parties de son corps et de son esprit. Il interrompit enfin leur baiser, et ses lèvres fouillèrent son épaule nue. Sachant d'instinct ce qu'il voulait, elle ouvrit le devant de sa tunique et sortit l'un de ses seins, lourd dans sa main, le bout gonflé et douloureux. Elle enroula les doigts de son autre main dans les boucles épaisses sur la nuque de Nefer et plaça le mamelon dans sa bouche. Quand il le suça comme un petit enfant affamé, elle sentit quelque chose se contracter en un spasme au fond de son ventre.

Elle changea doucement de sein et la sensation devint encore plus violente.

Dans un éblouissement de plaisir, elle prit conscience qu'il relevait le devant de son pagne et cherchait avec impatience à l'enlever. Elle écarta les jambes pour lui faciliter la tâche et, de sa main libre, défit le nœud à sa hanche. Le bout de tissu retiré, l'air frais de l'hypogée effleura son ventre et ses fesses nus.

Il caressa la toison de son pubis, puis trouva les lèvres gonflées qui saillaient de sa fente et les écarta doucement de ses doigts tremblants. Elle poussa comme un cri de douleur et, sans volonté consciente, écarta les pans du pagne de Nefer et prit son sexe dans sa main. Stupéfiée par sa grosseur, elle l'entoura avec le pouce et l'index. Il palpitait comme un être vivant et elle eut envie de le regarder. Sans le lâcher, elle repoussa Nefer pour voir.

— Comme tu es beau et fort, murmura-t-elle dans un souffle.

Elle l'embrassa de nouveau et, la bouche rivée à la sienne, bascula en arrière et l'entraîna sur son ventre en écartant les cuisses pour mieux s'offrir à lui. Le manque d'expérience de Nefer la rendait maternelle et possessive. Malgré sa propre ignorance, elle le guidait, le sentait hésiter dans son excès de désir, sonder son bas-ventre. Elle modifia l'inclinaison de ses hanches et il la pénétra soudain, son ventre collé au sien, l'emplissant complètement au point qu'elle eut l'impression d'être déchirée dans une douleur douce-amère et poussa un cri de triomphe.

Il la chevauchait comme un cheval emballé et elle suivait son rythme, poussant ses hanches en avant en même temps que les siennes, montant avec lui de plus en plus vite vers les sommets de la jouissance, jusqu'au moment où elle crut avoir atteint la limite. Puis, incroyablement, ils allèrent bien au-delà. Rompant tout lien avec la terre, puis avec le ciel, elle sentit une chaleur liquide jaillir en elle et l'inonder, leurs êtres devenant un, leurs voix un cri unique.

Longtemps après, quand ils furent redescendus de ces hauteurs, ils restèrent étendus dans les bras l'un de l'autre, leurs sueurs et leurs souffles mêlés, leurs sexes encore confondus.

— J'aimerais que cela ne finisse jamais, murmura-t-elle enfin. Je veux rester ainsi toujours avec toi.

Beaucoup plus tard, Nefer se redressa avec langueur et regarda vers l'ouverture de l'hypogée.

— Il commence déjà à faire nuit, dit-il, étonné. La journée a passé si vite !

Elle se mit à genoux, rabattant sa jupe, et il toucha du doigt les taches humides qu'elle portait.

— Ton sang de jeune fille, murmura Nefer sur un ton de vénération.

— Je te l'ai offert. C'est la preuve de mon amour.

Il tendit la main vers l'ourlet de la jupe et en déchira un petit morceau de la taille d'un ongle.

— Que fais-tu ? demanda-t-elle.

— Je le garderai toujours en souvenir de ce jour merveilleux.

Il ouvrit le médaillon qu'il portait suspendu à son cou et y plaça le bout de tissu avec la mèche de cheveux qu'il contenait déjà.

— M'aimes-tu vraiment, Nefer ? s'enquit-elle en le regardant refermer le médaillon.

— Avec chaque goutte de sang qui coule dans mes veines. Plus que la vie éternelle.

Lorsqu'ils entrèrent dans la salle de l'antique édifice qu'ils avaient restauré et rendu habitable, Taita était au foyer en train de remuer le contenu d'une marmite sur les braises. Il leva les yeux vers Mintaka, qui se tenait dans l'embrasure de la porte dans les dernières lueurs du jour. Sa jupe était encore trempée aux endroits où elle l'avait lavée à l'eau du puits et lui collait aux cuisses.

— Désolée, nous arrivons très tard, Taita, dit-elle timidement. Nous avons chassé les gazelles dans le désert.

Elle ne s'était encore jamais excusée de leurs retours tardifs et Taita les regarda tous les deux. Nefer tournait autour d'elle, l'air doux et béat. Leur amour émanait d'eux si puissamment qu'il semblait former une aura chatoyante autour de leurs corps, et Taita pouvait presque le sentir flotter dans l'air, comme le parfum d'une fleur sauvage.

Ce qui était inévitable est finalement arrivé, se dit-il. L'étonnant est que cela ait tant tardé.

— Apparemment, vous ne les avez pas rattrapées. Couraient-elles trop vite ou bien étiez-vous distraits ? grogna-t-il, d'un ton nullement accusateur.

Ils étaient là tous les deux, gauches et confus, conscients de ne rien pouvoir lui cacher. Taita se retourna vers sa marmite.

— Heureusement, de mon côté j'ai réussi à prendre au piège deux pigeons sauvages. Nous n'irons pas nous coucher le ventre vide.

Les jours qui suivirent passèrent pour tous les deux comme dans un rêve. Ils se croyaient habiles et discrets en la présence de Taita, essayant de s'éviter du regard et de ne se toucher que lorsqu'ils croyaient qu'il ne regardait pas.

Mintaka s'était aménagé un boudoir dans une cellule nue un peu à l'écart de la pièce principale de leur logement. Chaque nuit, Nefer attendait que Taita se mette à ronfler doucement pour se lever en catimini et se glisser jusqu'à sa couche. Elle le réveillait chaque matin bien avant l'aube et le renvoyait à sa natte dans la pièce principale, où ils croyaient Taita endormi.

Le troisième jour, Taita déclara d'un air impénétrable :

— Il me semble que ces pièces sont habitées par des rats ou d'autres étranges créatures, dont les murmures et les courses nocturnes m'empêchent de dormir.

Tous deux eurent l'air affligés et il poursuivit :

— J'ai trouvé un coin plus tranquille.

Il déménagea sa natte et ses affaires dans une petite ruine de l'autre côté de la place et il s'y retirait chaque soir après le dîner pris en commun.

Les amants se promenaient au hasard dans le désert. Leurs journées se passaient à parler, faire l'amour et échafauder mille projets d'avenir, quand et comment ils se marieraient, combien de fils et de filles ils auraient, et à choisir leurs noms.

Ils étaient si absorbés l'un par l'autre qu'ils en oublièrent le monde extérieur à ces lieux désertiques et solitaires jusqu'à un matin où, équipés d'une corde et de deux lampes à huile, ils quittèrent le camp avant l'aube, décidés à explorer plus à fond les hypogées. Prenant un chemin détourné, ils atteignirent le sommet de la falaise, où ils s'assirent pour reprendre haleine et contempler le magnifique spectacle du jour naissant sur les mystérieuses collines bleues.

— Regarde ! s'écria soudain Mintaka en s'écartant des bras de Nefer pour indiquer la direction de l'ouest le long de la vieille route commerciale qui menait à l'intérieur de l'Egypte.

Nefer se leva d'un bond et ils regardèrent dans la vallée l'étrange caravane qui se dirigeait lentement vers eux. Cinq véhicules délabrés précédaient une file irrégulière d'hommes.

— Ils sont au moins cent ! s'exclama Mintaka. Qui cela peut-il bien être ?

— Je l'ignore, admit Nefer sombrement, mais je veux que tu coures avertir Taita pendant que je les surveille.

Elle ne discuta pas et, se mettant immédiatement en route pour Gallala, elle descendit à toute allure l'arrière des collines, sautant de rocher en rocher avec l'agilité d'un ibex. Nefer cacha la corde et les lampes à huile, puis retendit son arc et vérifia l'état des flèches dans son carquois, avant de se faufiler le long de la crête en restant hors de vue de la caravane, jusqu'à un endroit d'où il pouvait l'observer en contrebas.

C'était un triste spectacle. A mesure qu'elle approchait, on voyait que les deux premiers véhicules étaient des chars de guerre en piteux état, tirés par des chevaux émaciés et épuisés. Conçus pour deux hommes, ils en transportaient quatre ou cinq. Suivait un assortiment de chariots et charrettes en tout aussi mauvais état. Ils étaient surchargés de malades ou de blessés, blottis pitoyablement les uns contre les autres ou étendus sur des litières de fortune. Derrière s'étirait une longue file d'hommes à pied. Certains boitaient, appuyés sur des béquilles ou un bâton, d'autres portaient des civières où reposaient également des malades ou des blessés.

— Au nom d'Horus, on dirait les survivants d'une bataille, murmura Nefer en plissant les yeux pour tenter de distinguer les traits des hommes montés sur le char de tête.

Il se redressa brusquement derrière le rocher qui le cachait et, tout excité, s'écria :

— Meren !

Il avait enfin reconnu la haute silhouette de celui qui tenait les rênes. Meren arrêta les chevaux et se protégea les yeux pour regarder le soleil levant. Puis lui aussi se mit à crier et à agiter les bras en voyant Nefer sur la crête. Celui-ci descendit la colline en courant, glissant dans les éboulis, et Meren et lui s'embrassèrent en riant et parlant en même temps :

— Où étais-tu passé ?

— Où sont Mintaka et Taita ?

Puis Hilto se hâta vers Nefer et le salua avec le respect dû à un roi. Derrière lui s'agglutinait la cohue d'hommes épuisés et blessés. Ils avaient les traits tirés et émaciés, du sang et du pus avaient traversé leurs pansements sales et formé une croûte. Même les hommes étendus sur les chariots et les civières, incapables de se tenir debout, se soulevaient pour regarder Nefer avec vénération.

D'un seul coup d'œil, celui-ci vit que c'étaient des guerriers, mais des guerriers vaincus au combat, physiquement et mentalement brisés.

Après avoir salué Nefer, Hilto se tourna vers eux et cria :

— J'ai tenu ma promesse ! Vous êtes devant votre vrai pharaon, Nefer Seti. Pharaon n'est pas mort ! Pharaon est vivant !

Ils restèrent silencieux, apathiques, l'air malades et démoralisés. Ils regardaient Nefer d'un air incertain.

— Majesté, lui murmura Hilto, veux-tu monter sur ce rocher afin qu'ils te voient bien ?

Nefer sauta sur le rocher et les examina avec intérêt. Ils lui rendirent son regard en silence. La plupart d'entre eux n'avaient jamais vu leur roi. Ceux qui avaient assisté à des processions officielles ne l'avaient aperçu que de loin. Dans tout l'apparat pharaonique, il était alors couvert de robes et de bijoux splendides ; son visage était un masque blanc sous le maquillage, et il était assis avec raideur sur le char royal tiré par des bœufs blancs. Ils n'arrivaient pas à faire le lien entre ce personnage lointain, surnaturel, et ce jeune homme bien charpenté, viril, endurci, le visage hâlé, l'air vif et alerte. Ce n'était plus le pharaon enfant qu'ils n'avaient connu que de réputation.

Alors qu'ils le fixaient toujours sans comprendre ou échangeaient des regards dubitatifs, un autre personnage apparut tel un djinn sur le rocher au côté de Nefer, comme sorti du néant. Celui-là, ils le connaissaient bien, à la fois de réputation et de vue.

— C'est Taita, le mage, chuchotèrent-ils avec une vénération mêlée de crainte.

— Je sais combien vous avez souffert, leur dit Taita d'une voix haute et claire, qu'entendirent même les malades et les blessés étendus sur les chariots. Je sais ce qu'il vous en a coûté de résister à la tyrannie des assassins et des usurpateurs. Je sais que vous êtes venus ici pour voir si votre roi est encore en vie.

Il y eut un murmure d'approbation et Nefer comprit soudain qui ils étaient : certains de ceux qui avaient survecu à la rébellion contre Naja et Trok. Savoir où Hilto les avait trouvés restait un mystère, mais ces pauvres diables avaient été des combattants, l'élite des guerriers et des conducteurs de char.

— C'est le début, lui dit Taita à voix basse. Hilto t'a rapporté la graine de tes futures légions. Parle-leur.

Nefer les observa encore un moment, dressé droit et fier devant eux. Il repéra dans les rangs un homme plus âgé que les autres, déjà grisonnant. Il avait le regard perçant, l'air intelligent. Malgré ses haillons et son allure décharnée, il dégageait une impression d'autorité.

— Qui es-tu, soldat ? lui demanda-t-il. Comment t'appelles-tu et quel est ton grade ?

L'homme leva la tête et redressa les épaules.

— Je suis Shabako. Meilleur de Dix Mille. Frère de la Route Rouge. Commandant du centre de la légion Mout.

Un vrai lion, pensa Nefer.

— Sois le bienvenu, Shabako, se contenta-t-il cependant de dire en soulevant un pan de sa tunique pour découvrir le cartouche tatoué sur sa cuisse. Je suis Nefer Seti, le vrai pharaon de Haute et Basse-Egypte.

Lorsqu'ils reconnurent le cartouche royal, un murmure parcourut les rangs. Comme un seul homme, ils se jetèrent à terre pour le saluer.

— *Bak-her*, divin Pharaon, bien-aimé des dieux !

— Nous sommes tes fidèles sujets, Pharaon. Intercède en notre faveur auprès des dieux !

Venue avec Taita, Mintaka se tenait maintenant au-dessous de lui. Nefer se baissa et la prit par la main. Il la fit monter sur le rocher à côté de lui.

— Voici la princesse royale Mintaka, de la maison d'Apepi. Mintaka, qui sera ma reine et votre souveraine.

Ils la saluèrent par de nouvelles acclamations.

— Hilto et Shabako vous commanderont. Pour l'heure, Gallala sera notre base jusqu'à ce que nous revenions victorieux à Thèbes et à Avaris.

Ils se relevèrent – même les blessés tentèrent de quitter leurs civières – et l'acclamèrent d'une voix faible qui se perdit dans le grand silence du désert, mais remplit Nefer de fierté et affermit sa détermination. Il monta sur le chariot de tête, prit les rênes des mains de Meren et conduisit sa petite armée dépenaillée jusqu'à sa capitale en ruine.

Lorsqu'ils eurent installé leurs quartiers au milieu des ruines, Nefer réunit Shabako, Hilto et les autres officiers. Tard dans la nuit et celles qui suivirent, il s'assit avec eux et écouta le récit qu'ils lui firent de la rébellion, du combat et de leur défaite face aux forces combinées des deux usurpateurs. Ils parlèrent du terrible châtiment que Trok et Naja avaient réservé aux rebelles tombés entre leurs griffes.

A la demande de Nefer, ils décrivirent en détail l'ordre de bataille de la nouvelle armée égyptienne, énumérèrent les noms de leurs officiers, les nombres et les noms de leurs régiments, les effectifs en hommes, chars et chevaux dont disposaient Naja et Trok. Il y avait trois scribes parmi les fugitifs et Nefer leur fit coucher sur des tablettes d'argile toutes ces informations ainsi que la liste des garnisons et fortifications ennemies.

Pendant ce temps-là, aidé de Mintaka, Taita installa une infirmerie dans le logement des blessés et des malades. Hilto avait amené une douzaine de femmes, épouses de certains fugitifs ou bien prostituées. Taita en fit des infirmières et des cuisinières. Œuvrant toute la journée, il réduisait des fractures, extrayait des pointes de flèches avec ses cuillères d'or, recousait les blessures faites par des glaives et trépana même un crâne enfoncé par un coup de massue.

Lorsque le jour diminuait, l'empêchant de dispenser ses soins plus longtemps, il rejoignait Nefer et son état-major, qui étudiaient de près des cartes dressées sur des peaux tannées et formaient des plans à la lueur des lampes à huile. Bien que Nefer fût nominalement le commandant suprême, en réalité il étudiait l'art de la guerre, et ces vieux soldats expérimentés étaient ses instructeurs. L'enseignement qu'ils lui dispensaient se révélait inestimable.

Nefer ne pouvait lever ces graves séances qu'après minuit. Il partait ensuite discrètement rejoindre Mintaka sur la couche où elle l'attendait patiemment. Ils faisaient alors l'amour et parlaient à voix basse. Bien qu'ils fussent tous deux épuisés par leur labeur, l'aube commençait souvent à poindre sur le désert silencieux quand ils s'endormaient dans les bras l'un de l'autre.

Il y avait en tout moins de cent cinquante âmes et cinquante chevaux à Gallala, mais dès les premiers jours il apparut avec évidence que les puits de la ville ne pourraient suffire à subvenir aux besoins de cette modeste troupe. Chaque jour, ils les vidaient et les puits mettaient de plus en plus de temps à se remplir pendant la nuit. La qualité de l'eau commençait à se détériorer : elle était de plus en plus amère et saumâtre, jusqu'à devenir à peine potable, sauf si on la mélangeait à du lait de jument.

Ils furent contraints de la rationner. Les chevaux avaient soif, les juments ne donnaient plus de lait et le filet d'eau souterraine continuait de s'amenuiser.

Nefer convoqua finalement un conseil d'urgence. Après une heure de discussions solennelles, Hilto résuma sombrement la situation :

— A moins qu'Horus ne fasse un miracle, les puits vont s'assécher complètement et nous serons forcés d'abandonner la ville. Où irons-nous ?

Ils regardèrent Nefer, qui, dans l'expectative, se tourna vers Taita.

— Quand il n'y aura plus d'eau, où irons-nous, mage ? demanda-t-il.

Taita ouvrit les yeux. Il était resté assis en silence pendant le long débat et tous croyaient qu'il somnolait.

— Je veux que tous les hommes capables de marcher et de manier une pelle s'assemblent devant les portes de la ville demain à la première heure, dit-il.

— Pour quoi faire ? demanda Nefer.

Taita se contenta de répondre par un sourire énigmatique.

Dans la fraîcheur de l'aube, cinquante-cinq hommes attendaient devant les vieilles portes quand Taita les franchit. Il portait le Périapte de Lostris et le talisman offert par Bay, ainsi que tous ses autres colliers, bracelets et amulettes. Il avait lavé ses cheveux, que Mintaka lui avait tressés. Il portait aussi son bâton à tête de serpent sculpté. Nefer était à son côté, dissimulant sa perplexité sous une expression solennelle. Taita jeta un coup d'œil aux hommes assemblés. Comme il l'avait ordonné, tous portaient des pelles en bois ou des bâtons à fouir à pointe métallique. Il eut un hochement de tête satisfait, puis descendit les marches et s'engagea dans la vallée.

Sur un mot de Nefer, les hommes mirent leurs outils à l'épaule et suivirent le vieillard, adoptant naturellement une formation de marche militaire. Ils n'eurent pas à aller bien loin cependant, car Taita s'arrêta au pied des collines et regarda leurs sommets.

C'était par là qu'il avait passé tant de temps ces derniers mois. Nefer et Mintaka l'y avaient vu souvent assis, à moitié assoupi, les yeux mi-clos comme un lézard à tête bleue, ou sondant le sol en tapant dessus avec son bâton.

Pour la première fois, Nefer examina la formation rocheuse de ce secteur des collines et se rendit compte qu'elle n'était pas la même qu'ailleurs. La roche était friable et des veines de calcaire gris parcouraient le schiste. Une faille profonde courait en diagonale à travers le flanc des collines dénudées brûlées par le soleil et permettait de voir des strates de teintes différentes. Il remarqua ensuite autre chose : quelqu'un avait récemment placé des marques sur certaines pierres, hiéroglyphes ésotériques peints avec une pâte blanche, probablement à base de calcaire broyé mêlé à de l'eau. Des tas de pierres formaient également un motif sur le sol.

— Nefer, il faut répartir les hommes en cinq équipes, lui dit Taita.

Nefer donna les ordres. Quand ils furent prêts, Taita fit avancer les premiers.

— Commencez par creuser une galerie là, dans le

flanc de la colline, ordonna-t-il en montrant les hiéroglyphes qui marquaient l'ouverture du futur tunnel horizontal.

Les hommes se regardèrent, perplexes et indécis. Taita leur lança un regard furibond sans prononcer un seul mot et Shabako intervint tout naturellement :

— Vous avez entendu le mage. Allez, au travail, et de bonne grâce.

C'était une tâche pénible, bien que le soubassement rocheux ait été brisé le long de la ligne choisie par Taita. Il leur fallait extraire chaque morceau de rocher et creuser la terre derrière. Ils soulevaient des nuages de poussière et ne tardèrent pas à en avoir le corps recouvert. Bien qu'ils aient eu la peau des mains durcie par le maniement de la massue et du glaive, leurs paumes se couvraient d'ampoules, se déchiraient et saignaient. Ils les enveloppèrent avec des bandes de lin et reprirent le travail sans se plaindre. La chaleur augmentait rapidement à mesure que montait le soleil. Shabako fit relayer la première équipe par la deuxième au fond de l'excavation.

Ils se reposèrent pendant une heure vers midi, au moment de la canicule. Taita entra dans la galerie encore peu profonde et en examina attentivement la paroi. Il en ressortit sans faire aucun commentaire et Shabako ordonna la reprise du travail, qui se poursuivit jusqu'à ce qu'il fasse trop sombre. Shabako les envoya alors au pied de la colline pour prendre un repas frugal. Les réserves de dourah diminuaient presque aussi vite que l'eau des puits.

Profitant de la fraîcheur, ils recommencèrent avant l'aube. A la tombée de la nuit, le tunnel n'avait qu'une vingtaine de coudées de profondeur. Ils tombèrent alors sur une couche dure de roche cristalline bleue. La pointe de bronze des bâtons n'arrivait pas à l'entamer et les hommes commençaient à murmurer.

— Sommes-nous des guerriers ou des mineurs ? marmonna un soldat blanchi sous le harnais en pansant la profonde coupure qu'il s'était faite par mégarde au tibia.

— Impossible de creuser là-dedans, ronchonna un autre en essuyant ses yeux irrités par la sueur mêlée de poussière.

Taita les envoya au fond de la vallée jusqu'à un épais bosquet d'acacias morts, monument silencieux à la mémoire de l'eau depuis longtemps tarie. Ils coupèrent des branches sèches et en firent des fagots qu'ils rapportèrent sur le chantier. Sur les instructions de Taita, ils les entassèrent contre la roche récalcitrante et y mirent le feu. Ils le laissèrent brûler toute la nuit, l'alimentant de temps en temps, et le lendemain matin, alors que la roche rougeoyait sous l'effet de la chaleur, ils l'éteignirent avec des outres remplies aux puits défaillants. Au milieu de nuages de vapeur sifflante, la roche se fendit et éclata.

Un homme, touché par un éclat de pierre, perdit l'œil droit. Taita enleva ce qu'il en restait et lui cousit les paupières.

— Les dieux t'ont donné deux yeux en prévision de telles mésaventures, assura-t-il à son patient. Tu y verras aussi bien avec un œil.

Ils laissèrent refroidir la roche fracassée, puis en retirèrent de grands blocs noircis. Derrière, le roc était toujours aussi dur et impénétrable. Ils empilèrent de nouveaux fagots de bois sec, et répétèrent la pénible et dangereuse opération, avec le même résultat. En plusieurs jours de travail exténuant, ils n'avaient progressé que de quelques coudées.

Même Nefer était découragé et il l'avoua à Mintaka quand ils furent couchés cette nuit-là.

— Il y a bien des choses que nous ne comprenons pas, mon cœur, murmura-t-elle en tenant sa tête dans ses bras.

— Nous ne savons même pas pourquoi il nous fait creuser ce trou et, quand je le lui demande, il me lance un de ses regards furibonds de vieille tortue. Les hommes en ont assez et moi aussi.

— Une vieille tortue ! répéta-t-elle en riant. Heureusement qu'il ne t'entend pas, il risquerait de te transformer en crapaud et ça ne me plairait pas du tout.

Tôt le lendemain matin, les équipes d'hommes las et mécontents remontèrent la vallée en traînant les pieds et s'assemblèrent autour de l'ouverture du tunnel en attendant l'arrivée du mage.

Avec son sens habituel de la mise en scène, Taita gravit le coteau avec les premiers rayons du soleil derrière lui, qui embrasaient sa chevelure argentée. Il portait sur l'épaule un rouleau de lin. Nefer et les officiers se levèrent pour l'accueillir, mais il ignora leurs saluts et donna pour instruction à Shabako de tendre de lin l'ouverture du puits, comme avec un rideau. Quand cela fut fait, il entra seul dans le tunnel ainsi caché et le silence tomba sur les hommes rassemblés à l'extérieur.

L'attente leur parut longue, mais elle dura en réalité moins d'une heure, car le soleil n'était monté que d'une largeur de main au-dessus de l'horizon quand le rideau s'ouvrit brusquement, Taita debout à l'entrée de l'excavation. Le soleil pénétrait directement dans la galerie. Le fond en était brillamment éclairé et les hommes s'avancèrent, dans l'expectative. Une représentation de l'œil blessé du grand Horus était maintenant peinte sur la roche bleue.

L'air extasié, Taita commença à psalmodier l'invocation à l'Horus d'Or. L'assistance tomba à genoux et reprit en chœur :

Horus d'Or, puissant bœuf !
Invincible en force !
Maître de ses ennemis !
Saint dans son élévation !
Œil blessé de l'univers !
Assiste-nous dans nos efforts.

Après le dernier vers, Taita se tourna et, tous les yeux fixés sur lui, avança à grands pas jusqu'au fond du tunnel où il s'arrêta devant la paroi de roche bleu-gris, incrustée de minuscules cristaux de feldspath qui scintillaient au soleil.

— *Kydash !* s'écria le mage en frappant la paroi de son bâton.

A l'entrée, les hommes se reculèrent, car c'était l'une des paroles magiques.

— *Mensaar !*

Ils restèrent bouche bée, pris d'une crainte révérencielle, et Taita frappa de nouveau.

— *Ncoubé !* lança-t-il en frappant pour la troisième fois avant de reculer.

Il ne se passa rien, et Nefer ressentit une profonde déception. Taita restait là, immobile, tandis que le soleil poursuivait son ascension et que l'ombre envahissait la paroi rocheuse.

Nefer éprouva soudain un frisson d'excitation et un murmure parcourut les hommes qui l'entouraient. Au milieu de la paroi, sous l'œil peint, une tache sombre d'humidité était apparue. Elle s'étendait peu à peu et une goutte d'eau filtra, étincelante au soleil comme une minuscule pierre précieuse. Elle roula ensuite le long de la paroi et dans la poussière du sol.

Taita se retourna et sortit du puits. Derrière lui, il y eut un bruit sec, comme si une branche se brisait, et une fissure s'ouvrit dans le roc de haut en bas. L'eau dégoulinait sur le sol, goutte à goutte, de plus en plus vite. Nouveau bruit, comme un tesson de poterie éclatant dans les flammes, et un morceau de roche tomba de la paroi. Un filet de boue jaunâtre s'écoula de l'ouverture ainsi formée. Puis toute la paroi s'écroula avec fracas dans un flot de boue, et une eau claire comme le cristal jaillit alors. Elle balaya toute la longueur de la galerie jusqu'à hauteur du genou, se précipita dehors et se répandit sur le flanc de la colline en bondissant et clapotant par-dessus les rochers.

Des cris de stupéfaction et des acclamations parcoururent les rangs. Soudain, Meren se rua en avant et plongea la tête la première dans le torrent. Il en ressortit en crachotant, ses cheveux trempés collés au visage, puis prit de l'eau dans ses mains en coupe et la but avidement.

— Elle est douce ! cria-t-il. Douce comme du miel.

Les hommes se débarrassèrent de leurs vêtements et, nus, se précipitèrent dans le flot avec force éclaboussures, se jetant des poignées de boue, se faisant boire la tasse et riant aux éclats. Incapable de résister plus longtemps à la tentation et abdiquant toute dignité, Nefer sauta à son tour dans l'eau en plein sur Meren et lutta avec lui.

Sur la rive du torrent, Taita assistait à la joyeuse scène d'un air bienveillant. Puis il se tourna vers Mintaka et lui dit :

— Chasse cette idée de ton esprit.

— Quelle idée ? demanda celle-ci, feignant l'innocence.

— Il ne serait pas décent qu'une princesse d'Egypte fasse des cabrioles avec une horde de soldats nus.

Il la prit par la main et l'entraîna vers le bas de la colline, mais elle lançait en arrière des regards de regret.

— Comment as-tu fait, Taita ? Comment as-tu fait jaillir la source ? Quelle sorte de magie est-ce-là ?

— La magie du bon sens et de l'observation. Il y a de l'eau ici depuis des siècles. Elle attendait que nous creusions pour la trouver.

— Mais toutes ces prières et ces paroles magiques ? Elles étaient sans effet ?

— Les hommes ont parfois besoin d'encouragements.

Il sourit et se toucha l'aile du nez.

— Un peu de magie est un tonique souverain pour les esprits languissants.

Les mois suivants, tous les hommes furent employés à creuser un canal pour amener l'eau jusqu'aux puits, qui firent désormais office de citernes. Quand ils débordèrent, Taita arpenta les champs jadis cultivés à l'extrémité la plus basse de la vallée, devenus une étendue rocailleuse et désolée. Le tracé des anciens fossés d'irrigation était encore visible. Leurs niveaux avaient été déterminés par les habitants de la ville en ruine, et il ne fut guère difficile de les nettoyer et d'y détourner l'excès d'eau des citernes.

La terre du désert était fertile, ses éléments riches n'ayant pas été lessivés par des précipitations abondantes. L'ensoleillement permanent et l'eau en abondance eurent un effet miraculeux. Ils plantèrent du millet, rapporté clandestinement d'Egypte. Tous les Egyptiens étaient des paysans par nature et tradition, et ils déployèrent leur savoir-faire. Quelques mois plus tard, ils avaient rentré leur première moisson de dourah. Puis ils plantèrent de l'herbe pour le pâturage, qui prospéra bien au-delà de leurs besoins. Les femmes aidaient à couper et faire sécher l'herbe, à mettre le fourrage en bottes, et en moins d'un an ils en eurent assez pour entretenir une armée de cavaliers, bien que les chevaux fissent encore défaut.

Presque chaque jour, des fugitifs arrivaient dans la ville, après avoir affronté la traversée du désert pour échapper à la tyrannie des usurpateurs. Ils venaient seuls ou en petits groupes, épuisés, et à moitié morts de faim et de soif. Les sentinelles postées sur les collines les accueillaient et les envoyaient à Hilto. Celui-ci leur faisait prêter serment d'allégeance à Pharaon Nefer Seti, puis leur distribuait des rations et, en fonction de leurs aptitudes, les intégrait à des régiments d'entraînement, les affectait au travail des champs ou encore à la restauration des bâtiments en ruine de la vieille cité. Ces misérables n'étaient cependant pas les seules recrues. Une cohorte de déserteurs des armées des pharaons usurpateurs arrivèrent au pas avec leurs javelines et chantèrent les louanges de Nefer Seti dès qu'ils furent en vue des murs. Puis un escadron de vingt chars conduits par des soldats en armes du régiment Ankh commandés par un officier nommé Timous fit son entrée, et ils jurèrent joyeusement fidélité à Pharaon Nefer Seti. Timous apportait une nouvelle capitale : Naja et Trok se préparaient à lancer une offensive commune contre le roi Sargon de Babylone et d'Assyrie.

Au cours des derniers mois, les deux pharaons avaient rassemblé à Avaris une force expéditionnaire de trois mille chars et presque achevé leurs préparatifs en vue de traverser la langue de terre qui reliait l'Egypte aux terres orientales situées au nord du Grand Lac Amer et du lac Timsah. Ils avaient commencé par envoyer une colonne pour enfoncer les détachements babyloniens le long de la frontière, puis, une fois la voie libérée, ils avaient expédié par chariots dix mille amphores d'eau pour les entreposer à des endroits stratégiques à travers les régions sèches. Au-delà, le pays était fertile et bien arrosé.

Ils projetaient de franchir la langue de terre à la pleine lune, profitant de la clarté et de la fraîcheur des nuits pour dépasser rapidement Ismaïlia, le col de Khatmia et gagner Bersabée, tout en rassemblant en cours de route les forces de leurs satrapies vassales.

Nefer et Taita avaient préparé la défense de Gallala contre une attaque imminente des usurpateurs. Leur présence dans l'ancienne cité devait maintenant être connue partout dans les deux royaumes. Ils s'étaient attendus à ce que Naja et Trok les assaillent avant de se lancer dans l'aventure mésopotamienne. Ce sursis les surprenait donc.

— Ils n'ont pas pris au sérieux la menace que fait planer notre présence si près de leurs frontières, exulta Nefer. S'ils nous avaient attaqués maintenant, dans notre état de faiblesse, nous n'aurions eu d'autre solution que de fuir.

— Peut-être ont-ils envisagé cette éventualité, admit Taita. Mais en conquérant d'abord la Mésopotamie, ils éliminent toute possibilité de soutien susceptible de nous attirer en Orient. De plus, cela leur permet de nous encercler. Je pense cependant que leur calcul est mauvais, car ils nous laissent ainsi au moins un an de plus pour nous renforcer.

— Comment être sûr qu'il ne s'agit pas d'une

manœuvre de diversion ? s'interrogea Nefer, soucieux. Cette expédition orientale n'est-elle pas un subterfuge ? Il se peut qu'ils dirigent contre nous leur offensive après nous avoir laissés croire que nous ne risquions rien.

— C'est toujours possible. Trok fonce comme un taureau, mais Naja est particulièrement rusé et sournois. Ce serait tout à fait dans ses manières d'essayer de donner ainsi le change.

— Nous devons garder à l'œil le corps expéditionnaire, décida Nefer. Je vais partir en reconnaissance vers le nord avec une petite équipe pour surveiller la route d'Ismaïlia et m'assurer qu'ils passent bien par là.

— Je pars avec toi.

— Non, mage, objecta Nefer. Mieux vaut que tu restes ici pour maintenir nos défenses sur le qui-vive et faire en sorte que, si Naja lance sur nous ses trois mille chars, nos hommes soient prêts à prendre la fuite sur-le-champ. Je souhaite aussi te demander un autre service... poursuivit-il, hésitant. C'est de veiller sur Mintaka. Elle sera peut-être mécontente de rester ici avec les autres femmes et risque de commettre quelque imprudence.

Taita sourit.

— Une action irréfléchie de la part de la princesse n'est jamais exclue. Je sais cependant ce que j'ai à faire. Je pars avec toi.

Nefer eut beau discuter, Taita se montra intraitable, et finalement le jeune homme fut secrètement soulagé de savoir que le mage serait à son côté, comme toujours.

Même avec les dernières troupes ralliées à leur cause, ils ne disposaient que de trente-deux chars prêts au combat et de moins de deux cents chevaux assez vaillants pour les tirer.

Ils laissèrent la moitié des chars sous le commandement de Shabako pour défendre Gallala. Escortés d'Hilto et de Meren, ils se mirent en route avec seize chars pour contourner la rive septentrionale du Grand Lac Amer et surveiller la grand-route menant vers le nord et Ismaïlia. La nouvelle lune n'était dépassée que de quelques jours, les nuits étaient obscures mais fraîches, et ils progressèrent donc à bonne allure et accomplirent le voyage à travers le désert inexploré avant que la lune soit dans son deuxième quartier.

A l'aube du quinzième jour après leur départ de Gallala, ils étaient cachés dans les collines à l'est d'Ismaïlia, d'où ils dominaient la ville. La route principale passait au-dessous de leur poste d'observation et l'armée des deux pharaons devait nécessairement l'emprunter. Ismaïlia était la forteresse qui défendait la frontière égyptienne et le point de départ tout trouvé de la campagne.

— Notre poste de guet semble bon, cria Nefer à Taita.

Il avait grimpé dans l'un des grands cèdres au flanc de la colline, d'où la vue s'étendait sur plusieurs lieues.

— Une intense activité règne dans la ville. Il y a des files de chevaux et un village de toile hors les murailles du fort, annonça-t-il en se protégeant les yeux. Des nuages de poussière se rapprochent sur la route menant du Delta. Il semble que les chars égyptiens soient en marche.

Il continua pendant toute la matinée de décrire au mage ce qu'il voyait, jusqu'au moment où la chaleur devint telle que toute activité à l'intérieur de la ville et sur les routes alentour cessa dans la somnolence de midi. Il redescendit alors de l'arbre pour se mettre à l'ombre comme le reste de l'escadron et attendre la fin de la canicule.

En fin d'après-midi, lorsqu'il commença à faire moins chaud, ils se réveillèrent pour nourrir et abreuver les chevaux. Puis Nefer remonta sur son poste de guet.

Ils étaient arrivés juste à temps. Une puissante armée circulait sur la route d'Orient comme le sang palpite au long d'une artère. Les uns après les autres, les escadrons, chacun fort de cinquante chars, franchissaient les portes d'Ismaïlia, suivis des chariots transportant bagages et fourrage, et se dirigeaient en un flot ininterrompu vers les collines où ils s'étaient cachés. L'avant-garde passa si près de l'arbre où était perché Nefer qu'il put distinguer des visages.

L'armée défilait comme une rivière sans fin, les armes de bronze scintillant sous le soleil, et la poussière s'élevait en un nuage dense masquant presque le soleil.

Quatre cohortes formaient l'avant-garde, séparée du reste par un intervalle, pour permettre à la poussière de tomber et de ne pas incommoder la petite troupe royale qui arrivait à la suite.

Venaient d'abord deux chars roulant de front. Ils étaient si massifs et alourdis par leur couche de feuille d'or qu'il fallait six chevaux pour les tirer. Quand Nefer reconnut leurs conducteurs, sa haine lui monta à la gorge avec un goût de bile.

Trok tenait les rênes du char le plus proche. On ne pouvait pas ne pas reconnaître ses larges épaules et sa barbe brune en broussaille et enrubannée. Il portait un casque d'or en forme de ruche, orné d'une crête en plumes d'autruche blanches. Sur son épaule tintait le double bouclier, dont chaque couche était épaisse comme le pouce, si lourd que, disait-on, il était le seul de toute l'armée à pouvoir le manier, de même que le grand arc de guerre dans son soc à sa droite.

Pharaon Naja Kiafan conduisait l'autre grand char. A l'instar de son homonyme le cobra, sa silhouette était plus fine et plus gracieuse. Il portait un pectoral d'or et de pierres précieuses étincelant au soleil rouge qui filtrait à travers les nuages de poussière. Il était coiffé de la couronne de guerre bleue d'Egypte et, dans un fourreau d'argent, le légendaire glaive bleu, incrusté de turquoises et de lapis-lazuli, volé sur le corps du père de Nefer, pendait à son côté.

Curieusement, bien qu'il n'eût pas la stature de Trok, Naja était le plus impressionnant des deux.

Les deux chars dorés passèrent, bientôt cachés par un nuage de poussière, mais Nefer resta couché sur la grosse branche du cèdre tandis que les phalanges guerrières défilaient au-dessous de lui.

Le soleil était descendu sous l'horizon, mais il restait encore assez de jour pour distinguer la partie suivante de l'interminable procession. Nefer se redressa, son intérêt de nouveau piqué.

Tanguant sur la grand-route, déjà creusée d'ornières par les centaines de chars et de chariots qui les avaient précédées, arrivèrent deux litières tirées par des attelages de bœufs. Elles étaient si spacieuses, tendues de rideaux de soie décorés d'étoiles et de rosaces dorées, que les passagers qu'elles transportaient ne pouvaient être que des femmes du harem royal. Nefer n'imaginait pas Trok emmenant avec lui en campagne ses épouses ou concubines – il avait entendu dire qu'il préférait trouver son plaisir avec les femmes capturées dans les villes prises à l'ennemi et ne dédaignait pas non plus les jeunes gens. Si ce n'étaient pas les femmes de Trok, ce devait être celles de Naja. Nefer se demandait s'il s'était lassé d'Heseret et avait pris d'autres épouses.

Le rideau de la deuxième litière s'ouvrit brusquement, et une jeune fille, après avoir sauté sur la route poussiéreuse, suivit le véhicule en gambadant à côté des bœufs. Bien qu'elle eût beaucoup changé depuis la dernière fois qu'il l'avait vue, il n'y avait aucun doute : cette ravissante créature était Merykara, sa sœur cadette. Elle ne portait plus la mèche de côté propre aux enfants, et ses cheveux, coupés en une épaisse frange droite à hauteur des sourcils, lui tombaient sur les épaules. La perte de sa mèche attestait qu'elle avait connu sa première lune rouge. Nefer eut un pincement au cœur en se rendant compte que son petit singe espiègle n'était plus une enfant. Il lui vint alors à l'esprit que rien n'empêchait plus Naja d'entraîner Merykara dans la couche nuptiale. Celui-ci avait la réputation d'être un satyre, et l'idée qu'il ait pu violer sa petite sœur le révoltait tant qu'il en sentait le goût dans son arrière-gorge, comme du poisson pourri.

Il éprouva un désir irrépressible de parler à Merykara, de savoir si elle était heureuse, s'il pouvait faire quelque chose pour rendre son sort plus supportable. Puis il pensa voler à son secours et la ramener à Gallala. Il n'ignorait pas combien ces pensées étaient dangereuses. Ses compagnons l'auraient dissuadé de se lancer dans une entreprise aussi suicidaire.

Immédiatement après les litières venaient les chariots transportant le trésor des usurpateurs. S'en emparer représenterait certainement pour ses amis un défi plus intéressant. C'étaient des chariots dépourvus d'ornements, peints en bleu sombre, mais solidement construits, à la caisse renforcée pour supporter le poids de leur chargement. Leurs roues cerclées de métal laissaient des traces profondes à la surface de la route. Les portes à l'arrière du plateau étaient fermées par des chaînes, et des hommes en armes marchaient à côté. C'était ainsi qu'on transportait d'ordinaire les trésors sans lesquels aucune armée ne pouvait faire la guerre. Les chariots contenaient de l'or en gros et petits lingots ou fondu en bagues et en perles, qui servirait à payer les soldats, à acheter la fidélité de roitelets et de satrapes, à corrompre les alliés de Babylone et de l'Assyrie, et à rémunérer des espions et des informateurs dans les rangs de l'ennemi.

Nefer se laissa glisser le long du tronc du cèdre. Taita somnolait tranquillement au pied de l'arbre, mais il ouvrit les yeux avant que Nefer ait eu le temps de lui toucher le bras.

— Le trésor de guerre des usurpateurs vient de passer, lui murmura celui-ci à l'oreille. Il y en a assez pour payer une armée ou acheter un trône.

Les nuits suivantes, cachés par les ombres que projetait la lune, Nefer et le mage suivirent les chariots transportant le trésor pour observer les habitudes et le comportement des convoyeurs. Ils se rendirent tout de suite compte qu'il serait impossible de s'en emparer et d'emporter cette masse d'or sans avoir toute l'armée à leurs trousses.

— A la vitesse à laquelle vont ces bœufs, les chars de Naja nous rattraperaient avant que nous ayons parcouru une lieue, fit observer Nefer.

— Il nous faut trouver un moyen plus subtil, admit Taita. Le seul moment où nous pouvons agir est celui pendant lequel ils s'arrêtent, aux heures chaudes.

— Et les gardes ?

— Ah ! Les gardes posent en effet un petit problème, répondit Taita.

Chaque jour, lorsque le soleil approchait du zénith et que la chaleur devenait étouffante, toute l'armée s'arrêtait. Les litières qui transportaient les épouses royales et les chariots du trésor étaient généralement disposés en un petit camp séparé du reste de l'armée. Une grande agitation régnait d'abord pendant que l'on dételait, nourrissait et abreuvait les chevaux, que l'on postait les sentinelles et dressait les tentes des épouses. Puis on allumait les feux pour préparer le repas de midi, arrosé de bière. Après quoi Heseret, Merykara et leurs servantes se retiraient sous leurs tentes. Les hommes qui n'étaient pas de garde s'étendaient dans des abris de fortune pour se reposer après le long voyage nocturne. Un silence languissant tombait peu à peu sur cet immense rassemblement d'hommes et de bêtes, et le camp s'endormait.

Après avoir caché leur petite troupe dans un épais taillis d'épineux plus haut dans la vallée, Nefer et Taita se dirigèrent sans bruit vers le camp. Ils purent s'approcher sans se montrer à moins de cent pas des sentinelles et restèrent tapis pendant une heure à discuter à voix basse pour tenter de trouver le moyen de parvenir jusqu'au trésor sans être découverts.

— N'y a-t-il pas une astuce pour les distraire ? dit Nefer.

— Pour cela, il faudrait que nous ayons un complice à l'intérieur du camp, répondit Taita.

— Merykara ! s'exclama Nefer.

— Merykara, admit Taita.

— Comment faire pour lui transmettre un message ? s'interrogea Nefer, perplexe.

Taita sourit, toucha le Périapte de Lostris suspendu à son cou et ferma les yeux. Au bout d'un moment, Nefer crut qu'il s'était assoupi. Le vieillard avait le don de l'agacer.

Les effets de l'âge commencent à se faire sentir, pensa-t-il avec irritation. Il était sur le point de le secouer pour le réveiller quand il entendit des voix résonner dans le camp et regarda dans la direction d'où elles venaient.

Merykara était sortie de sa tente. Elle devait avoir dormi, car elle avait le visage rouge, encore marqué par l'oreiller. Elle s'étira et bâilla. Elle ne portait qu'une jupe de lin bleu, dont les plis tombaient au-dessous du genou, et elle était torse nu. Nefer fut surpris de voir combien ses seins s'étaient développés, ils étaient en forme de poire et leurs mamelons roses pointaient effrontément. Elle se disputait avec le garde à l'entrée de sa tente et s'adressait à lui d'une voix impérieuse qui portait distinctement jusqu'à Nefer.

— Je n'arrive pas à dormir et je vais marcher un peu, expliquait-elle.

La sentinelle tenta de l'en empêcher, mais la jeune fille secoua la tête, et ses cheveux ondulèrent sur ses épaules.

— Non, je ne te laisserai pas m'escorter. J'ai envie d'être seule.

La sentinelle insistait et Merykara s'emporta :

— Arrière, espèce d'insolent, ou bien j'en référerai à mon époux.

La sentinelle obéit à contrecœur et posa sa lance.

— Je t'en prie, majesté, cria le soldat à sa suite, ne t'absente pas trop longtemps et ne t'éloigne pas trop. Si Pharaon l'apprenait, ma misérable vie ne vaudrait pas cher.

Merykara l'ignora, se baissa pour passer à travers les files de chevaux et franchit la clôture de broussailles épineuses qui entourait le camp. Elle ne se retourna qu'une seule fois pour s'assurer qu'aucune des sentinelles ne l'observait. Puis, comme si elle allait à un rendez-vous, elle se dirigea droit vers l'endroit où Nefer et Taita se dissimulaient, couchés dans le taillis.

Ses grands yeux verts reflétaient un état d'extase et elle avait l'air absorbée, comme si elle écoutait une musique qu'elle était la seule à entendre.

Quand elle fut assez près pour qu'il puisse la toucher, Nefer dit doucement :

— N'aie pas peur, Merykara, c'est Nefer.

Elle sursauta comme un somnambule qui s'éveille et le regarda. Une joie sans mélange éclaira alors son ravissant visage et elle se précipita pour l'embrasser.

— Attends ! ordonna Nefer. Tu vas trahir notre présence.

Il fut fier d'elle, car elle obéit et s'arrêta immédiatement. Elle avait toujours été intelligente. Elle jeta un rapide coup d'œil autour d'elle et c'est d'une voix tremblante qu'elle dit à voix basse :

— Je dormais à poings fermés, mais je me suis réveillée brusquement et j'ai su que je devais me rendre dans le désert. C'est presque comme si une voix intérieure m'avait appelée. Etait-ce toi, mage ? demanda-t-elle en regardant Taita.

Puis, revenant à Nefer :

— Mon frère chéri, tu ne peux savoir combien tu m'as manqué. J'ai d'abord cru que tu étais mort et j'ai pleuré à tes funérailles, la tête couverte de cendres. Regarde, sur mes bras, les cicatrices laissées par les entailles que je me suis faites pour verser mon sang.

— Je suis vivant, Merykara. Crois-moi, ce n'est pas un spectre que tu as devant toi.

— Je sais, Nefer. Tout le monde sait maintenant que tu as enlevé Mintaka à Avaris pour l'emmener dans le désert, et je savais au fond de mon cœur que tu viendrais aussi un jour me chercher. Je savais que tu viendrais, répéta-t-elle en souriant à travers ses larmes.

— Oui, nous t'emmènerons avec nous. Mais tu dois d'abord faire quelque chose pour nous aider.

— Tout ce que Taita et toi voudrez.

Taita lui expliqua rapidement ce qu'ils attendaient d'elle et le lui fit répéter. Elle s'exécuta sans se tromper.

— Tu es intelligente, mon enfant. C'est exactement cela. Voici la poudre, dit Taita en lui tendant un petit paquet. Souviens-toi, pas plus gros que l'ongle dans chaque pot.

— Tu dis d'abord que je suis intelligente, puis tu me traites comme si j'étais stupide, fit-elle sèchement.

— Pardonne-moi, majesté, dit Taita avec un geste de pénitence.

— Ne m'appelle pas ainsi. Etre mariée à ce serpent visqueux me répugne et me répugne d'autant plus que je sais maintenant ce qu'il veut me faire.

— Il n'est pas facile de te plaire, Merykara. Bon, maintenant, retourne au camp avant que les gardes viennent te chercher.

Elle se baissa rapidement et embrassa Nefer sur les lèvres.

— A demain, mon frère bien-aimé, dit-elle.

A midi, le lendemain, la puissante armée d'Egypte campa au pied du haut plateau, là où finissaient le désert de sable et les régions sèches. Elle avait presque achevé sa traversée et franchirait le col le jour suivant pour pénétrer dans les régions plus fraîches où les oasis n'étaient qu'à une journée de marche, où il y avait des forêts, des champs et des vignes, des ruisseaux de montagne qui coulaient toute l'année.

Lorsque les membres de l'escorte des épouses royales entreprirent de dresser le camp pour la journée, ils constatèrent que la jeune reine Merykara, contrairement à l'ordinaire, était grincheuse et autoritaire. Elle voulait que sa tente soit montée à l'écart de celle de sa sœur, la reine Heseret. Cela fait, elle exigea que les chariots qui transportaient le trésor de l'armée soient conduits dans l'oued étroit, à deux cents pas du camp principal. Le capitaine des gardes lui fit en vain remarquer que le lit de l'oued était sablonneux et que les roues des lourds chariots allaient s'y enliser.

— Peu importe qu'ils disparaissent complètement dans les sables, rétorqua-t-elle. J'en ai assez d'avoir sous mes yeux ces horribles chariots et d'entendre les beuglements des bœufs. Emmenez-les hors de ma vue.

Le capitaine songea à en référer à Pharaon Naja Kiafan pour qu'il infirme cet ordre déraisonnable de sa plus jeune épouse. Il pensa ensuite que la colonne s'étirait sur près de quatre lieues. Une heure de rude chevauchée serait nécessaire pour arriver jusqu'à lui, à l'avant-garde, et le retour prendrait autant de temps. La journée était encore plus chaude que les précédentes et, de plus, il avait rendez-vous avec l'une des esclaves de Merykara, une jeune Nubienne adorable, qui savait faire plus de choses qu'un singe dressé. Il amena les chariots au fond de l'oued et, pour apaiser sa conscience, doubla la garde.

Ayant obtenu ce qu'elle voulait, Merykara redevint la jeune fille attachante que tous aimaient tant.

— Je suis désolée d'avoir été si dure avec toi, Moram. Ce doit être cette affreuse chaleur qui nous perturbe tous, dit-elle avec douceur au capitaine des gardes devant ses hommes. Je vais demander à Misha de vous apporter cinq pots de la meilleure bière de ma réserve personnelle. Fais en sorte de la partager équitablement avec tous tes hommes, car je leur ai donné un surcroît de travail et de souci à eux aussi.

Misha, la sculpturale servante nubienne au port de déesse et à la paire de fesses légendaire, apporta les pots de bière dans la tente de Moram, et les hommes défilèrent pour recevoir leur part, appelant la bénédiction des dieux sur la tête de la reine Merykara et buvant à sa santé.

En dépit de sa promesse, la bière était d'une telle qualité que Moram en but plus que sa part. Dès qu'ils se retrouvèrent seuls dans la tente, il sauta sur Misha, qui poussa des cris et résista en badinant, et le laissa finalement découvrir ses prodigieuses fesses. Elles jaillirent de son court pagne en lin, luisantes comme de l'anthracite sorti de la mine, pleines lunes noires qui débordaient des mains de Moram.

Fou de désir, il l'agrippa, mais, après quelques puissants coups de boutoir, bascula lentement, endormi à poings fermés avant de toucher le sol. Misha le regarda avec stupéfaction. Il ne lui était rien arrivé de pareil durant sa vie courte, mais active sur ce chapitre. Moram laissa échapper un ronflement sonore qui résonna comme un tonnerre lointain. Elle se leva d'un bond, rabattit son pagne, décocha un coup de pied furieux à la silhouette endormie et sortit de la tente comme un ouragan pour retourner chez sa maîtresse. A l'entrée de la tente royale, le garde dormait aussi comme un mort.

— Les hommes sont tous des porcs, lâcha-t-elle dans sa langue natale en lui lançant un coup de pied de toute la force de ses longues jambes fuselées.

Nefer emmenait un petit détachement dans le lit asséché de l'oued. Ils marchaient sous la berge et le sable amortissait le bruit de leurs pas.

Les quatre chariots transportant le trésor étaient rangés côte à côte, leurs roues enchaînées ensemble afin que des brigands ne puissent partir avec.

Huit hommes en armes les gardaient et tous étaient étendus dans le sable comme des cadavres attendant les embaumeurs. Taita se rendit auprès de chacun d'eux pour prendre son pouls et lui soulever une paupière afin d'examiner son œil. Il fit enfin un signe de tête à Nefer et se dirigea vers la portière arrière du premier chariot.

Il tira de son sac une longue sonde de bronze et entreprit de crocheter la lourde serrure. Celle-ci céda et le moraillon rentra avec un bruit sec. Taita tira la lourde portière métallique, qui s'ouvrit sur quatre petits coffres enchaînés à des anneaux. Les couvercles en étaient scellés avec des cachets d'argile portant le cartouche historié de Pharaon Naja Kiafan.

Taita ôta les sceaux avec son poignard et les mit dans son sac afin que l'on ne voie pas, lorsqu'on ouvrirait les portières, que les coffres avaient été forcés. Il dévissa avec la pointe de son poignard les attaches qui fermaient le couvercle et souleva celui-ci. Le coffre était rempli de petits sacs en cuir. Il en soupesa un et sourit. En l'ouvrant, il vit le reflet caractéristique du métal jaune qu'il contenait.

Pendant ce temps-là, Nefer et Meren avaient creusé un trou dans le sable sous le chariot. Taita tendit le sac de cuir à Nefer, qui le déposa au fond du trou. Il choisit ainsi plusieurs sacs parmi les plus lourds dans le premier coffre, puis remit en place le couvercle. Il apposa de nouveau les sceaux en utilisant une motte d'argile humide qu'il avait apportée avec lui. Avec le chaton de la bague que Naja lui avait offerte lorsqu'il avait quitté Thèbes, il imprima le cartouche royal sur le cachet. Il passa ensuite au coffre suivant.

— Nous n'en prenons pas assez, marmonna Meren. Nous en laissons plus de la moitié à Naja et Trok.

— Trop en prendre serait signer notre perte, grommela Taita en ouvrant le couvercle du coffre. Si nous nous contentons de cela, ils ne se rendront pas compte qu'il manque de l'or avant que le trésorier ne rouvre les coffres et ne refasse le compte, ce qu'il ne fera peut-être pas avant plusieurs mois.

Ils sortirent cinquante sacs de chacun des quatre chariots et les enterrèrent dans le sable de l'oued asséché. Bien qu'ils aient travaillé aussi vite que le permettait la prudence, le soleil était bas sur l'horizon quand ils remirent les sceaux du dernier coffre et refermèrent les portières arrière du quatrième chariot. L'un des gardes endormis remua, marmonna quelque chose et tenta de s'asseoir. Taita lui posa doucement la main sur le front. L'homme soupira et se rallongea. Taita lui ouvrit la bouche et plaça une pincée de poudre blanche sur sa langue. La sentinelle se rendormit pour de bon.

— Dépêchons-nous, dit-il. Ils commencent à se réveiller.

Ils recouvrirent de sable les rangées de sacs au fond du trou sous le dernier chariot, puis marchèrent dessus pour que leur travail n'attire pas les regards.

— Combien crois-tu que nous en avons pris ? demanda Nefer.

— Impossible de le dire avant que nous le pesions, répondit Taita, mais je dirais au moins trois lakhs.

— Assez pour recruter et équiper une armée, affirma Nefer.

Ils effectuèrent une dernière inspection rapide mais complète des chariots et de la zone alentour pour s'assurer qu'ils n'avaient rien négligé. Puis, laissant les gardes plongés dans le profond sommeil provoqué par la drogue, ils remontèrent l'oued sans bruit et gravirent les contreforts du plateau jusqu'à l'endroit où Hilto les attendait avec les chars. De cette position élevée, ils continuèrent d'observer le lit de l'oued. Rien n'indiquait une activité inhabituelle ou que l'alarme ait été donnée. Peut-être les gardes s'étaient-ils sentis trop coupables à leur réveil pour faire état de leur négligence.

Juste avant la tombée de la nuit, les attelages de bœufs tirèrent péniblement les quatre chariots hors du lit sablonneux de l'oued et, quand l'armée des usurpateurs s'ébranla pour sa marche nocturne, ils s'éloignèrent à pas lourds à la suite des litières royales.

Pendant cinq jours et cinq nuits, la grande armée d'Egypte défila à cet endroit. Les régiments d'archers, de lanciers et de frondeurs succédaient aux escadrons de chars. Suivaient des colonnes d'esclaves, qu'on emploierait au pénible travail de construction des fortifications et de sape des murailles des villes assiégées. Puis venaient les artisans, constructeurs de chars et charpentiers, armuriers et fabricants de flèches, suivis des épouses ou compagnes des soldats, des prostituées avec leurs esclaves, leurs serviteurs et leurs enfants. Des marchands avec des chariots chargés de marchandises et de tous les produits de luxe possibles et imaginables destinés à être vendus aux troupes enrichies par le pillage fermaient la marche.

Dans toute cette multitude, personne n'entra dans l'oued asséché où l'or était enfoui et, bien que chaque jour des compagnies et des régiments aient campé à proximité, nul ne s'en approcha pour y camper ou faire ses besoins.

Lorsque le dernier véhicule de la puissante armée fut passé lourdement et eut gravi la route rocailleuse du col de Khatmia et que le dernier traînard eut disparu au loin, Nefer et Taita eurent enfin la certitude que les trésoriers de l'armée ne s'étaient pas aperçus que le poids du trésor avait diminué et que personne n'était tombé par hasard sur leur cachette dans le lit de l'oued.

Quand la route d'Orient fut enfin déserte, ils descendirent des collines pendant la nuit et laissèrent les chars sur la berge de l'oued, les chevaux toujours dans les traits, prêts à partir sur-le-champ. Nefer et Meren entrèrent dans le lit asséché : les traces laissées par les chariots et les bœufs étaient encore visibles au clair de lune. Après quelques coups de pelle, Meren poussa un sifflement joyeux et exhuma le premier sac d'or. Ils les comptaient au fur et à mesure qu'ils les sortaient pour être certains de n'en oublier aucun. Ils les portaient ensuite sur la berge en chancelant sous leur poids et les empilaient près des chars. Les deux cents sacs remplis d'or fin formaient un tas impressionnant.

— Il y en a trop. Nous ne pourrons jamais emporter tout cela, dit Nefer, dubitatif.

— C'est une loi naturelle de ce monde cruel : on n'a jamais trop d'or, objecta Taita.

Les légers chars de guerre n'avaient pas été conçus pour le transport, mais ils les chargèrent jusqu'à faire fléchir les axes et gémir la caisse. Ils n'en avaient cependant pas enlevé la moitié. En ménageant les chevaux et en les tirant par les rênes, ils conduisirent les chars bondés en haut des collines, puis repartirent charger une deuxième fois. Deux autres voyages furent nécessaires pour tout emporter.

Ils divisèrent le trésor en cinq parts égales et en enterrèrent quatre dans des cachettes séparées en prenant grand soin d'effacer toute trace. Si l'une était découverte, ils ne perdraient pas le tout. Ils chargèrent la cinquième sur treize chars, que Nefer renvoya à Gallala sous les ordres d'Hilto. Une fois arrivé là-bas, celui-ci devait revenir chercher le reste avec un convoi de lourds chariots.

Nefer gardait trois chars, conduits par Taita, Meren et lui-même. Les deux escadrons se séparèrent, Hilto faisant route vers le sud, Nefer emmenant sa petite troupe vers l'est, à la suite de l'armée des deux pharaons.

Nefer se déplaçait de jour, sachant que l'armée qu'ils suivaient se reposait dans la journée et qu'il y avait donc peu de risques de tomber sur elle par inadvertance.

Ils montèrent par le col sur le plateau, où ils trouvèrent de l'eau en abondance, bien que la majeure partie ait été polluée par les milliers de bêtes et d'hommes qui les avaient précédés. Les chevaux étaient bien reposés et ils allaient à bonne allure avec les chars légèrement chargés. Ils dépassèrent des centaines de camps abandonnés, signalés par des feux éteints, des cabanes affaissées et des ordures éparpillées. Il y avait aussi des tombes creusées à la hâte, car une armée en marche subit sans cesse des pertes. Certaines avaient déjà été ouvertes par les hyènes et les chacals, les cadavres tirés au-dehors et en partie dévorés.

— Nous allons avoir besoin d'elle, dit Nefer en mettant pied à terre près du corps d'une jeune femme, probablement l'une des prostituées qui suivaient l'armée.

Il était impossible de déterminer la cause de sa mort, car les vautours avaient presque achevé la besogne commencée par les hyènes. Elle n'avait plus ni yeux ni lèvres, et son crâne les fixait de ses orbites vides, un rictus entre ses dents noircies.

— Pour l'amour des dieux, s'écria Meren, tu as perdu l'esprit ? Cette chose pue à cent pas.

— Aide-moi à l'envelopper, dit Nefer, ignorant ses protestations.

Il avait trouvé une pièce de lin, si déchirée et sale que même les Bédouins qui récupéraient les objets abandonnés par l'armée n'en avaient pas voulu. Ils déposèrent les restes de la morte sur le bout d'étoffe et l'emmaillotèrent proprement. Puis, malgré les hauts cris de Meren, ils attachèrent le fardeau à l'arrière de son char.

Bien qu'ils aient roulé sous un voile de poussière depuis l'aube, ils ne rattrapèrent pas l'arrière-garde de l'armée avant le milieu de la matinée. L'ensemble du corps expéditionnaire s'était déjà arrêté pour la journée et les feux de cuisson marquaient l'emplacement de centaines de camps répartis le long de la route.

Nefer s'écarta de la piste et ils contournèrent les chariots de queue en restant hors de vue de la route. Ils avançaient avec prudence, en ayant soin de reconnaître le terrain. Ils rattrapèrent enfin le convoi des chariots transportant le trésor et les hautes litières des épouses royales, arrêtés dans un bosquet d'oliviers. Il était midi passé quand Nefer se rapprocha d'eux sans bruit et grimpa à un tamaris, duquel il pouvait espionner le camp par-dessus la *zareba* d'épineux qui l'entourait.

Le pavillon de la reine Merykara avait été dressé à quelque distance de celui d'Heseret, mais les deux sœurs étaient assises ensemble sous un auvent et picoraient le repas copieux apporté par leurs servantes.

Nefer n'était pas assez près pour entendre leur conversation. Assise face à lui, Heseret jacassait et riait gaiement. Elle était encore plus belle que dans le souvenir de Nefer. Même en ces circonstances peu protocolaires, elle était soigneusement maquillée, maquillage qui était censé la faire ressembler à la statue d'Hathor, à Memphis. Elle portait des bijoux magnifiques, et ses cheveux avaient été huilés et ondulés de frais. Misha, la grande esclave noire, se pencha par-dessus son épaule pour remplir sa coupe d'or. Un peu de vin rouge se répandit sur le devant de la robe d'Heseret. Elle se leva d'un bond et frappa Misha à la tête avec un lourd éventail en argent et plumes d'autruche. La fille tomba à genoux et se protégea des deux mains, le sang jaillissant entre ses doigts. Merykara tenta de retenir sa sœur aînée, mais celle-ci fit pleuvoir les coups sur la tête de Misha jusqu'à ce que le manche de son éventail se casse en deux. Elle le jeta sur la pauvre fille et s'éloigna, furieuse, en lui lançant des insultes par-dessus son épaule.

Merykara releva la Nubienne et l'emmena dans son pavillon. Nefer attendit patiemment, bien caché dans les branches hautes du tamarinier. Un peu plus tard, Misha ressortit de la tente, la tête bandée. Toujours en pleurs, elle disparut parmi les arbres. Nefer ne bougea pas jusqu'à ce que Merykara apparaisse à l'entrée de son pavillon.

La dernière fois qu'ils s'étaient parlé, Nefer l'avait

enjointe de rester en alerte et d'attendre sa venue. Elle regarda alentour avec attention, dit quelques mots au garde devant sa tente et commença à se promener sans but apparent à la périphérie du camp. Elle avait pris les instructions de son frère au sérieux et fouillait les environs pour tenter d'apercevoir ses sauveteurs. Elle était la seule à se déplacer ainsi ; tous les autres restaient à l'abri du soleil et de la chaleur. Même les sentinelles ne faisaient pas attention à elle.

Nefer tira de sa sacoche un petit miroir en argent poli et réfléchit un rayon de soleil vers le visage de sa sœur. Elle s'arrêta instantanément, se protégea les yeux et lança un regard interrogateur dans sa direction. Il envoya deux autres éclairs lumineux, le signal convenu, et, même à cette distance, il la vit sourire, un sourire aussi radieux que le rayon de soleil qui dansait sur son adorable visage.

Merykara était allongée, tout éveillée, dans la litière oscillante et cahotante sur des coussins et un matelas bourré de duvet de cygne, Misha roulée en boule à ses pieds comme un chien endormi. Les rideaux de la litière étaient tirés pour laisser entrer l'air frais de la nuit et elle entendait les mille bruits de l'armée en marche, le martèlement des sabots, le grincement des chariots, les mugissements des bœufs de trait, les cris des conducteurs et les pas des gardes qui marchaient le long de la litière.

Il y eut soudain de l'agitation devant, des claquements de fouet, le fracas des roues sur la roche, un bruit d'écoulement et celui des éclaboussures soulevées par les bêtes et les véhicules. Puis Merykara entendit la voix bougonne de sa sœur :

— Holà ! Que se passe-t-il ?

— Nous passons à gué une petite rivière, majesté. Il me faut te demander de mettre pied à terre, de crainte que la litière ne se retourne. La sécurité de ta divine personne est notre seul souci, lui dit un esclave.

Heseret se plaignit amèrement de ce dérangement et Merykara profita de cette diversion pour chuchoter ses dernières instructions à Misha. Elles descendirent ensuite de la litière. Des esclaves attendaient avec des lanternes pour les conduire en bas de la berge, où se trouvait déjà Heseret.

— Ils m'ont réveillée alors que je dormais à poings fermés, dit celle-ci à Merykara. Je vais signaler ce balourd de maître de caravane à mon époux, le pharaon de Haute-Egypte.

— Cela te fera certainement du bien de savoir qu'on le fouette jusqu'au sang, renchérit ironiquement Merykara.

Heseret leva le menton et se détourna. A cet instant, un hibou poussa son cri en amont et Merykara tressaillit de joie. Quand ils étaient enfants, Nefer avait tenté de lui apprendre à imiter ce roucoulement bas, mais elle n'y était jamais parvenue. L'oiseau hulula trois fois, mais elle fut la seule à le remarquer. Les autres étaient occupés à faire traverser le lit traître de la rivière aux encombrantes litières et aux lourds chariots du trésor. Les milliers de véhicules qui les avaient précédés avaient creusé l'entrée du gué et transformé le fond en marécage. Il était plus de minuit quand le passage du gué fut mené à bonne fin et que le dernier chariot fut tiré en haut de l'autre berge, les bœufs aiguillonnés par les coups de fouet et les « Oh ! Hisse ! ».

Le chef de la caravane fit alors apporter des chaises à porteurs pour les épouses royales, où des esclaves les aidèrent à s'installer afin de leur faire franchir le gué. Quand elles arrivèrent de l'autre côté, il y eut un moment de consternation et de confusion car l'un des chariots avait perdu une roue et bloquait la route. Par ailleurs, les esclaves qui avaient porté Heseret avaient laissé ses pieds se mouiller, abîmant ainsi ses sandales. Elle insista pour qu'ils soient punis sur-le-champ. Les claquements des fouets des surveillants et les hurlements des pauvres diables ajoutèrent au vacarme.

Malgré le bruit, Merykara entendit de nouveau le hibou hululer, tout près cette fois-ci et du même côté de la rivière.

— Ne me déçois pas, dit-elle à Misha.

— Ma vie t'appartient, maîtresse, lui répondit la jeune Nubienne.

— Tu me l'as souvent prouvé et je ne l'oublierai jamais, fit Merykara en l'embrassant.

Elle se détourna et s'éloigna tranquillement dans la nuit. Seule Heseret s'en rendit compte.

— Où vas-tu ? demanda-t-elle.

— Noyer les mauvaises fées, rétorqua Merykara, usant de la formule consacrée de leur enfance.

Heseret haussa les épaules, remonta dans sa litière et tira les rideaux. Dès qu'elle fut hors de vue de la route, Merykara s'arrêta et imita tant bien que mal le cri de l'oiseau de nuit. Presque tout de suite, une main ferme se referma sur son avant-bras et son frère lui chuchota à l'oreille :

— Je t'en prie, cesse, ma chérie, tu vas terrifier tous les hiboux d'ici à Bersabée.

Elle pivota sur ses talons, jeta ses bras autour du cou de Nefer et l'étreignit de toutes ses forces, trop émue pour parler. Il se dégagea doucement, la prit par la main et l'entraîna le long de la berge. Il marchait rapidement et semblait avoir une vision nocturne aussi aiguisée que celle du léopard car il n'hésitait ni ne trébuchait jamais. Il ne parlait pas, si ce n'est pour l'avertir de la présence d'un obstacle. Elle le suivait aveuglément. Après ce qui parut une éternité, il s'arrêta pour la laisser se reposer.

— Misha sait-elle ce qu'elle doit faire ? s'enquit-il.

— Elle va garder fermés les rideaux de la litière et répondra à qui le demande que je dors et ne veux pas être dérangée. Personne ne se doutera que je me suis enfuie.

— Jusqu'à la halte de demain, précisa-t-il. Nous ne disposons pas de plus de temps pour nous échapper. Es-tu prête à continuer ? Nous devons traverser la rivière dans l'autre sens.

Il la souleva sans peine et franchit le cours d'eau en la portant. Sa force stupéfia Merykara. Elle était dans ses bras comme une poupée. Il la reposa sur l'autre rive et ils reprirent leur marche.

— Quelle est cette odeur horrible ? demanda-t-elle après un moment.

— La tienne. Ou du moins l'odeur de celle qui va prendre ta place.

Avant même qu'il ait fini sa phrase, deux silhouettes émergèrent de l'obscurité et Merykara poussa un petit cri de frayeur.

— Ce sont Taita et Meren, la rassura Nefer.

Ils la conduisirent à un épais taillis, et Meren ouvrit le volet de la lanterne. Merykara eut le souffle coupé lorsque, dans la faible lueur jaune, elle vit la chose répugnante étendue par terre. C'était un cadavre, mais si horriblement mutilé qu'il n'avait plus forme humaine.

— Dépêchons-nous, lui dit Nefer. Donne-moi tous tes bijoux et tes vêtements.

Merykara se dépouilla de ses bijoux et se déshabilla puis donna le tout à son frère. Taita lui tendit un petit paquet de vêtements de rechange, tunique, jupe et sandales, pour remplacer les siens.

Nefer s'agenouilla près du cadavre et plaça les colliers autour du cou de la morte, les bagues et les bracelets à ses doigts et ses poignets. Ne parvenant pas à enfiler la jupe et le pagne sur les jambes rigides, il les réduisit en lambeaux et les frotta dans la poussière, puis il se donna un petit coup dans le pouce avec la pointe de son poignard et laissa dégouliner du sang sur l'étoffe. Le chœur des cris d'une bande d'hyènes affamées se fit entendre tout près.

Merykara frissonna.

— Elles ont senti le cadavre.

— Elles en laisseront juste assez pour convaincre Naja que tu as été dévorée par des bêtes sauvages, fit Nefer en se relevant. Nous devons partir, maintenant.

Les chars attendaient un peu plus haut en amont. Nefer n'avait pas voulu laisser leurs traces trop près du corps de la morte. En tirant sa sœur sur la plate-forme, il jeta un coup d'œil vers l'est.

— L'étoile du matin, dit-il doucement. Le jour va se lever dans une heure. Nous devons aller le plus loin possible pendant qu'il fait encore nuit.

Lorsque, derrière eux, l'aube pointa, pareille à une floraison de roses et de mimosas, ils avaient déjà descendu la moitié de l'escarpement et le désert s'étendait à leurs pieds.

La vue était si grandiose que, malgré eux, ils arrêtèrent les chevaux et, subjugués, contemplèrent l'océan de sable doré. Tous, sauf Meren. Tel un pèlerin ayant parcouru la moitié du monde pour se rendre au sanctuaire de sa déesse, il fixait des yeux Merykara, debout près de son frère sur le char de tête. Pendant le long trajet nocturne, elle lui avait été cachée par l'obscurité, mais maintenant les rayons du soleil matinal jouaient sur son visage et il la regardait. Elle avait toujours été pour lui la petite sœur, coquine et espiègle, de son meilleur ami, et c'était la première fois qu'il la voyait depuis deux ans. Le temps avait opéré un changement miraculeux. Chacun de ses mouvements, de ses gestes, était maintenant empreint d'une grâce parfaite, chaque angle et aplat de son visage, chaque courbe et ligne de son corps mince, exquis. Elle avait la peau nacrée, les yeux plus verts et plus brillants que des émeraudes, sa voix et son rire formaient la musique la plus enchanteresse qu'il ait jamais entendue.

Taita surprit son regard et sourit intérieurement. Même dans les situations les plus difficiles, la vie s'efforce de se renouveler, pensa-t-il.

— Sire, nous ne devons pas nous attarder ici, dit-il. Les chevaux ont besoin d'eau.

Au pied des collines, ils quittèrent la route et obliquèrent vers le sud et le Grand Lac Amer. Ils ne s'arrêtèrent pas avant d'avoir atteint la première cachette où ils avaient entreposé des amphores d'eau pour le trajet de retour et constatèrent qu'Hilto était passé avant eux. Les empreintes laissées par ses chars lourdement chargés d'or montraient qu'il se déplaçait lentement et ne devait pas avoir une grande avance.

Ils virent avec soulagement qu'il n'avait pas utilisé toute l'eau et en avait laissé quatre amphores pleines, assez pour que les chevaux parviennent à la prochaine oasis, celle de Zinalla.

Merykara s'était montrée animée et pétillante quand

elle avait bavardé et plaisanté avec Nefer et Taita, mais, par quelque hasard, elle n'avait pas fait attention à Meren et n'avait même pas regardé dans sa direction. Alors qu'au temps de leur enfance il la traitait avec dédain, Meren était maintenant trop impressionné pour l'approcher, car elle était reine, bien que par mariage avec un usurpateur, et il la considérait comme une déesse.

Pour la centième fois depuis qu'ils s'étaient arrêtés, il se plaça ingénument dans sa ligne de vision tandis qu'elle se reposait à l'ombre avare d'un acacia en fleur. Cette fois-ci, elle leva les yeux et inclina la tête. Il la salua cérémonieusement.

— Mes compliments, majesté. Je suis ravi de te savoir en lieu sûr. Je m'inquiétais beaucoup pour ta sécurité.

Tout en cherchant à mesurer combien il avait changé, elle lui lança un long regard pour apprécier sa haute taille et l'assurance qui se dégageait de son port de tête et de ses puissantes épaules. Elle vit à quel point ses cheveux avaient poussé et elle sentit sa poitrine oppressée.

— Meren Cambyse, dit-elle gravement, la dernière fois que j'ai eu affaire à toi, tu as cassé mon cerf-volant favori. Pourrai-je te faire encore confiance ?

— Tu le peux jusqu'à la mort, répondit-il avec ferveur.

Lorsque les chevaux furent nourris et reposés, il fallut repartir.

— Tes chevaux ont eu à tirer mon poids en excédent toute la nuit, dit Merykara à son frère comme en passant. Je crois qu'il vaut mieux les soulager maintenant.

— Comment faire ?

— Je vais monter sur un autre char, dit-elle en se dirigeant vers Meren, qui l'attendait.

Ils atteignirent le lendemain l'oasis de Zinalla, où l'escadron d'Hilto les avait précédés. Nefer répartit également le poids des hommes et de l'or entre les seize chars et ils poursuivirent leur chemin vers Gallala à bien plus vive allure.

Mintaka était sur le toit du temple d'Hathor. En compagnie d'autres femmes et de quelques hommes âgés, elle le réparait pour qu'il soit digne de recevoir la déesse afin de pratiquer son culte. L'édifice avait peut-être mille ans, mais beaucoup de ses peintures murales étaient dans un extraordinaire état de conservation. Ce n'était pas le cas du toit. Il faisait cependant si imperturbablement beau que peu importaient les grands trous à travers lesquels on voyait le ciel. Il fallait seulement enlever les chevrons pourris, qui eussent représenté un danger mortel pour l'assemblée des adorateurs. Mintaka supervisait les travaux. Elle était vêtue simplement, comme les autres femmes, et, comme elles, elle était brûlée par le soleil. La vie qu'elle menait maintenant était entièrement différente de l'existence recluse qui avait été son lot dans le gynécée d'Avaris, et elle se délectait de sa liberté nouvelle et de l'amitié de ses compagnes.

A l'aise sur le haut mur, elle se redressa et étira son dos endolori. Puis elle se protégea les yeux et parcourut du regard les champs verdoyants de jeune dourah et le réseau des canaux d'irrigation où miroitait l'eau de la source découverte par Taita. Des troupeaux de bovins et de moutons paissaient dans les enclos luxuriants, mais peu de chevaux. Comme chacun à Gallala, elle en ressentait profondément le manque.

Ensuite, comme elle l'avait fait sans cesse au fil de ses longues journées de solitude depuis le départ de Nefer, elle leva les yeux et parcourut du regard la vallée entre les collines nues et inhospitalières, qui formaient un si grand contraste avec les champs autour de la ville. C'était par là que Nefer devait arriver. Elle scruta l'horizon sans grand espoir, ayant été si souvent déçue.

Soudain, elle plissa les yeux pour se protéger de la réverbération et le battement de son cœur s'accéléra. Il y avait là-bas quelque chose, minuscule dans l'immensité du ciel, éthéré comme une plume au vent, peut-être un de ces tourbillons de poussière portés par l'atmosphère surchauffée du désert.

Elle détourna le regard pour se reposer les yeux et essuya la sueur sur ses épais sourcils sombres. Quand elle regarda de nouveau, le nuage de poussière s'était rapproché et elle se prit à espérer. A cet instant, une corne de bélier sonna longuement. Les sentinelles postées sur la crête l'avaient vu aussi. Autour d'elles, les autres s'arrêtaient de travailler et scrutaient la vallée. Dans un joyeux tohu-bohu, des cris d'excitation d'enfants leur parvenaient depuis la rue en contrebas, des garçons d'écurie se précipitaient vers les chevaux, les conducteurs de char vers leurs véhicules garés de l'autre côté de la place.

Mintaka n'y tint plus. Elle descendit de l'échafaudage qui couvrait la façade du temple avec la rapidité d'un vervet dérobant des fruits dans un verger. Shabako traversait la place sur son char. Il dépassa le monument qui commémorait la bataille de Tanus et se dirigea vers les portes de la cité.

Elle l'appela et courut pour l'arrêter au passage. Il fit une embardée pour venir à sa rencontre et serra les rênes. Elle sauta sur la plate-forme derrière lui. Ils franchirent les portes à toute allure et s'élancèrent sur la roue creusée d'ornières. Devant eux, le nuage de poussière arrivait rapidement.

— Ce sont eux, Shabako ? Dis-moi que oui.

— Je le crois en effet, majesté ! cria-t-il pour se faire entendre malgré le vent de la vitesse.

— Pourquoi alors vas-tu si lentement ?

En haut d'une légère éminence apparut un char. Mintaka se cramponna au bord de la caisse et tenta de distinguer le conducteur, mais il était encore trop loin.

— Regarde, maîtresse, il a hissé une flamme bleue ! s'exclama Shabako en montrant le morceau d'étoffe teinte qui flottait au bout d'un long bambou au-dessus du char.

— C'est Nefer ! Oh, que la déesse soit louée. C'est lui !

Elle arracha son turban et l'agita tandis que Nefer fouettait son attelage et arrivait à bride abattue.

— Laisse-moi descendre ! lança-t-elle à Shabako en lui tapant sur l'épaule pour donner plus de poids à son injonction.

Elle sauta en marche et atterrit avec grâce sans perdre l'équilibre. Puis elle courut à la rencontre de Nefer, les bras ouverts.

Taita, qui arrivait derrière, crut que dans sa fougue Nefer allait la renverser, mais au dernier moment il fit un écart et, alors que le char perdait de la vitesse, se pencha sur le côté de la caisse et lui tendit la main. Elle se jeta en toute confiance dans le cercle de son bras. Si elle avait hésité, elle aurait pu être projetée sous l'attelage lancé au galop ou écrasée sous les roues, mais il la hissa avec aisance et elle rit dans ses bras.

Nefer rassembla son conseil sur la place de l'ancienne cité et raconta ce qui s'était passé. Il expliqua en détail comment ils avaient prélevé une part du trésor, et tous l'écoutaient, captivés. Il leur présenta ensuite Merykara, et fit le récit de son enlèvement au nez et à la barbe de Trok et de Naja. Ils crièrent « *Bak-her !* » et se levèrent pour l'applaudir.

Puis Nefer envoya chercher les scribes, qui pesèrent l'or devant les membres du conseil. Le total dépassait largement un demi-lakh.

— Mes seigneurs, déclara-t-il, ce n'est que le cinquième de ce que nous avons pris. Hilto va repartir demain en convoi chercher le reste, et nous avons besoin d'hommes pour l'accompagner.

Apparemment, tous les hommes valides de Gallala mouraient d'envie de participer à l'expédition. Voyant qu'ils n'étaient pas choisis, Shabako et les plus expérimentés de ses guerriers se plaignirent amèrement.

— Pharaon va-t-il nous obliger à rester à Gallala, rêvassant comme de vieilles femmes au foyer ? s'enquit Shabako.

Nefer sourit.

— Des tâches plus difficiles vous attendent. Mais, pour l'heure, le soleil est couché et un festin a été préparé en notre honneur. Nous ne tarderons pas à nous réunir en conseil de guerre, j'en fais le serment, assura-t-il avant de lever la séance.

Ils s'éloignèrent en ronchonnant, mais leur moral remonta une fois qu'ils eurent vidé les premiers pots de bière fraîche.

Nefer avait fait abattre deux bœufs et une douzaine de

moutons bien gras. Depuis son retour, les femmes s'étaient affairées aux fourneaux pour préparer un banquet. Tous les habitants de la ville, hommes et femmes, étaient conviés, et même les garnisons des forts sur la crête des collines et des tours de guet reçurent leur part. Comme la découverte de la source, la prise de l'or avait soudé la communauté.

Taita avait composé un poème épique pour l'occasion et, comme à chacune de ses créations, il remporta un succès immédiat. On ne le laissa pas se rasseoir. Les convives crièrent et tapèrent sur les tables avec leur bol jusqu'à ce qu'il reprenne les soixante vers. Quand il eut fini, ils avaient mémorisé l'ensemble du poème, et les musiciens improvisèrent un morceau d'accompagnement. Toute la compagnie participa avec enthousiasme à la troisième interprétation.

Puis Nefer invita tout citoyen qui se sentait la fibre oratoire à se lever et à parler. Certains discours furent incohérents mais bien accueillis, d'autres hilarants ou si poignants que toutes les femmes et beaucoup d'hommes en avaient les larmes aux yeux. Dans cette atmosphère chargée d'émotion, Merykara se pencha pour parler à son frère. Le vacarme était tel qu'elle dut élever la voix pour se faire entendre :

— Royal et divin frère ! commença-t-elle dans un hoquet car elle aussi avait goûté à la bière. J'ai une faveur à te demander.

— Petite sœur, qui n'est d'ailleurs plus petite du tout, dis-moi ce que tu désires. Si c'est en mon pouvoir, tu l'obtiendras.

— C'est en ton pouvoir, dit-elle.

Elle jeta un coup d'œil à Meren à l'autre bout de la table, croisa son regard ardent, baissa le sien et rougit.

— Tu n'ignores pas qu'enfant j'ai été mariée sans

mon consentement et contre mon gré. Ce mariage n'a jamais été consommé. Je veux que tu prononces mon divorce d'avec Naja. Je veux que tu me libères de ce lien afin que je puisse prendre un époux de mon choix. Ce serait le plus beau cadeau que tu pourrais me faire.

— Est-ce possible ? demanda Nefer, soudain dégrisé, en se tournant vers Taita. Est-il en mon pouvoir de prononcer un divorce devant les dieux ?

— Tu es Pharaon, intervint Merykara avant que Taita ait eu le temps de répondre. De même que Trok a divorcé de Mintaka, tu es en mesure de prononcer mon divorce d'avec Naja.

— Trok a divorcé ? répéta Nefer si brusquement que tous se turent.

— Tu ne le savais pas ? fit Merykara. Pardonne-moi de te l'annoncer de manière aussi brutale. J'étais persuadée que la nouvelle serait parvenue jusqu'ici.

Nefer prit la main de Mintaka et secoua la tête, trop ému pour parler. Merykara poursuivit gaiement :

— Oh oui ! En son jour consacré, dans le nouveau temple qu'il s'est dédié, Pharaon Trok a sacrifié un bélier et a proclamé trois fois : « Je divorce. » Et, pouf, la bête est tombée.

Nefer attira Mintaka plus près de lui et regarda Taita. Le vieux mage connaissait la loi mieux que n'importe quel scribe et, en réponse à la question silencieuse de Nefer, il hocha la tête d'un air solennel.

Merykara ne cessait plus de parler :

— En fait, immédiatement après le divorce, il a sacrifié un autre bélier et condamné Mintaka à la peine de mort pour adultère et sacrilège, pour avoir déshonoré un dieu.

Nefer tourna la tête et regarda Mintaka dans les yeux. Elle lui rendit son regard, tous deux réfléchissant à ce qu'impliquaient les révélations de Merykara. Une expression étrange envahit peu à peu le visage de Nefer, comme celle d'un condamné apprenant qu'il est gracié.

— Tu es libre, mon bel amour, dit-il. Et ta liberté m'a libéré.

Avant l'aube le lendemain, alors que presque toute la ville cuvait encore sa bière de la veille, Nefer alla trouver Taita dans ses appartements. Le mage leva les yeux du rouleau de papyrus qu'il était en train de lire à la lueur vacillante d'une lampe à huile.

— Tu es occupé ? demanda Nefer avec un curieux manque d'assurance.

— Tu le vois, répondit Taita, qui, résigné, entreprit d'enrouler le papyrus sur sa baguette de bois.

Pendant un moment, Nefer parcourut la pièce au hasard, s'arrêtant pour examiner certains des objets rassemblés par le vieillard depuis son arrivée à Gallala : oiseaux naturalisés au plumage coloré, squelettes de petits mammifères et de reptiles, morceaux de bois ou plantes aux formes bizarres, substances conservées dans des bols, des bouteilles ou des sacs entassés sur l'établi et dans tous les coins. Taita attendait patiemment qu'il en vienne à la raison de sa visite, qu'il devinait aisément.

Nefer prit le fossile d'un crustacé antédiluvien et le regarda à la lumière de la lampe.

— Mintaka n'est plus mariée à Trok, dit-il sans lever les yeux.

— Si sourd que je puisse être, cela ne m'a pas échappé, répondit Taita.

Nefer reposa le fossile et prit une statue en cuivre d'Isis avec Horus enfant sur son giron en train de téter, que Taita avait exhumée sous les murs de la cité. Elle était recouverte d'une épaisse couche de vert-de-gris.

— Quelles restrictions au mariage d'un roi les lois de Khephren imposent-elles ? demanda-t-il.

Taita se fourra pensivement le doigt dans le nez et examina ce qu'il en sortit.

— Comme pour toute autre femme, sa future épouse doit être libre de se marier, soit vierge, soit veuve, dit-il.

— Ou divorcée, ajouta Nefer.

— Ou divorcée, soit à la demande de l'époux, soit par décret du pharaon régnant, acquiesça Taita. Et avant d'être déifié ou marié, le roi doit être ordonné dans sa souveraineté.

— Pour être ordonné, Pharaon doit avoir atteint sa majorité, ce qui n'est pas mon cas, ou bien avoir capturé son oiseau-dieu, ce que je n'ai pas réussi à faire, ou encore il doit avoir parcouru la Route Rouge.

Nefer s'interrompit un instant.

— Ce que je n'ai pas fait non plus. Pas encore.

Il avait insisté sur ces derniers mots. Taita cligna des yeux, mais ne répondit pas. Nefer reposa l'idole et regarda le mage avec détermination.

— J'ai l'intention de parcourir la Route Rouge, annonça-t-il.

Taita l'examina sans mot dire.

— Tu n'as pas achevé ta croissance et tu n'es pas encore au sommet de ta force, lui fit-il remarquer.

— Je suis assez grand et assez fort.

— Qui t'accompagnera ?

— Meren, répondit Nefer avec fermeté.

— Des hommes plus forts et expérimentés te seraient d'un plus grand secours. Ceux qui aimeraient recueillir la tresse d'un pharaon de la lignée de Tamose ne manquent pas.

— J'ai donné ma promesse à Meren.

Deux jeunes chiens trébuchant dans leur enthousiasme et leur ignorance, songea Taita.

— Il n'y a pas de chevaux indomptés à Gallala – du moins, de ceux qui pourraient répondre aux besoins de l'épreuve.

— Je sais où en trouver. Naja et Trok n'ont pas jugé nécessaire de faire garder les bandes qui restent en Egypte.

Taita ne prit pas la peine de relever la fausseté de cette assertion. Les usurpateurs avaient laissé en Egypte plus de soldats aguerris qu'ils n'en avaient emmené avec eux dans l'aventure mésopotamienne, mais il savait que Nefer n'était pas disposé à entendre tout argument allant à l'encontre de son intention.

— Si tu échoues dans ta tentative, tu ne perdras pas seulement tes cheveux. Tu perdras tant de prestige que tu pourras difficilement prétendre au trône.

— Je n'échouerai pas, répliqua Nefer à voix basse.

Taita s'était attendu à cette réponse.

— Quand as-tu l'intention de passer l'épreuve ? demanda-t-il.

— Je dois d'abord trouver mes chevaux.

Après la découverte de la source, qui avait permis à Gallala de devenir une base permanente, Nefer avait, sur le conseil de Taita, institué un service de nettoyage de la ville. Les déjections humaines, le fumier des enclos à bestiaux et à chevaux étaient ramassés, transportés en tombereaux et épandus dans les champs comme engrais. Le reste était entassé à l'extrémité de la vallée, qui hébergea bientôt une population permanente de corbeaux et de milans, de vautours et de marabouts au cou déplumé. Les babouins descendus des collines, des centaines de chacals et de chiens errants fouinaient dans les tas d'ordures.

Sur l'ordre de Nefer, des pièges étaient installés chaque soir sur cette décharge et, le lendemain matin, les bêtes capturées étaient emportées dans des cages.

Pendant ce temps-là, Shabako et ses hommes les plus sûrs avaient été envoyés en éclaireurs dans les villes et villages de la vallée du Nil. Ils buvaient dans les tavernes et interrogeaient les voyageurs rencontrés sur la route. Ils reconnaissaient chaque fort, chaque garnison, dénombraient les soldats qu'ils voyaient entrer, sortir et faire l'exercice. Les renseignements qu'ils rapportèrent quelques semaines plus tard étaient détaillés et exacts.

Les usurpateurs avaient laissé dans le pays la moitié au moins de leur infanterie, de leurs lanciers, archers et frondeurs, pour parer à toute menace sur leurs arrières. Des garnisons complètes occupaient tous les forts frontaliers, qu'elles semblaient garder avec vigilance.

— Qu'en est-il des divisions montées ? s'enquit Nefer quand Shabako eut achevé son long rapport.

— Trok a emmené la plupart de ses chars en Mésopotamie. Il en a laissé en réserve en Egypte moins de deux régiments. Mais les arsenaux travaillent dur à la fabrication de nouveaux chars.

— Et les chevaux ?

— Ils ont réquisitionné dans les deux royaumes toutes les bêtes sur lesquelles ils pouvaient poser leurs mains de voleurs. Ils ont même envoyé des intermédiaires en Libye pour acheter tout ce qu'ils pouvaient. Apparemment, les écuries de Thane et Manashi sont pleines. Cependant, la plupart des bêtes sont jeunes et non dressées. Les chevaux blanchis sous le harnais ont suivi le gros de l'armée en Orient.

— Thane, décida Nefer. C'est beaucoup plus près de la lisière du désert que Manashi.

C'était là que Taita s'était servi de l'ordre de réquisition remis par Naja pour obtenir de Socco, le compagnon d'armes d'Hilto, des chevaux frais et des chars lorsqu'ils étaient partis enlever Mintaka à Avaris. Il tenta de se remémorer la disposition des lieux et des environs, mais l'épisode était lointain.

— Dis-moi tout ce que tu sais de Thane. Socco en est-il toujours le commandant ?

— Nous avons bu de la bière dans un bordel local avec un sergent de la garnison. Il nous a dit que Socco avait fait du si bon travail que Trok l'avait promu au rang de Meilleur de Dix Mille.

Dix jours plus tard, assis dans l'herbe verte, Nefer et Taita faisaient semblant de garder le troupeau de chèvres qui paissait alentour. Si les terres autour de Thane étaient bien irriguées et riches en pâturages, elles étaient plates et dépourvues d'arbres. Il n'y avait aucune colline d'où observer le camp. L'éminence la plus proche se trouvait à une lieue à l'est, en lisière du désert.

Ils avaient passé des burnous poussiéreux de Bédouins. Sous ce déguisement, ils se fondaient dans le paysage aussi aisément que deux lièvres ou deux corbeaux. Ils se levaient de temps en temps pour conduire les chèvres un peu plus près de la garnison, puis s'accroupissaient dans l'attitude caractéristique des bergers nomades.

Non loin de là paissaient aussi les bandes de chevaux, surveillées par des hommes en armes et uniforme.

— Je dirais qu'il y a plus de deux mille bêtes, estima Nefer.

— Peut-être pas tant, dit Taita en secouant la tête. Plus près de mille cinq cents, mais de toute façon plus que nous n'en pouvons emmener.

Ils observèrent et attendirent toute l'après-midi. Dans les enclos, le long des lignes de cavalerie, les dresseurs habituaient les jeunes animaux au harnais des chars. Ils lançaient des ordres, et les claquements de leurs fouets portaient jusqu'à Nefer et Taita. Le soir, les bandes de chevaux furent ramenées derrière le fort. De loin, ils virent les hommes les attacher pour la nuit.

Au coucher du soleil, Nefer et Taita rassemblèrent leurs chèvres et les reconduisirent dans le désert. Au crépuscule, un petit détachement de quatre chars arriva à toute allure sur la route d'Avaris. Un grand gaillard d'officier, portant le pectoral en argent de Meilleur de Dix Mille, tenait les rênes du premier. Quand il fut plus près, tous deux le reconnurent.

— Par Seth, murmura Nefer. C'est Socco, le vieux compagnon d'armes d'Hilto. Va-t-il nous reconnaître ?

Ils inclinèrent la tête et voûtèrent les épaules en une attitude soumise, traînant les pieds à la suite des chèvres. Socco quitta la route et se dirigea droit sur eux.

— Espèces de rebuts puants ! cria-t-il. Combien de fois devrai-je vous répéter de garder vos bêtes crasseuses et percluses de maladies à l'écart de mes pâturages et de mes chevaux ?

Il se pencha et lança un coup de fouet à Nefer en travers des épaules. La lanière siffla et claqua sur sa chair. Une rage folle aveugla Nefer. Avant qu'il ait eu le temps de tirer Socco de son char, Taita l'arrêta d'un geste qui le cloua sur place. Il parut affecter Socco également, car ce fut d'un ton quelque peu radouci que celui-ci ajouta en enroulant son fouet :

— Si je vous y prends encore, je vous coupe les parties et je vous les colle aux fesses.

Il ramena son char sur la route et s'éloigna au trot vers le fort.

Six nuits plus tard, dans l'obscurité de la nouvelle lune, ils revinrent à Thane en force, avec tous les hommes de Gallala capables de monter à cheval, quarante cavaliers vêtus de robes teintes en noir, le visage barbouillé de suie. Chacun portait en bandoulière un grand sac qui reposait sur la croupe du cheval. Le contenu des sacs se tortillait en émettant des jappements et des gémissements étouffés, car deux ou trois chacals vivants y étaient enfermés. Leurs pattes étaient attachées, et des bandes de cuir souple les muselaient.

Les sabots des chevaux avaient été enveloppés de chaussons de cuir pour qu'ils ne fassent pas de bruit. Nefer les emmena à la file vers le côté ouest du fort en contournant celui-ci, bien au large des lignes de cavalerie, afin de ne pas alerter les sentinelles.

Chacun savait ce qu'on attendait de lui et avait répété la manœuvre plusieurs fois, et ils conservaient leur formation en silence, demi-lune de cavaliers déployée entre Thane et le fleuve. Ils s'étaient répartis à des intervalles assez réduits pour pouvoir se transmettre un ordre à voix basse. Nefer se tenait au milieu, Meren sur l'aile gauche, Shabako sur l'aile droite.

Quand ils furent en position, Nefer répéta trois fois le cri du hibou et vit s'allumer dans la nuit une ligne de points rougeoyants : ses hommes avaient soulevé le couvercle des pots à feu qu'ils portaient et soufflé sur l'amadou pour l'enflammer. Il fit de même, puis ouvrit l'un des sacs sur la croupe de son cheval et plongea la main dedans. Il en sortit par la peau du cou un chacal femelle bien gras, qui se tortillait dans sa poigne.

Une âcre odeur de goudron se dégageait, assez forte pour masquer celle de l'animal, qui avait été trempé dans le liquide visqueux. Taita avait recueilli cette substance dans le désert, à un endroit où il savait qu'elle suintait des profondeurs de la terre. Le goudron était extrêmement inflammable, d'autant plus qu'il l'avait mélangé à une poudre cristalline jaune. Tous les chacals capturés avaient été enduits de cette mixture.

Nefer coupa avec son poignard la ficelle qui maintenait attachées les quatre pattes de l'animal. Sentant la liberté proche, celui-ci se débattait au bout de son bras. Nefer mit en contact le pot à feu avec le poil du chacal, qui s'enflamma en fumant et grésillant. La femelle redoubla d'efforts pour s'échapper mais, avant de la libérer, il glissa la pointe de son poignard entre ses lèvres pour couper la bande de cuir qui la muselait. Elle ouvrit la gueule toute grande et laissa échapper un cri strident terrifiant. Nefer la laissa tomber à terre et le petit animal partit comme une flèche en répandant derrière lui une traînée de feu et d'étincelles et en hurlant si atrocement que le jeune homme en eut les nerfs à vif et sentit ses cheveux se dresser sur sa nuque.

Il tira du sac un autre chacal. Tout le long de la ligne, des boules de feu jaillissaient de l'obscurité et traversaient les champs à toute allure, leurs terribles cris de douleur transformant la nuit en enfer. Quelques-unes des bêtes martyrisées obliquèrent vers la vallée du fleuve, mais les autres se dirigèrent d'instinct vers le désert, qui était leur demeure. La garnison de Thane se trouvait en plein sur leur chemin. La meute fonçait vers les lignes de cavalerie.

Tout en lâchant le dernier chacal, Nefer tira son glaive et lança sa monture au galop à la suite des animaux en flammes. De chaque côté, ses soldats chevauchaient à la même allure. Tous criaient comme des démons, ajoutant leurs voix au vacarme.

Au passage, la queue embrasée des chacals mettait le feu au fourrage et à la litière desséchés. La lumière vacillante des flammes rendait la scène sinistre et les cavaliers noirs encore plus monstrueux.

Devant lui, Nefer vit les sentinelles les plus proches jeter leurs armes et s'enfuir en criant aussi fort que les chacals :

— Des djinns !

— Au secours ! Les légions obscures de Seth nous attaquent !

— Les hordes de l'enfer ! Fuyez ! Fuyez !

Les chevaux attachés ruaient et se cabraient. Lorsqu'un pieu était arraché de terre ou qu'une longe se cassait net sous l'effet de la tension, vingt bêtes étaient libérées d'un coup et s'échappaient devant la ligne de cavaliers hurlants qui entrait à toute allure dans le camp.

Nefer se pencha de sa monture et sabra un garde en fuite. Il le frappa avec force entre les omoplates et laissa le corps flasque glisser de sa lame. Il obliqua ensuite vers un groupe de chevaux terrifiés qui, malgré leurs efforts combinés, ne parvenaient pas à briser leur longe. Il coupa la corde d'un seul coup et poussa des cris pour que les bêtes rejoignent la horde frappée de panique, puis se dirigea vers un autre groupe de chevaux qui, désorientés, tournaient en rond et les poussa hors du camp. Shabako et ses hommes chevauchaient à ses côtés en hurlant et fouettant les chevaux pour les canaliser, marée d'hommes et de bêtes confondus qu'éclairaient seulement les flammes de la garnison incendiée. Les cavaliers filaient à bride abattue vers les collines, laissant derrière eux l'herbe jonchée de carcasses fumantes de chacals carbonisés.

Shabako apparut dans la nuit et vint chevaucher au côté de Nefer.

— Par la sueur et la semence de Seth ! cria-t-il. On s'est bien amusés !

Puis il se retourna pour jeter un coup d'œil en arrière.

— Encore aucun signe de poursuite, c'est dommage. Une bonne escarmouche aurait été la conclusion parfaite de ce divertissant après-midi.

— Je te promets de la distraction un peu plus tard, répondit Nefer en riant, mais pour l'heure nous devons forcer les chevaux à ralentir et changer de direction avant qu'ils ne crèvent.

Ils poussèrent durement leurs montures et, évoluant au milieu du troupeau lancé au galop, parvinrent au premier rang, puis, lui coupant la route, ils l'obligèrent à passer au trot puis au pas et à prendre la direction du désert et de Gallala.

A l'aube, la longue troupe de chevaux étirée au fond d'un défilé étroit et rocailleux avançait à une allure tranquille mais régulière, Nefer et Shabako montrant le chemin tandis que Meren et quelques autres ramenaient les traînards.

— Continue de les faire avancer, je retourne en arrière pour voir si Socco et ses hommes sont à nos trousses, lança Nefer à Shabako en plissant des yeux dans les premiers rayons de soleil.

Au passage, il choisit Meren et trois hommes rompus au maniement de la javeline et du glaive. Il leur fit signe, et les quatre cavaliers le rejoignirent au galop.

— S'ils nous poursuivent, nous devons essayer de les en dissuader.

Conduits par Nefer, ils rebroussèrent chemin et, à un endroit où le défilé se rétrécissait, Nefer et Meren laissèrent les trois soldats garder les chevaux pendant qu'eux gravissaient la pente abrupte semée de rochers.

Quand ils arrivèrent au sommet, le soleil s'était déjà levé à l'horizon mais n'avait pas dissipé la fraîcheur de la nuit, et la brume de chaleur et de poussière ne s'était pas encore formée. La terre chatoyait dans la lumière du désert à l'aube. Au loin, le moindre détail de chaque rocher, de chaque dune, de chaque falaise se dessinait avec une beauté à couper le souffle.

— Là ! dit Nefer.

Meren avait une bonne vue, mais la sienne était meilleure encore.

— Dix cavaliers, commenta Meren en s'efforçant de cacher sa déception de ne pas les avoir vus le premier.

— Onze, corrigea Nefer.

Meren ne contesta pas et sourit en lançant :

— C'est assez bien équilibré : nous sommes cinq.

— Nous allons les attaquer là où c'est étroit, dit Nefer en montrant le fond de la gorge. Je ne tiens pas à ce qu'ils rentrent à Avaris faire leur rapport. Il ne doit y avoir aucun survivant.

— Ça me va parfaitement, fit Meren en riant.

Ils attendirent parmi les rochers, debout près de la tête de leurs chevaux, les mains sur leurs nasaux pour les empêcher de hennir ou de s'ébrouer et de déclencher le piège prématurément. Au milieu de la brèche, Nefer avait placé l'un des sacs en cuir dans lesquels ils avaient enfermé les chacals. Il était maintenant rempli de leurs burnous, dont ils n'avaient plus besoin dans la chaleur croissante du matin.

Ils levèrent la tête, entendant des sabots claquer sur la roche et le bruit de cailloux délogés plus bas dans la gorge. Nefer jeta un coup d'œil en direction de Meren, caché de l'autre côté du défilé avec un de leurs hommes. Il leva la main, les doigts écartés, pour leur intimer l'ordre de ne pas faire de bruit et d'être sur le qui-vive. Son père lui avait enseigné que ces signes de la main étaient toujours préférables aux ordres lancés à haute voix, surtout dans le feu de la bataille, où ils risquaient de se perdre dans le tumulte, ou dans des situations comme celle-là.

Il perçut d'autres petits bruits, amplifiés dans le grand silence des sables : le grincement du cuir et le cliquetis des flèches dans les carquois. Nefer jeta un coup d'œil à l'angle du rocher derrière lequel il était caché avec ses deux soldats. Un buisson dissimulait la silhouette de sa tête.

Un cavalier apparut à l'entrée de la gorge et arrêta sa monture quand il vit le sac de cuir au milieu du chemin. Il regarda attentivement alentour, et le reste de la petite troupe le rejoignit. Malgré son casque en peau de crocodile, Nefer reconnut Socco, et son dos le démangea à l'endroit où il portait encore la marque de son fouet.

Le moment est venu de lui rendre la pareille, pensa-t-il avec détermination. En vieux soldat prudent et soupçonneux, Socco prit son temps. Puis il poussa son cheval au pas, suivi de ses compagnons. Ils s'arrêtèrent en rangs serrés et se penchèrent pour regarder le sac. Socco grommela un ordre :

— Attention maintenant ! Couvrez mes arrières.

Il sauta à terre, s'accroupit au-dessus du sac... et Nefer donna le signal de l'attaque, un mouvement de couperet de la main gauche levée.

Les lanières de lancer étaient enroulées autour de leur poignet droit et ils étaient presque à bout portant. Ils tirèrent ensemble et, comme Hilto et Shabako les avaient entraînés à le faire, chacun avait choisi une cible. Les cinq javelines vrombirent comme des guêpes enragées et frappèrent au défaut de la cuirasse : trois au cou et deux à la nuque. Cinq hommes basculèrent du dos de leur monture et tombèrent sous les sabots des chevaux effarouchés.

Glaive tiré, Nefer et ses hommes sortirent au galop de leur cachette en poussant leur cri de guerre : « Horus et Seti ! »

Les survivants de cette première volée meurtrière de javelines se retournèrent instinctivement pour soutenir la charge, mais ils n'avaient pas tiré leur glaive du fourreau que les assaillants étaient déjà sur eux, leurs chevaux entraînés à charger poitrine contre poitrine. Deux coursiers de Socco furent pris à contre-pied et projetés à terre avec leurs cavaliers. Nefer se jeta sur l'adversaire le plus proche, toujours en selle, et le tua d'un coup à la gorge. Socco tira son glaive et visa le ventre de Nefer, qui para l'attaque. Son cheval se cabra et donna des coups de sabot, dont l'un atteignit Socco, qui s'étala dans le sable. Avant que Nefer ait pu l'achever, un autre ennemi se précipita vers lui sur sa monture, glaive levé. Nefer engagea le combat et ils tournèrent en rond, frappant, parant et criant.

Les hommes de Socco venaient à peine de se remettre du premier choc que Meren, choisissant parfaitement son moment, entra dans la mêlée avec le soldat qui l'accompagnait après une charge furieuse. Il porta un coup au cœur à un adversaire et lança un cri de triomphe, puis, retournant sa lame, tua un autre ennemi d'un coup en travers de la gorge. Sa victime tomba à terre, à demi décapitée.

Socco avait perdu son casque et son glaive, et il rampait sur les genoux pour tenter désespérément de récupérer son arme. De tous ses hommes, il était le seul à être encore capable de résister. Nefer se pencha et visa l'ouverture à l'endroit où le plastron en peau de crocodile était attaché entre les omoplates, mais il ne put se résoudre à frapper. Il modifia son coup en tournant le poignet et frappa Socco à l'arrière de la tête du plat de son glaive. L'homme s'écroula face contre terre.

Nefer jeta un regard circulaire pour s'assurer que Meren avait la situation bien en main. Puis il se laissa glisser à terre au moment où Socco, après avoir poussé un grognement en s'ébrouant, tentait de se dresser sur son séant. Il le repoussa à terre d'un coup de talon dans la poitrine et plaça la pointe de son glaive sur sa gorge.

— Rends-toi, Socco, ou bien je transmets la nouvelle de ta mort à ta mère et à la centaine de gardiens de chèvres qui ont contribué à t'engendrer.

L'air stupéfait de Socco laissa place à un regard de défi.

— Laisse-moi reprendre mon glaive, jeune chien, et je te montrerai comment lever la patte pour pisser.

Il était sur le point d'ajouter à l'insulte quand soudain la lueur belliqueuse de ses yeux s'éteignit. Balbutiant en silence, il fixait du regard le cartouche royal tatoué sur la cuisse de Nefer.

— Majesté, lâcha-t-il. Pardonne-moi ! Frappe ! Prends ma vie qui ne vaut rien comme prix de ces paroles grossières et stupides. J'ai entendu courir le bruit que tu étais toujours en vie, mais j'ai pleuré à tes funérailles et je ne pouvais croire à pareil miracle

Nefer sourit avec soulagement. Il ne voulait pas le tuer : Socco était un vieux gredin attachant et, selon Hilto, l'un des meilleurs dresseurs des chevaux de toutes les armées d'Egypte.

— Me prêteras-tu serment de fidélité ? demanda-t-il sévèrement.

— Avec joie, car toute la terre redoute ton nom, bien-aimé des dieux et lumière de l'Egypte. Mon cœur ne bat que pour toi et mon âme chantera ta louange jusqu'à l'heure de ma mort.

— En ce cas, Socco, je te fais Maître de Dix Mille Chars, et Taita ferait bien de garder jalousement son titre de lauréat des poètes car tu as tourné là une jolie phrase.

— Permets-moi de baiser ton pied, Pharaon, supplia Socco.

— Donne-moi plutôt ta main, dit Nefer en le prenant par le poignet pour le relever. Quel dommage ! ajouta-t-il en lançant un coup d'œil aux cadavres. S'ils avaient partagé tes sentiments de loyauté, ils ne seraient pas morts.

— Ils sont morts de la main d'un dieu. Il n'y a pas de plus grand honneur. Taita le mage pourra peut-être sauver ceux qui geignent et bougent encore.

Trois jours plus tard, alors qu'ils conduisaient près de quatre cents chevaux vers Gallala, Socco chevauchait fièrement à la droite de son nouveau pharaon, son casque juché sur les pansements qui enveloppaient sa tête blessée.

Socco n'était pas seulement intendant général des armées des usurpateurs avec le grade de Meilleur de Dix Mille, mais il avait aussi parcouru la Route Rouge. Il put fournir à Nefer le compte exact des chars de guerre et chariots de transport ennemis et lui indiquer où ils étaient déployés. De mémoire, il énuméra le nombre de chevaux et de bœufs dans les dépôts du Delta, ainsi que celui des armes inventoriées dans les armureries.

— Trok et Naja ont emmené presque jusqu'au dernier char en état de rouler dans leur expédition d'Orient. Il en reste moins de cinquante dans le pays, que ce soit en Haute ou en Basse-Egypte. Les ateliers de l'armée à Avaris, Thèbes et Assouan travaillent jour et nuit, mais chaque char qu'ils produisent est immédiatement envoyé sur la route de Bersabée et de la Mésopotamie.

— Grâce à l'attaque audacieuse de Thane lancée par Pharaon, nous disposons maintenant de chevaux, même si la plupart sont jeunes et indomptés, mais il est impossible de mener campagne sans chars, fit remarquer sombrement Hilto. Nous ne pouvons nous emparer de ce qui n'existe pas, et tout l'or qui est maintenant dans le trésor royal ne nous permet pas de mettre sur pied un seul escadron.

Pendant la grande rafle de chevaux, Hilto avait rapporté à Gallala ce qui restait d'or dans les cachettes le long de la route de l'Est. Il y en avait plus de trois lakhs dans les anciennes citernes sous la ville.

— Trok ne va pas tarder à être au courant de nos succès. Il va se rendre compte que nous représentons désormais une menace bien réelle. Dès qu'il aura pris Babylone, il détachera une partie de son armée pour venir nous attaquer ici. Même s'il n'envoie que cent chars, nous ne pourrons soutenir l'offensive dans l'état actuel de nos forces.

Quand tous eurent dit ce qu'ils avaient à dire, Nefer se leva pour s'adresser au conseil. Il ne parla pas longtemps.

— Socco, dit-il, charge-toi de dresser les chevaux. Taita et moi, nous trouverons les chars.

— Cela va demander un petit miracle, sire, fit Socco d'un ton lugubre.

— Ne sois pas si parcimonieux, Maître de Dix Mille

Chars, rétorqua Nefer en lui souriant. Comment pouvons-nous attacher de prix à ton titre quand tu appelles de tes vœux un petit miracle ? Croyons en un grand.

Taita se tenait sur l'éminence de roche noire. Autour de lui, les dunes s'étendaient à perte de vue. Au pied du tertre, une centaine d'hommes l'observaient, perplexes mais intrigués. La réputation du mage ne connaissait pas plus de limites que le désert dans lequel ils se trouvaient. Tous étaient des guerriers venus à Gallala de leur propre gré, abandonnant les faux pharaons pour prêter allégeance à Nefer Seti. Cette allégeance ne recouvrait pas grand-chose car ils se retrouvaient ici sans armes ni chars, et chaque jour de nouvelles rumeurs couraient selon lesquelles Trok, Naja ou les deux à la fois étaient en marche pour les punir de leur désertion.

Pharaon Nefer Seti se tenait au côté du mage sur le pinacle de roche. Ils étaient en grande discussion. De temps à autre, l'un ou l'autre gesticulait ou montrait la direction de l'ouest, où il n'y avait rien à voir, si ce n'est du sable, du sable et encore du sable.

Ils attendaient patiemment dans la canicule. Nul n'exprimait la moindre désillusion ou incrédulité, car le mage leur inspirait un immense respect mêlé de crainte. Lorsque l'ombre se fit plus épaisse jusqu'à devenir violette entre les dunes, le jeune monarque et le vieux mage descendirent du tertre rocheux et s'éloignèrent à travers les sables. Sans but apparent, le mage effectuait des allées et venues sur le flanc d'une dune. Il s'arrêtait parfois pour faire quelques gestes étranges avec son long bâton, puis reprenait sa déambulation avec Pharaon, suivi de ses officiers.

Finalement, à la tombée de la nuit, le mage planta son bâton dans le sable et parla à voix basse à Pharaon Nefer Seti. Tous furent soudain galvanisés par les ordres que leur lançaient les officiers.

Une vingtaine d'hommes se précipitèrent avec les outils qu'on leur avait donnés. Sur les instructions d'Hilto et de Meren, et sous l'œil intimidant du roi et du mage, ils commencèrent à creuser. Quand le trou leur arriva à l'épaule, le sable retombait presque aussi vite qu'ils l'extrayaient et il leur fallut redoubler leurs efforts. Leurs têtes disparurent peu à peu dans les profondeurs du sol, puis brusquement un cri s'éleva du fond de l'excavation. Nefer s'y dirigea à grands pas.

— Nous avons trouvé quelque chose, divine majesté, annonça un homme agenouillé au fond, le regard levé, le visage et le corps couverts de sueur mêlée de sable.

— Laisse-moi voir, dit Nefer en sautant dans l'excavation.

Un morceau de peau avait été découvert, encore couvert de poils mais dur comme du cèdre. Nefer leva les yeux vers Taita.

— C'est le corps d'un cheval ! lança-t-il.

— Sa robe est de quelle couleur ? demanda Taita. Est-ce qu'elle est noire ?

— Comment le savais-tu ? s'enquit à son tour Nefer sans être vraiment surpris.

— Le licou porte-t-il le cartouche de Pharaon Trok Ourouk ? demanda encore Taita sans répondre à la question.

— Continuez de creuser, ordonna Nefer aux hommes en nage qui l'entouraient. Mais allez-y doucement. Ne l'abîmez pas.

Ils travaillèrent avec grand soin, écartant le sable à

mains nues. Ils découvrirent peu à peu la tête d'un cheval noir qui portait au front le cartouche de Trok estampé sur un disque d'or, ainsi que Taita l'avait prévu.

Ils exhumèrent ensuite le reste de la carcasse. L'animal avait été merveilleusement conservé par le sable chaud et sec. Les embaumeurs de Thèbes auraient eu du mal à égaler l'œuvre du désert. A son côté reposait son compagnon de harnais, un autre étalon. Nefer se souvint d'avoir vu ces chevaux magnifiques pour la dernière fois alors qu'ils tiraient le char de Trok sous les nuages de poussière soulevés par le khamsin.

Comme la nuit était tombée, les ouvriers allumèrent les lampes à huile et les placèrent au bord de l'excavation. Ils continuèrent de travailler toute la nuit. Les chevaux morts furent détachés des traits et sortis du trou. Leurs carcasses desséchées étaient si légères que quatre hommes pouvaient les porter sans difficulté.

Ils récupérèrent ensuite le harnais, demeuré en parfait état de conservation, et Nefer mit immédiatement au travail ses palefreniers, qui huilèrent le cuir et polirent les parties en or et en bronze.

Ils dégagèrent ensuite le char et poussèrent un cri en exhumant la nacelle : elle était recouverte de feuille d'or et étincelait à la lueur des lampes. Les javelines et les lances se trouvaient encore dans leurs socs de chaque côté, à portée de main du conducteur. Chaque arme était en soi une véritable œuvre d'art, les hampes des lances laminées pour leur donner plus de force, la pointe de métal aussi aiguisée qu'un scalpel. Les flèches avaient été fabriquées par Grippa d'Avaris, les hampes parfaitement droites et équilibrées, le cartouche royal gravé dessus, l'empennage teint en pourpre, jaune et vert.

Le grand arc de guerre de Trok était toujours dans

son râtelier et seule la corde avait besoin d'être remplacée. Nefer le fit ployer entre ses mains et se demanda s'il aurait la force de le manier au combat.

Lorsque tout le char fut découvert, ils glissèrent des cordes par en dessous et le tirèrent hors de l'excavation. La feuille d'or était si fine qu'elle n'ajoutait que deux taels au poids total du véhicule, et, pour compenser, le châssis avait été taillé dans du bois sombre très dur provenant de la sinistre forêt humide, loin au sud des frontières d'Egypte. Il était plus élastique que le bronze le plus fin, mais léger et résistant. Les parties en bois pouvaient facilement être réduites pour gagner en légèreté sans perdre de leur solidité.

C'était le matin et le soleil s'élevait au-dessus de l'horizon. Nefer et Taita firent le tour du char qui luisait dans la lumière du jour. Il avait des lignes si pures, si élégantes, qu'il semblait déjà être en mouvement. Son unique brancard donnait l'impression de soupirer comme un amant après le contact des deux fiers chevaux. Nefer caressa la feuille d'or. Elle était aussi lisse que la peau d'une jolie femme et aussi chaude que sa chair.

— On dirait un être vivant, fit-il a mi-voix. Il n'y a sans doute jamais eu d'engin de guerre plus magnifique.

— Il y a cinquante ans, j'ai construit un char pour Seigneur Tanus, dit Taita, rêveur. J'aurais aimé que tu voies ça. Mais il repose avec lui dans sa tombe en la lointaine Ethiopie.

Nefer sourit : le vieux mage n'accepterait jamais d'être le second.

— Il faudra donc que je me contente de ce char de qualité inférieure, dit-il avec sérieux. Il ne me manque plus que le glaive bleu volé à mon père par Naja pour compléter mon attirail.

Pendant les semaines et les mois qui suivirent, Taita localisa les véhicules enfouis et leur équipement. Des équipes d'ouvriers les exhumaient et les envoyaient auprès des fabricants de chars, qui avaient installé un atelier au pied du tertre rocheux, couvert de feuilles de palmier. Là, une cinquantaine d'entre eux et près d'une centaine d'armuriers travaillaient tout le jour, sans même s'arrêter durant les heures caniculaires. Les armuriers fourbissaient et aiguisaient glaives, javelines et lances. Ils remettaient en état les hampes et les pointes. Ils redressaient les flèches gauchies sur des petites flammes. Les fabricants de chars démontaient chaque véhicule exhumé des sables, vérifiaient l'état de chaque pièce, peignaient et laquaient le châssis et les panneaux, équilibraient et graissaient les roues. Puis ils remontaient le char et l'envoyaient à Gallala, chargé d'armes restaurées, pour équiper l'armée qu'Hilto, Shabako et Socco entraînaient.

Beaucoup de véhicules étaient si profondément ensevelis sous les dunes de sable brûlant qu'ils étaient perdus à jamais ou jusqu'à ce que la prochaine tempête les découvre, mais ils réussirent finalement à récupérer cent cinq chars – de quoi équiper cinq escadrons.

Quand Nefer franchit les portes de Gallala sur le char royal, Meren était sur la plate-forme à son côté.

Mintaka et Merykara, qui se trouvaient toutes les deux sur le fronton du temple d'Hathor, firent pleuvoir sur leur passage des pétales de laurier-rose.

— Comme il est beau ! fit Merykara d'une voix enrouée par l'émotion. Grand et beau.

— Grand, beau et fort, renchérit Mintaka. Ce sera le plus grand pharaon de l'histoire d'Egypte.

— Je ne parlais pas de Nefer, dit Merykara.

Une contrebande prospère se pratiquait alors entre Gallala et l'Egypte, et d'autres caravanes arrivaient régulièrement du port de Safaga, sur la mer orientale. Depuis la prise du trésor de Trok et Naja, la ville regorgeait d'or. Comme des hyènes, les marchands sentaient de loin l'odeur du métal jaune et apportaient des marchandises de l'autre bout du monde. Il n'y avait désormais rien, objets de luxe ou de première nécessité, qu'on ne pût trouver dans les souks de la ville, et Mintaka réussit donc à se procurer un chariot entier du meilleur vin rouge des vignes du temple d'Osiris à Bousiris pour le banquet de bienvenue qu'elle avait décidé d'organiser à l'occasion du retour des conducteurs de char.

Sur son ordre, les bouchers avaient embroché et rôti dix bœufs entiers ainsi que des poulets et des oies par centaines. Grâce à des relais rapides, les nouveaux chars rapportèrent de la côte du poisson frais et des paniers de langoustes. La plupart de ces crustacés vivaient encore quand ils étaient jetés dans l'eau bouillante. Les chasseurs écumèrent le désert alentour et rapportèrent gazelles, oryx, ainsi que des autruches et leurs œufs.

Le banquet célébra joyeusement leurs réalisations et leurs petites victoires sur les usurpateurs. Le vin avait coulé à flots quand Nefer se leva pour souhaiter la bienvenue aux invités et annoncer que cinq escadrons de chars avaient été sauvés des sables.

— Avec les chevaux que nous avons libérés de la tyrannie de Trok, dit-il au milieu des huées et des rires, les armes et les chars dont nous disposons maintenant, nous sommes tout à fait capables de nous défendre contre lui et Naja. Comme vous le savez, chaque jour qui passe voit arriver de nouvelles recrues sous la bannière bleue. Bientôt, nous ne serons pas seulement en mesure de nous défendre mais aussi de reprendre ce qui nous a été volé et de nous venger des terribles méfaits perpétrés par ces deux monstres. Ils ont sur les mains le sang de vrais et nobles rois. Ils sont les meurtriers du roi Apepi, père de la noble dame à mon côté, et ils ont assassiné mon père, Pharaon Tamose.

Les invités, maintenant réduits au silence et perplexes, se regardaient les uns les autres en quête d'éclaircissements. Hilto se leva alors. Nefer l'avait préparé à cette intervention et lui avait soufflé la question.

— Divine majesté, pardonne mon ignorance car je ne suis qu'un homme ordinaire, mais je ne comprends pas. Tout le monde sait que le roi Apepi est mort dans l'incendie accidentel de sa nef alors au mouillage devant Balasfoura. Et tu attribues maintenant la responsabilité de son décès aux prétendants. Comment peut-il en être ainsi ?

— Quelqu'un parmi nous a été témoin des événements de cette nuit tragique.

Nefer donna la main à Mintaka pour l'aider à se lever. La compagnie l'acclama car ils en étaient tous arrivés à l'aimer pour sa beauté et son caractère aimable. Nefer leva la main afin d'obtenir le silence. Ils écoutèrent avec attention Mintaka raconter le meurtre de son père et de ses frères. Elle employa des mots simples et s'adressa à eux comme à des amis, en leur faisant partager son sentiment d'horreur et son chagrin. Quand elle eut fini, ils grondaient comme des lions affamés. Shabako se leva alors et posa une question elle aussi convenue d'avance :

— Mais, divin Pharaon, tu parles aussi de la mort de ton père, le roi Tamose d'heureuse mémoire. Comment a-t-il été assassiné ? Et par qui ?

— Pour répondre à cette question, je dois faire appel au mage, Seigneur Taita, auquel aucun secret, si effroyable et tortueux soit-il, ne peut être caché.

Taita leur fit face et parla d'une voix basse qui fixa leur attention. Chacune de ses paroles portait jusqu'à ceux qui se trouvaient à la périphérie de l'assemblée, et le contraste entre la douceur de son ton et les circonstances macabres qu'il décrivait était si grand que les hommes frissonnaient et les femmes pleuraient.

A la fin, Taita montra une flèche brisée à empennage pourpre, vert et jaune.

— Voici l'instrument de la mort de Pharaon Tamose, dit-il. La flèche qui porte le sceau de Trok mais qui a été tirée par Naja, l'homme que Pharaon aimait et auquel il faisait confiance comme à un frère.

Ils poussèrent des cris d'indignation et réclamèrent justice au ciel étoilé de Gallala. Taita jeta la flèche dans le feu le plus proche sur lequel grillait un bœuf. Elle n'aurait pas soutenu un examen plus attentif, car ce n'était pas la flèche qui avait tué Pharaon, mais l'une de celles qu'il avait récupérées sur le char enfoui. Il se rassit et ferma les yeux, comme s'il s'apprêtait à dormir.

Nefer laissa les invités exprimer leurs sentiments et, quand ils commencèrent à se calmer, fit apporter d'autres amphores de vin.

Il lui restait à faire une dernière proclamation et il attendit que l'humeur fût adoucie pour se lever de nouveau. Tous se turent et le regardèrent avec une impatience exacerbée par le bon vin de Bousiris. La nuit avait déjà amené la révélation de tant de choses extraordinaires qu'ils se demandaient ce qui allait suivre.

— Avant qu'un souverain ne mène ses armées contre les ennemis de la terre sacrée de nos ancêtres, il doit devenir un roi véritable. Je me propose de vous conduire contre les usurpateurs, mais je ne suis pas encore officiellement pharaon. Je le serai quand j'atteindrai ma majorité, mais ce n'est pas pour demain, et j'ai décidé de ne pas attendre si longtemps. De plus, mes ennemis ne me laisseront pas un tel répit.

Il s'interrompit et tous le regardaient, fascinés. Il était si jeune et déjà si grand, si majestueux, comme l'était son père. Il leva la main comme pour prêter serment.

— Devant mon peuple et mes dieux, je déclare que je vais parcourir la Route Rouge afin de vous prouver que je suis votre roi.

Certains soupirèrent en secouant la tête, d'autres se levèrent et crièrent : « Non ! Pharaon, nous ne voulons pas que tu périsses », alors que d'autres encore lançaient : « *Bak-her !* S'il échoue, il aura échoué en homme courageux. »

C'est en pleurs que Mintaka lui demanda cette nuit-là :

— Pourquoi ne m'en as-tu pas parlé d'abord ?

— Parce que tu aurais essayé de me retenir.

— Mais pourquoi dois-tu absolument faire cela ?

— Parce que mes dieux et mon devoir l'exigent.

— Même si tu dois en mourir ?

— Même si je dois en mourir.

Elle fixa longtemps ses yeux verts et vit combien il était résolu. Elle l'embrassa alors et dit :

— Je suis fière d'être appelée à devenir l'épouse d'un homme comme toi.

Assistés du mage, les astrologues de la confrérie des prêtres d'Horus consultèrent les calendriers et fixèrent la date de l'épreuve de la Route Rouge le jour de la nouvelle lune du dieu. Comme Taita le fit remarquer, Nefer n'avait donc que peu de temps pour se préparer. Il délaissa ses fonctions habituelles, abandonnant même la conduite des affaires à Taita et au conseil, pour se consacrer entièrement à la première tâche qui l'attendait. Avant de pouvoir se présenter à l'épreuve, le novice devait dresser et entraîner l'attelage de chevaux qui l'emmènerait sur la Route Rouge.

Nefer choisirait ces chevaux parmi ceux capturés à Thane, puis les habituerait au brancard du char. Il aurait aimé demander à Socco de l'aider à effectuer ce choix ; non seulement c'était un fameux cavalier, mais il connaissait chacune des bêtes prises à l'ennemi. Or Socco était l'un des cinq guerriers de Gallala à avoir subi l'épreuve et il faisait partie du jury qui allait juger Nefer. Il ne pouvait donc l'assister dans ses préparatifs.

Nefer pouvait faire appel à Taita, dont la connaissance et l'expérience en matière de chevaux et de conduite des chars dépassaient même celles de Socco. Cependant, Taita n'était pas un guerrier de la Route Rouge. Le fait qu'il ait été châtré l'empêchait d'appartenir à la confrérie. Il avait en outre des scrupules d'ordre religieux : il n'aurait jamais abjuré Horus et les autres dieux du panthéon pour s'engager auprès du mystérieux Dieu Rouge de la guerre dont seuls les adorateurs connaissaient le nom.

Tous deux passèrent le premier jour sur le flanc de la

colline au-dessus des pâturages verdoyants où paissaient les chevaux non dressés. Assis côte à côte, ils observaient les bêtes en contrebas et discutaient de ceux qu'ils trouvaient remarquables. Nefer montra un élégant poulain blanc.

— Un cheval gris fait bon effet dans les traits, dit Taita en secouant la tête, mais je me suis toujours méfié d'eux. J'ai constaté qu'ils manquaient d'endurance et de cœur. Cherchons plutôt des noirs ou des bais, de couleur unie en tout cas.

Nefer repéra une pouliche avec une flamme blanche sur le front, mais Taita secoua de nouveau la tête.

— Les Bédouins disent qu'une marque blanche est le signe d'un démon ou d'un djinn, objecta-t-il. Je ne veux aucune trace de blanc sur les animaux que nous choisirons.

— Crois-tu à ce que disent les Bédouins ?

Taita haussa les épaules.

— Une flamme ou un pied de couleur différente nuit à la symétrie. Quand tu partiras avec ton attelage, il faudra que tu aies l'allure d'un pharaon.

Taita et Nefer restèrent sur le flanc de la colline jusqu'à la tombée de la nuit et ils y revinrent le lendemain matin dès qu'il fit assez jour pour voir le chemin, en compagnie de Meren et de trois palefreniers. Ils entreprirent de trier les chevaux, conduisant ceux qui présentaient une quelconque imperfection dans un pâturage adjacent. A midi, il ne restait plus que vingt-trois bêtes, toutes fortes et bien proportionnées, sans cicatrice ni imperfection, sans défaut évident dans la démarche. Aucune n'avait le moindre poil blanc.

Ils les laissèrent se calmer et, quand les chevaux se mirent à paître tranquillement, ils s'assirent dans l'herbe pour les observer.

— J'aime bien ce poulain noir, dit Nefer.

— Il est boiteux. Il a presque certainement le sabot gauche de devant fendu.

— Il ne boite pas, protesta Nefer.

— Regarde son oreille gauche. Elle bouge légèrement à chaque pas. Dis à Meren de le mener dans l'autre pâturage.

Un peu plus tard, Nefer remarqua une pouliche noire.

— Elle a une jolie tête et l'œil vif.

— Elle est trop haute sur pattes et le regard est plus nerveux qu'intelligent. Elle flanchera dans le vacarme de la bataille. Meren peut aussi l'emmener.

— Et le poulain noir à crinière et queue longues ?

— La longueur de la queue dissimule le fait qu'il a le dos trop court d'une longueur de pouce.

En fin d'après-midi, il ne restait plus que six chevaux dans le champ. En un pacte du silence, ils avaient évité de parler d'un certain poulain. Il était d'évidence celui qu'il leur fallait choisir. C'était un animal merveilleux, ni trop grand ni trop lourd, parfaitement proportionné, les jambes, l'encolure et le dos longs. La tête était noble. Ils l'observèrent encore un petit moment.

— Je ne lui trouve aucun défaut, dit finalement le mage. Il y a dans ses yeux une étincelle qu'allume le feu du cœur.

— Je l'appellerai Krous, décida Nefer. C'est ainsi que les Bédouins désignent le feu.

— Oui, le nom est important. Je n'ai jamais rencontré un bon cheval avec un nom laid. C'est comme si les dieux écoutaient. Krous sera ton cheval de droite. Il te manque maintenant celui de gauche.

— Un autre poulain... commença Nefer.

Mais Taita l'interrompit :

— Non, sur la gauche, il nous faut une pouliche. Une

influence féminine pour tempérer l'ardeur de Krous, le calmer dans le feu de la bataille. Un grand cœur pour tirer avec lui quand le chemin est difficile.

— Tu l'as déjà choisie, n'est-ce pas ?

— Et toi aussi, acquiesça Taita. Nous savons tous deux laquelle ce doit être.

Ils tournèrent de nouveau leurs regards vers la pouliche qui paissait placidement près du principal canal d'irrigation, un peu à l'écart de Krous et des autres. Comme si elle avait su qu'ils parlaient d'elle, elle leva la tête et les regarda de ses grands yeux brillants bordés de longs cils.

— Elle est belle, murmura Nefer. J'aimerais la monter sans avoir à lui passer une corde.

Taita resta coi et, une minute plus tard, Nefer dit impulsivement :

— Je vais essayer.

Il se leva et cria à Meren :

— Fais sortir les autres du champ ! Ne laisse que la pouliche baie.

Lorsque Nefer et la pouliche eurent le champ pour eux, il s'écarta de la barrière et se dirigea nonchalamment dans sa direction sans aller droit vers elle mais obliquement, en restant devant elle. Dès qu'elle montra le premier signe d'agitation, il s'accroupit dans l'herbe et attendit. Elle se remit à paître mais sans cesser de le surveiller du coin de l'œil. Nefer commença à chanter doucement la chanson du singe ; elle leva la tête et le regarda une nouvelle fois. Il tira un gâteau de dourah du petit sac suspendu à sa ceinture et le lui tendit sans se lever. Elle dilata ses naseaux et souffla à grand bruit.

— Viens, ma belle, dit-il.

Elle fit un pas incertain dans sa direction, puis s'arrêta et leva la tête d'un mouvement brusque.

— Viens, ma douce, chantonna-t-il.

Elle s'approcha, un pas à la fois, puis tendit le cou et renifla bruyamment le gâteau. Effrayée de sa propre témérité, elle se recula brusquement et partit au galop faire un grand tour dans le champ.

— Elle va comme le vent ! lança Meren.

— Dov, dit Nefer, le terme bédouin désignant le vent du nord, la brise fraîche qui souffle en hiver. Elle s'appellera Dov.

Après avoir manifesté son caractère fantasque bien féminin, Dov revint vers lui de l'autre côté en décrivant un demi-cercle. Cette fois-ci, elle accepta facilement la friandise et la croqua en bavant. Elle promena son museau velouté sur la paume de sa main pour chercher des miettes puis, n'en trouvant aucune, le tendit vers son sac et le heurta de manière si pressante qu'elle fit basculer Nefer en arrière. Il se releva lentement et tira un autre gâteau sec.

Pendant qu'elle le mangeait, il lui toucha l'encolure de l'autre main. Comme si des mouches la chatouillaient, sa robe acajou foncé fut parcourue de frissons, mais elle ne recula pas. Elle avait une tique dans le creux de l'oreille. Nefer la lui enleva, l'écrasa entre ses ongles et la lui présenta pour qu'elle la sente. Elle eut un tremblement de dégoût et roula des yeux, agressée par l'odeur, mais le laissa examiner et caresser son autre oreille. Quand il sortit du champ, elle le suivit comme un chien jusqu'à la barrière, puis laissa pendre sa tête par-dessus et poussa un hennissement.

— Je suis consumée de jalousie, dit Mintaka qui avait assisté à la scène depuis le toit du temple. Elle t'aime déjà autant que moi.

Le lendemain, Nefer revint seul dans le pâturage. Taita et Meren regardaient, debout sur le toit du temple

C'était une affaire entre Nefer et Dov, et personne ne devait les gêner.

Nefer siffla en arrivant à la barrière. Dov leva brusquement la tête et traversa le champ au galop pour venir à sa rencontre. Dès qu'elle arriva à lui, elle poussa son museau contre son sac.

— Tu es bien une femme, la réprimanda-t-il. Seuls t'intéressent les cadeaux que je t'apporte.

Il la câlina et la caressa pendant qu'elle mangeait le gâteau, au point de réussir à passer un bras autour de son encolure. Ensuite, il la fit marcher le long de la barrière dans un sens puis dans l'autre, et elle appuyait son épaule contre lui. Il lui donna un autre gâteau et, tandis qu'elle le savourait, il se déplaça en arrière le long de son flanc gauche en la caressant et la flattant. Puis, d'un mouvement fluide, il sauta à califourchon sur son dos. Elle tressaillit et il s'arc-bouta en prévision de sa première ruade, mais elle resta là, tremblante, les jambes légèrement écartées. Puis elle tourna la tête et le fixa avec un étonnement si comique qu'il ne put s'empêcher de rire.

— N'aie crainte, ma douce. C'est pour cela que tu es née.

Elle tapa du pied et s'ébroua.

— Allez, dit-il. Tu ne vas donc pas essayer de me désarçonner ? Réglons cette question tout de suite.

Elle tendit le museau et renifla son orteil comme si elle n'arrivait pas à croire qu'il ait pu commettre une telle atteinte à sa dignité. Elle frissonna et tapa encore du sabot, mais ne rua pas.

— Alors, allons-y ! Essayons un petit galop.

Il lui toucha les flancs avec ses talons et elle bondit de surprise, puis avança au pas. Ils longèrent tranquillement la barrière et il l'aiguillonna de nouveau des talons. Elle se lança au trot puis au petit galop. Meren poussait des cris de joie sur le toit du temple tandis que les hommes et les femmes qui travaillaient aux champs se redressaient et regardaient avec intérêt.

— J'aimerais maintenant que tu galopes pour de bon.

Nefer lui donna une petite tape sur l'encolure et la poussa en avant d'un mouvement des hanches. Elle allongea la foulée et s'élança, ses sabots délicats semblant à peine toucher le sol, comme la brise dont elle portait le nom. Elle galopait si vite que le vent piquait les yeux de Nefer et que des larmes coulaient sur ses tempes et mouillaient son épaisse chevelure.

Ils firent le tour du champ à toute vitesse, encore et encore. Sur le toit du temple, Mintaka battait des mains et poussait des cris de surprise. Près d'elle, Taita souriait.

— Un couple royal, dit-il. Ils seront difficiles à rattraper sur la Route Rouge.

Toute la ville avait entendu parler du coup de foudre entre Pharaon et sa pouliche. Maintenant, la rumeur se répandait rapidement dans Gallala que Nefer allait mettre la corde au cou de Krous. Cavaliers émérites, ils savaient que les choses ne seraient pas aussi faciles avec le poulain. Tous étaient très excités à la perspective de la première séance de dressage. Personne n'alla aux champs ce matin-là et le travail fut suspendu dans les ateliers et sur les bâtiments. Même les régiments à l'entraînement eurent droit à un jour de congé pour assister à la séance. On se disputait âprement les meilleures places sur les murs et les toits de la ville qui dominaient le champ sous la fontaine d'Horus.

Nefer et Meren franchirent les portes sous les acclamations ironiques et les conseils grivois lancés depuis les murs par des plaisantins présents dans la foule. Plus grand d'une main, la tête racée, Krous se détachait parmi les autres bêtes. Tous les chevaux avaient senti l'humeur des spectateurs, et ils étaient ombrageux et nerveux quand les deux hommes suspendirent les rouleaux de corde en lin à la barrière.

— Je vais d'abord essayer avec un gâteau, dit Nefer.

— Regarde ses yeux. Je crois qu'il préférerait te manger toi d'abord, fit Meren en riant.

— Je vais quand même essayer. Reste là.

Nefer passa la porte aménagée dans la barrière et s'avança lentement, comme il l'avait fait avec Dov. L'attention dont il faisait l'objet déplaisait à Krous. Il arqua sa longue encolure et roula des yeux. Nefer s'arrêta et attendit qu'il se remette à paître. Il prit un gâteau de dourah et le lui tendit, mais, quand il s'avança de nouveau, Krous leva brusquement la tête, donna des coups de sabot vers le ciel et partit dans un galop furieux le long de la barrière. Nefer eut un petit rire piteux.

— Voilà ce qu'il fait de mes cadeaux. Ça ne va pas me faciliter la tâche.

— Regarde-le courir ! lança Meren. Doux Horus, si Dov est le vent du nord, celui-ci est le khamsin.

Krous avait maintenant entraîné les autres chevaux dans sa course. Nefer et Meren entrèrent ensemble dans le champ et obligèrent la troupe à se diriger vers l'angle de la clôture. Tandis que les hommes approchaient, les chevaux tournaient en rond nerveusement. Puis ils s'échappèrent du mauvais côté et repartirent au galop vers le haut du champ avant que Nefer ait pu leur barrer le passage. Deux fois encore, Krous les conduisit hors du piège, mais Nefer envoya Meren lui couper la route de l'autre côté du champ et Krous commit sa première erreur. Il revint comme la foudre en direction de Nefer.

Celui-ci libéra la boucle à l'extrémité de la longue corde qu'il portait enroulée autour de l'épaule, et attendit que le poulain arrive dans l'espace étroit entre lui et la clôture. Il fit tournoyer le lasso et le lança. La boucle retomba autour de la tête de l'animal et glissa jusqu'à l'encolure. La corde se déroulait à toute vitesse sur l'épaule de Nefer à mesure que le cheval s'éloignait. Il s'arc-bouta, les jambes écartées, en se penchant en arrière, la corde enroulée une demi-douzaine de fois autour de son poignet.

Elle se tendit tout à coup et Nefer fut arraché de terre et traîné sur le ventre. Sentant la résistance opposée par la longe, pris de panique, le poulain s'emballa. Tiré derrière lui, Nefer rebondissait et tournait sur lui-même au bout de la corde.

Sur les toits et les murs, la foule trépignait et lançait des acclamations hystériques. Mintaka se fourra les doigts dans la bouche pour s'empêcher de crier et Merykara se couvrit les yeux et détourna la tête.

— Je ne puis voir ça ! s'écria-t-elle.

Le poulain atteignit la barrière à l'autre bout du champ et obliqua soudain pour se mettre à galoper parallèlement à elle. L'espace d'un instant, il y eut du mou dans la corde et Nefer en profita pour effectuer une roulade et se remettre debout. Il avait le ventre et les jambes écorchés et tachés de vert par l'herbe, mais la corde bien serrée autour du poignet. Elle se tendit de nouveau, il fut tiré brusquement en avant et réussit pourtant à conserver son équilibre. Profitant de l'élan, il se mit à courir à grandes enjambées à la suite de Krous.

Après avoir fait le tour du champ, Krous fut ralenti par le poids de Nefer, qu'il traînait toujours au bout de la corde, et celui-ci consolida son avantage en plantant dans l'herbe les talons de ses sandales cloutées de bronze. Puis, alors qu'ils ralentissaient, Nefer fit un brusque écart à l'extrémité de la corde, prenant le poulain par surprise. Déséquilibré par le changement de direction de la traction, l'animal trébucha, et, dès qu'il se fut repris, Nefer se jeta de l'autre côté. Le jeune homme fut encore projeté à terre à deux reprises, mais chaque fois il réussit à se relever et à refaire pression sur le poulain.

Pendant ce temps-là, Meren avait ouvert la porte pour conduire le reste de la bande dans le pâturage adjacent, puis il la referma pour que l'homme et le cheval aient tout le champ pour s'affronter.

Nefer chercha une bonne prise en enfonçant son talon dans le sol et tourna la tête du poulain vers la clôture, l'obligeant à reculer sur la longe sous peine de s'écraser contre les lourds pieux de la palissade. Il rattrapa le mou de la corde puis s'élança. Avant que Krous ait eu le temps de réagir, il fit trois tours de corde autour du gros poteau d'angle pour l'immobiliser. Krous se cabra et rua en secouant la tête et en faisant les yeux blancs.

— Je te tiens maintenant, dit Nefer, haletant, en s'avançant vers lui le long de la corde, une main à la fois.

Le poulain se dressa sur ses jambes de derrière et donna des coups de pied à la corde en poussant des hennissements aigus.

— Doucement, doucement. Tu veux donc nous tuer tous les deux ?

Krous se cabra encore et ils se retrouvèrent face à face, le poulain tremblant violemment, ruisselant de sueur. Nefer n'était pas dans un meilleur état, le devant de son corps couvert d'égratignures et de brûlures provoquées par le frottement sur l'herbe, d'où coulaient le sang et la lymphe. Lui aussi était en nage et il avait le visage déformé par l'effort.

Tous deux s'accordèrent un instant de répit, puis Nefer reprit sa progression vers Krous le long de la corde. Il atteignit la tête du cheval et lui passa soudain un bras autour de l'encolure. Krous se cabra de nouveau et souleva Nefer, qui ne relâcha pas sa prise. Le poulain essaya encore et encore de s'échapper, mais Nefer tint bon.

A la fin, Krous était tout tremblant. Avant qu'il ait pu se reprendre, Nefer envoya une boucle de la corde autour de sa jambe de derrière et tira un bon coup. Quand le poulain tenta une nouvelle fois de s'emballer, ses naseaux touchaient presque son flanc droit et il ne pouvait que tourner en un cercle étroit. Nefer fit en sorte que les nœuds ne risquent pas de glisser et de l'étrangler, puis il recula en titubant.

Il était si épuisé qu'il avait peine à rester debout. Krous essaya de s'enfuir, mais ne réussit qu'à suivre son museau en un cercle fermé. Il tourna et tourna, de plus en plus lentement, jusqu'au moment où il resta là, impuissant, le nez pointé vers sa croupe.

Nefer le laissa et se traîna vers la sortie de l'enclos.

Le lendemain matin, lorsque Nefer franchit les portes pour regagner le champ, les toits et les murs de la ville étaient de nouveau couverts de monde. Il n'essayait pas de dissimuler sa claudication. En dépit des baumes et onguents préparés par Taita et appliqués par Mintaka, ses lésions avaient provoqué une ankylose pendant la nuit. Krous était encore dans la position dans laquelle il l'avait laissé la veille, les naseaux contre la queue.

En entrant dans le champ, Nefer se mit à chanter doucement. Krous ne bougea pas mais aplatit ses oreilles sur son encolure et découvrit ses dents en un rictus méchant.

Nefer le contourna lentement en chantant et en lui murmurant des paroles d'apaisement. Krous donna des signes de nervosité et essaya de s'éloigner, mais il était enfermé comme en un cercle clos. Nefer le prit par le licou et rectifia les nœuds afin de pouvoir les défaire d'un seul coup.

Il se déplaça ensuite sans bruit le long du flanc gauche du poulain, où il était caché à sa vue. Il lui caressa le dos et prit son élan tout en continuant de parler. Alors, d'un seul mouvement, il sauta à califourchon sur son dos. Le poulain fut pris d'une convulsion de tout le corps, puis se figea de terreur et d'indignation. Il tenta de s'enfuir, mais sa tête était maintenue baissée et il ne réussit qu'à tourner en rond péniblement. Il essaya de lancer une ruade : la corde se tendit violemment autour de son encolure. Il s'immobilisa de nouveau, les oreilles couchées en arrière.

Nefer donna une secousse à l'extrémité libre des nœuds coulants, d'abord à celui qui retenait sa jambe de derrière, puis à celui qu'il avait autour du cou. Libéré de la corde, Krous leva la tête et arqua le cou. L'espace d'un instant, il ne se passa rien. Puis il se rendit compte qu'il était libre. Tel un goéland prenant son essor, le poulain donna l'impression de s'élever dans les airs sur ses jambes raides, le nez touchant ses sabots. Il retomba, et sauta encore d'un côté et de l'autre en fouettant l'air de sa queue. Nefer restait collé à son dos. Le poulain traversa le champ d'un bout à l'autre en décochant de violentes ruades.

Puis il se cabra et, pour tenter d'écraser son cavalier

entre le sol et lui, se jeta sur le dos avec un bruit mat qui porta jusqu'aux spectateurs sur les murailles.

Mintaka poussa un cri, s'attendant à entendre des os se briser, mais Nefer avait sauté à temps, souple comme un chat, accroupi près du poulain couché sur le dos, qui battait l'air de ses jambes.

— Seul un cheval intelligent et belliqueux tente de tuer un homme de cette façon, fit remarquer Taita sans émotion.

Frustré, Krous se releva sur ses jambes de devant et, avant qu'il ait eu le temps de se remettre debout, Nefer avait sauté sur son dos. Le poulain resta là, tremblant et secouant la tête, puis il se lança dans un galop furieux. Il traversa le champ à toute allure, droit vers la clôture. Couché sur son encolure, Nefer cria :

— Oui ! Aussi vite que tu veux !

Krous fonça vers la haute barrière sans ralentir, et Nefer déplaça son poids pour l'aider à sauter. Ils s'élevèrent ensemble dans les airs comme une lame de fond, passèrent bien au-dessus de la palissade et atterrirent sans perdre l'équilibre.

Nefer, euphorique, éclata de rire et le pressa de continuer sur sa lancée d'une poussée des hanches.

— Vas-y ! A toute vitesse ! Montre-moi de quoi tu es capable !

Krous gravit comme un oryx les contreforts des collines dénudées et disparut sur la crête en direction du désert. Les acclamations et le vacarme sur les murs de la ville cessèrent, et un profond silence tomba.

— Il faut envoyer quelqu'un à sa suite ! s'écria Mintaka. Nefer pourrait être désarçonné. Peut-être est-il à terre, le dos brisé.

Taita secoua la tête.

— La partie se joue entre eux deux. Personne ne doit intervenir.

Ils attendaient sur les murailles et les toits de la cité tandis que le soleil atteignait le zénith et commençait à redescendre vers l'horizon, mais personne ne quitta sa place, ne voulant pas risquer de manquer le point culminant de cette épreuve de force entre l'homme et la bête.

— Ils se sont entre-tués, s'inquiéta Mintaka. Ce cheval est un monstre. S'il a blessé Nefer, je le ferai abattre, jura-t-elle, furieuse.

Une heure encore passa, lente comme le sable s'écoulant dans le sablier, puis une vague d'agitation parcourut la foule sur les murailles. Des hommes se levaient d'un bond et se précipitaient vers la crête des collines, un murmure grandissait en un chœur de rires et de cris d'excitation.

Un couple pitoyable apparut à l'horizon. Le poulain allait tête basse, sa robe assombrie par la sueur et la poussière mêlées. Son pas heurté trahissait son épuisement. Nefer était avachi sur son dos et, au fur et à mesure que Krous descendait la pente, on voyait que Pharaon était couvert d'ecchymoses.

Le poulain atteignit le pied des collines. Il fut incapable de sauter par-dessus la clôture et remonta docilement la route poussiéreuse vers les portes de la ville.

Mintaka cria :

— *Bak-her !* Magnifique, majesté !

Son cri fut immédiatement repris et son écho bientôt renvoyé par les collines au-dessus de la fontaine d'Osiris.

— *Bak-her ! Bak-her !*

Nefer se redressa et leva le poing en un salut triomphant. Les acclamations redoublèrent.

Au-dessous des murailles, il fit montre de sa maîtrise en obligeant Krous à effectuer une série de virages. Puis il l'arrêta en posant la main sur le garrot et le fit reculer. Ses ordres étaient presque imperceptibles, une légère pression des genoux ou de l'orteil ou un subtil déplacement de son poids, mais le cheval obéissait avec soumission.

— Je craignais qu'il n'ait brisé le poulain, dit Taita à Mintaka, mais Krous fait partie de ces rares animaux qui ont besoin d'être traités fermement plutôt qu'avec douceur. Nefer devait le mater et, Horus m'est témoin, je n'ai jamais vu quelqu'un parvenir aussi rapidement et complètement à un tel résultat.

Nefer franchit les portes de la ville et fit signe à Mintaka, puis il descendit la longue avenue jusqu'aux écuries. Il attacha Krous et lui tint le seau de cuir pour qu'il boive. Une fois que le poulain eut étanché sa soif, il lava sa robe maculée de poussière et de sueur séchée avec de l'eau tiède, puis le sortit de l'écurie pour qu'il se roule dans le sable. Il remplit sa musette de dourah écrasée sucrée au miel. Pendant que Krous mangeait avidement, Nefer le bouchonnait en lui disant qu'il avait été courageux, qu'ils allaient parcourir ensemble la Route Rouge, et le poulain remuait les oreilles en l'écoutant.

Au coucher du soleil, Nefer répandit de la paille en une épaisse litière sur le sol de l'écurie. Krous la renifla, en brouta une bouchée et se coucha avec lassitude sur le côté. Nefer s'étendit dans la paille près de lui et posa la tête sur l'encolure du poulain comme sur un oreiller. Ils s'endormirent ensemble et, cette nuit-là, Mintaka resta seule.

Le lendemain, Nefer présenta Krous à Dov. Les

chevaux tournèrent l'un autour de l'autre avec circonspection, se reniflèrent le museau et recommencèrent. Quand Krous poussa son nez sous la queue de Dov, elle feignit l'indignation et lui décocha une bonne ruade, puis s'éloigna à toute allure, d'humeur flirteuse, Krous caracolant à sa suite. Nefer les laissa paître ensemble le reste de la journée et, le lendemain matin, leur montra le char. Ce n'était pas le magnifique véhicule royal, mais un plus vieux, déjà usé. Il les laissa renifler le brancard, que le frottement contre les flancs de nombreux autres chevaux avait poli. Quand ils se désintéressèrent de cet objet banal, Meren conduisit Krous à l'écart pendant que Nefer faisait franchir à Dov l'étape suivante.

Sans cesser de la caresser, il plaça avec précaution le harnais sur ses épaules et attacha les sangles. Elle s'agita d'un air malheureux mais le laissa lui imposer ces entraves inhabituelles. Il la monta et lui fit faire deux fois le tour du champ. Quand il la ramena, Meren tenait prêt le brancard. Il n'était pas fixé au char, mais était équipé de son piton. Nefer y accrocha le harnais, et Dov, nerveuse, roula des yeux en sentant le poids suspendu à son flanc. Elle tourna l'encolure pour examiner le brancard et, quand elle eut satisfait sa curiosité, il la prit par la tête et la fit avancer.

Elle s'ébroua et marcha en crabe en se rendant compte que le brancard la suivait, mais Nefer la calma. Après plusieurs tours de champ, elle avait cessé d'avancer de travers. Le moment crucial était arrivé. Nefer avait emprunté à Hilto sa vieille jument placide pour la placer à droite dans les traits. Elle attendait, flegmatique. Il attacha Dov sur sa gauche. Le calme de la vieille jument rassura la pouliche et elle resta tranquille. Nefer leur mit leurs musettes et leur donna une ration de dourah broyée. Lorsque Dov fut détendue et rassasiée, il enveloppa ses jambes de derrière de bandes de lin afin qu'elle ne se blesse pas en donnant des coups de pied quand elle sentirait tout le poids du char derrière elle.

Il n'avait pas à s'inquiéter. Il la prit par la tête et la conduisit en avant. Elle avança sans faire de difficultés à côté de la vieille jument. Nefer lui toucha l'épaule et elle se pencha dans le harnais pour prendre sa part du poids comme l'aurait fait un cheval habitué à ce travail. Nefer se mit à courir et Dov trotta à son côté. Puis il sauta sur la plate-forme et rassembla les rênes. Il fit effectuer aux chevaux une série de virages, chacun plus serré que le précédent, et bien que Dov n'eût jamais senti les rênes jusque-là, elle imita fidèlement sa compagne de droite. A la fin de cette première journée, elle reconnaissait les ordres et y répondait instantanément sans attendre que la vieille jument lui montre l'exemple. Pendant cinq jours encore, il conduisit les deux juments ensemble, et Dov apprit rapidement.

Il était temps maintenant de faire subir le même apprentissage à Krous. Trois jours durant, il continua de s'emballer dès qu'il sentait le brancard derrière lui. Nefer faillit renoncer, mais Taita l'incita à persévérer. « Montre-toi patient et il te récompensera au centuple, lui conseilla-t-il. Il a du cœur et de l'intelligence. Tu n'en trouveras pas d'autre pour le remplacer. »

Krous finit par se résigner à sentir ce morceau de bois traîner derrière lui et suivre tous ses mouvements. Nefer put enfin l'attacher dans les traits à côté de Dov. Elle tourna la tête et fourra son museau contre son encolure. Krous se calma et mangea sa dourah. Lorsque Nefer les fit avancer, il tenta de tourner de côté et regimba, mais Nefer lui donna une bonne tape sur la croupe. Il se redressa et se remit à marcher droit à côté de Dov, mais la laissa tirer seule. Une autre tape et il mit ses épaules dans les traits et assuma sa part de travail. La sensation dut lui plaire car il ne tarda pas à tirer de bon cœur. La seule difficulté était maintenant de l'arrêter.

Meren ouvrit les portes de l'enclos et sauta au passage sur la plate-forme du char. Ils prirent la route caravanière et montèrent à toute allure dans les collines, enveloppés d'un nuage de poussière rouge.

C'est cette piste qu'ils empruntèrent tous les jours à l'aube pendant les mois qui suivirent. Chaque matin, à leur retour à Gallala, les chevaux étaient plus rapides et marchaient plus droit, épaule contre épaule comme un unique animal à deux têtes et huit jambes. Cuits par le soleil du désert, les deux jeunes guerriers montés sur la plate-forme s'endurcissaient de jour en jour.

Mintaka comprit ce que devait éprouver une veuve.

Cinq guerriers seulement avaient parcouru la Route Rouge, dans la forteresse de Gallala : Hilto, Shabako, Socco, Timous et Toran. Beaucoup d'autres avaient essayé, mais avaient perdu leurs tresses au cours de la tentative.

Hilto et Shabako appartenaient au troisième degré de l'ordre, le plus élevé, celui des adorateurs du dieu sans nom, le Taureau des Cieux, le dieu sumérien de la guerre. Seuls les membres de la confrérie connaissaient son nom véritable, les autres se contentant de l'appeler le Dieu Rouge. Aucun temple, aucun sanctuaire ne lui était consacré. Il répondait à l'appel quand deux au moins de ses adorateurs l'invoquaient sur un champ de bataille. Comme à Gallala, où Seigneur Tanus avait vaincu les ennemis de l'Egypte et entassé leurs têtes coupées sur la place de la ville.

Les catacombes secrètes creusées dans le calcaire sous cette place centrale étaient le temple le plus adapté au culte du dieu mystérieux.

Après minuit, alors que la ville dormait, Hilto conduisit un superbe bœuf blanc le long de l'étroit tunnel par lequel on entrait dans ces catacombes et le sacrifia sur l'autel de pierre qu'ils avaient édifié dans les profondeurs obscures de la citerne principale. A la lueur vacillante d'une torche, le sang jaillit et forma une flaque sur le sol pavé. Les cinq guerriers de l'ordre y trempèrent alors leur glaive, prièrent pour que le dieu secret bénisse leurs délibérations et l'implorèrent de les guider dans leur choix. Ils discutèrent ensuite de l'épreuve que devraient subir Pharaon Nefer Seti et son compagnon.

— Aucune concession ne doit être faite à Pharaon. Il doit être mis à l'épreuve aussi impitoyablement que n'importe quel autre candidat, déclara Hilto. Procéder autrement serait offenser le dieu puissant et belliqueux.

Même en cette compagnie choisie, il hésitait à user du vrai nom de la divinité.

— Ce serait rabaisser les guerriers qui ont parcouru la Route Rouge avant Nefer Seti, confirma Shabako.

Leur conclave se prolongea la majeure partie de la nuit. Drapés dans leurs manteaux de laine, les deux novices attendaient à l'entrée du tunnel. Ils parlaient peu, car ils avaient pleinement conscience du fait que les cinq guerriers étaient en train de décider de leur vie même dans la cave obscure au-dessous de l'endroit où ils se trouvaient. La lumière de l'aube n'avait pas encore fait pâlir l'étoile du matin à l'horizon oriental que Shabako vint les chercher.

Ils le suivirent dans le tunnel de pierre. La torche qu'il

portait éclairait les niches dans lesquelles reposaient les sarcophages peints d'hommes et de femmes morts depuis cinq siècles. Une odeur de terre, de champignons et de décomposition flottait dans l'air sec et frais. Leurs pas résonnaient de manière sinistre et il y avait aussi dans l'air comme de faibles murmures, peut-être les voix des défunts ou le bruissement d'ailes des chauves-souris.

Ils sentirent ensuite l'odeur du sang frais, qu'ils firent éclabousser sous leurs pieds en passant près de la carcasse du bœuf sacrifié. Des torches étaient placées dans des supports fixés aux parois de la caverne remplie d'échos où les attendaient les guerriers.

— Qui approche des mystères ? lança Hilto, le visage caché par les plis de son manteau.

— Je suis Nefer Seti.

— Et je suis Meren Cambyse.

— Souhaitez-vous parcourir la Route Rouge ?

— Nous le souhaitons.

— Etes-vous tous les deux des hommes véritables, intègres de corps et d'esprit ?

— Nous le sommes.

— Avez-vous déjà tué au combat ?

— Nous l'avons fait.

— Es-tu parrainé par un guerrier, Nefer Seti ?

— Je suis son parrain, répondit Shabako à sa place.

— Es-tu parrainé par un chevalier, Meren Cambyse ?

— Je suis son parrain, répondit Socco.

Une fois l'échange de questions et de réponses terminé, Nefer et Meren furent élevés au premier rang de l'ordre.

— Dans le sang du Taureau et le feu de sa puissance, le dieu vous accepte comme novices. Vous n'avez pas encore le droit de siéger en conclave avec les guerriers des deuxième et troisième rangs, ni de rendre un culte au Dieu Rouge, ni même d'apprendre son nom secret. Vous avez seulement le droit de tenter de parcourir la route que le dieu trace pour vous. Sachant que cela peut signifier la mort, acceptez-vous de subir l'épreuve ?

— Nous acceptons.

— Sachez alors que la route comporte cinq étapes, dont la première est...

Les guerriers parlèrent à tour de rôle afin d'expliquer en quoi consistait l'épreuve, que personne n'avait jamais subie, et de définir les règles à respecter. Les cinq étapes furent appelées la javeline, le lutteur, l'arc, le char et le glaive. Les deux novices sentirent leur courage les trahir.

— Vous avez entendu ce qu'a ordonné le dieu, dit Hilto à la fin. Etes-vous bien décidés à vous lancer dans cette tentative ?

— Nous le sommes, répondirent-ils d'une voix trop forte, sur un ton de bravade, car ils savaient désormais ce qui les attendait.

— A partir de maintenant, il vous est donc impossible de reculer.

« Le char est la discipline la plus importante, leur avait dit Taita. Souvenez-vous qu'il s'agit d'une course. Il y aura dix chars à votre poursuite. Allez le plus vite possible. Vous devez apprendre à obtenir le meilleur de vos attelages. »

Ils travaillèrent sans relâche. Quand la nouvelle lune d'Osiris ne fut plus qu'un fin croissant de bronze à l'horizon, Dov et Krous avaient appris tout ce que Nefer et Meren étaient à même de leur enseigner. Ils galopaient d'une même foulée, attentifs à l'équilibre et à la stabilité du char qu'ils tiraient, mettaient à profit leur poids et leur force pour tenir bon dans les virages les plus serrés, s'arrêtaient en plein galop sur quelques coudées, répondaient instantanément aux sollicitations les plus subtiles.

Mintaka emmena Merykara dans le désert sur son propre char pour les voir s'entraîner. A midi, quand les deux hommes s'arrêtèrent pour permettre aux deux chevaux de s'abreuver et de se reposer, Mintaka lança spontanément :

— C'est la perfection ! Vous ne pouvez rien leur apprendre de plus.

Nefer but goulûment à la cruche puis s'essuya la bouche avec le dos de la main et leva les yeux vers la crête des collines de roche noire.

— J'en connais un qui ne serait pas de ton avis, dit-il.

Les deux jeunes filles se protégèrent les yeux et suivirent son regard. Elles virent la silhouette perchée tout là-haut, assise dans une immobilité si parfaite qu'elle semblait se fondre avec la roche.

— Taita ! Depuis combien de temps est-il là à regarder ?

— On a parfois l'impression qu'il y est depuis toujours.

— A-t-il autre chose à vous apprendre ? s'enquit Merykara. Si c'est le cas, pourquoi ne l'a-t-il déjà fait ?

— Il attend que je le lui demande, répondit Nefer.

— Va le voir tout de suite, lança Mintaka. Si tu ne le fais pas, je vais y aller moi-même.

Nefer gravit la colline et s'assit à côté de Taita. Ils ne soufflèrent mot pendant un moment, puis Nefer dit :

— J'ai encore besoin de toi, vieux père.

Taita ne répondit pas immédiatement, si ce n'est en clignant des yeux comme un hibou surpris hors du nid par le soleil levant. Il n'aurait jamais de fils et personne ne l'avait encore appelé père.

— Tu peux m'aider. Que dois-je encore faire ? insista Nefer.

Après un long silence, Taita répondit à mi-voix :

— Krous sent quand tu vas lancer la javeline ou tirer une flèche. A ce moment-là, il lève haut le pied, avec des mouvements saccadés. Dov s'en aperçoit et bronche.

Nefer réfléchit à ces paroles.

— Oui ! J'ai senti qu'ils rompaient l'allure au moment où je tirais.

— Cela peut te faire manquer ta cible d'un doigt.

— Que faire ?

— Tu dois leur apprendre à adopter la cinquième allure.

— Il n'y en a que quatre. Le pas, le trot, le petit et le grand galop.

— Il y en a une autre. Je l'appelle le glissé. Elle ne vient pas spontanément et doit être apprise, mais la plupart des chevaux n'arrivent jamais à l'apprendre.

— Aide-moi à la leur enseigner.

Ils dételèrent les chevaux, et Nefer monta Dov. Il l'amena au petit galop quelques instants puis la ramena à l'endroit où se trouvait Taita. Le vieux mage lui fit lever le sabot avant droit et attacha une lanière de cuir autour du boulet. Un galet parfaitement rond enveloppé dans du cuir était fixé à la lanière. Dov baissa la tête et le renifla avec curiosité.

— Fais-lui faire un autre tour, dit Taita.

Nefer la poussa doucement avec les orteils derrière l'épaule, et elle avança. Le galet pendillait à son pied d'attaque et elle essaya instinctivement de se débarrasser de cette gêne en donnant un petit coup de sabot à chaque pas, ce qui modifiait l'ensemble de son allure. Son dos ne venait plus cogner contre les fesses de Nefer, le balancement, le mouvement brusque en avant avaient disparu.

— Elle coule sous moi comme une rivière ! cria Nefer avec délectation. Comme le Nil !

En moins de deux jours, il put enlever le galet et, à son commandement : « Nil ! », elle passait du galop au glissé.

Quand ils apportèrent le galet, Krous se comporta comme si c'était un cobra. Il se cabra et fouetta l'air de ses pieds de devant. En voyant la pierre dans les mains de Nefer, il roula des yeux et trembla de tout son corps.

Pendant trois jours, il y eut un conflit entre Nefer et le poulain, puis, soudain, le quatrième jour, Krous donna la petite secousse du sabot droit et adopta l'allure glissée. Le lendemain, il le faisait au commandement d'aussi bonne grâce que Dov.

Le dixième jour, depuis la crête des collines, Taita les regarda se diriger au galop vers la rangée de cibles, la lanière de la javeline de Nefer enroulée autour de son poignet. Krous ne quittait pas des yeux les disques de bois peints, les oreilles pointées en avant nerveusement, mais avant qu'il ait eu le temps de s'échapper, Nefer cria : « Nil ! »

Dov et Krous changèrent d'allure simultanément, le char se stabilisa et continua d'avancer avec la régularité d'une galère de combat sous voile. La première javeline de Nefer se ficha dans le cercle rouge au centre de la cible.

Taita regardait Nefer encocher la flèche, bander l'arc et viser. Il observait le drapeau jaune hissé sur son bâton derrière la rangée de cibles dressées à deux cents pas devant eux. Le drapeau s'agitait et claquait, se gonflait un instant puis se remettait à pendre mollement quand tombait la brise chaude. Nefer lâcha la flèche, qui s'éleva dans les airs en une trajectoire parabolique paresseuse. Elle atteignit son zénith et commença à retomber au moment où Taita sentit de nouveau la brise sur ses joues.

La flèche changea imperceptiblement de direction. Elle descendit vers la cible et la toucha à trois largeurs de main du cercle rouge.

— Que Seth vomisse sur ce vent traître ! jura Nefer.

— Les flèches légères y sont plus sensibles, dit Taita en retournant au petit chariot qui transportait les flèches de rechange et les carquois.

Il revint avec un long étui de cuir.

— Non ! s'écria Nefer en le voyant en tirer le grand arc de guerre de Trok. Il est trop rigide pour moi !

— Quand as-tu essayé de t'en servir pour la dernière fois ?

— Le jour où nous l'avons déterré, répondit Nefer. Tu devrais le savoir. Tu étais là.

— C'était il y a six mois, fit remarquer Taita en jetant un coup d'œil significatif à la poitrine et aux bras nus de Nefer, à ses muscles devenus aussi durs que du bois de cèdre.

Il lui tendit l'arc. Nefer le prit à contrecœur et le fit tourner dans ses mains. On avait récemment changé le fil d'électrum qui l'entourait et refait la laque. La corde était neuve : des tendons de pattes de lion, séchés et entortillés jusqu'à être aussi durs que le bronze.

Il s'apprêtait de nouveau à refuser l'arme, mais s'abstint, car Taita le regardait. Il leva l'arc et, sans mettre de flèche, tenta de le bander. Il réussit à tirer la corde d'une demi-coudée, puis ses bras se bloquèrent et, malgré ses efforts, il n'alla pas plus loin. Nefer relâcha la corde avec précaution et l'arc reprit sa forme initiale.

— Redonne-le-moi, dit Taita en tendant la main. Il te manque la force et la détermination nécessaires.

Des éclairs dans les yeux, les lèvres blanches et serrées, Nefer éloigna brusquement l'arc pour l'empêcher de le reprendre.

— Tu ne sais pas tout, vieil homme, même si tu es persuadé du contraire.

Il plongea la main dans le petit chariot et saisit une des longues et lourdes flèches du carquois qui, frappé dans le cuir verni, portait le cartouche de Trok. Comme l'arc, il avait été récupéré sur le char enseveli. Il retourna à grands pas vers la ligne de tir, se mit en position et encocha la flèche. Il prit une profonde inspiration. La mâchoire serrée, il commença à tirer sur la corde, lentement d'abord, jusqu'à mi-course. Il poussa un grognement, les muscles de ses bras bandés, la respiration sifflante, et tira la corde à fond, jusqu'à ses lèvres. Du même mouvement, il lâcha la flèche, qui jaillit en vibrant, s'éleva dans les airs, atteignit le point culminant de sa trajectoire et retomba, passant haut au-dessus des cibles, poursuivant sa course pour parcourir deux fois la distance. La pointe en silex souleva une gerbe d'étincelles en frappant un rocher au loin et la hampe se brisa sous le choc.

Nefer regardait la flèche avec stupéfaction.

— Tu as peut-être raison, murmura Taita.

Nefer lâcha l'arc et l'étreignit.

— Tu en sais assez pour nous tous, vieux père, dit-il.

Taita emmena Nefer et Meren dans le désert, et ils roulèrent trois jours à travers ce pays âpre et magnifique. Il les conduisit jusqu'à la vallée cachée où le liquide noir suintait à la surface par une fente profonde dans la roche. C'était cette même substance épaisse et goudronneuse dont ils s'étaient servis pour enflammer le pelage des chacals lors de leur incursion nocturne à Thane.

Ils en remplirent les pots d'argile qu'ils avaient apportés et rentrèrent à l'atelier de Gallala. Taita raffina le liquide noir en le portant à ébullition sur une petite flamme jusqu'à ce qu'il devienne glissant entre les doigts.

— Il lubrifiera les moyeux des roues mieux et plus longtemps que la graisse de porc clarifiée ou toute autre mixture, dit-il. Cela vous donnera un avantage de cinquante pas sur mille. C'est peut-être ce qui fera la différence entre la réussite et l'échec ou même entre la vie et la mort.

Nefer avait envie de conduire le char royal sur la Route Rouge, mais Taita lui dit :

— Tu tiens vraiment à rouler dans un sarcophage doré ?

— Le poids de l'or n'est que de deux taels. Tu l'as pesé toi-même.

— Dans le désert, ça revient à être alourdi de deux cents.

Taita examina chacun des cent cinq chars qu'ils avaient exhumés des sables, en choisit dix et les démonta. Il pesa le châssis et éprouva la solidité des joints. Il fit tourner les roues sur leurs moyeux pour tenter de déceler le moindre jeu dans leur mouvement de rotation. Puis il fit son choix définitif.

Il modifia le montage des moyeux afin que les roues ne soient maintenues en place que par une seule goupille de bronze, qui pouvait être enlevée d'un coup de maillet. En remontant le char, il élimina les panneaux verticaux de la caisse, l'allégeant de tout poids superflu. Sans leur support, les conducteurs devraient s'en remettre à leur sens de l'équilibre et à la boucle d'une corde épissée dans la plate-forme pour se tenir debout sur les mauvais terrains. Enfin, il lubrifia les moyeux des roues avec la graisse noire tirée du désert.

Sous la houlette de Taita, ils examinèrent le harnais pouce par pouce. Mintaka, Merykara et leurs servantes veillèrent tard pour piquer et surpiquer les coutures et les jointures.

Ils choisirent ensuite leurs armes. Ils firent rouler les javelines et les flèches pour détecter toute imperfection et les suspendirent à la balance conçue par Taita à cet effet, ajoutant un grain de plomb à la hampe ou à la pointe jusqu'à ce qu'elles soient parfaitement équilibrées. Ils aiguisèrent les pointes afin qu'elles se fichent solidement dans les cibles. Ils ressemelèrent leurs sandales et en limèrent les clous de bronze pour les tailler en pointe. Ils façonnèrent de nouvelles gardes en cuir pour protéger leur avant-bras du frottement de la corde de l'arc et de la lanière de la javeline. Ils choisirent trois glaives chacun, car souvent les lames de bronze se cassaient net au plus fort du combat. Ils aiguisèrent leur tranchant, puis le fourbirent avec de la poudre de pierre ponce au point de pouvoir se raser les poils du bras.

Ils firent sécher et entortillèrent des cordes d'arc de rechange, qu'ils porteraient autour de la taille comme une ceinture. Hormis leur casque et leur justaucorps en cuir, ils ne porteraient aucune armure sur la route afin d'alléger le poids que Dov et Krous devaient tirer. Ils travaillaient en secret afin que personne ne soit au courant de leurs préparatifs.

Mais, surtout, ils s'entraînaient, prenaient des forces, gagnaient en endurance et rendaient les chevaux plus confiants.

Car, pour Dov et Krous, le plus effrayant allait être le feu. Ils allumèrent des bûchers dans le désert en entassant des fagots de bois sec et des bottes de paille, permettant ainsi aux bêtes de voir les flammes et de sentir la fumée, puis ils leur bandèrent les yeux. Si au début Krous se dérobait et hennissait de terreur, à la fin il galopait aveuglément en faisant confiance à son cavalier, passant si près des flammes qu'elles roussissaient sa crinière.

Au cours de ces jours d'attente, Mintaka et Merykara passaient de longues heures dans le temple rénové d'Hathor. Elles offraient des sacrifices et priaient pour leurs hommes afin que la déesse leur accorde sa protection et intervienne en leur faveur.

Trente-cinq jours avant la pleine lune d'Horus, une étrange caravane arriva à Gallala. Venue de la côte, du port de Safaga, elle était conduite par un géant borgne et manchot du nom d'Aartla. Les cinq guerriers de la Route Rouge allèrent à sa rencontre alors qu'il était encore à trois lieues des murs de la ville. Ils lui firent une escorte d'honneur jusqu'à Gallala, car il était chevalier du troisième niveau, ayant parcouru la Route Rouge près de trente ans plus tôt. Vingt ans auparavant, une flèche lui avait transpercé l'œil durant la campagne libyenne de

Pharaon Tamose et, cinq ans plus tard, un Nubien lui avait sectionné le bras sous le coude d'un seul coup de hache.

Aartla était devenu riche. Il était à la tête d'une troupe d'artistes itinérante, des hommes et des femmes aux talents variés. L'une des femmes de la troupe avait la réputation d'être la plus forte du monde. Elle était capable de soulever deux chevaux de terre, l'un avec chaque main, et de tordre une barre de bronze en la tenant entre ses dents d'un côté et en la serrant dans son vagin à l'autre extrémité. Une autre de ces femmes passait pour être la plus belle du monde, mais rares étaient ceux qui avaient vu son visage. Elle venait d'un pays situé si loin au septentrion qu'en certaines périodes de l'année les rivières se transformaient en pierre blanche et cessaient de couler. Aartla faisait payer dix taels d'argent le privilège de voir son visage dévoilé. On disait qu'elle avait des cheveux blonds qui arrivaient jusqu'à terre et les yeux de couleurs différentes, l'un doré, l'autre bleu. Le prix demandé par Aartla pour voir le reste de ses charmes était à la hauteur du spectacle.

Aartla possédait en outre une esclave noire qui mangeait le feu, se couvrait de scorpions vivants des pieds à la tête et s'enroulait un grand python autour du cou. Clou de son numéro, elle amenait le serpent à entrer dans son vagin jusqu'à y disparaître entièrement.

Ces prodiges ne servaient qu'à mettre les spectateurs en appétit pour les attractions principales, un groupe de lutteurs et de bretteurs qui affrontaient en combat singulier tous les éventuels candidats. Aartla offrait une bourse de cent taels d'or pur à celui qui vaincrait l'un de ses champions. Les paris légendaires qui se tenaient sur ces compétitions étaient à l'origine de l'immense fortune d'Aartla. Bien qu'il ne combattît plus, il restait un guerrier dans l'âme et un adorateur du Dieu Rouge.

Quand il avait appris qu'un pharaon de la dynastie tamosienne était décidé à parcourir la Route, il avait amené ses champions de l'autre bout du monde pour l'affronter. Le jeu lui plaisait tant qu'il ne faisait pas payer ce service.

Ses confrères avaient préparé l'un des anciens palais de la ville pour héberger Aartla et sa troupe. Le soir de son arrivée, ils avaient organisé un grand banquet de bienvenue, auquel seuls Nefer et Meren n'étaient pas conviés. « Nous n'aurions pu accepter, expliqua Nefer à Mintaka. Nous ne sommes pas membres à part entière de l'ordre. De plus, s'asseoir avec ceux que nous allons affronter serait manquer aux conventions et à la tradition. »

Le lendemain du banquet, sous le regard aiguisé d'Aartla, les champions reprirent l'entraînement dans la cour du vieux palais. Tous les étrangers en étaient exclus, Aartla étant trop astucieux pour laisser d'autres parieurs évaluer la forme et le style de ses champions sans payer ce privilège en or sonnant et trébuchant.

Taita n'était cependant pas considéré par lui comme un étranger. Quand il avait perdu son bras, le mage avait coupé et recousu le moignon et l'avait sauvé de la gangrène qui avait infecté la plaie et menaçait sa vie. Aartla l'accueillit dans la cour du palais et l'installa sur une pile de coussins du côté de son œil valide. La plus belle femme du monde lui servit un sorbet au miel dans une coupe d'or et lui sourit de ses yeux obsédants derrière son voile.

Aartla commença par donner à Taita les dernières nouvelles de la campagne égyptienne en Mésopotamie. Ses armées défaites et éparpillées, le roi Sargon s'était apparemment replié à l'intérieur des murs de Babylone, sa capitale. L'issue de la campagne ne faisait aucun doute. Les armées des deux usurpateurs ne tarderaient pas à rentrer en Egypte pour parer à la menace que faisait peser sur leur monarchie la petite armée de Gallala. Il expliqua cela d'un air significatif, avertissement d'un vieil ami en temps opportun.

Alors que, assis sur les coussins, ils discutaient de bien d'autres choses, notamment de politique, de pouvoir et de guerre, de médecine, de magie et des dieux, Taita semblait absorbé par la conversation et c'est tout juste s'il jetait un coup d'œil aux athlètes qui luttaient et transpiraient en plein soleil. Mais aucun coup, aucune parade n'échappait à ses vieux yeux clairs.

Les champions possédaient un réel savoir-faire de combattants. C'étaient des adorateurs du Dieu Rouge et leur entraînement était une forme de dévotion. Lorsque, ce soir-là, Taita rentra dans sa cellule, où Nefer et Meren l'attendaient, il avait l'air grave.

— J'ai regardé vos adversaires s'entraîner et je vous préviens qu'il vous reste encore beaucoup de travail à accomplir, alors que nous n'avons plus que quelques jours, dit-il.

— Raconte-nous, vieux père.

— Il y a d'abord Polios, le lutteur... commença Taita.

Il entreprit de brosser un tableau de chaque champion : son caractère, sa force, son style et ses points forts. Puis il parla des faiblesses qu'il avait discernées et de la façon d'en tirer parti.

Assisté d'Aartla, les cinq guerriers de l'ordre commencèrent à définir le parcours de la course. Ils passèrent plusieurs jours dans le désert à tracer un long circuit qui commençait sur la place centrale de Gallala, grimpait dans les collines et les zones accidentées, puis, après trois lieues, traversait la longue vallée sous la source de Taita et franchissait les portes de la ville pour s'achever sur la place. Après avoir tracé le parcours, ils envoyèrent des équipes d'ouvriers élever des obstacles sur le chemin.

Trois jours avant la course, Hilto et Shabako lurent la proclamation à la population de la ville. Ils décrivirent en détail le parcours et exposèrent les règles de l'épreuve. Puis ils nommèrent les champions qui devaient s'opposer aux novices.

— Dans l'épreuve de lutte, Pharaon Nefer Seti affrontera Polios d'Our.

La foule soupira car Polios était un fameux lutteur, surnommé le Briseur-de-Dos. Il avait récemment tué un homme à Damas, sa soixante-dixième victime.

— Meren Cambyse affrontera Sigassa de Nubie.

Ce dernier était presque aussi connu. On l'appelait le Crocodile, car une étrange maladie avait rendu sa peau aussi dure, bosselée et noire que celle de ces grands reptiles.

— L'épreuve du glaive opposera Pharaon Nefer Seti à Khama de Taurine, Meren Cambyse à Drossa de l'Indus.

Cette nuit-là, Mintaka et Merykara sacrifièrent un agneau à la déesse et pleurèrent en l'implorant de protéger les hommes qu'elles aimaient.

Pendant sept jours avant la course sur la Route Rouge, les cinq guerriers organisèrent des épreuves pour choisir les poursuivants. Les prétendants à cet honneur ne manquaient pas. Quiconque s'emparait de la tresse d'un roi pouvait espérer l'immortalité. Hilto promit de faire élever une stèle commémorative de cinq coudées de haut dans le temple de sa déesse ou de son dicu préféré à celui qui accomplirait cet exploit. Il recevrait de surcroît mille taels d'or, de quoi acheter une belle propriété quand il rentrerait enfin dans sa patrie. Il aurait également le droit de conserver comme trophées les armes du novice qu'il aurait battu.

Les cinq guerriers procédèrent par élimination pour effectuer l'ultime sélection et, montés sur la plate-forme de pierre qui se dressait au milieu de la place, ils proclamèrent le résultat.

— Ils ont sélectionné les dix hommes les meilleurs et les plus expérimentés et les ont laissés choisir leurs chars et leurs chevaux, avertit Taita en parcourant encore une fois la liste. Prenez par exemple Daïmios. C'est un capitaine de chars. Il sait tirer le meilleur d'un attelage.

— Tout dépendra du départ, dit Nefer.

— Mais seul le Dieu Rouge décidera du résultat.

Les sept nuits précédant l'épreuve, Mintaka refusa sa couche à Nefer. « Mon amour affaiblirait ta détermination et te viderait de tes forces. Mais tu me manqueras cent fois plus que je ne te manquerai », lui dit-elle pendant qu'ils tressaient la longue crinière de Krous.

La veille de la pleine lune d'Horus, Taita leur ordonna de se reposer. Dov et Krous paissaient tranquillement l'un à côté de l'autre dans le pâturage sous la fontaine. Merykara ayant préparé un panier de figues, d'oranges et de galettes de dourah, Meren et lui prirent ce frugal repas près de la source en regardant les chevaux brouter l'herbe verte en contrebas. Quand ils eurent fini, Merykara s'agenouilla derrière Meren et tressa ses cheveux en une grosse natte qui lui tombait à la moitié du dos.

— Comme ils sont épais et brillants, murmura-t-elle en enfouissant son visage dans sa chevelure. Et comme ils sentent bon. Ne laisse personne te prendre ta tresse et rapporte-la-moi.

— Que me donneras-tu en échange ? demanda-t-il en tournant la tête pour lui sourire.

— Une récompense comme tu n'en as jamais rêvé, répondit-elle en rougissant.

— Oh si, j'en ai rêvé, lui assura-t-il avec ferveur. J'en rêve chaque nuit.

Taita vint réveiller Nefer de bon matin. Il le trouva endormi, un bras sur le visage. Il se dressa sur son séant, s'étira et bâilla. Sa lourde natte tressée par Mintaka tombait dans son dos. Lorsqu'il se souvint de ce qu'annonçait cette journée, son regard s'affermit.

Pendant que Nefer buvait un bol de lait fermenté et mangeait une poignée de figues, Taita alla à la fenêtre et, par-dessus les toits, regarda le bouquet de jeunes palmiers qu'ils avaient plantés à côté des puits. Les branches hautes se balançaient dans la brise. Ils avaient tous prié pour que la journée ne soit pas ventée, et cette brise apportait une menace d'échec. Nefer allait devoir plus que jamais s'en remettre au grand arc de guerre pour en contrer l'effet.

Taita ne partagea pas ses craintes avec Nefer. Il se tourna et jeta un coup d'œil sur l'avenue. Le soleil n'était pas encore levé, mais la moitié de la population de Gallala semblait sortir à flots par les portes de la ville.

— Ils veulent s'assurer les meilleures places pour voir la course, dit-il à Nefer. Personne, hormis les participants et les juges, n'est autorisé à prendre un char. Ils doivent suivre la course à pied. Certains affirment qu'il est peut-être possible d'assister au lancer de la javeline et à la lutte, puis d'arriver à temps pour voir le combat de glaive en coupant par les collines. Les moins rapides grimperont au sommet du mont Aigle pour regarder les concurrents franchir le gouffre, puis ils reviendront en vitesse assister à l'arrivée.

Des centaines d'autres avaient préféré rester sur la place pour voir le départ. D'autres étaient montés sur les murailles et les balcons. Malgré l'heure matinale, il régnait une atmosphère de fête et une excitation fiévreuse. Certains de ceux qui étaient perchés sur les murs avaient apporté leur petit déjeuner, et des miettes et des os rongés tombaient sur ceux qui se trouvaient en contrebas. D'autres lançaient leurs paris à Aartla et à ses scribes. Aartla donnait à un contre un que Nefer et Meren franchiraient le gouffre, à deux contre un qu'ils vaincraient dans l'épreuve de glaive et à quatre contre un qu'ils finiraient la course sans être rattrapés par leurs poursuivants.

Au moment où le soleil s'éleva au-dessus des murs de la ville, les dix chars des poursuivants entrèrent sur la place. Les gongs résonnèrent, les tambours roulèrent et les sistres cliquetèrent, des femmes poussaient des cris aigus et lançaient des fleurs, et des enfants gambadaient autour d'eux, tandis que les auriges s'alignaient le long de la barrière de départ, la mine sévère, concentrée.

Il y eut un temps mort, la foule était tendue, dans l'expectative, puis des acclamations s'élevèrent du côté des écuries, s'enflèrent et se rapprochèrent. Alors, dans un tonnerre de « *Bak-her !* », le char allégé des novices franchit les colonnes érodées qui marquaient l'entrée de la place.

Dov et Krous avaient été bouchonnés et leur robe brillait comme du métal bruni au soleil du petit matin. Leur crinière avait été tressée, colorée de rubans, leur queue nattée en forme de massue.

Nefer et Meren ne portaient qu'une légère armure de cuir et leur corps avait été huilé en prévision de l'épreuve de lutte. Ils mirent pied à terre et s'agenouillèrent, les mains posées sur la garde de leur glaive. Taita s'avança et vint se placer devant eux. Il adressa une prière à Horus et au Dieu Rouge pour leur demander leur bénédiction et leur protection. Il prit enfin une amulette à son cou et en passa le cordon autour de la tête inclinée de Nefer.

Celui-ci regarda l'objet qui pendait sur sa poitrine et sentit une sorte de frisson, comme si une force en avait émané. C'était le Périapte de Lostris, le médaillon de sa grand-mère, que personne à part Taita n'avait encore jamais touché.

Puis Hilto, revêtu de la cape rouge caractéristique du troisième degré de l'ordre, monta sur la plate-forme de pierre au milieu de la place et lut à haute voix les règles. Quand il eut fini, il demanda d'une voix sévère :

— Comprenez-vous les règles de l'ordre de la Route Rouge et vous engagez-vous à les respecter ?

— Au nom du Dieu Rouge ! affirma Nefer.

— Qui coupera les tresses ? s'enquit Hilto.

Mintaka et Merykara s'avancèrent derrière les guerriers agenouillés. Mintaka avait les yeux cernés car elle n'avait pas dormi de la nuit. Toutes deux étaient pâles et anxieuses. Nefer et Meren inclinèrent la tête, et les deux jeunes femmes soulevèrent les nattes d'un geste tendre et les coupèrent. Elles les tendirent à Hilto, qui les attacha en haut des deux longs bambous, de chaque côté du char, auxquels étaient hissées les oriflammes. C'étaient les trophées que les poursuivants allaient tenter de leur arracher, et que Nefer et Meren allaient défendre jusqu'à la mort.

— Montez sur votre char, ordonna Hilto.

Les deux novices grimpèrent. Nefer prit les rênes. Dov et Krous arquèrent l'encolure, piaffèrent et reculèrent d'un tour de roue.

— Amenez les coqs ! lança Hilto.

Les dresseurs entrèrent dans l'arène circulaire sablée, chacun portant un coq de combat sous le bras. On leur avait coupé la caroncule, ce qui donnait à leur tête une allure reptilienne et ôtait toute prise à l'adversaire. Le soleil miroitait sur leur plumage avec l'iridescence de l'huile répandue sur l'eau.

Un silence tendu tomba sur l'assistance. Les dresseurs s'agenouillèrent face à face au centre de l'arène en tenant leur coq à bout de bras devant eux. On ne leur avait pas attaché d'éperons artificiels aux pattes, les longues pointes métalliques provoquant une mort trop rapide et certaine, mais leurs ergots avaient été aiguisés.

— Appâtez vos coqs ! cria Hilto.

Les dresseurs les lancèrent l'un vers l'autre sans les laisser se toucher. Les yeux des deux volatiles lançaient des éclairs malveillants, leur tête s'enflait de rage et la peau nue de leur jabot et de leur tête vira au rouge foncé. Ils battaient des ailes et essayaient de s'échapper des mains de leur dresseur pour voler dans les plumes de leur adversaire.

Hilto pointa son glaive vers le toit en ruine du temple de Bes, la divinité tutélaire de Gallala, où un drapeau bleu claquait paresseusement dans la brise chaude.

— Les novices partiront quand les coqs seront lâchés. Le drapeau sera abaissé lorsque l'un des deux sera tué, et la poursuite commencera à ce moment-là. Dans sa sagesse infinie, le Dieu Rouge décidera combien de temps les coqs survivront et donc de l'avance des novices. Maintenant, tenez-vous prêts.

Tous les yeux se tournèrent vers les deux coqs de combat. Hilto leva son glaive. Les plumes de leur cou se dressaient, ils étaient rouges de fureur, impatients de combattre.

— Allez ! lança Hilto.

Les dresseurs les lâchèrent. Ils se précipitèrent sur le sable dans des tourbillons d'ailes brillantes en bondissant et en donnant des coups de griffes.

— Oh, Dov ! Oh, Krous ! s'écria Nefer.

Les deux chevaux s'élancèrent en projetant gravier et poussière avec leurs sabots. Un grand cri s'éleva de la foule et le char fit le tour de la place à toute allure avant de foncer dans l'avenue. Ils franchirent en trombe les portes de la ville et prirent la piste menant aux collines, marquées tous les deux cents pas par un drapeau blanc qui claquait doucement dans la brise du désert. Les acclamations s'évanouirent au loin.

— Passe à gauche des drapeaux ! lui rappela Meren.

Les juges les auraient obligés à retourner en arrière pour passer du bon côté s'ils ne l'avaient pas fait.

Nefer épargnait les chevaux. Il les ramena au trot quand la pente se fit plus raide et, tout en conduisant, il évaluait la force et la direction de la brise d'après les drapeaux. Son souffle chaud venu de l'ouest était assez puissant pour chasser le nuage de poussière qu'ils soulevaient derrière eux. C'était le vent le plus mauvais. Il allait épuiser les chevaux et nuire à la précision du tir à la javeline et à l'arc. Nefer repoussa cette pensée et concentra son attention sur l'ascension des collines.

La pente devenait brusquement plus forte et, sur l'ordre de Nefer, ils sautèrent à terre et coururent à côté des chevaux pour alléger leur fardeau. Dov et Krous accélérèrent si soudainement qu'ils durent s'accrocher au harnais pour suivre leur allure. Arrivés sur la crête, Nefer les laissa se reposer en comptant trois cents battements de son cœur.

Il se retourna pour regarder les murs de la ville en contrebas et entendit les rugissements de la foule enfler et décroître alternativement au rythme des attaques des coqs. Mais le drapeau flottait toujours sur le toit effondré du temple de Bes : l'issue du combat n'avait pas encore été décidée. Il balaya du regard la plaine qui s'étendait devant eux et repéra la rangée des cinq cibles pour javeline, espacées de deux cents pas. Une clôture basse d'épineux courait parallèlement à elles pour maintenir le char à une distance de cinquante pas.

Nefer sauta sur la plate-forme et cria :

— Allez !

Les deux chevaux s'élancèrent de nouveau. Il jeta un coup d'œil en arrière : le drapeau bleu flottait encore.

Alors qu'ils fonçaient vers la rangée de cibles, Nefer enroula la lanière autour de son poignet et se prépara à tirer, visualisant la cible et la trajectoire du projectile de sa main au cercle rouge intérieur, ignorant le cercle jaune extérieur. Il regarda les drapeaux agités par le vent.

Shabako était assis sur une petite butte au milieu de la rangée. Il agiterait un drapeau rouge pour un tir au centre, un jaune pour un coup manqué. Ils n'avaient que cinq javelines et droit qu'à un seul tir dans le jaune. S'ils échouaient au premier parcours, il leur fallait revenir en arrière, récupérer les javelines et recommencer à tirer jusqu'à ce qu'ils en aient mis quatre dans le rouge.

Nefer passa les rênes à Meren, qui roula le plus près possible de la barrière d'épineux pour lui offrir les meilleures conditions de tir. La première cible approchait rapidement et, sur la plate-forme qui rebondissait et faisait des embardées, Nefer se prépara à lancer.

— Nil ! ordonna-t-il.

Instantanément, Dov et Krous adoptèrent l'allure glissée. Le char se stabilisa sous ses pieds, lui permettant d'absorber facilement les cahots avec les jambes, et il lança. Dès l'instant où il lâcha la javeline, il n'y eut aucun doute sur la précision de son tir – il avait tenu compte du vent. Après avoir parcouru cinquante pas en ondulant dans la brise, la javeline se ficha en plein dans le cercle rouge central et, du coin de l'œil, Nefer vit Shabako valider le tir en agitant le drapeau rouge. Il saisit un autre projectile dans le coffre et enroula la lanière autour de son poignet. Il avait une assurance suprême, presque divine, sachant que les quatre javelines suivantes atteindraient leur but comme la première. Il regarda la deuxième cible approcher et lança de nouveau. Autre tir parfait. Il n'eut même pas à regarder le drapeau, et, près de lui, Meren s'écria :

— *Bak-her,* mon frère !

Il fonça vers la troisième cible. Ils s'en rapprochaient à toute allure et, le long de leur roue intérieure, la barrière d'épineux n'était plus qu'une longue tache floue. Nefer se mit en position et, d'un fouetté du bras droit, lança la javeline. A cet instant précis, la roue toucha la haie et le char, à deux doigts de se renverser, fit une violente embardée. Les poids combinés des deux chevaux le remirent d'aplomb, mais la javeline était déjà lâchée. Au désespoir, Nefer la vit partir de travers et manquer largement la cible.

Shabako agita le drapeau jaune.

— C'est de ma faute, s'accusa Meren. J'ai serré la barrière de trop près.

— Va droit maintenant, fit Nefer d'un ton sec. Il nous faut encore deux rouges.

La quatrième cible arrivait, mais Nefer sentait que le mouvement du char s'était altéré. La collision avec la barrière avait déséquilibré Krous, qui attaquait maintenant du mauvais pied.

— Oh, Krous, cria Meren, essayant de stabiliser le poulain en touchant les rênes.

Dov se pencha alors légèrement contre lui. Krous sentit son rythme et prit son allure au moment même où se présentait la quatrième cible.

Nefer lança et, à son côté, Meren cria :

— Rouge ! Un beau tir. Tu as réussi.

— Pas encore, rétorqua Nefer en prenant la dernière javeline. Il en reste une.

Ils se dirigeaient rapidement vers la cinquième cible, nerfs et muscles tendus à se rompre. Krous perçut cette tension dans les rênes tenues par Meren ; de l'œil droit, il vit la cible approcher, sachant avec exactitude à quel moment Nefer allait lancer, et reprit instinctivement sa mauvaise habitude et son pas heurté. Le char fit une embardée au moment même où Nefer tirait. Il aurait pu néanmoins faire mouche s'il n'y avait eu le vent. Une rafale passa, assez forte pour fouetter les deux lourdes tresses accrochées aux bambous. La javeline n'était déjà pas tout à fait dans l'axe, mais le vent aggrava l'erreur. Elle dériva encore vers la droite, manqua le rouge de deux doigts et se ficha en vibrant dans le cercle extérieur. Shabako agita le drapeau noir, le signal de l'échec.

Leur premier parcours avait été un échec. Ils devaient récupérer les javelines et recommencer depuis le début.

Sans un mot, l'air résolu, Nefer arracha les rênes des mains de Meren, fit virer le char à l'extrémité de la haie et rebroussa chemin. Il poussa les chevaux au maximum. Il ne songeait plus à les ménager maintenant, car l'un des deux coqs avait sans doute déjà été tué et les dix chars les avaient pris en chasse.

Ils remontèrent à toute allure la rangée de cibles en paille en passant si près que Meren réussit à arracher les javelines sans que Nefer eût à arrêter le char tout à fait. La quatrième, celle qui avait complètement manqué la cible, se trouvait par terre, et même à cette distance

Nefer vit tout de suite que la hampe s'était brisée en deux en heurtant le sol rocailleux. Il ne leur en restait que quatre pour réussir quatre lancers. Un seul tir manqué et il leur faudrait prendre position ici et, à deux, affronter dix guerriers triés sur le volet : il leur faudrait capituler ou se battre à mort.

Avec quatre javelines seulement, ils atteignirent le point de départ. Nefer arrêta le char et sauta à terre. Il se précipita vers Krous et lui caressa le front.

— Cours droit maintenant, mon beau, lui murmura-t-il. Ne me trahis plus.

Ils entendirent au loin une acclamation longue et soutenue.

— L'un des coqs est mort ! s'écria Meren. La poursuite a commencé.

Nefer savait que c'était vrai. Un coq avait succombé et les poursuivants avaient été lâchés. Meren et lui avaient perdu leur longueur d'avance. Les poursuivants n'avaient pas à subir l'épreuve des javelines. Ils allaient dépasser les cibles à toute allure sans s'arrêter. Et même si les novices réussissaient à mettre les quatre javelines dans le rouge, les lutteurs les attendaient plus loin.

Côte à côte, Mintaka et Merykara assistaient aux derniers instants du sanglant spectacle. Des tabourets avaient été installés à leur intention au bord de l'arène, mais elles ne pouvaient rester assises tant elles étaient anxieuses.

Les deux coqs avaient été soigneusement appariés, tous deux ayant fait la preuve de leur courage et de leur résistance à l'occasion de multiples combats épiques. Ils avaient de longues pattes, mais leurs cuisses étaient solides et musclées. Ils pouvaient enfoncer leurs redoutables éperons noirs profondément dans le corps de leur adversaire. En tendant leur cou tortueux, ils étaient capables de lui arracher les plumes et la chair avec leur gros bec recourbé, et, une fois leur rival saigné et affaibli, ils l'immobilisaient pour l'achever à coups de bec dans les organes vitaux.

Le plus âgé des deux avait les plumes dorées et cuivrées, éclatantes comme un soleil levant. Sa queue était un fier panache semé de points lumineux couleur de saphir. L'autre était noir, d'un noir brillant, étincelant, et sa tête chauve d'un rouge violacé.

Ils tournaient l'un autour de l'autre. Le combat avait été âpre et long, des plumes jonchaient le sol, emportées par les chaudes rafales du vent d'ouest. Tous les deux saignaient à grosses gouttes qui étincelaient sur leur plumage. Ils perdaient leur force et commençaient à être mal assurés sur leurs pattes. Mais leurs yeux restaient aussi brillants, leur regard aussi féroce qu'au début du combat.

— Je t'en prie, vénérée Hathor, donne-leur la force de survivre. Permets-leur de combattre jusqu'au coucher du soleil, murmura Merykara en serrant la main de Mintaka, tout en sachant que sa prière était vaine. Et fais qu'il n'arrive rien à Meren et à Nefer.

Le coq noir s'envola soudain, tête dressée, puis se projeta en avant d'un puissant battement d'ailes, les pattes tendues. Le coq rouge prit son essor pour répondre à l'attaque, mais il était épuisé et sa riposte manqua d'ardeur. Il leva les pattes trop lentement pour parer le coup. Les deux volatiles se heurtèrent dans un jaillissement de plumes, roulèrent ensemble dans le sable et, quand ils se séparèrent, une aile du coq rouge traînait par terre. Il était proche de sa fin.

— Oh, Hathor, ne le laisse pas mourir ! sanglota Merykara en enfonçant ses ongles dans le bras de Mintaka.

Mais c'est à peine si celle-ci le sentit. Elle regardait avec horreur le coq rouge chanceler tandis que la foule poussait des hurlements sauvages.

Le coq noir savait qu'il avait gagné, et ses forces lui revenaient. Il sauta de nouveau sur ses longues pattes solides, ses ailes rutilantes déployées. Il se laissa tomber, heurta son adversaire avant qu'il ait eu le temps de reprendre l'équilibre et le fit tomber, pantelant. Il chercha à lui donner un coup de bec dans l'œil, attrapa un pli de sa bajoue et le tint fermement.

Le coq rouge se releva, mais le noir était accroché à lui. Il se mit à courir péniblement en portant son adversaire.

— Lâche-le, ombre noire de Seth ! Laisse-le vivre ! s'écrièrent les deux jeunes filles dans le vacarme général.

Le rouge le porta en effectuant un tour complet de l'arène, mais il faiblissait à chaque pas et s'écroula enfin juste au-dessous de l'endroit où elles se trouvaient le long de la barrière.

— Il est mort ! cria quelqu'un. Le combat est fini. Laissez partir les poursuivants !

— Non, il est vivant ! lança Mintaka farouchement.

Le coq noir lâcha la tête de l'autre et se tint au-dessus de lui. Avec ce qui lui restait de force et de courage, le coq rouge se remit debout, chancelant, ses ailes traînant dans le sable, le sang coulant de sa plaie à la joue.

Le coq noir parut évaluer la distance qui les séparait, puis, une fois de plus, sauta en l'air, dominant un instant sa victime. Il tomba sur elle et enfonça ses éperons de toute leur longueur dans son cœur et ses poumons. Le coq rouge s'effondra, le bec grand ouvert en un cri d'agonie silencieux, les ailes tremblant convulsivement.

Au-dessus du cadavre, le coq noir renversa la tête et lâcha un cocorico de triomphe qui fit frissonner Mintaka jusqu'au tréfonds d'elle-même.

— Le dieu a parlé ! C'est fini, lança Hilto.

Il leva le cadavre déchiré et sanglant en le tenant par le cou, et le drapeau s'abaissa sur la tour de Bes. Il se tourna vers les auriges, qui se redressèrent derrière leur attelage.

— La Route Rouge est libre ! cria-t-il. Suivez-la jusqu'à la gloire ou la mort !

Les longs fouets claquèrent, les chevaux levèrent brusquement la tête en agitant leur crinière, et les dix chars de guerre firent à toute allure le tour de la place sous les cris des femmes et les acclamations des hommes tandis que la foule s'écartait devant eux. Ils franchirent à bride abattue les portes de la ville et foncèrent vers les collines en suivant la ligne de drapeaux.

Nefer dorlota les chevaux encore un moment. Un bras autour de l'encolure de chacun, il leur murmura des paroles rassurantes avant de sauter sur la plate-forme. Il les amena au pas puis les poussa doucement au petit galop. Il attendit qu'ils soient parfaitement à l'unisson pour stabiliser leur allure en criant :

— Nil !

Ils foncèrent vers les cibles pour la deuxième tentative et Nefer passa les rênes à Meren. Encore piqué au vif par leur premier échec, il ne fit aucune recommandation à son compagnon.

Tout en enroulant la lanière autour de son poignet,

Nefer observait les oreilles de Krous pour y déceler une éventuelle indication qu'il allait briser l'allure, mais celui-ci les tenait pointées vers l'avant et courait régulièrement. Ils étaient parfaitement dans l'axe en arrivant à la hauteur de la première cible, et la javeline se ficha dans le cercle rouge. La deuxième se présenta immédiatement et Nefer lança d'un geste fluide terminé par une puissante impulsion. La pointe de bronze s'enfonça profondément dans le cercle intérieur. Près de lui, Meren conduisait l'attelage en silence, entièrement absorbé par sa tâche.

La troisième javeline scintilla dans les airs comme un rayon de soleil et Shabako agita de nouveau le drapeau rouge.

— Encore une. Plus qu'une ! lança Nefer aux chevaux d'un ton ferme mais rassurant, la dernière javeline en main, la lanière solidement enroulée autour du poignet.

Krous parut se ramasser sur lui-même, rentra le menton et suivit la ligne en douceur. Au moment où il lâchait le projectile, Nefer savait qu'il allait frapper au milieu du rouge.

— Ha ! Ha ! Au galop ! leur lança-t-il alors que la javeline était encore dans les airs.

Ils s'élancèrent au grand galop avec une telle puissance qu'il dut s'arc-bouter sur ses jambes et se retenir à la corde de sécurité pour ne pas tomber à la renverse.

Shabako agita le drapeau rouge et sa voix parvint distinctement à Nefer :

— *Bak-her,* majesté ! Tu as passé l'épreuve !

Mais Nefer savait qu'ils ne regagneraient jamais le temps perdu et que leurs poursuivants étaient déjà sur leurs talons.

La ligne des drapeaux les conduisit vers le nord en un vaste cercle le long d'un gouffre profond aux parois à pic, puis sur une série de terrasses naturelles où la terre dénudée avait une couleur de pêche qui ne rendait pas compte de son âpreté.

Une bonne cinquantaine des plus hardis parmi les spectateurs avaient grimpé depuis Gallala et étaient alignés sur le bord de la troisième terrasse. Comme le char de Nefer et Meren montait vers eux à toute vitesse, ils les acclamèrent et ouvrirent leurs rangs pour les laisser passer. Les lutteurs attendaient au milieu de la terrasse, plate et horizontale.

Chacun se trouvait au centre d'un cercle formé de pierres peintes en blanc. Nefer se dirigea vers eux. La foule excitée les suivit en riant et en continuant de les acclamer. Nefer arrêta les chevaux en arrivant aux cercles de pierres, et deux palefreniers se précipitèrent pour les tenir.

— Veillez à ce qu'ils ne boivent qu'un seau chacun, ordonna-t-il en sautant à terre.

C'était la première fois depuis le départ qu'il leur était permis d'abreuver les bêtes, mais Nefer ne voulait pas qu'ils aient le ventre ballonné en buvant trop.

S'étant dépouillés de leur armure de cuir et de leur courte tunique, Meren et lui se retrouvèrent nus au soleil. Un murmure d'admiration parcourut la foule des spectateurs quand ceux-ci virent leurs jeunes corps athlétiques. Certaines femmes de basse condition et de moralité douteuse se mirent à hululer d'excitation et à danser de façon obscène.

Les chars des poursuivants se rapprochaient à chaque

instant. Nefer ne daigna pas jeter un coup d'œil à ces femmes. Meren et lui se dirigèrent à grands pas vers leurs adversaires. Nefer s'arrêta un instant hors de l'aire de combat et regarda Polios d'Our, qui se tenait au centre.

Celui-ci n'était pas exceptionnellement grand et fort, ni plus lourd ni plus puissant que Nefer, car les juges les avaient appariés soigneusement et avec impartialité. Il n'avait cependant pas une once de graisse superflue. Il venait de s'échauffer, car son corps huilé était luisant de sueur, les muscles gorgés de sang. Tout en lui était dur. Ses épaules étaient parfaitement proportionnées à sa taille, son ventre plat, ses membres longs et souples. Il avait les bras croisés sur la poitrine et posait sur Nefer un regard froid et impassible.

Nefer prit une profonde inspiration et entendit de nouveau les paroles de Taita, comme si le mage lui avait parlé à l'oreille : « Le genou gauche. C'est son seul point faible. »

Il baissa les yeux vers la jambe de Polios, mais son genou gauche semblait aussi solide que le droit. Dur et inattaquable comme un tronc de chêne.

Nefer toucha le talisman d'or sur sa poitrine et entra dans le cercle de pierres. La foule se mit à hurler. Polios plaça les mains sur ses genoux, courba les épaules et l'observa avec le regard implacable et vide d'un serpent. Nefer devait engager le combat, car Polios n'était pas pressé. Son rôle consistait à retarder Nefer jusqu'à ce que les chars des poursuivants le rattrapent. Nefer tourna autour de lui et Polios pivota lentement sur lui-même pour suivre son mouvement.

Ah, ça y est. Son orteil gauche est à la traîne, se dit Nefer. Mais le défaut était si léger qu'il ne l'aurait jamais remarqué si Taita ne l'avait pas averti.

« C'est une vieille blessure, lui avait dit le mage en enfonçant son pouce dans le genou de Nefer pour lui indiquer le point exact, avant de poursuivre : Mais ne le sous-estime pas, il est presque imbattable. »

Nefer tourna dans l'autre sens autour de Polios, qui fit de même. Il apercevait maintenant la légère dépression sous la rotule. Il ne pouvait se permettre d'attendre davantage et provoqua l'engagement.

Les préliminaires furent classiques : ils s'empoignèrent, cherchant la bonne prise pour faire tomber l'adversaire, déplaçant leurs mains et le poids de leur corps, éprouvant chacun l'équilibre de l'autre. Puis Polios fit soudain un bond en avant, ramassé sur lui-même pour passer sous la garde de Nefer. Bien qu'il se fût attendu à une offensive de ce genre, celui-ci ne put l'empêcher de passer le bras autour de sa taille. Il fut soudain soulevé, seuls ses orteils touchant encore le sol, et Polios pivota en le tenant dans ses bras, poussant pour lui faire perdre l'équilibre. Puis il posa soudain le genou droit à terre, entraînant Nefer avec lui. Sa jambe gauche était campée solidement, la cuisse parallèle au sol comme un banc de menuisier. La prise aurait brisé la colonne vertébrale de Nefer s'il ne s'était pas exercé cent fois à la parade avec Meren. Il cambra le dos et en même temps frappa le sol avec les talons pour amortir le choc. Il sentit malgré tout son épine dorsale craquer, ses vertèbres à la limite de la fracture.

Polios pesait sur lui de tout le poids de son torse, mais Nefer passa le bras droit derrière son dos et lui empoigna le genou. Pendant des heures, Taita l'avait obligé à renforcer son pouce en écrasant une balle de cuir au point d'y laisser une profonde empreinte. Taita n'avait même pas jugé cela suffisant. Il lui avait fait continuer ses exercices jusqu'à ce qu'il soit capable d'écraser la coque d'une porcelaine entre le pouce et l'index. Puis Taita lui avait montré encore et encore le point précis de l'ancienne blessure de Polios sous la rotule et la direction de la pression qu'il devait exercer pour la rouvrir. Nefer la trouva et enfonça son pouce dans le creux entre le tibia et la rotule.

L'effort fit ressortir tous les muscles de son bras droit et saillir ses yeux hors de leur orbite. Il sentit soudain quelque chose céder sous son pouce et il accentua la pression. Son doigt s'enfonça plus profondément, le cartilage et le tendon fragilisés craquèrent en se déchirant, la rotule arrachée se souleva.

Polios poussa un cri de douleur si affreux que les spectateurs rassemblés autour de l'arène furent réduits au silence. Polios lâcha Nefer et tenta de le repousser, mais celui-ci suivit le mouvement sans jamais desserrer sa prise sur la rotule de son adversaire, l'arrachant davantage. Aussi impuissant qu'un enfant, Polios se mit soudain à sangloter, brisé par la douleur.

Nefer se plaça sur lui et lui plaqua le visage au sol. Il lui tordit la jambe dans le dos et Polios ne put résister. Nefer plia le genou estropié jusqu'à ce que le talon touche les fesses. Le cri terrible que lâcha Polios n'avait rien d'humain.

— Rends-toi ! ordonna Nefer.

Mais la douleur paralysait Polios et le rendait muet. L'arbitre se précipita pour lui toucher l'épaule, signifiant ainsi sa victoire. Nefer se leva d'un bond et laissa Polios se tortiller en pleurant par terre. Les spectateurs s'écartèrent en silence devant lui, stupéfiés par une victoire aussi rapide et totale.

Nefer entendit quelqu'un dire : « Il ne pourra plus jamais se servir de sa jambe », mais il ne se retourna pas et courut à l'autre arène en écartant ceux qui se trouvaient sur son chemin.

Meren et Sigassa le Crocodile étaient enlacés, poitrine contre poitrine. Ils roulaient à travers le cercle de pierres, alternativement l'un au-dessus de l'autre. Au premier coup d'œil, Nefer vit que Meren était blessé. Durcie par la maladie, la peau de Sigassa était épaisse et calleuse, insensible à la douleur. Il s'en servait comme d'une arme, se frottait contre son adversaire, déchirait la chair de Meren, si bien que le sang suintait par les coupures qui lacéraient la poitrine et les bras du jeune homme. Taita les avait mis en garde, mais il était impossible d'éviter cette étreinte répugnante et Sigassa avait le dessus. Nefer était arrivé juste à temps.

Les règles de la Route Rouge étaient délibérément au désavantage des novices. Elles permettaient cependant à l'un des deux de venir en aide à l'autre, dans la mesure où il avait vaincu son adversaire. C'était l'une des seules concessions qui leur étaient faites. Nefer en tira pleinement parti.

Dès l'instant où il fut entré dans le cercle, il se baissa pour ramasser un galet blanc de la taille d'un œuf de pigeon. Tout en courant au secours de Meren, il plaça le caillou dans le creux de sa paume et referma le poing.

La foule cria pour avertir le Crocodile, qui lâcha Meren, se remit prestement debout et, tête baissée, fonça sur Nefer. Taita les avait prévenus que son crâne chauve et bosselé était un redoutable boutoir. Sigassa avait déjà cassé deux côtes de Meren lors d'une première charge et il voulait maintenant en faire autant avec Nefer.

Attendant le bon moment, celui-ci, fermement campé sur ses pieds, le laissa venir, puis lui assena un coup de poing sur le côté de la mâchoire, à l'endroit précis indiqué par Taita. Le poids et la vitesse de Sigassa s'ajoutèrent à la force du coup. La grosse tête squameuse du Crocodile fut violemment projetée en arrière, ses jambes devinrent molles, mais, emporté par son élan, il alla s'étaler sur la ligne de pierres blanches.

Personne dans la foule n'avait jamais vu quelqu'un se servir de son poing nu comme d'une arme et les spectateurs en restèrent bouche bée. Nefer lui-même était stupéfait du résultat, car Sigassa était étendu, immobile. Nefer se reprit en un instant et cria à l'arbitre :

— Sigassa est sorti de l'arène ! Il a perdu !

— Nefer Seti est le vainqueur ! annonça l'arbitre. Sigassa a perdu. Tu as passé l'épreuve, Nefer Seti !

Nefer se précipita vers Meren et le releva.

— Tu es blessé ? demanda-t-il.

— Mes côtes ! Ce porc m'a foncé dessus comme un taureau, haleta Meren.

— Nous devons continuer.

— Bien sûr. Ce n'est rien, dit Meren, le visage gris.

Il redressa les épaules, mais c'est en étreignant le côté de sa poitrine qu'il courut vers le char. Ils remirent à la hâte leur tunique et leur armure.

— Ça a été trop long. Nous perdons du terrain à chaque instant.

En grimpant sur la plate-forme du char, tous deux jetèrent un coup d'œil en arrière vers les cibles à javeline en contrebas dans la plaine.

— Les voilà, grommela Meren en apercevant le nuage de poussière qui s'élevait au loin, pâle et éthéré.

Les chars des poursuivants n'étaient encore que des points sombres sous le nuage suspendu dans les airs, mais ils semblaient grossir à vue d'œil.

Aucun commentaire n'était nécessaire. Les poursuivants n'avaient pas à subir l'épreuve de lutte. Ils allaient passer sans s'arrêter près des cercles de pierres. Nefer et Meren savaient combien leur avance était faible et qu'elle risquait de fondre encore par suite d'une fausse manœuvre ou d'une erreur de jugement.

Nefer secoua les rênes et excita les chevaux de la voix. Dov et Krous s'étaient reposés pendant le combat. Ils tirèrent de tout leur poids sur le harnais et s'élancèrent à toute allure. Devant eux, la rangée de drapeaux qui délimitait le parcours revenait vers le sud en un vaste cercle pour les ramener au point de départ.

— Nous voilà à la moitié du trajet ! dit Meren en s'efforçant de prendre un ton guilleret.

Mais sa voix était étranglée par la douleur et chaque inspiration était pour lui une torture.

Ils traversèrent le plateau et parvinrent de l'autre côté, où les terrasses descendaient en une série de marches de géant vers le bord du gouffre. Ils jetèrent un coup d'œil en contrebas sur les enclos et les pâturages des terres irriguées, dont le vert vif contrastait avec les ocres et les bruns du paysage environnant, sur les tours et les toits de Gallala, sur les ruines couleur de terre qui à cette distance donnaient l'impression d'être des éléments naturels du désert.

Devant eux, le gouffre béait comme la gueule d'un monstre. Ses flancs, à pic et impossibles à escalader, ouvraient sur des abîmes ombreux. Des petits groupes de gens suivaient la piste qui longeait le haut des falaises. C'étaient les spectateurs qui, après l'épreuve des javelines, se hâtaient par un raccourci pour assister à celle de tir à l'arc.

Nefer traversa la terrasse en poussant les chevaux au maximum pour tenter de gagner quelques coudées sur leurs poursuivants. Krous donna toute sa mesure pour rattraper la faute qu'il avait commise en longeant les cibles des javelines : il les entraînait à pleine puissance, insufflant à Dov une énergie nouvelle. Ils atteignirent le bord du gouffre et le longèrent à toute vitesse, si près que les roues projetaient des petits cailloux dans le vide. Krous était du côté de l'abîme, mais il ne rompit à aucun moment l'allure et continua à galoper de toutes ses forces. Nefer reprenait courage.

— Nous pouvons encore arriver au pont avant eux ! cria-t-il dans le vent. Fonce, Krous ! Fonce, Dov !

Devant eux, il vit la silhouette caractéristique de Taita, debout au bord du précipice. Le mage avait le regard fixé sur les cibles installées de l'autre côté du gouffre, et ne se retourna pas quand ils arrivèrent derrière lui et sautèrent à terre.

« Avec le vent d'ouest, le tir à l'arc et le franchissement de la gorge décideront du résultat final, avait-il prédit la veille. Je vous attendrai là. »

Ils sortirent les arcs et les carquois de leurs râteliers, laissèrent les chevaux aux soins de valets d'écurie qui attendaient à cet endroit et se hâtèrent de rejoindre Taita au bord du précipice.

— Nous avons perdu du temps au lancer des javelines, lui expliqua Nefer en attachant la corde du grand arc de guerre, une extrémité coincée entre ses pieds tandis qu'il usait de toute sa force et de son poids pour faire ployer l'arc.

— Krous était trop pressé... comme toi, dit Taita. Mais il ne sert à rien de se lamenter sur le passé. Regarde devant toi !

Il montra l'autre côté de la gorge, où les cibles étaient suspendues à un échafaudage léger en bambou. Comme pour le lancer des javelines, il y en avait cinq. C'étaient des vessies de porc gonflées, chacune accrochée à la traverse de l'échafaudage par une ficelle. Elles étaient bien séparées les unes des autres afin qu'une flèche tirée sur l'une ne pût en toucher une autre par hasard. La ficelle qui les retenait avait deux coudées de long, si bien qu'elles se balançaient dans le vent de manière imprévisible.

Il était difficile d'évaluer leur distance avec précision, et le vent d'ouest tourbillonnait le long des falaises, ajoutant à la difficulté. La force et la direction du vent de ce côté-ci du gouffre ne devaient pas être les mêmes que de l'autre côté, mais il allait sans doute affecter le mouvement des flèches autant qu'il agitait les cibles.

— Quelle est la portée, vieux père ? demanda Nefer en tirant une longue flèche du carquois.

Plus tôt dans la matinée, Taita avait mesuré au pas un côté d'un triangle rectangle le long de la gorge. Puis il avait évalué l'angle sous-tendu par les cibles au moyen d'un curieux arrangement de chevilles et de fils fixés à une planche. Grâce à ces mesures, d'une manière incompréhensible pour Nefer, il avait calculé la largeur du gouffre.

— Cent vingt-sept coudées, répondit-il.

Nefer ajouta cette information à ses propres calculs de la vitesse et de la direction du vent puis se mit en position au bord de la falaise. Meren vint se placer à son côté, l'arc léger de cavalerie à la main.

— Au nom d'Horus et de la déesse, pria Nefer, allons-y.

Ils tirèrent en même temps. La flèche de Nefer passa par-dessus la traverse de l'échafaudage, trop loin et trop haut. Celle de Meren s'éleva davantage, tirée contre le vent. Quand elle ralentit au sommet de sa trajectoire, le vent eut prise sur elle et elle infléchit sa course vers la gauche, puis retomba vers la rangée de vessies de porc qui oscillaient au gré des rafales capricieuses. Elle transperça la cible du milieu, qui éclata avec un bruit sec et disparut comme par magie.

Un cri de joie s'éleva de l'assistance et l'arbitre homologua le tir.

— C'était un coup de chance, marmonna Meren tout en encochant une autre flèche.

— J'aimerais bien en avoir un aussi, lui dit Nefer. *Bak-her,* mon frère ! *Bak-her !*

Ils bandèrent leur arc et tirèrent de nouveau. Cette fois-ci, la flèche de Meren retomba trop près et percuta la paroi rocheuse. Nefer manqua la cible à l'extrême droite d'une demi-coudée et maudit Seth d'avoir fait souffler le vent.

Contrairement aux règles de la javeline, celles du tir à l'arc ne limitaient pas le nombre de flèches qu'ils pouvaient tirer. Seule obligation, ils devaient les transporter toutes sur leur char depuis le départ et il leur fallait donc trouver un compromis entre le nombre de projectiles et le poids. Chacun avait emporté cinquante flèches, mais celles de Nefer, très longues, pesaient une fois et demie le poids de celles de Meren.

Ils tirèrent et manquèrent la cible, tirèrent à nouveau et ratèrent encore leur coup.

Taita avait observé le vol de chaque flèche et le vent capricieux, et fait appel à tous ses pouvoirs pour évaluer intuitivement sa force. Il parvenait presque à le voir, comme le courant d'une rivière aux eaux limpides.

— Vise le même point, mais attends mon signal pour tirer, ordonna-t-il à Nefer.

Celui-ci tira à fond sur la corde et, malgré le tremblement des muscles de son bras droit sous l'effort, tint l'arc bandé.

Taita déchiffra le vent, se confondit avec lui, le sentit dans les profondeurs de son être.

— Maintenant ! murmura-t-il.

La flèche monta haut au-dessus du gouffre en oscillant dans la brise. Puis, tel un faucon, elle fondit vers la cible. La vessie éclata et la foule poussa des clameurs.

— La suivante ! ordonna Taita.

Le vieux mage parut contrôler le vol de la flèche par la seule force de son esprit. Au dernier moment, juste avant qu'elle n'atteigne la cible, le vent malveillant tenta de la détourner, mais elle resta dans l'axe et la vessie éclata avec un claquement sec.

— A la suivante. Bande l'arc. Attends ! murmura Taita. (Puis, un instant plus tard :) Maintenant !

Cette fois-ci, à l'instant où la flèche allait toucher au but, la vessie s'écarta brusquement.

Nefer tira de nouveau au commandement de Taita et manqua la cible d'une bonne longueur de flèche. L'effort nécessaire pour bander l'arc était trop grand, son bras le faisait souffrir, il avait des crampes et ses muscles tressautaient involontairement.

— Repose-toi ! lui intima Taita. Prends le Périapte de Lostris dans la main droite et repose-toi.

Nefer déposa l'arc et inclina la tête dans l'attitude de la prière, l'amulette d'or à la main. La force revint dans son bras droit. Meren essayait toujours de tirer avec l'arc plus petit, mais la douleur provoquée par ses côtes cassées le pliait en deux, et la sueur ruisselait sur son visage pâle.

A ce moment-là, les spectateurs amassés le long de la falaise s'agitèrent ; ils se retournèrent et regardèrent en arrière.

— Ils arrivent ! cria quelqu'un.

Le cri fut repris par cent voix jusqu'à devenir assourdissant. Nefer leva la tête et vit le premier char apparaître à l'horizon. Il était assez près pour qu'on reconnût Daïmios tenant les rênes, sa chevelure dorée au vent. Derrière lui arrivaient les chars des autres poursuivants, échelonnés en file indienne. Nefer percevait les cris que les conducteurs lançaient aux chevaux et le grondement des roues sur le sol rocailleux.

— Ne les regarde pas, ordonna Taita. Ne pense pas à eux. Pense uniquement à la cible.

Nefer tourna le dos à la file des chars et leva son arc.

— Tire la corde et attends ! dit Taita tandis que le vent redoublait de violence puis retombait. Maintenant !

La flèche franchit le gouffre d'un vol assuré et la quatrième vessie éclata. Nefer tira une autre flèche du carquois, puis s'immobilisa, l'arc à la main, et sentit le désespoir l'envahir. Un tourbillon de poussière et de sable brun venu du désert avait enveloppé les cibles et la dernière avait disparu derrière cet écran.

Sur la colline derrière eux, les auriges lancés à leur poursuite poussaient des cris de triomphe et Nefer reconnut la voix de Daïmios par-dessus le grondement du vent :

— Il va bien falloir que tu te battes avec moi maintenant, Nefer Seti !

— Encore une cible ! cria Socco, l'arbitre. Tiens bon.

— Il n'y a plus de cible ! protesta Nefer.

— Ainsi l'a voulu le dieu sans nom, répondit Socco. Tu dois te soumettre à son décret.

— Là ! s'écria Taita, en montrant de l'autre côté de la gorge le nuage impénétrable de poussière ocre. C'est la volonté manifeste d'une déesse plus grande et plus puissante.

Comme un bouchon remonté des profondeurs d'un

lac turbide, la vessie, sa ficelle cassée traînant sous elle, s'éleva au sommet du nuage et ricocha dans l'air chaud.

— Maintenant, au nom de la déesse Lostris ! lança Taita à Nefer d'un ton pressant. Elle seule peut t'aider désormais.

— Au nom de la déesse ! s'écria Nefer, qui leva brusquement le grand arc et lâcha sa flèche en direction du petit ballon dans les griffes du vent.

La flèche monta et monta encore. Elle faillit passer à gauche de la cible, mais la vessie plongea soudain à sa rencontre. La pointe en silex aiguisée comme un rasoir l'éventra. Elle éclata et dériva rapidement dans les airs comme un vieux chiffon.

— Tu as passé l'épreuve ! lança Socco.

Nefer laissa tomber l'arc et se précipita vers le char. Meren courut à sa suite en ménageant ses côtes cassées. Dov et Krous s'élancèrent sous les encouragements de la foule. Derrière eux, les poursuivants poussaient des cris de colère et de dépit, mais Nefer ne se retourna pas.

Un millier de pas devant eux, le pont suspendu enjambait l'abîme, mais, avant d'y parvenir, il leur fallait subir l'épreuve du feu.

Shabako avait galopé depuis l'aire de tir dès que Nefer et Meren avaient réussi l'épreuve des javelines, et il assumait maintenant ses fonctions de juge près du pont. C'était l'étape décisive de la Route Rouge.

Arrivés là, les novices avaient le choix. Ils pouvaient refuser de traverser le mur de feu et effectuer un long détour pour franchir la vallée plus bas, là où ses flancs s'évasaient en pente douce. Mais cela ajoutait près de deux lieues au trajet.

Shabako regarda le char de Nefer s'éloigner de l'aire de tir à l'arc et foncer dans sa direction le long du précipice, les poursuivants sur ses talons.

Sa sympathie allait à son pharaon. Cependant, sa fidélité aux règles de la Route Rouge était encore plus grande. Tout en désirant de tout son cœur voir Nefer réussir, il n'osait lui faire de faveur. Ç'eût été manquer à son serment et mettre son âme immortelle en péril.

Il tourna les yeux vers la barrière formée de bottes d'herbe sèche, qui allait brûler comme de l'amadou avec ce vent chaud et sec. Tout le long, ses hommes étaient postés avec des torches enflammées. La barrière avait été élevée en demi-cercle, les deux extrémités entourant la tête de pont jusqu'au bord de la falaise : il n'y avait pas moyen de la contourner. Pour atteindre le pont, les novices devaient forcément la traverser.

A contrecœur, Shabako lança l'ordre de mettre le feu. Les porteurs de torches coururent le long de la barrière en l'enflammant par le bas. Le feu prit instantanément, redoutable mur de flammes cramoisies et de fumée noire.

Nefer le vit s'élever devant eux et, bien qu'il s'y fût attendu, son courage le trahit et il eut peur pour les chevaux, qui avaient déjà enduré tant d'épreuves. Sentant la fumée et voyant les flammes sauter dans le vent, Krous agitait les oreilles.

Non loin derrière, il entendit les quolibets de Daïmios :

— Fais le détour, Nefer Seti. Le feu va brûler ta peau tendre.

Nefer l'ignora et, tout en forçant l'allure, il observa le mur de feu. Il n'y décelait pas la moindre brèche, mais l'extrémité la plus proche avait été allumée la première et brûlait plus vite et furieusement. Un lourd paquet d'herbes sèches s'en détacha, laissant un vide étroit à travers lequel il aperçut la silhouette tremblotante du pont.

— Couvre-toi la tête ! dit-il à Meren en se dirigeant la brèche.

Ils enroulèrent leurs turbans autour de leur tête et s'aspergèrent d'eau de l'outre, humidifiant leurs vêtements.

— Prépare les bandeaux ! lança Nefer.

Ils étaient si près maintenant qu'ils sentaient la chaleur rayonner. Krous rompit l'allure, prêt à se dérober face à la barrière de flammes dressée devant lui.

— A cheval ! ordonna Nefer.

En plein galop, ils coururent sur le brancard entre les chevaux et sautèrent à califourchon sur leur dos. Nefer se coucha sur l'encolure de Krous et lui parla à l'oreille :

— Ce n'est rien, mon beau. Tu as déjà fait connaissance avec le bandeau. Tu sais que je ne te ferai pas de mal. Aie confiance en moi, Krous ! Crois-moi !

Il lui couvrit les yeux avec l'épais bandeau de laine et le dirigea avec les genoux vers l'étroit passage dans la muraille de flammes. La chaleur les submergea comme une vague. Leurs vêtements mouillés fumaient et Nefer sentit la peau de ses mains cloquer. Les pointes de la crinière de Krous noircissaient et grésillaient. Mais les deux chevaux continuaient de galoper puissamment.

Ils entrèrent dans le mur d'herbe enflammée, qui explosa autour d'eux. Nefer avait l'impression que ses yeux grillaient et il les ferma tout en poussant Krous. Ils ressortirent en trombe de l'autre côté, laissant derrière eux un sillage d'étincelles et de feu.

Nefer jeta un coup d'œil en arrière par-dessous son bras : Daïmios dirigeait son char vers la brèche qu'ils avaient ouverte dans la barrière de feu. Quand ses chevaux, auxquels il n'avait pas mis de bandeau, virent les flammes, ils bronchèrent et se mirent à ruer et à se cabrer.

— Les chevaux de Daïmios ont refusé l'obstacle ! cria Nefer à Meren. Nous avons maintenant une chance de réussir.

Ils foncèrent vers le pont, serrèrent la bride aux chevaux et les arrêtèrent juste avant.

— Laissons-leur leurs bandeaux ! lança Nefer. Qu'ils ne voient surtout pas le précipice.

Le tablier du pont avait été délibérément construit trop étroit pour permettre le passage d'un char et trop léger pour en supporter le poids. Ils allaient devoir démonter le véhicule et le transporter de l'autre côté en pièces détachées. Pendant que Meren débouclait le harnais et entravait les chevaux, Nefer faisait sauter à coups de maillet les chevilles de bronze qui maintenaient en place les moyeux. Il retira ensuite les roues, prit l'une d'elles, Meren l'autre, et ils coururent vers la tête du pont.

Celui-ci se balançait doucement et ondulait sous l'impulsion du vent. Il n'était pas assez large pour qu'ils le franchissent de front. Sans hésiter, Nefer s'élança sur l'étroite passerelle et Meren lui emboîta le pas. Le pont bougeait sous leurs pieds comme celui d'un navire en mer, mais ils amortissaient le mouvement et couraient, les yeux fixés sur l'autre bord, sans jamais regarder vers le terrible précipice au-dessous d'eux et le fond de la gorge bordé de roches déchiquetées.

Ils arrivèrent de l'autre côté, posèrent les roues et revinrent en courant. Les flammes étaient encore trop hautes pour laisser passer Daïmios, bien qu'ils l'aient vu fouetter et insulter les chevaux de son attelage.

Ils abandonnèrent l'outre, les dernières flèches et tout ce qui ne leur était plus d'aucune utilité et soulevèrent le châssis. Ils le portèrent jusqu'au pont, où le vent fouetta leurs tresses accrochées au bout des longs bambous. Ils avancèrent prudemment, chacun de leurs pas semblant durer une éternité, mais ils parvinrent enfin de l'autre côté, déposèrent le châssis et repartirent au pas de course. Nefer prit le brancard et le posa en équilibre sur ses épaules tandis que Meren se chargeait du harnais et des glaives. Ils traversèrent le pont pour la troisième fois. Il ne restait plus qu'à amener les chevaux.

Quand ils retournèrent les chercher, ils constatèrent que le feu était mourant, mais, là où la barrière d'herbe enflammée s'était effondrée, elle avait formé un épais lit de cendres encore rougeoyantes, qui dégageaient une chaleur de fournaise. Rastafa, l'un de leurs poursuivants, força ses chevaux à s'y engager en les accablant de coups de fouet et de cris menaçants, mais leurs jambes furent rapidement brûlées, laissant la chair à vif. Sans tenir compte des injonctions de Rastafa, ils rebroussèrent chemin en hennissant de douleur et en décochant des coups de pied.

Suivi de Meren, Nefer franchit en courant le pont, qui oscillait sous eux, et ils rejoignirent les chevaux. Entravés et les yeux bandés, Dov et Krous attendaient patiemment. Ils débouclèrent les entraves.

— Commence par faire traverser Dov, ordonna Nefer. Elle est plus calme.

Pendant qu'il restait de ce côté-là, le bras autour de l'encolure de Krous, Meren s'engageait sur la passerelle en menant Dov par la bride. La pouliche sentit le sol bouger sous ses pieds, leva la tête et s'ébroua, alarmée. Meren lui parla doucement. Elle fit un autre pas précautionneux, s'arrêta de nouveau.

— Ne la presse pas, lança Nefer. Laisse-la traverser à son rythme.

Un pas à la fois, Dov continua d'avancer sur le pont. Parvenue au milieu, elle s'immobilisa et resta là, les jambes écartées et tremblantes. Meren lui caressa le front, lui murmura des paroles apaisantes, et elle repartit. Elle atteignit l'autre bord et, sentant la terre ferme sous ses sabots, hennit et secoua la tête de soulagement.

Toujours bloqué par la barrière de feu, Daïmios cria :

— Ils ont fait traverser un de leurs chevaux ! Il faut les arrêter maintenant. Rastafa, donne-moi tes chevaux. Ils sont déjà estropiés. Je vais traverser sur l'un d'eux, même si ça doit le tuer.

Nefer se retourna et vit Daïmios pousser le cheval sur le lit de cendres incandescentes. La pauvre bête broncha et faillit tomber, mais Daïmios la força à continuer dans un torrent d'étincelles et une odeur de chair et de poils grillés. L'animal, horriblement brûlé, le porta de l'autre côté et s'effondra aussitôt. Daïmios sauta à terre, tira son glaive et se précipita sur Nefer.

Celui-ci sortit son arme du fourreau et lança à Meren à travers le gouffre :

— Viens chercher Krous. Je vais m'occuper de ce scélérat.

Sur ce, il s'avança à la rencontre de Daïmios. Il arrêta son premier coup avec une parade haute, et les lames crissèrent et raclèrent l'une contre l'autre sur toute leur longueur. Daïmios attaqua d'un revers, visant la tête. Nefer para et riposta, l'obligeant à faire un bond en arrière.

Il eut le temps de jeter un coup d'œil derrière lui et vit que Meren menait déjà Krous sur la passerelle instable. Le poulain l'avait sentie bouger sous ses sabots, il rejetait la tête en arrière et essayait de reculer.

— Avance, Krous ! lui cria-t-il d'un ton sévère.

En entendant sa voix, le cheval se calma et fit un pas prudent sur les planches.

Daïmios attaquait de nouveau et Nefer dut concentrer son attention sur lui. Il porta une série de coups rapides en direction de la gorge et de la poitrine du jeune pharaon, et, comme celui-ci parait, il visa les chevilles. Nefer sauta au-dessus du cercle scintillant formé par la lame en visant l'épaule laissée à découvert. Il la toucha et le sang jaillit sur la peau hâlée et huilée.

Daïmios parut ne pas sentir cette légère blessure. Il attaquait avec autant de fougue. Ils échangèrent coups et parades, puis Daïmios recula et opéra un mouvement tournant pour tenter de se placer derrière Nefer et de lui couper l'accès au pont, mais celui-ci reprit l'engagement et l'obligea à lâcher du terrain.

Profitant d'un instant de répit, Nefer vit que le feu s'était éteint, la barrière d'herbe sèche presque entièrement consumée. Les poursuivants étaient descendus de leur char et sautaient par-dessus le lit de cendres rougeoyantes pour se joindre au combat.

— Faisons cercle autour de lui et abattons-le ! leur cria Daïmios alors qu'ils arrivaient en courant.

Nefer jeta un coup d'œil en arrière : Meren avait réussi à mener Krous assez loin sur la passerelle. Sentant le pont bouger sous ses sabots, le poulain tremblait et transpirait, mais le bandeau l'empêchait de voir le vide effrayant au-dessous de lui.

A ce moment-là, les poursuivants arrivèrent en brandissant leur glaive et en lançant des quolibets à Nefer :

— On va enfin pouvoir attacher ta tresse de cheveux à ton cul royal, fit l'un.

Nefer battit rapidement en retraite jusqu'à la tête de pont. Désormais, ils ne pouvaient plus l'attaquer qu'un par un, et les sarcasmes cessèrent. Le petit groupe d'assaillants s'arrêta devant la passerelle.

— Il m'a touché, dit Daïmios. Charge-toi de lui, Rastafa, pendant que je panse la plaie.

Avec les dents, il arracha une bande de tissu au bas de sa tunique et l'enroula autour de la blessure. Pendant ce temps-là, Rastafa s'élançait vers le pont. C'était un barbu au teint basané, au regard sombre et furieux, un grand et solide gaillard, mais rapide comme un furet. Il porta un coup en direction de la gorge de Nefer. L'attaque fut si violente que celui-ci dut battre en retraite sur la passerelle, suivi par son adversaire.

Entendant le choc des lames et les cris tout près derrière lui, Krous se cabra pour protester. La passerelle oscillait dangereusement sous lui. L'espace d'un instant, le poulain parut sur le point de perdre l'équilibre et de basculer sur le côté, mais, dans la seconde suivante, il retomba sur ses pieds et resta debout, tremblant, sur le pont qui se balançait violemment.

Si violemment que Rastafa trébucha et chancela au bord. Il fit des moulinets avec les bras pour tenter de reprendre son équilibre. A la vitesse de l'éclair, Nefer le frappa sous son bras levé. La lame de bronze pénétra profondément entre les côtes. Rastafa le regarda, surpris, et dit :

— Ça fait mal. Par Seth, ça fait très mal !

Nefer retira la lame d'une secousse et le sang jaillit à flots de la poitrine de Rastafa. Il bascula en arrière et tomba en tournoyant dans l'abîme, bras et jambes écartés comme les rayons d'une roue. Son hurlement sauvage se perdit dans les profondeurs du gouffre, puis fut brusquement interrompu par le fracas de son armure contre les rochers au fond de la gorge.

Ses camarades hésitaient en tête du pont, épouvantés

par ce plongeon de la mort, répugnant soudain à avancer sur l'étroite passerelle.

Nefer saisit l'occasion pour se retourner et caresser la croupe tremblante de Krous.

— Du calme. Je suis là, mon beau. Avance !

Krous s'apaisa en entendant sa voix et, les mouvements violents du pont ayant cessé, il fit un pas en avant puis un autre.

Ils étaient presque à mi-chemin quand Meren lui lança un avertissement :

— Derrière toi, mon frère !

Nefer pivota sur lui-même juste à temps pour affronter un autre assaillant. Il le connaissait de réputation. C'était un esclave libyen qui se battait pour gagner sa liberté Sans crainte, il remontait en courant l'étroite passerelle, droit sur Nefer. Il tira parti de son élan et Nefer ne put que dévier le premier coup. Leurs lames se croisèrent et ils se retrouvèrent poitrine contre poitrine, cramponnés l'un à l'autre de leur bras libre en une étreinte meurtrière. Ils tiraient, poussaient, changeaient de position, luttant pour prendre l'avantage.

Le bruit du combat aiguillonna Krous. Il effectua quelques pas encore vers le salut.

Nefer était face à face avec son adversaire. Celui-ci avait les dents noires et irrégulières, et son haleine empestait comme du poisson pourri. Il tenta de planter ses crocs dégoûtants dans le visage de Nefer, essayant de mordre comme un chien, mais Nefer se recula puis lui donna un coup de tête, le touchant avec la pointe de son casque en cuir sur l'arête du nez. Il sentit l'os et le cartilage se briser. Le Libyen le lâcha et recula en titubant, puis perdit l'équilibre et se rattrapa à la corde qui servait de garde-fou, accroché désespérément, le dos courbé au-dessus du vide. Nefer lui coupa les doigts d'un coup de glaive et la corde glissa de ses moignons sanglants. Il tomba à la renverse en hurlant et en se tordant dans les airs. Sa chute parut durer longtemps avant qu'il ne s'écrase avec un bruit mat sur les rochers.

Il restait trois hommes derrière Nefer sur la passerelle, Daïmios en tête. Ce dernier avait pansé sa blessure et paraissait indemne. Mais il avait vu ce qui était arrivé à ses deux camarades et se montrait maintenant bien plus prudent. Nefer engagea le combat en le tenant en respect du bout de son glaive, ne lâchant du terrain qu'au rythme où Krous avançait en hésitant vers l'autre berge.

— Nous avons traversé ! Krous y est arrivé ! s'écria soudain Meren avec un accent triomphant.

Nefer entendit les sabots du poulain résonner sur la roche. Il ne pouvait regarder en arrière, car la lame de Daïmios étincelait devant ses yeux, mais il cria :

— Coupe le pont, Meren, coupe les étais et laisse-le tomber !

Daïmios entendit l'ordre et, alarmé, fit un bond en arrière. Il jeta un coup d'œil par-dessus son épaule et vit combien il s'était éloigné de l'autre rive.

Meren se plaça au-dessus des deux grosses cordes qui supportaient tout le poids de la passerelle. Du premier coup, il en entama une, les brins se rompirent avec un petit claquement sec et commencèrent à se défaire en se tortillant comme des serpents en train de s'accoupler.

Daïmios pâlit d'horreur, tourna les talons et rebroussa chemin à toutes jambes sur l'étroite passerelle, précédé par ses camarades. De son côté, Nefer se précipita vers Meren. Il arriva au bout du pont, sauta sur la roche dure et attaqua immédiatement l'autre étai, levant haut son glaive avant de l'abattre sur la corde. L'un des étais lâcha, le pont tout entier trembla et s'inclina brusquement d'un côté. Daïmios se jeta en avant et se traîna sur la terre ferme à l'instant où l'autre étai cédait. Le pont s'affaissa et tomba dans le précipice.

Daïmios, à peine remis de ses émotions, se releva au bord du gouffre en leur lançant un regard furieux. Nefer rengaina son glaive et, avec un petit signe d'adieu railleur, lui lança :

— Une longue route t'attend, mon ami !

Puis il courut aider Meren à remonter le char. Ils s'y étaient exercés une dizaine de fois sous le regard attentif de Taita. Pendant que son ami soulevait un côté du châssis, Nefer mit doucement les roues en place sur les moyeux puis enfonça les chevilles de bronze à coups de maillet. Ils levèrent ensuite le brancard et le fixèrent au piton de la plate-forme.

Nefer s'accorda quelques instants pour jeter un coup d'œil de l'autre côté de la gorge. Daïmios et les poursuivants rescapés étaient déjà remontés sur leurs chars et, à travers les dernières volutes de fumée de la barrière consumée, il les vit s'éloigner à toute vitesse à la file sur la piste qui, le long de la gorge, allait les mener jusqu'à l'endroit où elle s'évasait et leur permettrait de traverser avec leurs véhicules et leurs attelages pour reprendre la poursuite.

— Nous avons pris assez d'avance, dit Meren d'un ton qui se voulait assuré.

Mais l'effort nécessaire pour conduire les chevaux de l'autre côté du pont l'avait grandement éprouvé et il pressait d'une main ses côtes cassées. Nefer s'inquiétait pour lui.

— Peut-être, mais tout dépendra du Dieu Rouge, répondit-il en serrant le Périapte de Lostris suspendu à son cou.

Ils passèrent le harnais aux chevaux et les attachèrent au long brancard. Puis ils grimpèrent sur la plate-forme et les lancèrent le long de la ligne de drapeaux. Ils pouvaient les pousser à fond sur cette section du parcours, car, au bout, les attendaient Khama de Taurine et Drossa de l'Indus. Les chevaux allaient se reposer un bon moment pendant qu'ils affronteraient les deux plus fines lames de la troupe d'Aartla.

Nefer força l'allure et les drapeaux défilèrent à toute vitesse à un rythme régulier. Ils franchirent la dernière éminence et, devant eux, à l'autre extrémité de l'étroite et longue vallée, la ville de Gallala s'offrit à leur regard, ses portes grandes ouvertes pour les accueillir.

Mais, à l'entrée de la vallée, entre eux et la cité, une foule de plusieurs centaines de personnes s'était rassemblée dans une cuvette. Il semblait que, jusqu'au dernier habitant de la ville, tous étaient sortis pour assister à l'épreuve du glaive.

Ils descendirent rapidement et les clameurs de la foule s'élevèrent comme une lame de fond à leur approche. Un passage au milieu de la cohue, délimité par des barrières en bois, conduisait aux deux cercles de pierres blanches aménagés au milieu. Au moment où ils sautaient à terre, des palefreniers se précipitèrent pour tenir les chevaux. Nefer étreignit Meren.

— Tu as une mauvaise blessure, mon frère, lui chuchota-t-il. Il n'y a là aucune honte, car elle est honorable, mais elle va te gêner. N'essaie pas d'affronter Drossa et de lui rendre coup pour coup. Il est rapide et fort, et il porte une armure complète. Evite-le et continue de le faire jusqu'à ce que je te vienne en aide.

Ils se séparèrent alors, chacun se dirigeant vers l'arène que lui avaient attribuée les arbitres. Nefer s'arrêta à la ligne de pierres peintes en blanc et regarda le guerrier qui l'attendait au milieu du cercle.

Khama de Taurine portait une armure complète -

casque, plastron et jambières. Si Nefer et Meren avaient voulu jouir de la même protection, il leur aurait fallu transporter tout l'équipement sur le char depuis le départ, mais le poids des deux armures eût épuisé les chevaux.

Nefer examina son adversaire. Son casque formait un masque hideux, avec des ailes déployées au-dessus des oreilles et un bec d'aigle en guise de protection nasale. Les yeux qui brillaient derrière les orifices ménagés dans le casque avaient un regard inhumain et implacable. Sa poitrine était protégée par une cuirasse de bronze et ses gantelets recouverts d'écailles de poisson dorées. Il portait sur l'épaule gauche un petit bouclier circulaire.

« La gorge, les poignets, les aisselles, les chevilles et les yeux, lui avait conseillé Taita. Tout le reste est couvert. »

Nefer leva le Périapte de Lostris au-dessus de sa tête et entortilla la longue chaînette autour de son poignet gauche. Puis il porta la petite figurine d'or à ses lèvres et la baisa. Il enjamba les pierres blanches et se dirigea vers Khama de Taurine.

Ils tournèrent l'un autour de l'autre dans un sens puis dans l'autre, et soudain Khama fondit sur lui en portant une série de coups de taille et d'estoc si rapides que l'œil était à peine capable de les enregistrer. Nefer ne s'était pas attendu à une telle rapidité chez un homme revêtu d'une armure aussi lourde. Il dut faire appel à tout son savoir-faire et à toute sa force pour le tenir en respect et reçut néanmoins un coup dans son plastron de cuir qui lui érafla les côtes. Quand ils rompirent l'engagement et se remirent à tourner l'un autour de l'autre, il sentit le sang chaud dégouliner le long de son flanc.

La foule hurlait et rugissait autour d'eux comme une mer déchaînée, mais, dans le calme soudain qui suivit la fin de l'engagement, il entendit un cri de douleur venu de l'autre arène et reconnut la voix de Meren. Celui-ci avait été touché et, à en juger par son hurlement, gravement touché. Il avait besoin de l'aide de Nefer et sa vie en dépendait probablement. Mais celle de Nefer était elle-même en grand péril, car il n'avait encore jamais affronté d'adversaire de la trempe de ce Khama.

Même Taita n'avait pu déceler en lui la moindre faiblesse, mais, tandis que reprenaient le tourbillon et le fracas du métal contre le métal, Nefer remarqua un léger défaut. Lorsque Khama portait un coup bas, il découvrait un instant son flanc droit et projetait sa tête en avant, un mouvement maladroit en désaccord avec son style par ailleurs fluide et élégant.

Nefer savait qu'il ne pourrait tenir beaucoup plus longtemps. L'autre était tout simplement trop fort et trop habile pour lui.

Tout sur un coup de dés, se dit-il. Il dégarnit sa hanche droite et, telle une vipère, Khama frappa, le flanc droit découvert, la tête penchée en avant. S'y étant préparé, Nefer esquiva le coup d'un balancement de la hanche et la lame fendit l'ourlet de sa tunique sans faire couler le sang.

Nefer fit tournoyer le Périapte d'or de Lostris, scintillant, comme une fronde au bout de sa chaînette, puis le lâcha. Tel un rayon de lumière, il traversa l'un des orifices oculaires du casque de Khama et pénétra profondément dans son œil.

Khama chancela, fit un pas en arrière, un mélange de sang et de cristallin se déversant sur son masque doré. Aveuglé et éperdu de douleur, il essayait d'arracher son casque pour atteindre son œil crevé. A l'instant où il soulevait le bord de son casque et découvrait sa gorge, Nefer enfonça la lame de son glaive d'une largeur de pouce dans sa pomme d'Adam. La pointe de bronze remonta dans le cervelet. Khama s'effondra, les bras en croix, mort avant même que son armure ne tinte sur la terre brûlée par le soleil.

Nefer appuya sa sandale cloutée sur son cou et dut tirer de toutes ses forces pour arracher la lame de son glaive, coincée entre le casque et le crâne. Abandonnant le cadavre, Nefer enroula de nouveau la chaînette de l'amulette autour de son poignet et sortit en courant de l'arène. Il tenta d'atteindre l'autre cercle de pierres, où il savait Meren en danger mortel, mais la cohue l'en empêchait. Il fendit la foule et vit que Meren avait perdu son arme et saignait abondamment par une terrible blessure au côté droit. Son oreille à moitié arrachée pendait sur sa joue, retenue par un filament de chair. Il s'efforçait de rester hors de portée de Drossa en reculant frénétiquement.

Drossa hurlait de rire, tout à la joie de tuer, et son rire résonnait sinistrement à l'intérieur de son casque à cimier. Prenant son temps et jouissant du moment, il aiguillonnait Meren pour l'acculer et lui porter le coup mortel. Il tournait le dos à Nefer. Celui-ci bondit sur lui et frappa en visant le défaut de la cuirasse à l'endroit du laçage. Avec l'instinct d'une bête sauvage, Drossa sentit le danger et se retourna brusquement pour lui faire face. Le glaive de Nefer heurta le plastron et glissa sur le côté tandis que Drossa cherchait à lui porter un coup terrible à la tête. Nefer se baissa en reculant et ils tournèrent l'un autour de l'autre.

Meren en profita pour ramasser son glaive, mais Drossa bondit sur lui. Meren était si affaibli qu'il trébucha et tomba à la renverse. L'homme de l'Indus donna un coup de pied au glaive pour le projeter hors de l'arène et immobilisa Meren en posant son pied entre ses épaules.

— Regarde, puissant Pharaon, redouté du monde entier, je tiens ton mignon à ma merci.

Il fit mine de porter le coup de grâce, mais arrêta sa lame contre la nuque de Meren.

— T'offrirai-je sa tête ? Un présent digne d'un roi.

Nefer vit rouge et se rua sur Drossa pour libérer Meren, prostré. Une piqûre cuisante de la lame dans sa cuisse le calma. Il bondit en arrière et lut dans les yeux de Drossa, aperçus par les fentes de son casque, qu'il jouait avec lui et tirait un plaisir sadique de leur affrontement. Drossa était un saltimbanque, et la foule, qui appréciait son numéro, poussait des hurlements d'approbation.

Meren agrippa soudain la cheville de Drossa de ses deux mains ensanglantées et essaya de le faire tomber. Drossa trébucha, jura et dégagea sa cheville d'un coup de pied, mais à cet instant il se trouva en déséquilibre et Nefer saisit l'occasion pour se précipiter sur lui. Il visa la gorge, l'espace entre la mentonnière et le haut du plastron. Drossa esquiva d'une torsion du corps et la pointe du glaive de Nefer tinta contre le bronze.

Il avait manqué l'occasion de tuer Drossa, mais l'avait écarté de sa victime. Meren se releva tant bien que mal et alla en titubant se mettre à couvert derrière Nefer.

Ils recommencèrent à tourner l'un autour de l'autre et Nefer sentit les poils de son avant-bras se dresser sous le souffle glacé du désespoir. Il ne pouvait attendre d'un homme comme Drossa qu'il lui laisse une deuxième chance. Il tenta de nouveau le coup du Périapte de Lostris, qu'il fit tournoyer au bout de sa chaînette d'or en visant les yeux de Drossa derrière les fentes de son casque. Son adversaire baissa la tête et l'amulette d'or glissa contre le haut du casque. Si elle n'avait pas été retenue par sa chaîne, Nefer l'aurait perdue, mais il la récupéra et laissa la chaînette s'enrouler autour de son poignet.

— Ce n'est pas une arme, mais un jouet, fit Drossa avec un rire de mépris.

Ils tournaient l'un autour de l'autre et feintaient. Drossa se déplaçait librement alors que la nécessité de veiller sur Meren était une entrave pour Nefer. Il ne pouvait lancer une attaque et laisser du même coup Meren sans protection. Comme un berger conduit son troupeau, Drossa les amenait peu à peu à reculer contre la ligne de pierres blanches. Il voulait une mise à mort spectaculaire pour faire plaisir à la foule et soigner sa réputation.

— Les voilà ! cria quelqu'un dans la cohue.

Toutes les têtes se tournèrent vers l'entrée de la longue vallée. Le char de Daïmios fonçait sur la ligne de crête. Impatient de faire oublier l'humiliation subie à la tête du pont, il roulait à toute allure, devançant le reste de sa petite troupe. Il descendit vers eux en poussant ses chevaux au maximum de leur vitesse.

— Tu m'appartiens, puissant roi d'Egypte ! lança Drossa en se moquant de Nefer. Je ne laisserai pas un arriviste comme Daïmios me frustrer de ta tresse.

Il s'avança d'un air menaçant et Nefer lut une froide détermination dans les yeux pâles qui le fixaient à travers les fentes du casque.

— Si je tombe, sauve-toi. Sors de l'arène, chuchota Nefer à Meren.

— Non, Pharaon. Je suis ton porteur de lance et je suivrai avec toi la route du paradis, répondit dans un souffle Meren à bout de forces.

Ses jambes se dérobèrent sous lui et il s'effondra en perdant son sang. Drossa en profita pour se ruer sur Nefer telle une avalanche. Son glaive tinta sur la garde du jeune pharaon comme le marteau du forgeron sur l'enclume.

Chaque coup ébranlait et paralysait le bras droit de Nefer jusqu'à l'épaule. Il avait conscience de ne plus pouvoir tenir longtemps. Il observait les yeux de Drossa et les vit briller au moment où il se ramassa pour porter le coup mortel.

Il vint de haut, pareil à la foudre, et Nefer ne put que lever son glaive pour parer. Il se savait incapable d'arrêter ou de détourner un coup aussi violent d'une seule main. Il soutint son poignet droit en l'agrippant de la main gauche, celle qui tenait le Périapte de Lostris.

Les deux glaives se heurtèrent avec une telle force que les lames de bronze se cassèrent net et tournoyèrent dans les airs en scintillant avant de retomber hors du cercle de pierres blanches.

Ils se retrouvèrent brusquement désarmés et se regardèrent un instant avec stupéfaction. Nefer reprit le premier ses esprits et lança la garde du glaive à la tête de son adversaire. Drossa cligna des yeux et se baissa instinctivement. Nefer fonça sur lui et, la seconde d'après, ils étaient poitrine contre poitrine.

Pareils à deux danseurs d'un temple, ils tournoyaient ensemble, dans un sens puis dans l'autre, en tentant mutuellement de se projeter au sol. Drossa glissa ses bras sous les aisselles de Nefer et autour de ses omoplates, puis serra. Avec ses bracelets de force en argent et ses gantelets d'or, il commença à écraser Nefer contre sa cuirasse de bronze. Soulevé de terre, celui-ci resta sans réaction. Il n'avait aucune arme pour se défendre, hormis le Périapte de Lostris.

Avec ses dernières forces, il réussit à lancer une boucle de la chaînette d'or autour du casque de Drossa. Enrou lant la chaînette autour de ses poignets, il la tira vers le bas jusqu'à trouver l'espace découvert sous le casque et la serra autour du cou de son adversaire, puis la tendit en lui imprimant un mouvement de scie et sentit les maillons d'or entamer la chair.

Drossa s'étouffa, lâcha Nefer et leva les mains pour tenter de se libérer. Il saisit Nefer par les poignets et essaya de les écarter de sa gorge, ce qui eut pour seul résultat d'augmenter l'effet de scie des maillons. Par les fentes du casque, Nefer vit les yeux de son adversaire injectés de sang commencer à sortir de leurs orbites. Il fit un nouveau tour de chaîne autour de son poignet et tira d'avant en arrière. Un gargouillis s'échappa de la gorge de Drossa et une veine éclata dans l'un de ses yeux. Toujours agrippé aux poignets de Nefer, il tomba à genoux. Debout au-dessus de lui, Nefer continuait de faire des tours avec ses poignets, serrant la chaînette, jusqu'au moment où il la sentit couper quelque chose de tendineux : l'air s'échappa brusquement par la trachée sectionnée. Nefer fit un nouveau tour, tira encore et la chaînette coupa les chairs jusqu'à l'os. Le sang jaillissait abondamment sous le casque et Nefer puisa dans ses dernières ressources. La chaînette trouva l'articulation entre deux vertèbres et passa au travers. La tête de Drossa sauta de ses épaules et, toujours coiffée de son lourd casque, roula dans l'arène.

Alors qu'il reculait en chancelant, Nefer entendit l'arbitre crier :

— Tu as gagné !

Il passa la chaîne d'or sanglante autour de son cou tout en regardant le flanc de la vallée par-dessus les têtes des spectateurs en délire. Le char de Daïmios était déjà à mi-pente et fonçait droit sur eux au grand galop.

— Peux-tu tenir sur tes pieds ? demanda Nefer à Meren en se penchant sur lui.

Quand Meren tenta de se relever, ses jambes refusèrent de le porter. Nefer le souleva par un bras, qu'il passa autour de son cou, puis le remit debout. Il le prit par les genoux et hissa son corps inerte sur son épaule, la tête pendant dans son dos, les jambes devant.

Meren était lourd et Nefer au bord de l'épuisement. Il se dirigea en chancelant vers le char et déposa son ami sur la plate-forme. Il resta un instant appuyé à la roue et regarda en arrière.

Daïmios était arrivé sur le terrain plat au fond de la vallée et il n'était plus qu'à quatre cents pas. Il se rapprochait si rapidement que Nefer distinguait son expression de triomphe. Il se pencha et fit claquer son long fouet noir à double mèche sur le dos de ses chevaux, qui semblèrent bondir en avant et accélérer encore l'allure. Les six chars des autres poursuivants descendaient la pente à sa suite. Dans l'état de fatigue où il se trouvait, Nefer ne pouvait pas affronter Daïmios en combat singulier. Il devait fuir.

Il fit deux tours avec la corde de sécurité autour des aisselles de Meren et un nœud pour amarrer son ami au plancher. Puis il se hissa sur la plate-forme et se tint debout, un pied de chaque côté du corps de Meren.

— Lâchez-les ! lança-t-il aux valets d'écurie, qui tenaient la tête des chevaux et s'écartèrent. En avant, Dov ! En avant, Krous ! cria-t-il en faisant claquer les rênes sur leurs dos lustrés.

Ils s'élancèrent et la foule s'écarta devant eux. Nefer les dirigea le long de la vallée vers les portes de la ville et les laissa galoper. A ses pieds, Meren poussait des gémissements involontaires quand le char cahotait et faisait des embardées, et Nefer essayait d'éviter les nids-de-poule et les pierres. Entendant derrière lui des claquements de fouet, il jeta un coup d'œil par-dessus son épaule : Daïmios fonçait sur eux. Il fouettait sans arrêt ses chevaux et poussait des cris de colère pour les faire aller plus vite mais, malgré ce traitement cruel, Dov et Krous conservaient leur avance. Nefer regarda devant lui et évalua la distance qu'il lui restait à parcourir.

Les portes de Gallala étaient à moins d'une demi-lieue. Il distinguait déjà les guirlandes de feuilles de palmier qui ornaient les murs et les colonnes de pierre rouge de l'entrée.

Ce moment d'inattention lui coûta cher. Sa roue extérieure heurta un affleurement de roche au bord de la piste. Le char bondit, fit une violente embardée et faillit chavirer. Tandis que Nefer tentait d'en reprendre le contrôle, Krous se pencha dans les traits et l'aida à le remettre dans l'axe.

En se retournant, Nefer constata que cette faute avait permis à Daïmios de gagner sur eux une centaine de pas. Il était à portée de javeline, et Nefer le vit en tirer une du coffre à son côté et enrouler la lanière autour de son poignet.

Il n'avait rien pour contre-attaquer. Meren et lui avaient tiré toutes leurs javelines lors de la première épreuve. Il avait laissé tomber son arc dans le gouffre et son dernier glaive s'était brisé pendant son combat contre Drossa. Il n'avait même pas de fouet. Sa seule défense était sa vitesse.

— Allez, Dov ! Fonce, Krous ! cria-t-il.

Les chevaux inclinèrent brièvement les oreilles en arrière en s'entendant appeler par leurs noms. Le martèlement de leurs sabots sur le sol dur s'accéléra et les moyeux des roues hurlèrent, car même la graisse noire utilisée par Taita commençait à sécher.

D'autres bruits de sabots se mêlèrent à ceux de l'attelage de Nefer. Quand celui-ci se retourna de nouveau,

Daïmios était encore plus près, le dos et les flancs de ses chevaux en sang sous les coups de fouet. Daïmios lança la javeline qu'il tenait au-dessus de sa tête. Nefer vit le projectile quitter sa main et vrombir dans sa direction comme un gros insecte venimeux. Il tressaillit malgré lui quand la javeline se planta dans la plate-forme près de son pied droit et y resta fichée en vibrant.

— Allez, mes chéris ! lança Nefer d'une voix stridente. Donnez-moi tout ce que vous avez !

Krous trouva encore un peu de courage dans son grand cœur et entraîna Dov à son côté. Ils commencèrent à distancer l'attelage martyrisé de Daïmios.

— Plus vite, espèces de veaux ! hurla Daïmios. Plus vite ou je vous arrache la peau du dos !

Tandis que le long fouet sifflait, les deux attelages fendaient l'air dans la même allure, comme si une corde invisible reliait les chars.

Daïmios prit une autre javeline, en enroula la lanière à son poignet. Tandis qu'il rejetait le bras en arrière pour la lancer, Nefer jugea le moment propice et donna aux rênes une petite secousse. Pendant que le projectile était en vol, Dov se pencha contre l'épaule de Krous et ils firent un léger écart, suffisant pour que la javeline passe à côté de l'épaule de Nefer. Mais la manœuvre lui avait fait perdre du terrain et Daïmios tira sa dernière javeline du caisson. Il était près maintenant, très près.

Nefer le regarda et tint fermement les rênes afin que ses chevaux anticipent son commandement. A l'instant où Daïmios projetait son épaule droite en avant pour lancer, Nefer infléchit la course de son attelage de l'autre côté, l'obligeant ainsi à zigzaguer en plein galop. Mais Daïmios n'avait pas lâché la javeline. C'était une feinte. Il la leva de nouveau, prêt à tirer.

Nefer fut contraint de revenir de l'autre côté sous

peine de quitter la piste et de se retrouver sur un terrain rocailleux et encombré de rochers. Il obliqua et cette fois-ci Daïmios visa Dov, dont le flanc avait été exposé par ce léger changement de direction.

La javeline l'atteignit dans la partie supérieure de l'épaule. Elle transperça la peau et le muscle bandé, puis heurta l'os sans toucher les organes vitaux. Le coup n'était pas mortel, mais invalidant, car la pointe du projectile était barbelée, et il pendillait contre son flanc, la gênant à chaque pas.

Elle essayait de tout son cœur, mais fut incapable de suivre l'allure de Krous. Le sang coulait sur sa robe, éclaboussant les jambes de Nefer. Le char ralentissait malgré les encouragements que Nefer prodiguait à Dov et la javeline battait contre le flanc de la pouliche, entravant ses jambes de devant.

Daïmios accéléra et, du coin de l'œil, Nefer vit la tête de ses chevaux arriver à la hauteur de la roue de son char, tandis que la voix de Daïmios, enrouée par l'effort et l'excitation, résonnait à son oreille :

— C'est fini, Nefer Seti. Je te tiens.

Nefer tourna la tête pour le regarder. Un horrible rictus déformait sa bouche, pareil à celui du cadavre d'un homme mort du tétanos. Il avait lancé sa dernière javeline et s'était débarrassé de son fouet, mais avait tiré son glaive.

A quelle distance sont les portes de la ville ? se demanda Nefer. A moins de cinq cents pas. Si proches ! Et néanmoins si loin.

Son regard se porta instinctivement vers le toit du temple. Des silhouettes humaines y étaient alignées et parmi elles, à l'endroit précis où il s'attendait à la voir, il repéra la tunique écarlate de Mintaka. Elle agitait une branche verte au-dessus de sa tête et sa longue chevelure brune flottait dans le vent du nord.

C'était pour lui le prix suprême de la victoire. Sa main tomba sur la javeline de Daïmios fichée dans la plate-forme près de son pied. La pointe était enfoncée profondément dans le bois. Il rassembla ses forces, tira sur la hampe, la secoua, parvint à la dégager.

Il n'avait pas de lanière pour la lancer, mais la tint comme une pique et jeta un coup d'œil à son adversaire. Quand il vit l'arme dans la main de Nefer, Daïmios plissa les yeux et se mit en garde avec son glaive. Il remonta inexorablement à son niveau et se fendit. Le jeune pharaon détourna le coup avec la hampe de la javeline. Les deux chars s'écartèrent l'un de l'autre brusquement, puis se rapprochèrent et se heurtèrent si violemment que Nefer faillit être projeté à terre et dut se cramponner aux rênes pour reprendre son équilibre.

Daïmios donna un coup de glaive à la longue hampe au bout de laquelle flottait la tresse de Nefer, mais ne réussit pas à trancher le dur bambou. Nefer repoussa son adversaire avec la javeline. Les deux véhicules roulaient maintenant roue contre roue.

Nefer et Daïmios se penchèrent l'un vers l'autre. Nefer reçut un coup de glaive en travers de la poitrine et il eut beau se rejeter en arrière en se tenant aux rênes, la lame de bronze traversa le cuir de son plastron et lui entailla les chairs. Il visa Daïmios au visage avec la pointe de la javeline, l'obligeant à faire un brusque écart.

Dov peinait, les barbelures de la javeline toujours plantées dans sa peau et la hampe battant contre ses jambes à chaque foulée.

Nefer entendait une multitude de voix, lointaines d'abord et presque noyées dans le martèlement des sabots et le fracas des roues, puis de plus en plus fortes à chaque foulée. Il regarda devant lui et, à travers la sueur qui lui piquait les yeux, vit les portes de Gallala. Les murs et les toits de la ville étaient noirs de monde. Au milieu des clameurs, il crut distinguer la voix de Mintaka. « Pour moi, mon cœur. Fais-le pour moi ! » Peut-être était-ce un effet de son épuisement, mais cela ranima son courage et il exhorta les chevaux à poursuivre leur effort tout en les soutenant avec les rênes. Mais Dov chancelait, près de flancher.

Daïmios s'approcha de nouveau et cette fois-ci, quand Nefer tenta de lui porter un coup, il visa non pas l'homme, mais la javeline. La lame du glaive sectionna la hampe à quelques pouces du poignet de Nefer, qui se retrouva avec un morceau de bois inutile dans la main. Il le lança à la tête de Daïmios, qui se baissa et attaqua derechef, obligeant Nefer à sauter sur le côté de la plate-forme pour esquiver.

Daïmios en profita immédiatement et accéléra pour dépasser son adversaire. Au passage, il saisit le bambou au bout duquel la tresse de Nefer flottait et claquait dans le vent. Il essaya de le casser, mais celui-ci se plia presque en deux et résista à ses efforts. Sans lâcher le bambou, Daïmios tendit l'autre bras pour attraper l'épaisse natte de cheveux sombres. Elle s'agitait au bout de ses doigts, mais, comme il avait gardé le glaive dans sa main, il n'arrivait pas à se saisir du trophée. Il laissa tomber son arme et parvint alors à empoigner la tresse. Il tenta de l'arracher, mais le bambou était résistant et souple, et la tresse solidement fixée.

Krous et le cheval extérieur de Daïmios galopaient épaule contre épaule. Daïmios était tout à sa tentative de s'emparer du trophée. Il savait que Nefer était désarmé et ne représentait plus un réel danger, et il ne prenait pas garde aux portes flanquées de colonnes de pierres qui se dressaient devant eux.

— Penche-toi de son côté ! Donne-lui ton épaule ! cria Nefer à Krous en imprimant aux rênes un mouvement de cisailles.

Ils s'y étaient entraînés pendant des semaines dans le désert. Tandis que Taita conduisait l'autre char, Nefer avait appris à Krous à aimer cette épreuve de force. Il appuyait sa puissante épaule derrière celle de l'autre cheval et le déséquilibrait en le soulevant. Les deux chars virèrent avec ensemble vers la droite ; l'entrée de la ville approchait rapidement. Les portes étaient encadrées par des colonnes de pierre rouge taillée et, bien que polies pendant des siècles par les vents chargés de sable, elles restaient massives et imposantes.

— Fais-le dévier ! cria Nefer à Krous en tenant les rênes d'une main ferme pour l'encourager.

Le poulain poussa encore l'autre cheval de trois coudées sur le côté jusqu'à ce qu'il se retrouve face au mur de pierre rouge. Au tout dernier moment, Daïmios prit conscience du danger et, avec un cri d'angoisse, lâcha le bambou et tenta de reprendre le contrôle du char lancé à toute allure, mais Krous avait pris le dessus sur son congénère et le menait droit vers le portail de pierre.

Daïmios comprit qu'il ne pourrait arrêter son char et éviter la collision. Il tenta de sauter de la plate-forme, mais il était bien trop tard. Ses deux chevaux percutèrent la colonne à fond de train, tués sur le coup. Nefer entendit leurs hennissements terrifiés, le fracas de l'impact, le craquement des os et du bois brisés. Une roue arrachée rebondit quelques instants le long de son char. Daïmios fut projeté contre le mur. Il le heurta la tête la première et son crâne éclata comme un melon trop mûr. Ses dents blanches s'encastrèrent dans la pierre rouge, souvenirs précieux que les gamins allaient par la suite enfiler sur des chaînes d'or et vendre au marché.

Nefer dirigea Krous et Dov vers l'entrée et, bien que le moyeu de la roue extérieure raclât contre la pierre, ils débouchèrent en trombe dans l'avenue centrale de la ville, bordée de chaque côté par une foule joyeuse. On avait jonché la chaussée de feuilles de palmier, de fleurs et même de châles, de turbans et autres vêtements.

Nefer s'inquiéta d'abord de Dov. Il arrêta les chevaux, sauta à terre et se précipita vers la pouliche blessée. Les barbelures de la javeline étaient profondément enfoncées dans son épaule. Il ne faisait confiance qu'à Taita pour les extraire, mais il cassa la hampe d'un coup sec afin qu'elle ne pende plus sur son flanc. Puis il remonta sur la plate-forme et reprit les rênes.

La foule envahit la chaussée et courut le long du char, qui avançait au pas. Les gens levaient la main pour toucher Nefer et essuyaient le sang qui dégoulinait le long de ses jambes blessées avec leurs turbans. Le sang d'un dieu, d'un pharaon et d'un guerrier de la Route Rouge allait transformer les morceaux d'étoffe en reliques. Ils lui lançaient des louanges d'une voix hystérique :

— Prie pour nous, puissant Pharaon !

— Conduis-nous, grand Pharaon ! Laisse-nous partager ta gloire.

— Salut, divin frère de la Route Rouge !

— Puisses-tu vivre mille fois mille ans, Nefer Seti, véritable Pharaon !

A l'entrée de la place, la foule était si dense que les gardes de la ville durent courir devant le char et écarter sans ménagement les spectateurs pour que Nefer pût y pénétrer.

Hilto et Shabako attendaient leurs deux nouveaux frères guerriers pour les accueillir sur l'estrade de pierre dressée au milieu de l'agora.

Nefer arrêta au pied de l'estrade le char endommagé, couvert de poussière et éclaboussé de sang. Les deux hommes descendirent pour l'aider à porter Meren et, à eux trois, ils le conduisirent dans le temple d'Hathor, où Taita attendait pour le soigner. Ils l'étendirent sur la table à tréteaux qu'il avait préparée, et le vieux mage s'occupa immédiatement de la profonde blessure au côté provoquée par un coup de glaive. Les larmes de Merykara coulèrent sur le corps brisé et ensanglanté de Meren, oignant ses plaies.

Les guerriers de la Route Rouge menèrent Nefer sur la place. Celui-ci descendit les marches, décrocha les tresses de cheveux suspendues aux bambous dressés sur les chars et les porta jusqu'au brasero allumé sur son trépied au centre de l'estrade. Il s'agenouilla devant et déclara :

— Aucun ennemi n'a posé les mains sur ces trophées, symboles de notre honneur.

Il les leva pour que tous soient témoins et reprit d'une voix haute et fière :

— Je les dédie au Dieu Rouge.

Puis il jeta dans le feu les nattes coupées, qui brûlèrent avec des flammes brillantes. Nefer se releva et, affaibli par ses blessures, se tint debout devant elles en chancelant.

— J'ai parcouru la Route Rouge ! Sans attendre le nombre des années, j'ai confirmé mon droit à la double couronne d'Egypte et me déclare pharaon. Le seul vrai pharaon. Tout autre qui prétendrait à la couronne le ferait à ses risques et périls.

La foule l'acclama et les frères de la Route Rouge s'agenouillèrent devant lui, baisèrent sa main et son pied droits, et lui jurèrent fidélité jusqu'à la mort et au-delà.

Nefer leva le bras pour réclamer le silence, mais ses jambes se dérobèrent sous lui et peut-être serait-il tombé si Mintaka ne s'était pas précipitée pour le soutenir. Un bras autour de ses épaules, il la regarda dans les yeux et murmura :

— J'ai fait cela pour l'Egypte et pour toi, mon amour.

Sa voix était si enrouée et si faible qu'elle seule entendit ses paroles. Elle se leva sur la pointe des pieds et l'embrassa sur la bouche, geste dans lequel la foule vit une déclaration de fiançailles. Les acclamations finirent par mettre en fuite les pigeons perchés sur les falaises hors de la ville.

Flottant sur les eaux des deux grands fleuves, la ville se déployait devant eux comme une fleur de lotus prête à être cueillie. Ses murailles étaient en brique brûlée, larges de vingt-sept coudées et plus hautes que les plus hauts palmiers de cette contrée fertile et bien irriguée.

— Quel est leur périmètre ? demanda Trok à Ishtar le Mède. Combien de temps faut-il pour en faire le tour ?

— Dix lieues, sire. Une demi-journée de cheval.

Trok, imposant sur la plate-forme de son char, se protégea les yeux pour mieux voir.

— Est-ce là la légendaire Porte Bleue ? demanda-t-il, sachant qu'Ishtar avait vécu pendant quinze ans dans la ville royale de Babylone et appris la magie dans le temple de Mardouk.

Même à cette distance, le portail brillait comme une énorme gemme. L'entrée était si large que dix chars pouvaient la franchir de front et la porte était plus haute que dix hommes montés sur les épaules les uns des autres.

— Elle est vraiment bleue, s'émerveilla Trok. J'ai entendu dire qu'elle est recouverte de lapis-lazuli.

— Il n'en est rien, sire, répondit Ishtar avec une grimace condescendante. Ce sont des carreaux de céramique. Chacun représente l'un des deux mille dix dieux de Babylone.

Trok jeta un coup d'œil aux immenses murailles qui s'étendaient à perte de vue de chaque côté de la Porte Bleue, défendues tous les deux cents pas par des tours de guet et, à intervalles réguliers, par des contreforts massifs. Ishtar devina sa pensée.

— Une route a été aménagée au sommet des murailles, assez large pour permettre le passage de deux chars de front, dit-il. En moins d'une heure, Sargon peut y déplacer cinq mille hommes en n'importe quel point menacé par une armée assiégeante.

Trok poussa un petit grognement de mépris pour montrer que cela ne l'impressionnait pas.

— N'importe quelle muraille peut être sapée, fit-il. Une seule brèche est nécessaire.

— Celles-ci sont doublées de murailles intérieures, divin Pharaon, murmura Ishtar d'un ton doucereux. Elles sont presque aussi imprenables que les premières.

— Si nous ne pouvons passer au travers, nous trouverons le moyen de les contourner, rétorqua Trok avec un haussement d'épaules. Ces jardins sont-ils ceux du palais de Sargon ? demanda-t-il en indiquant de son menton couvert d'une barbe enrubannée les terrasses qui montaient vers le ciel en gradins imposants.

Elles étaient élevées les unes au-dessus des autres en une immense pyramide inversée, avec tant d'art qu'elles donnaient l'impression de flotter comme un aigle puissant aux ailes déployées, libres de tous liens avec la terre.

— Il y a six terrasses construites autour d'une vaste cour, chacune plus large que la précédente, répondit Ishtar en tendant son bras nerveux et couvert de tatouages bleus dans leur direction. Le gynécée à lui seul comporte cinq mille pièces, une pour chacune des épouses de Sargon. Son trésor est enfoui dans un profond cachot creusé sous le palais, rempli d'or jusqu'à hauteur d'homme.

— As-tu vu ces merveilles de tes propres yeux ? s'enquit Trok sur un ton de défi.

— Pas le gynécée, admit Ishtar, mais je suis entré dans la cave principale du trésor et je te le dis tout net, ô roi-dieu, dans toute ton armée, tu n'as pas assez de chariots pour emporter un tel trésor.

— Et moi, je te le dis tout net, Ishtar le Mède, je peux toujours construire de nouveaux chariots, rétorqua Trok en éclatant de rire, la tête renversée en arrière.

La marche sur Babylone avait été triomphale, ponctuée d'une série de victoires. Ils avaient affronté Ran, le fils aîné de Sargon, sur les berges du Bahr al Milh : les chars de Trok et Naja avaient broyé son armée comme de la dourah et l'avaient balayée dans le lac jusqu'à ce que ses eaux deviennent rouges de sang, recouvertes de cadavres d'une rive à l'autre.

Ils avaient envoyé la tête de Ran, plantée sur une

lance, à son père. Fou de chagrin, Sargon avait foncé tête baissée dans le piège qu'ils lui avaient tendu. Pendant que Naja battait en retraite devant lui pour faire diversion, Trok avait effectué une manœuvre d'encerclement par le sud et l'avait attaqué sur ses arrières avec mille chars. Lorsque Sargon avait fait volte-face pour se défendre, il s'était retrouvé enfermé dans un cercle de bronze rutilant.

Sargon avait réussi à s'échapper avec cinquante chars, mais il en avait laissé deux mille derrière lui ainsi que onze mille hommes. Trok avait fait émasculer les prisonniers, opération qui avait duré deux jours. Il avait participé lui-même à la besogne, couvert de sang jusqu'aux coudes comme un véritable boucher, gratifiant ses victimes de plaisanteries grivoises et agitant devant leurs yeux leurs parties génitales. Il les avait ensuite laissées mourir d'hémorragie, donnant leur sang en offrande à Seueth, le dieu en colère avide de cette nourriture. Puis il avait envoyé à Sargon les sanglants trophées dans une centaine de coffres en bois de cèdre afin de l'avertir de ce qui l'attendait quand Naja et lui arriveraient à Babylone.

La ville était construite sur l'étroite bande de terre entre les deux fleuves, l'Euphrate à l'ouest, le Tigre à l'est. Dans sa retraite précipitée, Sargon n'avait pas eu le temps de détruire les ponts. De toute façon, une armée eût été nécessaire pour abattre les grosses colonnes de brique brûlée sur lesquelles ils étaient bâtis. Et Sargon n'avait plus d'armée. Il avait laissé un régiment réduit de fantassins pour défendre les ponts, mais ils étaient démoralisés et sans chars pour les soutenir. Ils n'avaient pas fait long feu contre les deux pharaons.

Trok avait ligoté les survivants et les avait jetés de l'arche centrale du pont dans les eaux brunes du large fleuve. Les soldats égyptiens, alignés le long du garde-fou, s'étaient délectés de les voir se débattre et se noyer.

Babylone s'étendait maintenant devant eux, à peine plus d'un an après leur départ d'Avaris.

— Tu connais les défenses, Ishtar. Tu as contribué à la conception de certaines d'entre elles. Combien de temps la ville va-t-elle résister ? demanda Trok avec impatience. Combien de temps va-t-il me falloir pour ouvrir une brèche dans ses murs ?

— Les murs sont imprenables, majesté.

— Nous savons tous les deux que ce n'est pas vrai. Avec du temps, des hommes et de la détermination, il n'y a pas de murailles que l'on ne puisse prendre.

— Un an ou deux, murmura Ishtar pensivement. Peut-être trois.

Une expression sournoise était apparue sur son visage tatoué et il avait le regard fuyant. Trok se mit à rire et, par espièglerie, empoigna la barbe d'Ishtar, taillée en pointe et maintenue en forme par de la laque. Il l'entortilla jusqu'à ce que le visage du Mède se torde de douleur et que ses yeux se mettent à larmoyer.

— Tu veux jouer avec moi, sorcier. Tu sais combien j'aime m'amuser, n'est-ce pas ?

— Pitié, puissant roi, gémit Ishtar.

Trok le poussa si brutalement qu'il faillit tomber de la plate-forme du char et dut se retenir au panneau latéral.

— Un an, dis-tu ? Deux ? Trois ? Je ne dispose pas d'autant de temps pour rester là à contempler les merveilles de Babylone. Je suis pressé, Ishtar le Mède, et tu sais ce que cela signifie.

— Je le sais, dieu sans pareil. Mais je ne suis qu'un homme, faillible et pauvre.

— Pauvre ? lui cria Trok au visage. Par Seueth, espèce

de charlatan, tu m'as déjà délesté d'un lakh d'or, et qu'ai-je reçu en échange ?

— Une ville et un empire. Le plus riche du monde, après celui d'Egypte. Je l'ai déposé à tes pieds.

Ishtar connaissait bien Trok et savait jusqu'où il pouvait aller.

— Je veux la clef de cette ville, fit Trok en le regardant, content de ce qu'il y lut, lui qui connaissait le Mède presque aussi bien que celui-ci le connaissait.

— C'est certainement une clef d'or, hasarda Ishtar d'un ton songeur. Peut-être de trois lakhs d'or ?

Trok éclata de rire et lui lança un coup de son énorme poing. Il ne voulait pas lui faire de mal et Ishtar l'esquiva sans peine.

— Avec trois lakhs, je pourrais acheter une autre armée, dit Trok en secouant la tête.

— Là-bas, dans le trésor de Sargon, il y a cent lakhs. Trois sur cent est un faible prix à payer.

— Donne-moi cette ville, Ishtar. Donne-la-moi avant la troisième pleine lune et tu auras deux lakhs d'or sur le trésor de Sargon, promit Trok.

— Et si je te la donne avant la prochaine lune ? demanda Ishtar en se frottant les mains comme un marchand de tapis.

A cette idée, le sourire de Trok s'évanouit et c'est avec sérieux qu'il répondit :

— En ce cas, tu auras tes trois lakhs et un convoi de chariots pour les emporter.

L'armée des deux pharaons dressa le camp devant la Porte Bleue, et Trok envoya un émissaire à Sargon pour le sommer de livrer la ville sur-le-champ. « Pour sauver des flammes un tel prodige d'architecture et du glaive ta personne, ta famille et ton peuple », ainsi formula-t-il avec humour sa demande. En réponse, plein d'optimisme derrière ses murs, Sargon renvoya à Trok la tête du messager. Après ces préliminaires, Trok et Naja firent le tour des murs de la ville pour que les Babyloniens prennent toute la mesure de leur puissance et de leur splendeur.

Ils conduisaient leurs chars d'or, celui de Trok tiré par six étalons noirs, celui de Naja par six blancs. Heseret était au côté de Naja, resplendissante sous ses bijoux et coiffée de l'uræus d'or sur ses cheveux remontés en épaisses boucles. Derrière le char marchaient cinquante prisonnières, des Babyloniennes capturées entre les deux fleuves dans les villes et villages voisins. Toutes étaient enceintes, certaines à la fin de leur grossesse.

Ils étaient précédés par une avant-garde de cinq cents chars et suivis par une arrière-garde de cinq cents autres. Le tour de la cité, effectué à une allure lente et majestueuse, prit toute la journée, et ils ne furent de retour à la Porte Bleue qu'au crépuscule. Sargon avait réuni son conseil de guerre sur les parapets au-dessus de la Porte, éclatante dans les derniers rayons du soleil.

Sargon était grand et mince, pourvu d'une abondante chevelure argentée. Il avait été un redoutable guerrier dans sa jeunesse, et avait conquis et ajouté à ses domaines des pays s'étendant jusqu'à la mer Noire, loin au nord. Il n'avait subi qu'une seule défaite au cours de ses campagnes, face à Pharaon Tamose, le père de Nefer Seti. Deux autres Egyptiens se trouvaient maintenant à ses portes et il ne se berçait pas d'illusions en se laissant accroire qu'ils seraient plus cléments que le premier.

Pour le conforter dans cette conviction, Trok fit mettre nues les prisonnières et les fit avancer une à une. Ensuite, sous les yeux de tous les habitants de Babylone, on les éventra, puis on leur arracha leurs bébés, qu'on entassa devant la Porte Bleue.

— Ajoute-les à ton armée, Sargon ! beugla Trok. Tu vas avoir besoin de tous les hommes dont tu disposes.

La journée avait été longue et excitante pour Heseret, et elle se retira sous sa tente avec toutes ses esclaves, laissant son époux et Trok plongés dans l'étude d'un plan de la ville à la lumière d'une lampe à huile. C'était une véritable œuvre d'art, dessinée sur une peau de mouton. Les murailles, les routes et les canaux étaient à l'échelle, chacun des édifices principaux représenté en couleurs avec un luxe de détails.

— Comment te l'es-tu procurée ? demanda Naja.

— Il y a douze ans, sur l'ordre du roi Sargon, j'ai fait le relevé de la ville et dressé cette carte de mes propres mains, répondit Ishtar. Nul autre que moi n'aurait été capable d'atteindre une telle exactitude et une telle beauté.

— Si Sargon te l'a commandée, comment se fait-il que tu ne la lui aies pas remise ?

— Je l'ai fait. Je lui ai remis une ébauche de moindre qualité et j'ai conservé la belle copie que tu as devant toi. Je savais qu'un jour quelqu'un me la paierait bien plus grassement que ne l'aurait jamais fait Sargon.

Ils examinèrent le plan une heure encore, marmonnant de temps à autre quelque commentaire, mais la plupart du temps silencieux et absorbés par leur tâche. En chefs de guerre expérimentés, ils avaient l'œil exercé à repérer les traits saillants d'un champ de bataille, ils étaient à même d'apprécier l'épaisseur et la solidité des murs, des tours et des redoutes, construites au fil des siècles en ajouts successifs. Trok se redressa finalement.

— Je n'y vois aucun point faible, magicien, déclara-t-il. Tu avais raison. Trois ans de dur labeur sont nécessaires pour ouvrir un passage à travers ces murailles. Il va falloir que tu fasses mieux pour gagner tes trois lakhs.

— L'eau, murmura Ishtar. Considère le système d'adduction.

— Je l'ai déjà examiné, répondit Naja, un sourire froid de serpent sur les lèvres. Des canaux acheminent l'eau dans tous les quartiers de la ville et il y en a assez pour que Sargon irrigue les jardins de ses six étages de terrasses et alimente la ville pendant cent ans.

— Pharaon est avisé et rien ne lui échappe, fit Ishtar en s'inclinant devant lui, mais d'où l'eau provient-elle ?

— Des deux fleuves. Les deux plus grands du monde après le Nil. L'eau n'y a pas manqué depuis mille ans.

— Mais par où l'eau entre-t-elle dans la ville ? Par où passe-t-elle ? Par-dessous ou par-dessus les murs ? insista Ishtar.

Naja et Trok commencèrent à comprendre et échangèrent un regard entendu.

A un quart de lieue au nord de Babylone, sur la rive est de l'Euphrate, à un endroit où le fleuve s'élargissait et coulait paresseusement, se dressait le temple de Ninourta, le dieu ailé à tête de lion de l'Euphrate. Il était construit sur une jetée de pierre qui s'avançait dans le fleuve. De nombreuses représentations du dieu étaient gravées sur un bas-relief qui courait tout autour des quatre murs extérieurs. Une mise en garde, rédigée en akkadien et ciselée dans le linteau de pierre au-dessus de l'entrée, avertissait tous ceux qui auraient eu des velléités d'envahir le sanctuaire qu'ils s'attireraient, ce faisant, la colère du dieu.

Au seuil du temple, Ishtar le Mède invalida la malédiction en tranchant la gorge à deux captifs, avec le sang desquels il aspergea le portail. Après quoi Trok, suivi de vingt soldats, entra dans le propylée où les prêtres de Ninourta, en robe pourpre, étaient rassemblés. Ils psalmodiaient et gesticulaient, agitaient les bras en direction de l'intrus, lançaient de l'eau de l'Euphrate sur son passage, invoquaient Ninourta pour qu'il élève un mur invisible magique afin de faire rebrousser chemin à Trok.

Celui-ci traversa le mur en question sans s'arrêter et tua le grand prêtre d'un coup de glaive en travers de la gorge. Tout en se lamentant de ce sacrilège, les autres prêtres se prosternèrent devant lui.

Trok remit son glaive au fourreau et fit un signe de tête au capitaine des gardes.

— Tuez-les, ordonna-t-il. Assurez-vous qu'aucun ne s'échappe.

La besogne fut rapidement expédiée et, quand le propylée fut jonché de corps en robe pourpre, Trok lança :

— Ne les jetez pas dans le fleuve. Je ne veux pas que les gardes de la ville les voient flotter et devinent ce que nous faisons.

Il se tourna ensuite pour regarder Ishtar qui, une fois les cadavres évacués, entra dans le propylée et fit agir un autre charme pour neutraliser l'influence funeste du dieu invoqué par les prêtres. Aux quatre coins, il fit brûler des paquets d'herbes médicinales, qui émirent une épaisse fumée grasse, répugnante pour Ninourta et, comme le fit remarquer jovialement Trok, pour tous les dieux et les mortels. Quand Ishtar eut achevé la purification, il précéda dans les lieux sacrés du temple Trok et ses soldats, la lame nue de leur glaive couverte de sang.

Leurs sandales cloutées résonnaient dans les profondeurs obscures de la haute salle et même Trok fut parcouru d'un frisson quand ils approchèrent de la statue du dieu trônant sur son socle. La tête de lion montrait les dents en un grondement silencieux et les ailes de pierre étaient déployées. Ishtar récita une prière interminable au dieu pour l'apaiser, puis conduisit Trok jusqu'à l'espace étroit entre le mur du fond et le dos de l'idole. Là, il lui indiqua une porte métallique à lourds barreaux ménagée dans le corps de Ninourta. Trok saisit les barreaux de la grille, mais il eut beau les secouer de toutes ses forces, ils ne bougèrent pas.

— Il existe un moyen d'entrer plus facile, sage Pharaon, suggéra gentiment Ishtar. Le grand prêtre doit avoir la clef sur lui.

— Va la chercher ! ordonna Trok sèchement au capitaine des gardes, qui partit en courant.

Il revint, les mains couvertes de sang, avec un trousseau de lourdes clefs, certaines aussi longues que l'avant-bras. La deuxième clef qu'essaya Trok tourna dans la vieille serrure et la porte s'ouvrit en grinçant sur ses gonds.

Il jeta un coup d'œil à l'escalier en colimaçon qui descendait dans l'obscurité. Un air froid et humide montait de la cage et on entendait un bruit d'eau courante en contrebas.

— Apportez des torches ! ordonna-t-il.

Le capitaine des gardes envoya quatre de ses sbires décrocher des torches allumées. Trok commença à descendre l'étroit escalier en en tenant une au-dessus de sa tête. Il allait avec précaution, car les marches de pierre étaient glissantes. Le bruit d'eau courante devenait plus fort à mesure qu'il descendait.

Ishtar le suivait de près.

— Ce temple et les tunnels en dessous ont été construits il y a près de cinq cents ans, lui dit le Mède.

Ils percevaient maintenant au-dessous d'eux le miroitement de l'eau qui coulait rapidement dans le noir. Trok atteignit enfin le fond et prit pied sur un quai en pierre. La lumière vacillante de la torche éclairait un large tunnel voûté, un aqueduc aux dimensions impressionnantes, dont la partie supérieure était couverte de carreaux de céramique disposés suivant des motifs géométriques. De chaque côté, le tunnel s'enfonçait dans une profonde obscurité.

Ishtar arracha du mur un morceau de champignon et le jeta dans le courant. Il fut emporté et disparut.

— L'eau arrive au moins à hauteur d'homme, dit-il.

Trok regarda le capitaine des gardes d'un air songeur, comme s'il envisageait de lui faire vérifier cette affirmation. Le capitaine recula dans l'ombre en essayant de se faire tout petit.

— Le chemin sur lequel nous nous trouvons court tout le long de l'aqueduc, expliqua Ishtar. Les prêtres passent par là pour entretenir et réparer le tunnel.

— Où commence-t-il et où aboutit-il ? demanda Trok.

— L'eau du fleuve coule dans un puisard creusé sous l'appontement du temple. L'aqueduc arrive à l'autre temple de Ninourta, à l'intérieur des murs de Babylone, près de la Porte Bleue, répondit Ishtar. Seuls les prêtres connaissent l'existence de ce tunnel. Tous les autres croient que l'eau est un cadeau du dieu. Quand elle jaillit de la fontaine dans l'enceinte du temple, elle est levée par des roues à aubes jusqu'aux jardins du palais ou acheminée par des canaux dans tous les quartiers de la ville.

— Je crois bien que tu es sur le point de gagner tes

trois lakhs, Ishtar le Mède, fit Trok avec un rire satisfait. Il ne te reste plus qu'à nous conduire dans ce labyrinthe jusqu'aux merveilles de Babylone, et surtout jusqu'à son trésor.

Trok pensait que les prêtres du temple principal de Ninourta à l'intérieur des murs de la ville correspondaient régulièrement avec ceux du temple construit au bord du fleuve. Cet aqueduc leur servait sans doute de voie de passage entre les deux communautés. Ils n'allaient pas tarder à s'apercevoir que quelque chose de fâcheux était arrivé à leurs frères au temple du fleuve. Il lui fallait agir vite.

Trok choisit deux cents de ses meilleurs hommes, les plus dignes de confiance, tous membres de sa tribu, celle des Léopards. Il les répartit en deux groupes. Après avoir pénétré dans la ville par l'aqueduc, le premier groupe devrait s'emparer de la Porte Bleue et la maintenir ouverte jusqu'à ce que Pharaon Naja Kiafan la franchisse avec le gros de l'armée. Le deuxième groupe, beaucoup moins important, avait pour mission de gagner le palais et de mettre la main sur le trésor de Sargon avant qu'il ait eu le temps de le faire disparaître.

— Il va falloir mille chariots pour l'emporter, lui assura Ishtar.

Les deux cents soldats d'élite avaient revêtu des uniformes de l'armée babylonienne, pris aux captifs et aux morts abandonnés sur le champ de bataille. Ils portaient les longues tuniques rayées qui descendaient jusqu'aux chevilles, serrées à la taille par une ceinture, et le casque en forme de ruche. Ishtar leur montra comment faire boucler leur barbe et leurs cheveux en frisettes caractéristiques des Mésopotamiens. Seule une écharpe rouge permettait de les distinguer de l'ennemi. Des copies sommaires du plan de la ville furent rapidement dressées par les scribes de l'armée et remises aux commandants des deux divisions afin qu'ils connaissent la disposition des rues et des édifices. Le soir, quand ils entreraient dans la cité, chacun saurait exactement ce qu'on attendait de lui.

Dès qu'il fit nuit, Naja amena sans bruit sa force d'assaut en position près de la Porte Bleue, prête à se précipiter à l'intérieur de la ville dès que les hommes de Trok l'ouvriraient.

Trok avait rassemblé ses deux divisions dans le propylée du temple de Ninourta sur le fleuve. Pendant qu'il faisait encore jour, Ishtar et lui les avaient conduits en file indienne dans l'escalier en colimaçon jusqu'au niveau de l'aqueduc. Il n'y avait aucune hâte car ils disposaient de plusieurs heures pour effectuer le long trajet souterrain. Ils avaient enveloppé leurs sandales avec des chaussons en cuir pour amortir le bruit et leurs pas lourds ne résonnaient pas dans le tunnel obscur. Ils marchaient en silence et un homme sur dix portait une torche. Elle donnait juste assez de lumière pour que ceux qui le suivaient sachent où poser les pieds sur les pierres suintantes du quai. Sur leur gauche, le flot incessant bruissait dans le noir. Ishtar s'arrêtait tous les mille pas pour apaiser le dieu Ninourta par des offrandes et des incantations et dégager le passage de tous les obstacles et barrières magiques placés par les prêtres abattus.

Cette marche silencieuse semblait interminable à Trok et il fut surpris quand Ishtar s'arrêta soudain pour montrer une faible lueur reflétée par les carreaux de céramique. Trok fit signe aux hommes de s'arrêter et s'avança jusqu'à Ishtar. Ils portaient sur leurs vêtements des robes pourpres et des coiffes prises sur les cadavres des prêtres assassinés.

En approchant de la source lumineuse, ils constatèrent qu'une autre grille fermait le tunnel. La lueur d'une torche fixée au-dessus de la grille déformait les ombres des hommes projetées sur les parois. De l'autre côté, deux prêtres en robe pourpre assis sur des tabourets jouaient au *bao*, absorbés par leur partie. Ils levèrent les yeux quand Ishtar les appela à voix basse. L'un des deux se leva et alla à la grille d'un pas chancelant.

— Vous êtes envoyés par Sinna ? demanda-t-il.

— Oui ! répondit Ishtar avec assurance.

— Vous êtes en retard. On vous attend depuis la tombée de la nuit. Vous devriez être ici depuis des heures. Le grand prêtre ne va pas être content.

— Je regrette, fit Ishtar, penaud, mais tu connais Sinna...

Le prêtre eut un petit rire.

— Je le connais. C'est lui qui m'a appris mes répons il y a trente ans.

Sa clef cliqueta dans la serrure et il ouvrit la grille.

— Dépêchez-vous, dit-il.

Trok s'empressa d'avancer, le visage caché par son capuchon, son glaive dissimulé dans les replis de sa robe. Le prêtre recula jusqu'à la paroi pour le laisser passer. Trok s'arrêta devant lui.

— Ninourta te récompensera, frère, chuchota-t-il avant de le tuer en lui plongeant son glaive sous le menton.

Son compagnon poussa un cri et se leva d'un bond, renversant le jeu de *bao* et éparpillant les pions par terre. En deux grandes enjambées, Trok fut sur lui et lui trancha la tête à demi. Sans un bruit, le prêtre tomba à la renverse dans l'eau noire et fut emporté par le courant, maintenu à flot par sa robe qui ballonnait autour de lui.

Trok émit un petit sifflement et ses hommes avancèrent dans le halo de la torche, le glaive tiré. Ishtar les conduisit jusqu'au pied d'un autre escalier de pierre, très raide. Ils le montèrent et arrivèrent à un lourd rideau qui fermait le passage. Après avoir jeté un coup d'œil sur le côté, Ishtar dit :

— Le temple est désert.

Trok écarta le rideau et regarda autour de lui. Ce temple était encore plus impressionnant par ses dimensions que celui du fleuve. Le plafond en était si haut que la lumière des torches se perdait dans l'ombre. Sous la statue du dieu accroupi sur l'entrée de la cage d'escalier, l'eau amenée par l'aqueduc jaillissait d'une gigantesque fontaine en un flot puissant dans un profond bassin revêtu de marbre blanc. Le cadavre du prêtre à moitié décapité par Trok y surnageait.

L'eau débordait du bassin dans un canal qui l'acheminait à travers la ville. Un fort parfum d'encens flottait dans la grande salle du temple, mais elle était vide.

Trok fit signe à ses hommes d'avancer. Dès qu'ils arrivaient en haut de l'escalier, ils se rangeaient en silence derrière leur officier. Sur un autre signe de Trok, ils partirent au trot. Par une porte dérobée, Ishtar emmena la plus petite des deux troupes dans un passage qui reliait le temple au palais de Sargon. Trok conduisit l'autre groupe dans une étroite allée derrière le temple et en se fiant à son souvenir du plan de la ville, à la deuxième allée, tourna dans la large avenue menant à la Porte Bleue. Il faisait encore nuit et les étoiles brillaient au-dessus de la cité endormie.

Ils croisèrent en chemin des gens emmitouflés. Un ou deux titubaient, manifestement saouls, mais les autres détalaient et laissaient passer la colonne sombre en armes.

— Puisse Mardouk vous sourire, courageux guerriers, et vous protéger de Trok, le barbare d'Egypte ! lança une femme, un enfant dans les bras.

Trok comprenait assez l'akkadien pour saisir le sens de ces paroles et sourit dans sa barbe.

Sous leurs déguisements, ils parvinrent au bout de l'avenue sans avoir été interpellés, mais, alors que l'entrée de la ville se dressait devant eux, une voix lança depuis la porte du corps de garde :

— Halte ! Donnez le mot de passe.

Suivi de cinq hommes, le garde s'avança dans le halo de la torche. Ses compagnons et lui ne portaient ni casque ni armure, leurs yeux et leurs visages étaient bouffis de sommeil.

— Je suis l'honorable émissaire envoyé aux pharaons d'Egypte par le roi Sargon, marmonna Trok dans un akkadien exécrable tout en faisant signe à ses soldats de charger. Ouvrez la porte et écartez-vous ! fit-il en courant vers le garde.

L'homme eut un instant d'hésitation, puis il vit luire les glaives et cria :

— Aux armes ! Appelez la garde !

Mais c'était trop tard. Trok fondit sur lui et l'arrêta dans son élan d'un coup de glaive. Ses hommes se jetèrent sur les autres gardes avant qu'ils aient eu le temps de se défendre, mais le bruit avait alerté les sentinelles postées sur les parapets au-dessus de la porte. Elles sonnèrent l'alarme à coups de cornes de bélier et lancèrent leurs javelines sur les assaillants.

— Délogez-les de là-haut ! ordonna Trok.

La moitié de ses hommes se précipitèrent à l'assaut des rampes de chaque côté de la porte pour monter sur le parapet. Un combat furieux s'engagea bientôt avec les sentinelles.

Ishtar avait fourni une description de la salle où était installé le mécanisme complexe, un système de treuils et de poulies massives, qui permettait d'ouvrir et de fermer la gigantesque porte. Trok emmena le reste de ses hommes à l'entrée de la salle avant que les gardes aient pu en empêcher l'accès et, après quelques minutes d'une lutte enragée, ils avaient tué ou blessé la plupart d'entre eux. Les survivants jetèrent leurs armes, quelques-uns tombèrent à genoux pour demander quartier. En vain. Ils furent abattus sans merci. Les autres s'enfuirent vers la poterne et Trok se rua sur les treuils avec ses soldats. Deux hommes à chaque barre, ils commencèrent à ouvrir la porte.

Mais les cornes de bélier avaient ameuté les gardes de la ville, qui sortaient en masse de leurs casernes, certains sans armure et encore à moitié endormis, pour défendre l'entrée.

Trok abaissa la barre de la lourde porte de la salle et y posta des hommes pour la garder. Sur le parapet, ses soldats avaient tué les défenseurs ou les avaient jetés du haut des murailles. Ils se battaient maintenant sur les rampes pour contenir les assaillants.

La porte de la salle des treuils tremblait sous les coups des Babyloniens, qui tentaient désespérément de l'enfoncer, mais les treuils tournaient peu à peu sous les efforts des hommes de Trok, et l'énorme Porte Bleue s'ouvrait inexorablement.

Les Babyloniens se pressaient maintenant dans l'avenue qui y conduisait, au point d'être gênés par leur nombre. On ne pouvait monter les rampes menant en haut des murailles qu'à quatre de front et les soldats de Trok les repoussaient au fur et à mesure. D'autres essayaient toujours de s'introduire dans la salle des treuils, mais la porte était résistante. Quand ils réussirent à l'enfoncer, Trok et ses hommes les attendaient de l'autre côté.

Devant les murs, les soldats de Naja s'étaient avancés en masse avec des pinces et des leviers. Ils aidèrent à ouvrir la gigantesque porte pour qu'un escadron pût passer. Ils s'écartèrent alors, et Naja franchit l'entrée à la tête d'une phalange de chars de guerre, balayant toute la largeur de l'avenue, suivi par le flot de l'armée égyptienne. Trok en prit le commandement et l'emmena vers le palais, détruisant tout sur son passage.

Le sac de Babylone avait commencé.

Les Babyloniens, dirigés par Sargon en personne, défendirent le palais avec acharnement. Le soir, Trok avait cependant ouvert une brèche dans le mur extérieur de la première terrasse. Il emmena un fort contingent à travers l'ouverture et la défense s'effondra. Lorsqu'ils entrèrent en trombe dans la chambre de Sargon, il était agenouillé, un glaive sanglant à la main, devant une statue de Mardouk, le dieu dévorant de Mésopotamie. Le corps de son épouse favorite, une femme aux cheveux gris qui était à son côté depuis trente ans, gisait près de lui. Il lui avait donné une mort plus douce que celle qu'elle pouvait attendre des hommes de Trok. Sargon n'avait cependant pas eu le courage de se laisser tomber sur son glaive. Trok lui arracha l'arme des mains d'un coup de pied.

— Nous avons beaucoup de choses à nous dire, sire, promit-il. N'était-ce pas toi qui me traitais de Bête noire de Seueth ? J'espère te convaincre que tu ne m'as pas dépeint sous la bonne couleur.

Les femmes du gynécée furent menées hors du palais. Elles étaient cinq cents, et non cinq mille comme l'avait affirmé Ishtar. Trok en choisit vingt, les plus jeunes et les plus jolies, pour son usage personnel, et donna les autres à ses officiers. Une fois que ceux-ci auraient pris leur plaisir avec elles, elles seraient laissées à la soldatesque.

Il fallut deux jours encore pour pénétrer dans la salle du trésor, aménagée dans les profondeurs de la terre sous le palais, car de multiples constructions et aménagements ingénieux en gardaient l'accès. Sans la connaissance de première main d'Ishtar le Mède, cela aurait pris encore plus de temps.

Lorsque le passage fut ouvert, Trok et Naja, suivis d'Heseret, descendirent l'escalier et entrèrent dans la salle. Ishtar l'avait éclairée avec cinquante lampes à huile, dont les rayons étaient habilement réfléchis par des miroirs en cuivre poli pour faire plus d'effet.

Heseret et les deux pharaons eux-mêmes furent réduits au silence par la richesse et la splendeur du trésor. L'argent avait été fondu en barres, et l'or en lingots coniques qui s'emboîtaient les uns dans les autres pour être empilés plus facilement. Tous portaient l'estampille des orfèvres et le cartouche royal de Sargon.

Pour une fois sans voix, Heseret dut protéger ses yeux délicats, éblouis par ces amoncellements de métaux précieux. Naja s'avança lentement entre les tas, qui lui arrivaient au-dessus de la tête, s'arrêtant de temps en temps pour caresser les lingots. Il retrouva enfin sa voix et murmura :

— Ils sont tièdes et doux comme un corps de vierge.

Trok prit une lourde barre dans chaque main et rit de plaisir.

— Pour combien y en a-t-il ? demanda-t-il à Ishtar.

— Hélas, splendide et divine majesté, nous n'avons pas encore eu le temps de faire le compte. Mais nous avons consulté les parchemins des scribes de Sargon. Ils font état d'un poids total de vingt-cinq lakhs d'argent et de trente-trois lakhs d'or. Mais comment croire un Babylonien ? ajouta-t-il avec un geste de mépris.

— Sargon est un plus grand voleur que je ne le croyais, fit Trok sur le ton du compliment.

— Du moins y a-t-il ici de quoi me verser la modeste somme que tu m'as promise, hasarda Ishtar doucereusement.

— Nous en reparlerons. Comme tu le sais fort bien, je suis un homme bon et généreux, Ishtar, répondit Trok avec un sourire chaleureux. Pourtant l'excès de générosité touche à la stupidité, et je ne suis pas stupide.

Quand ils eurent fini de se réjouir du contenu du trésor, il leur restait beaucoup de merveilles à voir dans la ville. Trok et Naja visitèrent le palais et montèrent sur la terrasse supérieure, où se trouvaient des fontaines, des jardins et des bosquets. De là-haut, ils avaient une vue panoramique sur les deux grands fleuves, les champs, les marais et les massifs de papyrus en dehors de la ville.

Ils visitèrent ensuite tous les temples, car ces édifices magnifiques étaient également bourrés d'or, de meubles splendides, de statues, de mosaïques et autres œuvres d'art. Tout en faisant main basse sur toutes ces richesses, Naja et Trok s'adressaient à la divinité tutélaire sur le ton de la conversation et d'égal à égal. Trok expliquait que Babylone n'était plus une capitale mais une simple satrapie d'Egypte. Le dieu devait donc déplacer sa résidence terrestre à Avaris, où il se chargerait de l'héberger convenablement. Le déménagement de la richesse du dieu devait être considéré comme un prêt, qui serait remboursé par la suite.

Le plus grandiose de ces temples était celui de Mardouk le Dévorant. Trok y trouva non seulement une véritable mine de métaux précieux et de joyaux, mais aussi un lieu fascinant.

Ishtar était un disciple de Mardouk et, dans son jeune temps, il avait étudié les mystères dans ce même temple sous la houlette du grand prêtre. N'ayant pas encore reçu sa récompense, il collait à Trok comme une tique au ventre d'un lion. Il l'initia au culte de Mardouk et Trok lui fit remarquer :

— Mardouk a à peu près les mêmes goûts que mon Seueth. Ils pourraient fort bien être frères.

— Comme toujours, Sa Majesté est perspicace. L'appétit de Mardouk pour les sacrifices humains est cependant bien plus grand que celui de Seueth. Et il est très exigeant sur la façon dont ils lui sont présentés.

Il précéda Trok à travers le dédale de passages et de corridors, les jardins, les cours et les salles où résonnaient leurs pas, jusque dans le saint des saints, au cœur même du temple, qui était une petite ville en soi. Ils parvinrent enfin à l'endroit où se trouvaient les fours.

Lorsqu'ils arrivèrent au-dessus de la principale salle des sacrifices, Trok contempla l'installation en contrebas, fasciné par la conception de l'ensemble.

— Explique-moi comment cela fonctionne, ordonna-t-il à Ishtar.

— Il y a non pas un, mais deux fours, chacun derrière l'une de ces parois, commença Ishtar en montrant les parois en cuivre poli. Lorsque les feux de charbon de bois sont allumés, on les attise avec d'énormes soufflets, jusqu'à ce que les parois métalliques rougeoient comme le soleil levant. Ces parois peuvent être déplacées. Les prêtres sont à même de les rapprocher ou de les écarter l'une de l'autre au moyen de poulies...

Quand Ishtar eut fini son explication, Trok frappa de son gros poing dans la paume de son autre main.

— Par Seueth et Mardouk, s'exclama-t-il, je n'ai jamais rien entendu de pareil ! Je veux absolument voir comment ça marche. Si c'est tel que tu me l'as décrit, je ferai aménager la même chose dans mon temple d'Avaris. Nous célébrerons ma victoire en offrant un sacrifice à Mardouk.

— Il faut plusieurs jours pour que les fours atteignent la température requise, l'avertit Ishtar.

— Je peux attendre quelques jours, dit Trok. Je dois superviser le chargement du butin et veiller également au contentement et au bien-être des vingt jeunes épouses de Sargon. Une tâche très ardue, précisa-t-il en roulant des yeux. De toute façon, mes grands pendards n'ont pas fini de mettre la ville à sac. Je ne peux pas encore les ramener à la raison.

Trois jours plus tard, Trok offrit un banquet à ses officiers sur la terrasse supérieure de l'immense palais pour célébrer la victoire. Les invités étaient allongés au milieu de bouquets d'orangers plantés dans d'énormes pots en terre cuite, tous en pleine floraison, si bien que l'air embaumait. Les fontaines murmuraient autour d'eux. Des tapis de soie recouvraient la table du banquet. Les coupes et les récipients, enlevés aux temples, étaient en argent et en or incrustés de pierres précieuses. En guise de tabourets, les invités étaient assis sur les épouses de Sargon, à quatre pattes et nues à l'exception de leurs chaînes d'or. Plus tard, lorsque les grandes cruches de bière moussante et de vins doux auraient produit leur effet, ces tabourets vivants feraient office d'oreillers et de matelas.

Au milieu de ces réjouissances, Ishtar vint discrètement auprès de Trok et lui chuchota à l'oreille :

— Divin Pharaon, qui avale les mers et mange les étoiles, les fours sont prêts.

Trok se leva en chancelant et frappa dans ses mains.

— Nobles camarades, lança-t-il à ses officiers, je vais vous offrir un petit divertissement ! Suivez-moi !

Il se dirigea vers l'escalier d'un pas incertain, suivi par ses chefs de guerre. Ils s'alignèrent le long du parapet de la galerie et regardèrent dans la salle des sacrifices en contrebas. De la fumée s'échappait des deux cheminées au-dessus de leur tête, et la chaleur renvoyée par les parois métalliques rougeoyantes commença à les faire transpirer.

— Nous sommes rassemblés ici aujourd'hui pour offrir un sacrifice au grand dieu Mardouk, qui nous a donné cette ville pour nous récompenser de notre victoire, leur dit-il en imitant le ton chantant et moralisateur du grand prêtre.

Ils l'acclamèrent.

— Quel plus beau sacrifice pouvons-nous lui offrir que celui d'un roi et de sa famille ?

Sur un signe de lui, Ishtar se précipita dans l'escalier pour descendre dans la salle, où une centaine d'esclaves se tenaient prêts à actionner les treuils qui commandaient le mécanisme. Au signal du grand prêtre, ils entonnèrent une ode à Mardouk.

Le prêtre monta sur sa chaire au-dessus de la salle à ciel ouvert aux parois incandescentes. Sur fond de la psalmodie des esclaves, il leva les bras et commença à chanter une prière au dieu d'une voix flûtée de fausset.

Il fit un signe et une petite porte s'ouvrit dans le mur

de pierre pour livrer passage à un autre prêtre, suivi d'une file d'êtres humains. Ils portaient de simples tuniques blanches et aucun autre ornement que la corde passée à leur cou.

Il y en avait des deux sexes et de tous âges. Certains n'étaient encore que des petits enfants portés dans les bras de leur mère, d'autres commençaient à marcher, d'autres encore étaient à la veille de l'adolescence. Le plus grand était un homme mince à cheveux blancs, d'allure royale et guerrière.

— Salut, Sargon, maître des cieux et du pays sacré entre les deux fleuves, se moqua Trok. Je m'apprête à faire pour toi ce que tu n'as pas eu le courage de faire toi-même. Je t'envoie comme messager dans les bras aimants de ton dieu, Mardouk le Dévorant. Parce que je suis compatissant, et ne veux pas que tes épouses et tes enfants pleurent ta disparition, je les envoie avec toi pour qu'ils te tiennent compagnie en cours de route.

Il s'interrompit en attendant que les rires de l'assistance se taisent.

— Lorsque tu seras face à Mardouk, transmets-lui ce message. Dis-lui que Trok, son frère divin, le salue et sollicite sa faveur.

Sargon rassembla ses fils autour de lui et ne daigna pas lever les yeux ni répondre à ces paroles.

Trok se tourna vers le grand prêtre.

— Maintenant, prêtre, montre-nous comment fonctionne ta machine.

Le grand prêtre se remit à chanter, mais une prière d'un autre genre, âpre et primitive. Dans la salle derrière lui, les esclaves chantaient aussi et firent avec ensemble un pas en avant, leurs pieds nus résonnant sur les dalles de pierre comme un coup de tonnerre. Les treuils commencèrent à tourner au rythme de leurs pas.

Au début, il sembla ne rien se passer, puis Ishtar chuchota :

— Observe les parois, puissant Trok, le plus grand de tous les rois-héros. Vois comme elles se rapprochent. Très lentement. Quand elles seront tout près l'une de l'autre, les sacrifiés se mettront à grésiller et à noircir comme des insectes à la flamme d'une lampe.

Trok se pencha pour mieux voir, le visage brillant de sueur et d'excitation.

— Mardouk est content, annonça Ishtar en levant les yeux du calice. Il a jugé satisfaisant le sacrifice que tu lui as offert.

Trok hocha la tête.

— Dis à mon frère Mardouk que je suis heureux qu'il le soit.

Trok était agenouillé sur un tas de peaux de léopard étalées sur le sol de pierre du sanctuaire devant l'autel de Mardouk le Dévorant. La statue du dieu, trois ou quatre fois plus grande qu'un homme, montrait un bel éphèbe souriant. Hormis sa taille, seuls les petites cornes de chaque côté de sa tête couverte d'une chevelure bouclée et les sabots fendus différenciaient le dieu d'un simple mortel.

« Tu m'avais dit que Mardouk était un dieu terrible, plus cruel et féroce que n'importe quel autre dieu du panthéon, plus féroce même que Seueth, avait lancé Trok à Ishtar la première fois qu'il avait vu la statue. Et j'ai devant moi un joli garçon !

— Ne t'y trompe pas, divin Pharaon ! l'avait averti le Mède. C'est le visage que Mardouk montre aux hommes. Son aspect véritable est si hideux que quiconque le regarde devient instantanément aveugle et fou. »

Refroidi à cette pensée, Trok s'était agenouillé devant la statue et s'était tu, tandis que les prêtres avaient apporté deux nouveau-nés, qu'ils avaient offerts au dieu. Ishtar leur avait tranché la gorge si habilement que c'est à peine s'ils avaient crié pendant que leur sang coulait dans le calice d'or destiné à la divination qu'il tenait sous eux.

Après avoir laissé tomber les petits corps exsangues sur la rampe de marbre qui conduisait au four sous le sanctuaire, Ishtar déposa le calice d'or sur l'autel et alluma les braseros à encens. Tout en psalmodiant et marmonnant d'obscures paroles, il jeta sur les flammes des poignées d'herbes aromatiques jusqu'à ce que les voûtes s'emplissent de volutes de fumée bleue et l'air d'un parfum entêtant. Au bout d'un moment, les pensées de Trok se brouillèrent, sa vue se déforma au point que les ombres lui donnaient l'impression de trembler et de danser, qu'il lui semblait entendre au loin des rires moqueurs. Il ferma les yeux et appuya sur ses paupières avec le bout de ses doigts. Quand il les rouvrit, l'aimable sourire de la divinité avait laissé place à un regard si mauvais et effrayant qu'il en eut la chair de poule, comme si des insectes venimeux rampaient sur sa peau. Il essaya de détourner les yeux mais n'y parvint pas.

— Le grand dieu Mardouk est content, répéta Ishtar en déchiffrant les augures reflétés à la surface du sang contenu dans le calice. Il daigne répondre à tes questions.

— Dis à Mardouk que je l'honore comme un pair. Je lui offrirai mille autres sacrifices.

— Mardouk t'entend, dit Ishtar en regardant dans le calice.

Après un long silence, il commença à se balancer doucement d'avant en arrière, le calice posé sur les genoux. Puis il leva enfin les yeux.

— Voici Mardouk, le dieu suprême de Babylone ! Parle-nous, dieu redoutable, nous t'en supplions !

Il ouvrit ses bras à la statue et le dieu parla avec la voix d'un enfant, zézayante et douce.

— Je te salue, mon frère Trok, dit l'étrange voix. Tu veux savoir ce qu'il en est du jeune faucon qui déploie ses ailes et aiguise ses serres dans le désert.

Trok était ahuri, non seulement par la voix désincarnée mais aussi par la vérité de ses paroles. Il avait en effet voulu demander conseil à propos de son projet d'attaquer et d'anéantir Nefer Seti. Il essaya de répondre, mais il avait la gorge serrée et aussi sèche que les bandelettes d'une antique momie.

— Tu as reçu de bons conseils de mon fidèle serviteur Ishtar le Mède, poursuivit la voix d'enfant. Tu as bien fait d'y prêter l'oreille. Si tu ne l'avais pas fait, si tu avais marché sur Gallala comme tu en avais l'intention, tu aurais couru à un désastre encore plus grand que la destruction de tes légions par le khamsin.

Trok se rappela avec amertume qu'Ishtar l'avait dissuadé de mener une autre armée dans le désert oriental pour attaquer Nefer Seti et capturer Mintaka, son épouse fugitive. Ses espions lui avaient depuis longtemps signalé la présence du couple à Gallala. Il avait rassemblé un corps expéditionnaire composé de chars et de fantassins. Il savait que s'il n'éliminait pas cette menace qui planait sur son trône, s'il n'écrasait pas le jeune pharaon avant qu'il atteigne la force de l'âge, la rébellion et l'insurrection ne tarderaient pas à se répandre à travers le royaume. Si cela arrivait, la dynastie qu'il avait fondée s'éteindrait, détruite. Malgré son désir de se débarrasser de la menace représentée par Nefer Seti, il désirait plus encore reprendre la seule femme qui l'ait jamais humilié et défié. La haine qu'elle lui inspirait dépassait tous ses autres sentiments.

Ishtar l'avait empêché de se lancer dans cette campagne. Grâce à ses prédictions alarmantes, ses annonces de désastre et de mort, Ishtar l'avait persuadé de joindre ses forces à celles de Naja pour participer à l'expédition organisée par ce dernier vers la fabuleuse ville de Babylone. Bien que, jusque-là, cette expédition se fût révélée être un triomphe, que le butin et le nombre des ennemis abattus eussent défié toute estimation, Trok n'en restait pas moins insatisfait.

C'est autant à lui-même qu'au dieu d'or qu'il s'adressait quand il gronda :

— Je dois venir à bout de Nefer Seti. Le pschent vacillera sur ma tête tant que je ne l'aurai pas tué et n'aurai pas jeté son corps dans les flammes afin qu'il ne puisse jamais ressusciter. J'ai déjà effacé son nom et celui de son père de tous les édifices et monuments d'Egypte, mais je dois les détruire à jamais, lui et son souvenir.

Mû par la colère et la haine, il se leva d'un bond et cria à Ishtar et à son dieu :

— Vous m'avez déjà empêché une fois de suivre mon destin en me trompant avec vos mauvais présages et vos funestes mises en garde. Je m'adresse maintenant à toi en égal et non pas en adorateur. Je te demande de me livrer la personne et l'âme de Nefer Seti pour que justice soit faite et qu'il reçoive le châtiment qu'il mérite. Je ne tolérerai aucun autre refus de ta part et de celle de ton laquais ici présent.

Dans sa fureur et sa frustration, il décocha un coup de

pied à Ishtar. Le Mède le vit venir et l'esquiva. La sandale de Trok, cloutée de bronze, renversa le calice de divination et le sang des nouveau-nés éclaboussa les dalles et le devant de l'autel.

Trok lui-même fut épouvanté par ce qu'il avait fait. Paralysé, il attendait devant la statue la réaction du dieu.

— Sacrilège ! Ton entreprise est maintenant vouée à l'échec, Trok Ourouk, gémit Ishtar avant de se prosterner dans la mare de sang, trop terrorisé pour lever les yeux vers la statue.

Un silence terrible tomba sur le sanctuaire, rehaussé par le faible grondement des flammes dans le four sacrificiel sous les dalles de pierre.

Puis un son se fit entendre, faible mais caractéristique, celui d'une respiration, pareille à celle d'un enfant endormi au début, puis de plus en plus forte et violente. C'était maintenant le souffle d'une bête sauvage, puis d'un monstre, qui résonnait à travers le temple. Il se mua finalement en rugissement de dieu outragé, semblable à celui des tempêtes célestes, tonnant comme les vagues de l'océan soulevées par la bourrasque. Il était si terrifiant que même Ishtar le Mède se mit à geindre.

— Le dieu ne te laissera pas réussir maintenant. Ne lance pas l'offensive contre Taita et son protégé tant que le mage sera vivant, chuchota Ishtar.

Puis une voix terrible s'éleva, si dure et sinistre que Trok en eut les nerfs à vif et frissonna :

— Ecoute-moi ! Trok Ourouk, mortel qui prétends appartenir au panthéon ! tonna la voix qui se répercuta dans les profondeurs du sanctuaire. Tu sais que tu n'es pas un dieu. Ecoute-moi, blasphémateur ! Si tu marches sur Gallala au mépris de moi et de mon prophète, Ishtar le Mède, je vous détruirai, toi et ton armée, tout comme j'ai enseveli ton autre armée dans les sables du désert. Et cette fois-ci, tu n'échapperas pas à mon courroux.

Bien qu'il eût l'esprit brouillé par la fumée d'encens et fût effrayé par la fureur de Mardouk, Trok restait assez conscient pour percevoir quelques fausses notes dans les protestations d'Ishtar et quelque chose dans la colère du dieu ne le convainquait pas.

Il rassembla son courage, entamé par les manifestations surnaturelles de la divinité, essaya de mettre le doigt sur ce qui avait éveillé ses soupçons. Il se rendit compte que le souffle bestial et la voix de tonnerre venaient du ventre de la statue d'or. En l'observant attentivement, il vit que le nombril du dieu était une fente sombre. Il s'avança d'un pas vers la statue. Alarmé, Ishtar leva la tête et s'écria :

— Attention, Pharaon ! Le dieu est en colère. Ne t'approche pas de lui !

Trok l'ignora et fit un autre pas, le regard fixé sur le nombril de la divinité. Il aperçut une faible lueur et un vague mouvement par la petite ouverture. Il lui était souvent arrivé dans le feu de la bataille de sentir avec précision la chance tourner de son côté et c'est ce qui se passa à cet instant. Il s'arma de courage et, par-dessus le bruit affreux que faisait la respiration du dieu, cria :

— Je te défie, Mardouk le Dévorant ! Tue-moi sur-le-champ si tu en es capable. Accable-moi des feux de ton temple si tu le peux !

Ses soupçons se muèrent en certitude lorsque la lueur apparut de nouveau dans la fente du nombril et que le souffle divin s'entrecoupa. Trok tira son glaive et écarta Ishtar d'un coup du plat de la lame. Puis il se précipita derrière la statue d'or. Il en examina rapidement l'arrière en la tapotant avec la pointe de son arme. Elle sonnait creux et, en y regardant de plus près, il découvrit un panneau amovible parfaitement ajusté.

— Une trappe ! grommela-t-il. Il semble qu'il y ait plus de choses dans le ventre de Mardouk qu'il n'en est jamais entré par sa bouche...

Il fit le tour de la statue et regarda par la fente du nombril. Un œil humain lui rendit son regard, la pupille agrandie par l'étonnement.

— Sors de là, bave de la grande bête ! cria-t-il de sa grosse voix.

Il appuya son épaule contre l'idole et poussa de toutes ses forces. La statue oscilla sur son socle de pierre et Trok poussa encore. L'idole bascula lentement et se fracassa sur les dalles. Ishtar hurla et s'écarta d'un bond pour ne pas être écrasé.

Le cou du dieu avait été tordu par la chute et, dans le silence qui suivit, on entendit un petit grattement à l'intérieur de la statue, comme si des rats effrayés détalaient. La trappe s'ouvrit brusquement et une petite fille se glissa au-dehors. Trok l'empoigna par son épaisse chevelure bouclée.

— Pitié, grand roi Trok, supplia la fillette de sa voix de miel. Ce n'est pas moi qui voulais te tromper. Je l'ai fait parce qu'on me l'a ordonné.

C'était une enfant si mignonne que, l'espace d'un instant, Trok sentit sa colère s'évanouir. Puis il la prit par les chevilles et la souleva la tête en bas. Elle sanglotait et se tortillait au bout de son bras.

— Qui te l'a ordonné ? demanda-t-il.

— Ishtar le Mède, pleurnicha-t-elle.

Trok fit tourner l'enfant deux fois autour de sa tête, de plus en plus vite, et la projeta contre la colonne du temple. Ses cris cessèrent instantanément et Trok laissa tomber le petit cadavre sur l'autel.

Il se retourna vers l'idole tombée, plongea son glaive dans la trappe et fouilla le ventre du dieu. Il y eut un cri perçant et une créature monstrueuse se précipita par l'ouverture. Trok crut d'abord que c'était un énorme crapaud-buffle et bondit en arrière. Il s'aperçut ensuite que c'était un nain bossu, plus petit encore que la fillette qu'il venait de tuer. Le nain brailla avec une voix de stentor, ses beuglements en désaccord avec sa taille minuscule. C'était l'homme le plus laid que Trok eût jamais vu, les yeux chassieux et de grosseurs différentes. Des touffes de poils noirs lui sortaient des oreilles, des narines et des énormes grains de beauté qui pendaient sur son visage.

— Pardonne-moi d'avoir tenté de te tromper, grand dieu et roi d'Egypte !

Trok lui lança un coup de glaive, mais le nain l'esquiva en se baissant et bondit agilement à travers le sanctuaire en rugissant de terreur de sa voix bizarre. Trok se prit à rire de ses singeries. Le nain partit comme une flèche derrière le rideau tendu au fond du sanctuaire et disparut par un passage secret.

Trok le laissa aller et se tourna vers Ishtar juste à temps pour l'attraper par une poignée de ses cheveux raidis par la laque au moment où il essayait de s'enfuir. Il le projeta de tout son long sur le sol dallé et le roua de coups de pied dans les côtes, le ventre et le dos. Il ne riait plus et son visage était devenu violet de rage.

— Tu m'as menti ! cria-t-il. Tu m'as délibérément trompé. Tu m'as détourné de mon but.

— Je t'en prie, maître, gémit Ishtar en roulant par terre pour éviter les coups. J'ai fait ça pour ton bien...

— C'est pour mon bien que tu as laissé le rejeton de Tamose prospérer à Gallala et répandre la rébellion et la sédition dans tout mon royaume ? beugla Trok. Tu me crois assez fou ou stupide pour croire ça ?

— C'est la vérité, balbutia Ishtar au moment où Trok le retournait sur le dos d'un coup dans les côtes. Comment lutter contre un mage qui fait venir la tempête à volonté comme si c'était un petit chien ?

— Tu as peur de Taita le Mage ? demanda Trok, incrédule, en se reculant pour reprendre son souffle.

— Il nous voit de loin. Il est capable de retourner contre moi mes mauvais sorts ! Je ne suis pas de taille. Je cherchais seulement à te sauver de lui, grand Pharaon.

— Tu cherchais surtout à sauver ta peau ! lança Trok d'une voix rageuse en recommençant à rouer de coups Ishtar roulé en boule.

— Je t'en prie, dieu suprême, donne-moi ma récompense et laisse-moi partir ! cria Ishtar en se protégeant la tête de ses bras. Taita m'a retiré mes pouvoirs. Je ne peux plus l'affronter. Je ne te suis plus d'aucune utilité.

Trok s'immobilisa, le pied levé, sur le point d'assener un autre coup.

— Ta récompense ? répéta-t-il, stupéfait. Tu ne crois quand même pas que je vais récompenser ta déloyauté en te donnant trois lakhs d'or ?

Ishtar se mit à genoux et tenta de lui baiser le pied.

— Je t'ai donné Babylone, grand maître. Tu ne peux me refuser ce que tu m'as promis.

Trok eut un rire de colère.

— Je peux te refuser tout ce qui me plaît. Si tu tiens à vivre un jour de plus, conduis-moi à Gallala et cours le risque d'affronter Taita et ses pouvoirs magiques.

L'Egypte tout entière avait apparemment entendu dire que Nefer Seti avait parcouru avec succès la Route Rouge et avait été ordonné roi. Des gens de tout le pays arrivaient chaque jour à Gallala. Certains étaient des officiers des régiments que Trok et Naja avaient laissés en Egypte pour garder le pays. D'autres étaient des émissaires des anciennes grandes villes riveraines du Nil – Avaris et Memphis, Thèbes et Assouan – et des grands prêtres des temples de ces villes. Ecœurés et attristés par la tyrannie et les excès des deux usurpateurs, et enhardis par leur absence, tous étaient venus prêter allégeance à Nefer Seti.

— Le peuple d'Egypte est prêt à t'acclamer, lui dirent les émissaires.

— Nos divisions se rallieront à toi dès que tu auras posé le pied sur le sol de ce pays meurtri et dès qu'ils verront ton visage et sauront que les rumeurs à propos de ta survie sont exactes, lui assurèrent les officiers.

Nefer et Taita les interrogèrent longuement, désireux de connaître la composition de leurs régiments et leur état de préparation. Il apparut bientôt avec évidence que Trok et Naja avaient emmené l'élite de ces légions dans leur aventure mésopotamienne et n'avaient laissé en Egypte que des bataillons de réserve, composés pour l'essentiel de nouvelles recrues, d'hommes très jeunes et non aguerris ou de soldats en fin de carrière, fatigués et inaptes au service, qui n'aspiraient plus qu'à prendre leur retraite et à se retrouver sur leur lopin de terre près du fleuve, où ils auraient tout loisir de s'asseoir au soleil et de jouer avec leurs petits-enfants.

— Qu'en est-il des chars et des chevaux ? demanda Nefer.

Les officiers secouèrent leur barbe grise et prirent un air grave.

— Trok et Naja en ont dépouillé les régiments, répondit l'un d'eux. Ils ont emmené presque tous les chars sur la route d'Orient. Ils en ont laissé juste assez pour patrouiller le long des frontières de l'Est afin de décourager les incursions bédouines.

— Et les ateliers de Memphis, Avaris et Thèbes ? s'enquit Nefer. Chacun d'eux est capable de fabriquer au moins cinquante chars par mois.

— Dès que les chevaux sont dressés à les tirer, ils sont envoyés à Babylone pour se joindre à l'armée des deux pharaons.

Taita mesura les implications de cette information.

— Les usurpateurs ont pleinement conscience de la menace que nous représentons sur leurs arrières. Ils veulent s'assurer que si les régiments qu'ils ont laissés en Egypte se rebellent contre eux et se rallient au vrai pharaon, à Nefer Seti, il leur manquera les chevaux et les chars nécessaires pour former une armée efficace.

— Vous devez regagner vos régiments, ordonna Nefer aux officiers. Nous sommes déjà trop nombreux à Gallala et quasi à la limite de nos ressources en nourriture et en eau. Ne laissez plus d'autres chars et chevaux sortir d'Egypte. Continuez d'entraîner vos hommes et équipez les meilleurs d'entre eux avec les chars produits par les ateliers. Je viendrai bientôt, très bientôt, pour vous conduire contre les tyrans.

Ils s'en allèrent, louant son nom et renouvelant leurs assurances de fidélité.

— Ne remplis pas prématurément la promesse que tu leur as faite. Tu ne peux retourner en Egypte qu'à la tête d'une puissante armée, bien entraînée et bien équipée, l'avertit Taita. Ces officiers qui sont venus te voir sont des hommes bons et loyaux. Tu peux compter sur eux. Ils sont cependant nombreux à rester fidèles à Trok et à Naja, soit par peur des représailles au retour des usurpateurs, soit parce qu'ils croient en leur droit divin de gouverner. Il y a aussi beaucoup d'indécis qui se tourneront contre toi s'ils perçoivent quelque faiblesse de ton côté.

— Il nous reste donc beaucoup à faire, admit Nefer. Il nous faut encore dresser les derniers chevaux que nous avons pris à Thane et achever de réparer les chars exhumés des dunes. Nos hommes doivent compléter leur entraînement pour être capables d'affronter les soldats aguerris de Trok et de Naja. Quand nous aurons fait tout cela, nous retournerons en Egypte.

La petite armée de Gallala redoubla donc d'efforts afin d'être en mesure de défier la puissance des deux usurpateurs. Ils suivaient l'exemple de leur jeune commandant en chef, car Nefer ménageait sa peine moins que tout autre. Il partait en char avec les premiers escadrons bien avant l'aube et, les autres guerriers de la Route Rouge à ses côtés et sous la houlette de Taita, il constituait peu à peu ses divisions en un corps d'armée soudé. Lorsque, le soir, las et couvert de poussière, il rentrait à Gallala, il se rendait aux ateliers où il prodiguait des encouragements et discutait avec les maîtres armuriers et les constructeurs de chars. Puis, après le repas, il s'asseyait à la lueur de la lampe avec Taita pour revoir leurs plans de bataille et la disposition de leur armée. Il était souvent plus de minuit quand, chancelant, il regagnait sa chambre. Mintaka se réveillait et, sans se plaindre, se levait pour l'aider à retirer son armure et ses sandales, lui lavait les pieds et massait ses muscles endoloris. Elle faisait ensuite chauffer une coupe de vin au miel pour l'aider à s'endormir. La coupe lui glissait souvent des mains avant qu'il l'ait vidée, et sa tête retombait sur l'oreiller. Elle lui enlevait alors sa tunique, prenait sa tête sur son sein et le gardait ainsi jusqu'à son réveil aux premières lueurs de l'aube.

Chaque jour, Meren perdait un peu plus de forces, miné par les blessures qu'il avait reçues sur la Route Rouge. Taita avait pansé ses côtes cassées, qui s'étaient rapidement ressoudées. Il lui avait recousu l'oreille si proprement qu'elle était à peine de travers, et Merykara trouvait que la cicatrice en demi-lune en travers de sa joue lui donnait l'air plus âgé et plus viril. Cependant, la blessure sous le bras provoquée par le coup de glaive inquiétait Taita. L'angle de pénétration de l'arme montrait qu'elle avait sans doute touché le poumon. Par deux fois, alors qu'elle semblait guérie, la plaie s'était rouverte, libérant un flot de pus et de liquides nauséabonds. Par moments, Meren était lucide, capable de s'asseoir et de manger sans être aidé. Puis, lorsque les humeurs morbides se remettaient à couler, il sombrait dans une demi-inconscience, et la fièvre montait.

Merykara restait à son chevet, changeait ses pansements et oignait la blessure avec l'onguent préparé par Taita. Quand Meren reprenait des forces, elle chantait pour lui, et lui rapportait les dernières nouvelles de la ville et de l'armée. Elle jouait au *bao* avec lui, faisait des vers et imaginait des devinettes pour le distraire. Lorsque la blessure s'envenimait de nouveau, elle le nourrissait et lui faisait prendre un bain comme un bébé en caressant sa tête inondée de sueur pour le calmer. La nuit, elle dormait au pied de son lit, et s'éveillait immédiatement chaque fois qu'il s'agitait et marmonnait dans son délire.

Elle en était arrivée à connaître son corps comme s'il avait été son enfant. Elle lui lavait les dents avec des brindilles vertes d'acacia qu'elle mâchait pour les durcir. Elle lui brossa les cheveux jusqu'à ce qu'ils redeviennent assez longs pour les natter. Elle lui coupait les ongles et en vint à aimer la forme de ses doigts, rendus calleux par la garde du glaive et les rênes du char. Elle retirait la cire de ses oreilles et le mucus séché de ses narines sans la moindre répulsion. Avec son propre peigne d'ivoire, elle peignait les poils sombres et doux qui poussaient sous ses bras, bouclaient sur sa poitrine et son bas-ventre.

Chaque matin, elle le lavait entièrement en suivant amoureusement le relief de ses muscles et se lamentait en voyant ses chairs fondre dans les accès de fièvre et ses os commencer à saillir.

Au début, quand elle lavait ses parties génitales, elle détournait les yeux, mais cela ne tarda pas à lui apparaître comme de la pruderie. Elle les prenait alors dans le creux de ses mains et les examinait attentivement. Elles éveillaient en elles de la tendresse et de la compassion, tant elles étaient chaudes et vulnérables, et leur peau douce et sans défaut. Puis ses sentiments changeaient quand elle tirait doucement en arrière le prépuce comme Mintaka le lui avait montré et que le gland rose émergeait, soyeux comme un pétale de laurier. Le sexe de Meren durcissait alors et gonflait dans sa main, au point qu'elle arrivait à peine à en faire le tour avec le pouce et l'index. Quand cela se produisait, le souffle court, elle éprouvait une étrange sensation et une chaleur dans les parties les plus secrètes de son corps.

Une nuit, elle s'éveilla alors qu'un rayon de lune traversait le plancher de la pièce. Elle crut un instant qu'elle se trouvait dans sa chambre au palais de Thèbes, au bord du Nil, puis elle entendit Meren respirer difficilement, ses cris inspirés par un cauchemar, et tout lui revint dans un accès de terreur. Nue, elle se leva d'un bond de son matelas installé au pied de sa couche et se précipita vers lui.

Quand elle alluma la lampe, elle vit qu'il avait les yeux grands ouverts, le visage gris et les traits contorsionnés, de l'écume blanche sur les lèvres et le corps luisant de sueur. Il s'agitait si violemment sur les draps chiffonnés qu'elle redouta qu'il ne se blesse de nouveau. C'était la crise dont Taita lui avait demandé de surveiller la venue.

— Taita ! s'écria-t-elle. Je t'en prie, nous avons besoin de toi immédiatement !

La cellule était de l'autre côté de la cour et il dormait toujours en laissant sa porte ouverte pour pouvoir l'entendre si elle appelait.

— Taita ! cria-t-elle encore en se jetant en travers de la poitrine de Meren pour l'empêcher de bouger.

Elle se souvint alors que le mage était parti dans le désert avec Nefer et un escadron de chars pour une mystérieuse expédition. Il était peu probable qu'ils reviennent avant plusieurs jours. Elle pensa appeler Mintaka, mais sa chambre était à l'autre bout du vieux palais et elle n'osait laisser Meren seul.

Elle ne pouvait compter que sur elle. Elle savait que la vie de Meren était entre ses mains et, à cette pensée, sa panique s'évanouit, laissant place à une froide détermination. Elle s'étendit contre lui et le tint fermement en lui murmurant des paroles encourageantes et rassurantes. Après un moment, il se calma et elle put le laisser quelques instants. Elle alla au coffre contre le mur, trouva la fiole que lui avait laissée Taita, en mélangea le contenu âcre avec du vin et le fit chauffer sur le brasero conformément à ses instructions.

Quand elle porta la coupe aux lèvres de Meren, il essaya de la refuser, mais elle le força à boire. Lorsqu'il eut vidé la coupe, elle fit chauffer de l'eau et essuya la sueur sur son visage et l'écume sur ses lèvres. Elle s'apprêtait à lui laver le corps quand une crise soudaine le terrassa. Il se mit à trembler et à gémir. La terreur envahit de nouveau Merykara. Elle s'agrippa à lui de toutes ses forces.

— Ne meurs pas, mon chéri, supplia-t-elle, avant d'ajouter, d'une voix plus forte : Je ne te laisserai pas mourir. Oh, Hathor, aide-moi. Je vais le tirer de l'autre monde de mes propres mains.

Elle savait qu'il livrait une bataille et elle combattit avec lui, y mettant toute son énergie. Quand elle sentit son corps inondé de sueur devenir flasque dans ses bras et commencer à se refroidir, elle s'écria :

— Non, Meren, reviens ! Reviens-moi. Tu ne peux pas partir sans moi !

Elle posa sa bouche sur la sienne et tenta de lui insuffler sa vie. Il eut soudain un violent râle, qui lui vida les poumons, et elle crut que c'était fini. Elle étreignit sa poitrine décharnée et, quand elle le lâcha, il prit une inspiration sonore, puis une autre et encore une autre. La palpitation hésitante de son cœur devint un battement fort et régulier, qui résonnait à travers sa cage thoracique.

— Tu es revenu, murmura-t-elle. Tu es revenu à moi.

Il était encore froid et, lorsqu'il frissonna, elle le tint contre sa poitrine en l'enveloppant de ses bras et enroula ses jambes autour de ses hanches pour le réchauffer. Peu à peu, sa respiration se fit profonde et régulière, et elle sentit le sang chaud affluer de nouveau dans ses veines.

Elle était étendue à son côté et éprouvait un sentiment profond de contentement, car elle savait qu'elle lui avait sauvé la vie et qu'à partir de cette nuit il n'appartiendrait qu'à elle.

A l'aube, un autre miracle se produisit. Elle sentit le corps de Meren s'éveiller et ce qu'elle avait tenu dans la paume de sa main, petit et mou, grossissait une nouvelle fois, devenait énorme et dur comme l'os, poussait entre ses cuisses

Elle le regarda. Il était conscient, ses yeux cernés enfoncés dans leur orbite, empreints d'une expression d'une telle tendresse et d'un tel respect mêlé d'admiration que le cœur de Merykara se dilata dans sa poitrine au point de la suffoquer.

— Oui ? demanda-t-il.

— Oui, répondit-elle. Je ne désire rien de plus au monde.

Elle se renversa et, le guidant de la main, mue par un besoin douloureux, l'accueillit au plus profond d'elle-même. Elle s'éleva alors avec lui sur les ailes du désir vers des sommets inconnus, puis se sentit envahie par un flot chaud, comme si elle avait attiré en elle toute sa fièvre et sa souffrance, percevant la paix profonde que connaissait Meren, qui s'affaissa contre elle et s'endormit.

Elle resta étendue tranquillement près de lui, attentive à ne pas le réveiller. Elle se délectait de l'entendre respirer, de la chaleur de son corps amaigri, savourait la douleur dans son bas-ventre.

Elle le sentit s'éveiller et l'embrassa doucement sur les lèvres. Il ouvrit les yeux et regarda dans les siens, d'abord avec étonnement, puis avec joie tandis que ce qui s'était passé au cours de la nuit lui revenait.

— Je veux que tu sois ma femme, dit-il.

— Je le suis déjà, répondit-elle, et je le resterai jusqu'au jour de ma mort.

Nefer se retourna pour regarder la longue colonne de chars lancés à plein galop, quatre de front. Les commandants de section attendaient son signal. Devant lui, la ligne des fantassins ennemis s'allongeait dans la plaine, déformée par le mirage de chaleur qui la faisait ressembler à un serpent se tortillant dans un lac miroitant. Il se dirigea vers le centre. Grâce aux soins de Taita, Dov s'était complètement remise de sa blessure et elle galopait maintenant avec ardeur à la même allure que Krous.

A leur approche, l'ennemi changea de formation. La ligne se referma en un cercle serré, les soldats sur deux rangs : ceux de l'extérieur, leurs longues lances baissées ; ceux du cercle intérieur, les lances pointées entre leurs camarades en un véritable mur de bronze scintillant. Nefer fonça droit vers le centre de l'adversaire, puis, à deux cents pas, donna le signal du déploiement en « ailes d'Horus ».

La quadruple colonne de chars s'ouvrit comme une fleur au soleil, les rangs successifs virant alternativement à gauche et à droite, ouvrant les ailes d'Horus pour envelopper l'infanterie ennemie repliée en hérisson. Les chars se mirent alors à tourner autour d'elle, comme la jante d'une roue autour du moyeu, et les flèches tirées par les arcs courts de cavalerie plurent sur elle en un nuage sombre.

Nefer donna le signal du repli. Les chars reprirent avec

aisance la formation en colonnes par quatre et s'éloignèrent. A un autre signal, les colonnes se partagèrent de nouveau et revinrent à l'attaque à toute allure, les javelines levées, les lanières de lancement enroulées autour des poignets.

En passant en trombe devant le cercle de fantassins, Nefer les salua de son poing droit levé et cria :

— Bien joué ! C'était beaucoup mieux.

Appréciant cette louange, les fantassins levèrent leurs lances et s'écrièrent :

— Nefer Seti et Horus !

Nefer fit ralentir et tourner les chevaux, puis revint au trot arrêter son escadron devant les rangs de fantassins. Taita sortit du cercle défensif pour l'accueillir.

— Des blessés ? s'enquit Nefer.

En effet, si les pointes des flèches tirées sur le « hérisson » étaient enveloppées de cuir, elles pouvaient néanmoins crever un œil ou infliger d'autres dommages.

— Quelques bleus, répondit Taita avec un haussement d'épaules.

— Ils ont été à la hauteur, dit Nefer avant de crier au centurion commandant l'infanterie : Qu'ils rompent les rangs ! Je veux leur parler. Après quoi ils pourront manger et boire. Puis nous reprendrons la manœuvre de la retraite.

Nefer grimpa sur un affleurement de roche qui formait un podium naturel tandis que tous les hommes, fantassins et conducteurs de char, se rassemblaient au-dessous de lui.

Taita s'assit sur ses talons au pied du rocher pour regarder et entendre. Nefer lui rappelait énormément Pharaon Tamose, son père, au même âge. Il avait la même aisance et s'exprimait par des mots simples qui portaient, le langage que ses hommes comprenaient le mieux. En des moments comme celui-là, il devenait l'un d'eux, et les sentiments cordiaux et le respect qu'ils éprouvaient pour lui étaient manifestes dans la façon dont ils réagissaient, souriaient et s'approchaient pour ne manquer aucune de ses paroles, dont ils riaient de ses plaisanteries, se renfrognaient, honteux, quand il leur faisait des remontrances, ou rayonnaient de joie lorsqu'il les complimentait.

Nefer fit la critique de tous les exercices du matin en reconnaissant leurs mérites mais en soulignant impitoyablement leurs faiblesses.

— Je crois que vous êtes presque prêts à faire à Trok et Naja la surprise de leur vie, déclara-t-il pour conclure. Maintenant, allez manger un morceau. La journée n'est pas finie... elle ne fait même que commencer.

Ils rirent et commencèrent à se disperser.

Nefer sauta du rocher et, au même instant, Taita se leva d'un bond et dit à voix basse, mais sur un ton pressant :

— Ne bouge pas, Nefer ! Reste où tu es !

Nefer s'immobilisa. Le cobra devait être niché dans l'amoncellement de rochers, mais le bruit et le martèlement de pieds l'avaient dérangé. Nefer avait sauté du rocher au moment même où il sortait d'une fissure et failli l'écraser. Le serpent se dressait derrière lui, presque à hauteur de sa taille, son capuchon déployé, sa langue noire et pointue dardée entre ses lèvres minces tordues en un rictus. Ses yeux, pareils à des perles d'onyx poli, une étincelle en leur centre, étaient rivés sur les longues jambes nues de Nefer, et il était prêt à frapper.

Les hommes les plus proches avaient entendu l'avertissement de Taita et s'étaient retournés. Près de cinq cents guerriers étaient rassemblés autour de Nefer, mais aucun n'osait faire un geste. Ils regardaient, horrifiés par le danger mortel que courait leur pharaon.

Le cobra ouvrit sa gueule toute grande, préliminaire de l'attaque, des gouttes de venin étincelantes à la pointe de ses crochets.

Taita fit osciller comme un pendule le Périapte de Lostris qui scintilla au soleil au bout de sa longue chaîne. Distrait, le serpent détourna les yeux de Nefer pour fixer l'amulette qui se balançait derrière sa tête. Taita s'approcha sans bruit, son long bâton dans son autre main.

— Quand je frapperai, saute, murmura-t-il à Nefer, qui hocha légèrement la tête.

Taita se déplaçait peu à peu sur le côté et le cobra suivait son mouvement, fasciné par le talisman d'or.

— Maintenant ! dit Taita en projetant son bâton vers le reptile.

Au même instant, Nefer fit un bond et le cobra chercha à frapper le bâton. Taita s'écarta brusquement, le serpent manqua sa cible et se retrouva l'espace d'une seconde étiré par terre. Vif comme l'éclair, Taita lui cloua la tête au sol avec l'extrémité recourbée de son bâton. Les soldats poussèrent un cri de soulagement.

Le cobra se tortilla et se lova autour du bâton, pelote d'écailles luisantes. Taita se baissa, passa la main à travers les lourdes spires pour agripper le reptile derrière la tête. Puis il le leva en l'air et le montra aux hommes, qui poussèrent une exclamation de peur et d'horreur. Tandis que le reptile s'enroulait autour du bras maigre de Taita, ils reculèrent instinctivement. Ils s'étaient attendus à ce qu'il le tue, mais il traversa leurs rangs en portant le cobra qui se tortillait toujours et s'avança dans le désert.

Il le jeta alors. Quand il toucha terre, le serpent se déroula et s'éloigna en rampant sur le sol rocailleux sous le regard captivé de Taita.

Un cri perçant se fit soudain entendre dans le ciel. Ils avaient été si absorbés par la capture du cobra qu'aucun d'eux n'avait vu planer au-dessus d'eux le faucon, qui plongeait maintenant vers le reptile. Au dernier moment, le serpent perçut le danger et se dressa de nouveau. En plein vol, l'oiseau de proie enfonça ses serres dans le capuchon déployé, puis s'éleva lourdement en fouettant l'air de ses ailes, le cobra se tordant au-dessous de lui.

Taita regarda l'oiseau l'emporter et disparaître au loin dans la brume de chaleur gris-bleu qui nimbait l'horizon. Il resta longtemps les yeux fixés dans sa direction. Quand il retourna auprès de Nefer, il avait l'air grave et ne souffla mot de toute la journée. Le soir, il revint à Gallala sur le char de Nefer, toujours silencieux.

— C'était un présage, dit Nefer, qui en eut confirmation en jetant un coup d'œil au visage du mage. Ils sont troublés, poursuivit-il. Ils n'ont jamais rien vu de pareil. Le cobra n'est pas la proie naturelle du faucon royal.

— Oui, dit Taita, c'était un présage, un avertissement et une promesse du dieu.

— Que signifie-t-il ? demanda Nefer en l'observant.

— Le cobra t'a menacé. C'est signe de grand danger. L'oiseau royal s'est envolé vers l'est avec le serpent dans ses serres. Cela veut dire que ce grand danger vient de l'est. Mais à la fin le faucon triomphe.

Ils regardèrent vers l'orient.

— Nous partirons en reconnaissance demain à la première heure, décida Nefer.

Dans le froid et l'obscurité profonde qui précèdent l'aube, Nefer et Taita attendaient au sommet de la montagne. Le reste de l'équipe de reconnaissance campait sur la pente. Ils étaient une vingtaine. Pour ne pas risquer d'être remarqués, ils avaient laissé les chars à Gallala et étaient partis à cheval. Les roues soulevaient plus de poussière que les sabots, et les chevaux rendaient accessibles des lieux situés à des hauteurs vertigineuses le long de la côte, où les chars ne passaient pas.

Hilto et Shabako avaient emmené d'autres équipes de reconnaissance pour sillonner les régions du Sud et, à eux tous, ils balayaient toutes les voies d'accès à Gallala par l'orient.

Nefer avait suivi avec son détachement le rivage de la mer Rouge depuis le Gebel Ataqa en inspectant en chemin tous les ports et villages de pêcheurs. A part quelques caravanes et bandes de Bédouins nomades, ils ne trouvèrent aucun signe du danger annoncé par le présage. Ils campaient maintenant au-dessus du port de Safaga.

Taita et Nefer s'étaient réveillés en pleine nuit et avaient quitté le camp pour grimper sur un pic rocheux qui leur servait de poste d'observation. Ils étaient assis l'un à côté de l'autre en silence comme de vieux camarades.

— Peut-être était-ce un faux présage ? dit enfin Nefer.

Taita grogna et cracha par terre.

— Un faucon avec un cobra entre ses serres ? Ce n'est pas dans l'ordre naturel. C'est un présage sans aucun doute, mais peut-être un faux, en effet. Ishtar le Mède et d'autres sont capables de tendre de tels pièges. C'est dans les choses possibles.

— Mais qu'en penses-tu ? insista Nefer. Tu ne nous aurais pas fait mener un pareil train d'enfer si tu avais cru à un faux présage.

— L'aube ne va pas tarder à poindre, dit Taita pour éluder la question, tout en regardant le ciel encore sombre à l'orient où l'étoile du matin était suspendue telle une lanterne, bas sur l'horizon.

Les cieux prirent peu à peu la couleur du kaki et de la grenade mûre. Sur l'autre rivage, les montagnes noires et déchiquetées comme les crocs d'un vieux crocodile se détachaient sur le fond plus clair du firmament.

Taita se leva soudain et se pencha sur son bâton. Nefer ne manquait jamais d'être stupéfié par l'acuité des yeux pâles du vieillard. Taita avait vu quelque chose et il se leva à son côté.

— Qu'y a-t-il, vieux père ?

Taita posa la main sur son bras.

— Le présage n'était pas faux, dit-il simplement. Le danger est bien là.

La mer prenait la teinte grise d'un ventre de colombe, mais, le jour se levant, on apercevait de petites taches blanches à sa surface.

— Des moutons soulevés par le vent, dit Nefer.

— Non. Ce ne sont pas des brisants. Ce sont des voiles. Une flotte sous voile.

— S'il s'agit de l'armée de Trok et de Naja, comment se fait-il qu'elle arrive par mer ? demanda Nefer à voix basse.

— C'est le chemin le plus direct pour revenir de Mésopotamie. La traversée permet aux hommes et aux chevaux de s'épargner la longue et pénible route par le désert. Sans l'avertissement donné par le cobra et le faucon, nous ne nous serions pas attendus à voir le danger arriver par ici, poursuivit Taita. La manœuvre est habile. Ils ont apparemment réquisitionné tous les navires de commerce et les bateaux de pêche de la mer Rouge pour effectuer la traversée.

Ils redescendirent rapidement vers le campement caché dans la gorge en contrebas. Les soldats étaient réveillés. Nefer rappela les sentinelles et donna ses instructions. Deux d'entre eux devaient rentrer à bride abattue à Gallala afin de transmettre des ordres à Socco, auquel il avait laissé le commandement de la ville. Il envoya la plupart des autres deux par deux vers le sud à la recherche des équipes de reconnaissance de Hilto et Shabako pour les ramener. Il garda cinq soldats avec lui.

Nefer et Taita regardèrent s'éloigner leurs hommes, puis ils montèrent à cheval et descendirent vers Safaga à travers les collines, suivis par les cinq hommes choisis pour les accompagner. Ils arrivèrent sur les hauteurs au-dessus du village au milieu de la matinée. Taita les conduisit à une tour de guet abandonnée qui dominait le port et ses abords. Ils laissèrent les chevaux aux soins des soldats et grimpèrent à l'échelle branlante pour accéder au poste d'observation.

— Les premiers bateaux entrent dans la baie, fit remarquer Nefer en les montrant du doigt.

Ils étaient lourdement chargés, mais le vent favorable les poussait rapidement, leur grande voile latine gonflée à bloc et leur étrave soulevant une écume étincelante de blancheur au soleil.

Ils mirent en panne tout près de la plage et jetèrent les lourdes ancres à corail. De là-haut, Nefer et Taita voyaient bien les ponts couverts d'hommes et de chevaux.

Dès que les navires furent à l'ancre, on ouvrit les sabords sur leurs flancs. Les cris des hommes qui pressaient les chevaux de sauter portaient jusqu'au sommet de la tour. Ils touchaient l'eau dans de grandes gerbes d'écume. Puis les hommes, nus hormis leur pagne d'étoffe, sautèrent à leur tour. Accrochés à la crinière des chevaux, ils nagèrent jusqu'à la plage. En arrivant à pied sec, les bêtes secouaient l'eau de leur robe, et des arcs-en-ciel apparaissaient au soleil dans les nuages de gouttelettes.

En moins d'une heure, la plage regorgeait d'hommes et de chevaux, et des détachements défensifs avaient été postés autour des maisons en torchis du petit port.

— Si seulement nous disposions d'un escadron de chars, se lamenta Nefer. Ce serait le moment ou jamais d'attaquer tant qu'ils n'ont débarqué que la moitié de l'armée et n'ont pas remonté leurs chars.

Taita ne commenta pas ce vœu pieu. La baie était à présent pleine de bateaux. Ceux qui transportaient les chars et les bagages mouillaient près du bord, et, comme la marée descendait, ils touchaient le fond et se couchaient sur le côté. Les hommes revenaient en pataugeant pour commencer à décharger. Ils rapportaient les pièces détachées des chars et les remontaient sur la plage.

Lorsque le dernier navire entra dans la baie, le soleil se couchait derrière les montagnes occidentales. C'était le plus grand de tous et, en haut du mât trapu, flottaient la bannière à tête de léopard grondant et les couleurs criardes de la maison de Trok Ourouk.

— Le voilà, dit Nefer en montrant la silhouette clairement reconnaissable à l'avant.

— Et Ishtar est à ses côtés. Le maître et son chien, ajouta Taita avec dans ses yeux pâles une lueur féroce que Nefer avait rarement vue.

Ils regardèrent l'étrange couple descendre à terre. Une jetée de pierre avançait dans la mer. Trok monta dessus. De là, il pouvait surveiller le débarquement du reste de son armée.

— Est-ce que tu vois l'étendard de Naja sur un autre bateau ? demanda Nefer.

Taita secoua la tête.

— Trok est seul à la tête de l'expédition. Il a dû laisser Naja tenir Babylone et la Mésopotamie, et il est venu s'occuper de ses affaires personnelles.

— Comment le sais-tu ? s'enquit Nefer.

— Il a autour de lui une aura pareille à un nuage rouge sombre. Je la sens même d'ici, répondit Taita à voix basse. Toute sa haine est dirigée vers une seule personne. Il n'aurait jamais laissé Naja ni qui que ce soit d'autre assouvir avec lui la soif de vengeance qui l'a amené ici.

— Et c'est moi qui suis l'objet de sa haine ?

— Non, ce n'est pas toi.

— Qui alors ?

— Mintaka.

A la nuit tombée, Nefer et Taita laissèrent leurs cinq hommes surveiller l'avance de Trok et chevauchèrent toute la nuit à bride abattue vers Gallala.

Le lendemain de son arrivée à Safaga, Trok captura deux Bédouins qui conduisaient une caravane d'ânes sur la route du port. Sans la moindre méfiance, ils sortirent du désert pour se jeter dans les bras des factionnaires. La réputation de Trok avait pénétré l'immensité du désert et, dès qu'ils connurent l'identité de leur ravisseur, les Bédouins s'empressèrent de lui être agréables. Ils firent à Trok une description tentante de la vieille cité ressuscitée. Ils lui parlèrent de la source d'eau douce qui jaillissait de la grotte au flanc de la colline et des pâturages verdoyants qui entouraient Gallala. Ils lui donnèrent une estimation du nombre de chars dont disposait Nefer, et Trok constata que son armée était cinq fois plus importante que celle de son ennemi. Et, surtout, ils lui donnèrent des détails concernant la route de Safaga à l'ancienne cité. Jusque-là, Trok n'avait eu qu'une connaissance de deuxième main du parcours et, apparemment, il avait été mal informé. On lui avait dit que, même en allant vite, il fallait trois ou quatre jours pour effectuer le trajet et il avait projeté d'emmener de l'eau et des chariots de fourrage. Cette nouvelle information changeait tout. Les Bédouins lui assuraient qu'il pouvait gagner Gallala en un jour et une nuit.

Il pesa les risques et les dangers, puis se décida pour une traversée éclair du désert afin de prendre la ville par surprise. Cela signifiait qu'ils livreraient bataille avec des chevaux épuisés par le long trajet et des outres vides. Cependant, grâce à leur nombre et à l'effet de surprise, ils pourraient s'emparer de la source et des pâturages décrits par les Bédouins. Après quoi la victoire était assurée.

Il lui fallut deux jours encore pour débarquer tous ses escadrons. Le deuxième soir, il était prêt à entreprendre la marche forcée sur Gallala.

Les outres remplies, les cohortes de tête quittèrent Safaga dès que la chaleur devint supportable au crépuscule. Des attelages de rechange étaient attachés par la longe à chaque char. Ils ne s'arrêteraient pas au cours de la nuit pour permettre aux chevaux de se reposer, mais en changeraient à mesure qu'ils se fatigueraient. Toutes les bêtes épuisées seraient laissées en arrière pour faire place aux montures de rechange.

Trok menait l'avant-garde et imposait une allure infernale, au pas dans les montées, puis fouettant les chevaux pour leur faire prendre le trot ou le petit galop dans les descentes et sur le plat. Bientôt, les outres furent vides. Au milieu de la matinée du lendemain, la chaleur devint épouvantable et ils éreintèrent la plupart des chevaux de rechange.

Les guides bédouins ne cessaient d'assurer à Trok que Gallala n'était plus très loin, mais, chaque fois qu'ils arrivaient sur une éminence, le même paysage de roche et de terre brûlée miroitait devant eux dans la chaleur.

Les Bédouins désertèrent en fin d'après-midi. Avec la grâce de djinns, ils s'évanouirent dans le mirage de chaleur et, bien que Trok eût envoyé deux chars à leur poursuite, ils ne les revirent pas.

— Je t'avais averti, dit Trok à Ishtar le Mède. Tu aurais dû suivre mon conseil. Ces êtres impies sont probablement payés par Taita le Mage. Celui-ci a sans aucun doute masqué la route pour nous égarer. Nous ne savons pas à quelle distance nous nous trouvons de cette mythique Gallala, ni même si elle existe vraiment.

Sur ces paroles, Trok lança un coup de fouet au visage d'Ishtar, ce qui ne l'aida pas à chasser le sentiment d'abattement et d'échec qui menaçait de l'envahir. Il fouetta les chevaux de plus belle et les poussa dans la longue montée rocailleuse qui était face à eux. Il se demandait ce qui leur restait encore à parcourir. Ils étaient presque à bout et il doutait qu'ils puissent tenir encore toute la nuit.

Ils continuaient cependant d'avancer péniblement. Cinquante ou soixante conducteurs épuisèrent leur dernier attelage et Trok les abandonna le long de la route.

Le soleil se leva le second jour, chaud comme un baiser après la froidure de la nuit, mais c'était un baiser de Judas. Il ne tarda pas à brûler leurs yeux injectés de sang et à les éblouir. Pour la première fois, Trok envisagea la possibilité de mourir sur cette piste terrible qui ne menait nulle part.

— Encore une colline ! lança-t-il à son dernier attelage.

Il tenta à coups de fouet de leur faire prendre le trot, mais les chevaux gravirent la pente légère en trébuchant, la tête basse, leurs flancs depuis longtemps couverts du sel blanc laissé par la sueur séchée.

Juste avant d'arriver à la crête, Trok jeta un coup d'œil en arrière à la colonne qui s'étirait en longueur. Sans les compter, il vit qu'il avait perdu la moitié de ses chars. Des centaines de soldats à pied chancelaient à la traîne et, au moment même où il regardait, deux ou trois d'entre eux s'écroulèrent et restèrent étendus le long de la piste, comme morts. Des vautours les suivaient dans le ciel, points sombres qui décrivaient des cercles par centaines, très haut dans le firmament. Certains commençaient à descendre vers le festin qu'on leur avait préparé.

— Nous ne pouvons faire autrement que de continuer, dit-il à Ishtar en faisant claquer son fouet sur le dos des chevaux.

Lorsqu'ils parvinrent en haut de la colline, Trok resta bouche bée. Il n'avait rien imaginé de pareil au paysage qui se déployait dans la vallée. Les ruines de l'ancienne cité se dressaient devant lui, fantomatiques mais éternelles. Comme on le lui avait affirmé, la ville était entourée de champs verdoyants et d'un réseau de canaux, qui miroitaient au soleil. Les chevaux sentirent la présence de l'eau et tirèrent sur les rênes avec une énergie nouvelle.

Malgré sa hâte, Trok prit le temps d'évaluer tactiquement la situation. Il vit tout de suite que la ville n'était pas défendue. Par ses portes grandes ouvertes, la population frappée de panique s'échappait à flots. Chargés d'enfants et de leurs maigres possessions, les habitants remontaient l'étroite vallée encaissée à l'ouest de Gallala. Quelques fantassins se mêlaient aux réfugiés, mais ils étaient manifestement en déroute et livrés à eux-mêmes. Il n'y avait pas le moindre signe de cavalerie ou de chars. C'était un troupeau de moutons devant une bande de loups, mais les loups étaient dévorés et affaiblis par la soif.

— Seueth nous les a livrés ! s'exclama Trok, triomphant. Avant le coucher du soleil, nous aurons des femmes et de l'or à revendre !

Le cri fut repris par les hommes qui arrivaient à sa suite sur la crête et ils se précipitèrent vers le canal d'irrigation le plus proche aussi vite que leurs chevaux fourbus le permettaient. Ils se répartirent tout le long et les chevaux burent le liquide béni jusqu'à en avoir le ventre gonflé. Les hommes se jetaient au sol sur le bord, plongeaient leur visage dans l'eau ou en remplissaient leur casque et le renversaient sur leur tête en buvant avidement.

— Tu aurais dû me laisser empoisonner les canaux, dit Nefer de leur poste d'observation, de l'autre côté de la vallée.

— Tu avais mieux à faire, rétorqua Taita en secouant sa tête chenue. Les dieux ne t'auraient jamais pardonné cette offense. Sur cette terre âpre, seuls Seth ou Seueth sont capables d'envisager un acte aussi infâme.

— Aujourd'hui, je jouerais volontiers les Seth, fit Nefer avec un pâle sourire pour provoquer Taita. Tes deux chenapans ont bien fait leur travail, ajouta-t-il en regardant les Bédouins en haillons agenouillés près du mage. Paie-les et laisse-les partir.

— L'or n'est pour eux d'aucune valeur, expliqua Taita. Quand je vivais à Gebel Nagara, ils m'apportaient leurs enfants pour que je les guérisse de la maladie des Fleurs Jaunes.

Il fit un signe de bénédiction au-dessus des deux hommes, et leur dit quelques mots dans leur dialecte pour les remercier d'avoir risqué leur vie en égarant Trok et leur promit sa protection. Ils lui baisèrent les pieds puis disparurent entre les rochers.

Taita et Nefer se préoccupèrent de la bataille qui se préparait dans la vallée au-dessous d'eux. Comme les chevaux, les hommes de Trok avaient bu au point d'avoir le ventre ballonné et ils remontaient maintenant sur leurs chars. Bien qu'il eût perdu beaucoup de véhicules, les forces de Trok restaient trois fois plus importantes que celles de Nefer.

— Nous ne devons pas l'affronter en terrain découvert, se dit ce dernier à haute voix.

Il regarda le flot de réfugiés qui s'échappaient en masse le long de la vallée. Très peu de femmes vivaient dans la ville. Nefer avait délibérément limité leur nombre pour économiser les réserves de nourriture de ses guerriers. Elles avaient été évacuées de Gallala l'avant-veille en même temps que les enfants, les malades et les blessés. Meren était parti sur l'un des chariots qui transportaient le trésor, l'or subtilisé aux deux usurpateurs. Nefer les avait envoyés à Gebel Nagara, où Trok ne les trouverait jamais et où la petite source suffirait à leurs besoins en attendant l'issue de la bataille.

Tout ce qui avait de la valeur, tous les chars, toutes les armes et les armures avaient été enlevés de Gallala. Il promena son regard avec satisfaction sur les faux réfugiés. Même de si près, il était difficile de voir qu'il ne s'agissait pas de femmes et de civils, mais de fantassins déguisés. Beaucoup de ces gaillards trébuchaient, et se prenaient les pieds dans leur longue robe et leur châle. Dans leurs bras, ils ne portaient pas des bébés emmaillotés mais leurs arcs et leurs glaives enroulés dans d'autres châles. Leurs longues javelines avaient été cachées parmi les rochers un peu plus haut dans la vallée, là où était embusqué le gros de l'armée.

Tous les conducteurs de char de Trok avaient fini d'abreuver leurs chevaux et ils continuaient d'avancer à travers les pâturages en formation serrée, vague après vague. L'eau, comme la perspective du pillage et de la rapine, les avait miraculeusement ranimés.

— Prions Horus pour que nous puissions amener Trok à se lancer à leur poursuite et à pénétrer dans la vallée, murmura Nefer. S'il ne mord pas à l'hameçon et s'empare de la ville, il nous barre l'accès à l'eau et aux pâturages. Nous serions contraints d'engager le combat en terrain découvert, où il aurait largement l'avantage.

Taita ne dit rien. Le Périapte d'or appuyé sur ses lèvres, il avait les yeux tournés vers le haut, dans cette attitude que Nefer connaissait bien.

L'ennemi était maintenant assez près pour que Taita parvienne à repérer dans la masse mouvante des véhicules le char de Trok, qui alla prendre position à l'entrée de la vallée, encombrée par les fuyards. Il était au milieu du premier rang, dix véhicules de chaque côté, un front assez large pour balayer la vallée. Derrière lui, le reste de ses chars s'arrêta également. La poussière retomba alentour et un terrible silence s'abattit sur eux. On entendait seulement la rumeur et le brouhaha légers qui, devant eux, provenaient de la foule des fuyards dans le fond de la vallée.

— Viens, Trok Ourouk, murmura Nefer. Ordonne la charge ! Entre dans l'Histoire !

Sur le char de tête, au premier rang de l'armée ennemie, Ishtar le Mède était accroupi près de la silhouette massive de Trok en armure. Il était si agité qu'il leva la main pour tirer sur les rubans de la barbe du pharaon.

— L'odeur du mage flotte dans l'air comme la puanteur d'un cadavre de dix jours, dit-il d'une voix aiguë en postillonnant sous le coup de l'émotion. Il t'attend là-bas comme un mangeur d'hommes. Je sens sa présence. Regarde le ciel, puissant Pharaon !

Trok leva les yeux. Les vautours tournoyaient beaucoup plus bas.

— Oui, oui ! insista Ishtar pour profiter de l'effet produit. C'est la volaille de Taita. Ils attendent qu'il les nourrisse de ta chair.

Trok jeta un coup d'œil le long de la vallée vers la proie qui lui était offerte, mais, entre eux, les ombres des vautours voletaient sur le sol et il hésita.

Caché parmi les rochers sur le flanc escarpé de la vallée, Nefer l'observait. Il était si près qu'il s'imaginait déchiffrer son expression.

— Avance, Trok ! murmura-t-il. Sonne la charge. Conduis ton armée à l'intérieur de la vallée.

Il percevait en lui le doute à la façon dont il triturait les rênes et tournait la tête vers la silhouette maigre d'Ishtar auprès de lui. Le visage levé avec ferveur, le Mède tirait sur son armure pour donner plus de force à ses supplications.

— Le mage t'a tendu un piège, disait-il. Crois-moi au moins encore cette fois. Il y a l'odeur de la mort et de la trahison dans l'air. Je sens les mauvais sorts de Taita comme des ailes de chauve-souris qui battent contre mon visage.

Trok se gratta la barbe et jeta un coup d'œil par-dessus son épaule aux rangs de chars arrêtés roue contre roue et à ses guerriers penchés en avant dans l'attente de ses ordres.

— Fais demi-tour, puissant Trok. Prends la ville et la source. Nefer Seti et le mage périront dans le désert comme nous avons failli le faire. Cette voie est sûre, emprunter l'autre serait une folie.

Sur le flanc de la colline, Nefer plissa les yeux pour mieux voir ses soldats décamper dans la vallée. Il savait que son heure était en train de passer.

— Qu'est-ce qui retient Trok ? Ne va-t-il donc pas se décider à charger ? s'écria Nefer. S'il ne le fait pas maintenant...

— Regarde l'entrée de la vallée, coupa Taita sans ouvrir les yeux.

Malgré son agitation, Nefer jeta un coup d'œil dans la direction indiquée et, alarmé, se figea. Son poing se serra sur la garde de son glaive, si fort que ses articulations blanchirent.

— Ce n'est pas possible ! grommela-t-il.

Près de l'extrémité supérieure de la vallée se dressait une roche plate couleur ocre, pareille à un monument élevé par l'homme sur le bord de la route, parfaitement visible de là où étaient rangés les chars de Trok. Une silhouette était apparue sur ce podium naturel, au-dessus du flot des fuyards. C'était une femme, jeune et mince, ses longs cheveux sombres tombant jusqu'à la taille. Sa tunique était pourpre, la couleur de la maison d'Apepi, une tache vive dans la morne étendue de roches et de sable.

— Mintaka ! laissa échapper Nefer. Je lui avais pourtant ordonné d'aller à Gebel Nagara avec Meren et Merykara...

— Elle n'aurait jamais osé te désobéir, ironisa Taita

en rouvrant les yeux. Elle aura probablement mal compris.

— C'est toi qui as manigancé ça. Tu te sers d'elle pour appâter Trok. Tu lui fais courir un danger mortel.

— Peut-être suis-je capable de commander le khamsin, dit Taita, mais Mintaka Apepi, sûrement pas. Elle n'en fait toujours qu'à sa guise.

Au-dessous d'eux, Trok s'était tourné pour donner l'ordre à ses chars de faire demi-tour, de laisser aller les fuyards, et de s'emparer de la source et de la ville de Gallala, ainsi que le lui avait conseillé Ishtar. Avant qu'il ait eu le temps d'ouvrir la bouche, il sentit le Mède se raidir près de lui et il l'entendit murmurer :

— C'est un mauvais tour de Taita.

Trok se retourna d'un seul coup et regarda à l'autre bout de la vallée. Il aperçut la petite silhouette vêtue de pourpre debout sur la plate-forme rocheuse. Il reconnut instantanément l'objet de sa haine et de sa fureur.

— Mintaka Apepi, gronda-t-il. C'est pour toi que je suis venu, espèce de chienne adultère. Bientôt, tu me supplieras de te laisser mourir.

— C'est une illusion, Pharaon. Ne laisse pas le mage t'induire en erreur.

— Ce n'est pas une illusion, rétorqua Trok avec détermination. Je te le prouverai en plantant mon dard dans sa chair tiède et en la labourant jusqu'à ce qu'elle saigne.

— Le mage t'aveugle ! s'écria Ishtar. La mort est tout autour de nous.

Il essaya de sauter du char pour s'enfuir, mais Trok le saisit au vol par les cheveux et le fit remonter sur la plate-forme.

— Non, reste avec moi, Ishtar le Mède. Je te ferai goûter à ses charmes puis je la jetterai en pâture à mes grandes brutes, dit-il avant de lever le poing et de crier : En avant !

De chaque côté, les chars s'ébranlèrent en même temps, et les autres rangs suivirent Trok à l'intérieur de la vallée dans un nuage de poussière, les pointes des javelines étincelant au soleil. La queue de la cohorte de fuyards n'était plus qu'à trois cents pas devant eux quand Trok lança un nouvel ordre.

— Au galop ! Chargez !

Les chevaux s'élancèrent et remontèrent le défilé dans un tonnerre de sabots et de roues.

— Trok est tombé dans le piège, dit Nefer à voix basse. Mais à quel prix ? S'il capture Mintaka...

Il ne put se résoudre à finir sa phrase et regarda avec angoisse la petite silhouette élancée qui se tenait sereinement sur le passage de l'ouragan.

— Tu as maintenant une raison supplémentaire de te battre, dit doucement Taita.

L'amour et l'inquiétude mortelle que lui inspirait Mintaka se muèrent en une rage froide qui envahit Nefer en chassant tout autre sentiment et en aiguisant ses sens.

Tandis que la phalange de chars passait en trombe dans le fond de la vallée, Nefer sortit de derrière le rocher qui le cachait. L'attention de Trok et de ses soldats était rivée sur les réfugiés impuissants qui fuyaient devant leurs chars lancés à leur poursuite, et ils ne le virent pas apparaître soudain sur leur flanc. Mais tous les hommes de Nefer, cachés parmi les rochers des deux côtés de la vallée, attendaient ce moment. Nefer leva son glaive et l'abaissa brusquement quand le dernier char fut passé.

Les chariots étaient en position sur la forte pente, des cales sous les roues pour les retenir, dissimulés sous de l'herbe sèche de la même couleur que la terre et si lourdement chargés de pierres que leur axe fléchissait sous leur poids. Au signal de Nefer, les conducteurs retirèrent les cales de bois. De chaque côté de la vallée, les fourgons dévalèrent la pente vers le flot des chars.

Ishtar poussa un cri. Trok détourna les yeux de la silhouette de Mintaka à l'autre bout de la vallée et vit les énormes véhicules qui fonçaient vers ses escadrons.

— En arrière ! cria-t-il. Rompez les rangs !

Mais même sa voix de stentor se perdit dans le vacarme. Une fois lancée, la charge ne pouvait être arrêtée et il n'y avait pas de place pour manœuvrer dans le fond de l'étroite vallée.

Les premiers chariots percutèrent la tête de la phalange dans un bruit de bois arraché, les hurlements des bêtes et des hommes écrasés, le tonnerre des chariots renversés avec leur chargement de pierres.

Le passage se trouva soudain barré devant Trok par l'un des fourgons, et ses chevaux firent une embardée, heurtant le char qui roulait à côté de lui. En un instant, la charge victorieuse se transforma en un chaos de véhicules fracassés et retournés, de chevaux blessés.

Les tombereaux avaient bloqué la vallée des deux côtés. Même les chars de guerre qu'ils n'avaient pas renversés se trouvaient maintenant embouteillés en une masse confuse. Leur vocation première et leur force étaient leur capacité à évoluer rapidement, à charger et à se replier à toute allure. Ils se trouvaient maintenant immobilisés entre des parois de pierre, au pied des archers de Nefer. Les premières volées de flèches décimèrent leurs conducteurs sans protection. En quelques minutes, la vallée se transforma en abattoir.

Les hommes de Trok sautaient de leurs véhicules pris au piège et s'élançaient à l'assaut des flancs de la vallée.

Mais, épuisés par l'éprouvante marche d'approche et alourdis par leur armure, ils progressaient lentement sur le terrain escarpé et accidenté. A couvert derrière les rochers et les *zarebas* de pierres élevées en hâte, les hommes de Nefer les attendaient avec leurs longues lances et les accablaient sous des grêles de javelines. La plupart étaient fauchés avant d'avoir atteint les premiers rangs de défenseurs.

Trok jeta autour de lui un regard fou pour chercher comment s'échapper du piège, mais l'un de ses chevaux avait été tué, écrasé par le chargement de pierres répandu par le chariot qui lui bloquait le passage. Derrière lui, les chars étaient les uns sur les autres et il n'avait pas la place de faire demi-tour ou de reculer. Flèches et javelines vrombissaient autour de lui, heurtaient bruyamment les côtés de son char ou ricochaient sur son armure et son casque avec un bruit métallique.

Avant que Trok ait pu l'en empêcher, Ishtar profita de la confusion générale pour sauter de la plate-forme et déguerpir entre les épaves des chars et les chevaux qui agitaient la tête en hennissant. Trok se retourna et, incrédule, vit Mintaka, toujours perchée sur son rocher tout près devant lui. Elle le fixait des yeux et la répugnance qu'il lut sur son beau visage transforma sa rage en folie.

Il arracha son arc de guerre du râtelier et tira une flèche du carquois, puis, se ravisant, jeta l'arme de côté et, par-dessus les têtes des chevaux qui se cabraient et ruaient, lui cria :

— Non ! Une flèche est un châtiment trop doux pour une chienne en chaleur ! Je vais venir te tuer de mes propres mains. Je veux que tu te débattes pendant que je t'étranglerai, petite garce.

Il tira son glaive et sauta à terre. Il se précipita sous les sabots des chevaux cabrés et passa par-dessus le chariot renversé. Deux des hommes de Nefer s'avancèrent pour l'affronter, mais il les tailla en pièces et enjamba leurs cadavres. Furieux, il avait le regard fixé sur la jeune fille en rouge qui se tenait devant lui, fière et droite.

Nefer vit Trok s'échapper du piège et il descendit la pente en courant et en sautant de rocher en rocher.

— Fuis, Mintaka ! Eloigne-toi de lui ! cria-t-il d'un ton pressant.

Mais elle ne l'entendit pas ou ne l'écouta pas. Trok, en revanche, l'entendit. Il s'arrêta net et leva les yeux.

— Viens donc, mon mignon. Ma lame est assez longue pour vous embrocher tous les deux, toi et ta putain.

Sans ralentir sa course, Nefer lança sa javeline, mais Trok la reçut au milieu du bouclier qu'il portait en bandoulière. L'arme partit en tournoyant, cliqueta sur la roche et atterrit aux pieds de Mintaka, qui l'ignora.

Le jet avait suffi à détourner un instant l'attention de Trok, et Nefer sauta sur le terrain plat devant lui. Trok était déjà en garde quand Nefer lui fit face. Le visage du colosse se tordit en un rictus féroce et, ramassé derrière son bouclier de bronze, il brandit son glaive de la main droite.

— Viens, petit, dit-il. Voyons si ta prétention à la double couronne est justifiée.

Profitant de son élan, Nefer se précipita sur lui sans s'arrêter. Trok arrêta le premier coup avec son bouclier. Nefer bondit en arrière pour esquiver la contre-attaque de son adversaire, puis reprit l'engagement.

Les hommes de Nefer l'avaient vu charger du flanc de la colline. Ils suivirent son exemple, abandonnèrent le couvert des rochers et descendirent en bondissant par vagues successives. Quelques instants plus tard, sur toute sa longueur, la vallée devenait le théâtre d'une mêlée générale.

Nefer feinta, visant la hanche de Trok au défaut de la cuirasse. Comme l'Hyksos parait, il tenta de l'atteindre au visage d'un revers. Surpris par le changement de direction et la rapidité du coup, son adversaire n'esquiva pas assez vite ; la pointe de la lame lui ouvrit la joue et le sang jaillit sur sa barbe. Galvanisé par la blessure, Trok poussa un rugissement et se jeta sur Nefer. Il portait coup sur coup à une telle vitesse que son glaive semblait former autour de lui un mur impénétrable de bronze étincelant. Nefer fut contraint de lâcher du terrain, jusqu'au moment où son dos toucha le rocher sur lequel se tenait Mintaka.

Il ne pouvait plus reculer ni manœuvrer, et il dut se mesurer à la force de taureau de son adversaire et lui rendre coup pour coup. Dans un combat de ce genre, rares étaient ceux qui pouvaient tenir tête à Trok, qui semblait ne jamais faiblir et riait quand Nefer réussissait à détourner certains de ses coups.

— Voyons combien de temps tu vas pouvoir endiguer la marée, garçon. Je peux continuer comme ça toute la journée, et toi ? lança-t-il sans relâcher l'offensive.

Le métal tintait contre le métal, tandis que Trok se déplaçait peu à peu vers la droite pour bloquer le seul passage par lequel Nefer pouvait lui échapper. La force de l'Hyksos évoquait une puissance naturelle malfaisante. Nefer avait l'impression d'être pris dans une tempête, aussi impuissant que s'il était emporté par une turbulence au milieu de l'océan. Si des années d'entraînement au combat l'avaient endurci, il n'était pas préparé à cela. Son bras droit se fatiguait, devenait plus lent.

Trok lui entailla le cou, puis, quelques instants plus tard, fendit son corselet de cuir et lui érafla les côtes.

Nefer savait que sa seule chance de survivre à cet ouragan était de mettre à profit sa vitesse et son agilité contre la force brute de Trok, mais il était acculé au rocher et il lui fallait avant tout se dégager.

Il para le coup suivant avec le haut de sa lame et le dévia juste assez pour se ménager une ouverture, mais, en bondissant à travers, il découvrit son flanc gauche. Trok se reprit et d'un coup bas lui ouvrit la cuisse au-dessus de son cartouche tatoué. Le sang coula dans sa sandale, produisant un bruit de succion à chaque pas.

Nefer était à bout de forces. Trok bloqua sa lame avec la sienne d'un mouvement enveloppant, l'obligeant à remonter de plus en plus sa garde. En rompant l'engagement, Nefer exposait sa poitrine à un coup mortel. Sa blessure à la cuisse l'avait affaibli et le ralentissait davantage. Trok arborait un sourire triomphant.

— Courage, mon garçon ! C'est presque fini. Ensuite, tu pourras te reposer... pour l'éternité, railla-t-il.

Nefer entendit Mintaka crier quelque chose, mais il ne comprit pas ce qu'elle disait et ne pouvait se permettre un seul instant de distraction. Peu à peu, Trok écartait sa lame et le dominait de toute sa hauteur tandis qu'ils en arrivaient à être poitrine contre poitrine, puis il déplaça brusquement son poids sur la gauche, vers la jambe blessée de Nefer. Celui-ci tenta de résister, mais sa jambe se déroba sous lui. Trok lui fit un croc-en-jambe et le poussa à la renverse.

Nefer laissa échapper son glaive et s'étala par terre. Trok leva son arme des deux mains au-dessus de sa tête pour lui assener le coup mortel. Il était dans cette position quand une expression de surprise apparut soudain sur son visage. Il porta une main à sa nuque et la ramena devant son visage : elle était couverte de sang. Il ouvrit la bouche pour parler, mais un double flot de sang jaillit des commissures de ses lèvres. Trok se détourna de Nefer et leva les yeux vers Mintaka, debout sur le rocher au-dessus de lui. Incrédule, Nefer vit la hampe de la javeline dépasser de sa nuque.

Lorsqu'elle avait vu Nefer tomber, Mintaka avait ramassé la javeline qui était à ses pieds, celle qu'il avait lancée au début du combat. Elle l'avait projetée dans le dos de Trok. La pointe était passée sous le bord du casque et avait pénétré profondément, manquant la colonne vertébrale mais sectionnant la carotide.

La bouche ouverte comme une gargouille, vomissant son sang, Trok lâcha son glaive et leva la main. Il saisit Mintaka par la taille et la tira, hurlante, de son perchoir. Il essayait de dire quelque chose, mais le flot de sang noyait ses paroles.

Il la serra contre sa poitrine au point de l'écraser. Mintaka cria tandis que Nefer se relevait à la hâte. Il ramassa le glaive de Trok et s'approcha de lui par-derrière en boitillant.

Le cri de Mintaka avait donné à son bras une force nouvelle. Il porta son premier coup à travers le laçage du corselet, plongeant le glaive dans le dos de Trok. Celui-ci se figea et lâcha Mintaka, qui s'échappa en hâte. Nefer retira le glaive et frappa encore. Oscillant sur ses pieds, Trok se tourna pour lui faire face. Il avança d'un pas dans sa direction, ses énormes mains couvertes de sang tendues vers lui. Nefer le frappa à la gorge et Trok tomba à genoux en empoignant la lame. Nefer la tira en arrière, sectionnant du même coup les tendons et les nerfs des doigts et des paumes.

Trok bascula face contre terre. Nefer lui porta un dernier coup entre les omoplates, droit au cœur. Il laissa le glaive planté dans son dos et se tourna vers Mintaka, blottie à l'abri du rocher. Elle se précipita vers lui et le serra dans ses bras de toutes ses forces. Maintenant que le danger était passé, elle perdait son sang-froid et sanglotait en prononçant des paroles incohérentes.

— J'ai cru qu'il allait te tuer, mon amour, lâcha-t-elle.

— Il a failli le faire, dit Nefer, haletant. Je te dois la vie.

— Il était terrible, fit-elle d'une voix tremblotante. J'ai cru qu'il ne mourrait jamais.

— C'était un dieu, essaya de plaisanter Nefer. Il faut s'y reprendre à deux fois avec eux.

Les bruits de la bataille avaient changé un peu plus bas dans la vallée. Sans lâcher Mintaka, Nefer se retourna pour regarder en arrière. Les hommes de Trok avaient vu leur pharaon abattu et leur ardeur guerrière les avait aussitôt abandonnés. Ils jetaient leurs armes et gémissaient :

— Assez ! Assez ! Nous nous rendons. Loué soit Pharaon Nefer Seti, notre vrai roi !

Quand il prit conscience de sa victoire, Nefer sentit ses dernières forces quitter son corps épuisé et sanglant. Il en eut juste assez pour élever la voix et crier :

— Faites-leur quartier ! Ce sont nos frères égyptiens. Faites-leur quartier !

Au moment où il s'effondrait, Taita survint à son côté et aida Mintaka à amortir sa chute. Pendant qu'ils le pansaient et arrêtaient le saignement de sa profonde coupure à la cuisse, ses officiers venaient au rapport.

Méprisant ses blessures, il voulut savoir qui avait survécu au combat, qui avait été tué ou blessé. Avec joie et en remerciant Horus et le Dieu Rouge, il vit que ses fidèles capitaines Hilto, Shabako et Socco se trouvaient assemblés autour de lui, exultant, fiers d'eux et de leurs hommes, débordant de joie de le savoir en vie.

Ils confectionnèrent une civière avec des lances et le

ramenèrent à Gallala. Le trajet fut long pour les officiers de Trok qui avaient été faits prisonniers. Au bord du chemin, des foules d'hommes désarmés, tête nue, à genoux, demandaient grâce et exprimaient leur repentir et leur remords d'avoir pris les armes contre le seul vrai pharaon.

A trois reprises avant d'arriver aux portes de la ville, Nefer fit déposer sa civière à terre et laissa les officiers capturés venir lui baiser les pieds.

— Je vous fais grâce de la mort des traîtres, que vous méritez amplement, leur dit-il d'un ton sévère, mais vous êtes tous réduits au grade de porte-étendard des Bleus et vous devrez de nouveau prouver votre fidélité à la maison de Tamose.

Ils le louèrent pour sa mansuétude. Nefer fronça les sourcils et secoua la tête quand ils s'adressèrent à lui comme à un dieu.

— Je n'appartiens pas au panthéon, comme ont prétendu le faire ces blasphémateurs de Trok et Naja.

Mais il n'arrivait pas à les détromper. Ils renouvelaient leurs louanges et leurs supplications, et ses hommes, suivant l'exemple de ses frères de la Route Rouge, joignaient leurs voix à celles des vaincus pour le prier de déclarer sa divinité.

Pour les détourner de cette obsession, Nefer donna ses ordres, la mine renfrognée.

— Le cadavre de Trok Ourouk, le faux prétendant à la double couronne d'Egypte, devra être enterré sans cérémonie, sur le champ de bataille même, afin que son âme erre pour l'éternité sans jamais trouver de demeure.

Un murmure ému parcourut l'assistance, car c'était là le châtiment le plus terrible qui se pouvait concevoir.

— Les autres morts ennemis devront être traités avec respect. Ils auront droit à l'embaumement et à une sépulture décente. Le nom de Trok Ourouk sera effacé de tous les monuments et édifices du pays. Le temple qu'il s'est fait élever à Avaris devra être consacré à Horus en mémoire de la victoire qu'il nous a accordée aujourd'hui devant la ville de Gallala.

Ils crièrent leur approbation et Nefer poursuivit :

— Toutes les possessions de Trok Ourouk, son trésor et ses terres, ses esclaves et ses immeubles, ses entrepôts et ses marchandises, de quelque nature que ce soit, seront confisquées au profit de l'Etat. Envoyez des chariots avec des réserves d'eau, des valets d'écurie et des chirurgiens sur la route de Safaga afin de ramener les hommes, les chevaux et les chars que Trok a abandonnés au cours de sa marche présomptueuse sur notre capitale de Gallala. S'ils répudient les usurpateurs et prêtent allégeance à la maison de Tamose, les prisonniers recevront le pardon et seront enrôlés dans nos armées.

Son dernier ordre donné, son ultime décret de la journée émis, Nefer avait la voix enrouée, il était pâle et au bord de l'épuisement. Quand ils le portèrent dans la ville, il demanda à Mintaka :

— Où est Taita ? Quelqu'un a-t-il vu le mage ?

Mais Taita avait disparu.

Du flanc de la colline au-dessus du champ de bataille, Taita regardait le piège se refermer sur l'armée de Trok et ses chars écrasés par les chariots chargés de pierres, les flèches et les javelines tomber sur les survivants comme des nuées de sauterelles, quand un personnage étrange attira son attention au milieu de la confusion générale.

Ishtar le Mède décampait parmi les rochers. Tel un

lièvre, il disparaissait à sa vue puis réapparaissait un peu plus haut en se baissant et en esquivant les projectiles. Par chance ou grâce à quelque charme, il réussit à éviter les flèches et les javelines des hommes de Nefer et disparut définitivement par-dessus la crête.

Taita l'avait laissé aller. Il serait temps de s'occuper de lui plus tard. Il assista au plus fort de la bataille en faisant appel à tous ses pouvoirs pour protéger Nefer pendant son combat singulier contre Trok au pied du rocher. Même à pareille distance, il réussit à dévier beaucoup de coups de Trok, qui eussent été fatals à Nefer, et quand Trok voulut porter le coup final dans la cuisse de son adversaire, la lame eût sectionné l'artère fémorale s'il n'avait pas usé de toute son influence pour en écarter la pointe.

Depuis le jour lointain où Taita avait sauvé Mintaka de la morsure du cobra de la prêtresse, elle était devenue particulièrement réceptive à son influence. Elle avait l'intelligence et l'imagination nécessaires pour lui ouvrir son esprit. Il l'avait fait revenir à Gallala pour se montrer à Trok en haut de la vallée et l'attirer dans le piège. Puis, quand elle était restée frappée d'horreur sur son rocher au-dessus des deux adversaires, il l'avait de nouveau pliée à sa volonté et poussée à ramasser la javeline tombée à ses pieds. Il avait soutenu son bras quand elle avait visé et lancé. Puis, tandis que Trok agonisait, il s'était précipité en bas de la colline pour donner ses soins à Nefer et panser sa blessure à la cuisse, si proche de l'artère.

Lorsque ses frères de la Route Rouge avaient porté Nefer sur un brancard de fortune, son devoir accompli, Taita s'était éloigné dans la foule et personne n'avait fait attention à lui.

Il avait retrouvé les traces de pas laissées par Ishtar

dans sa fuite et les avait suivies jusqu'à ce qu'elles se perdent sur la terre brûlée par le soleil en haut des collines.

Taita s'arrêta alors et s'accroupit. Il tira de sa sacoche un petit morceau de racine séchée et le fourra dans sa bouche. En la mâchant, il ouvrit son esprit afin de détecter l'aura du Mède, la trace immatérielle laissée par son passage. Lorsque la racine eut aiguisé ses sens, il aperçut l'aura à la limite de son champ de vision. C'était une ombre gris sale et fugitive qui disparut sous son regard. Chacun possède une aura. En raison de sa noblesse de cœur et de son être intérieur divin, Nefer avait une émanation rosée que Taita percevait aisément. C'était elle qu'il avait suivie pour retrouver Nefer quand il avait été attaqué par le lion et s'était perdu dans le désert avec Mintaka.

L'aura d'Ishtar le Mède était sombre et impure. Taita se releva et partit à sa poursuite à grandes enjambées, son bâton tapant contre les pierres. De temps à autre, une trace matérielle lui confirmait qu'il était sur la bonne piste – une empreinte de pas dans une terre plus meuble ou un caillou récemment délogé.

Ishtar avait décrit un cercle vers le sud avant de revenir en direction de Gallala. Alarmé, Taita allongea le pas. Si le Mède tentait de s'approcher de nouveau de Nefer pour lui faire du tort, Taita devait lui couper la route. La piste le conduisit à l'un des chars que Trok avait abandonnés durant sa marche depuis la côte. Ishtar avait récupéré quelque chose dans l'épave et Taita ferma les yeux pour tenter de découvrir ce que c'était.

— Une outre, murmura-t-il.

Il vit que le Mède avait gratté la terre pour tirer l'outre vide de dessous le char renversé. Une deuxième outre, tout aussi vide, s'y trouvait encore. Ishtar l'avait laissée, sachant probablement qu'il ne pourrait en porter qu'une seule pleine. Taita ramassa l'outre restante et la jeta sur son épaule. Il laissa le char – les chevaux morts encore dans les traits commençaient déjà à sentir mauvais – et continua de suivre Ishtar à la trace.

Celui-ci était reparti vers Gallala. Quand il était arrivé sur la crête au-dessus de la ville, il s'était glissé jusqu'au canal d'irrigation le plus proche. On voyait distinctement ses empreintes dans l'argile humide, là où il s'était agenouillé pour boire et remplir enfin son outre. Taita en profita pour faire de même. Puis il se releva et suivit les empreintes qu'Ishtar avait laissées en repartant vers l'est, sur la route de Safaga et de la côte. Taita marchait vite.

A la nuit tombée, il continua. L'aura du Mède disparaissait parfois complètement, mais Taita suivait la piste. A d'autres moments, elle devenait plus intense ; Taita parvenait alors à la sentir, une odeur de moisi, désagréable. En pareil cas, il perçait à jour le caractère profond du Mède, sa nature vindicative et rancunière. Il sentait qu'Ishtar était effrayé et démoralisé par la tournure qu'avait prise son destin, mais que ses pouvoirs restaient redoutables. Il représentait un grand danger, bien réel, non seulement pour Nefer et Mintaka, mais aussi pour Taita lui-même. Si on le laissait s'échapper et régénérer ses pouvoirs, il risquait de menacer l'avenir de la maison de Tamose et d'Apepi. Ishtar était l'un des plus grands initiés aux pratiques magiques de son temps, mais il en faisait un mauvais usage, ce qui le rendait d'autant plus dangereux. Il était sans aucun doute capable de surveiller à distance ses victimes et de faire apparaître toutes sortes de maléfices pour amener le désastre sur Nefer et Mintaka. Il pouvait ternir leur amour, susciter les douleurs et les maux les plus divers, provoquer des souffrances, des fausses couches, des maladies sans causes ni symptômes apparents, des aberrations mentales, la folie, puis la mort.

Taita lui-même n'était pas à l'abri de l'influence de cet esprit malin. S'il le laissait s'échapper, Ishtar était capable d'éroder peu à peu ses pouvoirs et de contrecarrer son action. Il devait agir maintenant, pendant qu'il en avait la possibilité, et le détruire.

La lune dans son deuxième quartier se leva sur les collines sombres et éclaira son chemin. Il avait adopté cette démarche des coureurs du désert qui lui permettait d'aller aussi vite qu'un cavalier. Il sentait qu'Ishtar n'avait pas conscience d'être suivi et que son allure était beaucoup plus lente. A chaque heure qui passait, l'aura du Mède devenait plus forte et plus proche. Je l'aurai rattrapé avant le lever du soleil, pensa-t-il. Or, à l'instant même, brusquement envahi par une terrible nausée, il se pencha en avant et vomit abondamment sur la piste rocailleuse. Il faillit s'effondrer, puis se ressaisit et chancela en essuyant la bile sur sa bouche.

Manque d'attention ! se reprocha-t-il avec colère. Si près de ma proie, j'aurais dû me montrer plus vigilant. Le Mède m'a repéré.

Il but un peu d'eau à son outre, puis se remit en marche avec prudence. Il pointait son bâton en avant en le balançant d'un côté et de l'autre. Il le sentit soudain devenir lourd dans sa main. Il suivit la direction indiquée et, devant lui, brillant au clair de lune, il vit un cercle de cailloux blancs posé sur le côté de la piste.

— Un petit cadeau du Mède, pensa-t-il tout haut.

La nausée le reprit, mais il réussit à la surmonter, tapa par terre avec son bâton et prononça l'une des paroles magiques :

— *Naube !*

Sa nausée reflua et il réussit à s'approcher du cercle.

Il ne suffit pas que je rompe le charme, pensa-t-il avec détermination. Je dois le retourner contre le Mède.

Avec le bout de son bâton, il écarta l'un des cailloux du cercle, lui retirant ainsi son pouvoir. Il pouvait maintenant s'accroupir près du rond sans ressentir aucune gêne. Sans toucher aucune des pierres, il se pencha et les renifla. L'odeur du Mède était forte et il eut un sourire satisfait.

— Il les a touchées à mains nues, murmura Taita.

Ishtar avait laissé des traces de sueur sur les petites pierres et Taita pouvait se servir de ce léger effluve. En veillant à ne pas commettre la même erreur, il déplaça les cailloux avec le bout de son bâton pour former un dessin différent, une pointe de flèche tournée dans la direction prise par Ishtar. Il prit une gorgée d'eau et la recracha sur les cailloux, luisants d'humidité au clair de lune. Puis il pointa son bâton comme une javeline dans le même axe que la pointe de flèche.

Il cria *« Kydash ! »* et la pression augmenta contre ses tympans, comme s'il avait plongé profondément sous l'eau. Avant de devenir insupportable, elle commença à diminuer, et il éprouva une sensation de bien-être et de plaisir. C'était fait. Il avait renvoyé au Mède sa mauvaise influence.

Une lieue plus loin, Ishtar se hâtait le long de la piste. Il savait maintenant qu'il était poursuivi. La barrière qu'il avait placée en travers de la route aurait arrêté la plupart des hommes, mais elle ne découragerait pas longtemps celui qu'il redoutait le plus.

Il tituba soudain au milieu d'une foulée et étreignit ses oreilles à deux mains. La douleur l'aveuglait, comme si on lui avait enfoncé la lame d'un poignard chauffée au rouge dans les tympans.

— C'est le mage. Il me l'a renvoyée, dit-il en gémissant.

Il tomba à genoux. Il sanglotait et la douleur était si violente qu'il n'arrivait plus à penser clairement.

Les mains tremblantes, il fouilla dans la sacoche suspendue à sa ceinture et en tira son talisman le plus puissant, la main embaumée d'un des enfants de Pharaon Tamose, mort peu après sa naissance pendant l'épidémie des Fleurs Jaunes. Ishtar avait profané la tombe du petit prince pour se la procurer. La main était presque noire, crochue comme celle d'un singe.

Il la porta à sa tête et la douleur commença à diminuer. Il se remit debout en chancelant et se lança dans une sorte de danse en traînant les pieds, psalmodiant et gémissant. La douleur finit par disparaître. Il effectua un dernier saut et fit face à la direction par laquelle il était arrivé. Il sentait la présence du mage toute proche, pareille à la menace du tonnerre par une chaude journée d'été.

Il songea à tendre un autre piège, mais savait que Taita le retournerait contre lui. Je dois faire un détour et effacer mes traces, se dit-il. Il courut le long de la route en cherchant l'endroit où il pourrait obliquer. Il arriva à un affleurement de schiste gris, si dur que même le passage des légions de Trok n'y avait laissé aucune marque.

Avec l'index gauche, il traça sur la roche le symbole sacré de Mardouk, cracha dessus et invoqua le dieu en prononçant ses trois noms secrets.

— Cache-moi de mes ennemis, puissant Mardouk. Ramène-moi sain et sauf à ton temple de Babylone et je t'offrirai le sacrifice que tu aimes tant, promit-il, songeant à celui de petites filles, que le dieu appréciait pardessus tout.

Sur une jambe, Ishtar partit à reculons en sautillant cinquante-cinq fois, le nombre ésotérique de Mardouk, connu des seuls initiés. Puis il quitta brusquement la route en tournant à angle droit et se dirigea vers le nord à travers le désert. Il marchait vite pour tenter d'augmenter la distance entre lui et son poursuivant.

Taita arriva à l'endroit où l'affleurement de schiste traversait la route et s'arrêta net. L'aura, si forte quelques instants plus tôt, s'était évaporée comme brume au soleil. Il ne restait plus trace du Mède. Il poursuivit son chemin encore un petit moment, mais il avait bel et bien perdu la piste d'Ishtar. Il revint rapidement sur ses pas jusqu'à l'endroit où elle avait disparu. Le Mède n'aurait pas perdu son temps à user de ses pouvoirs uniquement pour se cacher. Il sait que les Cendres ou l'Eau et le Sang ne m'auraient guère arrêté, pensa-t-il.

Il regarda le ciel et repéra la seule étoile rouge, basse sur l'horizon, l'étoile de la déesse Lostris. Il leva le Périapte et commença à psalmodier la louange à la déesse. Il avait à peine fini la première strophe qu'il sentit une autre présence, malfaisante celle-là. Une autre divinité avait été invoquée là et, connaissant Ishtar, il devina aisément laquelle. Il entama la deuxième strophe et, sur la roche nue devant lui, apparut un rougeoiement, pareil à celui des parois de cuivre incandescentes du four où on allumait les feux sacrificiels dans le temple de Mardouk.

Le dieu est offensé et manifeste sa colère, pensa-t-il avec satisfaction. Il alla se placer au-dessus du faible rougeoiement et entonna :

— Tu es loin de ton pays et de ton temple, Mardouk le Dévorant. Rares sont ceux qui te vénèrent en Egypte. Tes pouvoirs sont dissipés. J'invoque le nom de la déesse

Lostris et tu ne peux t'y opposer. J'éteins tes feux, Mardouk, dit-il en relevant sa tunique.

Il s'accroupit comme une femme et urina sur la roche. Elle grésilla et fuma, telle une barre de métal sortie de la forge et trempée dans l'eau.

— Au nom de la déesse Lostris, Mardouk le Dévorant, écarte-toi et laisse-moi passer.

La roche se refroidit rapidement et, à mesure que la vapeur se dispersait, il distingua de nouveau les traces du Mède, qui sortaient de la piste et partaient droit vers le nord. Le voile tendu par Ishtar était déchiré. Taita passa au travers et se remit à sa poursuite.

L'horizon pâlissait et un rayonnement doré apparaissait à l'est. Taita savait qu'il gagnait régulièrement du terrain et il plissa les yeux dans le jour naissant pour tenter d'apercevoir sa proie. Il s'arrêta brusquement. A ses pieds s'ouvrait un abîme terrifiant, dont les parois abruptes disparaissaient dans l'obscurité des profondeurs. Il n'y avait pas moyen de contourner l'obstacle.

Taita regarda de l'autre côté. L'abysse, qui avait au moins mille pas de large, était encore plus effrayant vu sous cet angle. Des vautours tournoyaient haut dans le ciel au-dessus de ce gouffre sans fond. L'un d'eux descendit en décrivant des cercles et se posa sur son nid de brindilles construit dans la partie supérieure de la paroi opposée.

— Magnifique, Ishtar ! murmura-t-il d'un ton admiratif en secouant la tête, incrédule. Tu as même pensé aux vautours. C'est la touche du maître. Je n'aurais pas fait mieux, mais un tel effort a dû te demander une grande dépense d'énergie.

Taita s'avança et franchit le bord de la falaise. Au lieu de plonger dans le vide, il trouva sous ses pieds un sol ferme. Les falaises, le gouffre et même les vautours s'évanouirent comme un mirage.

A la place de l'abîme s'étendait une plaine rocailleuse, avec des collines basses encore ombreuses à l'horizon Au milieu de cette plaine, à moins de cinq cents pas, se trouvait Ishtar le Mède. Les bras levés au-dessus de sa tête, il faisait face à Taita, essayant désespérément de faire durer l'illusion qu'il avait créée. Voyant qu'il n'y avait pas réussi et que Taita se dirigeait vers lui à grands pas tel un djinn vengeur, il baissa les bras en un geste de résignation et se tourna vers les collines calcaires qui se dressaient à l'autre bout de la plaine. Il se mit à courir en traînant les pieds, sa robe noire tourbillonnant autour de ses jambes.

Infatigable, Taita le suivit à longues enjambées et, quand Ishtar se retourna, il lut le désespoir sur son visage. Le Mède regarda un instant avec terreur la haute silhouette chenue, puis se remit à courir de plus belle. Au début, il gagna du terrain, puis, sa course s'essoufflant, Taita rattrapa inexorablement son retard.

Ishtar laissa tomber l'outre qu'il portait à l'épaule et repartit à une allure plus légère, mais il n'avait que cinq cents pas d'avance sur Taita quand il arriva au pied des collines aux affleurements gris-bleu dans les premières lueurs du jour. Il disparut dans une ravine.

Quand il en atteignit l'entrée, Taita vit devant lui les traces de pas laissées par le Mède sur le fond sablonneux. Elles disparaissaient à l'endroit où la ravine faisait un brusque coude vers la droite. Taita le suivit. En arrivant aux contreforts calcaires qui marquaient le coude, il entendit des grondements et des rugissements de bête sauvage. Après l'épaulement, la ravine devenait plus étroite et, campé en plein passage, la queue fouettant l'air, se trouvait un énorme lion.

Sa crinière noire dressée tremblait comme de l'herbe dans le vent à chacun de ses rugissements. Ses pupilles étaient deux fentes noires dans ses yeux dorés au regard implacable. L'odeur fétide de l'animal flottait dans l'air chaud, la puanteur des carcasses en décomposition qu'il avait déchirées de ses longs crocs jaunes.

Taita regarda le sol dans lequel étaient plantées ses grosses pattes, toutes griffes dehors. Les traces de pas d'Ishtar étaient bien visibles, mais le lion n'avait pas laissé la moindre empreinte.

Sans s'arrêter, Taita leva le Périapte de Lostris au bout de sa chaîne et se dirigea droit sur la bête. Au lieu de monter dans les aigus, son grondement s'assourdit, les contours de sa tête s'estompèrent et les parois rocheuses de la ravine apparurent à travers par transparence. Puis l'animal s'évanouit comme la brume se dissipe.

Taita passa à l'endroit où il se trouvait et poursuivit son chemin. Devant lui, la ravine devenait encore plus étroite, ses flancs plus abrupts, et elle se terminait brusquement par un mur rocheux.

Ishtar y était adossé et fixait Taita avec des yeux fous, jaunes et injectés de sang, la pupille noire et dilatée. La terreur qui s'était emparée de lui dégageait une odeur encore plus forte que celle du lion fantôme. Il leva la main droite et pointa vers Taita un long doigt osseux.

— Arrière, mage ! cria-t-il.

Taita se dirigea vers lui et le Mède cria de nouveau, cette fois-ci dans une langue gutturale, en faisant le geste de lancer à la tête du mage un projectile invisible. Taita leva prestement le Périapte de Lostris devant ses yeux et sentit quelque chose lui frôler la tête dans un vrombissement de flèche.

Ishtar se retourna et se précipita à l'intérieur d'une étroite ouverture dans la paroi rocheuse, qu'il masquait jusque-là. Taita s'arrêta devant et tapota sur la roche avec son bâton. Elle ne sonnait pas creux et l'écho de la fuite éperdue d'Ishtar était renvoyé jusqu'à l'entrée obscure. Taita était presque certain que ce n'était pas une illusion, mais l'accès d'une caverne dans la falaise de calcaire.

Il entra à son tour et se retrouva dans un passage bas creusé dans le roc, à peine éclairé par la lumière qui filtrait derrière lui. Le sol de la grotte descendait en pente et il continua d'avancer prudemment. Il avait maintenant l'entière certitude que le passage n'était pas une illusion provoquée par le Mède pour l'égarer.

Il distinguait nettement devant lui le bruit déformé et amplifié des pas d'Ishtar. Taita compta les siens. Après cent vingt, la lumière redevint plus forte, émanant de toute évidence d'une source située dans les profondeurs de la colline.

Soudain, le tunnel fit un brusque coude et Taita se retrouva dans une vaste et haute caverne. Dans sa partie supérieure, une ouverture devait mener vers l'extérieur, car un rayon de soleil tombait sur le sol.

Celui-ci était semé de stalagmites dans lesquelles scintillaient de petits cristaux qui les faisaient ressembler à des dents de requin mangeur d'hommes. Des stalactites pendaient du plafond, certaines en forme de fers de lance, d'autres pareilles aux ailes brillantes des dieux.

Ishtar était accroupi contre la paroi au fond de la caverne. Il n'y avait aucune issue de ce côté-là. Quand il vit Taita apparaître à la sortie du tunnel, il se mit à bredouiller en pleurnichant :

— Pitié, puissant mage ! Il y a un lien entre nous. Nous sommes frères. Epargne-moi et je t'initierai à des mystères dont tu n'as même pas rêvé. Je mettrai tous mes pouvoirs à ta disposition. Je te serai fidèle comme un chien et consacrerai ma vie à ton service.

Ses supplications et ses promesses étaient si serviles que, malgré lui, Taita sentit fléchir sa détermination. Ce ne fut que l'ombre d'un doute dans son esprit, mais Ishtar repéra le défaut de la cuirasse et en tira immédiatement parti. Il tendit la main brusquement, le pouce et l'index formant un cercle, le signe de Mardouk, et cria quelque chose dans son étrange langue gutturale.

Taita sentit un poids insupportable peser sur son épaule et les tentacules invisibles d'une pieuvre géante envelopper son corps, bloquer ses bras sur ses flancs, s'enrouler autour de son cou pour l'étrangler. Une odeur de chair brûlée, l'aura du Dévorant, le suffoqua. Il était incapable de bouger.

De l'autre côté de la caverne, Ishtar sautillait et gambadait, son visage tatoué déformé en un masque monstrueux, sa langue tirée entre ses lèvres bleues comme celle d'un chat qui eût lapé l'air. Il leva le bas de sa robe en poussant ses hanches en avant dans la direction de Taita. Son pénis était en érection et le prépuce tiré dégageait le gland gonflé comme un obscène fruit pourpre.

— Ta frêle déesse est incapable de te protéger dans les entrailles de la terre, Taita. Tu n'as plus l'avantage sur Mardouk le Dévorant et Ishtar, son favori ! cria-t-il d'une voix aiguë. Notre lutte s'achève. Je t'ai vaincu, malgré toute ta ruse, mage ! Et maintenant tu vas mourir.

Taita leva les yeux vers le haut plafond obscur de la caverne et fixa son attention sur l'une des longues stalactites luisantes qui y étaient suspendues tels de grands poignards. Il puisa dans ses réserves d'énergie et pointa son bâton en l'air, puis cria « *Kydash !* », la parole magique.

Il y eut un grand craquement pareil à celui de la glace broyée dans les profondeurs d'un glacier et la stalactite se détacha, emportée par son énorme poids. La pointe atteignit Ishtar à la base du cou, lui transperça la poitrine et le ventre, ressortit par l'anus. La longue pique de pierre le cloua au sol comme un poisson vidé mis à sécher.

Tandis qu'Ishtar frissonnait convulsivement et donnait des coups de pied, déjà à l'agonie, Taita se sentit libéré du poids qui pesait sur ses épaules, et la pression sur sa gorge se relâcha. Mardouk battait en retraite et Taita put de nouveau respirer librement. L'odeur de chair brûlée avait disparu. Seul un léger parfum de champignon flottait maintenant dans l'atmosphère fraîche et confinée de la grotte.

Il ramassa son bâton, tourna les talons et suivit le tunnel pour retrouver l'air libre et le soleil. A l'entrée du passage, il se retourna et tapa trois fois sur le roc avec son bâton.

Le grondement sourd de la voûte rocheuse en train de s'effondrer se fit entendre dans les entrailles de la terre, et une bouffée d'air et de poussière balaya le tunnel.

— Le cœur transpercé par le dard de pierre, même ton dieu infâme ne pourra te sortir de la tombe. Repose là pour l'éternité, Ishtar le Mède.

Sur ce, Taita se détourna et reprit le chemin de Gallala, sa marche ponctuée de petits coups de bâton sur les pierres.

Les trois messagers arrivèrent à Babylone au printemps, alors qu'au loin les sommets des montagnes où les deux grands fleuves prenaient leur source étaient encore couverts de neige.

Pharaon Naja Kiafan leur donna audience sur la terrasse supérieure des jardins du palais. La reine Heseret était assise à côté du trône, parée des plus beaux joyaux du trésor de Sargon. Un filet de soie où scintillaient des gemmes pareilles aux étoiles du firmament recouvrait sa haute coiffure. Ses bras étaient couverts de bracelets et ses doigts de bagues si chargées d'émeraudes, de rubis et de saphirs qu'elle arrivait à peine à les lever. Elle portait au cou une pierre de la taille d'une figue verte, claire comme de l'eau de roche et si adamantine qu'elle semblait taillée dans du verre ou de l'obsidienne. Lorsque ce joyau provenant du pays au-delà de l'Indus réfléchissait les rayons du soleil, son éclat blessait les yeux.

Les messagers étaient des officiers de l'armée que Pharaon Trok avait emmenée vers l'ouest quatre mois plus tôt. Ils craignaient pour leur vie, car ils apportaient de mauvaises nouvelles. Ils avaient chevauché si longtemps et si vite qu'ils étaient amaigris et brûlés par le soleil du désert et des montagnes. Ils se jetèrent au pied du trône où était assis Naja, sa splendeur éclipsant même celle de son épouse.

— Les serviteurs que voici te saluent, Pharaon Naja, le plus puissant des dieux d'Egypte, commença l'un d'eux. Ils sont porteurs de terribles nouvelles. Aie pitié d'eux. Ce qu'ils ont à te dire te déplaira, mais sois clément et détourne d'eux ton courroux.

— Parlez ! ordonna Naja. Je suis seul juge de votre sort.

— Ces nouvelles concernent Pharaon Trok Ourouk, ton frère en divinité et cosouverain d'Egypte, poursuivit l'homme, un officier qui commandait l'avant-garde, élevé au rang de Meilleur de Dix Mille et décoré de l'Or du Courage.

— Parle ! commanda Naja.

— Une grande bataille entre les armées de Pharaon Trok Ourouk et celles de l'usurpateur Nefer Seti a eu lieu dans le désert aux environs de la ville de Gallala, dit l'officier avant de retomber dans le silence.

— Continue ! s'écria Naja en se levant, le fléau royal pointé vers le visage de l'homme, en un geste qui était une menace de torture et de mort.

Le messager s'empressa de continuer :

— Grâce à une lâche tromperie et à la sorcellerie, l'armée de ton frère et de notre pharaon Trok Ourouk a été entraînée dans un piège et anéantie. Il a été abattu, son armée décimée. Les survivants sont passés à l'ennemi et se sont ralliés à l'étendard du faux pharaon Nefer Seti. Puisse Seth l'accabler d'une terrible vengeance et faire disparaître son nom et toutes ses œuvres. Ce même usurpateur marche sur Avaris et les deux royaumes d'Egypte avec toute son armée.

Naja se laissa retomber sur son trône et le regarda avec stupéfaction. A son côté, Heseret souriait. Les lignes cruelles aux commissures de ses lèvres disparaissaient alors et elle retrouvait sa beauté ineffable. Elle toucha le bras de Naja avec un doigt couvert de bagues et, quand il se pencha vers elle, elle lui murmura à l'oreille :

— Loués soient les dieux et gloire au seul et unique pharaon de Haute et Basse-Egypte, le puissant Naja Kiafan !

Naja s'efforça de garder l'air grave et impassible, mais un petit sourire parcourut son fin et beau visage. Il lui fallut un moment pour le réprimer. Ce fut d'une voix sifflante et douce, mais aussi lourde de menaces que le bruit d'une lame passée sur la pierre à aiguiser, qu'il déclara :

— Vous annoncez la mort d'un pharaon et d'un dieu. Malheur à vous, car vous voilà maintenant souillés et dans la détresse et l'infortune. Emmenez-les et remettez-les aux mains des prêtres de Mardouk afin qu'ils les sacrifient par le feu pour apaiser la colère du dieu, ordonna-t-il aux gardes qui entouraient le trône.

Une fois que les trois futures victimes propitiatoires eurent été emmenés, Naja se leva de nouveau et annonça :

— Le dieu et pharaon Trok Ourouk est mort. Nous recommandons son âme aux dieux. Je déclare devant vous qu'il n'y a plus qu'un seul souverain des deux royaumes ainsi que de tous les territoires, toutes les terres conquises et toutes les possessions d'Egypte. Je déclare, moi, Pharaon Naja Kiafan, en être le souverain.

— *Bak-her !* acclamèrent les courtisans et les officiers groupés autour du trône en tapant sur leur bouclier avec leur glaive. *Bak-her !* Loué soit le roi-dieu Naja Kiafan !

— Faites savoir à tous les officiers et commandants de mes armées que nous nous réunirons en conseil de guerre dès aujourd'hui à midi.

Pendant les onze jours suivants, de l'aube au crépuscule, Pharaon Naja Kiafan siégea à la tête du conseil réuni dans la salle du trône du palais de Sargon. Tandis que des sentinelles interdisaient l'entrée de la salle aux intrus, ils établirent leur plan de bataille. Le douzième jour, Naja ordonna le rassemblement de ses armées en Mésopotamie et envoya des ambassadeurs aux rois inféodés et aux satrapes de tous les territoires conquis entre Babylone et les frontières d'Egypte. Il donna l'ordre à ceux-ci de préparer leurs régiments à la guerre et les plaça sous son commandement pour sa campagne contre Nefer Seti.

A la pleine lune suivante, lorsque l'armée se rassembla devant la Porte Bleue de la ville de Babylone, elle était forte de quarante mille hommes, tous aguerris, bien équipés en chevaux, chars, arcs et glaives.

Heseret se tenait au côté de son époux, « le seul et unique pharaon d'Egypte », sur les remparts de la cité, pour passer les troupes en revue.

— Quel fantastique déploiement de forces ! s'exclama-t-elle. Il n'y en a certainement jamais eu de pareil dans toute l'histoire de la guerre.

— Quand nous marcherons vers l'ouest pour rentrer dans la mère-patrie, dit Naja, les Sumériens et les Hittites, les Hourites et toutes les armées des pays conquis que nous traverserons viendront grossir nos rangs. Nous retournerons en Egypte avec deux mille chars. Le jeune chien n'osera pas se mesurer à nous. Tu n'éprouves aucune pitié pour ton frère Nefer ? demanda-t-il en baissant les yeux vers elle.

— Pas la moindre ! répondit-elle en secouant la tête, ses bijoux étincelant au soleil. Tu es mon pharaon et mon époux. Quiconque se dresse contre toi est un traître et mérite la mort.

— Il l'aura, et ce traître de mage partagera son bûcher funéraire et brûlera à son côté, promit Naja.

Les chevaux sentirent le fleuve de loin, le parfum de ses eaux douces et fraîches flottant dans l'air du désert. Ils levèrent la tête et hennirent. Les fantassins accélérèrent le pas, le regard fixé devant eux, impatients d'apercevoir les eaux du Nil qui, en cette saison, étaient hautes et assombries par le limon fécondant, la chair et le sang de l'Egypte.

Mintaka était montée sur le char de Nefer, à la tête de la longue colonne qui serpentait sur la route des caravanes depuis Gallala. Meren et Merykara se trouvaient à leur droite sur le deuxième char. Malgré les protestations de Merykara, qui le trouvait encore trop faible, Meren avait insisté pour être à l'avant-garde : « J'ai manqué la bataille de Gallala, mais je n'en manquerai pas une autre. Tant qu'un souffle m'animera, je resterai au côté de mon roi et très cher ami. » En dépit de sa maigreur et de sa pâleur, il se tenait droit et fier sur la plate-forme, les rênes à la main.

Les chars de tête arrivèrent en haut de l'escarpement. A leurs pieds s'étendait la verdoyante vallée du Nil, le fleuve miroitant comme une coulée de cuivre fondu, rougeoyant dans le soleil du petit matin. Nefer se tourna et sourit à Meren.

— Nous voilà chez nous ! lança-t-il.

Mintaka se mit à chanter, doucement d'abord, puis plus fort quand Nefer ajouta sa voix à la sienne.

Temple des dieux,
Demeure de dix mille héros,
Le plus vert de tous les pays,
Notre amour le plus cher, notre douce patrie,
Notre Egypte.

Puis Meren et Merykara chantèrent avec eux et le chant fut repris tout le long de la colonne. Escadron après escadron, ils reprirent le joyeux refrain en descendant l'escarpement.

Une autre armée vint à leur rencontre, conducteurs de chars en armes à l'avant-garde, officiers à la tête de leurs régiments, suivis par des légions de fantassins. Derrière venaient les anciens, les prêtres et les gouverneurs de tous les nomes, revêtus de leur robe, des chaînes et décorations de leur office, certains en litière portée par des esclaves, d'autres à cheval ou à pied. Suivait le peuple en foule, qui riait et dansait. Des femmes portaient des bébés et pleuraient de joie en reconnaissant leur époux, leur amant, un frère ou un fils dans l'armée d'exil rentrée au pays.

Les deux colonnes se rejoignirent et se mêlèrent. Les anciens et les officiers se prosternèrent devant le char de Pharaon. Nefer mit pied à terre, releva ceux qu'il connaissait et embrassa les plus puissants d'entre eux en appelant la bénédiction des dieux sur son peuple.

Quand il remonta sur son char, ils reformèrent les rangs derrière lui et le suivirent jusqu'aux rives du Nil. Là, Nefer mit pied à terre et plongea tout habillé dans les eaux du fleuve. Sous les acclamations de la foule alignée sur la berge, il prit le bain rituel et but de l'eau boueuse.

Remonté sur son char, vêtu d'une robe en lin toute propre et coiffé de la couronne de guerre bleue, Nefer prit la tête de ce vaste rassemblement en direction de la ville d'Avaris. A l'extérieur de la cité, sur une lieue, la foule était venue les accueillir. Pour empêcher la poussière de voler, on avait aspergé la route d'eau du Nil et étalé des feuilles de palmier sur le passage de Pharaon.

A leur approche, les portes de la ville s'ouvrirent toutes grandes. Alignée sur les murailles, la population avait accroché des bannières, des bouquets de fleurs et des fruits aux remparts. Ils chantèrent des hymnes de bienvenue, de louange et de fidélité quand Nefer, Mintaka à son côté, franchit l'arche sur son char.

Beaux comme un jeune dieu et une jeune déesse, ils

se dirigèrent d'abord vers le temple magnifique que Trok Ourouk avait fait bâtir sur les berges du fleuve à la gloire de sa propre divinité. Nefer avait envoyé des instructions à l'avance et les tailleurs de pierre étaient déjà à l'œuvre depuis des semaines. Avec leurs ciseaux, ils avaient éliminé tous les portraits de l'usurpateur et effacé son nom de tous les murs et de toutes les hautes colonnes hypostyles. Ils travaillaient encore à graver des portraits et les titres d'Horus ailé et de Pharaon Nefer Seti, ainsi que des descriptions de sa victoire à Gallala.

Le premier devoir de Nefer était de remercier le dieu et de sacrifier deux bœufs parfaitement noirs devant l'autel de pierre. Après le service religieux, il décréta une semaine de vacances, de festivités et de banquets, avec des distributions de pain de millet, de bœuf, de bière et de vin à tous les habitants, ainsi que des jeux et des pièces de théâtre pour les distraire.

— Tu es un fin stratège, mon cœur, lui dit Mintaka, admirative. Jusqu'à présent, ils t'aimaient ; maintenant, ils vont t'adorer.

Pour combien de temps ? se demanda Nefer. Dès que la nouvelle de notre ascension au trône arrivera à Naja dans la lointaine Babylone, il se mettra en marche... s'il ne l'est déjà. Le peuple m'aimera jusqu'à ce qu'il vienne cogner aux portes de la ville.

Pharaon Naja Kiafan nomma son fidèle officier Asmor roi de Babylone, devenue simple satrapie de son royaume. Il lui laissa cinq cents chars, deux mille archers et fantassins pour garder les territoires conquis. Puis, avec le gros de l'armée, il marcha vers l'Egypte pour reprendre la couronne et le trône à celui qui s'en était emparé.

A mesure que son armée avançait vers l'ouest à travers plaines et cols en direction de la frontière égyptienne, elle grossissait : les rois vassaux se ralliaient à son étendard et, quand il arriva au col de Khatmia, ses effectifs avaient presque triplé.

Naja regarda vers l'occident, en direction de la ville d'Ismaïlia au bord du Grand Lac Amer et des frontières de la mère-patrie. Il savait que, parvenu à cette étape de la marche, il serait gêné par la taille de son armée, embarrassé par la multitude.

Devant lui s'étendait un grand désert de sable, sans une seule source, sans une seule oasis jusqu'à Ismaïlia. Il était obligé une fois de plus d'installer des points d'eau le long de la route pour ravitailler son armée. Quand il plissait les yeux pour les protéger du soleil éblouissant, il apercevait les files de chariots chargés d'amphores qui s'étiraient le long de la route défoncée au pied de l'escarpement, pareilles à des vers noirs se tortillant à travers le paysage brun et ocre. Depuis des mois, on s'employait à créer des dépôts d'eau dans le désert. On enfouissait les amphores dans le sable et on laissait des détachements de fantassins pour les garder pendant qu'on repartait chercher un nouveau chargement.

Près de dix jours et dix nuits allaient être nécessaires à son armée pour effectuer la traversée. Durant cette période, ils seraient strictement rationnés et recevraient juste assez d'eau pour effectuer les longues marches nocturnes et supporter la chaleur pendant les journées brûlantes quand ils s'arrêteraient pour se reposer, profitant du moindre coin d'ombre offert par les tentes et les abris de branches d'épineux et d'herbe.

— Je monterai avec toi sur le char de tête, dit Heseret à son côté, interrompant le cours de ses pensées.

Il la regarda.

— Nous en avons déjà parlé, répondit-il en fronçant les sourcils.

Après plusieurs années de mariage, les charmes et la beauté de la jeune femme avaient commencé à pâlir, éclipsés par son irascibilité, sa jalousie et ses accès de colère. Naja passait de plus en plus de temps avec ses concubines, affrontant ses crises de jalousie quand il retournait dans son lit.

— Tu voyageras avec les autres femmes dans le train de bagages, sous la protection de Prenn, le commandant de l'arrière-garde, ajouta-t-il.

Heseret fit la moue, réaction qui, naguère, avait été séduisante et n'était plus qu'irritante.

— Pour que tu puisses engrosser Lassa, comme tu l'as fait avec sa sœur, récrimina-t-elle.

Elle parlait des deux princesses données en otages à Naja par le satrape de Sumer en gage de sa fidélité à la couronne d'Egypte. Toutes deux étaient jeunes, minces et dotées de fortes poitrines. Elles en coloraient les mamelons et se promenaient sans vergogne les seins nus, comme le faisaient les femmes de leur pays.

— Tu es énervante, femme, rétorqua Naja, sa lèvre supérieure relevée en un sourire agacé. Tu sais fort bien que c'est par opportunisme politique. Il me fallait un fils de l'une de ces deux filles pour l'asseoir sur le trône à la mort de leur père.

— Jure-moi sur le cœur de Seth que tu ne prendras pas Lassa avec toi à l'avant-garde, insista Heseret.

— Bien volontiers, répondit Naja en lui adressant de nouveau son sourire carnassier. J'emmène Sinnal l'Hourite.

Il s'agissait d'une autre otage, encore plus jeune que les Sumériennes. Elle avait à peine quatorze ans, des cheveux cuivrés, des yeux verts et de grosses fesses rondes.

— Il me faut aussi un fils d'elle, expliqua-t-il sur le ton de la raison, pour le placer sur le trône d'Assyrie. Les devoirs de la royauté sont parfois pénibles, ajouta-t-il avec un petit ricanement moqueur.

Elle lui lança un regard furibond et demanda sa litière à tentures et coussins de soie pour se faire emmener à l'arrière-garde.

Sur le conseil de Taita, Nefer avait placé une chaîne d'éclaireurs le long du rivage de la mer Rouge pour signaler une éventuelle invasion par la voie maritime. Le mage avait cependant la certitude que le gros de l'armée de Naja arriverait par le Grand Désert de Sable. Naja et Trok étaient passés par là à l'aller, quand ils s'étaient lancés dans leur aventure mésopotamienne. Naja connaissait bien la route et son armée était trop importante pour traverser la mer Rouge en bateau, comme l'avait fait Trok avec des forces bien moins considérables.

Grâce à une merveilleuse innovation de Taita, Nefer et son état-major connaissaient avec précision l'effectif et la composition de l'armée de Naja. Un officier haut placé dans la hiérarchie ennemie, qui avait été l'allié du mage et avait envers lui une dette de reconnaissance, lui avait envoyé un message dans lequel il affirmait sa fidélité à Pharaon Nefer Seti et faisait part de son intention de déserter pour rejoindre l'armée de Nefer. Par le truchement d'un autre de ses fidèles, un marchand de tapis qui conduisait une caravane à Bersabée, Taita avait envoyé sa réponse à l'officier : il lui donnait pour instruction de rester à la tête de la division. « Tu nous es plus utile comme agent de renseignement que comme guerrier », lui expliquait-il. Il lui adressait également deux cadeaux inhabituels : un panier contenant des pigeons voyageurs et un rouleau de papyrus sur lequel était inscrit un code secret.

Quand l'officier lâchait les pigeons, ils retournaient immédiatement au colombier d'Avaris où ils étaient nés, portant avec eux, attaché à une patte par un fil de soie, un message codé rédigé sur un minuscule rouleau de feuille de papyrus extrêmement fine et légère. Grâce à ces messages, Nefer était informé des effectifs exacts et de la disposition des troupes commandées par Naja. Il savait quel jour il était parti de Babylone et combien d'hommes il avait laissés sous les ordres d'Asmor. Il était à même de suivre sa marche vers l'ouest par Damas, Bersabée et les autres villes et garnisons qui se trouvaient sur sa route.

Il devint vite évident que Taita avait correctement évalué la situation et que Naja ne tenterait pas de traverser la mer Rouge par surprise. Il avait bel et bien l'intention de lancer une attaque de front en passant par le Grand Désert de Sable.

Nefer rappela les détachements envoyés le long de la mer Rouge et déplaça immédiatement son quartier général et le gros de son armée dans la garnison frontière d'Ismaïlia, à la lisière du désert, où il y avait d'abondants puits d'eau douce et de vastes pâturages pour les chevaux.

Tandis qu'ils attendaient là, les pigeons voyageurs continuaient d'apporter des rapports. Non seulement

Nefer connaissait les forces de Naja, mais il savait aussi qui commandait chacune de ses légions.

Mintaka siégeait à son conseil de guerre dans le fort d'Ismaïlia. Sa contribution était inestimable : c'était une Hyksos et elle connaissait bien tous les officiers de l'état-major de Naja, qui avaient jadis appartenu à celui de son père. Quand elle était enfant, elle avait entendu celui-ci exprimer un jugement sur chacun d'eux et elle s'en souvenait, grâce à sa mémoire extraordinaire, aiguisée par la pratique du jeu de *bao*. Elle était en mesure de décrire à Nefer les points forts, les faiblesses et les traits de caractère particuliers à chacun de ces hommes. Elle passa ainsi en revue la liste qu'on lui avait remise.

— Celui-ci, Prenn, qui commande l'arrière-garde, m'est apparenté. C'est un cousin de mon père. Je le connais bien. Il m'a appris à monter à cheval. Je l'appelais Oncle Tonka, ce qui signifie « ours » dans ma langue, expliqua-t-elle, souriant à ce souvenir. Mon père disait de lui qu'il était fidèle comme un chien, prudent et lent, mais qu'une fois qu'il avait planté ses dents dans la gorge d'un ennemi il tenait bon jusqu'à la mort.

Meren avait alors recouvré presque complètement sa santé et ses forces. Il supplia Nefer de lui confier une mission utile et celui-ci l'envoya donc à la tête d'une division de chars surveiller l'avance de Naja, quand il serait descendu des hauteurs et entré dans le désert.

Les éclaireurs de Meren observaient les convois qui transportaient leur chargement d'amphores et installaient les dépôts sur les terres arides que Naja devait traverser pour atteindre la frontière égyptienne. Meren demanda la permission de les attaquer et de les disperser, mais Nefer lui donna l'ordre de n'en rien faire, de se borner à les surveiller et à noter soigneusement l'emplacement des points d'eau.

Puis il fit ramener les derniers régiments qu'il avait maintenus sur le Nil et, lorsque ceux-ci eurent dressé le camp près d'Ismaïlia, il réunit tous ses officiers en conseil.

— Même en tenant compte des véhicules pris à l'ennemi à Gallala, les forces de Naja restent trois fois plus importantes que les nôtres. Tous ses soldats sont aguerris, ses chevaux bien entraînés et en parfaite condition. Nous ne pouvons pas nous permettre de le laisser traverser la frontière et atteindre le fleuve. Nous devons le combattre ici même, dans le désert.

Ils tinrent conseil toute la nuit. Nefer établit son plan de bataille et distribua ses ordres. Ils devaient laisser Naja poursuivre sa marche pendant cinq jours. Lorsqu'il serait profondément engagé dans le désert, ils effectueraient des raids sur ses points d'eau et les détruiraient, aussi bien en avant qu'en arrière de son armée. Il se retrouverait ainsi pris au piège au milieu des sables.

— Je connais suffisamment Naja pour miser sur sa présomption et sa confiance illimitée en ses talents de stratège. Je suis certain que, même lorsque ses points d'eau seront détruits, il ne rebroussera pas chemin et continuera d'avancer. Son armée atteindra Ismaïlia après plusieurs jours de marche forcée, sans eau, dans le désert. Nous serons en mesure de les affronter avec des chevaux et des hommes bien reposés et abreuvés sur le terrain de notre choix. Cela compensera en partie notre infériorité en nombre.

Pendant ce long conseil, Taita resta assis en silence dans l'ombre derrière le tabouret de campagne de Nefer. Il semblait somnoler, mais ouvrait les yeux de temps à autre, puis, après avoir battu des paupières comme un hibou ensommeillé, les refermait, et son menton retombait sur sa poitrine.

— Le manque de chars en bon état est notre principal point faible, poursuivit Nefer, mais nous sommes presque à égalité avec Naja en ce qui concerne les archers, les frondeurs et les lanciers. Je suis sûr qu'après s'être rendu compte que ses réserves d'eau ont été détruites Naja partira avec tous ses chars en avant de l'infanterie. Taita et moi avons imaginé une manœuvre pour les attirer dans un piège dans lequel nous pourrons tirer parti des petits avantages dont nous bénéficions.

« Devant la ville et les puits, nous allons élever une série de murets de pierre derrière lesquels nos archers et nos fantassins pourront se cacher. Ils seront juste assez hauts pour empêcher le passage des chars, expliqua Nefer en faisant un croquis avec un bâtonnet de charbon de bois sur la feuille de papyrus étalée sur la table.

Hilto, Shabako, Socco et les autres membres de son état-major se penchèrent pour mieux voir.

— Ces murets seront conçus comme des nasses, précisa Nefer en dessinant la forme d'un entonnoir, la pointe tournée vers le fort d'Ismaïlia.

— Comment allons-nous les amener à entrer dans l'entonnoir ? demanda Shabako.

— En leur donnant la charge avec nos chars puis en feignant de battre en retraite, comme nous nous y sommes si souvent entraînés, répondit Nefer. Nos archers et nos frondeurs resteront dissimulés derrière les murets jusqu'à ce que Naja nous suive dans l'entonnoir. Plus ils y pénétreront profondément, plus ses escadrons seront à l'étroit entre les murets. Ils feront de belles cibles pour nos hommes en passant devant eux presque à bout portant.

Même Shabako eut l'air impressionné par cette tactique.

— Tu veux les enfermer dans une sorte d'enclos, un peu comme tu l'as fait avec Trok.

Ils discutèrent de ce plan d'attaque avec enthousiasme, firent des suggestions et proposèrent des améliorations de détail. Nefer chargea finalement Shabako de la construction des murets. Taita avait passé les cinq jours précédents à marquer leurs emplacements, si bien que les travaux pouvaient commencer dès le lendemain matin.

— Il ne nous reste pas beaucoup de temps, avertit Nefer. Nous savons que l'armée de Naja est déjà déployée sur les hauteurs de Khatmia. Ses réserves d'eau sont presque toutes installées. Il va entamer la descente de l'escarpement dans les jours qui viennent.

Le conseil prit fin et les officiers partirent en hâte exécuter les tâches que leur pharaon leur avait assignées. Seuls Nefer, Taita et Mintaka restèrent dans la salle de la tour du fort.

Mintaka prit la parole :

— Nous avons parlé de Prenn, mon « oncle Tonka ». Si je parvenais à le rencontrer, à parler avec lui en tête à tête, je suis persuadée que je réussirais à le convaincre de se tourner contre Naja et de se rallier à nous.

— Que veux-tu dire ? demanda Nefer d'un ton sévère.

— Déguisée en homme, avec un petit détachement de bons soldats et de chevaux rapides, je pourrais contourner le gros de l'armée de Naja et atteindre Oncle Tonka sur l'arrière-garde. Le risque ne serait pas grand.

Nefer devint pâle de colère.

— C'est de la folie ! dit-il à voix basse. De la folie douce, comme celle dont tu as fait preuve à Gallala en jouant les appâts avec Trok. Je ne veux plus jamais en entendre parler. Imagine ce que te ferait Naja si tu tombais entre ses mains !

— Imagine ce que ferait Naja si, au moment le plus critique de la bataille, Tonka et ses légions lui tombaient dessus en le prenant à revers, rétorqua-t-elle.

— N'en parlons plus ! s'exclama Nefer en se levant d'un bond et en frappant du poing sur la table. Tu resteras ici, dans le fort, avec Merykara jusqu'à la fin de la campagne. Si tu ne me donnes pas ta parole de chasser cette idée stupide de ton esprit, je fais fermer et garder la porte de ta chambre.

— Tu ne peux pas me traiter comme un meuble ! répliqua Mintaka, furieuse. Je ne suis même pas ta femme. Je n'ai aucun ordre à recevoir de toi.

— Je suis ton roi et je te demande de me donner solennellement ta parole de ne pas te mettre en danger en te lançant dans cette aventure insensée.

— Ce n'est pas une aventure insensée et je ne te donnerai pas ma parole.

Taita observait la scène, impassible. C'était leur première grave dispute et il savait qu'elle le serait d'autant plus que leurs sentiments réciproques étaient profonds. Il attendait avec intérêt le dénouement.

— Tu m'as délibérément désobéi à Gallala. Rien ne me dit que tu ne vas pas recommencer. Tu ne me donnes pas le choix, dit Nefer avec détermination avant d'appeler la sentinelle postée à la porte pour qu'elle envoie chercher Zougga, le chef eunuque du harem royal. Je ne peux pas faire confiance à Merykara non plus, ajouta-t-il en se retournant vers Mintaka. Elle est sous ta coupe et, si tu t'y emploies, tu réussiras à l'entraîner dans ta folle entreprise. Je vous envoie toutes les deux au gynécée d'Avaris et vous y resterez, sous la garde de Zougga. Vous pourrez jouer au *bao* en attendant la fin de la bataille et de la guerre.

Sur ce, Zougga emmena Mintaka. Arrivée à la porte,

elle regarda Nefer par-dessus son épaule et Taita sourit en voyant son expression. Nefer s'était attaqué à un adversaire plus acharné que les deux usurpateurs réunis.

Ce soir-là, Taita alla rendre visite à Mintaka dans le nouveau logement qu'elle partageait avec Merykara dans ce qui avait été l'appartement du commandant du fort. Deux grands eunuques placides étaient placés à la porte et un autre à la fenêtre, qui avait été condamnée.

Mintaka bouillait toujours de colère et Merykara était tout aussi scandalisée par le traitement que son frère leur infligeait, en particulier cet humiliant confinement.

— Tu as appris au moins qu'il n'est pas payant d'affronter un roi, quand bien même il vous aime, lui dit-il gentiment.

— Je ne l'aime pas, répliqua Mintaka, des larmes de colère et de dépit dans les yeux. Il me traite comme une enfant et je le hais !

— Je le hais plus encore, déclara Merykara pour ne pas être en reste. Si seulement Meren était ici !

— Vous est-il venu à l'esprit que ce que Nefer fait là prouve qu'il vous aime et se soucie de votre sécurité ? suggéra Taita. Il sait quel sort vous attend si vous tombez entre les mains de Naja Kiafan et Heseret.

Elles s'en prirent à lui si violemment qu'il leva les mains pour détourner leur fureur et se retira prudemment, leurs récriminations résonnant encore à ses oreilles.

Le lendemain matin, sur les remparts du fort, Nefer et lui regardèrent la petite caravane escortée par les eunuques et quelques chars quitter Ismaïlia en direction d'Avaris. Cloîtrées derrière les rideaux de soie de leur litière au milieu de la colonne, Mintaka et Merykara ne daignèrent pas se montrer ni les saluer.

— En ce qui me concerne, j'aurais préféré exciter des

abeilles dans leur ruche avec une baguette, murmura Taita. Un peu plus de tact aurait peut-être rendu l'atmosphère plus respirable.

— Il faut qu'elles comprennent que je suis Pharaon et que ma parole a valeur de loi, même pour elles. De plus, j'ai en ce moment autre chose à faire que de supporter des colères féminines.

Ce qui ne l'empêcha pas de rester sur les remparts jusqu'à ce que la litière et la caravane aient disparu au loin dans les brumes de chaleur.

Taita et Nefer partirent en char inspecter les murets de pierre construits à la hâte par Shabako aux abords de l'oasis d'Ismaïlia.

— L'ouvrage de Shabako ne comptera pas parmi les grandes réalisations architecturales de notre temps, estima Taita, mais ce n'en est que mieux. De là où arrivera Naja, les murets donneront l'impression d'être des traits de relief naturels et n'éveilleront pas leurs soupçons avant qu'ils n'entrent dans le piège.

— Ta tactique présente l'avantage inestimable de nous permettre de choisir notre terrain, renchérit Nefer. Avec l'aide d'Horus, nous allons faire un carnage. Une fois de plus, j'ai une immense dette envers toi, vieux père, ajouta-t-il en posant la main sur le bras maigre de Taita. Tout cela est ton œuvre.

— Non, dit le mage avec un geste de dénégation. Je ne t'ai donné qu'un petit coup de pouce. Pour le reste, le mérite te revient. Tu as hérité les talents de stratège de ton père, Pharaon Tamose. Tu atteindras la grandeur qui aurait pu être la sienne, s'il n'avait pas péri entre les mains de l'ennemi que tu affrontes maintenant.

— Il est temps pour moi de venger sa mort, dit Nefer. Faisons en sorte de ne pas laisser le cobra s'échapper une nouvelle fois.

Les jours suivants, Nefer fit faire l'exercice à ses troupes, qui répétèrent en détail les manœuvres tactiques de sa défense. Chaque matin, les bataillons d'archers et de frondeurs allaient prendre position derrière les murets. Ils élevaient des petits tas de pierres en avant de ces constructions grossières pour marquer la portée de leurs armes afin de pouvoir déterminer avec précision le moment où déclencher le piège. Ils cachaient des faisceaux de flèches de rechange à portée de main pour ne pas se trouver à court de munitions pendant la bataille. Les frondeurs moulaient leurs boules d'argile et les rendaient dures comme de la pierre en les faisant cuire. Ils entassaient ensuite ces projectiles mortels derrière les murets.

Au cours des exercices, Nefer et ses officiers jouaient le rôle des soldats de Naja, et approchaient en char des installations défensives en s'assurant que leurs troupes étaient parfaitement dissimulées.

Puis Nefer faisait répéter les mouvements tactiques devant les murets : charge, volte-face et retraite. Ils parcouraient le terrain jusqu'à ce que ses hommes en connaissent parfaitement chaque repli, chaque creux et chaque bosse, même les trous d'oryctéropes et autres petits obstacles. Il choisit soigneusement des endroits bien à l'abri derrière les murets pour pouvoir abreuver les chevaux pendant la bataille.

— Je doute qu'il y ait un seul commandant capable de connaître le terrain sur lequel la partie va se jouer aussi bien que moi, dit Nefer à Taita avant d'ordonner à ses escadrons de répéter pour la centième fois les mêmes manœuvres.

Un soir, il rentra au fort tard, le visage et le corps couverts d'une couche de poussière mêlée de sueur. Il était très las, mais content d'avoir fait tout son possible pour préparer ses légions au combat annoncé.

Il arrêta Dov et Krous, jeta les rênes aux garçons d'écurie et sauta à terre sur le terrain de manœuvre. Là, sa bonne humeur s'évanouit d'un coup. Zougga, le chef eunuque du harem royal, l'attendait en tordant ses mains grassouillettes, les yeux rouges à force d'avoir pleuré, la voix enrouée à force d'avoir gémi.

— Grand Pharaon, pardonne-moi, j'ai fait de mon mieux, mais elle est rusée comme une renarde. Elle a été plus maligne que moi.

— Qui est cette renarde ? s'enquit Nefer tout en connaissant déjà la réponse.

— La princesse Mintaka.

— Qu'est-il arrivé ? demanda-t-il, alarmé, d'une voix rude.

— Elle s'est enfuie en emmenant avec elle la princesse Merykara, répondit Zougga en pleurant, certain d'avoir droit à la mort.

Mintaka et Merykara passèrent la plus grande partie du trajet de retour à Avaris à imaginer le moyen de s'échapper en chuchotant derrière les rideaux de leur litière. Elles écartèrent vite la possibilité de s'emparer d'un des chars de l'escorte pour prendre la fuite. Dans l'éventualité improbable où elles réussiraient à attraper ou à terrasser l'un des conducteurs, en moins d'une heure elles auraient toute l'armée d'Egypte sur les talons, emmenée par un pharaon fort courroucé. Un meilleur plan se forma peu à peu dans leur esprit.

Mintaka commença par essayer de se rendre agréable

auprès de Zougga, leur gardien et geôlier, pour lui donner l'impression de s'être soumise avec résignation à son autorité. Lorsque, quatre jours plus tard, ils arrivèrent au palais d'Avaris, il ne pensait que du bien de son caractère doux et innocent. Là, de la façon la plus charmante, elle le pria de leur permettre, à Merykara et elle, de se rendre au temple d'Hathor afin d'y prier pour le salut de Nefer et sa victoire dans la bataille imminente. Avec un peu d'appréhension, Zougga donna son assentiment, et les deux jeunes femmes eurent le loisir de passer une petite heure seules avec la grande prêtresse dans le sanctuaire du temple. Zougga attendait anxieusement à la porte, car nul homme, pas même un eunuque, n'avait le droit d'y entrer.

Le soulagement de Zougga fut immense et ses soupçons apaisés quand Mintaka et Merykara réapparurent enfin, aussi belles, modestes et innocentes que deux vierges sacrées. Quelques jours plus tard, quand elles redemandèrent la permission d'aller prier au temple et d'aller offrir un sacrifice à la déesse, Zougga était disposé à accepter la requête. Tout en suivant la litière en se dandinant, il bavardait gaiement avec les princesses à travers les rideaux et leur rapportait les scandales les plus savoureux de la vie au palais.

Cette fois-ci encore, la grande prêtresse attendait dans le propylée du temple pour accueillir Mintaka et Merykara et les conduire à l'intérieur du sanctuaire. Sans la moindre appréhension, Zougga se prépara à attendre le retour des deux adorables princesses royales. La grande prêtresse envoya deux de ses acolytes lui apporter un plateau de poulet et de poisson grillés ainsi qu'une grande cruche d'excellent vin. Zougga mangea tout et but le contenu de la cruche jusqu'à la dernière goutte, puis il s'endormit à l'ombre de la statue de la déesse représentée sous la forme d'une vache. A son réveil, le soleil était déjà couché et il était seul. Les porteurs de la litière avaient disparu. Il remit sa lourde masse debout et ressentit des crampes d'estomac qui n'étaient pas dues à la dyspepsie mais à une forte inquiétude. Il appela et tapa à la porte du temple avec son bâton. Au bout d'un long moment, une prêtresse vint lui apporter un message : « Les deux princesses ont demandé asile dans le temple. La mère supérieure a accédé à leur demande et les a prises sous sa protection. »

Zougga était en grand émoi. Le temple était inviolable. Même investi de l'autorité de Pharaon, il ne pouvait exiger le retour des deux jeunes filles confiées à sa garde. Il n'avait qu'une chose à faire : retourner à Ismaïlia et avouer son échec, mais c'était risqué. Le jeune pharaon n'avait pas encore révélé sa nature profonde et sa fureur pouvait très bien lui être fatale.

A l'instant même où les portes du temple se refermaient derrière elles, Mintaka et Merykara cessèrent de jouer les innocentes résignées.

— As-tu pris les arrangements nécessaires, sainte mère ? demanda Mintaka, impatiente.

— N'aie crainte, ma fille. Tout est fin prêt, répondit la prêtresse, qui, une lueur d'amusement dans les yeux, se réjouissait manifestement de cette escapade, plaisant intermède dans la routine paisible de la vie au temple. J'ai pris la liberté d'ajouter quelques gouttes d'un léger somnifère au vin de l'eunuque, fit-elle avec un petit rire. J'espère que tu me pardonneras d'avoir outrepassé ma mission.

Mintaka l'embrassa sur sa joue pâle.

— Je suis certaine qu'Hathor sera aussi fière de toi que je le suis.

La prêtresse les conduisit dans une cellule où avait été déposé tout ce qu'avait demandé Mintaka. Elles passèrent à la hâte des vêtements grossiers de paysannes et se couvrirent la tête avec un châle de laine. Puis, leur sacoche de cuir en bandoulière, elles suivirent la grande prêtresse dans un dédale de couloirs. L'arrière du temple donnait sur le Nil, et le bruissement du courant contre les murs extérieurs devenait de plus en plus fort. Après avoir franchi une porte basse, elles se retrouvèrent enfin au soleil et sur la jetée contre laquelle un navire était amarré.

— J'ai payé le capitaine avec l'or que tu m'as remis et il sait où il doit aller. Toutes les autres choses que tu m'as demandées sont rangées dans votre cabine, dit la prêtresse.

— Tu sais ce que tu dois dire à Zougga, dit Mintaka.

La vieille femme eut un petit rire.

— Je suis sûre qu'Hathor me pardonnera un mensonge aussi insignifiant, d'autant plus qu'il est pour la bonne cause.

Au moment où les deux complices sautaient sur le pont du bateau, les membres de l'équipage, qui somnolaient à l'ombre, se relevèrent et se précipitèrent pour lever la voile latine. Sans attendre les ordres, le capitaine dirigea le bateau vers le milieu du courant et tourna la proue vers l'aval, en direction du Delta. Mintaka et Merykara passèrent le reste de la journée dans leur petite cabine, ne voulant pas courir le risque d'être reconnues depuis la berge ou depuis une felouque. En fin d'après-midi, le bateau mouilla le long de la rive orientale, le temps que deux hommes armés montent à bord chargés de lourds sacs. Le capitaine hissa immédiatement la voile et ils repartirent à toute allure. Les deux hommes descendirent dans la cabine et se prosternèrent devant Mintaka.

— Puisses-tu être aimée de tous les dieux, majesté, dit le plus grand des deux, un Hyksos barbu aux traits vigoureux, le nez fort. Nous sommes à tes pieds. Nous sommes venus dès que nous avons reçu ton message.

— Lok ! dit Mintaka, souriant de plaisir à la vue de ce visage familier, avant de se tourner vers son compagnon, apparemment aussi fort et vaillant. Et voilà sans doute ton fils Lokka. Vous êtes tous les deux les bienvenus. Toi, Lok, tu as servi fidèlement mon père. Ton fils et toi ferez-vous de même avec moi ?

— Jusqu'à la mort, maîtresse.

— J'ai pour vous une tâche difficile une fois que nous serons à terre, mais, pour l'heure, reposez-vous et préparez vos armes.

Le capitaine s'engagea dans l'une des nombreuses embouchures du Delta, où le courant ralentissait et effectuait des méandres entre des marais et des lagons au-dessus desquels planait du gibier d'eau. La nuit tomba avant qu'ils atteignent la pleine mer, mais le capitaine dirigeait son navire avec assurance au milieu des hauts-fonds et des bancs de sable cachés. Enfin les miasmes des marécages furent balayés par la brise salée de la Méditerranée. Les deux princesses montèrent sur le pont.

— A l'heure qu'il est, Zougga a dû s'apercevoir de notre disparition, dit Mintaka en souriant à Merykara. Je me demande ce qu'il va dire à Nefer. Que nous nous sommes cloîtrées dans le temple sous la protection de la grande prêtresse ? Je l'espère.

Sous une demi-lune, ils sortirent du chenal et sentirent le bateau tanguer fortement sous leurs pieds. Dès qu'il eut pris le large, le capitaine vira vers l'est et longea la côte pendant toute la nuit.

L'aube trouva Mintaka et Merykara à l'avant, emmitouflées dans leurs châles. Elles regardaient le rivage bas et désertique qui défilait à tribord.

— Et dire que Nefer n'est qu'à quelques lieues d'ici, murmura Mintaka. J'ai l'impression que je pourrais le toucher en tendant la main.

— Meren est là lui aussi, à peine plus à l'est. Ils n'en reviendraient pas de nous savoir si près.

— Mon cœur se languit de Nefer. Je prie sans cesse Horus et Hathor de le protéger.

— Tu ne le hais donc plus ? demanda Merykara.

— Je ne l'ai jamais haï, répondit Mintaka avec ardeur avant d'hésiter. Bon, peut-être quelques instants, mais pas longtemps.

— Je sais ce que tu ressens, lui assura Merykara. Il leur arrive d'être si entêtés, si... si mâles.

— Oui ! acquiesça Mintaka. C'est tout à fait ça. De vrais gamins. Nous devons les excuser ; ils ne peuvent pas s'en empêcher.

Tout le reste de la journée et la nuit suivante, ils voguèrent vers l'est le long de la côte, traversèrent le Khalig el Tina, longèrent les îles et les bancs de sable qui entouraient le vaste lagon de Sabkhet el Bardawill. Le lendemain matin, le bateau s'approcha de la plage d'El Arish et, dès que l'eau leur arriva à la taille, les deux gardes du corps Lok et Lokka portèrent les deux jeunes femmes à terre puis retournèrent en pataugeant chercher les bagages. Le petit groupe regarda le navire s'éloigner à la rame, puis mettre à la voile et repartir vers le large pour retourner en Egypte, vers le delta du Nil.

— Bon, nous y sommes, dit Merykara, qui, malgré la présence de Mintaka, se sentait seule et vulnérable, et semblait au bord des larmes. Qu'est-ce qu'on fait maintenant ?

— Je vais envoyer Lok nous trouver un moyen de transport. Nefer menaçait de nous arrêter si nous avions tenté de rejoindre Oncle Tonka en traversant le désert vers le sud, mais nous nous sommes montrées plus malignes que lui, lui rappela Mintaka pour la rassurer, avec un sourire un peu forcé car elle était encore plus consciente que Merykara du caractère délicat de leur position. Imagine la fureur de Nefer et de Meren s'ils étaient au courant !

Elles rirent et Mintaka poursuivit :

— Nous nous trouvons à l'arrière de l'armée en marche de Naja, et la route de Bersabée à Ismaïlia ne passe qu'à quelques lieues au sud d'ici. Lorsque Lok aura trouvé un chariot, nous pourrons nous fondre dans la masse des véhicules du train de bagages et nous cacher parmi les filles à soldats jusqu'à ce que nous trouvions le quartier général d'Oncle Tonka.

Il ne fut pas aussi facile de trouver un moyen de transport que Mintaka l'avait espéré. Les intendants de l'armée de Naja étaient passés par là avant elles et avaient fait main basse sur les chevaux et les chariots ainsi que sur la nourriture dont disposait la population locale. Elles durent finalement se rabattre sur cinq ânes décrépits qu'il leur fallut payer au prix fort : deux lourds anneaux d'or et deux d'argent. Ils étaient tout juste capables de porter les deux jeunes femmes. Les gardes du corps furent donc obligés de faire à pied la plus grande partie du chemin. Trois jours après avoir débarqué, en arrivant sur une éminence, ils aperçurent la queue de l'armée de Pharaon Naja dans la vallée en contrebas. L'immense armée, qui suivait la grande route d'est en ouest, s'étendait à perte de vue dans les deux directions et la poussière qu'elle soulevait souillait le ciel comme la fumée d'un incendie.

Ils descendirent la rejoindre et se retrouvèrent dans le train de bagages, une longue caravane de chariots et d'animaux de bât. Mintaka et Merykara gardaient la tête et le visage voilés, et ne se faisaient nullement remarquer dans leurs nippes couvertes de poussière. Lok et Lokka ne les quittaient pas d'une semelle, et décourageaient les attentions des autres voyageurs. La marche était extrêmement lente, si bien que même sur leurs pauvres ânes elles avançaient un peu plus vite que le reste de la caravane et, tel un morceau d'épave sur un puissant fleuve, se rapprochaient peu à peu de la tête. Elles dépassaient toutes sortes de gens : mendiants et prostituées, marchands et porteurs d'eau, barbiers, chaudronniers et charpentiers, troubadours et jongleurs. Des capitaines, splendides avec leur Or du Courage, poussaient sans ménagement leur char au milieu de la cohue, écartant au passage à coups de fouet les infirmes qui clopinaient sur leurs béquilles et les filles à soldats, leurs petits bâtards dans leurs jupons et un bébé au sein, qu'elles allaitaient tout en marchant.

Mintaka et Merykara progressaient aussi vite que le pouvaient les malheureux ânes et elles passèrent la première nuit à la belle étoile au milieu des feux de camp, du brouhaha et de la puanteur de cet immense rassemblement humain.

A l'aube, dès qu'il fit assez jour pour voir la route, elles se remirent en marche. Avant midi, elles avaient rattrapé l'arrière-garde de l'armée proprement dite : les compagnies de lanciers et d'archers, avec leurs arcs dont les cordes avaient été retirées, les bataillons de frondeurs, qui chantaient des marches militaires dans la langue barbare des îles de l'Ouest. Elles dépassèrent ensuite les longues files de chevaux de la division de remonte, précédées par les chariots de fourrage et les charrettes porteuses d'eau. Mintaka s'étonna de leur nombre : il semblait impossible qu'il y ait eu tant de bêtes dans toute l'Egypte.

Les soldats lorgnaient les deux femmes, dont les hardes et les gros châles ne parvenaient pas à dissimuler la jeunesse et la grâce. Ils leur lançaient au passage des compliments suggestifs et leur faisaient des avances, mais la discipline imposée par leurs officiers et la présence sévère de Lok et Lokka les dissuadaient d'aller plus loin.

Ce soir-là, elles poursuivirent leur progression une fois que le gros de l'armée eut dressé le camp et, après le coucher du soleil, arrivèrent à une grande *zareba* de pieux et de broussailles épineuses dressée au bord de la piste, dans un défilé aisément défendable au milieu des collines. L'entrée en était bien gardée et une grande activité régnait alentour : allées et venues des sentinelles, des serviteurs et des ordonnances, des chars conduits par les officiers des Rouges. Au-dessus de l'entrée de la palissade flottait une bannière que Mintaka reconnut immédiatement : y était représentée une tête de sanglier coupée, la langue pendante au coin de sa mâchoire surmontée de cornes.

— C'est l'homme que nous cherchons, murmura Mintaka à Merykara.

— Mais comment allons-nous arriver jusqu'à lui ? demanda cette dernière, prise de doute en regardant les sentinelles.

Elles installèrent leur petit bivouac un peu plus loin, mais en vue de l'entrée du quartier général de l'officier Prenn, commandant de l'arrière-garde de l'armée pharaonique.

Mintaka tira de l'une des sacoches de selle la précieuse lampe à huile qui avait jusque-là survécu au voyage et, à sa lueur, rédigea un court message sur un rouleau de papyrus. Il était adressé à l'oncle Ours et signé « Ton petit grillon ».

Les deux jeunes femmes se lavèrent le visage, se peignèrent mutuellement les cheveux et tapotèrent leur tunique couverte de poussière. Puis, main dans la main pour se donner du courage, elles s'approchèrent de l'entrée de la *zareba*. Le sergent de garde les vit arriver et s'avança pour les écarter.

— Vous feriez bien de ne pas faire étalage de vos boutons de rose par ici, espèces de petites aguicheuses. Allez-vous-en ! lança-t-il.

— Tu sembles être un brave homme, lui dit Mintaka d'un petit air sage. Laisserais-tu un malotru parler à tes filles de cette façon ?

Le sergent en resta bouche bée. Elle s'était adressée à lui en hyksos, avec des intonations d'aristocrate. Il leva sa lanterne pour mieux les éclairer. Leurs vêtements étaient des plus ordinaires, mais, à la vue de leur visage, il prit une profonde inspiration. Elles étaient manifestement de haut rang. En fait, leurs traits lui étaient étrangement familiers, bien qu'il ne pût les situer sur le moment.

— Pardonnez-moi, mesdames, marmonna-t-il. Je vous ai pris pour...

Il s'interrompit et Mintaka le gratifia d'un gracieux sourire.

— Tu es pardonné. Veux-tu remettre de notre part un message au commandant Prenn ? dit-elle en lui tendant le rouleau de parchemin.

Le sergent hésita un instant avant de le prendre.

— Je suis désolé, mais je vais devoir vous demander d'attendre ici tant que je n'aurai pas reçu d'instructions de lui.

Il revint en hâte au bout d'un petit moment.

— Mesdames, je suis navré de vous avoir fait attendre ! Voulez-vous vous donner la peine de me suivre ?

Il les conduisit à un pavillon en toile de lin teinte dressé au milieu de la *zareba* et s'arrêta quelques secondes pour murmurer quelque chose au jeune officier posté à l'entrée avant qu'elles ne soient introduites. L'intérieur de la tente était à peine meublé, le sol couvert de peaux d'oryx, de zèbre et de léopard. Un homme y était assis en tailleur, des cartes et des rouleaux de papyrus étalés autour de lui. Il avait sur les genoux un plat en bois contenant des côtelettes grillées et une miche de pain de dourah. Il leva les yeux pour regarder les jeunes filles entrer. Il avait le visage émacié, les joues creuses, et les rubans entortillés dans sa barbe ne parvenaient pas à dissimuler le fait qu'elle était plus grise que noire. Un morceau de cuir couvrait un de ses yeux.

— Oncle Tonka ! s'exclama Mintaka en retirant le châle qui lui couvrait la tête.

L'homme se leva lentement en la fixant du regard. Puis, soudain, son visage s'éclaira d'un sourire et son unique œil rayonna de joie.

— Je n'arrivais pas y croire ! dit-il avant de l'embrasser en la soulevant de terre. J'avais entendu dire que tu avais déserté pour te rallier à l'ennemi.

Quand il l'eut reposée au sol et qu'elle se fut remise de cette démonstration d'affection, elle déclara d'une voix haletante :

— C'est de cela que je suis venue te parler, oncle Tonka.

— Qui est avec toi ?

Il regarda Merykara, puis cligna de son œil valide.

— Par le souffle nauséabond de Seth, mais je te connais !

— C'est la princesse Merykara, annonça Mintaka.

— L'épouse fugitive de Naja. Il va être content de te savoir de retour, fit Prenn avec un petit rire. Avez-vous mangé ?

Sans attendre la réponse, il appela ses serviteurs pour qu'ils apportent encore de la viande, du pain et du vin. Les deux jeunes femmes se voilèrent de nouveau le visage pendant qu'on les servait, mais, quand les domestiques furent partis, Mintaka vint s'asseoir à côté de Prenn et baissa la voix afin que ses paroles ne soient pas surprises de l'extérieur de la tente.

Il l'écouta jusqu'au bout en silence, mais changea d'expression quand elle lui décrivit en détail les événements de cette nuit terrible où son père et ses frères avaient été brûlés vifs dans la nef royale près de Balasfoura. A un certain moment, Mintaka crut voir une larme briller au coin de son œil, mais elle n'ignorait pas qu'une telle démonstration de faiblesse n'était pas de mise pour un commandant des Rouges. Prenn détourna le visage et, lorsqu'il la regarda de nouveau, la larme avait disparu.

Quand elle eut fini, il dit simplement :

— J'aimais ton père, presque autant que toi, petit grillon, mais ce que tu me proposes est de la trahison.

Il se tut un moment, puis soupira.

— Je dois réfléchir à tout cela. Mais pendant ce temps-là, vous ne pouvez retourner d'où vous venez. C'est bien trop risqué. Vous devez rester toutes les deux sous ma protection tant que cette affaire n'est pas résolue.

Comme elles protestaient, il passa outre avec brusquerie :

— Ce n'est pas une prière, mais un ordre.

Puis, après quelques instants de réflexion :

— Je vais devoir vous déguiser pour que vous passiez

pour deux de mes mignons. Cela ne suscitera guère de commentaires, car tous mes hommes savent que j'aime autant les garçons que les filles.

— Puis-je au moins envoyer un message à Nefer ? supplia Mintaka.

— Cela aussi est trop risqué. Sois patiente. Il n'y en a plus pour longtemps. Naja a pris position sur les hauteurs de Khatmia. Dans quelques jours, il entamera sa marche sur Ismaïlia. Le sort de la bataille sera décidé avant que la pleine lune d'Osiris ne commence à décroître. Et je serai alors contraint de prendre une décision, acheva-t-il dans un grognement.

Meren regardait à distance l'immense armée de Pharaon Naja descendre du col de Khatmia le long de l'escarpement vers les terres arides, et il lâcha deux pigeons afin que, si l'un était tué par un faucon ou quelque autre prédateur, il y en ait au moins un qui arrive à destination. Un fil rouge était attaché à leur patte, le signal du début de la marche.

Meren suivait comme leur ombre les légions ennemies dans leur imposante progression à travers le désert. La nuit, il s'approchait des camps pour les regarder s'abreuver aux amphores et tenter de surprendre les conversations autour des feux de bivouac.

La cinquième nuit, l'ensemble de l'armée s'était engagé dans la traversée, et l'avant-garde avait dépassé la moitié de la distance entre Khatmia et Ismaïlia. Meren put se rabattre derrière l'arrière-garde pour examiner les points d'eau désertés. Ils étaient presque entièrement vidés ou bien les amphores avaient été emportées. Naja était tellement certain de remporter la victoire qu'il n'avait laissé aucune réserve en prévision d'une éventuelle retraite. Meren remplit ses outres aux quelques amphores laissées sur place, presque vides, avant de les briser.

Il repartit, parallèlement à la ligne de marche de Naja, mais bien plus au sud et hors de vue de ses éclaireurs, et vint se porter en avant de l'armée, ralentie par sa taille et par son chargement. Il retourna à l'endroit où il avait caché le gros de son détachement. Celui-ci comptait cinquante chars conduits par des soldats d'élite et tirés par quelques-uns des meilleurs chevaux de l'armée de Nefer. Il s'arrêta juste le temps d'abreuver les bêtes et de remplacer les pennons bleus de son char par les rouges de l'armée ennemie. Il se consola en se disant que c'était une ruse de guerre légitime. Puis, à la tête de son escadron, il reprit la route à quelques lieues de l'avant-garde de Naja et s'éloigna à toute allure sur sa ligne de marche.

Les hommes laissés aux points d'eau pour les surveiller virent ses chars arriver de la direction où ils s'attendaient à voir poindre leurs camarades. Ils se laissèrent abuser par les couleurs qui flottaient au-dessus d'eux. Meren ne leur laissa pas le temps de se raviser. Il fonça sur eux et tailla en pièces ceux qui tentaient de résister. On donna le choix aux survivants : la mort ou la défection. La plupart se rallièrent à Nefer Seti. Un seul coup de maillet suffit à briser les amphores une à une et le précieux liquide se répandit dans le sable. Les hommes de Meren remontèrent sur leurs chars et se dirigèrent vers le point d'eau suivant.

Lorsqu'ils arrivèrent enfin en vue d'Ismaïlia, Nefer vint à leur rencontre et embrassa Meren en apprenant qu'il avait rempli sa mission : Naja se retrouvait maintenant sans eau dans le désert.

— Tu viens de mériter ton premier Or du Courage,

déclara Nefer à son ami, et te voilà élevé au rang de Meilleur de Dix Mille.

Il était soulagé de constater que Meren, hâlé, svelte et plein d'ardeur, semblait complètement remis de sa blessure.

— Je te donne le commandement de l'aile droite dans la bataille qui s'annonce.

— Pharaon, si je t'ai donné satisfaction, je sollicite une faveur.

— Naturellement, vieil ami. Si c'est en mon pouvoir, elle te sera accordée.

— Ma place est à ton côté. Nous avons parcouru ensemble la Route Rouge, livrons ensemble cette bataille. Permets-moi une fois encore d'être ton porteur de lance. Tel est l'honneur auquel j'aspire.

Nefer lui prit le bras et le serra.

— Tu seras de nouveau à mon côté. Et c'est moi qui en suis honoré. Mais nous n'avons guère le temps de bavarder, dit-il en lâchant son bras. Naja ne doit pas être loin derrière nous. Dès qu'il s'apercevra que nous avons détruit ses réserves d'eau, il sera obligé de continuer à marche forcée.

Ils regardèrent instinctivement le désert dans la direction d'où devait arriver l'ennemi, mais une brume de chaleur grise turbide flottait sur la sinistre plaine et il n'y avait pas grand-chose à voir. Ils n'eurent cependant pas longtemps à attendre.

Pharaon Naja arrêta son char et contempla les vestiges de sa réserve d'eau. Bien que les éclaireurs l'eussent averti, il fut stupéfié par l'ampleur des dégâts. Il mit pied à terre lentement et traversa à grandes enjambées le champ jonché de débris. Des tessons de poterie craquaient sous ses sandales et il se départit soudain de son sang-froid. Emporté par la colère et le dépit, il lança un coup de pied à une amphore brisée et resta les poings sur les hanches, le regard fixé vers l'ouest. Il reprit rapidement son calme et retourna à l'endroit où attendait son état-major.

— Vas-tu donner l'ordre de rebrousser chemin ? lui demanda l'un de ses officiers d'un air embarrassé.

— S'il y a encore un pleutre pour faire une suggestion de ce genre, dit-il froidement en se tournant vers lui, je le fais attacher nu par les pieds à l'arrière de mon char et je le traîne jusqu'en Egypte.

Les hommes baissèrent les yeux. Naja ôta sa couronne de guerre bleue et essuya la sueur sur son crâne rasé avec le carré de lin que lui tendait son porteur de lance. La couronne sous le bras, il donna ses ordres :

— Rassemblez toutes les outres de l'armée. A partir de maintenant, la distribution d'eau se fera sous ma gouverne. Aucun homme ou animal ne boira sans mon autorisation. Il n'y aura ni retour en arrière ni retraite. Tous les chars de combat avanceront à l'avant de la colonne, y compris ceux de Prenn. Les autres véhicules et les fantassins suivront comme ils pourront. J'emmènerai la cavalerie en avant et je prendrai les puits d'Ismaïlia.

Heseret passa la tête par l'ouverture de sa tente et appela le capitaine de ses gardes.

— Que se passe-t-il ? Que font ces gredins à l'intérieur de l'enceinte royale ? demanda-t-elle en montrant les hommes qui retiraient les outres de l'un de ses chariots à bagages personnels garés à côté de la tente. Qu'est-ce qui leur prend ? Comment osent-ils enlever mon eau ? Je n'ai pas encore pris mon bain. Dis-leur de remettre ces outres à leur place immédiatement.

— C'est un ordre de Pharaon, ton divin epoux, majesté, expliqua le capitaine, lui-même inquiet à la perspective d'être sans eau dans ce terrible désert. Toute l'eau est nécessaire pour les escadrons de chars à l'avant-garde.

— Ces ordres ne peuvent me concerner, moi, la divine reine d'Egypte ! s'écria Heseret. Remettez ces outres là où elles étaient !

Les soldats hésitèrent, mais leur commandant toucha la pointe de son casque avec son glaive et tint bon :

— Pardonne-moi, majesté, mais ce sont les ordres.

— Par Isis, si tu me résistes, je te fais étrangler et brûler !

— Les ordres...

— Que la peste soit de toi et de tes ordres ! Je vais voir l'officier Prenn séance tenante. J'aurai de nouveaux ordres à mon retour. Fais préparer mon char et une escorte de dix hommes ! lança-t-elle à l'adresse du capitaine des gardes.

On voyait bien le quartier général du commandant Prenn à travers la plaine. Il ne lui fallut que cinq minutes pour y arriver sur son char, mais un garde lui barra le passage à l'entrée de la *zareba.*

— Divine majesté, le commandant Prenn n'est pas là, lui dit-il.

— Ce n'est pas vrai, rétorqua Heseret, furieuse. Son étendard flotte sur son pavillon, ajouta-t-elle en montrant la bannière à tête de sanglier.

— Le commandant est parti il y a une heure avec tous ses chars, majesté. Il a reçu l'ordre de Pharaon de rejoindre l'avant-garde.

— Il faut absolument que je le voie. C'est extrêmement urgent. Je sais qu'il ne serait pas parti sans m'en informer.

Sur ce, elle lança son char droit sur le garde, qui dut faire un bond de côté pour ne pas être écrasé. L'escorte suivit bruyamment.

Heseret se dirigea vers la tente à rayures jaunes et vertes du commandant de l'arrière-garde, et jeta les rênes au garçon d'écurie. Elle sauta à terre et se précipita vers l'entrée du pavillon. Celle-ci n'était pas gardée, et Heseret commença à croire qu'on lui avait dit la vérité, que Prenn était bel et bien parti. Elle se baissa cependant pour entrer et s'arrêta net sur le seuil.

Deux jeunes garçons étaient assis sur un tas de peaux de bêtes au milieu de la tente. Ils étaient en train de manger avec leurs doigts le contenu de plats en bois et, stupéfaits, levèrent les yeux vers elle.

— Qui êtes-vous ? demanda-t-elle tout en connaissant la réponse, compte tenu de la réputation de Prenn.

Aucun des deux ne répondit et ils continuèrent de la fixer du regard sans mot dire. Heseret plissa soudain les yeux et fit un pas dans leur direction.

— Vous ! Espèces de garces ! Gardes ! cria-t-elle d'une voix perçante. Gardes, venez ici immédiatement !

Mintaka se ressaisit, prit Merykara par la main et la releva. Toutes deux traversèrent la tente à toute allure et sortirent en trombe par l'ouverture arrière.

— Gardes ! vociféra Heseret. Par ici ! Attrapez-les !

Elle se lança à la poursuite des deux fuyardes, son garde du corps sur les talons. Quand ils arrivèrent dehors, Mintaka et Merykara étaient déjà à mi-chemin de la sortie de la *zareba*.

— Arrêtez-les ! hurla-t-elle. Ne les laissez pas s'échapper. Ce sont des espionnes et des traîtresses !

Son garde du corps courut à leurs trousses en criant aux sentinelles de l'entrée :

— Arrêtez-les ! Emparez-vous d'elles ! Ne les laissez pas s'enfuir !

Les sentinelles tirèrent leur glaive et se précipitèrent pour bloquer le passage.

Mintaka s'arrêta net. Elle jeta un rapide coup d'œil autour d'elle, puis, sans lâcher la main de Merykara, courut vers la clôture d'épineux et essaya de l'escalader. Mais le garde du corps les rattrapa et, les empoignant par les chevilles, les tira en arrière. Les épines leur avaient lacéré bras et jambes, et toutes deux étaient en sang, mais elles se débattirent avec l'énergie du désespoir. Les soldats finirent par les maîtriser et les ramenèrent au pavillon face à Heseret. Celle-ci souriait vindicativement.

— Ligotez-les. Je suis certaine qu'à son retour mon époux, le souverain d'Egypte, leur infligera le châtiment qu'elles méritent. En attendant, qu'on les mette en cage comme des bêtes sauvages et qu'on les place à l'entrée de ma tente afin que je puisse les garder à l'œil.

Le garde du corps déposa Mintaka et Merykara, poignets et chevilles ligotés, sur un char pour les amener au campement d'Heseret. L'un des chariots de son train de bagages transportait des poules, des cochons et de jeunes chèvres enfermés dans des cages pour sa cuisine. La cage qui contenait les cochons de lait était vide, ceux-ci ayant déjà été tués et mangés. Elle était en bambous reliés entre eux par des bandes de cuir et puait, du fait des excréments dont elle était jonchée. Les gardes poussèrent les deux jeunes filles par l'étroite porte. La cage n'était pas assez haute pour qu'elles se tiennent debout. Elles étaient obligées de rester assises, adossées aux bambous, les poignets attachés derrière elles à l'un d'entre eux.

— Des gardes surveilleront votre cage jour et nuit, les prévint Heseret. Si vous essayez de vous échapper, on vous coupera un pied pour vous dissuader de recommencer.

A en juger par son air, ce n'était pas une menace en l'air. Merykara se mit à pleurer, mais Mintaka lui murmura :

— Non, ma chérie. Sois courageuse. Ne lui donne pas la satisfaction de te voir flancher.

— Pharaon ! Les détachements sont de retour ! cria la sentinelle sur la tour de guet du fort d'Ismaïlia.

Assis à la table sous l'auvent dans la cour où Taita et lui prenaient le repas de midi et passaient en revue une fois de plus les détails de la défense, Nefer se leva d'un bond. Il grimpa rapidement à l'échelle qui menait en haut de la tour et se protégea les yeux pour regarder vers l'est. Malgré le soleil éblouissant, il aperçut les chars des premiers détachements. Tandis qu'ils descendaient la berge de l'oued, les gardes ouvrirent les portes du fort pour les laisser entrer.

— L'ennemi approche à toute allure ! cria la sentinelle à Nefer.

— Félicitations ! lança Nefer en réponse, puis à l'adresse du héraut sur la muraille au-dessus des portes : Sonne l'appel aux armes !

La corne de bélier retentit à travers la plaine et l'armée entière, qui campait le long du large oued, s'anima. La sonnerie fut reprise d'escadron en escadron, de légion en légion. Les hommes sortaient à flots des tentes et des abris, empoignaient leurs armes et rejoignaient en hâte leurs unités. Des colonnes d'hommes et de chars affluèrent bientôt vers leurs positions fixées d'avance.

Taita grimpa en haut de la tour. Nefer l'accueillit avec un sourire et dit :

— Même privé d'eau, Naja n'a donc pas fait demi-tour.

— Nous n'avons jamais cru qu'il le ferait.

A l'orient, le ciel commençait à s'obscurcir, comme si la nuit tombait prématurément. Sur un large front, le nuage de poussière soulevé par l'armée en marche bouillonnait tel un orage.

— La matinée ne fait que commencer. Il reste assez de temps pour que l'issue de la bataille se décide avant le crépuscule, dit Nefer en levant les yeux vers le pâle soleil.

— Les chevaux de Naja n'ont bu que très peu en trois jours et ils ont dû être menés durement pour arriver ici aussi vite. Il sait qu'il doit l'emporter et arriver aux puits aujourd'hui même, sans quoi il n'y aura pas de lendemain pour lui.

— Vas-tu sortir avec moi pour l'affronter à mon côté, vieux père ? demanda Nefer en bouclant le ceinturon que lui tendait son ordonnance.

— Non ! fit Taita en levant la main gauche.

Il portait à l'annulaire une bague en or ornée d'un énorme rubis cœur-de-pigeon, qui resplendissait au soleil. Nefer reconnut celle que Naja avait retirée de son doigt et offerte à Taita à Thèbes en signe de reconnaissance quand il avait cru que le mage avait assassiné à sa place le jeune pharaon. C'était une amulette aussi puissante qu'une mèche de cheveux, une rognure d'ongle de Naja ou une boulette de ses excréments.

— Je vais surveiller la bataille d'ici. Peut-être, à ma

modeste manière, pourrai-je t'être d'un plus grand secours que si je manie le glaive ou l'arc.

— Tes armes sont mieux affûtées et vont plus facilement droit au but que toutes celles que j'ai jamais maniées, répondit Nefer en souriant. Qu'Horus t'aime et te protège, vieux père.

Ils regardèrent les bataillons d'archers et de frondeurs sortir de l'oued et prendre position derrière les murets. Leurs rangs avançaient avec détermination et rapidité, car chacun savait ce qu'on attendait de lui et avait répété maintes fois la manœuvre. Quand le dernier se fut mis en embuscade, la plaine parut déserte.

Le nuage de poussière soulevé par l'armée ennemie était à moins d'une lieue quand Nefer étreignit Taita et descendit l'échelle. Lorsqu'il franchit les portes du fort, une immense clameur s'éleva des escadrons de chars. Il parcourut leurs rangs en exhortant ses officiers :

— Courage, Hilto ! Bats-toi encore une fois pour moi, Shabako ! Ce soir, nous boirons ensemble la coupe de la victoire, Socco !

Quand il sauta sur son char, Meren lui passa les rênes. Dov reconnut son toucher et hennit doucement en tournant la tête pour le regarder de ses grands yeux clairs bordés de longs cils sombres. Krous arqua l'encolure et racla le sol avec le pied.

— En avant, marche ! lança Nefer en levant le poing droit.

Les cornes de bélier sonnèrent la marche et l'avant-garde s'ébranla, rang après rang. Ils avancèrent majestueusement entre les murets, derrière lesquels aucun archer n'était visible depuis la plaine.

Sur un autre signal de Nefer, les formations s'ouvrirent. Roue contre roue, les chars du premier rang se dirigèrent vers l'immense nuage de poussière qui roulait dans leur direction. En arrivant au point de repère qu'il avait placé quelques semaines plus tôt, Nefer arrêta l'escadron de tête et laissa les chevaux se reposer pendant qu'il observait l'avancée de l'ennemi.

A l'endroit où le nuage brun touchait l'immense désert gris, une myriade d'éclairs métalliques tremblotaient dans l'air chaud le long d'une ligne de points sombres. Ils continuaient d'avancer et, dans le mirage, les contours des chars du premier rang de l'armée de Naja se tortillaient et changeaient de forme comme des têtards au fond d'une mare.

Puis leur silhouette s'affermit et se précisa. On discernait maintenant les chevaux et les hommes en armure sur les véhicules derrière eux.

— Doux Horus, il semble qu'il ait engagé tous ses chars, murmura Meren. Il n'en a gardé aucun en réserve.

— Ils ont sans doute un besoin d'eau impérieux. Sa seule chance de survie est d'enfoncer nos rangs par une charge frontale et de parvenir jusqu'aux puits.

L'ennemi approchait de plus en plus et ils distinguaient maintenant les traits des guerriers du premier rang. Ils identifiaient chaque régiment grâce à leurs couleurs et à leurs pennons, et reconnaissaient les officiers.

La puissante armée s'arrêta à deux cents pas. Un grand silence tomba sur la plaine que seuls brisaient les gémissements légers du vent. La poussière se déposa comme un voile et les deux armées se révélèrent dans le moindre détail.

Un char se détacha au centre de l'armée ennemie. Bien qu'il fût couvert de poussière, la nacelle dorée luisait, le pennon royal flottant au-dessus du conducteur. Naja s'arrêta à moins de cent pas du front, et Nefer reconnut son beau visage froid sous le casque de guerre bleu.

— Salut, Nefer Seti, rejeton de celui que j'ai tué de mes propres mains ! lança Naja de sa voix sonore.

Nefer se raidit en l'entendant confesser si ouvertement son régicide.

— Sur ma tête, je porte la couronne que j'ai prise à Tamose mourant et, à la main, le glaive arraché à sa main de lâche ! cria-t-il en levant haut le grand glaive bleu. Veux-tu les reprendre, petit ?

Les mains de Nefer commencèrent à trembler sur les rênes et la colère tendit un voile rouge devant ses yeux.

— Calme-toi ! murmura Meren à son côté. Ne cède pas à la provocation.

Nefer fit un immense effort pour dominer sa colère. Il réussit à rester impassible, mais c'est d'une voix métallique qu'il lança « Tenez-vous prêts ! » en levant haut son glaive.

Naja rit doucement, fit tourner son char et partit reprendre sa place au centre de la ligne ennemie.

— En avant ! ordonna-t-il en levant le glaive bleu.

Ses premiers rangs s'ébranlèrent en direction des escadrons de Nefer.

— Au galop ! Chargez !

Et la masse compacte déferla. Nefer tint ferme et les laissa venir. Les sarcasmes de Naja résonnaient encore à ses oreilles, et il éprouvait une envie terrible de renoncer à sa stratégie soigneusement préparée et de se précipiter sur lui pour l'affronter en combat singulier et percer son cœur de traître. Avec un immense effort, il écarta la tentation et leva son glaive. Ses légions réagirent instantanément. Tel un vol d'oiseaux virant en plein essor ou un banc de poissons évitant l'attaque d'un barracuda, ils tournèrent avec ensemble et rebroussèrent chemin à toute allure à travers la plaine.

Les conducteurs de char au premier rang de l'armée

de Naja s'étaient préparés au choc frontal, mais, ne rencontrant aucune opposition, comme on trébuche sur un obstacle inexistant, ils perdirent leur élan. Quand ils furent revenus de leur surprise, Nefer s'était déjà éloigné de cent pas. Ses escadrons modifièrent leur formation en un mouvement fluide et se rangèrent en quatre colonnes.

Naja les poursuivait à toute vitesse mais, après trois cents pas, ses flancs arrivèrent sur des murets de pierre qui partaient en oblique devant eux. Ne pouvant s'arrêter, ils infléchirent leur course vers le centre et se bousculèrent comme les flots d'une large rivière obligée de franchir une gorge. Leurs roues s'accrochaient, les attelages devaient se céder le passage. La charge se fit hésitante et ralentit, chars et chevaux serrés en une masse compacte.

A cet instant critique, les cornes de bélier retentirent à travers la plaine et, à ce signal, archers et frondeurs passèrent la tête par-dessus le muret de chaque côté de l'entonnoir. Leurs flèches déjà encochées, les archers bandèrent leurs courts arcs recourbés et visèrent en choisissant leur cible avec soin. C'était la première volée qui impressionnait le plus l'ennemi.

Les frondeurs firent tournoyer leurs armes au-dessus de leurs têtes en les tenant à deux mains pour contrebalancer le poids des boules d'argile durcie dans les poches de cuir au bout de leurs longues lanières. Elles vrombirent en prenant de la vitesse.

Les premiers escadrons de Naja étaient profondément engagés dans l'entonnoir lorsque les cornes retentirent encore : les archers lâchèrent leurs flèches à l'unisson. Ils avaient reçu l'ordre de viser les chevaux et les capitaines ennemis. En dehors du léger murmure des empennages, les flèches volèrent presque sans bruit, mais la portée était courte et l'impact des pointes dans la chair résonna comme une poignée de gravier jetée sur une berge boueuse. Le premier rang des assaillants tomba. Les chars montèrent sur les cadavres des chevaux et, échappant à tout contrôle, firent des embardées et des tonneaux, percutant les murets de pierre et se renversant.

Puis les frondeurs lâchèrent leurs projectiles. Les boules d'argile cuites, grosses comme des grenades, étaient aussi lourdes que l'ivoire. Elles fendaient le crâne d'un homme ou d'un cheval, cassaient une jambe ou brisaient des côtes comme de vulgaires brindilles. Elles heurtèrent le deuxième rang de chars, faisant de terribles ravages.

Incapables d'arrêter la charge, les chars qui suivaient entraient en collision avec les épaves des précédents. Les caisses se fendaient et se déchiraient dans un bruit de branches cassées. Des brancards se brisaient et de redoutables éclats de bois transperçaient les chevaux qui les tiraient. Des roues se fracassaient ou étaient arrachées de leur moyeu. Des hommes projetés hors de la plateforme étaient piétinés par les sabots des chevaux qui se cabraient et tournaient en rond frénétiquement.

A la tête de son escadron, Nefer donna le signal qu'attendaient ses hommes, et des essaims de fantassins bondirent hors de leurs cachettes. Les uns après les autres, les chars de Nefer se précipitèrent à travers ces brèches en terrain découvert. Ils avaient maintenant toute liberté de manœuvre. Rebroussant chemin, ils contournèrent les escadrons pris au piège et les attaquèrent par l'arrière.

Les deux armées se livraient à présent un combat sans merci. Tous les véhicules de Naja ne s'étaient pas laissé enfermer entre les murets, n'ayant pas eu la place d'y entrer tous en même temps. Ils se ruaient pour affronter Nefer, et une bataille de chars classique ne tarda pas à s'engager. Ils tournaient les uns autour des autres, chargeaient, se repliaient et chargeaient à nouveau. Les escadrons se divisaient en unités plus petites et, partout dans la plaine, des chars isolés s'affrontaient, roue contre roue, d'homme à homme.

Malgré les pertes effroyables que Nefer avait infligées à l'ennemi au début du combat, il pâtissait toujours du lourd handicap du nombre. Tandis que les deux camps prenaient alternativement l'avantage, il était obligé de faire sans arrêt appel à de nouvelles réserves, qu'il tenait cachées dans l'oued derrière le fort. Il donna le signal aux dernières d'entre elles. Toute son armée était engagée. Il avait rallié jusqu'au dernier de ses chars, mais cela ne suffisait pas. Ses chevaux et ses hommes étaient peu à peu accablés par le nombre.

Dans la poussière, les clameurs et le vacarme général, Nefer fouillait la plaine à la recherche du char doré et du pennon royal rouge de Naja. S'il parvenait à l'affronter en combat singulier et à le tuer, il pourrait encore l'emporter. Mais il n'en distinguait aucune trace. Peut-être avait-il été abattu dans le défilé entre les murets, peut-être gisait-il, blessé ou mort, dans la confusion de la bataille.

Tout près, le char d'Hilto fut pris en tenailles par deux chars ennemis, et le vieux guerrier, blessé, se retrouva au sol. Ses hommes le virent tomber et rompirent les rangs en désordre. Un froid désespoir envahit Nefer. Ils étaient en train de perdre la bataille.

Une file de chars opéra un mouvement tournant rapide pour prendre à revers les archers et les frondeurs abrités derrière les murets et les décima avec ses flèches et ses javelines. Les fantassins se dispersèrent et prirent la fuite en hurlant. Leur exemple fut contagieux. Nefer, la mine sinistre, se souvint que Taita appelait cela « l'effet du petit oiseau » : quand l'un s'enfuit, tous les autres l'imitent.

Nefer savait que son armée était au bord de la déroute et il lançait des encouragements aux conducteurs de char assez près de lui pour l'entendre. Il tenta de les rallier en attaquant un autre char ennemi et en abattant son équipage en une dizaine de coups de glaive. Il se lança ensuite à la poursuite d'un autre encore, mais Dov et Krous étaient à deux doigts de l'épuisement et l'ennemi lui échappa.

— Regarde, Pharaon ! cria soudain Meren à son côté en montrant l'est.

Du revers de la main, Nefer essuya la sueur et le sang ennemi sur son visage, et se tourna dans la direction indiquée.

Il eut alors la certitude que tout était joué. Une phalange de nouveaux chars ennemis, sortis de nulle part, fonçait vers eux. Naja avait fait appel à des réserves. Cela n'avait plus d'importance, la bataille était perdue.

— Combien sont-ils ? se demanda Nefer, le cœur serré.

— Deux cents. Peut-être plus, estima Meren avec résignation. C'est fini, Pharaon. Nous mourrons au combat.

— La dernière charge ! cria Nefer aux conducteurs les plus proches. A moi, les Bleus ! Mourons glorieusement.

Ils l'acclamèrent d'une voix rauque et vinrent se ranger à ses côtés. Même Dov et Krous semblaient animés d'une force renouvelée et la ligne ténue de chars bleus fonça droit vers les nouveaux arrivants. En approchant, ils virent que le char de tête arborait un pennon d'officier.

— Par Horus ! Je le connais ! s'écria Meren. C'est ce vieux sodomite de Prenn.

Ils étaient maintenant si près que Nefer reconnut lui aussi le visage émacié et le bandeau noir sur l'œil. Il l'avait aperçu dans l'état-major du roi Apepi durant les négociations du traité d'Hathor, le jour marqué d'une pierre blanche où il avait vu Mintaka pour la première fois.

— Son arrivée est inopportune, dit Nefer sombrement, mais peut-être allons-nous épargner à la prochaine génération de jeunes garçons ses attentions amoureuses.

Il dirigea Dov et Krous droit sur Prenn pour l'obliger à faire une embardée et à présenter son flanc à son tir de javeline. Quand ils furent plus près, Meren, stupéfait, s'écria :

— Il arbore le bleu !

Le pennon de Prenn flottait dans l'axe des deux chars, raison pour laquelle Nefer ne l'avait pas vu jusque-là. Mais Meren avait raison : Prenn avait hissé le bleu de la maison de Tamose et tous ses hommes avaient fait de même.

Prenn ralentit, la main droite sur le cœur pour saluer Nefer, et, de sa grosse voix qui couvrait le grondement des roues de char, il cria :

— Salut, Pharaon ! Puisses-tu vivre dix mille ans, Nefer Seti !

Ebahi, Nefer baissa sa javeline et arrêta ses chevaux.

— Quels sont tes ordres, Pharaon ? cria encore Prenn.

— Qu'est-ce là, officier Prenn ? Pourquoi attends-tu mes ordres ? cria Nefer en réponse.

— La princesse Mintaka m'a transmis ton message, et je suis venu me placer sous ton commandement pour t'aider à venger la mort du roi Apepi et celle de Pharaon Tamose.

— Mintaka ? répéta Nefer, désorienté.

Celle-ci était pourtant cloîtrée dans le temple d'Avaris... Mais son instinct de guerrier l'emporta et il écarta ces réflexions.

— Bienvenu, officier Prenn. Tu arrives à point nommé. Viens placer ton char le long du mien et nous allons balayer le champ de bataille d'un bout à l'autre.

Ils chargèrent côte à côte, et les légions dispersées de Nefer virent arriver les pennons bleus et entendirent le cri de guerre : « Horus et Nefer Seti ! » Les escadrons rouges de Naja Kiafan n'étaient guère en meilleure posture et ne pouvaient opposer qu'une faible résistance aux troupes fraîches de Prenn. Ils luttèrent un moment, mais le cœur leur manquait. Certains descendaient de leur char et, à genoux dans la poussière, les mains en l'air, demandaient quartier en criant des louanges à la gloire de Nefer Seti. Leur comportement était contagieux et faisait tache d'huile. D'autres Rouges jetaient leur glaive et tombaient à genoux.

Nefer quadrillait le champ de bataille à la recherche de Naja. La victoire ne serait complète, il le savait dans son for intérieur, que s'il vengeait le meurtre de son père. Il revint vers les murets de pierre où il avait vu Naja pour la dernière fois, menant la charge. Il roulait au milieu des débris, des chars brisés et renversés, des hommes et des chevaux blessés ou mourants, des cadavres éparpillés. La plupart des ennemis avaient été tués ou s'étaient rendus, mais des petits groupes isolés continuaient de se battre. Les hommes de Nefer se montraient sans pitié avec eux et les taillaient en pièces, même quand ils tentaient de se rendre. Nefer intervenait quand il le pouvait pour arrêter le massacre et protéger les prisonniers, mais ses soldats étaient en proie à une folie meurtrière et des dizaines d'ennemis moururent avant qu'il ait eu le temps de les sauver.

Il arriva aux murets de pierre et arrêta son attelage. Du haut de son char, il voyait l'étroit défilé dans lequel il avait pris au piège les premières légions de l'armée de Naja. Les chars fracassés étaient entassés les uns sur les autres comme les épaves d'une flotte jetée sur les rochers par la tempête. Des chevaux avaient réussi à se relever, mais restaient retenus par leur harnais. Une superbe jument baie se tenait sur trois jambes, la quatrième cassée par la boule d'argile d'un frondeur, et, près d'elle, un étalon noir perdait ses boyaux par une blessure au ventre. Des morts et des blessés gisaient autour des chars. Des hommes bougeaient et gémissaient encore, appelant les dieux et leur mère, réclamant de l'eau et du secours. D'autres blessés étaient assis par terre, la mâchoire pendante, hébétés par la douleur. L'un, à bout de forces, essayait de retirer la flèche plantée dans son estomac. Nefer cherchait le corps de Naja parmi les morts, mais le désordre le plus total régnait et certains étaient ensevelis sous les épaves. Il vit alors luire la feuille d'or du char de Naja Kiafan et son étendard royal étalé dans la poussière et les mares de sang.

— Il faut que je le trouve. Je dois absolument savoir s'il est mort, dit Nefer à Meren en sautant à terre.

— Je vais t'aider à le chercher.

Meren attacha les chevaux au muret. Nefer passa d'un bond par-dessus et avança à travers les épaves jusqu'au char doré. Il était couché sur le côté, sa plate-forme vide. L'un des chevaux était encore en vie, une jambe de devant brisée. Il leva la tête et regarda Nefer tristement. Celui-ci prit une javeline dans le coffre latéral et tua l'animal d'un coup derrière l'oreille. Meren poussa soudain un cri et se baissa pour ramasser quelque chose. Il leva haut son trophée : c'était la couronne de guerre bleue de Naja.

— Le corps de ce porc ne doit pas être bien loin ! lui cria Nefer. Jamais il ne se serait débarrassé de sa couronne. Il y attachait trop de prix.

— Fouille sous le char ! lui lança Meren. Il est peut-être coincé dessous. Je vais t'aider à le soulever.

Il se dirigea vers Nefer en passant par-dessus les autres chars. Au même moment, du coin de l'œil, Nefer aperçut un mouvement et Meren cria :

— Attention ! Derrière toi !

Nefer se retourna brusquement. Tapi derrière la caisse du char, Naja s'était relevé, les yeux fous, son crâne pâle brillant comme un œuf d'autruche. Il portait encore le glaive bleu de Tamose et, des deux mains, en assena un coup à la tête de Nefer. Mais l'avertissement de Meren sauva le jeune pharaon, qui se baissa sous la lame sifflante. Son glaive était au fourreau sur sa hanche, mais il avait toujours à la main la javeline avec laquelle il avait donné le coup de grâce au cheval blessé. D'instinct, il frappa Naja à la gorge, mais, rapide comme le cobra dont il portait le nom, celui-ci esquiva. Cela donna à Nefer le temps de tirer son glaive. Naja s'était cependant reculé et regardait autour de lui. Il vit Meren, le glaive levé, voler au secours de son compagnon, Krous et Dov attachés au mur et attelés au char. Il repoussa Nefer d'un coup de glaive, puis tourna les talons et partit en courant. Nefer lança la javeline, mais la lanière n'était pas attachée et elle manqua son but. Naja arriva au muret, bondit par-dessus en tranchant la longe du char d'un coup de glaive et sauta sur la plate-forme. N'ayant pas les rênes à portée de main, il saisit le fouet à double mèche et l'abattit sur la croupe de Krous et de Dov.

Surpris, les deux chevaux bondirent en avant et, en une dizaine de foulées, ils étaient lancés à plein galop.

Nefer sauta sur le muret et vit Naja emporté à travers la plaine. Il prit une profonde inspiration et siffla, cette stridulation aiguë que Dov et Krous connaissaient si bien. Ils levèrent la tête, dressèrent et tournèrent les oreilles dans sa direction. Puis Krous changea d'allure et vira à droite brusquement, imité par Dov. Le char faillit verser et Naja dut se cramponner à la caisse pour ne pas être projeté par-dessus bord. Dans un martèlement de sabots, les deux chevaux revinrent vers Nefer, debout sur le muret. Naja reprit son équilibre et leva le glaive bleu, prêt à frapper. Nefer savait que sa lame de bronze ne tiendrait pas le choc contre la terrible lame bleue. Affronter un adversaire de la trempe de Naja, fort d'une telle arme de surcroît, c'était courir à une mort certaine.

Au moment où les chevaux passaient à toute vitesse au-dessous de lui, Nefer sauta sur le dos de Krous et, avec les genoux, le dirigea au grand galop vers la plaine. Il jeta un coup d'œil en arrière : Naja était passé par-dessus le garde-boue et, debout sur le brancard, avançait vers lui avec précaution.

Nefer se pencha en arrière et trancha le nœud de la longe de cuir tressé qui tenait les chevaux attachés au brancard. Abandonné à lui-même, le char vira d'un côté. Sous le poids de Naja, le brancard tomba sur le sol sablonneux et s'y planta. Lancé à toute vitesse, le véhicule se souleva et Naja fut éjecté. Il tomba sur l'épaule et, malgré le martèlement des sabots et le craquement de la caisse du char, Nefer entendit l'os se briser.

Nefer fit tourner Krous et ils foncèrent sur Naja. Celui-ci s'était relevé avec peine et, chancelant, serrait son bras droit contre sa poitrine. Dans sa chute, il avait lâché le glaive bleu, qui, après avoir tournoyé en l'air, s'était fiché dans le sol dix pas plus loin. La lame vibrait encore, et le métal bleu étincelait tandis que la garde ornée de pierreries oscillait d'un côté et de l'autre.

Naja tituba vers l'arme, mais, quand il vit Krous fondre sur lui, son visage devint gris sous l'effet de la terreur. Il pivota sur lui-même et se mit à courir.

Nefer se pencha, arracha le glaive au passage et lança Krous à la poursuite du fuyard. Naja entendit les sabots battre crescendo derrière lui et jeta un coup d'œil en arrière. Le khôl avait coulé sur ses joues comme des larmes noires, et la terreur déformait ses traits. Il savait qu'il n'échapperait pas à la terrible vengeance de Nefer. Il tomba à genoux et leva les mains dans un geste suppliant. D'une tape sur le garrot ponctuée d'un sifflement aigu, Nefer arrêta Krous brusquement devant l'homme agenouillé, sauta à terre et s'approcha de lui, le dominant de toute sa hauteur.

— Pitié ! Je te cède le pschent et tout le royaume, pleurnicha Naja en rampant aux pieds de son vainqueur.

— Je les ai déjà. Il ne me manque qu'une chose, la vengeance !

— Pitié, Nefer Seti, au nom des dieux et pour l'amour de ta sœur, la divine Heseret, et de l'enfant qu'elle porte, implora Naja.

Un poignard apparut soudain dans sa main droite et il frappa Nefer, visant son bas-ventre. Nefer faillit se laisser prendre, mais il esquiva au dernier moment et la pointe du poignard s'accrocha à sa tunique. D'un revers de la lame bleue, il fit sauter l'arme de la main de son ennemi.

— J'admire ta constance. Tu auras été fidèle jusqu'au bout à ta nature vile, dit-il avec un sourire glacial. Je vais être avec toi aussi clément que tu l'as été avec mon père.

Il plongea le glaive bleu dans la poitrine de Naja et la

lame ressortit entre ses omoplates. Une expression douloureuse traversa le visage du vaincu.

— Tu as souillé cette lame sacrée. Je la lave dans ton sang.

Nefer la dégagea d'une secousse et la lui enfonça de nouveau dans le corps.

Naja s'écroula face contre terre et tenta de prendre une dernière inspiration, mais l'air s'échappa en bouillonnant par sa blessure dans le dos, un frisson le parcourut et il mourut.

Nefer attacha le corps par les chevilles aux traits qui pendaient du harnais de Krous, remonta sur son dos et revint en traînant le cadavre à travers le champ de bataille. Il franchit les portes du fort, suivi par des vagues d'acclamations. Il coupa la corde et laissa le cadavre sanglant étendu dans la poussière.

— Qu'on découpe en morceaux le corps de l'usurpateur et qu'on les envoie dans tous les nomes du pays pour les exposer afin que tous les habitants d'Egypte voient quel châtiment est réservé aux régicides et aux traîtres.

Il leva ensuite les yeux vers la mince silhouette dressée sur la tour de guet et la salua en levant vers elle le glaive bleu maculé de sang. En réponse, Taita leva la main droite, et un éclair de lumière rouge sombre s'échappa du rubis qu'il portait au doigt, la bague de Naja.

Il est resté sur la tour tout le jour. Quel rôle a joué le mage dans cette bataille ? se demanda Nefer. Aurions-nous remporté la victoire sans lui ? La question était sans réponse et il la chassa de son esprit. Il grimpa en haut de la tour et vint se placer à côté de Taita. De là-haut, il s'adressa à ses hommes. Il les remercia de leur fidélité et de leur bravoure. Il leur promit à tous des récompenses et une part du butin, et, aux officiers, l'Or du Courage.

Quand il eut fini d'énumérer leurs noms, le soleil descendait sur l'horizon derrière un banc de nuages d'orage. Il termina son allocution par un appel à la prière :

— Je dédie cette victoire à l'Horus d'or, le faucon des dieux ! s'écria-t-il.

Au même moment, un curieux phénomène se produisit. L'un des derniers rayons du soleil traversa les nuages et éclaira la tour de guet, réfléchi par la couronne de guerre bleue dont Nefer s'était coiffé et le glaive bleu qu'il avait à la main.

A l'instant même, un cri sauvage déchira les cieux. Toutes les têtes se levèrent vers le ciel. Un immense murmure parcourut la foule. Un faucon royal planait dans les hauteurs au-dessus de Pharaon. Il poussa de nouveau son cri étrange et obsédant, puis décrivit trois cercles avant de s'éloigner à tire-d'aile droit vers l'est et de disparaître dans l'obscurité.

— C'est une bénédiction du dieu, psalmodièrent les soldats. Gloire à Pharaon ! Même les dieux te saluent !

Mais, dès qu'ils se retrouvèrent seuls dans la tente royale, Taita dit à voix basse :

— C'est un avertissement et non une bénédiction qu'a apporté le faucon.

— Quel avertissement ? s'enquit Nefer, soudain inquiet.

— Lorsque l'oiseau a poussé son cri, j'ai entendu Mintaka appeler, chuchota Taita.

— Mintaka ! s'exclama Nefer, qui l'avait oubliée dans le feu de la bataille. Que m'a dit Prenn à son propos ?

Il se tourna vers l'entrée du pavillon et appela les gardes.

— Prenn, où est le commandant Prenn ?

Prenn arriva sur-le-champ et s'agenouilla devant Pharaon.

— Tu as droit à ma profonde gratitude, lui dit Nefer. Sans toi, nous n'aurions pas eu le dessus. Tu seras récompensé encore plus généreusement que mes autres officiers.

— Pharaon me fait un grand honneur.

— Au début de la bataille, tu m'as parlé de la princesse Mintaka. Je la croyais en sécurité dans le temple d'Avaris. Où et quand l'as-tu vue pour la dernière fois ?

— Pharaon, tu fais erreur. La princesse Mintaka ne se trouve pas au temple. Elle est venue m'apporter ton message. Je ne pouvais l'emmener avec moi au combat et je l'ai donc laissée il y a deux jours dans mon camp, entre Khatmia et ici.

Nefer fut pris d'un terrible pressentiment.

— Avec qui l'as-tu laissée au camp ?

— D'autres dames de sang royal, la princesse Merykara, qui l'avait accompagnée, et Sa Majesté la reine Heseret...

— Heseret ! s'exclama Nefer en se levant d'un bond. Heseret ! Si Mintaka et Merykara sont en son pouvoir, que va-t-elle leur faire quand elle apprendra que j'ai tué son époux ?

Il se dirigea à grands pas vers l'entrée de la tente et cria à Meren :

— Mintaka et Merykara sont en grand danger !

— Comment le sais-tu ? demanda Meren, affolé.

— Je l'ai appris de la bouche de Prenn. Et Taita a vu un avertissement dans le cri du faucon. Nous devons partir sur-le-champ.

Heseret se réveilla dans l'obscurité totale et le froid qui précèdent l'aube. Elle ne savait trop ce qui avait interrompu son sommeil, mais elle entendit des voix nombreuses, encore lointaines, qui se rapprochaient. Elle se dressa sur son séant en laissant glisser la couverture de fourrure jusqu'à sa taille et essaya de comprendre ce que signifiait ce vacarme. Elle distingua quelques paroles : « vaincu », « tué », « fuir immédiatement ».

Elle cria pour appeler ses servantes et deux d'entre elles entrèrent dans sa tente, à moitié endormies et nues, de petites lampes à huile à la main.

— Que se passe-t-il ? demanda-t-elle.

— Nous l'ignorons, maîtresse. Nous dormions, répondit l'une, les yeux écarquillés, sans comprendre.

— Espèces d'idiotes ! Allez vous renseigner immédiatement, ordonna Heseret avec colère. Et assurez-vous que les prisonnières sont toujours dans leur cage.

Les deux filles se hâtèrent d'obéir. Heseret sortit de son lit. Elle alluma toutes les lampes, puis attacha ses cheveux, passa une tunique et jeta un châle sur ses épaules. Dehors, le vacarme augmentait. Elle entendait des cris, des chariots passer lourdement sur la route, mais elle ne comprenait toujours pas ce qui arrivait.

Les deux servantes furent bientôt de retour. La plus âgée était hors d'haleine, ses propos hachés.

— Ils disent qu'il y a eu une grande bataille à un endroit appelé Ismaïlia, majesté.

Heseret eut une bouffée de joie. Naja avait triomphé, elle en était certaine.

— Quelle a été l'issue de la bataille ?

— Nous ne le savons pas, maîtresse. Nous ne l'avons pas demandé.

Heseret prit la fille par les cheveux et la secoua si violemment qu'elle lui en arracha des mèches.

— Vous n'avez donc pas une once de cervelle ? hurla-t-elle en la projetant au sol d'une gifle magistrale.

Elle empoigna une lampe et se précipita au-dehors. Les gardes avaient disparu et la peur l'envahit. Elle se rua vers le chariot et leva la lampe pour regarder à l'intérieur de la cage à cochons. Elle fut en partie rassurée en constatant que ses deux prisonnières en haillons étaient toujours là, attachées aux barreaux de bambou dans le fond de la cage. Elles levèrent leurs visages pâles et maculés de poussière pour la regarder.

Heseret tourna les talons et se précipita à l'entrée de la *zareba*. A la lumière des étoiles, une sombre caravane défilait sur la piste. Elle distingua les silhouettes de charrettes et de chariots tirés par des attelages de bœufs. Certains transportaient des tas de ballots et de caisses, d'autres étaient pleins de femmes qui serraient leurs enfants contre elles.

— Où allez-vous ? cria-t-elle. Qu'est-ce qui se passe ?

Personne ne lui répondit ou ne parut seulement remarquer sa présence. Heseret courut jusqu'à la route et prit un soldat par le bras.

— Je suis la reine Heseret, l'épouse du pharaon d'Egypte, dit-elle en lui secouant le bras. Tu m'entends, coquin ?

Le soldat eut un rire bizarre et tenta de se dégager, mais Heseret s'agrippait à son bras avec l'énergie du désespoir. Il la frappa et la laissa étendue sur la route.

Elle se releva péniblement et repéra dans la cohue un autre soldat.

— Comment a tourné la bataille ? Dis-le-moi. Je t'en prie, dis-le-moi, supplia-t-elle.

Il la dévisagea et la reconnut malgré la faible lumière.

— Les nouvelles sont terribles, majesté, répondit-il d'une voix bourrue. Il y a eu une bataille sanglante et l'ennemi l'a emporté. Notre armée est vaincue et tous les chars ont été détruits. L'ennemi approche rapidement et ne va pas tarder à arriver. Nous devons fuir immédiatement.

— Et Pharaon ? Qu'est-il arrivé à mon mari ?

— On raconte que Pharaon a été tué.

Heseret le regarda fixement, paralysée, incapable de parler.

— Viens-tu, majesté ? demanda l'homme. Avant qu'il ne soit trop tard. Avant que n'arrivent les vainqueurs et que ne commence le pillage. Je te protégerai.

Mais Heseret secoua la tête.

— Ce n'est pas possible. Naja ne peut être mort.

Elle se détourna et resta seule au bord de la piste tandis que le soleil commençait à se lever et que le flot de l'armée en déroute continuait de passer devant elle. Cette cohue désorientée n'avait plus rien de commun avec la fière armée qui s'était rassemblée devant la Porte Bleue de Babylone quelques mois plus tôt.

Il y avait quelques officiers parmi la foule et elle cria à l'un d'eux :

— Où est Pharaon ? Qu'est-il arrivé ?

Elle avait le visage ensanglanté, ses vêtements étaient couverts de poussière et l'homme ne la reconnut pas.

— Naja Kiafan a été tué en combat singulier par Nefer en personne et son cadavre a été coupé en morceaux que l'on a envoyés dans tous les nomes pour être exposés sur la place publique, répondit-il en se retournant. L'armée ennemie marche sur nous et elle devrait être ici avant midi.

Heseret laissa échapper un gémissement plaintif. Ces détails étaient trop précis pour que le doute demeure. Elle ramassa une double poignée de poussière et la versa sur sa tête. Toujours gémissante, elle se griffa le visage avec les ongles, et le sang coula le long de ses joues sur sa tunique.

Ses servantes et le chef de ses gardes vinrent la chercher pour la ramener dans la tente, mais elle était folle de chagrin et leur cria des obscénités. Elle leva le visage vers le ciel et proféra des blasphèmes à l'adresse des dieux, leur reprochant de ne pas avoir protégé son mari, qui était un dieu bien plus grand que tous les autres hôtes du panthéon.

Elle sanglotait et criait de plus en plus fort, sombrant peu à peu dans la folie. Elle se lacéra la poitrine avec la petite dague ornée de pierreries qu'elle portait toujours sur elle, urina sur ses jambes et se roula dans la fange. Puis elle se leva subitement et se précipita à l'intérieur de la *zareba*. Elle courut jusqu'à la cage aux cochons et cria à Merykara à travers les barreaux :

— Notre époux est mort ! Tué par notre monstre de frère.

— Loués soient Hathor et tous les dieux, répondit Merykara.

— Tu blasphèmes ! Naja Kiafan était un dieu et tu étais son épouse, vociféra Heseret en s'enfonçant dans sa folie. Tu aurais dû être pour lui une épouse fidèle, mais tu l'as abandonné et humilié.

— C'est Meren qui est mon mari. Je méprise cet individu que tu dis être mon époux. Il a assassiné notre père et il mérite amplement le châtiment que lui a infligé Nefer.

— Meren n'est qu'un simple soldat. Naja était et est un dieu.

Bien que Merykara eût les lèvres gonflées par la soif et le soleil, elle se força à sourire.

— Naja n'a jamais été un dieu, comme peut l'être Meren. Et je l'aime. Il va bientôt être ici et tu ferais mieux de nous libérer, Mintaka et moi, avant son arrivée, sinon Nefer va te le faire payer cher.

— Calme-toi, ma douce amie, murmura Mintaka. Elle est folle. Regarde ses yeux. Ne la provoque pas. Elle est capable de tout.

Heseret avait en effet perdu la raison.

— Tu aimes un simple soldat ? dit-elle. Tu oses le comparer à mon époux, le pharaon d'Egypte ? Eh bien, tu vas avoir ton content de soldats.

Elle se tourna vers le chef des gardes.

— Sors cette truie de sa cage.

L'homme hésita. L'avertissement de Merykara l'avait fortement impressionné. Nefer et ses officiers n'allaient pas tarder à arriver.

Heseret reprit un peu ses esprits.

— Je t'ordonne de m'obéir, sous peine d'en subir les conséquences.

A contrecœur, il donna l'ordre à ses hommes de couper les liens qui retenaient les poignets de Merykara au barreau, puis ils la firent sortir de la cage en la tirant par les pieds.

Ses mains et ses pieds étaient bleus et enflés, les lanières de cuir ayant bloqué la circulation, et elle arrivait tout juste à se tenir debout. Elle avait le visage et les membres brûlés par le soleil, et ses cheveux emmêlés lui tombaient sur le visage.

Heseret jeta un rapide coup d'œil autour d'elle. Une roue de char, démontée pour être réparée et pour l'heure appuyée contre la palissade, attira son attention.

— Apportez cette roue ici ! ordonna-t-elle. Attachez cette garce dessus. Non, pas comme ça. Bras et jambes écartés ! Pour mieux accueillir ses amants, les soldats.

Ils lui obéirent et attachèrent les poignets et les chevilles de Merykara à la jante de la roue posée à terre.

Heseret se plaça devant elle et lui cracha au visage. Merykara se moqua d'elle :

— Tu es folle, ma sœur. Le chagrin t'a brouillé l'esprit. Je te plains, mais rien ni personne ne pourra te rendre Naja. Lorsque ses crimes odieux seront pesés sur la balance de la justice, le monstre des portes du paradis dévorera son cœur haineux et il sombrera dans l'oubli.

Heseret lui lacéra les joues avec la pointe de sa dague, des entailles superficielles mais qui saignèrent abondamment. Le sang dégoulina sur la tunique de Merykara. Heseret fendit l'étoffe de lin avec sa dague, puis, des deux mains, la déchira de l'encolure jusqu'en bas. Dessous, Merykara était nue.

La peau de son corps, épargnée par le soleil, était blanche et tendre. Elle avait de petits seins aux mamelons roses, le ventre plat, et la toison de son pubis était douce et jolie.

Heseret recula et regarda les gardes.

— Lequel de vous veut passer le premier ?

Tous fixaient, bouche bée, le corps mince attaché à la roue.

— Prends garde ! lança Mintaka depuis la cage. Nefer Seti sera bientôt ici, et c'est sa sœur !

Heseret s'en prit à elle.

— Tais-toi. Ton tour viendra ensuite. Il y a ici dix mille hommes, et la plupart d'entre eux auront pris leur plaisir avec toi avant la fin de la journée.

Elle se retourna vers les gardes.

— Eh bien, regardez cette chair fraîche. Vous ne voulez donc pas y goûter ? Je vois déjà vos membres virils saillir sous vos robes.

— C'est de la folie, murmura le chef des gardes, sans pouvoir détacher les yeux du jeune corps pâle. C'est une princesse de la maison de Tamose.

Heseret arracha la longue lance des mains d'un soldat et l'en frappa dans le dos avec la hampe.

— Alors, tu n'as donc rien entre les jambes ? Voyons de quoi tu es capable.

L'homme recula en se massant le dos.

— Tu es folle. Quel châtiment me réserverait Nefer Seti si je faisais cela ?

Il tourna soudain les talons et sortit en courant de la *zareba* pour rejoindre le flot de fuyards. Ses compagnons hésitèrent quelques instants, puis l'un marmonna :

— Elle est folle ! Je ne vais pas attendre que Nefer Seti arrive et voie sa sœur ainsi.

Il se précipita vers la route, suivi par les autres. Heseret courut après eux.

— Revenez ! Je vous l'ordonne !

Mais ils s'étaient déjà mêlés à la cohue et avaient disparu. Heseret se rua vers un grand archer nubien qui passait en courant, l'empoigna par le bras et tenta de l'entraîner à l'intérieur de la *zareba*.

— Viens avec moi. Je sais que vous autres, les Noirs, êtes montés comme des éléphants. J'ai une surprise pour toi.

L'archer la repoussa violemment.

— Laisse-moi tranquille, espèce de putain ! lança-t-il. Ce n'est pas le moment.

Elle le regarda s'éloigner à grands pas le long de la route pleine de réfugiés et lui cria :

— Imbécile ! Comment oses-tu insulter la reine d'Egypte ?

Elle repartit en courant vers la palissade, pleurant et divaguant.

— Tout est fini, Heseret. Calme-toi. Libère Merykara et nous te protégerons, lui dit Mintaka en s'efforçant de prendre un ton apaisant.

— Je suis la reine d'Egypte et mon époux est un dieu immortel ! hurla-t-elle. Regarde-moi et crains ma beauté et ma majesté !

Couverte de sang et de crasse, elle brandissait sa lance.

— Je t'en prie, Heseret, dit Merykara, ajoutant aux instances de sa sœur. Nefer et Meren ne vont pas tarder. Ils s'occuperont de toi et te protégeront.

— Je n'ai pas besoin de protection, rétorqua-t-elle en lui lançant un regard mauvais. Tu ne comprends donc pas ce que je dis ? Je suis une déesse et toi une fille à soldats.

— Ma sœur chérie, le chagrin t'a dérangé l'esprit. Détache-moi, pour que je puisse t'aider.

Une expression rusée passa sur le visage d'Heseret.

— Tu crois que je ne peux pas trouver de foutoir pour toi ? Eh bien, tu te trompes. J'en ai un à la main.

Elle leva la longue lance et la retourna, pointant la hampe vers Merykara.

— Voilà ton amant, précisa-t-elle en s'avançant, menaçante.

— Non, Heseret ! cria Mintaka. Laisse-la !

— Tu passeras après elle, espèce de garce. Je m'occuperai de toi après avoir contenté celle-ci.

— Heseret, non ! implora Merykara en se tordant pour tenter d'arracher ses liens.

Mais Heseret ne semblait pas l'entendre et elle plaça la hampe de la lance entre les cuisses écartées.

— Tu ne peux faire une chose pareille, ma sœur. Ne te souviens-tu pas...

Elle s'interrompit et, sous le choc, écarquilla les yeux de douleur.

— Tiens ! cria Heseret en plongeant en elle le bout de la hampe. Tiens ! Et tiens ! hurlait-elle en enfonçant de plus en plus profondément la lance, qui disparaissait dans son ventre presque d'une longueur de bras et en ressortait maculée de sang.

Les deux jeunes filles lui criaient :

— Arrête ! Je t'en prie, arrête !

Mais Heseret ne s'arrêtait pas.

— Tiens ! criait-elle. Es-tu satisfaite ?

Merykara saignait abondamment, mais Heseret poussa de tout son poids sur l'arme et l'enfonça complètement. Merykara hurla une dernière fois, puis s'affaissa dans ses liens et sa tête roula sur le côté.

Heseret laissa la hampe plantée dans le corps de sa sœur et recula. Elle regarda ce qu'elle avait fait, l'air stupéfaite.

— C'est ta faute. Ne me le reproche pas. Je n'ai fait que mon devoir. Tu t'es conduite comme une catin et je t'ai traitée comme tu le méritais.

Elle se remit à sangloter et à se tordre les mains.

— C'est sans importance. Plus rien n'a d'importance maintenant que Naja est mort, que notre bien-aimé époux est mort...

Telle une somnambule, elle entra dans sa tente, luxueusement aménagée mais déserte. Elle retira sa tunique imprégnée de sang et d'urine, et la laissa tomber par terre, puis prit au hasard une robe dans une pile rangée dans un coin et enfila des sandales à ses pieds.

— Je vais me mettre à la recherche de Naja, dit-elle avec une détermination soudaine.

Elle rassembla à la hâte quelques affaires, les fourra dans un sac et se dirigea vers la sortie de la tente.

Quand elle apparut, Mintaka lui cria :

— Je t'en prie, Heseret, détache-la ! Je dois soigner ta petite sœur. Elle est gravement blessée. Par pitié, laisse-moi sortir de cette cage.

— Tu ne comprends pas, répondit Heseret en

secouant violemment la tête. Je dois retrouver mon mari, le pharaon d'Egypte. Il a besoin de moi. Il m'a fait appeler.

Elle se détourna de Mintaka et sortit rapidement de la *zareba* en continuant d'agiter la tête et en marmonnant des paroles incohérentes. Elle se dirigea vers l'est, Ismaïlia et l'Egypte, dans la direction opposée au flot de fuyards terrifiés.

Mintaka l'entendit crier encore :

— Attends-moi, Naja, mon unique amour. J'arrive. Attends-moi !

Puis ses divagations s'évanouirent au loin.

Mintaka se débattit pour essayer de se libérer, tirant, se tordant, s'arc-boutant sur ses pieds nus contre les barreaux de la cage. Les lanières de cuir lui écorchaient les poignets, du sang tiède coulait sur ses mains et ses doigts, mais les liens étaient solides et elle n'arrivait ni à les détendre ni à les rompre. Ses mains s'engourdissaient. Chaque fois qu'elle cessait un instant de se débattre, ses yeux se posaient sur le corps flasque de Merykara. Elle lui lançait :

— Je t'aime, ma chérie. Meren t'aime. Je t'en prie, ne meurs pas.

Mais Merykara avait les yeux grands ouverts et le regard fixe. Ses globes oculaires ne tardèrent pas à se dessécher et à devenir vitreux sous une fine couche de poussière. Des essaims de mouches tournaient autour d'elle et venaient boire à la flaque de sang entre ses jambes.

Mintaka entendit alors un piétinement furtif à l'entrée de la tente : les deux servantes d'Heseret s'enfuyaient.

Chacune portait un grand sac plein d'objets de valeur qu'elles avaient choisis à la hâte.

— Je vous en prie, sortez-moi de là. On vous rendra votre liberté et vous recevrez une grande récompense ! leur cria-t-elle.

Elles la regardèrent, l'air alarmées et coupables, et se sauvèrent sur la route pour rejoindre l'armée vaincue en fuite vers l'est.

Un peu plus tard, elle entendit des voix à l'entrée de la *zareba*. Elle était sur le point d'appeler quand elle perçut leurs intonations vulgaires et se retint. Quatre hommes entrèrent prudemment dans l'enceinte. A leurs traits, leurs vêtements et leurs propos, elle comprit que c'étaient des gredins de la pire espèce, probablement des membres de ces bandes de pillards qui suivaient les armées. Elle laissa tomber sa tête contre sa poitrine et fit semblant d'être morte.

Les quatre individus s'arrêtèrent pour regarder le corps de Merykara. L'un se mit à rire et fit une remarque si obscène que Mintaka fut à deux doigts de les couvrir d'insultes.

Puis ils vinrent jusqu'à sa cage et l'examinèrent. Elle resta parfaitement immobile et retint son souffle. Elle savait qu'elle devait avoir un aspect effrayant et continua de faire la morte.

— Celle-ci pue comme une truie, fit observer l'un. Je préfère encore la veuve Poignet.

Les autres partirent d'un rire gras, puis s'égaillèrent pour piller le campement. Quand ils se furent éclipsés en emportant ce qu'ils pouvaient, Mintaka regarda les ombres s'allonger sur le sol, tandis que, de l'autre côté de la palissade, le vacarme des chariots diminuait. Le dernier passa juste avant le coucher du soleil, puis le silence du désert et des morts tomba sur le camp.

Pendant la nuit, elle somnola par intermittence, vaincue par l'épuisement et le désespoir. Chaque fois qu'elle se réveillait en sursaut, elle voyait Merykara, toute pâle, étendue au clair de lune, et le terrible chagrin la reprenait.

L'aube vint et le soleil se leva, mais seuls le murmure du vent du désert et ses propres sanglots rompaient le silence. Un autre jour passa et ses pleurs devenaient de plus en plus faibles.

Puis un murmure lointain lui parvint, qui s'enfla en un grondement sourd. Elle comprit que c'était le bruit de roues de chars qui se rapprochaient rapidement, car elle distinguait maintenant le martèlement des sabots, des voix d'hommes de plus en plus fortes. Elle finit par reconnaître celle de Nefer. Elle essaya de l'appeler, mais sa voix n'était plus qu'un murmure.

Elle entendit ensuite des cris d'horreur et de consternation. Elle tourna lentement la tête : Nefer entrait en trombe dans l'enceinte, Meren et Taita sur ses talons.

Nefer la vit tout de suite et se précipita vers la cage. Il arracha la porte de ses gonds et tira son poignard du fourreau pour couper les lanières de cuir à ses poignets. Il la tira doucement de la cage puante et la serra contre sa poitrine. Il la porta, sanglotante, à l'intérieur de la tente.

— Merykara ! murmura-t-elle entre ses lèvres craquelées et enflées.

— Taita va s'occuper d'elle, mais je crains qu'il ne soit trop tard.

Elle regarda par-dessus son épaule. Taita et Meren avaient coupé les liens qui la retenaient à la roue et retiré de son ventre la lance maculée de sang coagulé. Ils étendaient sur elle un linge blanc, cachant ses terribles mutilations.

Mintaka ferma les yeux.

— Je suis épuisée de chagrin, mais ton visage est la plus belle chose que j'aie jamais vue, mon chéri. Maintenant, je vais pouvoir me reposer, trouva-t-elle la force de dire, avant de sombrer dans l'inconscience.

Mintaka se réveilla lentement comme si elle revenait des profondeurs d'un puits sombre et terrible, empli de démons.

Quand elle ouvrit les yeux, les démons qui avaient hanté ses cauchemars s'étaient enfuis et elle vit avec un immense soulagement les deux visages qu'elle aimait le plus au monde. Taita était assis d'un côté de sa couche, Nefer de l'autre.

— Combien de temps ai-je dormi ? demanda-t-elle.

— Un jour et une nuit, répondit Taita. Je t'ai donné de la *schepen* rouge.

Elle porta la main à son visage, couvert d'une épaisse couche de baume. Elle tourna la tête vers Nefer et dit :

— Je suis affreuse, n'est-ce pas ?

— Non ! s'exclama-t-il. Tu es la plus belle femme que j'aie jamais vue et je t'aime au-delà de toute expression.

— Tu n'es pas fâché que je t'aie désobéi ?

— Tu m'as rendu ma couronne et mon pays.

Il secoua la tête et l'une de ses larmes tomba sur le visage de Mintaka.

— Et, de surcroît, tu m'as donné ton amour, qui m'est plus précieux que tout le reste. Comment pourrais-je être fâché contre toi ?

Taita se leva discrètement et sortit de la tente. Ils passèrent tous les deux le reste de la journée à parler à voix basse.

Le soir, Nefer envoya chercher les autres. Quand ils se rassemblèrent autour de la couche de Mintaka, Nefer regarda gravement leurs visages. Ils étaient tous là : Taita et Meren, Prenn, Socco et Shabako, dont les blessures reçues sur le champ de bataille d'Ismaïlia ralentissaient les mouvements.

— Vous êtes ici pour voir la justice s'accomplir, leur dit-il en se tournant vers les gardes postés à la porte. Amenez la dénommée Heseret, ordonna-t-il.

Mintaka sursauta et tenta de se dresser sur son séant, mais il la repoussa doucement sur l'oreiller.

— L'un de nos détachements l'a trouvée errant dans le désert sur la route d'Ismaïlia, expliqua Nefer. Au début, ils ne l'ont pas reconnue et ne l'ont pas crue quand elle affirmait être reine. Ils ont pensé que c'était une folle.

Heseret entra dans la tente. Nefer l'avait laissée prendre un bain et lui avait procuré des vêtements propres. Taita avait soigné les coupures et les écorchures de son visage et de son corps. D'un haussement d'épaules, elle se dégagea des mains des gardes et jeta un coup d'œil autour d'elle en levant le menton d'un air princier.

— Prosternez-vous devant moi, ordonna-t-elle. Je suis la reine.

Personne ne bougea.

— Apportez-lui un tabouret, dit Nefer.

Quand elle se fut assise, il fixa sur elle un regard si glacial qu'elle se couvrit le visage et se mit à pleurer.

— Tu me hais, dit-elle dans un sanglot. Pourquoi me hais-tu ?

— Mintaka va te le dire, répondit-il en se tournant vers cette dernière. Veux-tu nous expliquer comment est morte la princesse Merykara ?

Mintaka parla près d'une heure. Pendant tout ce temps, aucun des hommes présents dans la tente ne bougea ni n'émit le moindre son, si ce n'est pour pousser une exclamation d'horreur en l'entendant décrire les moments les plus terribles. A la fin, Nefer regarda Heseret et lui dit :

— Réfutes-tu certaines parties de ce témoignage ?

Heseret lui rendit son regard glacial.

— C'était une putain et elle a fait honte à mon époux, le pharaon d'Egypte. Elle méritait la mort. Je suis heureuse et fière d'avoir été l'instrument de la justice.

— Je t'aurais pardonné si tu avais montré une once de remords, dit Nefer à voix basse.

— Je suis la reine, au-dessus de tes lois mesquines.

— Tu n'es plus la reine, répliqua Nefer.

Elle eut l'air troublée.

— Je suis ta sœur. Tu n'oserais pas me faire de mal.

— Merykara était aussi ta petite sœur. L'as-tu épargnée ?

— Je te connais bien, Nefer Seti. Tu ne me feras pas de mal.

— Tu as raison, Heseret. Je ne t'en ferai pas. Mais il y a un homme qui n'aura pas ces scrupules.

Il se tourna vers ses officiers assemblés.

— Approche, Meren Cambyse.

Meren se leva et s'avança.

— Pharaon, je suis ton homme.

— Tu étais fiancé à la princesse Merykara. C'est toi qui as subi le plus grand dommage. Je place entre tes mains le corps et la vie d'Heseret Tamose, autrefois princesse de la maison royale d'Egypte.

Meren mit une chaîne d'or autour du cou d'Heseret, qui commença à crier :

— Je suis une reine et une déesse ! Ne me fais pas de mal.

Personne ne prêta attention à ses cris, et Meren regarda Nefer.

— Assignes-tu une limite à ma vengeance, majesté ? M'enjoins-tu ou m'ordonnes-tu de me montrer clément et compatissant ?

— Je te l'ai livrée sans réserve. Sa vie t'appartient.

Meren fit jouer le glaive dans le fourreau à sa hanche et releva Heseret en tirant sur la chaîne d'or, puis il l'entraîna, en larmes, dehors. Personne ne les suivit.

Assis en silence, ils entendirent à travers la toile de la tente les pleurs, les supplications et les flatteries d'Heseret. Puis il y eut un silence soudain et ils se figèrent. Un cri aigu s'éleva et se tut aussitôt.

Mintaka se couvrit le visage des deux mains et Nefer conjura le mal avec la droite. Les autres toussotèrent et s'agitèrent.

Puis les tentures de l'entrée s'écartèrent et Meren rentra dans la tente. Il tenait son glaive nu de la main droite, un macabre objet de l'autre.

— Majesté, justice a été faite, dit-il en levant haut, par les cheveux, la tête coupée d'Heseret, l'épouse de Naja Kiafan, l'usurpateur du trône d'Egypte.

Il fallut attendre cinq jours encore pour que Mintaka soit suffisamment rétablie afin d'entreprendre le long voyage de retour à Avaris. Taita et Nefer insistèrent malgré tout pour qu'elle soit portée en litière afin d'atténuer les secousses. Ils progressaient lentement et, quinze jours plus tard, arrivèrent au bord de l'escarpement.

Depuis ces étendues arides, ils contemplèrent la large vallée fertile du Nil en contrebas.

Nefer aida Mintaka à descendre de sa litière, et ils s'éloignèrent un peu de la route afin d'être seuls et de savourer pleinement ce retour au pays. Ils n'étaient pas là depuis longtemps quand Nefer se leva en se protégeant les yeux.

— Qu'y a-t-il, mon cœur ? demanda Mintaka.

— Nous avons de la visite, dit-il, avant d'ajouter, comme elle poussait une exclamation de contrariété : Ces visiteurs-là sont toujours les bienvenus.

Elle sourit en reconnaissant le couple mal assorti qui s'approchait d'eux.

— Taita et Meren ! Mais quel est cet étrange accoutrement ?

Ils portaient tous les deux une simple robe, des sandales et, dans le dos, le sac en cuir des saints hommes en pèlerinage.

— Nous sommes venus vous dire adieu et prendre congé de vous, expliqua Taita.

— Vous n'allez pas m'abandonner maintenant, dit Nefer, consterné. Vous n'assisterez pas à mon couronnement ?

— Tu as été couronné sur le champ de bataille d'Ismaïlia, répondit gentiment Taita.

— Et nos noces, alors ! s'écria Mintaka. Vous devez rester pour notre mariage...

— Voilà longtemps que vous êtes mariés, répliqua Taita. Peut-être même depuis le jour de votre naissance, car les dieux vous destinaient l'un à l'autre.

— Mais toi, mon frère de la Route Rouge et mon ami le plus cher, pourquoi t'en vas-tu ? demanda Nefer en se tournant vers Meren.

— Plus rien ne me retient ici, maintenant que Merykara a disparu. Je dois partir avec Taita.

Nefer savait qu'il n'y avait rien à ajouter et qu'aucune parole supplémentaire ne devait gâter ces instants. Il ne leur demanda même pas où ils allaient. Peut-être ne le savaient-ils pas eux-mêmes.

Il les étreignit et les embrassa, puis Mintaka et lui les regardèrent s'éloigner dans l'immensité miroitante du désert, en proie aux mêmes regrets, au même sentiment de perte.

— Ils ne sont pas vraiment partis, murmura Mintaka quand ils eurent disparu au loin.

— Non, confirma Nefer. Ils seront toujours à nos côtés.

Précédée par la grande prêtresse du temple d'Hathor et cinq de ses acolytes, la princesse Mintaka Apepi arriva à la cérémonie de son mariage avec Pharaon Nefer Seti.

Ils étaient tous les deux sur la terrasse du palais de Thèbes qui dominait les eaux brunes du Nil en crue, à la saison la plus propice à tout ce qui vit sur la terre d'Egypte.

Mintaka s'était depuis longtemps remise de ses blessures et de ses épreuves. Elle avait retrouvé toute sa beauté, qui, en ce jour de liesse, paraissait encore dix fois plus grande.

L'Egypte tout entière semblait être venue assister aux noces. La foule s'étendait sur les deux rives du fleuve, aussi loin que portait le regard. Lorsque le jeune couple s'embrassa et brisa les jarres d'eau du Nil, les acclamations qui montèrent vers le ciel durent faire sursauter les dieux. Puis Nefer Seti prit la nouvelle reine par la main et montra sa beauté au peuple, qui tomba à genoux, pleura et, avec force cris, exprima sa fidélité et son amour.

Le silence se fit soudain sur cet immense rassemblement et tous les yeux se levèrent lentement vers le point minuscule qui tournait dans le ciel au-dessus du palais.

On entendit le cri sauvage du faucon royal, et l'oiseau entama son plongeon dans le bleu du firmament. Au dernier moment, quand la collision semblait inévitable, le faucon déploya ses ailes et se mit à planer au-dessus de la haute silhouette de Pharaon. Nefer leva le bras droit et, avec la douceur d'une plume, le magnifique oiseau se posa sur son poing.

Une clameur pareille à la mer déchaînée monta de dix mille gorges. Ils criaient au miracle. Mais les yeux de Nefer tombèrent sur le minuscule anneau d'or fixé à la patte droite du faucon, au-dessus de ses serres recourbées. A la vue du symbole gravé dans le métal précieux, le cœur de Nefer se mit à battre plus vite.

— Le cartouche royal ! murmura-t-il. Ce n'est pas un oiseau sauvage. C'est Nefertem, le faucon de mon père. Voilà pourquoi il est si souvent venu à moi dans les moments de grand danger, pour m'avertir et me guider. C'était l'esprit de mon père.

— Et Nefertem est venu aujourd'hui affirmer devant la terre entière que tu es roi, ajouta Mintaka.

Elle se rapprocha de lui, et leva vers son visage ses yeux rayonnants de fierté et d'amour.

Ouvrage réalisé par Nord Compo
(Villeneuve-d'Ascq)

Cet ouvrage a été imprimé par

FIRMIN DIDOT

GROUPE CPI

Mesnil-sur-l'Estrée

pour le compte de France Loisirs
en mai 2003

Imprimé en France
Dépôt légal : mai 2003
N° d'édition : 38719 – N° d'impression : 63942